La arquitectriz

Melania G. Mazzucco

La arquitectriz

Traducción de Xavier González Rovira

EDITORIAL ANAGRAMA

BARCELONA

Título de la edición original:
L'architettrice
© 2019 Giulio Einaudi editore s.p.a.,
   Turín

Ilustración: «Retrato de una arquitecta», anónimo. Diseño Eva Mutter

Primera edición: octubre 2022

Diseño de la colección: Julio Vivas y Estudio A

© De la traducción, Xavier González Rovira, 2022

© EDITORIAL ANAGRAMA, S. A., 2022
   Pau Claris,172
   08037 Barcelona

ISBN: 978-84-339-8127-1
Depósito Legal: B. 15165-2022

Printed in Spain

Liberdúplex, S. L. U., ctra. BV 2249, km 7,4 - Polígono Torrentfondo
08791 Sant Llorenç d'Hortons

Este libro se lo dedico a Andreina.

Fue estudiante de arquitectura en los años cincuenta del siglo XX, pero dejó la universidad cuando descubrió que las arquitectas eran más raras que la hibonita. Se casó y tuvo dos hijas. La segunda soy yo.

La gloria de una mujer reside en que no se hable de ella.

ORTENSIA MANCINI,
duquesa de Mazzarino

Io Plautilla Briccia Architetrice ho fatto li sodetti capitoli
mano propria

LA BALLENA

Aquella cosa tenía un color gris polvoriento y se curvaba como una retorta de alquimista: panzuda en la base, se iba estrechando hacia la parte superior. No medía más de medio palmo. Apareció de repente encima del escritorio de mi padre, colocada sobre el rimero de papeles garabateados con su agitada caligrafía. La confundí con un pisapapeles, un fragmento de alguna escultura antigua. De hecho, pese a las escandalosas protestas de mi madre, mi padre había empezado a coleccionar todo tipo de hallazgos, fabricados por los hombres, por la naturaleza o por el azar: los exhumaba, los intercambiaba con otros cazadores de tesoros, a veces los compraba, y a esas alturas su gabinete parecía más la tienda de un chamarilero que el taller de un pintor.

En el interior de cajitas de madera de peral, guardaba fragmentos de huesos de mártires, pulgares de divinidades muertas y cálculos renales recuperados por su cuñado en los orinales de sus pacientes: los amontonaba en los estantes entre libros desencuadernados en hebreo y latín, tablas anatómicas de varios cadáveres diseccionados e incluso, cuidadosamente sellados en un frasco de cristal, pelos de *ytzquinteporzotli* y *xoloitzcuintli,* es decir, de lobo y de perro mexicano. Ese espacio siempre en penumbra, que olía a cola, madera quemada y

13

papel viejo, el mundo de mi padre cuando no era mi padre, ejercía sobre mí la fuerza de atracción irresistible de un imán sobre una esquirla de metal.

Mi padre no quería que lo molestaran, pero nunca se encerraba echando el pestillo, porque en el fondo quizá le divertía verme curiosear entre sus maravillas. Mi hermana Albina no sentía ningún interés por sus dibujos ni por las flores secas. Él apenas levantaba la cabeza del papel y, llevándose el dedo a los labios, me conminaba a que guardara silencio. Luego mojaba la pluma en el tintero y se olvidaba de mí. Encaramada en el taburete con los pies remolinando en el aire, lo veía escribir, escribir, escribir. Quién sabe qué. Por aquel entonces yo apenas sabía deletrear. Y no entendía por qué un pintor tenía que utilizar la pluma tan a menudo.

Aquello, sin embargo, no era un trozo de escultura ni una piedra. Desprendía un penetrante olor a mar y a putrefacción, como si hubiera sido, y en parte aún lo fuera, algo con vida. Era febrero, el frío obligaba a mantener cerrados los postigos, y el hedor rápidamente se volvió tan penetrante que provocaba náusea. El primer día, mi madre, molesta, le exigió que hiciera desaparecer inmediatamente aquella fetidez. Mi padre la fulminó con una mirada de lástima. Cállate, necia mujer, masculló, no sabes de qué hablas. La «fetidez» es más valiosa que todo lo que hay aquí dentro, le advirtió. ¿Cuánto vale?, se animó de nuevo mi madre, tendiéndole la mano. Mi padre se la palmeó en broma. Hay cosas demasiado raras, que no tienen precio, no las vendería ni siquiera por mil escudos, dijo. Por mil escudos vendería con mucho gusto a mi marido, se rió mi madre, guiñándome un ojo, pero desgraciadamente mi hombre no vale tanto. De todos modos, añadió luego, con sorprendente ternura, Giovanni, hazlo desaparecer porque apesta el aire, no quisiera que contagiara ninguna enfermedad a los niños.

Aquello no desapareció. Se limitó a extender por todos los rincones de nuestra casa un olor a mar y descomposición, hasta que, con el paso de los días, se secó y acabó marchita e inerte como un mineral.

Aun así, aquello no era un mineral. No era piedra ni toba. Se parecía al marfil y al cuerno. La superficie, esponjosa, estaba repleta de minúsculos poros. En un costado, erizada de cerdas blancuzcas que parecían las de un cerdo salvaje. Mi padre me pidió encarecidamente que la manejara con cuidado, porque era un trozo del cuerpo de un animal que nunca se ve en nuestros mares. Una criatura de otro mundo. Un pez ballena.

En las tardes de invierno, cuando la lluvia o el aguanieve lo atrapaba en casa, mi padre organizaba representaciones del *Orlando furioso,* seleccionando las historias más audaces de Angelica, Astolfo y Ruggiero, o de comedias improvisadas, parloteando en veneciano, bergamasco y napolitano en los papeles de Pantalone, Zanni o el Capitán. Ensayaba las escenas delante de nosotros, su primer público. Albina y yo nunca pudimos acompañarlo a las representaciones de comedias, ni siquiera cuando tenían lugar en casas particulares, porque solo podían ir las mujeres casadas. Actuaba de buena gana para nosotras, sus hijas. En nuestra absoluta inocencia, éramos sus críticas más imparciales. Si una ocurrencia no lograba hacernos reír, la eliminaba. La verdadera comicidad, sostenía, debe funcionar incluso ante memos.

Pero sus pequeños espectáculos domésticos tenían también otro propósito. Quería divertirme, estimularme, curarme de mi defecto de fabricación. Se había impuesto esta responsabilidad, que nadie le había pedido, casi como una penitencia por alguna culpa suya. Sin causa aparente, desde hacía algún tiempo había empezado a dormirme de golpe: me resbalaba de la silla o me caía con la cara sobre el plato en un estado de sopor e inconsciencia. Mi madre sospechaba que algún hechizo me había vuelto idiota.

15

Me reía, pero mi alegría duraba como una tormenta de verano. El descubrimiento de ese defecto mío me cambió. Temerosa de todo, y sobre todo de mí, ya no me atrevía a alejarme de los espacios familiares: aquello podía volver a sucederme y gente desconocida me llevaría al hospital o me abandonaría quién sabe dónde. Prefería quedarme en casa, cuidar de mi hermanita Antonia. La bañaba en la tina, inventaba canciones y cuentos para ella. Me entraron unas ganas inmensas de crecer y de ser madre. Yo ya era una mujercita callada y obediente. Y así habría seguido siendo si aquella cosa no hubiera aparecido en el escritorio de mi padre.

Ninguna de todas las historias que me contó, de hecho, me apasionó tanto como la de esa ballena que una tarde de febrero de 1624 encalló en los guijarros de la costa, un poco más allá de Santa Severa.

Ya estaba oscureciendo cuando un centinela, de guardia en el fortín, vislumbró en el mar, a una milla de distancia, hacia Civitavecchia, una silueta oscura. Tal vez una isla flotante de pecios de algún naufragio, quizá fuera un barco enemigo. ¿Piratas berberiscos que acechaban para lanzar una razia? Inmediatamente dio la voz de alarma. Los soldados corrieron hacia la playa. Pero aquello no era ni una isla ni un barco. Ni siquiera parecía un pez. Era tan grande que pensaron que se trataba de una aparición demoniaca. A la luz de las antorchas, se percataron de que aquel monstruo marino yacía a unas brazas de la orilla. El agua estaba helada, pero no fue eso lo que hizo que los soldados dudaran si dirigirse hacia él: temían que el leviatán aún siguiera con vida. Con las primeras luces del alba, un pescador decidido se arremangó los pantalones hasta las rodillas y se aventuró hacia aquella mole grisácea, para entonces ya inerte.

Los soldados llamaron a los oficiales y los oficiales llamaron a sus superiores al mando del fortín de Santa Severa. Dependía, como todas las tierras aledañas, del hospital del Santo Spirito. A la luz del nuevo día, el monstruo resultó ser una inofensiva ballena. Nadie recordaba que jamás ballena alguna se hubiera acercado a nadar hasta las aguas de nuestro mar.

Los eruditos recordaban que hacía cuatro años había aparecido una ballena muerta en una playa de Córcega, pero nunca en Italia. Esta debía de venir del océano. Quizá, perseguida por una orca, se había internado en el Mediterráneo y, en su huida, se había alejado tanto que había perdido el camino de regreso. Era una hembra, y estaba sola. No se encontró ni rastro de ningún ballenato.

Según algunos científicos, era muy vieja y por eso no iba acompañada. Según otros, había sido abandonada por su dux. La ballena, en efecto, vive en comunión con un pez largo y blanco, que se aferra a su hocico y siempre se queda con ella. Empuja en su boca los peces diminutos de los que se alimenta, aleja los peligros y, con el toque de su cola espinosa, la pilota en los mares y a través de las corrientes, como si fuera un timón. Por eso lo llaman dux. A cambio, obtiene alimento y protección: durante las tempestades, la ballena lo mantiene a salvo en el interior de su boca. No pueden vivir el uno sin la otra. Si pierde su dux, la ballena no puede avanzar ni retroceder: solo puede morir.

El cadáver se había incrustado entre los escollos que salpicaban la costa, donde, a menudo, empujados por las olas, encallaban navíos y faluchos. Medía más de noventa y un palmos de largo y cincuenta de ancho y pesaba tanto que ni siquiera treinta hombres pudieron arrastrarla hasta la arena. Decidieron despedazarla allí donde había encallado, trepando sobre su lomo brillante como por una colina. La piel, gris claro, era fina y delicada como el tafetán.

Al cabo de unas pocas horas, a esa playa siempre desierta acudió tanta gente que faltó espacio para dar cabida a aquella multitud. Desde Roma, caravanas de carruajes conducían hasta allí a científicos, zoólogos, aficionados, sacerdotes, poetas, pintores. Algunos querían estudiarla, otros simplemente verla, otros dibujarla, para que quedara recuerdo de ella. Aquello era una maravilla.

Pero con igual avidez, muchos querían poseerla. A los campesinos y los pescadores locales les pagaron para que desgajaran la cola, las aletas, la carne, las vértebras. Los más ingeniosos soñaban ya con fabricar con todo ello tronos y taburetes. Le abrieron la boca con postes y vigas. Era tan grande que un jinete habría podido entrar a caballo. También intentaron vaciar los intestinos, pero el cordón de las vísceras era más grueso que un hombre. La carne era roja, como la del buey. La capa de sebo bajo el lomo, tan pesada que se necesitaron tres carros para transportarla, y el aceite que se extrajo de la misma llenó nueve barriles y ardió en las lámparas durante todo un año. Los dientes tenían la altura de una persona, pero se estrechaban en la encía como los tubos de un órgano. El más pequeño era un poco más grande que la retorta de un alquimista. Y era aquello lo que mi padre había colocado sobre su escritorio.

Se lo había regalado fray Luigi Bagutti, el arquitecto de Santo Spirito. Vivía bastante cerca de nuestra casa y se había convertido en el mejor amigo de mi padre: se veían todos los días para comentar las nuevas obras de la Urbe. Fray Leone, su superior, le había procurado huesos, carne y grasa y, sabiendo que mi padre era el hombre más curioso de Roma, siempre hambriento de novedades y de conocimientos, fray Luigi se los enseñó a su amigo. El objeto que tanto me fascinaba era el diente más pequeño de aquella ballena extranjera.

Esa noche soñé con ella. Vagaba perdida entre las olas, atraída por las luces de la fortaleza, pero, al acercarse, los afilados escollos del fondo le desgarraban el vientre. Lanzaba chorros de agua de la altura de un edificio por el orificio de ventilación, pero su dux la había abandonado y nadie acudía a liberarla. Me desperté llorando. Está muerta, Plautilla, dijo mi padre. No podemos hacer nada por ella. Quiero verla, le supliqué. Llevadme a verla, señor padre. No va a volver nunca más, nunca habrá otra.

Yo también quería ir, Plautilla, y te habría llevado conmigo, me aseguró, pero ya es demasiado tarde, no se puede. El hedor de la putrefacción corrompe el aire hasta Civitavecchia. Hay que esperar a que la naturaleza siga su curso.

Para consolarme, cogió una hoja de papel, agarró la pluma, la mojó en la tinta de sepia y dibujó la ballena para mí. Con la boca abierta en una especie de sonrisa, feliz en el agua poco profunda del Tirreno. Era una ballena inventada, de cuento fantástico, porque mi padre solo conoció a la verdadera cuando Bernardino Radi, que supervisaba las obras de Civitavecchia y fue a verla inmediatamente después de la varada, grabó el dibujo que había hecho para venderlo por todas las librerías de Roma.

Pero cuando ya no apeste, ¿me llevaréis allí, señor padre?, le rogaba. Mi padre asintió, distraídamente. Cuatro días después del avistamiento, con una velocidad endemoniada, había escrito la *Relación de la ballena*; en pocas horas la mandó a la imprenta, y al día siguiente ya estaba a la venta en el librero de Bolonia, en Borgo Vecchio, frente al Cavalletto. La edición se agotó, los ejemplares circularon por toda Roma, pasando de mano en mano en las tabernas, y muchos le felicitaron por la vivacidad de la descripción. La ballena ya no le interesaba. Mi padre prefería lo que aún no ha sucedido.

La ballena de Santa Severa me tuvo obsesionada durante años. No sé por qué esa criatura perdida, fantástica y solitaria me inquietó tanto. Acariciaba el diente para entonces ya seco en el escritorio y lloraba pensando en la reina del mar deshecha en los escollos. Mi madre me tomaba el pelo. Corazón, se reía, guárdate esas lágrimas, que las necesitarás.

En primavera, sin embargo, mi padre llegó a un acuerdo con los frailes de Santo Spirito y me permitió acompañarlo. El carruaje iba abarrotado y tuve que acurrucarme en su regazo. Salimos de Roma por Porta San Pancrazio: con la nariz aplastada contra el cristal del compartimento de pasajeros, miraba sorprendida las decenas de carromatos y carros de hortelanos repletos de cestas de guisantes, lechuga y alcachofas de cabeza morada que esperaban entrar en la ciudad. Se quitaron humildemente el sombrero a nuestro paso.

Inmediatamente después de las murallas, terminaba Roma. Bruscamente. Yo siempre había vivido en callejones oscuros y si me asomaba a la ventana casi podía tocar la pared del edificio de enfrente: me pareció algo inimaginable, una extensión ilimitada de campo, una geometría ondulante de muros que bordeaban propiedades invisibles y recuadrados verdes hasta donde alcanza la vista, divididos por hileras de vides o erizados por bosques y arbustos. Por aquel entonces no existían villas en ese altiplano surcado por valles y barrancos que se extendía hasta el mar. No podía imaginar que precisamente entre esos viñedos, bosques y campos de alcachofas se cumpliría mi destino.

Era la primera vez que me subía a un carruaje. Los brincos, las sacudidas y el balanceo me provocaron náuseas. Vomité sobre la camisa de mi padre antes de que tuviera tiempo de advertirle mi malestar. ¡Madre del Amor Hermoso!, protestó, resignado, ¡no tengo ropa de recambio! Perdonadnos, les dijo a los frailes. Estos se taparon la nariz, disgustados. Mi sola presencia los molestaba. El cochero se detuvo junto a una fuente para permitirle que se limpiara la camisa y yo, la boca. Mi padre se quedó con el pecho desnudo. A los cuarenta y cinco seguía grácil como un pajarito.

Superada la venta de Mala Grotta, cada vez había menos torres y caseríos y finalmente el carruaje se encontró avanzando en una nube de polvo, en una carretera vacía. Ni siquiera en los puentes que cruzaban las zanjas nos topábamos con nadie. Solo las búfalas poblaban las marismas de esa tierra insalubre. Mis ojos no encontraban nada donde posarse. Me adormecí con la cabeza contra el pecho mullido de mi padre, arrullada por el lento latido de su corazón.

Me despertaron las voces y la inmovilidad del carruaje. Me bajé de un brinco. Una ráfaga de viento me arrancó el velo blanco de la cabeza. Intenté perseguirlo y tuve que detenerme, jadeante. Fue la primera, y la única, vez que vi el mar. Azul claro, con un encaje rizado de plata, bordado por las olas. Azul que mar adentro iba adquiriendo una tonalidad cada vez más oscura, hasta parecer una lámina de metal. Agua hasta donde alcanzaba la vista. Separada del cielo, de un claro azul, por una línea perfecta, como si estuviera trazada con una regla. Mi padre apoyó una mano en mi hombro y dijo que, del otro lado, pero muy, muy lejos, estaba Francia. Fue la primera vez que oí hablar de ese país.

Los soldados de la fortaleza, avisados de nuestra llegada por el prior del hospital del Santo Spirito, nos escoltaron hasta el punto donde había tenido lugar el hallazgo, pero la ballena ya no estaba ahí. Solo quedaban los larguísimos huesos del cráneo, los muñones erizados de la columna vertebral y los elípticos de la caja torácica. Recordaba el maderamen boca abajo del casco de un navío. Pero los huesos eran tan blancos que parecían de mármol y los restos se asemejaban a las ruinas antiguas dispersas a lo largo de la Via Appia, reducidas a amasijos de capiteles rotos, pilares ladeados, cornisas asomadas al vacío, que solo permiten fantasear con la forma original del edificio.

Aun así, no me decepcionó. Las dimensiones de esos restos transmitían la grandeza y la magnificencia de las ruinas de la antigua Roma. Yo era consciente de que la ballena había sido una maravilla. Los ojos eran tan grandes como ruedas de carro, se enardeció mi padre, y sus pupilas como cuencos de ébano. No iba diciendo medidas abstractas, hacía que las vieras. Y para hacerme entender lo que me resultaba desconocido, lo comparaba con objetos cotidianos: los dientes eran tupidos como los de los peines para curtir el cáñamo; el labio inferior, hinchado y redondo como el cordón de travertino que hay en la base de las murallas de la fortaleza... Mi padre tenía el don de evocar las cosas con palabras, como un mago. Era escritor, pero yo no lo sabía por aquel entonces. Y pronto dejé de escucharlo. Observaba la cresta de las vértebras, en las que rompían espumando las olas. Entrecerraba los ojos y escrutaba el horizonte, con la esperanza de ver el chorro de otra ballena. Pero en la superficie del agua solo flotaban las tartanas de los pescadores de Santa Marinella y, mar adentro, las velas blancas de un barco que navegaba hacia Porto Ercole.

No hay ballenas en nuestro mar, Plautilla, dijo mi padre, meditativo, pero eso no significa que no existan. Por eso aprecio tanto ese diente y siempre lo tendré conmigo. Es una promesa,

¿entiendes? Las cosas que no conocemos existen en algún lado. Y nosotros tenemos que buscarlas o crearlas.

Sí, señor padre, afirmé, a pesar de no haber entendido qué pretendía decirme. Por primera vez me había hablado como a una adulta y yo era una niña que aún no había cumplido los ocho años. Y él siempre me había prestado poca atención. Yo era la hija superflua. La segunda mujer. Defectuosa, ni siquiera bella, y especial solo por mi incorpóreo sueño. Tímida, demasiado obediente para liberar mi deseo secreto de ser cualquier otra cosa. Una heroína, una princesa, una guerrera: una criatura dotada de una voluntad irresistible de encumbrarse en este mundo, obteniendo gloria y honor. Mi padre depositaba sus esperanzas de descendencia artística en mi hermanito Basilio y les había dado todo su amor a mi madre y a mi hermana Albina. Ya no le quedaba nada para mí.

Pero solo yo había escuchado la historia de la ballena y solo yo había comprendido lo que ese diente significaba para él. Y tal vez para mí también. En esa hembra vieja, valerosa y sola reconocía algo... que me atraía y, al mismo tiempo, me aterraba.

Mi padre se descalzó, me invitó a hacer lo mismo y me encareció que tuviera cuidado, porque la arena estaba repleta de conchas, valvas rotas, afiladas como cuchillas. Luego me cogió de la mano y nos adentramos en las aguas poco profundas. Los restos no estaban ni siquiera a doce pies de distancia de la orilla, pero no logramos alcanzarlos. A los pocos pasos, el dolor hacía que se me saltaran las lágrimas. Algo se me había clavado en los pies. Y mi padre también estaba maldiciendo, gimiendo. Esos guijarros cubiertos de algas resbaladizas estaban infestados de erizos. Las púas se nos habían clavado en los talones, en los dedos, en las plantas de los pies. Los soldados tuvieron que venir a recogernos para llevarnos de vuelta a la orilla, a pesar de que ambos protestábamos con orgullo diciendo que queríamos continuar.

Regresamos al carruaje ateridos, con la ropa húmeda que el sol de mayo no había secado, y descalzos, con los pies envueltos en vendas empapadas de aceite: los auxiliares del hospital del Santo Spirito tardaron horas en extraernos todas las púas de la piel –diminutos granos negros de pimienta– y mi madre le echó en cara a su marido la locura de ese cerebro suyo tan extravagante. ¿Cómo se le había ocurrido llevar a la niña a Santa Severa? ¿Qué había ganado yo con eso? Pies destrozados y fiebre alta. Pero mi padre y yo sabíamos que rendir homenaje a los restos de la ballena había valido la pena. Y nada de lo que nos dijimos en los otros veintiún años en que vivimos juntos fue más profundo que esa conversación en la playa.

El diente de ballena está aquí, en mi escritorio. Tuve que abandonar todo lo demás, pero a eso no habría renunciado nunca. Ya no tiene ni olor ni color. Las cerdas se han caído y el polvo se ha infiltrado en los poros, tiñéndolo con una pátina de ceniza. Lo contemplo todos los días. Mi padre me dejó hace casi sesenta años. Ya no recuerdo su voz, ni siquiera los rasgos de su rostro, desde que regalé el libro que contenía su retrato. Y, no obstante, me gustaría decirle, dondequiera que esté, que yo también he mantenido mi promesa.

LA PRIMERA PIEDRA

Nadie sabe de mí. Mi nombre yace bajo tres palmos de tierra virgen, clavado en el corazón de la colina que llaman Monte Giano. Jano, el dios del umbral, el genio de esta ciudad. De haber nacido en otro siglo, también habría sido el dios de mi destino. Esa colina siempre peinada por el viento fresco del mar permanece sola, apartada, en la orilla equivocada del río, pero aun así domina Roma. No la amamos solo por eso. Desde allí arriba, al ponerse el sol, amiga mía, me decía el abad, todas las noches contemplo la sombra que, poco a poco, delicadamente, borra la belleza de Roma. Cúpulas, árboles, edificios, plazas, torres, fuentes, campanarios, cruces. Todo se desvanece como un sueño. Y me reconcilio con mis desencantos.

Mi nombre está grabado en una plancha de plomo, con la elegante caligrafía de los monumentos antiguos. Los peones la depositaron en los cimientos una mañana de octubre. La colocación de la primera piedra es una ceremonia solemne, pero alegre como un bautismo. Nunca pensamos que un comienzo es también un final y que hacer realidad algo abarca la posibilidad de perderlo: el logro o el fracaso, el éxito o el desastre. Y a veces ambas cosas.

Pero en ese momento aún no lo sabía. Sentía el corazón desbocado y la boca reseca, abrumada por ser, al mismo tiem-

25

po, el oficiante del bautismo, la madrina y la madre. Allí donde para los demás solo había un enorme agujero, y tierra removida mezclada con filamentos de raíces arrancadas, yo ya me imaginaba la terraza con la fuente, la balaustrada con las pequeñas columnas, la fachada, las estatuas y las ventanas en las que irían a romper los rayos del sol.

El carruaje se había detenido en el límite de la propiedad. Cuando tiré de los visillos, los vi, ya todos en formación: los peones, al margen, bajo el cobertizo de los canteros, alrededor del capataz; al borde del socavón, el abad, altísimo y delgado como una sombra de la tarde; su secretario, con gafas de cuerno; la multitud uniforme de los sacerdotes con la sotana negra hinchada por el viento, el oficial del gobernador con plumas en el sombrero, el prior del convento cercano de San Pancrazio, el embajador con la peluca rizada y el bigote puntiagudo, rodeado por los jóvenes en librea de su séquito. Los caballos se quedaron dormitando, inmóviles, bajo la pérgola: solo agitaban la cola para espantar a las avispas atraídas por los racimos de uva.

Cuando el caballerizo me abrió la portezuela y apoyé el botín en el estribo, el murmullo se apagó de forma abrupta y un silencio perplejo cayó sobre la obra. Los albañiles aún no me habían visto nunca. Circulaban las hipótesis más extravagantes sobre mí. La misma palabra «arquitectriz» los hacía soñar. Sonreía al pensar que me tendrían por joven y hermosa. El velo que me cubría el rostro les impidió comprobarlo.

¿Podemos empezar, señora?, me preguntó el capataz, aproximándose a mí. ¿Acaso esperamos a otro arquitecto, *mastro* Beragiola?, le respondí, con el tono fatuo que siempre tuve que utilizar con él. El capataz hizo una señal con la cabeza a los trabajadores y uno de ellos se acercó hasta mí, vacilante.

El capataz era un lombardo taciturno, brusco y reservado, la piel como cuero curtido por el sol. Su cara seria no transmitía ninguna expresión. Tenía que obedecerme, porque era mi subordinado. El abad tuvo que escribirlo claramente en el contrato, para evitar discusiones y malentendidos. El lombardo aceptó. De mala gana, me temo. O tal vez le faltó imaginación para valorar las implicaciones de su subordinación.

El peón tomó la paleta, la hundió en el cubo del mortero y fijó la plancha sobre la piedra. El abad dejó caer algunos granos de sal en el agua de una tina y luego la volcó en la excavación, para invocar la estabilidad del edificio. *Adiutorium nostrum in nomine Domini, qui fecit coelum et terram,* rezó monseñor trazando ante sí la señal de la cruz. *Exorcizo te, creatura salis, per Deum vivum, per Deum verum, per Deum sanctum.* El capataz puso la piedra entre mis manos. Un paralelepípedo perfecto, con las aristas de un blanco vívido. Me habría gustado sentir la rugosidad de aquel material, pero llevaba guantes. La piedra angular de mi vida era sorprendentemente ligera. Sin apresurarme en absoluto, sosteniéndola entre las palmas de mis manos como si se tratara de una ofrenda, pensé que la plancha tenía las mismas medidas que un cuadro, pero no pude retenerla por mucho tiempo: la costumbre dictaba que debía pasársela a Su Excelencia, el embajador de Francia. Con mucho gusto habría renunciado a semejante honor, pero no podía librarme: de entre los presentes, era la persona más importante. Se sorprendió de que fuera yo quien le hiciera entrega de la primera piedra: el rito exige que sea el arquitecto del futuro edificio. El abad no debía de haberle hablado de mí. El embajador se zafó inmediatamente, como si le quemara entre los dedos. Uno de sus acompañantes le desempolvó cuidadosamente los guantes con un pañuelo.

La plancha era obra del herrero de la fundición de Borgo. Una tradición que existe desde tiempos bíblicos, y que tengo la esperanza de que aún se mantenga: es un rito propiciatorio indispensable. En las obras más modestas, las placas fundacionales son de terracota; en las importantes, de mármol. En una losa de mármol, yo veía una lápida, como las que brotan del vientre de Roma cada vez que un vinatero ara en profundidad o un agricultor laya un campo. La necrópolis del pasado no permite que la ciudad de los vivos se olvide de ella. La prefería de metal y, al final, elegí el plomo, porque de plomo estaban hechas las planchas de maleficios que los antiguos arrojaban al pozo de la ninfa Anna Perenna.

Me lo había explicado un amigo de mi padre cuando era una niña. Lo llamaban Toccafondo. Entre todos los pintores que frecuentaban nuestra casa, era mi favorito. Su rostro estaba marcado por una cicatriz, recuerdo de un golpe de espada que casi lo envía al infierno, pero a mí no me daba miedo. Es más, me fascinaba como el ogro de una fábula o el bandido de una balada popular. Tenía una negra reputación, porque había estado muchas veces en la cárcel, incluso lo habían condenado a muerte y se había salvado porque le habían conmutado la pena y lo habían enviado a remar en las galeras del papa.

Mi padre me había contado que su amigo era explorador. Al final del siglo pasado, todos los jóvenes soñaban con descubrir nuevas tierras y nuevos pueblos, atravesando los océanos, los bosques o las cordilleras de América. Toccafondo, en cambio, eligió el continente escondido en las tinieblas de la tierra. Invisible para todo el mundo, cercano, pero inalcanzable como el polo. De sus incursiones, ilegales en su mayoría, por el subsuelo de Roma, devolvía a la superficie montones de hallazgos, igual que los viajeros a las Indias o al Nuevo Mundo regresaban con plumas de pájaros desconocidos, flechas envenenadas, estatuillas de ídolos, pieles de serpiente. Los hallazgos sagrados –huesos de mártires cristianos o que él hacía pasar como tales– los vendía. Los paganos –que encontraba casi por casualidad– se los regalaba a sus amigos. Dedos de estatuas, fragmentos de sandalias de mármol o pequeños frascos de perfume, incluso dados, y figuritas de ciervos, perros, conejos y gatos de terracota que los padres habían enterrado, siglos y siglos antes de la época de los mártires, en la tumba de su hijo. A mis cuatro o cinco años, me regaló docenas y jugué con ellos hasta que se me deshicieron entre los dedos.

Pero un día apareció para recoger las planchas de plomo con inscripciones de una escritura misteriosa e, ignorando las protestas de mi padre, quien se había acostumbrado a utilizarlas como pisapapeles, se las volvió a llevar. Un cliente suyo erudito sostenía que las había descifrado, revelándole que se trataba de maldiciones mágicas. Las arrojó de nuevo al pozo de donde las había sacado. Ni siquiera quiso revelar en qué rincón de Roma se encontraban exactamente, por miedo a despertar la ira de esa oscura divinidad pagana. Para conjurar la mala suerte, mi padre nos llevó a todos a que nos bendijeran ante la Virgen de los Milagros. Toccafondo no vino con nosotros y murió poco tiempo después.

Me habría gustado imitar a los antiguos. Grabar en la plancha de plomo palabras de amenaza, que inspiraran miedo en lugar de celebrar retóricamente la paz alcanzada en una guerra que no era la mía. Habría escrito: Maldito sea hasta la centésima generación quien toque una piedra de esta villa de las delicias...

En lugar de eso, la frase era breve. En latín. Recordaba el año, 1663, y las circunstancias del inicio de la construcción, es decir, la paz restaurada entre las dos naciones de la Iglesia y de Francia. Que eran, además, las dos naciones del abad, una en la que había nacido y otra a cuyo servicio se encontraba. No recuerdo las palabras con exactitud. Nunca me gustó estudiar latín, porque pensaba que no me serviría para nada.

Por regla general, para las lápidas que se entierran en los cimientos del futuro edificio, los propietarios recurren a un poeta de fama, aunque los versos que tendrá que escribir están destinados a no ser leídos jamás por nadie. A menos que la obra que se construirá encima no se derrumbe, debido a un

29

terremoto, un corrimiento de tierras o un error de cálculo del arquitecto, o termine siendo demolida, por haberse desmoronado o porque el cambio de gusto la deje anticuada y ridícula a la vista, algo que, obviamente, no desean ni quien escribe esas palabras ni quien ha hecho el encargo de escribirlas. Debe de haber cientos, miles, debajo de cada casa. Una antología de epígrafes que nunca verán la luz mientras Roma exista.

Le había pedido esos versos a un conocido del abad, de mi hermano y mío. Se llama Carlo Cartari, y creo que aún sigue con vida. En Roma tenía mucho prestigio. Podría decir que era mi amigo, pero prefiero atesorar esta palabra como una joya, y no dudo en reconocer que en mi larga vida no he tenido más de dos. En 1663 éramos vecinos, vivíamos en el mismo edificio. Nos veíamos con frecuencia: el abogado curioseaba de buena gana en nuestra biblioteca, tomaba prestados los manuscritos de mi padre, nos ofrecía su carruaje, conversaba sobre política e intrigas de la curia con mi hermano y yo de bordados y perfumes con su esposa, pero más tarde ni siquiera nos invitó a la boda de su hija, a la que incluso le había enseñado las primeras nociones de pintura. Le propuse que compusiera algún verso auspicioso, que atrajera suerte a nuestra villa. Yo la necesitaba, la necesitábamos de verdad.

El abogado consistorial se entretenía escribiendo, como todo el mundo. En Roma siempre ha habido más escritores que habitantes. Se leen unos a otros, elogiándose y adulándose si son amigos, escupiendo veneno contra los extraños. Escribían sobre cualquier cosa. En prosa, en verso, en lengua vernácula y en latín. Sobre las insignificancias más mínimas de sus vidas o sobre acontecimientos que trastornaron el mundo, sobre papas, sobre liturgias, sobre santos, sobre el tiempo y sobre la muerte. Sobre los relojes, sobre los ángeles, sobre las propiedades de los pájaros y, en especial, de los que cantan, sobre los antojos de los fetos en el útero, sobre la cerveza o la naturaleza del vino, si es mejor beberlo caliente o frío, derritiendo dentro unos copos de nieve. Escribían poemas sobre cualquier cosa, sin inspiración ni genio. Mi padre me enseñó a reconocer la auténtica poesía. Yo sabía que el abogado no escribiría buenos versos, pero no me importaba. Los versos eran únicamente una convención. Solo la última línea era importante para mí. La última línea era mi nombre.

El de pila y el de mi familia. Mi hermano se obstinaba en no tomar esposa: empecé a temer que nadie llevara nuestro apellido en el nuevo siglo, en ese futuro que ya no veríamos. Basilio y yo fuimos hijos de nuestro padre durante demasiado tiempo, pero, curiosamente, nunca creímos en la herencia natural de los descendientes. Los niños pueden morir, abandonarte, renegar de ti, decepcionarte o traicionarte. Tal vez sospecháramos también que habíamos traicionado sus enseñanzas y que, si se le permitiera volver a la vida, aunque solo fuera por un día, el Briccio no nos habría reconocido. Soñábamos con dejar una obra que durara mucho más tiempo que nuestra sangre, singular como el cometa que apareció en el cielo de Roma justo mientras estábamos construyendo la villa y que mi hermano y yo admiramos desde las ventanas de nuestra casa, advirtiendo que con el paso de las semanas la cola de la estrella crecía en vez de disminuir y preguntándonos qué mensaje habría venido a entregarnos. Colocaba mi nombre en los cimientos de la villa, que era mía, aunque no habría de vivir allí ni un día siquiera, ni habría de dormir allí ni una sola noche, para que en alguna parte quedara memoria de mí.

El abad dejó caer en la fosa una lluvia de monedas. Doblones de España, húngaros, ducados venecianos, escudos de plata, sestercios romanos. No sé cuándo nació esta costumbre, tiene algo que es irresistiblemente pagano. Pero todo el mundo la repite, incluso cuando el edificio cuyo inicio de las obras se celebra es una iglesia. Monseñor pronunció la bendición y recorrió todo el perímetro de la excavación, rociando de agua bendita el lugar donde se erigiría la capilla. Lo seguimos, haciendo cola en procesión detrás del turiferario, murmurando las oraciones. Las mías, la verdad, eran algo distintas. Señor, que no haya calculado mal, rezaba mentalmente, haz que salga fuerte y hermosa, bendice esta casa para que dure. Los vapores de incienso, valeriana, canela y mirra que emanaban de la naveta arrollaron por un momento el olor a humedad, resina y podredumbre de la tierra. Mientras tanto, el peón de obra se había metido en el foso y sellaba la piedra. El hoyo era profundo, porque los cimientos iban a sostener un edificio muy alto. Desde donde estábamos, ya no podía verla. Pero fue entonces cuando saqué de la cadena el colgante de obsidiana que llevaba en mi cuello desde hacía cuarenta y tres años.

En el muro de Jerusalén, según leí en el Apocalipsis, los judíos incrustaron jaspe y zafiro, calcedonia, esmeralda, ágata, crisópalo, berilo, topacio y amatista. En resumen, piedras preciosas. Yo, una piedrecita de obsidiana negra, que valía pocos bayocos. Sin embargo, era mi joya más apreciada. Porque durante todos esos años estuve esperando a que se cumpliera la profecía y por fin había llegado ese momento. Los demás estaban absortos escuchando la letanía o distraídos por el aburrimiento y, tal vez, ni siquiera se dieron cuenta. Tiré el colgante de obsidiana en el foso, sobre la plancha, para que permaneciera ahí para siempre.

Las lágrimas humedecieron mis ojos. El espeso velo de encaje que me cubría el rostro ocultó mi debilidad. Si el maestro de obras se dio cuenta, no dio muestras de ello. La ceremonia se terminaba, los invitados ya se apresuraban hacia los carruajes y el abad, en la inopia, me cogió del brazo y me acompañó a la garrucha para explicarme algo sobre el funcionamiento del árgana: departía sobre hormigón y ladrillos, feliz por la buena calidad de la tierra en la que íbamos a construir. No era capaz de escuchar sus palabras. Tampoco de mirarlo. Los polvos con que blanqueaba su rostro no podían ocultar las arrugas que empezaban a irradiarse alrededor de sus ojos.

Yo no quería llorar. Era feliz. Creía encontrarme en la cúspide de mi vida. Nunca me habría imaginado que se me sería concedido un momento semejante. ¿Y cómo podría haber ocurrido? Ninguna antes que yo había concebido una obra como la que estaba a punto de hacer realidad. Ni siquiera sé si alguna más se había atrevido a soñar con ello. Me sentía agradecida por ese privilegio y, no obstante, convencida de ser merecedora del mismo. No tenía motivos para dudar de que el mundo sabría quién había concebido, planeado y edificado aquella villa. Una miniatura, en comparación con las que estaba construyendo por todas las colinas de Roma gente mucho más importante que nosotros. Sin embargo, podría cambiar la historia. Sería el símbolo de un cambio de época, un punto de partida para todas las mujeres. Las que se dedicaban a las distintas artes, ocultas en la penumbra de sus moradas, y las que aún estaban por nacer. Era nuestra criatura. El abad y yo estábamos orgullosos como padres tardíos, bendecidos con una gracia inesperada.

Pequé de vanidad al escribir mi nombre y al definirme «*architectura et pictura celebris*», pero hay que perdonármelo. Una vez tapiada en los cimientos y recubierta por miles de arrobas de tierra húmeda y fértil del Monte Giano, la plancha no estaba destinada a ser leída por nadie, pero si lo hice así no fue por conformismo, por repetir cansinamente una costumbre. Fue por amor. Las madres que abandonan a sus hijos en el xenodoquio envuelven entre los paños de los neonatos un amuleto, media moneda, una señal de reconocimiento. Para que un día puedan encontrarlas. Creo que fue por eso. Si las cosas salieran mal, si la villa, mi hija predilecta, me fuera arrebatada, me engañaba pensando que podría encontrarme de nuevo.

Hoy me pregunto algunas veces si las letras grabadas en esa plancha de plomo existen todavía o si el óxido las ha corroído hasta destruirlas. Incluso me pregunto si aún existe la

33

villa. A veces temo haberla soñado. Pero ya no puedo comprobarlo. Nunca salgo de esta habitación. Incluso las comidas las hago en el escritorio, la escalera que baja a la calle es demasiado empinada para mí.

La semana pasada vino a verme un sacerdote. Alguien le había hablado de mí y quería comprobar que aún seguía con vida. Lo recibí, sorprendida. Hacía diez años que nadie me visitaba. Me trajo noticias del mundo y la inquietud que las mismas me causaron me dejó sin aliento, como si mi corazón se hubiera roto. No recuperé la calma hasta que la mujer que me cuida me proporcionó tinta, plumas, hojas de papel. Si estoy aquí, escribiendo estos recuerdos, es precisamente por él.

El sacerdote había estado en el Janículo, en la iglesia de San Pancrazio, y el alto edificio en forma de barco que se erguía a poca distancia, al otro lado de la carretera que rodea el pabellón recién construido por Lorenzo Corsini, despertó su curiosidad. Los campesinos le dijeron que la villa estaba abandonada. El duque, su actual propietario, no pisaba aquello desde hacía años. El jardinero recibía regularmente su salario, se ocupaba del parque, vendimiaba las uvas y producía vino, pero la logia se pudría y la humedad ascendía desde los cimientos, tal vez mal construidos, la una y los otros, los estucos, los trofeos y los pilares estaban descalabrados y estropeados y, en el interior, eflorescencias de salitre dibujaban arabescos en las paredes, las grietas se ensanchaban en los sufridos muros, los techos se desprendían y se partían, las vigas se debilitaban y se empapaban, del pavimento llovía sobre los cuadros y sobre las cartelas.

El abad, a quien todo el mundo siempre tachó de arribista y falso, demostró su lealtad dejando la villa al duque. La fidelidad puede ser una forma de rectitud, pero también es cierto que no tenía alternativa. Nunca fue un hombre libre. Todo lo que tenía, todo lo que tuvimos, no era suyo. No era nuestro. Pero la villa nunca habría existido sin nosotros. Es extraña, presuntuosa, atrevida, se parece a lo que nosotros habríamos querido ser y que solo fuimos al crearla.

No sé dónde estás, pero me gustaría que la vieras. Entonces, entenderías que todo es posible.

INTERMEZZO
EL CENTINELA DE LA NADA
(Roma, 4 de julio de 1849)

De los escombros aún ascienden espirales de humo, que se retuercen, revolotean hacia arriba con intermitencias, como para enviar una señal, y lentamente se dispersan en nubes de color ceniza, hasta velar el cielo de bruma. La atmósfera huele a yeso, a madera quemada y a pólvora; cuando respira, el aire le rasca en la garganta, el fotógrafo se ve obligado a cubrirse la nariz con un pañuelo mojado en colonia. Son las ocho de la mañana y es el primero en llegar al campo de batalla.

Aún no había amanecido cuando saltó de la cama, se vistió deprisa y corriendo, agarrando tirantes, corbata y chaleco, recuperó de la trastienda la cámara fotográfica, las hojas de papel para los negativos, el caballete, la tela y avisó a su esposa de que salía. Anna Maria siempre ha sido su colaboradora de mayor confianza, la única que creyó en su loco sueño de abandonar la pintura, que le había permitido vivir dignamente, para apostar por aquel nuevo invento, la fotografía. Lo siguió por toda Europa cuando intentaba en vano patentar sus descubrimientos y se dedicaba a defender sus mejoras ante las academias de ciencias y las reuniones de los daguerrotipistas.

Es el primero, en todo el mundo, que ha tenido la idea de documentar una guerra. Hasta esa mañana de julio, fueron los pintores los que seguían a los ejércitos y representaban con lápices y pinceles el heroísmo, la muerte y los desastres. En cambio, esta vez será él, Stefano Lecchi, el fotógrafo que tiene su negocio en Via del Corso, donde en los últimos tres meses no ha entrado ni un solo cliente para comprar las vistas de Pisa, Nápoles y Pompeya enmarcadas en los escaparates. Espera conseguir algunas buenas imágenes, utilizando el método que acaba de experimentar, la calotipia: para los negativos emplea papeles semitransparentes de celulosa preparados en una solución de yodo y bromo, en otras palabras, sal. Necesita dinero y podría intentar vender las imágenes a un periódico. Extranjero, en cualquier caso, pues en Italia el viento sopla en otra dirección, y pocos lloran la derrota de la libertad. En el extranjero, en cambio, han seguido los acontecimientos de esta primavera con interés y cercanía. Pero no lo hará. No se ha despertado temprano por dinero.

A medida que la calesa trepa por las colinas del Janículo, subiendo la avenida entre plátanos incinerados y escombros de muros, circunnavegando balas de cañón sembradas aquí y allá, sin criterio, fusiles estallados en mil pedazos y cuerpos desarticulados que no guardan casi ninguna forma humana, la garganta se le cierra, y no es por la tos. Debería haber estado también él allí, en Porta San Pancrazio. Siempre ha simpatizado con los republicanos y, cuando llegó a la ciudad del papa, lo marginaron por ello, pero él se quedó en casa, como muchos otros, limitándose a subir a la terraza para ver la batalla que arreciaba en las alturas bajo el dominio de Roma como si fuera un espectáculo pirotécnico, hasta que los defensores se atrincheraron en ese último baluarte. Hay que ser muy joven para convertirse en héroe. Los muertos son todos casi niños. El fotógrafo, en cambio, tiene cuarenta y cinco años y una familia.

Quizá por eso esa mañana de julio se ha llevado consigo a su esposa y a sus cuatro hijos con él. Quiere que vean y quiere verlos. Por ellos no empuñó el fusil, aunque es por ellos, en el fondo, por lo que se combate. En el carromato, los muchachos y las niñas están excitados, como si fueran de excursión. Pero sus risas se apagan cuando el plaustro cruza el paso tenebroso de la puerta y los deja en la meseta en la cumbre de la colina. El cochero azota al caballo, para espolearlo de nuevo, pero el animal, nervioso, rebufa y recalcitra y, entonces, le pregunta al señor fotógrafo si ya puede detenerse.

Lecchi, sin embargo, titubea, confuso. Mira a su alrededor y no reconoce el paisaje. Hace unas semanas visitó a su amigo Calandrelli, al mando de las operaciones de la artillería romana: en su recuerdo, allá arriba había viñedos, granjas, un mesón y una carretera de tierra, que poco después de una puerta se bifurcaba bajando empotrada entre los altos muros de las villas. Y ahora solo hay un tumulto de sendas destruidas y trincheras derrumbadas, y la carretera ha desaparecido en el derrumbe de escombros que dificultan el paso.

La calesa se hunde en un cráter y vuelve a emerger, a bandazos, mientras bordea la muralla en ruinas que discurre a la derecha. Los boquetes abiertos por los cañonazos revelan la devastación de lo que había sido un jardín. Pero de los cientos de naranjos, limoneros y naranjeros amargos dispuestos a lo largo de los caminos solo uno sigue en pie, quemado en una maceta de terracota absurdamente intacta. Todos los demás yacen en el suelo, desarraigados, destrozados, derribados a hachazos. El aire no huele a azahar, sino a carroña. Y allí donde debería estar la mole vertical de la villa, solo se alza un muro perforado por ventanas o, más bien, un conjunto de ventanas a duras penas sostenidas por los ladrillos, entre las que despuntan, como astas de bandera y mástiles de un velero, tocones de vigas, y de las que se desprenden escombros humeantes en el viento.

Aquí, dice el fotógrafo, y baja.

Un silencio absoluto reina en el campo de batalla y Lecchi tiene la impresión de haber traspasado un umbral y haber

39

entrado en otra dimensión. Es como caminar por el más allá. Pero él no es un fantasma. Sus pasos trituran las piedras, las hacen chillar, gemir. Si la desolación puede ser un espectáculo, aquella representación es todo un éxito.

La ocupación de la ciudad ya es una realidad, pero no se ven soldados franceses en las inmediaciones, tampoco curiosos ni buscadores de reliquias o de tesoros. Al fin y al cabo, bajo estos escombros ya no queda nada. Dos meses de violenta batalla lo han destruido todo. Ni siquiera podrá recuperarse chatarra o madera. Para robar solo quedan los muertos, a los que se prohíbe dar sepultura.

Los niños saltan para ayudar a su padre a descargar el equipo, mientras que la esposa de Lecchi se esfuerza por obligar a las niñas a permanecer sentadas en la calesa. El terreno es demasiado accidentado, entre las piedras asoman hierros, proyectiles, bombas. Existe el riesgo de pisar una sin explotar, de cortarse con la hoja de una bayoneta, de romperse los huesos al caer en un agujero. La niña mayor desobedece y se baja, pero se contenta con hacerle una trenza a la cola del caballo. La más pequeña, que aún no ha cumplido siete años, se queda fascinada observando a su padre mientras se coloca la caja sobre sus hombros y camina arriba y abajo con el trípode en la mano, buscando el mejor lugar para emplazar el aparato.

Pero no lo encuentra. Cada vez que cree haber dado con el más apropiado, se ve obligado a moverse. Allí asoma de la tierra una mano momificada, allá hay un sombrero empapado de sangre, más lejos blanquea oblongo un húmero descarnado. No busca lo macabro, lo horrible, lo sensacionalista. Es un artista. Debe pintar, con luz, la épica tristeza de la derrota. Prepara el encuadre y siempre sale mal: parece un cuadro sin figuras, una naturaleza muerta de ruinas. Ni siquiera es una vista. De fondo, a derecha e izquierda, solo montones informes de piedras y, en el punto de fuga, la pérfida línea del horizonte. En el centro, nada. Y el vacío no puede fotografiarse.

La imagen no significaría nada, no transmitiría ninguna emoción. Nadie podría entender lo que había aquí, antes.

El fotógrafo recuerda bien la villa que debería estar en el centro de la imagen. Una villa extrañísima, diferente a todas las demás. Alta y estrecha, construida sobre una especie de acantilado. Tenía la forma de un barco. Mejor dicho, de un bajel. Precisamente la llamaban así: el Bajel. El fotógrafo nunca supo a quién pertenecía o quién la había planeado, pero su ignorancia no se debía a que fuera un forastero de Lombardía y llevara pocos años en Roma. Los romanos tampoco lo saben. Aun así, él la tenía en gran estima, como todo el mundo, por su forma vagamente onírica, por su insólita belleza. Y ahora ya no está ahí. De ella solo queda ese muro repleto de agujeros, angustioso, y los cimientos, que parecen un escollo fundido. Es una ilusión óptica, un juego de luces y refracciones sobre la convexidad de la materia, pero, cuanto más la mira, más le parece que esa roca tiene los rasgos humanos de una máscara que llora.

El sol ya está en lo alto y empieza a hacer calor. El fotógrafo tiene poco tiempo para decidir: aunque haya inventado un dispositivo de enfoque y se haya hecho famoso por la calidad de sus cielos, dentro de poco habrá demasiada luz para el objetivo, el único, de la cámara fotográfica. Y, sea como sea, tiene que documentar todo esto.

Es importante, para que la gente sepa, para que recuerde, para que no olvide. Que hubo una revolución en Roma y, para acabar con ella, la guerra, una guerra de verdad. Se libró exactamente aquí. Los franceses –que él, que todos, creían defensores de la revolución, de toda revolución– dispararon a los italianos que habían expulsado al papa e instaurado una república democrática: votaron una asamblea por sufragio universal y los diputados redactaron una constitución cuyos principios son la igualdad y la libertad. El Bajel cayó asesina-

41

do por esta traición. Una villa no es una persona. No tiene alma. Sin embargo, la muerte de un edificio antiguo, de un artefacto hecho por los hombres, alude a todo lo demás. Lo encarna, lo revela.

Lecchi retrocede, se encarama a una montaña de piedras, planta el trípode sobre lo que queda del techo de una choza, acerca su ojo al visor. Y, por fin, ve. El ejército francés se ha retirado, dejando a sus espaldas tan solo a un centinela con uniforme polvoriento. El joven permanece clavado como una estaca, vigilando la nada, ha hincado su rifle en la tierra reseca, con la bayoneta enarbolada hacia el cielo, y ahora dormita, mortalmente cansado, apoyándose en su arma. Ya no tiene nada que temer. El Bajel, el último bastión, ha caído, la República ya no existe, la guerra ha terminado. Esta es la fotografía.

Lecchi dispara. Permanece encorvado y casi aguanta la respiración en el tiempo, que nunca le ha parecido tan interminable, de la exposición, rezando en silencio para que el centinela no se mueva, para que la fotografía no resulte incomprensible. Y el joven parece obedecer a su voluntad, permanece quieto, como si estuviera posando. Nada se mueve, el paisaje cristaliza en una muerte infinita. Protegido por la tela negra del fuelle, Lecchi contempla la imagen que se está imprimiendo sobre el papel, entre dos cristales, en el fondo de la cámara oscura: el cielo extraño, los escombros ciegos, el muro superviviente a punto de derrumbarse, la tierra estéril, el joven victorioso e indiferente, transmiten una sensación de ausencia, poderosa, casi dolorosa.

El fotógrafo se sorprende al sentir la mejilla mojada. Está llorando y no sabe por qué. Por sí mismo, por los jóvenes muertos en su lugar, por Roma, por la República, por la democracia, por Italia, por esa villa cuyo nombre real nunca ha sabido. Llora por ese vacío que hay ante él, por lo que pudo ser y no fue.

Primera parte
La hija de Giano Materassaio
(1616-1628)

He estado respirando el polvo de las obras desde el día en que nací. A diferencia de lo que creen los forasteros que vienen de países jóvenes sin historia, si naces en una ciudad tan antigua que es considerada eterna, no deseas tanto conservar el pasado como renovar el futuro. Desde que guardo memoria, Roma ha sido un bosque de andamios, acribillada de cráteres. Se construía por todas partes, desde el Vaticano hasta el Quirinal, del Esquilino al Janículo. Carros tirados por bueyes recorrían las calles todos los días, acarreando losas de travertino o vigas destinadas a convertirse en castillejos y techos. Un olor a madera y a bosque se elevaba desde el andamiaje, mezclándose con el olor a humedad y podredumbre desprendido por el musgo que adamascaban las ruinas milenarias. En el mismo terreno, te tropezabas con pilas de ladrillos y montones de escombros. Se demolía en cualquier lugar y en todas partes; a veces, con los mismos materiales rescatados, se construía. Iglesias, casas, oratorios, calles. Los poderosos competían entre sí para ver quién levantaba el edificio más alto, la cúpula más osada. Roma cambiaba de rostro cada temporada: quien se ausentaba mucho tiempo a duras penas podía reconocerla.

Mi padre había estado fuera unos meses, antes de mi nacimiento, porque el conde Francesco Biscia solicitó su ayuda para decorar el salón del palacio de Mazzano, un castillo fortificado que se eleva en la antigua Via Cassia, a un día de caballo desde Roma. Biscia era hermano de un monseñor, clérigo de cámara y presidente de la Annona, y tenía una esposa beguina, pero le gustaba el teatro y le estaba agradecido a mi padre por la diversión que sabía procurarle. Lo prefería como actor y comediógrafo, pero también lo valoraba como pintor. En 1616 era el único noble mecenas que le quedaba; mi padre no podía negarle ese servicio. Cuando por fin regresó a Roma, en cuanto llegó a la altura de la Frezza, dobló la esquina con Via del Corso y se dio cuenta de que estaban apuntalando y poniendo clavos de hierro en la fachada de nuestro edificio. Lo primero que pensó fue que, si recalificaban el inmueble, a decir verdad, bastante deteriorado, la propietaria primero nos subiría el alquiler y luego nos desalojaría.

Desde que se habían casado, mi madre y él habían cambiado de casa cada año. Hacemos igual que las putas, bromeaba mi padre al respecto, que se trasladan constantemente para parecer siempre frescas. En realidad, mis padres cambiaban de habitación, porque no podían pagar un apartamento completo, y compartían los gastos con los otros inquilinos. Ignoro quiénes fueron estos antes de que yo naciera, pero conocí a los posteriores. Mi madre era muy exigente y siempre atinaba con los inquilinos. Recordaba los errores de mi padre, cuya intuición, por el contrario, resultaba riesgosa: le gustaban los tipos originales, como él, y metía en casa a los artistas más pendencieros, los fideeros más impertinentes o los extranjeros más pretenciosos. Gente que por el mero hecho de haber venido a vivir a Roma se creía protagonista en el gran teatro del mundo y trataban a mi madre y a él como comparsas. Durante años, hasta que al final pudimos vivir por nuestra cuenta, mi madre se vio obligada a soportar los eructos, los pedos y las borracheras de esos desconocidos.

Firmaban contratos de doce meses y, cuando expiraban, trashumaban a otro lugar con sus baratijas, procurando no alejarse demasiado de la calle a la que se habían aclimatado. Y tanto era así que su mundo en una ciudad tan grande no era más extenso que una aldea. Via Paolina, Via Ferratina, los Greci, los callejones que hay detrás de Santa Maria del Popolo, los patios de Sant'Andrea delle Fratte y dei Borgognoni... Para un pintor, alejarse de Via del Corso habría sido como cruzar la frontera de un país extranjero. Todos los amigos y los colegas de mi padre, famosos y desconocidos, riquísimos y paupérrimos, romanos y extranjeros, trastiberinos y borgoñones, monticianos y austriacos, galos, lotaringios, flamencos y catalanes, maestros en talleres con veinte pupilos que ganaban miles de escudos por un único lienzo y trabajadores que a duras penas se hacían con veinte bayocos por un día de duro trabajo, se apiñaban en esos pocos inmuebles. Se veían todos los días. Lo sabían todo sobre todos. Algunos eran amigos, otros se respetaban, pero la mayoría se odiaban a muerte. Se difamaban, se apuñalaban, se robaban el trabajo unos a otros, los asistentes, los amantes y las putas arremetían con piedras, excrementos y alcachofas, pero nadie estaba solo.

Mi padre Giovanni, a quien todo el mundo llamaba el Briccio, no tenía enemigos. Nunca se enfrentó a un juicio, nunca fue calumniado ni calumnió. No lo denunciaron por apaleamiento, apedreamiento, injuria, insulto, libelo, destrucción de casa o de fuente, deterioro de puerta, levantamiento de cadáver, práctica ilícita, robo de dibujos, colocación de carteles, dados falsos, cuchillada, riñas, exceso, posesión ilícita de espada o arma de fuego, destrozo de celosías: en resumen, la miríada de delitos por los que fueron acusados y a menudo condenados casi todos sus colegas, para quienes la cárcel era una posada como cualquier otra, salvo por tener aquel dormitorio las ventadas enrejadas. Enemigo de las peleas, amigo de la paz, «nunca hizo el menor daño a nadie, ni siquiera a los animales» era el epitafio que le habría gustado para su tumba.

Pero no estaba muy orgulloso de su virginidad judicial. Una vez, cuando ya estaba minado por la enfermedad, miró al hombre que había sido como si fuera otra persona, me dijo que eso era una prueba de su irrelevancia como artista. Nadie lo consideró nunca su rival. Incluso Merisi, el altivo Caravaggio, que hablaba mal de todos los pintores pasados y presentes y que buscaba pelea con todo aquel que ejerciera en Roma su profesión, lo perdonó. Durante algún tiempo coincidieron en el mismo taller de Giuseppino Cesari, pintando las mismas cosas humildes que el maestro delegaba en sus ayudantes. Por razones opuestas: para algunos, el Arpino les endosaba las flores y las frutas porque tenían talento y temía que pudieran hacerle sombra; para otros, porque no eran lo bastante buenos y temía que pudieran disminuir el valor de un cuadro si se les permitía pintar una figura. Mi padre, a los catorce años, consideraba necesario pintar rosas, naranjas y membrillos para aprender el oficio; al Caravaggio, que a los veintidós ya era un pintor hecho y derecho, le parecía ofensivo. Tanto es así que discutió con el maestro y se marchó casi de inmediato por su camino. Pero en esas semanas no le dedicó al Briccio ni un solo insulto. Ni siquiera ha aprendido mi nombre, suspiraba mi padre, se dio cuenta de que nunca llegaría a ser un hombre de pro al que temer.

A mí, en cambio, me gusta pensar que mi padre no tenía enemigos entre los artistas porque su contagiosa alegría desarmaba los malos humores. Todos ellos se tomaban a sí mismos muy en serio. Para él, por el contrario, la pintura había sido un sueño, luego una pasión y al final se había convertido en un trabajo, la profesión que le garantizaba el pan de cada día y un lugar en el mundo. Lo había liberado de la perspectiva de tundir la lana de por vida para rellenar colchones y le estaba agradecido por eso. Pero cuando nací yo, ya había comenzado a comprender que en las figuras y en los colores no sería capaz de expresarse a sí mismo.

Mientras mi madre soportaba los dolores del parto, mi padre tocaba la guitarra para distraer a mi hermana Albina. *«Belle zitte gratiose, che havite bel musetto* –cantaba–, *aspettate un pocorillo che mo mo sarite spose, belle zitte gratiose...»*[1] Aunque la guitarra no es ni el laúd ni la tiorba, y hasta los mozos de cuadra saben rasgar algún acorde, a él se le daba bien, como un músico profesional. Decía que le habían enseñado las gitanas: de niño se había criado con los hijos de las gitanas del Babuino, cuando a los romanos los gitanos les parecían gente exótica y fascinante venida de lejos, y no los ladrones y tramposos a los que hoy desprecian. Jugaba con esos mocosos de nadie y, con el buen tiempo, mordisqueaban frutas y se tiraban los huesos persiguiéndose hasta el umbral de las casas. Siempre estaban juntos y, cuando estalló la epidemia de fiebres, se los llevó a todos, sin preocuparse por el país de origen. Murieron los hijos de las gitanas y la hermana pequeña de mi padre: él se salvó, como un predestinado. Pero en realidad había estudiado música en serio, con un compositor, porque un caballero de Piacenza que lo había oído tocar el arpa en el taller de mi abuelo creyó reconocer el genio de la armonía en ese niño que sentía curiosidad por todo. Mi padre siempre ha encontrado personas poderosas que han creído en él sin esperar nada a cambio y no es esa la menor dote que me transmitió. Tenía también una clara voz de tenor y cantaba de maravilla. Y tanto era así que más tarde llegó a ser prefecto del coro en la iglesia de San Carlo dei Lombardi, en el Corso, pese a que ese papel estaba destinado a los religiosos: ese detalle no le preocupó al Briccio lo más mínimo, porque no estaba

---

1. «Hermosas y graciosas mozuelas, que tenéis unas lindas naricillas, esperad un poquillo que ya muy pronto seréis novias, hermosas y graciosas mozuelas...»

dispuesto a renunciar al salario de un escudo al mes y aceptó el nombramiento con alegría. Se limitó a ponerse la sotana de sacerdote para dirigir los conciertos.

Pero ni la guitarra ni la voz de tenor ni la cancioncilla en napolitano funcionaban esa mañana con Albina, quien, a sus cinco años, sollozaba aterrada por los gritos procedentes de la cama. No veía nada, porque la partera había corrido las cortinas del dosel alrededor del colchón, pero podía oírlo todo. Más tarde, cuando cinco años después me tocó el turno de escuchar los gritos de mi madre que estaba pariendo a Basilio, entendí el terror de mi hermana. Y recé para que yo nunca tuviera que sufrir de esa manera.

Además, esa mañana, los martillazos, el estruendo de los escombros, el ritmo del pico, el tañido de las campanas de la cercana iglesia de San Lorenzo y los gritos del aceitunero y de los vendedores ambulantes de ajo y lechuga superaban la melodía de mi padre. Vivíamos en el primer piso y era 13 de agosto, quizá el día más caluroso del año: la partera había dejado las contraventanas abiertas para que mi madre sintiera algún alivio y el papel encerado que forraba las ventanas no evitaba el ruido. No la hice sufrir demasiado tiempo, me contaron luego ambas, riendo burlonamente: el canal se encontraba dragado, yo era su tercer parto.

La tercera mujer en diez años de matrimonio. Para cualquier otro padre, una desgracia. No para el mío. Por aquel entonces, el Briccio, era un hombre despreocupado. El futuro no le inquietaba. Confiaba en Jesús y en la Fortuna. Creía devotamente en ambos. Las gitanas, las del Babuino, le habían presagiado que viviría felizmente al menos cuarenta años. Él prefirió no preguntar qué le pasaría después. Y ese día de agosto tenía solamente treinta y siete. Como veía el lado ridículo de todas las cosas, también lo veía en sí mismo. Sudado, alterado, con la guitarra en una mano y el librito con la letra de la canción en la otra, inclinado sobre una criatura arrugada y rojiza de nueve libras, con una hendidura entre las piernas en vez de la ansiada manguerilla. No valgo ni un bayoco siquiera, Marta, le dijo a la partera, soy incapaz de botar un rapazuelo. Me lo soltó ella, cotilla y descarada como todas las comadronas que se ganan la vida con la naturaleza de la mujer. Además, nos conocía bien, Marta Briccia era su hermana.

Mi padre me explicó que me miró con desencanto. Se sentía disgustado por esa tercera hija, pero convencido de que podía redimirse de inmediato. Chiara, mi madre, a los veintisiete le encendía la sangre como la primera vez que la vio y se juró que esa napolitana, enojadiza y peleona, huérfana y sin blanca, pero fresca y luminosa como una mañana de mayo, sería su esposa. Yo, en cambio, era negra como una cucaracha y jadeaba como si me faltara el aire.

Los niños de verano no viven mucho tiempo. Después del 16 de agosto resulta peligroso respirar el aire insalubre y los miasmas de Roma, pero mi padre no podía permitirse para mí y mi familia una vivienda más saludable. En Roma solo los cardenales, los nobles y sus familias se marchan de vacaciones.

Tres días después hizo que me bautizaran en la iglesia de San Lorenzo, prácticamente vacía porque el 16 de agosto todo el mundo se apostó en los tejados y en las ventanas con vistas al Tíber y, mientras esperaban el inicio del palio de las barcas, disfrutaban con las bravatas de los jovenzuelos que se desafiaban a arrancarles el cuello a los patos, colgados de las patas en las sogas tendidas de orilla a orilla por encima de la corriente: a mi entrada en la comunidad de los cristianos ni siquiera acudieron sus mejores amigos. Las fiestas en Roma son más importantes que cualquier otra cosa. La corte se detiene, la plebe se detiene, hasta la muerte, si la invitaran, se detendría.

Mi padre me depositó con alivio en los brazos del seor

Enea, el sastre fláccido y lampiño de Imola que les cosía la ropa a él y a toda la compañía de teatro. El seor Enea permanecía más célibe que un fraile, como era evidente a todo el mundo a simple vista, y, al no tener hijos propios que mantener, podría dejar unos ahorrillos para su pupila: este es el motivo por el que, como padrino, no me correspondió el honor de contar con un licenciado ni tampoco con un pintor. El seor Enea, caminando bien tieso por emparentar así con un artista que había estado en el taller del *cavalier* Giuseppino Cesari d'Arpino, el favorito de esa alma cándida que fue el papa Clemente VIII Aldobrandino, me inclinó torpemente sobre la pila bautismal, como un cordero.

Mi padre le encargó que me cuidara si a él le pasaba algo (le carcomía bastante aquel presagio de los cuarenta años y ya iba acercándose a la fecha límite) y luego me olvidó. Se jactó de haberme vuelto a coger en brazos el día de la Asunción del año siguiente, después de mi primer cumpleaños. No quería encariñarme contigo, me explicó. Ya había enterrado a Virginia. Mi primera hija solo vivió diez meses. Era delicada como un ángel. Perderla me partió el corazón.

En realidad, no me prestó atención hasta que comencé a repetirle las chanzas de las comedias que ensayaba en voz alta, gesticulando. Y luego comprendió que yo lo comprendía. Siempre iba tras él, porque donde estaba el Briccio estaba la alegría, pero no me hacía caso. No estaba seguro de que yo fuera a durarle, que no fueran tiempo y sentimientos malgastados. Sus razones eran correctas, pero me arrebató sus años más felices. En ese mes de agosto de 1616, se bautizó a treinta y un niños en nuestra parroquia de San Lorenzo. Quince en junio, veintisiete en julio, veintiséis en septiembre. Menos de la mitad superamos el primer año de vida, y la mitad de la mitad, el quinto. Todos nosotros éramos supervivientes. La vida que vivimos no es solo la nuestra. Yo he vivido por Virginia y, luego, por Rocco, por Antonia, por Giuliana. Por eso, en todos los días que me fueron concedidos, intenté no desaprovechar mis oportunidades.

A los cuatro años y tres meses ya había cambiado cuatro veces de casa, pero no guardo recuerdo de aquellas primeras mudanzas. Es una tarde de noviembre, mido menos de cinco palmos y todavía tengo todos mis dientes de leche. El cielo ya es plomizo, queda poco más de una hora de luz. Estoy acurrucada, con nuestra gata pelirroja en el regazo, en las escaleras del edificio colindante con el Hospital degli Incurabili, donde vivimos desde hace doce meses. Llevo una gorra en la cabeza, una manta de crin de caballo sobre los hombros y calcetines de lana en las piernas, pero mis manitas desnudas están moradas de frío y no me basta con soplar hacia ellas para calentarlas. Desde la puerta del apartamento, abierta de par en par, no entra nada de calor, porque la chimenea está apagada. En las paredes, el yeso hinchado por la humedad se ha desprendido y las escamas caídas se deshacen entre las yemas de mis dedos en un polvo fino, como harina. Esta hilera de casas al lado del río es insalubre, mardito er día que vorvimos: repite siempre mi madre como un estribillo, incluso ahora, con la voz rota, secándose las lágrimas con la manga raída de su abrigo de piel. Soy muy pequeña para entender por qué odia tanto esta casa.

Mi madre me deja en manos de mi hermana Albina, porque desde que nació Rocco, Albina es quien cuida de mí. Me cambia de ropa, me lava el pelo, me frota la espalda, me enseña los trabalenguas y las tonadillas. La idolatro y la imito en todo: Albina ya tiene nueve años y se le permite colarse en el mundo de los adultos que a mí me está vetado. Mi hermana es guapa, tiene el pelo cobrizo de mi madre, es ingeniosa y vivaracha como ella. Ella es la preferida de mi padre. No sé cómo lo sé, pero lo sé. Me gustaría ser Albina, así el Briccio también me dedicaría poemas y canciones.

Yo a este hombre esquivo lo quiero con la misma furia celosa que mi madre, con sus dedos manchados de tinta, siempre inclinado sobre sus papeles, distraído, todo el día en las nubes, que no duerme nunca, que se hace llamar de diez maneras diferentes –un nombre para cada una de sus personalidades– y que hoy toma la bata de pintor y mañana la máscara de Pantalone, un día se viste de sacerdote y el otro alquila un sombrero de terciopelo con una pluma roja porque unos banqueros lo han invitado a una recepción. A los cuarenta y un años, el Briccio sigue siendo guapo, con un casquete de pelo oscuro, rizado y abundante adornándole la frente, la nariz de vela, la perilla puntiaguda, el bigote malicioso y los ojos negros que brillan como la pez. En mis primeros recuerdos, su pelo ya escasea y está salpicado de gris y las preocupaciones han excavado en sus delgadas mejillas dos surcos, como el arado en tierra blanda. Pero yo también conozco a mi padre de joven, antes de mí: lo vi en un retrato grabado en el interior de uno de sus libros, y entendí por qué mi madre, cortejada por todos, eligió precisamente al hijo del Materazzaro. Yo también lo habría elegido a él.

Esta tarde, sin embargo, Albina se ha limitado a ordenarme que me quede en las escaleras, que no estorbe y que no me mueva por ningún motivo. Cuando todo esté listo, me llamarán y nos marcharemos. Nuestra nueva casa será tan lujosa como la de dos princesas. Pero yo ya estoy harta de hacerle trenzas a mi muñeca de trapo, no tengo nada que hacer y me aburro. El tiempo fluye muy lento. Me siento como si estuviera sentada en ese filo del escalón desde siempre.

Giacomo, el granujiento recadero de mi padre, y un mozo de cuerda del tamaño de un búfalo entran al apartamento a paso ligero y salen de allí jadeando, encorvados bajo el peso de las cajas de los libros. El mozo impreca qué coño hará este cristiano con este papel que solo vale pa envolver pescao. Mi madre me ha enseñado a susurrar «Dios te perdone» y a persignarme cuando alguien suelta un gesto obsceno o una palabrota. Y la palabra coño exige doble señal de la cruz porque evoca el instrumento del pecado. La sé porque mi padre la aprendió en la iglesia de San Carlo: sostiene que se trata de la única contribución que los lombardos han aportado a la hermosa lengua italiana. Ejecuto, susurrando rápidamente «Dios te perdone». Me persigno a menudo con la cruz, porque, lamentablemente, el hermoso y pulido lenguaje, así como el comportamiento educado, en Roma son un privilegio de personas que viven en otro lugar. Yo aún no me he topado con ellas.

Albina sigue de cerca al mozo de cuerda, preocupada por que no vaya a romperse la cesta de mimbre con sus labores de costura: había comenzado a bordarle un babero a Rocco, pero, como él ya no lo necesita, lo convertirá en un cuello para mí. El mozo se detiene con brusquedad, se da la vuelta y le resopla algo en la cara. Albina retrocede, roja como la piel de una manzana. Hay algo equívoco en esa proximidad de Albina con ese búfalo y en la mirada que él le clava en su cuerpo envuelto en el vestido rojo, pero yo no sé de qué se trata. A los nueve, Albina es menos libre que yo. A mí me dejan jugar en el rellano, mi hermana, en cambio, ya no puede ni asomarse por la ventana. Una de las primeras cosas que aprendí es que, para una mujer, la ventana es la puerta del infierno.

Mi madre sube jadeante por la calle, intercepta la mirada babosa del mozo, aferra a Albina de la muñeca, la arrastra hasta casa. Oigo el chasquido del soplamocos en su mejilla pese a una pared del grosor de un brazo que nos separa. Miro la puerta, a la espera de que salgan por ella mi madre y mi hermana, reconciliadas, pero, en lugar de ellas, por la puerta sale una silla. El cuero del acolchado se ve hendido por un corte tan largo como mi pierna. Mientras estaba en nuestra casa, cubierto con un cojín, nadie lo sabía. Ahora todos podrán ver el costurón. Instintivamente, me levanto y llevo esa silla herida escaleras abajo, como si pudiera protegerla.

Todos nuestros muebles están en la calle, empapados y negros bajo la lluvia. El mozo los sube a la carreta sin esfuerzo y sin contemplaciones. Por primera vez se forma en mi mente un pensamiento coherente, más doloroso que la bofetada de mi madre en la mejilla de Albina. Toda nuestra casa está allí, en la plataforma de una carreta que un asno macilento bastará para tirar de ella. Tenemos pocos muebles. Los vecinos descubrirán que somos pobres. Es lo segundo que he aprendido. Los habitantes de Roma se dividen en cuatro categorías. Los ricos, los acomodados, los pobres y los miserables.

Nos consideramos acomodados. Me lo dijo mi abuela Isabella, la madre siempre alegre de mi madre; me lo repitió mi abuelo Giovanni Battista, el avaro padre de mi padre: ellos dos son los únicos abuelos que tengo, el uno el opuesto de la otra; por tanto, su conformidad es tan válida como una verdad irrefutable. Mi padre, sin embargo, piensa las cosas a su manera y discute esta clasificación universalmente aceptada. Me repite una y otra vez que es rico, de hecho, riquísimo, archirrico, porque nadie, ni siquiera un papa, puede ser más rico que un artista, pero en ese momento pienso que mi adorado padre es un tramposo, y que me está engatusando. Solo hacemos ver que somos gente acomodada. Somos poco más que pobres.

A esa hora las tiendas están abiertas, pero los comerciantes salen al umbral para saludar al Briccio, que se marcha. Mi padre es muy popular entre los Incurables: quien consigue hacer reír a la gente es más apreciado que un sacerdote e incluso que un médico. Y todo el mundo está agradecido al Briccio porque es capaz de hacerlos reír incluso cuando están tan melancólicos que luchan contra la tentación de ahogarse en el Tíber. Hasta los empleados del hospital han bajado a la calle y se acercan para estrecharle la mano. Los muebles destartalados amontonados en la carreta se ciernen como una amenaza de infortunio.

Mi padre reparte palmadas en el hombro a todo el mundo, se muestra alegre, la Fortuna tuerta hasta ahora le ha escupido, bromea, pero esta vez le crujo los huesos si no m'estampa un beso en la frente en cuanto me meta en la nueva casa, en el lado bueno del Corso, en los Bergamaschi... Pero reconozco el tono forzado de su voz y me doy cuenta de que está actuando y que a él también le gustaría desaparecer, porque a estas alturas tiene cuarenta y un años y nadie lo llama maestro, y se marcha con la carreta tirada por un asno, y el respeto de la gente se lo gana arrancando unas sonrisas y no ejerciendo ese oficio que ama tanto.

No quiero que sepa que he visto su vergüenza y me pongo a trotar hacia el Corso. La muñeca resbala de mi mano y cae en un charco, la gata me acecha maullando hasta el cruce; luego, molesta por la lluvia, eriza el pelo y se detiene. Cuando me acuerdo de ella, ya es demasiado tarde. Nunca volveremos a verla.

Mis padres se habían vuelto tan hábiles que eran capaces de cargar los enseres domésticos y mudarse en menos de tres horas. Normalmente, de noche, aprovechando la oscuridad, para ganar un día a los propietarios, que siempre reclamaban deudas atrasadas y presuntos daños a sus bienes. El Briccio y Chiara apenas tenían cosas. Aparte de la silla de piel de vaca, herencia del padre de mi madre, que en gloria esté, que servía como un accesorio en el estudio junto con los cuadros, los rollos para los cartones, los lienzos, los caballetes, los morteros, los colores, las herramientas de trabajo, los libros y los instrumentos musicales, mi padre nunca poseyó nada más.

Nuestras casas siempre estaban amuebladas, porque los propietarios alquilaban las paredes junto con los muebles, idénticos en todas partes, con mesas de madera de peral y sillas rellenas de paja, tan rudimentarias que aún se podía ver el mordisco del hacha del carpintero. A mi madre le habría gustado algo hermoso, por ejemplo, una batería completa de sillas de cuero rojo, el cortinaje de la cama de damasco carmesí o las camas talladas con columnitas retorcidas, como las de su prima, la cantante que se había casado con un clavicembalista y había sido apadrinada por el cardenal Montalto, y que para aquel entonces era casi tan rica como una condesa. Mi padre, sonriendo, le echaba en cara que, lamentablemente, ella no gorjeaba como ese ruiseñor de su prima, sino que graznaba como una picaza, y que él, a pesar de ser el músico más genial nacido en Roma, no se había convertido en el lacayo de nadie y no había vendido su libertad por el vil peculio y que por tanto tenía que conformarse con nuestros muebles. Total, las sillas solo sirven para apoyar en ellas el agujero de la alegría y las camas para tener buenos sueños y no vale la pena malgastar dinero en cosas destinadas a romperse. La cultura que uno se mete en el tarro leyendo, en cambio, dura para siempre. Y ningún usurero, ningún amo, podrá arrebatártela nunca.

Durante muchos años solo poseímos los colchones. Estos, no obstante, en abundancia, hasta tres por cama, suaves y tan hinchados que era como dormir sobre una nube de algodón. El abuelo los fabricaba con sus propias manos en el taller de Via dell'Anima, en San Pantaleo. Y los cambiábamos cada seis meses. Nunca vimos ni una chinche, ni una pulga, ni un piojo.

Incluso las ollas, las brochetas, las parrillas, los cubiertos, los platos y los vasos los compraron mis padres solo después de que cruzáramos el Tíber y por fin tuvimos una casa con cocina. Y el reclinatorio de madera dorada para rezar las oraciones, un objeto de inquietante belleza y de un lujo desproporcionado, solo cuando murió la tía Marta, que a su vez lo había recibido tras la muerte de su suegra, porque el cardenal

Crescenzi, que en gloria esté, dejó a los familiares todos los objetos que había en la habitación de su fiel sirvienta. Nosotros, los Bricci, aplanamos nuestras rodillas acomodándolas allí arriba, pero en todas las ocasiones, mientras rezaba las plegarias, se me pasaba por la cabeza que esa pobre anciana que se quedó viuda demasiado pronto, se lo había ganado a fuerza de vaciar el orinal del cardenal, y este pensamiento sucio debe de haber debilitado mis oraciones, que Nuestra Señora abogada, el Niño Jesús y Dios Nuestro Señor dejaron sin ser escuchadas.

Tampoco nos faltaba la ropa. El seor Enea, el sastre que era mi padrino, cortaba y le cosía a mi padre las batas de trabajo de tela áspera y las chaquetas de terciopelo que necesitaba para codearse con los prelados de la corte, los científicos y los escritores de las academias en las que se había inscrito, así como el hábito de sacerdote para los conciertos en San Carlo al Corso (lo habían echado como prefecto del coro, pero él siempre tenía uno listo en el arcón, por si acaso), sin contar la pila de trajes exóticos de turco, de francés, de chacinero, de villano y de bufón que le servían a él y a la compañía de actores para disfrazarse en los espectáculos de Carnaval. Mi padre le pagaba dándole obras como prenda: el sastre las aceptaba como moneda, porque le habría gustado entrar en el negocio de los cuadros como hacían muchos de sus colegas y, de hecho, al principio logró revenderlos, aunque por ninguno de ellos obtuvo más de ocho escudos y, con el paso de los años y el cambio de gustos, tuvo que conformarse con seis o incluso cuatro, hasta que, cuando le entró el tembleque en las manos, ya no pudo enhebrar por el ojo de la aguja y tuvo que dejar de trabajar, intentó venderlos a un chamarilero, que le pagó tan poco por ellos que ni siquiera bastaron para costear la cuenta de las medicinas en el boticario y el seor Enea acabó en el hospicio para pobres. Pero esto sucedió mucho tiempo después.

El seor Enea también cosía la ropa de mi madre y de la abuela Isabella (y luego la de mi hermana Albina y la mía), pero con menos entusiasmo, porque, murmuraba, el cuerpo femenino es defectuoso por naturaleza, lleno de curvas, ensenadas y burujos que arruinan el corte de la tela. Como todas las mujeres, mi madre recibió su ajuar en el momento de la boda. Luego tuvo que conformarse con las tijeras del seor Enea y, si pedía dinero para comprarse un chal con bordados de seda, un paño de tafetán o para pagar un sastre de señora, tenía que soportar las burlas de mi padre.

En nuestras casas todo parecía viejo, y lo era. Los objetos se deterioraban año tras año, los terciopelos y las sedas perdían los colores vivos, las mudas y las faldas adquirían un tinte amarronado a fuerza de ser enjuagados con el agua fangosa del Tíber, pero no los blanqueaban porque por ese servicio la lavandera pedía demasiado, y mi madre resoplaba, se indignaba y protestaba y no podía ponerle remedio. Mi padre despreciaba a los hombres que se dejan tiranizar por sus esposas. Argumentaba que existen cuatro tipos de maridos: los maridos dignos de tal nombre, que saben cómo hacerse respetar y cómo gobernar la casa; los mariduchos, pusilánimes y cobardes que dejan sus calzones a las esposas y se dejan cabalgar por ellas; los maridones, buenos para mandar, pero violentos, soberbios y cargantes, y los maridazos, jugadores, puteros, bebedores siempre borrachos. Se enorgullecía de pertenecer a la primera categoría, aunque repitiera sarcásticamente que lo mejor habría sido no casarse, porque para el marido es el mijo mejor que la mujer y las hembras traen hambres.

En esa época creía que ninguna mujer entendía nada de arte, de música y de literatura, y mucho menos sabía administrar una casa. Cada vez que se acordaba de echar un vistazo al libro de cuentas y comprobaba la lista de deudas, de los empeños a punto de vencer y de los gastos, le salía una cana. En una casa, soltaba, las arañas son más útiles que las mujeres, parásitos y manirrotas que merman los ingresos. Mi madre no logró convencerlo de lo contrario.

De hecho, andaba negociando constantemente con los judihuelos del gueto y empeñaba sus joyas para comprarse un abanico, el abanico para comprarse unos mitones, los mitones para comprar siete pares de calcetines de seda, los calcetines de seda por una cola de zorro y, en ese tiovivo, acababa perdiendo todo, pero el amado y odiado Giovanni, a veces amado por las mismas razones por las que era odiado, se gastaba todo el dinero que ganaba –que, en algunos casos, no era poco– para imprimir sus libros o para comprar los de los demás. No había nada más que en su opinión valiera la pena.

Está cayendo la tarde, pero yo sigo sin detenerme, porque he desobedecido y no quiero que castiguen a Albina por mi culpa. Y sin mirar atrás troto bajo la llovizna impalpable de finales de noviembre, me mojo los pies en la charca maloliente que inunda la calle, en la que confluyen las deyecciones de los orinales, las cortezas de las castañas asadas, la orina de los caballos. Desemboco en Via del Corso y avanzo sorteando todo aquel caos, esquivando a la multitud que viene hacia mí como una ola desbordada. No quiero dejar la incómoda y vacía casa de los Incurables, fría como un nevero: en el mismo rellano vive un amigo de mi padre, también pintor, sus hijas tienen nuestra edad. Jugamos sin que nadie nos moleste en todo el día, porque nuestras madres tienen bebés de los que ocuparse.

Mi hermanito se llama Rocco: enfermizo, siempre llora y no nos deja dormir por la noche. Por eso, cuando mi madre se lo encontró tieso como un pajarito bajo la manta y soltó un grito que todavía me retumba en los oídos, no lo sentí. Ni lloré ni me arranqué el pelo como sí hizo Albina, que lo llevaba a pasear por el patio, envuelto en la mantita blanca, mostrándolo con orgullo a sus amigas, ni que fuera el niño del pesebre. Pero que nos vayamos es culpa de Rocco. Mi madre no quiere seguir viviendo donde se le murió el niñito. Lo enterraron cerca de Virginia, en Santa Maria del Popolo. Muerto, mi hermanito parecía de cera.

Atarugada por el estruendo y el vocerío de los transeúntes, a cada paso corro el peligro de ser aplastada como una *pizza* por un carruaje. Porque me detengo a admirar todo aquello, pasmada. En Roma, solo quien tiene un carruaje es alguien. No he subido nunca a ninguno y no logro imaginar qué impresión causará ver desde arriba la calle y a los pobres que van a pie. Tal vez la misma que me hacen las hormigas que van en columnas por el suelo: las espío, respetuosa de su laboriosidad, pero luego, disgustada por su esfuerzo, las disperso y las aplasto con un capirotazo. Los cocheros en librea me esquivan con un remolino de la fusta. Por las calles de Roma, hay enjambres de mendigos.

Camino hasta que ya no siento los pies, hasta que la oscuridad dificulta distinguir los rótulos de las tiendas. Todo me es ajeno. Me gustaría ir a casa de la abuela Isabella, sé que está muy cerca, pero no encuentro la calle. Me he perdido.

Tiemblo, me castañetean los dientes, tropiezo, me levanto, me seco unas lágrimas que me han empezado a rodar imparables por las mejillas. En la oscuridad que ahora ya me rodea nadie parece verme. Y yo me esfuerzo por no ver a los transeúntes. Hay un hombre que orina contra la pared del palacio de un cardenal, como si estuviera en la letrina. Un sirviente con galones asoma por la puerta blandiendo un garrote, le grita que se vaya a mear en la pamema de su madre y él sale corriendo, con la picha repiqueteando contra sus calzones. La llovizna que gotea del cielo me vela los ojos como el pañuelo en el juego de la gallinita ciega. Distingo una luz que chisporrotea en la lámpara, sobre la puerta abierta de un local, justo por debajo del nivel de la calle. Las ventanas del tragaluz emanan un cálido resplandor. Aún no sé leer, así que del cartel

64

solo entiendo el dibujo: una fuente. Tengo frío y hambre, y eso seguramente es una taberna.

Mi padre frecuenta las tabernas. A veces pasa tardes enteras allí. Esto desencadena salvajes broncas con mi madre. Ella se queja de que va de tasqueo pa' pecar, él asegura que las frecuenta solo para buscar inspiración: en la taberna encuentra a los personajes de sus comedias, toma notas, allí se hace con las mejores chanzas. La taberna es el gran teatro del mundo. Mi madre lo acusa de ser un mentiroso empedernido. Y luego quiere que mi padre se quite de la cabeza esa perra del teatro. El teatro es una diversión, pero no da pan. Es su oficio de pintor el que llena nuestras barrigas.

Bajo las bóvedas de cañón, las velas despiden más humo que luz: en el vastísimo local, que parece vacío en el centro, distingo largas mesas adosadas en las paredes, un perro empapao por la lluvia echado en el suelo, un montón de harapos y un borracho. Me asalta un estallido de risas y el arpegio de una guitarra. Conozco la canción, mi padre también la toca. Me escabullo de allí por la escalera, casi con audacia.

Mis padres estaban tan deseosos de marcharse lo antes posible de la casa donde murió su adorado Rocco que no advirtieron mi desaparición hasta que acabaron de descargar todos los enseres domésticos en los Bergamaschi. Albina dice que mi padre, que siempre mantenía el control sobre sí mismo, parecía haber enloquecido. Ni él ni mi madre la acusaron de no haberme vigilado atentamente. El Briccio se hizo con una antorcha, se lanzó a la calle seguido por Giacomo, el mozo, y luego por todos los habitantes del nuevo edificio, que ni siquiera sabían cómo era yo, y empezaron a gritar mi nombre. ¡¡¡Plautilla, Plautilla –gritaban–, Plautilla, Plautilla, Plautilla!!!

Los visillos se iban descorriendo uno tras otro, la gente se asomaba en todas las plantas, porque en Roma entonces había muchas mujeres, jóvenes y niñas que se llamaban Plautilla. De hecho, no había nombre más romano que el mío. Ponérselo a la hija de uno significaba reivindicar una pertenencia. Por cada Portia, Lucrezia, Camilla y Virginia había una Plautilla. Hoy no, mi nombre ha pasado de moda. Vivimos en el siglo más escéptico de todos los tiempos y nadie presta ya atención a la historia de la matrona romana Plautilla que conoció a san Pablo mientras el verdugo lo conducía al lugar de la tortura y él le dijo: «Adiós, Plautilla, hija de la salvación eterna. Dame el velo con que te cubres la cabeza, para que pueda vendarme los ojos y luego te lo devolveré.» El verdugo se echó a reír y se burló de ella, porque, si le daba su tan valioso velo a quien iba a morir, lo perdería. Pero la matrona Plautilla, generosa y creyente, le dio el velo a Pablo. El verdugo lo ató en la nuca del condenado, lo hizo arrodillarse y le cortó la cabeza. Algún tiempo después del martirio, desde el cielo, Pablo dejó caer el velo manchado de sangre en las manos de Plautilla, que en ese momento estaba rezando. Corrió a mostrar a los paganos que Pablo había cumplido su promesa y, por tanto, el Paraíso existía, y lo que Pablo había dicho era cierto: todos se convirtieron. Si los romanos creen en Jesucristo, es gracias a Plautilla.

Para mí, esa fantástica historia era estupenda y estaba muy orgullosa de que Giotto la hubiera pintado para el políptico del altar mayor de San Pedro, el puesto de honor, en la basílica del primer apóstol. En realidad, ya no estaba ahí, la habían trasladado a la sacristía. Pero mi padre me llevaba a las iglesias de Roma a estudiar pintura y, años después, aquella tarde de noviembre, logró mostrármela. Los colores brillantes y luminosos me llamaban desde lejos. Giotto, me dijo, es el primer pintor de la historia que te estoy enseñando y en la que tienes que encontrar tu lugar. Es antiguo y extraño, su forma de pintar ya no es la nuestra. Pero tú ámalo como si fuera Abraham. Un pintor no existe sin quienes lo precedieron. Mi homónima, minúscula en la pequeña tabla del panel lateral de Giotto, era una dama elegante y miraba llena de amor y de asombro ese velo transparente que revoloteaba al viento y flotaba en el cielo como una medusa.

La voz de que una niña se había perdido corrió de alféizar en alféizar y, al no poder ayudar de ninguna manera a ese padre desconsolado, los vecinos del barrio repetían su llamada. ¡¡¡Plautilla, Plautilla, Plautilla!!! Mi nombre rebotaba de edificio en edificio, de callejón en callejón. Encontraron la muñeca en el charco delante del portón cercano a los Incurables, pero ni rastro de mí.

Me acerco a la primera mesa de la taberna. Un grupo de soldados jugando a los dados: discuten acaloradamente porque se acusan unos a otros de hacer trampas. Y, como todo el mundo hace trampas, no pueden ponerse de acuerdo. Casi llegan a las manos. Los miro un buen rato, intrigada por las armas que llevan al costado. Espadas y dagas, pero también arcabuces y tercerolas. Nadie, aparte de los guardias, puede poseer esas armas en Roma. Te cuelgan si te encuentran con un arma de fuego y ningún embajador puede interceder por ti. Los soldados llevan barbas tupidas y uniformes remendados y parece que nadie les haya pagado desde hace tiempo. Tal vez hayan perdido sus trabajos o vayan en busca de algún enrolamiento. Se pondrán al servicio del primero que los contrate y lo traicionarán con la misma desenvoltura: mi padre dice que la palabra de un soldado vale menos que la de una mujer. No se percatan de mi presencia.

Voy avanzando, esquivando a un mendigo al que le falta una pierna y que se ha dormido con la cabeza apoyada sobre su única rodilla: en el suelo ha olvidado su sombrero lleno de monedas de cobre y, al salir, un soldado se agacha y se las afana todas. Me parece un gesto feo, pero no tengo el valor de despertar al mendigo para avisarle.

Continúo hacia el fondo del local, de donde provienen la

música y las risas. Alrededor de una mesa, se congrega una veintena de jóvenes rubios, exaltados. Unos sentados, otros de pie, otros apoyados sobre la mesa. Todos llevan gorras de pintor, por eso me acerco como si fueran amigos de la familia, pero no conozco a nadie. Son forasteros.

La guitarra la toca una hermosa mujer de pechos mantecosos que desbordan por el escote de un vestido amarillo tornasolado. Un joven a cuatro patas sobre la mesa baja la cabeza para que un hombre le eche en el pelo vino de una garrafa. Un tercero recoge la lluvia de gotas en una jarra y el hombre la levanta por delante de su cara como el sacerdote en el altar alza el cáliz de la misa. Pronuncia una fórmula y el joven la repite como si formulara un juramento. No entiendo las palabras. Pero todos los presentes lo aclaman.

En ese momento, el hombre presiona la jarra contra sus labios y vierte el vino en su garganta. Lo extraño de la escena es que todos están muy serios, pero la escena no podría ser más ridícula. El joven lleva los calcetines subidos hasta las rodillas y una tea encendida metida en el trasero. Los demás le instan a vaciar la jarra de un trago, antes de que la llama le queme el culo, y el joven traga, traga, se detiene por una arcada, comienza de nuevo, traga, bebe, bebe, hasta que, al final, el otro gira la jarra sobre la mesa y no cae ni una gota. Los pintores le rinden un estruendoso aplauso. El joven se ha ganado su liberación del suplicio. Le sacan la tea del culo, la insertan en la anilla de la pared. El joven ya puede bajarse de la mesa. Se sube los calcetines, tambaleándose. Ahora ya es miembro de la Banda de los Pájaros. Los otros le calan una corona de ramas de laurel sobre sus rizos y lo empujan hacia la mujer con las tetas salidas, pero la mujer lo rechaza, lo golpea en la cabeza con la guitarra, le grita que no le han pagado para eso, que si vuelve a intentarlo le va a soltar dos patadas en los huevos y levanta la mano contra su cara, metiendo el pulgar entre el índice y el dedo corazón. Es un gesto vulgarísimo del coño, uno de esos por los que tengo que rezarle a Dios para que la perdone y persignarme. Prosigo.

Es un error. Los pintores rubios se percatan de mi presencia. Uno de ellos me levanta del suelo y el propietario de la mano, un coloso con el pelo color paja, me pregunta riendo quién soy y qué estoy haciendo allí, pero me lo pregunta en un idioma que suena extranjero a mis oídos. Así que de entrada me ofusco y no soy capaz de responderle. La mujer con las tetas salidas me coge en brazos y me sube a su regazo. Huele a pescado y a vino. Me zafo. Ella me mantiene quieta, abrazándome con fuerza. El tabernero aparece para llenar las jarras otra vez. Ya lleváis un barril entero, cuarenta jarras, señala, cuarenta y una con esta. Los pintores le dicen, riendo, que su bebistrajo sabe a meao de gato. El tabernero responde que no es verdad, que es vino de Marino, que ni siquiera está aguado, que todos ellos son unos pícaros y que ya le deben cientos de escudos, pero esta vez, si no pagan, llamará a los esbirros y los manda a todos al tribunal de Savella.

La mujer con las tetas salidas intenta ejercer de pacificadora y propone pedir mi opinión. Yo seré la juez. Mi inocencia será garantía de imparcialidad. Si el vino no me gusta, esos jóvenes valientes no pagarán.

Debe de tener un gran ascendiente sobre el tabernero, porque este acepta la apuesta. La mujer me acerca su jarra a los labios. Es la primera vez que pruebo el vino. Tiene un sabor dulce y, al principio, sonrío. Luego una regurgitación ácida me quema la garganta y empiezo a toser. Suelto un resoplido. Los pintores se ríen, me besan uno tras otro en el pelo. Todos están borrachos, pero me acarician con ternura, como si fuera su hija. El coloso de pelo pajizo lloriquea como un bebé, solloza diciendo que le recuerdo a su adorada niña, su pequeña se ha quedado en Flandes y no sabe si volverá a verla. Es fácil llegar a Roma, lo difícil es dejarla. Los demás lo consuelan recordándole que habrá traído al mundo otras diez niñas, mientras meditaba sobre si regresar a su patria. Se ríen todos, aplauden, me aclaman porque los he salvado de la codicia del tabernero, me proclaman la «Reina de los Pájaros». Para premiarme, el jefe de la pandilla pide un trozo de una tarta de hojaldre para mí. Nunca me he divertido tanto.

Mi padre, Giacomo, y los vecinos recorrieron los cobertizos, los depósitos, los almacenes, hasta que desembocaron en la orilla del Tíber. Resbaladiza, empinada y traicionera. No se veía el río allá abajo, sentían su proximidad por el estruendo de la rueda de molino, por el olor de estancada, el aliento frío y el susurro de las ratas entre los arbustos. Mi padre quería lanzarse al agua, ya se había desprendido de la pelliza, tuvieron que sujetarlo. La chavalita sabe que no debe bajar al río, le repetían, para calmarlo, todos los chavales lo saben, habrá ido por el lado opuesto.

Regresaron a Via del Corso. Allí ya no quedaba nadie. Quien sale a la noche sale a la muerte, se decía entonces, y solo los camorristas y los ladrones en busca de un pardillo al que afanarle la capa vagan en la oscuridad de las calles. Los esbirros de ronda y los sirvientes de los palacios de los nobles y de los cardenales no me habían visto. ¡¡¡Plautilla, Plautilla, Plautilla!!!, gritaban. A voz en grito, ahuecando las manos para amplificar el sonido. Si aún estaba viva, oiría esa llamada.

Y, aun así, no la oí. Porque en la taberna los rubios cantaban todos juntos, tapándose sus voces unas a otras. Algunos bailaban en el suelo, balanceándose como osos amaestrados; yo, sobre la mesa, entre los platos y las jarras vacías. La mujer que tocaba la guitarra se había marchado y yo no me había dado ni cuenta. Ahora una gitana morena estaba tocando la pandereta, percutiendo la piel tensa con los pulgares, a un ritmo cada vez más desenfrenado. No sé cuánto duró esa alocada danza. Cuando terminó la canción, fue la gitana quien me bajó de la mesa y la que dijo que era tarde, que la fiesta había terminado, que las dos nos íbamos a dormir. Los rubios protestaron, porque la fiesta de iniciación del novato Jacob, recién llegado de Holanda, tenía que durar hasta el amanecer y solo acababa de empezar, pero ella fue inflexible. Por la miseria que pagáis, Pájaros, en cuanto a nosotras, ya habéis tenido suficiente. Sujetándome de la mano se encaminó conmigo hacia la entrada de la taberna. El tramo de la calle, justo al salir, era una charca de oscuridad, porque el tabernero quería cerrar y ya había apagado la farola.

Nos sentamos en un banco esperando a alguien, creo. Desde la puerta entreabierta, nos azotaban ráfagas de lluvia. Hacía frío y la gitana me cubrió con su chal de colores. Luego dijo que me revelaría mi destino.

Eso es algo que no debe hacerse. La Virgen abogada, el Niño Jesús y Dios Nuestro Señor no quieren. La Iglesia no quiere. Es un pecado gravísimo. Pero todo el mundo lo hacía. Que las gitanas les leyeran la mano, quiero decir. Mi padre estaba obsesionado con el presagio de las gitanas del Babuino, y mi madre también una vez —después de una discusión especialmente violenta con mi padre— le pidió a una que subiera a casa, decrépita como una sibila, con las mejillas arrugadas como una cuerda rota. Era la más renombrada y se hacía pasar por descendiente directa del primer faraón de Egipto. Mi madre la recibió como a una baronesa y luego le tendió ansiosamente la palma de la mano derecha. La descendiente del faraón de Egipto la frotó con las yemas de los dedos durante un tiempo que se hizo interminable. Mi madre anhelaba la respuesta, incapaz de quedarse quieta. Cuando mueras, creerás que lo haces más rica de lo que naciste, le profetizó la gitana, mirándola directamente a las pupilas como si quisiera paralizarla, pero en realidad serás más pobre porque habrás perdido tu tesoro. A mi madre aquello le afectó tanto que no quiso pagarle.

La gitana, entonces, muy enojada, amenazó con lanzarle

71

un maleficio y convertirla en una cerda, porque había nacido con tres rosas rojas en el pecho, lo que significaba que las furias infernales la obedecían. Mi madre se rió para hacerle creer que no tenía miedo, pero lo cierto era que estaba temblando de terror, y las dos empezaron a insultarse. Mi madre gritaba: cara de escoria, hechicera, saco de carbón, vete a tu pueblo; y la otra: cornuda, glotona, peazo ramera, me cago en tos tus muertos. Nació ahí una trifulca que a mi madre le costó un mechón de pelo y a la sibila tal arañazo en la mejilla que parecía que una leona le hubiera dado un zarpazo. Al final, de todas formas, mi madre tuvo que darle dos monedas de un julio.

No creo en la superstición, me liberé de los miedos. Pero ambas profecías hechas a mis padres por esas timadoras se cumplieron.

Mi gitana, por su parte, aún no tenía dieciocho años, era morena como una castaña, con los dientes blancos y la boca roja. Nunca les he tenido miedo a los extraños, ni siquiera a los que son diferentes a mí. Siempre he sentido curiosidad por aquello que no conozco. Extendí ambas manos hacia ella. Y ella pasó y repasó sus dedos por las tiernas líneas que apenas surcaban las palmas de mis manos. Me miraba asombrada y negaba con la cabeza. Qué vida tan especial te aguarda, pequeña, decía. Me puso en el cuello una cadenita con un colgante, una piedra negra como la obsidiana. Guárdala, me explicó, y un día, cuando seas famosa, acuérdate de mí.

¡Plautilla, Plautilla, Plautilla, Plautilla! Fue en ese momento cuando oí a los hombres que pasaban por ahí. ¡¡Plautilla, Plautilla!! La voz ronca de mi padre castigaba mi nombre. Plautilla, ¡¡¡Tilla mía!!!, ese grito me buscaba en la viscosa oscuridad. No respondí. Me quedé escuchándolo, porque me produjo un escalofrío de placer. No era cierto que mi padre prefiriera a Albina. No era verdad que yo no le importara nada. Ni que hubiera preferido que hubiera muerto yo en vez de Rocco. Habría ido a buscarme incluso al infierno.

Tendrás todo lo que quieras, excepto lo más importante, añadió la gitana. Pero si quieres lo más importante, lo perderás todo. En ese momento, yo ya no la escuchaba. ¡Plautilla, Plautilla mía!, gritaba mi padre. Y me levanté del banco y corrí en la oscuridad de la calle, sollozando.

La primera vez que me ocurrió, yo debía de tener seis años, pero lo que sé lo deduje de las palabras rotas del hombre que estaba conmigo. Mis recuerdos se detienen en una cueva, en algún lugar situado por debajo de Via Nomentana: unas gotas ardientes de cera de la vela que sostengo en la mano me queman los dedos, estoy contemplando una figura con alas, que creo un ángel, pintada de rojo en lo que parece la pared de una habitación. Es una figura menuda, etérea, diferente a cuanto conozco. Está descolorida, a punto de desaparecer en el yeso, y está tan sola, tan perdida, que se me encoge el corazón.

Hacía muy poco, estaba boca abajo al borde de un pozo y tiraba piedrecitas en la oscuridad. Aunque tocaran el fondo, no hacían ningún ruido. En realidad, ni siquiera se trataba de un pozo, sino más bien de un agujero cilíndrico en una grieta abierta en el campo. Ese domingo de mayo habíamos acompañado a mi padre en una de sus «campañas pajarísticas». Un pintor amigo suyo herborizaba y dibujaba pájaros para el príncipe Cesi y, de tanto mirar en las páginas las plumas multicolores, las patas y picos de esos pájaros, también él se apasionó por la ornitología, de modo que, equipado con una pequeña red, con el álbum, los lápices y las tizas en la faltriquera, se adentraba en los bosques y se revolcaba en los acuíferos de la campiña romana, pero como el domingo era el día del sagrado descanso y el único que podía dedicar a la familia, mi madre se negaba a quedarse en casa esperándolo como la esposa de un marinero y le impedía marcharse a las auténticas expediciones científicas de su amigo, que terminaban en caminatas aventuradas por las crestas de los montes Tiberinos o en la cima del monte Gennaro, con inevitable pernoctación en desfiladeros y regreso incierto. De manera que salíamos todos, con la familia de mi tía, Marta Briccia, la comadrona, y así podía dejarnos plantados sin remordimientos durante sus horas de caza.

Acampamos en un claro. Mi padre desapareció con su amigo para apostarse a saber dónde y, mientras mi tío despellejaba la liebre que acababa de sacar de la madriguera y las mujeres asaban las salchichas, Albina, mis cinco primos y yo nos alejamos para jugar al escondite. Nos dispersamos en un bosquecillo de fresnos en flor. Mi hermana Albina empezó a contar: ella era la mayor de la pandilla y le tocaba encontrarnos. Vi a mi primo Benedetto agachado detrás de una raíz y a mi prima Costanza detrás de un tronco, pero tratando de dar con un refugio para mí, tropecé y caí cuan larga era al borde del pozo, de la grieta o de lo que fuera aquello. Oí a Albina gritando ¡Cien!, ¡ahora os pillo a todos!, y luego el crujido de los matorrales bajo sus pasos. El gritito de Costanza, encontrada enseguida, la risa ahogada de Benedetto, el roce de los pies, al final, nada. Solo el zumbido de los insectos y el trino de pájaros invisibles en los árboles. No me encontraron. Esconderse es un arte que siempre he poseído.

Yo estaba allí, tirando guijarros por el agujero, cuando de repente la oscuridad soltó una blasfemia. Inmediatamente la siguieron dos manos avanzando a tientas hacia mí. Luego vino la cabeza; al final, el cuerpo. Minúsculo. Una especie de duende, demacrado como un mendigo. El ser colocó un pie al borde del pozo y se levantó. Barba larga, pelo revuelto, salpicaduras de barro en la chaqueta, los párpados cerrados, como si fuera ciego. A pesar de ello, lo reconocí de inmediato. Era el amigo de mi padre. El de la cicatriz, el hombre que había sido condenado a muerte.

No podía creer que hubiera salido de las mismas entrañas de la tierra. Cuando entrecerró los ojos, me vio y vio también que yo lo había visto. No le hizo ninguna gracia. Lo miré, sin abrir la boca: aparecía por nuestra casa solo por la tarde o por la noche. Era un poco más alto que yo. Ese adefesio sucio y contrahecho me fascinaba por lo menos tanto como me asustaba. A mi madre le daba miedo, pero mi padre le tenía afecto, porque le recordaba su juventud. Me apresuré a decirle que el Briccio estaba dando una vuelta por el bosque, y que, cerca del puentecillo, en el claro, estaba mi tío, Giovanni Mansueti. Si se acercaba allí, encontraría las salchichas, los hígados de liebre y un barrilete de vino rubí. Él negó con la cabeza. Estaba ocupado, tal vez en otra ocasión.

Se percató de que yo me había fijado en la bolsa hinchada que llevaba al hombro como una alforja. ¿Qué'stás fisgando, escuchimizá?, me soltó, plantando sus botas en la hierba delante de mi nariz. Apestaban a barro y a tumba. Observaba atentamente los alrededores, como si estuviera esperando a alguien. Se frotaba los ojos. La luz lo molestaba. ¿Es ahí abajo donde guarda mis juguetes, señor?, me fue imposible no preguntárselo. ¿Dónde, si no? dijo, plantando un gargajo en la hierba, esta es mi casa. Todavía no había decidido cómo librarse de mí.

El amigo de mi padre se rascó la barba, le picaba. A juzgar por la exuberancia salvaje de los pelos, no se la cortaba desde hacía por lo menos una semana. ¿Me lleva a su casa?, le propuse. Dijo que no podía, el papa no le había dado permiso. ¡Pero incluso los guardias celebran los domingos!, observé, cargante. La frase acababa de decirla mi tío cuando plantó el hacha en el fresno en flor que había elegido sacrificar para encender la hoguera, aunque allí, en esa finca situada sobre la Nomentana, derribar árboles estaba prohibido. Insistí. Por favor, por favor, señor Toccafondo.

Entonces no sabía su nombre real. No lo supe hasta muchos años después, mientras ordenaba los manuscritos de mi padre. Lo recuerda como Giovanni Angelo Santini. Afirma que se ganó el apodo porque había perdido el uso de la mano derecha y se vio obligado a volverse zurdo: ya no podía vivir de su trabajo como pintor y se hizo explorador del subsuelo. Mi padre también escribe que había actuado con él en una comedia, pero no apuntó cuándo ni en qué papel.

Toccafondo se dio la vuelta, cauteloso. Pero detrás de nosotros tan solo teníamos el bosque. Me examinó como si fuera a comprar un mújol en el mercado de San Bartolomeo. Evaluó mis dimensiones, aunque yo no podía saberlo. Si puedes guardar un secreto, Briccettina, te voy a dar un regalo maravilloso, dijo. Yo ya he guardado su secreto, señor Toccafondo, protesté. Y era cierto. Conocía su historia. Cuando se escapó de las galeras del papa, vivió durante años escondido y, aunque cuando murió Pablo V y el nuevo papa, Gregorio XV, le condonó la pena, el Santo Oficio no lo perdía de vista y siempre tuvo miedo de que lo llevaran de vuelta forzado a darle al remo. Porque lo cierto es que no se había redimido.

Solo en ese momento me di cuenta de que detrás de la colinita, a pocos pasos, un mulo, atado a un pequeño árbol, masticaba ruidosamente un cogollo de achicoria. Sobre la hierba estaban apiladas dos cajas de madera. Un hombre joven, demasiado limpio para ser realmente el pastor cuya ropa vestía, silbaba echado de espaldas sobre una manta. Había estado ahí, todo el rato, debía de haberme visto jugando al borde del pozo, tal vez se hubiera escondido detrás del matojo de enebro. Pero se puso en pie de un salto, resoplando de alivio cuando reconoció a Toccafondo.

La cita era ayer, le advirtió, saliendo a su encuentro, hoy es domingo, hay gente por todas partes, dos pitusas casi se me aplastan dentro de las cajas... No hay muchas cosas, gruñó el Toccafondo, dejando en el suelo el saco que llevaba cargado a la espalda. Y lo mejor he tenido que dejarlo, una galería se desplomó, ya no se puede pasar. Ha estado lloviendo toda la semana, no sabía cómo avisaros, se apresuró a decirle el falso pastor. Se ha desmontado todo, se ha alabeado la Domus Aurea, se han derrumbado hasta los muros de Aureliano, temí que esta vez no salieras. Estaba a punto de marcharme. Suerte que me he dicho espera un poco más, Toccafondo tiene siete vidas, como el gato...

Tal vez pueda recuperar algo, trató de restarle importancia Toccafondo. La idea de acabar enterrado en su reino infernal no lo preocupaba, de hecho, quizá deseara terminar así. Yo no entendía de qué hablaban ellos dos, pero, por el tono, parecía que se trataba de negocios. El joven vestido de pastor de ovejas me lanzó una mirada perpleja y Toccafondo hizo un gesto de asentimiento. Me llevó a empujones de vuelta al pozo. Me di cuenta de que la apertura era mucho más grande de lo que creía. Un montón de haces de leña, dispuestos alrededor de la entrada, camuflaba la anchura de aquel abismo. A punto había estado yo de sentarme sobre esos haces. Me habría precipitado al vacío. Toccafondo me ató una cuerda a la cintura, me dio una palmadita en la cabeza y me bajó a la oscuridad.

Todavía me pregunto por qué no tuve miedo. Estaba bajo tierra, entre tinieblas, con un hombre que había sido condenado a muerte, que descendió a mi lado silenciosamente como una rata, y, luego, sin decirme ni una palabra se marchó a cuatro patas por un túnel, obligándome a seguirlo, porque la cuerda me arrastraba tras él. No encendió la lámpara ni un quinqué: al cabo de unos veinte metros, la oscuridad se hizo absoluta. No sabía adónde me estaba llevando, tenía frío, respiraba con dificultad y me dolían los zapatos, pero tenía confianza. Toccafondo se movía con seguridad, como si anduviera por el pasillo de su casa. No dudaba de que me regalaría algo hermoso.

Hice bien en depositar en él mi ingenua confianza, porque nadie conocía la Roma secreta mejor. Empezó a adentrarse en el laberinto subterráneo para copiar los frescos de las construcciones antiguas que quedaron enterradas a medida que subía el nivel de la ciudad. Edificios de la Roma republicana, imperial o cristiana. Mi padre más tarde me explicó que cuando ambos tenían veinte años, muchos señores romanos y extranjeros reclutaban pintores jóvenes para esas exploraciones. Pagaban bien por los dibujos de los monstruos y los adornos grutescos, pero uno debía tener una complexión delgada y agallas. No debía temer la oscuridad, no debía sufrir ansiedad por la falta de espacio ni opresión del corazón. Mi padre lo había hecho una única vez.

Bajaron atados a una cuerda, dejando en cada intersección un montoncito de piedras, para no perderse y encontrar luego la salida. Al cabo de tres horas caminando entre las tinieblas, en algunos tramos obligados a reptar como serpientes, mirando las llamitas de las antorchas que temblaban y se doblaban embestidas por misteriosas corrientes de aire, se detuvieron en una encrucijada y picotearon el queso, mientras dibujaban al carboncillo en unas hojas las figuras de un arco pintado. Al ver los nichos que los rodeaban, se dieron cuenta de que estaban sentados en un cementerio, entre miles de esqueletos. Entonces, las llamas se apagaron, un viento frío los dejó helados y oyeron un estruendo, un mugido que parecía venir del infierno. Más tarde supieron que aquello había sido la sacudida de un terremoto, pero en ese momento habrían jurado que los muertos, molestos por su presencia, querían atacarlos. Huyeron a toda prisa, aterrados, pero estaban atados por la cuerda y cayeron el uno encima del otro: al creer que estaban siendo atacados por fantasmas, se cosieron a palos. Mi padre ni siquiera tuvo tiempo para grabar su nombre en el muro pintado al fresco. Hoy eso parece una profanación, pero lo hacía todo el mundo. Por aquel entonces, grabar tu nombre era obligado, solo así uno podía demostrar que realmente había estado ahí abajo. En cualquier caso, mi padre nunca volvió a ese lugar.

Para Toccafondo, en cambio, explorar las catacumbas se convirtió en un trabajo. Fue como succionado por las tinieblas. Empezó incluso a bajar solo. Ya no dibujaba, ni siquiera miraba los frescos ni los adornos grutescos. Se olvidó de las cuerdas, las piedras y las señales para encontrar la salida. Se llevaba consigo la comida, una manta, aceite para la lámpara y algunos sacos vacíos y se quedaba allí durante días y días, hasta una semana. Se abismaba en un agujero de Via Salaria, en la Aurelia, en la Appia o en la Nomentana, volvía a salir a la superficie a kilómetros de distancia, pero nunca con las manos vacías. Amontonaba en los sacos vértebras, cráneos, costillas, clavículas, cúbitos, mandíbulas, fémures, incluso órbitas y falanges. Con el paso del tiempo, sacó cajas enteras. Concertaba citas en la superficie con los arrieros, que lo esperaban en convoy. A veces los huesos aún estaban frescos, con mechones de pelo adheridos, y tenía que ponerlos a secar en el prado de un campo antes de embalarlos en las cajas. Religiosos, comerciantes y devotos de toda Italia le rogaban que les encontrara un huesecillo de algún mártir para llevarlo a su diócesis y, obviamente, Toccafondo lo encontraba. Creo que, junto a sacerdotes, frailes crédulos y oscuros escritores dispuestos a grabar símbolos y epígrafes falsos, llegó a crear decenas de mártires.

Mi padre decía que de niño veneraba las reliquias en todas las iglesias de Roma. La lanza de Longinos y la madera de la Santa Cruz, el clavo sagrado y las espinas de la corona, la toalla utilizada para el lavado de pies y los restos del pesebre de

Belén. El bastón de san José, la cabeza de san Sebastián, la mandíbula de san Eustaquio con un diente, el hueso del brazo de san Rocco, el carbón de san Lorenzo y el pelo de santa Isabel de Hungría. Habría adorado hasta la leche sacada a María, el quiquiriquí del gallo de san Pedro o la corteza del pan de la última cena. Pero desde que era amigo de Toccafondo, solo creía en las imágenes milagrosas pintadas. Y así nos lo enseñó a nosotros. Bromeando, le decía: si me muero antes que tú, no me desentierres, no me gustaría encontrarme venerado entre los arrozales de Lombardía porque los leones me descuartizaron. Déjame que resurja entero.

Toccafondo vendía los huesos a un elevado precio: esos hallazgos tenían un mercado más rentable que los dibujos de la antigüedad, que interesaban solo a eruditos y a humanistas, por otra parte, exaltados, quisquillosos y perfeccionistas hasta el punto de negarse a pagarle si el pintor no había reproducido con exactitud la imagen o la había alterado creyendo mejorarla. De todos modos, no solo no llegó a hacerse rico con los huesos, sino que terminó ganándose la cárcel, el Santo Oficio y la pena de muerte.

Otros hallazgos, sin embargo, los recogía para sus amigos. No eran objetos cristianos y por eso no tenían valor. Los encontraba por casualidad, mientras desenterraba arcas, cavaba pozos en el cementerio o caía en un agujero aún más profundo, antiguos pozos, cisternas, pasajes que se remontaban a épocas mucho más remotas. De ahí procedían los animales mágicos y las planchas de plomo con las que solía jugar cuando era pequeña.

En el cruce entre cinco galerías nos detuvimos. Toccafondo encendió una vela y dijo que tenía que darme prisa porque el fuego consumía el aire y apenas había ahí abajo. Me la puso en la mano y me dijo que tuviera cuidado con la cera caliente, pues, de lo contrario, me quemaría los dedos. Luego me empujó a un túnel aún más estrecho que aquel que habíamos recorrido, tan estrecho que ni siquiera él lograba pasar. Dijo que había dejado una bolsa sobre una repisa, frente a un arco pintado, hacía tres días. Tenía pensado volver a por ella antes de ascender, pero el túnel se había desplomado, y ahora tenía que ser yo quien la recogiera. Yo estaba atada a una cuerda y, además, no había otro acceso, ni otra vía de salida: no podía perderme.

Llegué hasta allí, delante de la pared pintada. Cogí la bolsa de la repisa. Dentro había algo que tintineaba. Huesecillos. O tal vez joyas. Pero en vez de regresar inmediatamente, me quedé maravillada. Porque la pared estaba toda cubierta de pinturas. Antiquísimas, casi borradas en varios puntos. Eran magníficas, pero nadie podía verlas. Se habían perdido. Como si nunca hubieran existido. A saber quién las había pintado. Me pareció tan cruel el destino de ese artista y de sus figuras que no quería abandonarlas.

Toccafondo estaba tirando de la cuerda, lo oía murmurar que teníamos que marcharnos, el agua de lluvia se había infiltrado en todas partes, maldita sea, aquí se nos iba a caer el mundo sobre nuestras cabezas. Pero yo no me movía. No quería abandonar a esa criatura alada, a la que tomé como mi ángel. Si me marchaba, nadie volvería a encontrarla.

Cuando abrí los ojos de nuevo, estaba echada en el prado y el pastor de ovejas inclinado sobre mí. Me había salpicado la cara con agua de la frasca y me acariciaba suavemente las mejillas con la panoja de una caña. Toccafondo me daba la espalda, colocaba el contenido de la bolsa dentro de la caja, embalando los hallazgos en bolsas más pequeñas rellenas de paja, pero no tenía bastantes y la otra caja se quedó vacía. Piernas, manos, frente, pelo: estaba completamente embadurnada de barro. Te has adormilado, dijo el pastor. Dale las gracias a la Virgen que ese ha bregado de lo lindo para traerte de vuelta con la cuerda y te ha cargado en brazos. Otro te habría dejado ahí y buenas noches, angelito.

¿Tu padre lo sabe?, se acercó Toccafondo, sacudiéndome el hombro. ¿Sabe qué?, pregunté. Estaba aturdida, ya no entendía nada. Mi boca sabía a tierra. Tuviste suerte de que el túnel era bajo y de que estuvieras agachada. Y, pese a ello, el cabezazo me ha dado un susto de muerte.

¿Qué me ha pasado?, gimoteé. No recordaba nada. Debía de haber soñado con el ángel rojo. Pero Toccafondo sostenía entre los dedos la graciosa estatuilla de un potro. De terracota pintada. El ojo todavía era de un negro centelleante. Te lo llevaré la próxima vez que vaya a tu casa, dijo, metiéndolo en la bolsa. No puedo dártelo todavía porque tú no me has visto. Es un secreto, ¿recuerdas?

Y vete ya con tu padre, añadió, intentando erguirme y luego sostenerme, porque basculaba como si estuviera borracha. Dile que te has perdido y que todo está bien. Pero no está bien, de ninguna de las maneras, lo sabes, ¿no? Si te caes estando de pie, te romperás la cabeza y la próxima vez vas a ir volando directamente al Paraíso.

Mantuve ese secreto de Toccafondo y mío. Más tarde me volvió a pasar y, como ya me había anunciado, me di un golpe en la cabeza. Me cosió el corte de la barbilla el tío Mansueti. Era barbero, pero un virtuoso del bordado en carne porque también practicaba la cirugía y muchas veces al día tenía que ir a denunciar a los esbirros del gobernador las suturas que había hecho por la noche en la cara o en el vientre de alguien a quien habían destripado o acuchillado. Esos cinco puntos aún se ven, ochenta años después. Mi madre no quiso llamar a un médico ni consultar a los profesores de la Sapienza. Dirán que está marcada y para ella será el final. No podrá casarse, no tendrá hijos, no la aceptarán ni siquiera como monja.

Mi sueño repentino se convirtió en el secreto de la familia. No fue el único, pero quizá sí el más importante. Mi padre quitaba hierro al asunto. De niño, él también sufría por todo, todas las criaturas de este mundo lo perseguían, incluso aplastar una pulga le inflamaba el corazón. En su opinión, no estaba ni enferma ni achacosa. Solo era demasiado sensible. Cuando creciera, aprendería a controlarme. En un momento determinado, las injusticias, las malas acciones, los agravios, dejan de afectarnos, porque descubrimos que nosotros también tenemos que cometerlos y nos adaptamos a la imperfección de la vida: así es como nos hacemos adultos.

Durante muchos años solo tuve tres certezas: Dios, mi padre y la Virgen. Todo lo demás era transitorio. Casas, objetos, lugares, personas, costumbres. Excepto las oraciones y la voz chillona del Briccio, quien, detrás de la puerta cerrada, ensayaba la disertación para una academia o su papel en un espectáculo, nada era estable. Mi madre, a pesar de estar siempre a mi lado, no me transmitía la impresión de que iba a permanecer allí. A menudo estaba embarazada y en cada parto corría el riesgo de perderla. Yo misma me sentía como de paso. Equivocada, provisional, frágil como el cristal: estaba segura de que no llegaría a cumplir veinte años.

Dormida, me defendía. Me ausentaba para no existir, para refugiarme en un lugar donde ningún mal podía alcanzarme, para no atarme a nada ni a nadie, porque en un día cualquiera podría perder –y a menudo realmente perdía– a alguien o algo a lo que estaba cogiéndole aprecio. La inquilina del callejón dei Greci me regalaba galletas; el chambelán francés, compadre del mío, me enseñó a arrastrar las erres y a decir *mersí mersí;* el tío Mansueti, el padrino de mi hermano Basilio, me levantaba del suelo con una sola mano. Su peluquería, en Campo Marzio, detrás de la Rotonda, un antro que olía a jabón y a hierro oxidado, estaba coronada por un letrero horroroso. La pierna desnuda, y muy natural, de un hombre, que tenía pegada una sanguijuela: la sangre goteaba en una palangana. Debajo, el rótulo en letras mayúsculas decía así: AQUÍ SE EXTRAE SANGRE. El letrero lo había pintado mi padre. Pero el tío Mansueti no era un ogro, al contrario, era un gigante bondadoso, que los domingos llevaba a la alborotada tropa de hijos y sobrinos al río para ver a los soldados de Castello en paños menores mientras se daban un baño. Él también se lanzaba y, a diferencia de casi todos los demás, que se quedaban agarrados a la soga tendida entre las dos orillas, era capaz de soltarse y regresar nadando. En cierta ocasión, se zambulló conmigo, agarrada yo a su cuello: aún recuerdo la velocidad vertiginosa de la corriente y el sabor dulce del agua, ese fue el único baño de mi vida. La inquilina, el chambelán, el tío: de un día para otro desaparecieron. No volví a verlos nunca más. Presencias tranquilizadoras se convertían en recuerdos, luego en nombres, finalmente en nada.

También cambiaban los ruidos, las voces, el timbre de las campanas, los paisajes y, cuando me despertaba, no sabía dónde estaba. En el ruidoso patio del Lavatorio se apiñaban docenas de familias de artesanos con su prole: yo había aprendido a reconocer el sonido de cada herramienta de trabajo, el yunque del fundidor, el taladro manual del herrero, la muela del carpintero para preparar la cola. Salimos una tarde con el carromato de costumbre tirado por el asno... y ya no he vuelto a oír la música de esos oficios. Me resultaba familiar la imagen del arco de Portugal que interrumpía el trazado recto de Via del Corso: la perdí cuando apenas había empezado a amarla. Me divertía en la penumbra de la tienda de mi abuelo, en San Pantaleo, cardando como si de un juego se tratase los flocos de lana: creí que aquella siempre sería una guarida segura, pero, de repente, de un día para otro, el abuelo ya no estaba sentado en el taburete, con su gorra de tela en la cabeza y los peines con clavos de hierro enganchados en el cinturón de la túnica, recibiendo a la clientela con su ceño fruncido, por detrás de la esquina de Piazza Navona, y, aunque había conservado el mismo rótulo, porque otro colchonero se había hecho cargo de ella, yo ya no podía entrar en la tienda. Durante muchos años atribuí esta vorágine de cambios a la inquietud de mi padre y lo culpé de ello.

Pero, en realidad, todos vivíamos así. Cualquiera podía desaparecer de un día para otro, morir por fiebres o por picadura de insecto, ahogarse en el Tíber, acabar aplastado debajo de un carro, destrozado por la coz de un caballo, asesinado para robarle su capa, por no haber respetado la prioridad o no haberle dejado paso a un carruaje, porque no había saludado, con la sumisión debida, a un noble o a su palafrenero, a un poderoso o a un bravucón, o incluso sin motivo alguno. Muchos de mis compañeros de juegos no llegaron a cumplir muchos años y me tuve que despedir de ellos desde la ventana, cuando al anochecer se los llevaban para darles sepultura. A mis hermanitas solo me daba tiempo de enseñarles a canturrear las mayas y a atarse las cintas de las medias, cuando ya tenía que vestirlas por última vez y envolverlas en un sudario tan pequeño que parecía contener los restos de un gato. Rezábamos continuamente, varias veces al día, a Dios Nuestro Señor y a la corte de los santos: pero era no tanto para vivir como para morir bien, para acortar la estancia en el Purgatorio y ser acogidos en el Paraíso.

Ni siquiera la jerarquía social ofrecía garantías de perdurar. Me exigían que respetara a este o aquel prelado, que vivía en el edificio de enfrente, rodeado por una familia de veinte caballerizos, sirvientes, maestros y camareros, pero al año siguiente tenía ocasión de oír al tripicallero hablar mal de él, con el desprecio reservado a los fracasados y, cuando pasaba en un carruaje descubierto sin acompañantes, ningún pretendiente lo perseguía, señal de que ya no gozaba de consideración.

Las únicas cosas que sobrevivían a nuestras mudanzas eran los libros, los instrumentos musicales y los cuadros –primero, cuatro; luego, unos diez; al final, treinta y dos– que pasaban de una pared a otra, indemnes. En cualquier casa en que me despertase, había una Virgen con el Niño, la Natividad y Cristo en la cruz en la habitación de mis padres y tres tristes santos con un halo de color mantequilla en el salón. Masticaba ruidosamente cardos y pasta rellena bajo la mirada orgullosa de Catalina, extasiada de Francisco, estigmatizada de Francisca Romana. Eran cuadros muy pequeños, agradables, reconfortantes. Mi padre los había pintado a partir de los dibujos del *cavalier* Giuseppe Cesari, el Arpino, pero tampoco el arte era un bien inmueble. Esos cuadros acabaron destrozados durante la enésima mudanza y uno se enmoheció empapado por la lluvia.

La rueda cambió el sentido de su giro cuando en 1623 murió el papa Gregorio XV. Era un religioso austero y a la corte le costaba soportarlo, pero mi padre –que lo había conocido cuando aún era solo el cardenal Ludovisio– se había alegrado bastante cuando lo eligieron, confiando en que disfrutara de un largo pontificado, pero en la zona de los Pantani una mujer parió un demonio, al que el párroco se negó a enterrar con los sacramentos y aquello fue un inequívoco anuncio de mala suerte. De hecho, Ludovisi no duró ni siquiera tres años. El Espíritu Santo tardó en manifestarse porque los cardenales del Sacro Collegio, divididos entre la facción de los proespañoles y la de los profranceses, no se ponían de acuerdo sobre el nombre del sucesor. Las discordias y el calor sofocante azotaron el cónclave hasta que, la mañana del 6 de agosto, fue elegido Maffeo Barberini.

Pertenecía a una familia florentina de inmensa, si bien reciente, riqueza. En aquella época, aunque yo no lo sabía aún, mi padre redondeaba sus escasas ganancias obtenidas con su profesión de pintor con la escritura de textos de circunstancias. En cada elección de papa, lo presentaba al público esbozando su retrato con palabras vivaces. Después de su muerte, los leí todos. A menudo eran laudatorios, pero también los había ingeniosos y mordaces, y todos ellos dejaban entrever las aversiones de mi padre, sus preocupaciones o sus esperanzas, que a menudo reflejaban las de los romanos. Su retrato de Barberini, quien había elegido el nombre de Urbano VIII, es diferente de los otros.

Mi padre resumía brevemente el *curriculum vitae* del nuevo papa, pero observaba que era «príncipe que genera gran expectación», es decir, que esperábamos de él cosas notables. Y ello era así por dos razones: por haber tenido «gran maña» y por no haber estado «siempre en su patria», sino haber «pasado por varios países». Contar con experiencia en política y haber viajado a otras naciones eran cualidades muy apreciadas por los romanos: con los forasteros alardeábamos de nuestra superioridad y mostrábamos desprecio por todo lo que no era romano, aunque, en realidad, precisamente por creer que vivíamos en el centro del mundo, nunca fuimos provincianos. Además, el nuevo papa era un hombre de cultura y, por aquel entonces, esto no representaba un defecto, sino una virtud. «Respecto a las letras –explicaba mi padre–, está colmado de gran doctrina & lleno de todas esas ciencias que pueden ilustrar y hacer respetable a uno de sus pares. Que se alegren estudiosos & literatos, que nunca hubo quien los amara tanto como el cardenal Barberino y nunca habrá nadie en el futuro que los ame tanto como Urbano VIII.»

El motivo de este interés por los literatos y los estudiosos era que Barberini, en el fondo, se consideraba uno de ellos. Sus versos se tenían en tal estima que los cortesanos lo adulaban como el «Apolo vaticano». Si no lo hubieran elegido papa, decían, habría sido el gran poeta que, por otra parte, le faltaba a la Italia del siglo XVII. Hoy estas alabanzas parecen exageradas y el tiempo ha puesto en perspectiva la admiración hacia las obras de ingenio del papa. Aunque, de todas formas, ese es el destino de todos los poetas.

La reseña de mi padre prosigue con una descripción física del atractivo aspecto y de la excelente complexión de Urbano VIII (extraordinariamente joven, pues en el momento de su elección solo tenía cincuenta y cinco años) y termina con un panegírico un tanto exagerado. Como las reseñas que mi padre había escrito y escribiría para los otros papas estaban salpicadas de alabanzas genéricas y poco convencidas, cabe concluir que también él tenía una gran «expectación» tras su elección. Mi padre presagiaba que Barberini no renegaría de su naturaleza de humanista, mecenas de las artes, de la música, de las ciencias y de la literatura: todo lo contrario, su nuevo e ilimitado poder lo llevaría a ampliar y alimentar, ahora también con las arcas del Estado eclesiástico, a su corte de bibliotecarios y bibliófilos, arqueólogos, coleccionistas, astrónomos, científicos, músicos, arquitectos y escultores.

Sinceramente, me conmueve pensar que el Briccio, cuyo gusto artístico se había quedado fosilizado en la pintura de los años noventa del siglo anterior, aspirase a encajar en alguna de las obras que Barberini pondría en marcha, confiando en artistas con una inspiración completamente distinta. O que sus poemas populares y populacheros podrían agradar a ese refinadísimo versificador latino. Seguro que intuía que para los artistas de Roma empezaba la Edad de Oro. Quizá se estuviera engañando a sí mismo al pensar que él también tendría la oportunidad de meterse bajo el ala de Barberini y de su gente.

El hecho es que pocas semanas más tarde, en otoño de 1623, mi padre decidió abandonar los bajos fondos de la ciudad. Cruzamos el Tíber y nos acercamos a los edificios vaticanos y a las barriadas de los toscanos, congregados muchos alrededor de los Banchi di Ponte y el Parione, pero también algunos repartidos en los pueblos.

90

Para variar, mi madre no estaba de acuerdo. Los pueblos rebullían de cardenales, obispos, cortesanas, forasteros, peregrinos y pícaros que mendigaban alrededor de San Pedro. Para personas como nosotros, la cercanía de la corte es únicamente una tentación. Es mejor mantenerse alejado tanto de los demasiado ricos como de los demasiado pobres.

Antes de la mudanza, mi padre nos llevó a Albina y a mí a rezar una oración a la Virgen pintada por san Lucas en el altar de Santa Maria del Popolo: mi madre estaba a punto de parir y la Virgen tenía que proteger a nuestros hermanos muertos, que reposaban bajo el suelo, y bendecir el inicio de nuestra nueva vida. Yo apenas tenía siete años y no sabía ni siquiera lo que había en la orilla derecha del Tíber; Albina se alejaba de mala gana de las turbulentas calles en las que había nacido y se había criado, pero el Briccio iba al encuentro del futuro con el entusiasmo de un niño.

Nos trasladamos a Borgo Vecchio, cerca de la iglesia de la Traspontina. Varios de los colegas de mi padre vivían en las inmediaciones. No los pintores desplumados de San Lorenzo in Lucina ni los extranjeros disolutos de la Banda de los Pájaros: allí vivían Giambattista Ricci de Novara, benemérito de los frailes carmelitas, y Angelo Caroselli, el copista y falsificador, cuya hija Jacoma tenía mi edad. Pero mi madre no quería que Albina y yo jugáramos con ella porque el Caroselli tenía una esposa turca y se rodeaba de mujeres alegres, y ella decía que como no éramos ricos nuestra única dote iba a ser la reputación. Tampoco los cinco hijos de Benigno Vangelini llegaron a ser amigos nuestros, porque el día en que los conocimos le enseñaron a Basilio cómo fabricarse una honda –sin la cual un chiquillo no es digno de ser llamado romano– y mi hermanito aprendió tan bien a fabricar y manejar una, que al rato rompió todos los cristales de la casa. También vivía cerca el renombrado Agostino Tassi, sobrecargado de clientela, y, a poca distancia, en el viñedo del Salviati, también vivía el

Pomarancio, que había contribuido a la ruina del *cavalier* d'Arpino. Mi padre le guardaba rencor, como si también fuera su enemigo, pero a Albina y a mí nos habría gustado que lo perdonara porque nos moríamos de ganas de conocer a su hija Rosanna. Ella era monja en casa y acerca de esa belleza aislada se fabulaba en todo el barrio.

La de Borgo Vecchio fue la primera casa auténtica de los Bricci. Por fin teníamos cocina con chimenea, batería de cazuelas, cacharros de cobre bien soldados y utensilios para el fuego, una sala con paredes revestidas de cuero dorado para cenar y recibir invitados; mi padre contaba con un pequeño estudio solo para él, y nosotros, los niños, con una habitación para compartir con la abuela Isabella. La casa era espaciosa y mis padres acogieron allí a los suyos. La presencia de la habladora abuela napolitana, generosa y alegre, era de agradecer, pero la idea de vivir con el abuelo colchonero, el cascarrabias Giovanni Battista, severo y conservador hasta el punto de prohibirnos la más mínima diversión, a Albina y a mí nos gustó tanto como arrodillarnos sobre una alfombra de garbanzos. Nos quejamos: mi padre nos fulminó con una frase que nunca he olvidado.

Materazzaro ha sido el peor padre que podáis imaginaros. Me puso obstáculos en mi camino, me entorpeció cuanto pudo, intentó acabar con mis pasiones y mis sueños. Ha sido el enemigo de mi vida, me oprimió, me humilló, me obligó a odiarlo. Y, aun así, le debo todo lo que soy y, si pudiera dar mi vida por la suya, no lo dudaría ni un instante. Me gustaría que algún día hicierais lo mismo por mí.

¡Pero nosotras os queremos, señor padre!, balbucimos Albina y yo, asombradas. No me querréis siempre, dijo el Briccio. Todavía sois demasiado jóvenes.

La casa de Borgo Vecchio presentaba un grave inconveniente, por eso el alquiler era tan razonable. Daba al lúgubre callejón del Villano que desde Piazza Pia llegaba a Borgo Sant'Angelo: cuando las tiendas y los portones se cerraban, un ejército de sombras andrajosas cargadas con bultos tomaba posiciones y, por la noche, decenas de cuerpos deformes yacían en la oscuridad. Mi hermana y yo los espiábamos, horrorizadas, por detrás de las contraventanas. Parecían fantasmas. O vampiros que desaparecen con las primeras luces del amanecer.

Pero la mayoría eran los más desamparados de entre los desamparados. Los enfermos sin patria a los que no habían aceptado en los hospicios nacionales, los extranjeros y los incurables que no querían morir en una sala de hospital, los locos cuyas familias los habían echado de casa, todos ellos no tenían ningún otro sitio adonde ir y se quedaban cerca del hospital del Santo Spirito y de la basílica de San Pedro, confiándose así a la caridad de quien se apiadara de alguno o confiando en la proximidad de Dios.

A nosotros, los Bricci, las cosas nos iban mejor, aunque no sabía muy bien por qué, ni cómo se ganaba la vida mi padre realmente. El fanático entusiasmo artístico desatado en la ciudad por el papa Barberini no le rozó siquiera. Él continuaba declarándose «pintor» cuando antes de Pascua los sacerdotes aparecían por las casas para censar las almas de la parroquia y comprobar que todos habíamos comulgado, pero yo lo veía pintar cada vez menos.

Una *Virgen con Niño,* a la manera del *cavalier* d'Arpino, permaneció en el caballete durante más de un año. Era un poco lánguida, los delicados colores como a pastel parecía que iban a desvanecerse tan solo con que respiraras encima. Luego desapareció. Cuando le pedí que me llevara a verla, sobre el altar de la iglesia donde la había colocado, el Briccio runruneó con amargura. Se tarda al menos tres días a caballo y hay que atravesar el bosque de los bandidos, para llegar al valle de Rasina. Ni siquiera yo volveré a verla jamás. Tampoco quiso decirme el nombre de la iglesia. A mí no me gustaba la idea de que mi padre pintara vírgenes para iglesias de aldeas remotas ubicadas en el campo mefítico del Estado Pontificio: yo prefería seguir creyendo que era un gran pintor a la espera de su gran oportunidad, y nunca más volvimos a hablar del tema.

En la segunda mitad de los años veinte, las cosas también les iban mejor a los romanos. El papa Barberini se había librado muy pronto –con la ayuda de la suerte o, se murmuraba, del veneno, hábilmente esparcido en un ramo de flores– de más de la mitad de los cardenales viejos del Sacro Collegio, que había renovado nombrando en su lugar a sus amigos y subordinados, de manera que podía gobernar sin oposición alguna. Las primeras medidas dejaron bien claro que enriquecería a su familia, pero al principio aquello nadie lo encontró censurable, puesto que la lluvia de oro parecía que terminaría regando a todo el mundo. La magnificencia de Urbano VIII se manifestaba, de hecho, no solo en ceremonias, fiestas, atracciones y espectáculos, sino también en trabajos y obras de construcción: solo la del nuevo edificio de la familia Barberini en las Quattro Fontane daba empleo a cientos de artesanos y obreros. Sin embargo, los pobres seguían en aumento, atraídos hasta Roma precisamente por la fama del riquísimo papa banquero: en Borgo Vecchio nos sentíamos como sitiados.

Como la fe sin obras es como una lámpara sin aceite, que apesta y no da luz, mi padre y mi abuelo pagaban sus deudas con Dios frecuentando, junto con muchos otros romanos, nobles o no, el inmenso hospital del Santo Spirito: llevaban frutas y bebidas a los enfermos acostados en las mil camas del pasillo y a veces los asistían en su agonía. Por su parte, la abuela Isabella también hacía sus obras de caridad. Algunas noches de invierno nos pedía que bajáramos con ella al callejón para ofrecer las sobras de nuestra cena a los pobres. Albina y yo nos veíamos obligadas a seguirla, repartiendo directamente del perol los macarrones fríos, con queso de Parma cuajado en sólidos grumos blancos: el brazo manejaba el cucharón, estirado al máximo para no tocar las manos de los famélicos roñosos, leprosos, sarnosos, y conteníamos la respiración para que no nos contaminaran el hedor de esos cuerpos y el aliento ácido de esas bocas, pero aquello no era lo peor.

Algunas mañanas, al amanecer, los esbirros del gobernador aporreaban furiosamente el portón. En la tienda del herbolario, en la esquina de la calle, debajo de la bóveda del callejón o en la habitación alquilada a la viuda Lucrezia, en el piso debajo del nuestro, habían encontrado a un joven, un anciano o quién sabe quién muerto de cansancio, de frío o de enfermedad: ¿los vecinos lo conocíamos?, ¿sabíamos si era un buen cristiano? Mi abuelo y mi padre suspiraban, se ponían los jubones y bajaban a testificar.

Una vez, sin embargo, yo también estuve presente en uno de esos tristes reconocimientos. Eran los últimos días de 1626. Mi padre me había pedido que lo acompañara a la librería La lupa d'oro, situada en Piazza Navona, para entregar los paquetes de un volumen recién impreso que acababa de recoger en la tipografía de Viterbo. La *Fisionomía natural* de monseñor Ingegneri, obispo de Capodistria, un tratado en ciento veinticuatro párrafos en el que, con razones extraídas de la filosofía, de la medicina y de la anatomía, se demostraba «cómo a partir de las partes del cuerpo humano se puede conjeturar fácilmente por su natural complexión cuáles son las inclinaciones de los hombres». Mi padre lo había ilustrado con sesenta y siete «vagas figuras». Estaba convencido de que la obra vendería muchos ejemplares, porque el autor se esforzaba en demostrar científicamente lo que todo el mundo, incluso los ignorantes, piensa: que la cara, el cráneo, las piernas, en resumen, el cuerpo, es un alfabeto como cualquier otro y que descifrarlo evita grandes errores. Mi padre repetía a menudo que el pelo de Albina, rojo como el azafrán, era una señal de larga vida, pero también de ira ardiente y de tendencia a faltar a la palabra, y el mío, duro y ensortijado, de audacia.

La primera noche, en la cena, lo estuvo hojeando con su amigo fra Bagutti, quien, ruborizado, deploró el párrafo en el que el obispo examinaba la menstruación de la mujer, mientras yo, curiosa, trataba de ver las figuras. Me había chocado la que ilustraba el pelo masculino y representaba con cierto realismo a un hombre desnudo. Nunca había visto un cuerpo desnudo, ni siquiera el mío. Sin embargo, más que esos enredos hirsutos que manchaban el pecho, que los muslos poderosos y que los genitales, me sorprendió la definición que en el frontispicio daba mi padre de sí mismo: «Giovanni Briccio, matemático romano.» ¿Matemático? Nunca supe que también fuera eso.

Además, por aquel entonces, yo no leía los libros que ilustraba ni los que escribía, pero lo seguía de buena gana hasta los libreros que vendían unos y otros. Las librerías a menudo eran poco más que trasteros repletos de volúmenes de todos los tamaños: los baratos en dieciseisavo y octavo lo suficientemente pequeños para caber en la palma de la mano, los lujosos *in folio* tan grandes que se necesitaban dos hombres para sostenerlos. Escudriñaba los títulos en los lomos encuadernados en piel, hojeaba las páginas: el olor de la tinta –plomo, orujo y algo más indefinido–, me mareaba, pero no me estaba permitido leerlos.

Sin embargo, a esas alturas ya podría haberlo hecho. Había aprendido en la mesa de la cocina de Borgo Vecchio, bajo la guía de mi madre, que era una maestra rudimentaria, pues ella misma apenas sabía deletrear las letras grandes sobre los frascos del boticario, pero tenía un método infalible. Si me mostraba desganada, perezosa o distraída, le daba palmetas en los dedos a Albina, inocente. Y viceversa. Mi hermana y yo nos queríamos y, a pesar de la diferencia de edad, vivíamos en simbiosis como dos gemelas. Éramos la única compañía la una de la otra, dormíamos abrazadas y nos habíamos prometido en secreto no separarnos nunca, por ningún motivo. La una no quería que la otra sufriera por su culpa y nos aplicábamos todo lo posible en copiar las letras del alfabeto, hacer sumas y restas y leer algunas páginas de los oficios de la Virgen, hasta que a mi madre ya no le quedó nada más de su escaso saber por transmitirnos.

Albina consideraba que ya había aprendido lo suficiente. Saber demasiadas cosas aturde el cerebro, porque mucha sabiduría trae muchos afanes, y sufren más quienes más saben que quienes no saben nada. A mí, en cambio, me habría gustado continuar mis estudios. Los chiquillos de mi edad iban al parvulario romano y los mejores entraban en los internados. Los jesuitas ofrecían educación incluso a aquellos cuyos padres no podían costear un preceptor. Pero era indispensable haber nacido varón. Entre la gente de nuestra clase no era habitual que se instruyera a las mujeres y mi madre era la única de nuestro círculo de conocidos que no firmaba un documento notarial con una cruz.

También esa mañana seguí a mi padre de buena gana. Yo ya tenía diez años y sabía que nuestros paseos no iban a durar mucho tiempo más. Pronto no se me permitiría seguir acompañando al Briccio dando vueltas por la ciudad: Roma, nuestra amada Roma, se convertiría en tierra prohibida para mí. Como sucedía con Albina, quien, a los quince años, con lo vivaracha y curiosa que era, ya debía vegetar entre las paredes de la casa, a la espera de ser colocada. El verbo acababa de entrar en nuestro léxico.

Las hijas son hojas: tu padre tendrá que empezar a pensar en colocaros, insinuó como por descuido, hacía unos días, la abuela Isabella. Nos habíamos enterado así de que a una soltera se la «coloca» buscándole un marido. Hasta ese momento creíamos que se colocaba un adorno en el salón o un cuadro en su marco. Evidentemente, una soltera también era un objeto, más o menos valioso, pero, en cualquier caso, inerte.

Si es que a nosotras ni se nos pasa por la cabeza casarnos, protestó Albina. Ay, mis niñas, ya cambiaréis de opinión. Tener en casa a una soltera es un lujo y un despilfarro excesivos, concluyó la abuela Isabella. Y aquí no podemos permitirnos ni lo uno ni lo otro. Lo único que importa es que tu padre tome la decisión correcta. No sois huérfanas, como mi Chiara, que eligió a su marido por su cuenta e hizo mal, puesto que el Briccio la ha hecho feliz un día e infeliz noventa y nueve. Apreté con fuerza la mano de Albina, mientras la abuela hablaba, porque mi padre siempre había tomado las decisiones equivocadas. Su vida me parecía plagada de errores irreparables.

Además, no solo me apremiaba mi naturaleza femenina. Mi hermano Basilio ocuparía mi lugar de todas formas. El heredero designado por mi padre era ese cachorro regordete y mimado. Le había enseñado a dibujar antes incluso que a caminar. Soñaba con que algún día se convertiría en el artista supremo que a él no se le había concedido llegar a ser. Durante muchos años, miré a mi hermano como a un enemigo. Basilio siempre lo ha sabido. No sé si me lo ha perdonado.

Salimos a la calle sujetando una caja de libros cada uno, tan pesada que parecía contener ladrillos. El impresor había hecho un millar de ejemplares. Muchísimos para un tratado de fisionomía, pero en esa época poseer una sólida cultura científica, además de humanística, parecía indispensable para quien quisiera dedicarse a la política y hacer carrera en la corte. El papa había puesto a su sobrino Francesco, un cardenal muy joven, bajo la tutela de los intelectuales más refinados de Europa. Y estos soñaban con recopilar todos los saberes del mundo y publicarlos. Financiaban proyectos de investigación, campañas de arqueología y botánica, estudios de astronomía y cosmografía. Cuando pintaba sus humildes mapas geográficos, encargados por un cliente con propósitos mucho menos elevados, mi padre se sentía parte de ese movimiento del saber que iba a mejorar el mundo.

Pero esa mañana, justo delante de nuestro portal, se topó con el cadáver de una mujer. Cuando llegamos al callejón, estaba boca arriba, en el suelo. Los mozos de los establos cercanos la habían tapado con una manta de caballo. El esbirro del gobernador, inclinado sobre ese fardo, levantó la manta con la punta de la espada. Mi padre, en cambio, dejó en el suelo la caja con el tratado y la apartó.

La muerta estaba decrépita, encogida como un feto, el cráneo desnudo surcado solo por algún filamento blanquecino, los labios amoratados, la boca, completamente abierta para coger el último aliento, sin un diente siquiera. Dos esbirros hurgaban entre los harapos que llevaba en busca de la cartilla del hospital. No tiene la cartilla de Sanidad conforme a las órdenes, pobrecita, se quejaba doña Lucrezia, por eso no pude dejar que durmiera en la habitación de alquiler. Y eso que tenía sitio, que es año después del jubileo, el más pobre de los últimos siglos... que ni siquiera llegué a tener ocupadas todas las camas, y en temporada baja no vienen peregrinos ni que les pagues, pero no puedo permitirme que me pongan una multa. La ley me ha hecho pecar.

Por tanto, se desconoce nombre, apellido y procedencia, concluyó el esbirro, haciéndole un gesto al otro para que retiraran el cuerpo. La conocemos, la conocemos, intervino mi padre. Hablé con ella justo ayer.

¿Ayer?, yo estaba a punto de estallar. ¡Si estabais en Viterbo para recoger los ejemplares del tratado de Ingegneri! Sin embargo, guardé silencio, con los ojos clavados en el cráneo pelón de esa pobrecilla muerta. Mi padre me enseñó a decir siempre la verdad, porque la mentira es la moneda del diablo.

La conocemos, se llama Isabella y es viuda y es una buena cristiana, aseguró mi padre, con vuestro permiso llevaré sus efectos personales a los padres carmelitas. Metió una mano en la faltriquera y la otra debajo de los harapos de la mujer. Sacó un rosario con cuentas de ámbar y una nota engurruñada. Los agitó delante de las narices de los esbirros, pero no les permitió examinarlos. El rosario era suyo y la nota que certificaba la comunión celebrada estaba a nombre de mi abuela. Aquellos efectos personales no probaban nada.

Mi padre volvió a coger la caja de libros y, en vez de proseguir en dirección Ponte Sant'Angelo para llegar a Piazza Navona, se encaminó hacia la Traspontina. Yo no quería ir, porque en esa iglesia había enterrado, no hacía ni tres meses, a mi querida Antonia. Solo tenía tres años. Prácticamente la crié yo, porque mi madre tenía que encargarse de mi otra hermanita, Giuliana, de un año apenas, y de ese tirano caprichoso de Basilio, quien, como único y ansiado varón de la prole, acaparaba toda su atención. Mi padre me empujó, con brusquedad, presionando la caja contra mi espalda, luego llamó resueltamente a la puerta del convento carmelita.

Señor padre, ¿por qué diablos, con todas las cosas que tiene que hacer hoy, susurré, perdéis el tiempo ocupándoos de una forastera desconocida? Soy el Briccio, es urgente, le dijo mi padre al monje portero, ignorándome. Llamad a fray Plauto, el Belli. Tengo que hablar con él.

El portero nos condujo hasta un parlatorio gélido como una tumba, adonde pocos minutos después bajó fray Plauto. Calvo, con gafas redondas de cuerno y la piel sonrosada de un cochinillo asado, aquel clérigo era un excelente pintor y mi padre y él se habían hecho amigos. Le explicó que en el callejón del Villano había una vieja forastera muerta. Paupérrima. Otra más, suspiró fray Plauto. Es la tercera de esta semana... y eso que aún no ha llegado el verdadero invierno, pero dijo que la podrían enterrar esa noche, por caridad. No pidió dinero.

Aquello me molestó, porque cuando Antonia murió en agosto mi padre tuvo que pedirle dinero al abuelo para pagar el funeral, las velas y la tumba. Y el abuelo se lo dio, pero en préstamo y con intereses, como un renovero, porque el Briccio, como padre de familia, era quien tenía que mantener y enterrar a sus hijos, como había hecho él en su momento con los suyos.

¿Era una buena cristiana?, preguntó el fraile. ¿Llevaba consigo sus credenciales? De lo contrario, por desgracia, nada puedo hacer. El nuevo vicerregente, explicó bajando la voz, era muy riguroso, no como el predecesor, demasiado magnánimo, el Señor lo tuviera en su gloria, que había dado sepultura a una mujer embarazada de siete meses que se había arrojado a un pozo, a una viuda de cuarenta años, fenecida por aborto, y a un muchacho de catorce años que se había colgado de una viga del establo. Había dado por bueno el testimonio de vecinos, sin más elementos de apoyo: la embarazada se había caído al asomarse, la viuda se había apuñalado sin querer con el asador de carne y el muchacho había estado jugando con una bufanda. Que Dios los perdone, a todos ellos.

Era una buena cristiana, le juró mi padre al fraile de la Traspontina. Le entregó el rosario y el papelito. Y entonces entendí por qué había dicho que la desconocida se llamaba Isabella. Tuve que morderme el labio con fuerza para no traicionarlo.

¿Por qué habéis mentido, señor padre?, le pregunté, mientras reanudábamos nuestro paseo y cruzábamos el Tíber como si no hubiera pasado nada. No sabéis si era una buena cristiana. No la conocíais. Quizá fuera una hereje. O pecadora. Pero, flacucha, ¿sabrás tú lo que significa mentir?, filosofó. Decir falsedades, afirmé con seguridad, y eso es lo que hicisteis.

Creo en lo que he dicho y eso lo hace verdadero, me respondió. Porque esa mujer es un ser humano como tú y como yo, Plautilla, y murió en el umbral de mi casa. Solo los perros rabiosos merecen acabar tirados en la tierra, aunque tampoco ellos tienen culpa. Y como yo seguía negando con la cabeza, decepcionada, me largó un buen soplamocos en la mejilla. Si un día, hija mía, te quedas sola en este mundo porque has vivido más que todos tus seres queridos, si fueras pobre, estuvieras desamparada y nadie se ocupara de ti, me gustaría que alguien te considerara un ser humano y te diera una tumba y sepultura.

Descubrir que mi padre sabía mentir, y que de hecho mentía, con la misma desenvoltura con la que actuaba, no me gustó, ni entonces ni nunca. Y negué la lección de Borgo Vecchio y de la Traspontina. Cuando en agosto del año siguiente enterramos el cuerpecito de mi hermana Giuliana en la misma iglesia que aquella anciana forastera y de nuevo mi padre tuvo que pedirle prestado dinero al suyo para las honras fúnebres, porque a un ciudadano romano los frailes no le hacen ningún descuento, sentí congoja por la miseria de aquella forastera y rabia por la generosidad incomprensible del Briccio, que podía ayudar a una anciana desconocida y no a su hijita.

Después de la muerte de Giuliana, volvimos a mudarnos. Nos quedamos en Borgo Vecchio, pero nos trasladamos encima de la taberna de las Tre Colonne. La casa era más grande que la otra, para gente acomodada de verdad. Los pobres ya no se morían delante de la puerta: se arrastraban hasta más lejos, hacia el hospital del Santo Spirito o las cárceles. Viví diecisiete años en el Borgo. Ver cada día a todos esos pobres no me enseñó a valorar lo que teníamos, como a mi padre le habría gustado, sino a desear por encima de todo no ser nunca pobre. Habría hecho lo que fuera para escapar a ese destino. Me juré a mí misma que nunca, nunca, nunca moriría como esa pobre vieja desconocida.

El Briccio llevaba años enfermo, pero siempre había logrado restarle gravedad a sus achaques. Interpretaba hablando de su buena salud con el mismo brío con que interpretaba a sus personajes favoritos. El día en que ofreció la última actuación de esa comedia, lloré hasta la desesperación. No podía saber que su enfermedad cambiaría mi vida para siempre, pero no como yo me temía. No sería quien soy si el Briccio hubiera podido seguir pintando, ilustrando libros, escenificando comedias y revoloteando entre iglesias y academias para disertar y pronunciar sermones. Cuando tuvo que renunciar a sí mismo, me fabricó a mí. A veces creo que quiso hacer de Plautilla Briccia uno de sus innumerables *alter ego*. En su vida de heterónimos, había sido de todo, pero nunca una mujer.

Los domingos de primavera teníamos la costumbre de ir a pasar el día en algún viñedo, en alguna casa de campo o en algún valle. En esa ocasión estábamos en junio y formábamos una comitiva variopinta. Había dos queridos amigos de mi padre: Cabeza de Hierro, un judío que se había convertido cuando, a punto de arrojarse al Tíber, se le apareció la Virgen, llegó acompañado por sus hijas, y Arnesto, un castrato, organista y

103

bufón que, al no poder tener una propia, nos consideraba su familia. Se sumaron también los nuevos conocidos de las Tre Colonne: Leonida, la viuda de un colchonero nacida en Todi, cuya habitación estaba separada de nuestro apartamento por una pared de yeso levantada de cualquier manera, que llegó a ser íntima de mi madre, con su hijo Pietro, de la misma edad que Basilio y chivo expiatorio de sus crueles juegos, y Venera, la meretriz jubilada, otrora cortesana honesta y, ahora, anciana y devota, de conspicuo peculio, muy querida por el vecindario debido a la generosidad con que repartía con regalos la fortuna que había acumulado ejerciendo su profesión.

El carretero del segundo piso puso a nuestra disposición una carretilla para llevar el refrigerio, los laúdes, las máscaras y las frascas de vino; el carrocero de la planta baja, un carruaje para las mujeres: aquellos días, estaba reparándolo, había quitado los escudos de armas y el dueño estaba en el extranjero. Los niños treparon a las tijeras del carro, los hombres y los muchachos iban a pie, pero mi padre arrastraba dolorosamente la pierna, como un lisiado, e incluso antes de salir por la puerta de San Sebastiano se refugió en el carruaje. La gota me pincha el dedo gordo del pie y pellizca bastante, bromeó.

Hicimos cola en la Appia. El domingo los romanos se marchaban en masa a los prados y los bosques del valle de la Caffarella y quien llegaba cuando el sol ya estaba en lo alto no encontraba ni siquiera una porción de hierba donde extender el mantel ni ramas secas para encender el fuego. Mi madre y las demás mujeres empezaron a recoger gamoncillo para destilar aguardiente, mi hermana y las hijas de Cabeza de Hierro, Dolce y Ricca, fueron a buscar fresas. Yo no conseguía encontrar mi lugar. A los doce años no me sentía cómoda con las jóvenes y ya era demasiado mayor para la compañía de Basilio y de los niños. Los hombres afinaban los laúdes y me acerqué a ellos. La voz angélica de Arnesto entonó un madrigal y de inmediato atrajo a una multitud de excursionistas.

Agotado el repertorio amoroso, cambió de género y empezó a cantar villancicos y cancioncitas cómicas, que se burlaban de las mujeres, los maridos, los enamorados y los cornudos. El público lo apreció ruidosamente. En ese momento, Cabeza de Hierro, quien, entre semana, era un buhonero de libros, es decir, recorría los mercados vendiendo impresos populares, descargó del carrito un paquete de pliegos y comenzó a venderlos. Cada hoja costaba un bayoco y contenía la letra de una canción. Cabeza de Hierro se metía las monedas en la faltriquera, Arnesto cantaba y de vez en cuando le guiñaba un ojo a mi padre. Sabía que mi padre componía canciones. Si estaba de buen humor, nos las cantaba, pero no sabía que las imprimiera ni que las ofreciera a los vendedores ambulantes para venderlas.

Lo cierto era que esas bagatelas suyas debían de circular mucho, porque en menos de diez minutos Cabeza de Hierro se quedó con las manos vacías. Un tipo, de entre el público, le comentó a mi padre con toda confianza que prefería sus historias en octavas para el consuelo de los afligidos a las canciones. ¿Por qué no recitaba la de Flavia, emperatriz liberada de las tribulaciones por María, reina del cielo? La había escuchado un miércoles, en el mercado de Piazza Navona, se le había quedado grabada, pero no había podido encontrarla.

Es una historia piadosa, se excusó mi padre. No es adecuada para un domingo festivo... Entonces, contadnos el diálogo de la gitana, se entrometió un joven con dientes de conejo. Yo ya soy demasiado mayor para esas cosas, sonrió mi padre. ¡Ya no puedo hacer creer que soy una morenaza! Pues el orgullo del soldado, exclamó la esposa de un cerero, al menos esa, señor Briccio, brindadnos el placer de escucharla de nuevo. No, no, no, vociferó una joven voluptuosa que iba acompañada de un clavero, ¡¡¡contadnos el juramento por los macarrones de Tiburzio!!! ¡¡¡El epitafio de Zanni!!! ¡¡¡El testamento del capitán Strappafierro!!!

Acribillado por las peticiones, mi padre sonreía, complacido. ¿Cómo puedo negaros algo, bella dama?, le dijo a la más joven de sus admiradoras, y, aunque a duras penas se aguantaba de pie, se enderezó y sentenció, con Pantalone: «En casa donde no hay mujer que mee, falta la dicha, la virtud marchita, la bondad se carcome, las facultades parten, el diablo se intro...» Era sorprendente cómo imitaba el acento veneciano, él, que nunca había estado en Venecia. La víspera, conmovido, se había jactado de que, durante el Carnaval, en Murano, una compañía de aficionados había representado su *Pantalone amartelao*. ¡Los venecianos habían representado en su propio idioma la comedia de un romano! ¿Qué mayor reconocimiento podía esperarse? El teatro es una deliciosa impostura... Al escuchar ese veneciano tan falso que sonaba auténtico, no podía evitar preguntarme quién era, de verdad, mi padre. Tenía la impresión de conocer solo una mínima parte de él y, ni siquiera, la mejor.

Luego rodó al suelo y, fingiéndose herido y cercano a la muerte, dictó las últimas voluntades del Capitán Strappafierro. Ahora era un napolitano fanfarrón e ignorante. «Pilla el mi casquete, y métalo con er penacho n'una caja dorada y mándasela ar Gran Turco... la mi espada ar Preste Juan... el mi traje ar rey d'Inglaterra... la camisa ar emperador persa... el abrigo ar sultán de Babilonia, los zapatos luego te los doy.» Riendo, una voz de entre el público anticipó la chanza de Zanni: «Habrá que hablarlo con el enterraor, porque los querrá él.»

Me di cuenta de que esas comedietas suyas, compuestas de noche, apresuradamente, garabateadas en el reverso de las facturas de la compra y en los márgenes del papel usado, eran muy populares. En la Caffarella todo el mundo las había escuchado al menos una vez.

Para entonces, alrededor del Briccio, que improvisaba los mejores chascarrillos de su repertorio, se había congregado toda una multitud. Tan heterogénea como los excursionistas de la Caffarella. Familias de mozos de cuerda y pescadores que acudían a pie, y de perfumistas y abogados llegados en carruaje. Mi padre se detuvo para ungirse el gollete con una gota del blanco de Castel Gandolfo, aunque justo la noche anterior le había jurado solemnemente a mi madre que, para no pasarse los próximos meses en la cama, se abstendría de beber vino, de comer legumbres, pescado, carne de cerdo, queso y fruta, contentándose prácticamente con pan horneado, como un asceta. Apenas pudo tomarse un sorbo del cuartillo porque lo rodeó festivamente un grupo de jóvenes con bigote en punta y vestidos de raso. ¿Nos reconoce, señor Briccio?, le preguntaron, con respeto. ¡Nosotros no os hemos olvidado!

Eran antiguos alumnos del Collegio Clementino. Le suplicaron con fervor que recitara el monólogo de la *Siderea*, la comedia que había escrito para ellos hacía unos años. ¡Qué original era! Genial, incluso. Cuánto se habían divertido. Lástima que la época del Collegio fuera cosa del pasado, pues, de lo contrario, le habrían pedido que compusiera otra.

Mi padre fingió modestamente que no la recordaba –una cosita de poca monta, ni siquiera valía la pena malgastar saliva...– y, luego, como si le hubiera picado una tarántula, como un histrión anhela su taburete y el actor las tablas del escenario, miró a su alrededor en busca de algún lugar algo elevado y, al instante, saltó sobre una roca que sobresalía de la hierba y que tal vez fuera la base de un capitel antiguo, porque el valle estaba sembrado de ruinas de la Roma imperial, y recitó ese monólogo, de un tirón.

Cuando se inclinó para recibir los aplausos, los antiguos alumnos lanzaron al aire sus birretes. Lo aclamaban y habrían querido lanzar al aire también al autor, pero del público se alzó una voz. Todo cuanto le robaste a Rafael de Urbino te lo han perdonado, porque le robaste a un muerto. ¡Pero no puedes robarle a un vivo! ¿Por qué dices que es tuya, ladrón de palabras? Estos aplausos no son para ti. La *Siderea* es obra de fray Maidalchini.

Los espectadores se volvieron hacia el intruso. Los antiguos alumnos, disgustados, lo vituperaron. Pero ¿cómo se atrevía? El Briccio había compuesto la comedia para ellos, hacía seis años, delante de sus ojos. Que no, que no, insistió el otro. El dominico Maidalchini la publicó, esa obra es suya.

Un rayo de sol refulgió en la cadena de oro sobre la camisa blanca del intruso. En el colgante destacaba el escudo de armas de su noble familia. Y detrás de él, listos para intervenir, empujaban sus secuaces, con calzones rojos y cintas en los sombreros galoneados, todos con la espada a un costado.

No malogremos este domingo, dijo mi padre a los antiguos alumnos del Clementino, deseosos de defender su honor. El refrigerio está listo. Lo que sucedió, sucedió. Venid a probar los macarrones de mi suegra, la *porchetta* de la sora Leonida y el dulce vino de Arnesto, que el duque de Mantua le había enviado para convencerlo de que fuera a su corte. Y yo le rogué que rechazase la invitación, porque era demasiado sincero para hacer de bufón de un duque, y esta historia acabará mal, pero mi amigo parte mañana a la ventura: ¡disfrutemos de su voz por última vez!

¡Pero esto es el mundo al revés! ¡El fraile es el ladrón que os robó la comedia!, protestó el antiguo alumno que lo había engatusado. Nos pidió nuestros cuadernos con la excusa de aprenderse su papel y los transcribió y así nos engañó. Si hubiera sido de buena fe, no le habría cambiado el título a la comedia. Fue un robo. En Roma todo el mundo sabe que la *Siderea* es vuestra. Solo un fabuloso ingenio como el vuestro podría tener la audacia de ambientar una comedia entre las nubes...

Mi padre no comió nada en el refrigerio. No probó el vino de Arnesto ni las fresas de Albina. Estaba palidísimo, insólitamente taciturno. Se recostó sobre la hierba para contemplar el límpido cielo. El sol ya empezaba a ponerse detrás de las colinas. Pero en realidad era la Tierra la que giraba a su alrededor y se alejaba del mismo. Esa teoría reciente –y controvertida hasta el punto de que la Iglesia había prohibido hablar sobre la misma– lo había fascinado. Sobre todo, la idea de que nuestro planeta anduviera por el espacio, como el hombre por el camino. Que no fuera el centro del mundo y que no estuviera fijo. Si ni siquiera la Tierra permanece inmóvil, nada lo está. El alcance de un descubrimiento semejante era casi inimaginable, pero su significado era evidente: si todo se mueve, todo puede cambiar.

¿Es cierta esa historia, señor padre?, le pregunté. Todas las historias son verdaderas, Plautilla, respondió, silbando una melodía sobre una brizna de hierba. Pero entonces, exclamé con vehemencia, ¡cuando vuestra obra salió con el nombre de ese impostor deberíais haberlo vapuleado! ¿Por qué no lo hicisteis? ¿Por qué lo aceptasteis? ¡No sois un cobarde!

Él era un Maidalchini y yo solo el Briccio, Plautilla, respondió mi padre. El cuñado de su tía es cardenal, su padre es noble y el mío, colchonero. ¿Qué podría haber hecho? ¿Denunciarlo ante los tribunales? Habría pagado por testificar en mi contra hasta al último sirviente del Collegio Clementino. Y yo habría tirado el dinero por el sumidero y tan solo habría obtenido burlas. Incluso podría haber acabado en la cárcel. He visto ya muchas veces a la fuerza mearse encima de la razón. Desde entonces, yo he escrito otras diez comedias más. Él podrá imprimirlas y firmarlas todas, pero no habrá escrito ninguna. Me basta con esta certeza.

¡Pues no!, protesté. Lo que es vuestro es vuestro. Nada es nuestro, Plautilla, murmuró. Un artista, un escritor, no crea sus obras para firmarlas, sino para entregarlas al mundo.

Nuestra comitiva se había dispersado. Los mayores descansaban, roncando sobre los cojines. Los niños perseguían la pelota a lo largo de la orilla. Los jóvenes bailaban una gallarda bajo el paraguas del pino de al lado. Albina brincaba entre los antiguos alumnos del Collegio Clementino, las mejillas sonrojadas, emocionada y feliz como nunca la había visto. Nos quedamos mucho rato en silencio. Nubes de algodón corrían por el filo del horizonte, convirtiéndose en dragones, garzas, montañas. Mi padre parecía adormilado, con los ojos cerrados a la sombra del sombrero. Nunca he querido tanto a ese padre huidizo e inalcanzable, inasible como una pompa de jabón. ¿Quién era, realmente, Giovanni Bricci?

¿El pintor? ¿El falso sacerdote y maestro de coro? ¿El actor? ¿El letrista de cancioncillas populares? ¿El devoto compositor de música sacra? ¿El fraile que escribía ardientes sermones? ¿El matemático? ¿El astrónomo que quería saber el nombre de las estrellas? ¿El geógrafo que cartografiaba la Tierra? ¿El autor de comedias ridículas, que soñaba con abrir para el teatro italiano una nueva vía, porque, entre la *commedia dell'arte* y la comedia culta, había un espacio vacío que llenar: hacer reír sin vulgaridad, entretener sin aburrir, contar historias no con las palabras de los libros, sino con las que utilizamos todos los días? ¿Tenía diez padres o ninguno? Había utilizado innumerables seudónimos para inscribirse en las diversas academias de las que era miembro, pero ¿en cuál se reconocía? ¿El Partitura? ¿El Circunspecto? Yo habría dicho que en el Discordante. Nunca estaba de acuerdo ni siquiera consigo mismo.

Y yo, ¿quién era yo? Una chiquilla silenciosa de doce años que no se contentaba con esperar a un marido que ella no hubiera elegido, ni con no saber nada, no entender nada, no importar nada, ser una criatura anónima destinada a pasar por esta tierra como una mariposa, sin dejar ni una huella siquiera. Miradme, padre, quería decirle. Existo. Pero no podía mirarme. Había perdido el conocimiento.

Lo llevamos de regreso a Roma echado en el carruaje. Jadeaba. De sus labios salía un chisporroteo como hierro incandescente sumergido en agua, que no recordaba en absoluto la respiración de un hombre. Mi madre le sujetaba la mano y repetía, en napolitano: Sé que m'oyes, desgraciao, la comedia t'ha salío bien, pero ahora ya basta, no puedes bromear pa' siempre. Pero sabía que no estaba bromeando y las lágrimas caían por sus mejillas sobre el rostro irreconocible de él, distorsionado por una mueca. No había sitio para nosotros en el carruaje. Albina y yo regresamos a pie con los demás, con miedo a no llegar a tiempo para verlo con vida.

Cuando llegamos sin aliento a la casa de las Tre Colonne, ya habían reclamado los servicios de un médico de acreditada experiencia, al que mi padre había conocido en la Academia de los Taciturnos. El físico examinaba la orina: escasa, opaca y polvorienta. Eso era un signo de fatiga de los riñones, envenenados por la sangre estancada. Por eso hacía que el barbero lo sangrara: le había aplicado sanguijuelas en las axilas y en las sienes, tan voraces que la sangre pronto llenó dos cubetas; las sanguijuelas, saciadas, se durmieron enganchadas a su carne, y el barbero tuvo que quitárselas con un cuchillo.

El físico examinó pupilas y orejas, le palpó las plantas de los pies, haciéndole aullar de dolor, le dobló los dedos de las manos, divagó en latín, luego sentenció con un marcado acento boloñés que el golpe sufrido por el cerebro se debía a la presión excesiva de la sangre venenosa, generada a su vez por la podagra que le habían diagnosticado hacía ya ocho años. Entonces, el Briccio acogió la noticia con una sonrisa, diciendo que se sentía honrado por padecer la enfermedad de los ricos. Pero no había mucho de qué reírse, porque, desgraciadamente, la enfermedad en las arterias seguía su curso irreversible. Si bien se estaba recuperando de la cataplejia en el cerebro, ya no podría caminar como antes, porque los cartílagos de sus pies estaban destrozados y, con el tiempo, la necrosis se le comería el hueso. Mejor que renunciara a aquellas excursiones al campo y a los paseos hasta la librería. Era previsible que al cabo de unos años se quedaría paralítico.

Lloré toda la noche. Desesperada. Lloraban mi madre, Albina, la abuela, sollozaba Basilio. Me pareció ver que incluso los ojos del Materazzaro estaban húmedos. ¿Qué iba a ser de nosotros?

El diablo ha clavado sus fauces en mi pierna derecha y la podagra se está jalando mis pies, pero las manos aún puedo moverlas, le dijo el Briccio a mi madre cuando recuperó el habla. Y, aunque el cuerpo se vaya deteriorando, el cerebro seguirá intacto en el cráneo. No nos moriremos de hambre. Y tendré tiempo para los tontainas de mis hijos. A mis amigos, Dios Nuestro Señor les ha dado trece, dieciocho, hasta veinticinco. Yo solo tengo tres, pero, a pesar de ser solo tres, los he descuidado.

Fue así como el Briccio se convirtió en mi maestro. Y yo, en pintora.

INTERMEZZO
ESE MARAVILLOSO Y EXTRAÑO EDIFICIO
(Roma, mayo de 1849)

La villa destaca en la cima de la colina sobre un bastión de rocas irregulares como una escollera, pero a su alrededor no hay mar. Solo el campo, hasta donde alcanza la vista, ondulado y verde esmeralda a finales de mayo. Viñedos, pinos, hileras exuberantes de cítricos y, más al oeste, campos de alcachofas. Es época de cosecha: las hojas ensortijadas y los frutos coriáceos han adquirido un color ceniza cárdeno. Detrás de la basílica de San Pablo, en la llanura que desciende hacia la desembocadura del Tíber, está el campamento del ejército francés. Treinta mil hombres, dicen. Leone logra distinguirlo sin binoculares. En cambio, la ciudad, que está al otro lado, bajo el despeñadero, defendida por los bruñidos muros milenarios, es invisible. Su presencia ni siquiera puede sospecharse: aquí arriba, el viento que todas las tardes sopla desde el mar se lleva todos los ruidos. En el horizonte, los montes Albanos son brumosas sombras azules. Con el ocaso, los rayos del sol al ponerse tiñen de rosa la fachada occidental de la villa, incendian las ventanas, que deslumbran como si estuvieran en llamas. La escruta perplejo desde la escalinata del edificio donde está acampado desde la noche del 20 de mayo. Queda muy cerca, las dos propiedades están separadas solo por las murallas.

El comandante de la división los envió de guarnición a los puestos de avanzada, para defender la primera línea de las fortificaciones, porque los soldados de la compañía Medici ya han conocido la batalla. El ejército de la República romana necesita más experiencia que coraje. Por otro lado, en este momento, no hay más militares en la ciudad. Garibaldi enfiló la puerta de San Giovanni y se marchó de Roma con tres mil hombres para perseguir a las tropas del ejército napolitano mientras ellos entraban por el lado opuesto.

La oscuridad ya se había tragado los perfiles de las cosas y solo la blancura de la carretera les había servido de brújula en la última milla. Los centinelas los detuvieron en Porta Salara, con la misión de escoltarlos hasta Porta del Popolo, pero esos jóvenes de la Guardia Nacional habían resultado ser guías novatos. Habían vagado en la oscuridad, tanteando a lo largo de los muros y las torres que se recortaban macizas y terroríficas en el resplandor rojizo de las antorchas, y, cuando por fin llegaron a la ansiada puerta, ya casi era medianoche. Sin embargo, las llamas transformaban ese desfile de fantasmas andrajosos y recubiertos de polvo en una sinuosa, casi sobrenatural, serpiente de fuego, y los aplausos, los vítores, los gritos de júbilo y hasta las gallardas notas del himno a la bandera los alcanzaron en cuanto cruzaron la puerta y salieron a la extensa plaza.

Leone entendió solo más tarde por qué los romanos los acogieron con tanto entusìasmo e incluso hicieron tocar a las bandas de música en su honor. Asomados a los balcones y a los alféizares o repartidos a lo largo del Corso, todos despiertos a pesar de lo tardío de la hora, los habitantes de la ciudad eterna agasajaron a los cuatrocientos caballeros y las dos baterías de artillería. Y sobre todo a la infantería. Son estos cuatro mil quinientos jóvenes delgados y descompuestos, con los rostros surcados por el cansancio –escoltados por un sabueso blanco, llamado Pistoja, por un pequeño maltés de pelo gris, llamado Goito, porque lo hirieron en ese pueblo, así como una multitud de perros callejeros– que tendrán que defenderlos. Aunque nadie los consideraría soldados si no supieran que lo son, pues en verdad tienen un aspecto poco marcial, los zapatos rotos y los uniformes disparejos, algunos con túnicas negras como médicos y los pantalones oscuros blancos por el polvo, otros vestidos como *bersaglieri,* o guardias nacionales, otros con las camisas azules y los pantalones rojos.

Leone desfiló entre los primeros. Su pelotón, el 1.º de la 1.ª compañía, se había ganado el puesto de vanguardia. Mientras avanzaba, mordiéndose los labios para que las ampollas de sus pies ensangrentados no le hicieran gemir de dolor, entre los destellos de las antorchas, se fijó en los escombros de las casas demolidas más allá de las murallas, así como en los colchones, las mantas, las vigas que revestían la Porta del Popolo. Le recordaron las barricadas de Milán, el año anterior, y eso le hizo sentirse como en casa.

El edificio donde se alberga la compañía Medici tiene dos nombres. Los mandos lo llaman quinta Corsini, por el nombre de los propietarios. Los trastiberinos que salen por Porta San Pancrazio y se aventuran más allá de las murallas para vender a los soldados alcachofas en aceite cocidas en la sartén lo llaman, en cambio, quinta de los Quattro Venti, porque, en la cima de las colinas que están detrás del Janículo, queda expuesto a todas las brisas. Por la noche, aquí refresca y Leone duerme acurrucado con su abrigo negro calándose la capucha para cubrirse los ojos. Ni la temperatura ni la incomodidad perturban su sueño. Ahora ya está acostumbrado. Durante meses durmió en el hotel de la hermosa estrella, bajo la lluvia, sobre la hierba mojada o dentro de un establo, entre las patas de los caballos. A pesar de no haber tenido jamás ninguno, siempre le gustaron los caballos. Si ahora se encuentra aquí, es culpa también, o mérito, de los caballos.

Se ha montado un catre sobre la paja, en uno de los anexos del edificio principal. No tiene manta ni almohada. Su equipaje se perdió durante la marcha que, desde Bolonia, pasando por las Romañas, las Marcas y la Umbría, condujo a la compañía Medici hasta Roma. Se lo había confiado a los artilleros, enganchándolo al asiento de un cañón. Por orgullo, se negó a asaltar un tambaleante carromato para ganar un asiento en el vehículo, como sus amigos habían hecho sin el menor pudor. Se aligeró del peso del saco y continuó a pie, aquello le parecía más digno, más heroico. Solo se quedó con la pluma y el tintero, y el fusil.

No estaba acostumbrado a marchar, pero, desde que, después de la desafortunada campaña con la legión Thamberg y el exilio en Livorno, se había unido a la Medici, no había hecho más que arrastrarse por los irregulares caminos de herradura de los Apeninos y, luego, entre matorrales de espinos, por las llanuras áridas, por los pálidos pastos requemados por el sol de la Sabina, a marchas forzadas, a menudo sin nada para comer ni beber. Los voluntarios no están organizados, no hay nadie que prepare el rancho. Prefieren comprarse la comida en tabernas y en hostales o conformarse con la amarga achicoria sin aliño, queso de cabra salado, manteca rancia y vino avinagrado que consiguen de los pastores. Se consideran soldados de fantasía. No estar encuadrados los hace sentirse independientes y libres. Pero su equipaje nunca llegó a Roma.

Leone se preguntó si eso no sería un mal presagio. Los voluntarios creen en los presagios. Durante la marcha por los Apeninos, mientras cantaban a voz en cuello «Adiós, mi amada, adiós, / el ejército se marcha / y, si yo no me marchara, también sería cobardía», Vigoni, un estudiante de Pavía cuyo nombre de pila era Pietro, se detuvo bruscamente para anunciar a los amigos de la 1.ª compañía que tenía un presenti-

116

miento. Cuando entremos en batalla, dijo, casi asombrado, la primera bala será para mí.

Leone desconfía de las profecías, tanto como de las supersticiones y de la religión, pero en esa bolsa estaba toda su historia. Objetos de poco valor para quienes no le conocieran. De inestimable valor, para él. Su ropa interior. Algunos libros. Las cartas de su padre. La cajita con los colores. Leone ha inmortalizado paisajes, montañas, muchachas, en cada ocasión que ha tenido un momento libre. Estudió Derecho. Eclesiástico, civil, mercantil, tributario, penal, feudal, marítimo. Excelentes notas, pero no llegó a licenciarse. En las escuelas nocturnas se graduó como contable. Es, o tal vez ahora sería más correcto decir que era, oficinista. Primero, del banco, luego de las compañías de seguros de Trieste. Pero esa vida lo horrorizaba. Y, de hecho, le gustaría llegar a ser pintor.

Las horas transcurren perezosamente. El frente está tranquilo. El armisticio firmado por la República romana con el ejército francés se mantiene. Muchos tienen la ilusión de que los franceses no desembarcaron en Civitavecchia, no intentaron entrar en Roma y no se amontonaron ante sus puertas para restaurar verdaderamente el poder temporal del papa. Las otras naciones –Austria, el Reino de Nápoles– son enemigas, pero Francia, no. Y, además, tal vez los soldados franceses se negarían a luchar contra la República. Al fin y al cabo, la historia de un pueblo debe significar algo.

Los soldados de la compañía Medici podrían practicar, realizar maniobras, entrenarse mejor en el manejo de las armas, pero nadie se lo pide. Son voluntarios, no profesionales, y la disciplina es laxa. Unas semanas antes, en el valle del Tíber, protestaron enérgicamente a su capitán por haber tenido que correr durante horas a la *bersagliera* por las colinas, con el estómago vacío y la boca seca debido a la sed, y el ejercicio no se repitió.

Así que, al día siguiente, feliz como si estuviera de vacaciones, Leone se aventura para explorar los alrededores. A es-

paldas de la quinta de los Quattro Venti se extiende hasta donde alcanza la vista la propiedad de la Villa Pamphilj, donde acampan entre las grutas y los estanques los *bersaglieri* del batallón Melara y los aduaneros de la Romaña, pero se encamina por el lado opuesto, hacia esa villa que se eleva prepotente y altiva entre la quinta y la Porta San Pancrazio. A ochenta, tal vez cien pasos de la primera, a menos de cuatrocientos de la segunda.

La villa, que los mandos llaman el Bajel porque la construcción imitaría la silueta de una nave, le parece a Leone solo un extravagante palacio barroco. Leone tiene veintisiete años, las cosas viejas lo entristecen. Aun así reconoce que las ventanas, insólitamente numerosas, tienen la misma forma que las troneras.

En el parque, las fuentes están secas, una aterciopelada pelusa verdosa ha crecido sobre la piedra. Leone se pasea entre los setos de mirto, sin toparse ni con caseros ni con alma viviente alguna. El camino está repleto de restos irreconocibles. Solo cuando supera un montón de maderas doradas se da cuenta de que se trata de las patas de una mesa. Lo que parecen harapos, en cambio, era un lienzo. Leone levanta un fragmento de la tela. Intenta averiguar qué imagen aparece pintada en aquel último resto, pero no lo consigue. La pintura, hecha cenizas, se desprende del lienzo y cae como copos en sus manos.

La villa fue abandonada, como todos los demás edificios de los alrededores, granjas, palacios, tabernas, incluso el convento de los frailes. Las estatuas de mármol, dispuestas a intervalos regulares entre las sendas y sobre los pedestales, son ahora sus únicos habitantes. Pero algunos nichos están vacíos y a algunos hermas les falta la nariz, una mano, los brazos. Los propietarios debieron de huir cuando estallaron las primeras escaramuzas con los franceses, el 30 de abril, hace casi un mes. Los rostros inexpresivos de las estatuas, las mutilaciones frescas y la blancura del estuco recuerdan los de los fantasmas y despiertan en él una molesta inquietud.

Leone trepa por los escalones que conducen a la terraza y ve avanzar hacia él, por el senderito de grava, una silueta alta, con su mismo uniforme: la blusa corta de tela azul marino, con pechera negra doblada, pantalones negros con rayas rojo claro y el quepis de cuero negro con el ala cuadrangular. El soldado ha dejado sus armas en el campamento. Y el cinturón de cuero negro, en cuya parte delantera tiene que colgar la cartuchera y la bayoneta o la barcelona en un costado, rebota vacío. No parece un soldado, tampoco lo parece Leone, ni ninguno de sus compañeros. De hecho, no eran soldados, hasta hace poco tiempo. Los voluntarios de la Medici tienen fama de ser todos señores.

De alguna manera, es cierto. Son burgueses de las mejores familias de la Lombardía, el Véneto, las Marcas, las Romañas. Estudiantes universitarios, incluso aristócratas. Entre ellos hay condes, marqueses y millonarios. Edoardo Kramer, noble, es hijo de un industrial; Venezian, de un comerciante de Trieste igual de rico; también el mantuano Bonduri es riquísimo. Leone jamás reconocería nunca que se ha sumado a la

1.ª compañía Medici también por eso. Leone se dice a así mismo que ha sido por la fama del capitán, el carismático Giacomo Medici, un duro militar criado en la escuela del exilio, pero amable aspecto propio de príncipe, lo que lo ha convertido en el ídolo de los jóvenes rebeldes de toda la península. Y, además, es amigo de Garibaldi, envuelto de gloria por sus victoriosas batallas en Uruguay, quien lo envió a Italia en el año 48 para preparar la revuelta contra el extranjero. O porque su compañía de soldados errantes está inspirada en la de Giovanni Medici de las Bande Nere y en otros *condottieri* de fortuna del Renacimiento. Compañías de cuyas costumbres y de cuyos ritos ellos se han apoderado, no así de su naturaleza mercenaria. A diferencia de los soldados de fortuna, reciben una paga casi simbólica y no luchan por dinero: solo por la patria o por una idea de patria. Y también por la buena reputación con que se hicieron esos jóvenes luchadores en los Cinco Días de Milán, ocasión en la que él también habría participado si los austriacos no lo hubieran detenido la víspera y encarcelado con otros doscientos en el Castillo. Cuando finalmente abrieron la puerta de la celda, Milán ya se había librado de los austriacos.

Pero Leone eligió la compañía Medici también porque le gustaría ser como sus camaradas: todos ellos han recibido la misma educación, tienen los mismos modales, los mismos sueños. Hasta los polacos de la 3.ª compañía del capitán Yauch son elegantes y refinados, y a Leone le gusta conversar con ellos para mejorar su francés. Hijos de exiliados, nacidos en Francia, casi todos en París, los llamados polacos hablan un francés perfecto, melodioso, musical.

El soldado llega a su altura. Es el fiel Varesi. Su nombre es Giuseppe, pero Leone lo llama por el apellido, como si estuvieran en la universidad. Varesi, no obstante, es diferente a los demás. No es burgués ni noble, ni siquiera estudiante, artista ni aspirante a escritor. Es un obrero. Sabe hacer de todo con sus manos: de guarnicionero, de cocinero, de carpintero. Es el único que sabe preparar una sopa y cocinar un cabrito o una liebre al asador. Los demás se mantienen a distancia, porque sus orígenes son oscuros, su conversación, ruda, y sus uñas están rotas y sucias. En cambio, a Leone le gusta Varesi. Se topó con él hace poco más de un año y, pese a ello, ya es la persona que lo conoce mejor que nadie. A veces se comporta con él como un oficial con su asistente. Varesi no se da cuenta, o no le desagrada. Se esfuerza por ver siempre el lado positivo de las cosas. Sabe que es él quien protege al otro y se contenta con saber que le será útil ahora y en todas partes.

Se asoman a la balaustrada. Al haber llegado desde el campo, no se dieron cuenta de que la villa, a menos de doscientos metros de las murallas y bastante más alta que las mismas, había sido construida dominando toda la ciudad. La belleza de Roma –las piedras doradas por el ocaso, las cúpulas brillando en la luz tersa– los deja aturdidos. Leone se muere de ganas de acabar su turno de guardia en el puesto de avanzada y bajar por entre los callejones. El comandante les advirtió de que se anduvieran con cuidado y no olvidaran que su presencia no es bienvenida por todo el mundo. Puede ser arriesgado adentrarse en determinadas zonas o en determinadas tabernas. Uno de sus compañeros, un mantuano, un tal Morandi, se vio envuelto en una riña y terminó siendo apuñalado por un sacerdote.

La compañía se ha acuartelado en el Palazzo Cenci, un nombre que hacía soñar a los estudiantes más sentimentales y que evocaba la cabeza angelical de la joven Beatrice, decapitada por un verdugo, pero que resultó ser un sombrío edificio macizo como una cárcel, en estado de abandono, con las escaleras rotas, las habitaciones sin puertas, las ventanas sin cristales ni persianas, telarañas en los rincones y, por el suelo, madejas de pelusa. De todos modos, Medici presentó sus quejas a Mazzini y pronto se les asignará un cuartel de verdad. Leone ansía el momento en que podrá colarse en los talleres del Tridente –le han dicho que los artistas se concentran detrás del Corso, alrededor del Babuino– y gastar los dieciocho bayocos de su paga para comprar una nueva cajita de colores. Y mirar a las romanas. Las plebeyas, las que llaman las «minentes». Todas ellas de punta en blanco, caminan con la cabeza erguida, riendo. Orgullosas, descaradas, rudas, casi insolentes, lo deslumbraron, pero en los tres días que ha pasado en la ciudad tras su llegada, no ha tenido tiempo para abordar a las jóvenes. Lo enviaron a patrullar al Ponte Mollo y, en su único día libre, fue a visitar San Pedro, el Campidoglio, el Coliseo. La majestuosidad de las antiguas ruinas le hicieron percibir su propia insignificancia. La villa está desierta. Le propone entrar a Varesi.

El guarnicionero vacila, dudoso. Desde que con un esfuerzo enorme logró poseer una casa propia en Milán, que valdrá unas veinte mil liras, ha desarrollado un profundo respeto hacia la propiedad privada ajena. Durante la marcha hacia Roma, una noche en la que sus aristocráticos compañeros se comportaron como bandidos y salieron a hurtadillas para robar caballos, no se unió al grupo, pero tampoco advirtió al capitán Medici de aquella correría ni de la indisciplina que estaban cometiendo. Las vicisitudes vividas durante meses codo con codo han llegado a mitigar las diferencias de clase. Leone considera a Varesi un amigo, quizá el único que tiene realmente en la compañía. Varesi lo considera algo más. No tiene ni padre ni madre, ni hermanos ni parientes. Viven juntos. Leone es su única familia.

Al entrar en el edificio, Leone no tiene la impresión de estar violando la intimidad de nadie. La villa parece estar deshabitada desde hace tiempo. Polvo y fragmentos de yeso revolotean sobre el refinado mármol blanco y negro del suelo. Los salones y las habitaciones están vacíos. Los muebles apilados de manera desordenada, los adornos hechos pedazos. Pisotean fragmentos de cerámica, astillas de madera, añicos de espejos. Curiosamente, reflejan imágenes anómalas, estilizadas, ensanchadas, repetidas. Debían de ser espejos deformantes.

La devastación afecta a Varesi más que a Leone. A él le resulta indiferente quién es el responsable de todo aquello. Circulan rumores contradictorios. Algunos mantienen que fueron los romanos: lo saquearon todo cuando acudieron aquí arriba el 30 de abril. Otros, que fueron los franceses. Hay incluso quienes acusan a los garibaldinos. Cortaron los árboles centenarios del parque, usaron los muebles y las camas para construir las barricadas. Pero tal vez lo insinúan los biempensantes, quienes consideran bandidos a todos los secuaces del general con pantalones rojos, Garibaldi. Los pintan como comunistas caídos sobre Roma para asar a sacerdotes y a niños. Además, fuera quien fuera, carece ya de importancia. Leone y Varesi vislumbran en el vuelo de los salones otras túnicas negras. Sus compañeros están recogiendo algo del suelo, lo meten todo en los sacos y se los llevan a rastras de allí.

Leone sabe de pintura, pero no presta atención a los frescos que colorean las paredes y el techo de la galería. Cuando al final del día se siente en el jergón para escribir a su padre y le cuente sus vagabundeos entre las habitaciones desoladas del Bajel, no las mencionará. Pese a ello, el arte lo enamora y aún se arrepiente de no haber llevado consigo su cajita de colores y de no haber tenido tiempo para comprar una nueva en Roma. Quizá no les presta atención. O están demasiado descoloridas. Cubiertas por una capa de polvo. O, tal vez, Leone se olvida de mencionarlas simplemente porque tiene muchas otras cosas que contar.

Solo por la noche, en el campamento, cuando el fuego que arde bajo el caldero ilumina la oscuridad, Leone se percata de que el improvisado cocinero está utilizando como leña el respaldo de una butaca, pintada en blanco y oro, y los trozos de los marcos dorados que sus compañeros han recogido en el suelo del Bajel. Esto es la guerra: devastación, destrucción, barbarie.

La melancolía no le impide vaciar el cuenco de sopa. Grasienta, insípida. Es una lástima no tener una cantinera en la compañía. Todos los demás tienen una. Los garibaldinos, una rubia lombarda que cantaba en un café. Los listos del batallón Melara, una despampanante moza boloñesa con dos tetas impresionantes. Ottolini, Sanromerio y otros más fueron a rondarla, pero los *bersaglieri* la vigilan atentamente. Tuvieron que contentarse con comérsela con los ojos.

Al día siguiente, Leone regresa al Bajel, se recuesta en la escalinata para calentarse al sol de mayo, hurga entre las pilas de trapos y de papeles en busca de algún adorno que quedarse como recuerdo; come pan, salami y alcachofas crudas recogidas en el campo, sentado en el suelo entre las columnas de lo que debió de ser el salón de representación; discute de política con sus compañeros: se preguntan qué harán los franceses, qué pasará cuando termine el ultimátum. Algunos polacos fueron al campamento francés, donde los recibieron amigablemente. Intentaron convencer a los soldados para que no creyeran en la propaganda de su Gobierno. Los están engañando, los han arrastrado a una guerra que no les compete. Roma no quiere ser liberada para nada. Quizá ellos tampoco lucharán o cambiarán de bando.

Luego, casi como si fuera un juego de sociedad, intentan adivinar dónde estarán dentro de un año a esta hora. Venezian anota las respuestas en un cuaderno. Así un día podrá comprobar si la vida los ha defraudado. Recuerdan juntos a los familiares y a los amigos que se quedaron en Milán, en Monza, en Parma, en Cremona, en Varese, en Bérgamo, en Vicenza y en otras ciudades del norte y de quienes ya no tienen noticias. Ni siquiera el sargento napolitano, Fanelli, sabe de los suyos. El abanderado Rocca los anima a cambiar de tema. Es el mayor del grupo. Tiene cincuenta años, tal vez más.

Podría ser el padre de todos ellos; de alguno, el abuelo. Sabe lo que significa no poder regresar a casa. Fue compañero de Ciro Menotti, está exiliado de Módena desde 1821. Han pasado veintiocho años. Leone es demasiado joven para imaginar que a él también podría esperarle un similar destino de desarraigo.

Una tarde se reúnen en la terraza de la quinta de los Quattro Venti para proceder con la votación y determinar los rangos. La compañía Medici se ha convertido en legión; el capitán, en teniente coronel, pero sigue vigente el principio de las elecciones democráticas. Son los soldados quienes asignan los rangos, quienes eligen a los suboficiales y a los oficiales. Medici lo aprendió de las crónicas de historia del Renacimiento: se hace como lo hacían las milicias florentinas del siglo XVI. La novedad no despertó el entusiasmo previsto. Nadie quiere ser oficial, ni sargento, ni siquiera cabo. En la urna, algunos votan por su perro: también Pistoja y Goito cuentan con sus propios partidarios. Otros votan por el gato. Carlo Gorini, amigo de Leone, estudiante de Derecho en Pavía, es elegido capitán. Pasan a ser sargentos el más joven del grupo, Rasnesi, y el más apuesto, Venezian. Nadie vota, en cambio, a Leone, que sigue siendo soldado raso.

A veces, el estado de ánimo se nubla. La luna llena, los espléndidos edificios vacíos, la incertidumbre sobre el futuro, el pensamiento impreciso y angustioso de que en unos días todos podrían estar muertos le dan a Gerardo Sanromerio, el Don Giovanni de los voluntarios, el coraje de pedirle al comandante Medici permiso para reclutar a una cantinera. La presencia de una joven hermosa ayudaría a mantener alta la moral de las tropas... Olvidándose de la enfermedad que le inflama las extremidades, hinchándolas de suero y obligándolo a llevar zapatillas de tela y a cojear como si caminara sobre cristales, Medici se pone en pie de un salto. Metéoslo en la cabeza de una vez por todas y decídselo también a los demás, exclama con sequedad, no quiero cantineras en la compañía. Los muchachos reciben el rechazo en silencio. Nadie se atreve a protestar.

Sin embargo, en cuanto el comandante se retira, empiezan a quejarse de la cobardía de los que bien pronto se lanzaron a sus correrías. Algunos voluntarios no se han presentado para hacer su turno de guardia en primera línea: se han quedado en el cuartel de Roma. Si hay que combatir, es probable que no se dejen ver. Muchos de ellos tienen solo diecisiete años y se escaparon de casa: reciben cartas suplicantes de sus padres, que les ruegan que abandonen esta locura idealista y que no se pongan en peligro. Alguno de ellos cederá. La señora Teresa, la madre de Kramer, quien había seguido durante muchas etapas la marcha de la legión, apareció en Bolonia para llevarse a Edoardo. Nadie mostró comprensión alguna hacia esa mujer, a pesar de que era su único hijo. Muchos se enrolaron con sus hermanos y ahora están juntos aquí. Hay madres que perderán a dos hijos.

Más tarde, cuando la conversación se apaga, se ponen a cantar ópera. Dos de ellos, tenor y bajo, son profesionales. Varesi le contó a Leone que también había un actor de teatro. De una compañía itinerante: se encontraba en el escenario de un teatro de Milán cuando estalló la insurrección. Su compañero, el joven actor, dejó la espada de papel maché por las barricadas de verdad. A Leone le gustaría pedirle que le recitara la invectiva de Alfieri contra la tiranía, pero teme que acabe resultándole odioso. Si alguien le preguntara por su empleo en la compañía de seguros, se sentiría ofendido. Lo abandonó, ahora es una persona diferente.

Todos saben de música y saben modular las voces para compensar la falta de instrumentos. Aman a Verdi. Entonan varias veces los coros de *I Lombardi* y de *Nabucco*. Hace poco más de dos años, cantaban estas mismas melodías en las escalinatas del Collegio Borromeo, en Pavía, ajenos a todo. El emotivo sonido de decenas de jóvenes voces masculinas se eleva en el silencio del campo. Leone intenta grabar en su mente el espacio, los rostros, la luz. Un día pintará esta escena. «La espera de la batalla», titularía el cuadro.

A menos que no lo haya pintado ya el otro pintor de la compañía, Alessandro Cattaneo. Leone, sin embargo, teme más a Induno. Es el hermano menor de Domenico, alumno de Hayez y pintor de cierto renombre, pero con el pincel se las apaña igual de bien. A los veinticuatro, Girolamo tal vez tenga menos técnica que Domenico, pero sin duda posee más talento. En los pueblos por los que han pasado, Leone y Girolamo se disputaban a las jóvenes a las que pintar. Pastorcillas y campesinas de una asombrosa belleza, vestidas con los pintorescos trajes de campo, que aparecían entre las ovejas por detrás del muro de una cabaña o que subían del río con un cántaro en la cabeza y salían a su encuentro sonriendo, sin miedo. Solo el hecho de que se fueran a luchar en Roma los hacía dignos de su confianza. Se reían avergonzadas, se sonrojaban, pero luego aceptaban posar de buena gana.

No es que pudiera realmente competir con Induno. Leone es autodidacta. Aprendió a dibujar por su cuenta. Su pasión por los caballos –a los que veneraba, pero no podía ni siquiera permitirse acercarse a ellos– lo llevó a matricularse en cursos de veterinaria. El primer curso, aprobado a duras penas y con la nota mínima, era de herrería. En un taller de herrador tuvo que aprender a forjar hierros, a herrar los cascos y a cortar la pezuña de los equinos. El segundo curso fue anatomía del caballo. Examinando los bocetos de los estudiantes, el profesor juzgó los suyos como pasables y le propuso preparar las tablas anatómicas de un volumen suyo de próxima publicación. Leone lo abandonó todo y durante dos años, encerrado en el gabinete anatómico del profesor, dibujó cabezas, cráneos, mandíbulas, vértebras, vísceras, músculos y esqueletos. Las piezas medio putrefactas de esos arrogantes animales emitían un hedor horrible. El volumen aún no ha salido, aunque, de todas formas, no le procurará demasiada gloria. Ese ejercicio ingrato, no obstante, le enseñó un oficio.

En los primeros duros meses de su exilio, en Livorno, mientras Varesi trabajaba en una guarnicionería, Leone se ganó el pan haciendo retratos a lápiz en el Café Americano. Conseguía venderlos por tres *paoli* cada uno. Quizá los clientes –marineros, capitanes y lobos de mar de la isla de Elba– sentían piedad por ese refugiado. O tal vez sí guardaran parecido con los retratitos. Por supuesto, Induno es mejor. O simplemente es más hábil. El hecho es que las jóvenes más bellas elegían a Induno.

Leone regresa al Bajel todas las tardes. Se acerca la fecha límite del ultimátum, pero, hasta entonces, los turnos de guardia en los puestos de avanzada de la quinta Corsini están tranquilos: del campamento francés en el valle que queda detrás no llega ni siquiera el eco de un disparo.

Sentado en los escalones de la terraza, en compañía de las estatuas (¿quiénes son?, ¿qué representan?), Leone lee libros y escribe cartas a su padre. Se ha creado una identidad ficticia para engañar a la censura austriaca. Su nombre de guerra es Luigi Dini. Y a veces tiene la impresión de vivir de verdad un desdoblamiento de identidad. Se alistó para luchar contra los austriacos hace un año. Tras la derrota de Novara, cuya noticia lo alcanzó antes de que pudiera contribuir en algo a la batalla, se arrastró a pie y montando un mulo por los Apeninos. Y ha acabado en Roma para defender una República tan joven e inexperta como él, y tal vez para luchar contra los franceses, que le enseñaron todo lo que sabe. Las palabras igualdad, libertad y fraternidad las descubrió en sus libros.

Leone tiene ideas políticas claras y definitivas. Se considera liberal, y republicano por necesidad, pero si ha vuelto a empuñar el fusil, si está aquí, es por honor. Quiere demostrar a los extranjeros que también los italianos saben cómo luchar y morir por su país. Por sus ideas. Y que por eso merecen la libertad.

Cuando la tinta se seca en el papel, Leone –¿o es Luigi Dini?– sube al tercer y último piso del edificio, se pasea por la terraza, mira el mar, a occidente, las montañas al este, los franceses al sur, la cúpula de San Pedro a sus pies. A estas alturas ya conoce los distintos espacios: los salones, la galería, las logias, las habitaciones, las escaleras. El Bajel es una casa sin dueño. Y él es un dueño sin casa. Desde que los austriacos ocuparon de nuevo Milán, ya no tiene una. Ya no tiene una habitación, una cama, una patria. No sabe si podrá volver algún día a su casa o si le corresponde el destino de los patriotas: el exilio. Eso, de alguna manera, ya es un exilio. Pero si Roma resiste, si la República se salva, él todavía tendrá un futuro. Así que por el momento el Bajel es su casa y a Leone le gusta imaginar que es el propietario.

¿Quién es o quién era? ¿Un aristócrata de linaje milenario que se jactaba de descender de los antiguos romanos? ¿Un noble reciente, usurero o comerciante que compró el título a cambio de dinero? ¿Un lameculos del papa? Mazzini dice que Roma está habitada solo por sacerdotes, sirvientes, *ciacchi* que viven del cirio[1] e ignorantes trastiberinos subyugados por las ceremonias católicas, un pueblo al que hay que enseñarle de nuevo su nombre, una ciudad que debe volver a consagrarse a sí misma y a Italia. Leone no conoce a Mazzini, desconfía de su inexperiencia como líder político y de su radicalismo, pero esa especie de apóstol pálido, demacrado y visionario es la bestia negra de su enemigo, Metternich, y basta para ganarse su respeto.

1. Ciacco es un personaje de la *Divina Comedia* de Dante, presente en el Infierno (VI, vv. 34-75), en el círculo de los golosos. Al parecer, Mazzini quiere hacer referencia a los sacerdotes que se aprovechaban de su condición para medrar. *(N. del T.)*

¿Cómo se vivía aquí arriba, en el Bajel? ¿Representaban espectáculos en la escalinata de la terraza cuyos escalones parecen las gradas de un teatro? Una fantasía de damas empolvadas, pelucas, miriñaques, chichisbeos. No se remonta más atrás, hasta la época en que se construyó la villa. Alessandro Manzoni le enseñó que el siglo XVII es el siglo de la decadencia italiana. Y, por tanto, el siglo italiano por excelencia. No sabría qué salvar de esa época servil y oscurantista, carente de dignidad y, por tanto, obsesionada con un concepto del honor tan falso como una moneda de hojalata.

Esas tardes de paz en el Bajel lo colman de un sentimiento, para él completamente inédito, de plenitud. Por primera vez en veintisiete años, tiene la convicción de que está en el lugar destinado para él. Hasta ahora, la ansiedad lo ha perseguido. Estudiante de Derecho, oficinista, asegurador, contable, veterinario, anatomista de caballos, furriel del ejército, retratista de café: siempre estaba en el lugar equivocado. Ninguna de las existencias que ha intentado vivir se parece a él. Se da cuenta, con una felicidad inesperada, de que en estos espacios desiertos termina su juventud. Y se reconcilia consigo mismo y con el hombre que querrá ser.

Los *bersaglieri* del batallón Melara llegan para relevarlo mientras examina, estupefacto, los jeroglíficos diseminados en las pirámides del jardín. Los descifraron hace poco más de veinte años, por lo que sabe. En el siglo XVII debían de ser signos que no significan nada. Sin embargo, quien los hizo grabar en el mármol parece haberlos dispuesto para formar una frase. En realidad, no sabemos nada del pasado. Mejor así. Las cosas egipcias le hacen pensar en Napoleón, y Napoleón, en los franceses acampados en la llanura. Y no quiere pensar en eso ahora. Recoge rápidamente sus cosas. Los superiores conceden a la 1.ª compañía permiso para bajar a la ciudad.

Segunda parte
La soltera romana
(1629-1640)

Estudié con el rigor de un seminarista y la concentración de un preso. Lecciones teóricas por la mañana, hasta la hora del almuerzo, prácticas por la tarde, hasta el Ave María. Al no poder comprarlos, mi padre compuso él mismo mis libros de texto. Tratados de aritmética, geometría, música. Transcribía ininterrumpidamente cuando no estaba enseñando, reduciendo el saber universal a nociones que hasta una chiquilla de trece años podría entender.

Cada tratado era un compendio «breve pero útil»: en resumen, un manual escolar para mi uso y disfrute, escrito en limpio y con «figuras», es decir, ilustrado. Los títulos de los capítulos aún los recuerdo de memoria y pueden dar una idea del esfuerzo al que se sometió Briccio y él me sometió a mí. «Qué es la geometría. Quién inventó esta arte. Para qué puede servir esta arte. Qué es el punto. Qué es la línea. Qué es un ángulo. Qué es superficie. Qué es cuerpo. De las figuras geométricas. Cómo se representa el punto. Cómo se representa la línea.» O bien «Del número, de la naturaleza de los números, de las proporciones», e incluso: «Práctica de la aritmética: columnas, decenas, centenas, miles»... Un trabajo descabellado, destinado a no ser publicado nunca, hecho sin otro propósito que mi instrucción. Hoy me gustaría que no lo hubiera hecho. Que hubiera empleado mejor los años que le quedaban por vivir.

Conservé esos manuscritos todo el tiempo que pude. Cuando tuve que aceptar la idea de que ninguno de nosotros pondría en ellos sus ojos nunca más y que si los conservaba acabarían siendo destruidos, se los di a quien quizá sí pueda conservarlos. Tengo la esperanza de que todavía los tenga. Si alguien los ve alguna vez, comprenderá cuánto me quería el Briccio. En vez de dedicarse a la gran obra que lo redimiría, digna del escritor que podría haber sido, sacrificó su tiempo en mí, que entre sus descendientes era la única que tenía la edad para convertirse en su alumna, pues Albina ya era demasiado mayor, Basilio demasiado pequeño y mi primo Giovanni Battista demasiado lunático, sin saber siquiera si yo me lo merecía. He vivido sesenta años con este remordimiento.

Mi padre me evaluaba con severidad. A veces me premiaba, más a menudo me castigaba. Nunca me elogió. Soportaba con resignación las aburridas horas de la mañana, en las que me esforzaba por grabar en mi cerebro nociones que poco o nada me importaban. Incluso la música, que hasta ese momento asociaba con la alegría de las canciones y de la guitarra, se convertía en una materia árida e incomprensible. Mi padre había compilado un *Tratado especulativo sobre la música,* un infolio de nada menos que cuarenta y tres hojas ilustrado, pero esas páginas no me enseñaban a tocar el laúd o el monacordio, que siempre he rasgueado sin demasiada gracia, ni para convertirme en una virtuosa del canto, sino a cómo podía el sonido deleitarnos o herirnos los oídos, quién inventó el arte de la música, qué es la armonía, la consonancia, la disonancia, la sinfonía, qué es el diapasón y por qué solo cantan el hombre y los animales. Y también el tratado *Sobre la pintura* (de seis folios, sin ilustrar) que explicaba solo de forma abstracta «qué es la pintura», las «artes, ciencias y condiciones propias del pintor» y ofrecía «algunas observaciones sobre la pintura, que pueden servir de aviso para todas las demás».

Y, a pesar de ello, yo resistía, porque por la tarde aquella estancia de mi padre se convertía en un taller y, por fin, la materia teórica se transformaba en olor, color, signo. Podía observarlo mientras dibujaba y pintaba, hasta que ya no podía mover la mano, y entonces yo tenía que desentumecerle los dedos, entrelazándolos con los míos. Sus articulaciones deformadas por la quiragra gorgotearon como agua a fuego lento.

Los encargos que aún recibía eran ya cosa de poca monta. Escudos de armas, carteles de tiendas, estampas para cofradías y gremios de artesanos, árboles genealógicos, imágenes votivas en papel, cestas de frutas. Mi padre se esforzaba como si fueran retablos.

Al principio, solo me permitió ver cómo molía el albayalde, colocar las telas en el marco, dar la imprimación y el barniz. Al cabo de un año, puso en mis manos las tizas y los carboncillos, para que aprendiera a dibujar. Y pasaron meses antes de que me prestara los pinceles y me dejara retocar los mapas geográficos que estaba preparando para la familia Colonna. El príncipe quería colgar la imagen de sus feudos en la galería del Palazzo di Borgo. Para tener siempre delante de sus ojos sus posesiones, tan numerosas que corría el peligro de olvidarse de alguna. Mi padre me enseñó a colorear de verde el campo; de ocre, el castillo y los edificios; de azul, el río.

Era una alumna diligente, meticulosa como una miniaturista. Durante la mayor parte del tiempo me dedicaba a copiar. Mi repertorio variaba de las imágenes para entonces ya descoloridas del *cavalier* d'Arpino hasta los dibujos de mi padre. Cientos, porque los utilizaba para ilustrar sus comedias. De hecho, las páginas iban intercaladas con xilografías donde se veían las imágenes de las máscaras de Zanni, Pasquarello, Pantalone. Hasta entonces nunca me había interesado por esos libritos de formato minúsculo, impresos en papel rugoso y de mala calidad, que enviaba a la imprenta únicamente casi por capricho, porque no tenía la pretensión de que lo reconocieran como un auténtico escritor. Al menos, eso es lo que le oí afirmar varias veces, mientras le daba un ejemplar a alguno de sus conocidos de alto rango, profesores universitarios, notarios, jueces, abogados.

Al principio, solo los abría para copiar la marca del frontispicio o las ilustraciones dispuestas al inicio de cada acto, que representaban la escena. Esos decorados genéricos de casas, callejones, palacios y pórticos fueron las primeras arquitecturas que dibujé, pero por aquel entonces, mientras copiaba capiteles, columnatas y bóvedas, mis ojos se veían irresistiblemente atraídos por las ocurrencias de los personajes. En romanesco, napolitano, español, bergamasco, turco, macarrónico, francés. Un batiburrillo de lenguas y dialectos, mal pronunciados y parodiados, pero en el fondo parecidos a los que resonaban en las escaleras del edificio de las Tre Colonne, en las calles de Borgo Vecchio y de toda Roma.

Las comedias de mi padre se servían de las tramas de siempre: viejos que se empecinaban en casarse con jovencitas, enamorados que no tenían ni el canto de una moneda, huérfanos que resultaban ser hijos perdidos o robados de nobles, padres avaros e hijas astutas, villanos enriquecidos, soldados arrogantes, estudiantes haraganes, pedantes y gorrones, pero aparecían también personajes más originales: hechiceros, pícaros, pintores y nigromantes.

Las leía a escondidas, de noche, en la cama, a la luz de una vela. A menudo me reía yo sola, tapándome la boca con la mano para no despertar a Albina. Salía con mi madre solo para rezar en la iglesia o ir a misa, vivía casi recluida, no tenía ocasión alguna de conocer el mundo: fueron esas tramas convencionales las que me hicieron descubrir que las jóvenes pueden rebelarse contra la voluntad paterna, que pueden obtener ayuda de las sirvientas y de las vecinas, que los hombres de cultura a menudo son odres hinchados de viento; los preceptores, más ignorantes que sus alumnos, y que cualquiera puede caer en la traición cuando tiene la barriga vacía. Al final, la virtud siempre prevalecía, pero la forma en que triunfaba era cruel y, a menudo, inmoral. En resumen, el teatro de mi padre me enseñó a desconfiar de sus propias enseñanzas y a armarme contra él.

Hice otros descubrimientos sorprendentes. Mi padre le había puesto el nombre de mi hermana a la heroína de una de sus obras, la *Tartarea*: aquella joven era pura e inocente y su amante estaba dispuesto a descender al más allá solo para encontrarla de nuevo. No le había puesto mi nombre ni siquiera a un personaje menor. Mi padre aseguraba que no le daba demasiada importancia a esa ocasional producción dramática, que concebía casi sin querer, garabateaba en pocas horas e imprimía solo para aliviarse de ella, igual que una mujer al parir. Atribuía el impulso de componerlas a su raro cerebro y casi se disculpaba por ello. Pero en los prólogos y en las dedicatorias desperdiciaba su mejor prosa para justificarla, explicarla, valorarla. Decía que no le importaba nada, pero describía las feroces críticas que se había ganado y se las ingeniaba por demolerlas. En resumen, detrás o dentro del Briccio que yo conocía, había otro, ulcerado y descontento. Llegué a preguntarme si su parálisis no sería el estigma de su dolor. Y ya no me parecía una casualidad que la dolencia lo hubiera golpeado precisamente el mismo día en que, en público, delante de sus lectores, lo habían ofendido tratándolo de impostor.

Pero lo que más me sorprendió fue un diálogo que había escrito once años antes de mi nacimiento, cuando todavía era un pintor soltero y misógino. La comedia se llamaba *Los defectuosos:* mi padre la representó en el Palazzo Altemps, gracias al duque Muti di Canemorto, ante un público selecto de caballeros, y le deparó cierta fama. Mejor dicho, gracias a ese éxito él continuó con su carrera paralela como dramaturgo.

Un zagalillo romano, Margutte, astuto e indisciplinado, es enviado de niño a casa de un «pintorísimo», el napolitano Cola. La madre lo regaña porque después de haber pasado un año junto al maestro ha aprendido muy poco. Al ver los dibujos del chiquillo, le dice que ni de lejos se parecen los brazos y las piernas, la cabeza, los pies y la nariz de la mujer que Margutte ha copiado de una obra de Rafael: ella, le jura, lo habría hecho mejor. Como mi padre también a mí me había asignado la tarea de copiar la *Galatea* de Rafael y como yo también, después de un año de aprendizaje, recibía por parte de mi madre los mismos comentarios irónicos, proseguí leyendo con el corazón en un puño.

El pintor, Cola, detesta la petulancia de las mujeres, que cuando pontifican le parecen todas unas «sátrapas» y considera el someterse al «sindicato de las mujeres» la peor desgracia del mundo. Sin embargo, dijo así: «De tu mare no sería milagro qu'hubieras aprendío (estando, claro está, bajo mi disciplina) porque la' mujere' tien buena retentiva, mejor dicho, ella' tien la verdadera forma de maneja' er pincel, qu'están acostumbrás a hace' su' labore'con l'abuja, y bordaos.»

¿Reflejaban estas palabras su pensamiento? ¿Mi padre pensaba también que las labores manuales de las mujeres, la aguja y el bordado, de alguna manera podían favorecernos en la pintura, al enseñarnos a manejar el pincel? La ilusión duró pocas líneas. Sí, decía en esencia el pintor, las mujeres están predispuestas al lado mecánico de la profesión, pero luego está el estudio. Y para eso no basta con un año de aprendizaje. Se necesitan muchos, a veces toda la vida. Y las mujeres no tienen suficiente cerebro para cultivar esta segunda, y fundamental, parte de la profesión. Y, por tanto, aunque hubieran aprendido a dibujar y a pintar, nunca entenderían nada de pintura.

«E incluso cuando quisieran valora' argo en la pintura –le hacía decir mi padre a Cola– se le conceda solo l'actitud de una muje' ar cose', al amamanta', cómo quieren tené la' trenza', cómo sostienen er cojín entre la' rodilla'; y d'eso en adelante daré la respuesta que dio Apeles ar zapatero, que tras juzgar la albarca quiso aluego opinar sobre la pierna, de que se mereció 'sta respuesta: Ne supra crepidam, es decir, no por encima de lo qu'haces.»

Ne supra crepidam. No por encima de lo que haces. Zapatero o mujer: a tus zapatos. Me pregunté si mi padre me estaba enseñando por penitencia, por un experimento o para demostrarse a sí mismo que no se había equivocado. Y si era así, me juré que conseguiría hacerle cambiar de opinión.

Nuestras clases particulares duraron años. Las recuerdo como un único e interminable día. Estaba él, cada vez más encogido, con una mesa móvil sobre la cama para servirle como tablero, donde colocaba el cuenco con los colores, los pinceles y la paleta, mientras pudo soportar su peso. Y estaba yo, acurrucada en la silla de cuero, la trenza negra a la espalda,

139

la bata gris de tela basta, las manos manchadas de colores, las mejillas con churretones, lista para tenderle el pincel fino o el de cerdas gruesas. No sé si Giovanni Bricci tuvo alguna vez verdadero talento para la pintura, pero era un gran maestro. Me exigía mucho y no parecía convencido de que yo pudiera alcanzar sus objetivos: precisamente eso constituía para mí un desafío y una y otra vez me proponía a mí misma desmentirlo. Solo cuando la oscuridad se volvía ya demasiado densa y la luz de las lámparas de aceite no era suficiente para disiparla, reclamaba la cena a mi madre, quejándose de que tenía hambre.

Nuestro nuevo vecino se presentó para conocer a mi padre el mismo día de su llegada a Roma. En el edificio de las Tre Colonne, además de la viuda Leonida, del carrocero y de la familia de un mercero, vivía, con su esposa, su hija, el marido de esta y sus hijos, el señor Domenico Incarnatini, de Massa Carrara. Era pintor, pero debía su «comodidad» al comercio. Se había casado con una mujer de Viterbo y había sido amigo de Pietro Discepolo, el impresor de los libros de mi padre. Le gustaba el teatro y disfrutaba con las comedias burlescas. Mi padre había intentado camelárselo durante años, porque Incarnatini intermediaba en todo, también en cuadros, y tenía la esperanza de que le colocara alguna de sus obras. Para engatusarlo, había hecho que Discepolo le dedicara una de sus obritas, *La gitana desdeñosa*. Por regla general, los escritores dedicaban sus textos a cardenales, obispos, condes, marqueses y barones, y no a un intermediario de provincias. Incarnatini debería haberse sentido honrado. En realidad, no sé cómo se lo tomó. *La gitana desdeñosa* era una sucesión de monólogos sin pretensiones, con una comicidad plebeya y, en ocasiones, vulgar. Precisamente en esas páginas leí por vez primera insultos y palabrotas que tuve que fingir que ignoraba, pues, de otra manera, mi padre me habría arrancado la piel a tiras hasta matarme.

140

En las Tre Colonne, Incarnatini vivía en nuestra misma planta, solo nos separaba la puerta que daba a la habitación de la viuda del colchonero. El sobrino llegó en 1629. Tenía diecinueve años. Incarnatini nos explicó que el joven siempre había vivido en Viterbo, pero ahora su hermana, viuda de un sastre, ya no podía mantenerlo. Venía a Roma para aprender el oficio de la pintura. Él mismo le haría de maestro. En su opinión, tenía buenas aptitudes. ¿Querría el Briccio echarles un vistazo a sus bocetos?

El muchacho dio un paso hacia la cama en la que se sentaba mi padre, la espalda recostada en las almohadas, sus piernas rígidas debajo de la manta y algo elevadas para que la sangre circulara mejor, y entró en la luz de la lámpara. Giovan Francesco Romanelli, me siento muy honrado de conocerlo, señor Briccio, susurró, quitándose el sombrero y esbozando una reverencia.

Para mí fue de inmediato y para siempre Giò. Era pequeño de estatura y rechoncho como un gato, tenía los ojos grandes y separados, redondos como dos almendras, los labios carnosos sombreados por su nariz aguileña, sobre sus hombros ondeaba una suave melena de rizos castaños. Llevaba las botas embarradas y el abrigo arrugado por el viaje. A mí, que lo observaba desde el otro lado de la cama, me pareció un querubín con tirabuzones. Ni mi padre ni Incarnatini me presentaron. Aún me consideraban una chiquilla irrelevante.

Mi padre hizo que le dieran las carpetas de sus dibujos, lo invitó a sentarse a los pies de la cama y le preguntó sobre sus predilecciones: ¿a qué artista admiraba más? Romanelli titubeó. Le habría gustado complacer a mi padre y señalar a su maestro, el *cavalier* d'Arpino, o a él mismo. Pero no era adulador y en los años que había pasado estudiando con los jesuitas aún no había aprendido a mentir. Tartamudeó algo referente a Zampieri, el Domenichino. En Viterbo, se le consideraba el pintor más importante de Roma.

Incluso los más importantes caen en desgracia, ignorados, rechazados, incluso perseguidos, cuando el tiempo de los que los exaltaron se ha terminado, le previno paternalmente mi padre. Haber creado obras maestras no cuenta, poder crear otras puede ser incluso una desventaja. Nadie posee nada realmente, porque todo puede serle arrebatado. Ni la virtud, ni el talento, tampoco el genio serán suficientes para escudarte ante la adversidad. ¿Es realmente auténtico tu interés por la pintura? ¿O solo es consecuencia de la necesidad? ¿Quieres ser pintor como podrías haber sido sastre u otro trabajo cualquiera?

El oficio de pintar ofrece buenas oportunidades en este momento para un joven carente de medios como yo, respondió con modestia Giò. El Sumo Pontífice promueve las artes, las grandes familias no quieren quedarse atrás, la corte responde, los salarios suben y abundan las oportunidades. En Roma no hay ningún pintor sin trabajo... Así que sinceramente aún no puedo responder a su pregunta, señor Briccio. Creo que, si tengo éxito, pintar me gustará más que nada en el mundo.

Ten en cuenta que es necesario tener motivaciones fuertes, carácter decidido y auténtica pasión para triunfar en un mercado como el de Roma, insistió mi padre. Quiero contarte una historia. Te será de utilidad.

Hace más de veinte años, en marzo de 1607, su maestro, el caballero Giuseppino Cesari d'Arpino, que lo había acogido en su taller desde que era niño y le había enseñado oficio y modales, terminó siendo destrozado por el sobrino del nuevo papa, Pablo V. Los guardias se presentaron en su casa para arrestarlo con la acusación de haber contratado a un sicario para hacerle una cicatriz al pintor Pomarancio. Para apoyar la acusación no solo había indicios, sino también un móvil: porque si bien Cesari y el Pomarancio se respetaban, habían trabajado en las mismas construcciones e incluso habían sido amigos, ahora los separaba una acérrima rivalidad. Se disputaban la dirección de los mosaicos de la basílica de San Pedro: protegidos por el favor del papa Aldobrandino, Cesari se la había arrebatado al Pomarancio, difamándolo, pero a la muerte del papa, Pomarancio intentó arrebatársela a Cesari, con el mismo sistema. Insinuaba que iba robando de los anticipos, que estaba desviando los fondos hacia sus bolsillos, cosas así, aviesas e insultantes.

El hecho es que una tarde, mientras el Pomarancio iba a lo suyo caminando por el Campo Vaccino, un hombre envuelto en un manto y con el sombrero bien calado lo atacó y le hizo una cicatriz en la mejilla. La estocada al honor de Pomarancio era más grave que la herida, aunque esta fuera larga y profunda. Pomarancio presentó una denuncia, explicó sus sospechas sobre Cesari, su hermano, su primo, los trabajadores del taller y los criados, y monseñor Crescenzi, Auditor Camerae, envió de inmediato a los guardias de su tribunal para que encarcelaran a Cesari. Tanta solicitud se explica porque monseñor Crescenzi era el protector de Pomarancio, quien había enseñado pintura a su hermano Giambattista. Cesari escapó al arresto porque no dejó que lo encontraran en su casa y el fugitivo se refugió en el Palazzo della Cancelleria, donde estaba el cardenal Montalto. Sin embargo, durante las pesquisas, los guardias encontraron en su casa dos pistolas. A los poseedores de armas prohibidas, se les aplica la pena capital: decomiso de bienes y condena a muerte.

Y mientras el Auditor Camerae instruía el proceso, la Cámara Apostólica se incautó de la colección de cuadros, esculturas, dibujos y libros que Cesari había reunido con paciencia, gusto y gran dispendio. La colección más hermosa de Roma, valorada nada menos que en quince mil escudos, en la que, por desgracia, había puesto sus ojos el sobrino del papa, el cardenal Scipione Borghese, quien la quería para él.

Resumo. El fiscal general del papa, el mejor abogado de Roma, ese Prospero Farinacci que, a pesar de ello, no salvó a

Beatrice Cenci del hacha, actuó como mediador, ganándose un retrato de la mano del *cavaliere,* y Cesari aceptó donar de forma espontánea su colección a la Cámara Apostólica. Que a su vez la donó de forma inmediata al cardenal Borghese. El corazón de la justamente famosa colección Borghese es el resultado de un robo legal, si se me permite. Con la renuncia a recuperar la propiedad de su colección y el pago de una multa, Cesari obtuvo la gracia, recuperó el honor y el favor del nuevo papa reinante y de su sobrino. El cardenal Borghese lo contrató para trabajar en la capilla familiar de Santa Maria Maggiore. A él no se le podía decir que no. Para escapar a sus encargos no solicitados, Guido Reni tuvo que huir a Bolonia y, cuando Domenichino intentó resistirse, negándose a entregarle al cardenal una *Caza de Diana* que había pintado para su predecesor Aldobrandino, el Borghese lo hizo encarcelar y se quedó con el cuadro de todos modos. El caballero ha trabajado para su perseguidor, y todavía trabaja, por la gracia de Dios. Después de aquella desgracia, mantuvo la dirección de los mosaicos de San Pedro y reanudó la pintura al fresco de las estancias del Campidoglio, pero nunca volvió a ser el mismo de antes. Roma te concede la gloria y te aniquila con la misma displicencia. Rara vez un artista dura más que su papa.

Acuérdate de lo que te he explicado cada vez que el círculo de entendidos exalte a un nuevo pintor, concluyó mi padre. Toda Roma hablaba de Caravaggio, pagaban por una de sus cabezas más que por una historia de cualquier otro y ahora es casi una deshonra pronunciar su nombre. Carracci murió de melancolía: pese a que parecía ser la reencarnación de Rafael con el corazón de Miguel Ángel y las manos de Tiziano y Paolo Veronese. Y llegó el turno del Domenichino. Logró superar la muerte de su papa, Gregorio XV, y colarse otra vez entre los allegados del nuevo, pero ya otros pintores lo acechan. Ser demasiado moderno no ayuda. Mejor atenerse a los modelos clásicos. Rafael siempre gustará.

Gracias, señor Briccio, tendré presente esta lección de... filosofía de la pintura. O de ética... Me gustaba mucho estudiar filosofía, confesó Giò cándidamente. Roma es el más cruel de los mundos, añadió mi padre. Los frailes misioneros que han estado en las Indias cuentan que solo en aquellas selvas infestadas de tigres y serpientes, la precariedad es, como nos sucede aquí, la primera ley de vida. En Roma, el poder de quien gobierna es inmenso, ilimitado, como el de Dios. El Estado eclesiástico es una monarquía absoluta, pero electiva, no hereditaria. Nada dura, todo pasa. Tú eres joven: te parecerá un sistema que favorece los cambios de fortuna, porque en Roma, si uno sabe elegir, si sabe cabalgar el viento, cualquiera puede acumular riquezas exorbitantes, ascender en la escala social hasta alturas vertiginosas, pero yo he vivido más tiempo que tú y lo veo de forma diferente. No te engañes. El poder se hace añicos, las alianzas se disuelven, las fortunas se desvanecen. Los sobrinos del papa, los cardenales por él nombrados, sus cortesanos favoritos, los camareros secretos e incluso los mayordomos pierden títulos, riquezas y privilegios al morir el pontífice reinante. Y solo los que menos escrúpulos tienen consiguen cambiar de caballo. No lo olvides si algún día la suerte te sonríe.

Giò había escuchado educadamente, sin interrumpir en ningún momento, intimidado por la vivacidad de ese hombre medio paralizado, pero más locuaz que un coro de ranas. Me pareció cohibido e ignorante del mundo. Había soñado con Roma durante años y nunca se dejaría convencer de que no era el paraíso de pintores y de los hombres con algo de ambición. La sabiduría melancólica y desencantada de mi padre resbalaba sobre él como las gotas de lluvia sobre un cristal.

Una última cosa, Romanelli. Si no encuentras patrón, siempre serás como un perro callejero, libre pero hambriento, y cualquiera podrá golpearte. Y si lo encuentras, serás algo suyo: rico, saciado, protegido de todo mal, de toda moral y de toda ley pero con la cadena al cuello, prisionero. Que sepas que podrás elegir. Siempre se puede elegir qué clase de hombre quiere ser uno. Bienvenido a Roma, muchacho.

Encantador, concluyó Albina, que había espiado a Romanelli mientras, agotado por ese monólogo de dos horas, interrumpido afortunadamente para él por el apetito de mi padre, atravesaba el salón y podía por fin retirarse a casa de su tío. Yo también pensaba lo mismo y me eché a reír. A ambas nos entró esa incontenible risa floja que en la adolescencia te llega a estremecer hasta las lágrimas.

El irritante Basilio, que parecía concentrado en su juego favorito –construir un castillo con tacos de madera–, se volvió con el rápido movimiento de una víbora y empezó con su cantinela burlona que a saber dónde habría escuchado: «¡Oh, qué ardor y calentura!, ¡qué martillo es el amor!» En vez de espiarnos, cállate ya, renacuajo, lo amenazó Albina, soltándole un guantazo, antes de llevarme a rastras hasta la habitación. Es amable, honesto, bien educado, gorjeó extasiada: la flecha de Cupido ya me ha traspasado el corazón.

¡Pero yo lo he visto primero!, protesté. Y tú siempre dijiste que te casarías con quien tu padre eligiera salvo que fuera un pintor. Que nunca vivirás la vida de nuestra madre. Que prefieres un escribano, un contable cualquiera. Por eso Romanelli es perfecto, se rió Albina. Estudió en el seminario y sabe latín. Pero, a diferencia de los demás jóvenes que saben letras y que son poco atractivos y aburridos como los confesores, él tiene fuego dentro. Ya me quema.

Me estaba soltando la trenza y la horquilla se me cayó de la mano, tan sorprendida me sentía, porque mi hermana nunca me había hablado así. Y, además, quiero que mi marido sea guapo, zanjó Albina, cepillándose enérgicamente su pelo rojo. De otra manera, ¿cómo se puede aguantar a un hombre toda la vida? Mejor sería encerrarse en un convento y casarse con Jesús.

Nos juramos que ningún hombre jamás podría separarnos y, ahora, la primera vez que le echas el ojo a uno ya me aplastas como una pulga, le reproché. Albina negó con la cabeza, como si quisiera decirme algo, pero no lo dijo. Se dobló para enmarcarse en el fragmento de espejo que había incrustado entre la pared y el alféizar de la ventana –la única superficie reflectante de nuestra casa, en aquella época, aparte del agua de los barreños– y lo que vio la tranquilizó. Con la piel de alabastro, el pelo cayéndole sobre la espalda como una cortina de llamas, Albina era hermosa y ella sabía que lo era. Su belleza la daba por sentada, como un hecho natural, la llevaba con la misma noble indiferencia con la que calzaba los desgastados zapatos de tela demasiado grandes y vestía los harapos descoloridos que habían pertenecido a nuestra madre. Nunca la había envidiado, porque Albina nació tan hermosa como yo defectuosa. No había nada que hacer al respecto. No podía competir con ella, insignificante yo como una margarita comparada con una rosa. Escondió los rizos debajo de su gorro de dormir y empezó a desenredar los míos, para que la perdonara. Que no se te metan ideas raras en la cabeza, mosquita muerta, dijo con dulzura, como si se compadeciera de mí. Eres la segunda hija. Has de tener paciencia. Primero tengo que colocarme yo.

A mi padre lo impresionaron los dibujos de Giò. Imprecisos e inmaduros, pero prometedores. Lo invitó a volver a visitarlo. No tenía intención de ser su maestro, Romanelli ya tenía a su tío Incarnatini, pero de buena gana valoraría sus progresos. La opinión de un extraño vale más que la de un familiar. Quedarse demasiado tiempo con parientes resulta perjudicial. Inevitablemente terminan por hacerse imitar o por retenernos y cortarnos las alas. Un joven, por su parte,

147

debe mirar a su alrededor, comparar, elegir él mismo a su maestro y seguir su propio camino. Romanelli estimaba mucho la inmensa cultura de mi padre, su intelecto versátil y su franqueza: en un mundo de hipócritas, constituye un bien que no tiene precio. Se proclamó honrado por las atenciones y dijo que sin duda alguna volvería.

Mantuvo su palabra. Todos los lunes, después de la siesta, Giò llamaba a la puerta de la habitación de mi padre y yo le cedía el lugar que el resto de la semana era mío. La primera vez fui a sentarme al otro lado de la cama, en el taburete, pero mi padre me invitó a salir. Quiero hablar con él de proporciones y escorzos, dijo, y para estas lecciones aún no estás preparada. Ve a repasar la *Historia natural* de Plinio. Giò me sonrió con curiosidad, pero no preguntó nada.

Me pasaba esos lunes bordando delante de la chimenea con Albina. En la mesa, mi madre corregía las sumas de Basilio y de mi primo Giovanni Battista. Aplicaba con ellos las reglas que habían funcionado con nosotras, pero los dos chiquillos no conocían la solidaridad y dejaban sin inmutarse que ella golpeara al inocente. Horas interminables marcadas por el crepitar de los troncos en el fuego, por los ronquidos de la abuela Isabella –que iba apagándose tal como había vivido, perdiéndose en un despreocupado olvido–, por el zumbido de las voces de mi padre y de Giò detrás de la puerta, por los golpes secos de la vara en los dedos de los dos escolares, por el gemido sofocado del castigado y las risitas diabólicas del culpable.

Cuando cruzaba el salón para regresar a casa de su tío, los ojos de Giò se demoraban en la silueta de mi hermana. Albina levantaba furtivamente la cabeza del bordado y, mientras tanto, lamía el hilo para enhebrar la aguja, su lengua se demoraba en sus labios, distraídamente. Nunca le devolvió la mirada.

Al cabo de unos meses, mi padre me permitió quedarme en su habitación. Le explicó a Giò que yo también estudiaba pintura, pero hacía poco tiempo como para saber qué iba a salir de mí. Me iría bien la comparación con un joven tan perspicaz. No le dijo que yo no tenía vocación ni cualidades especiales, y Giò se tomó mi educación artística como uno de los muchos caprichos del Briccio. Por otra parte, yo era apenas una chiquilla y ni siquiera resultaba atractiva: con casi catorce años todavía estaba plana como la tabla del lavadero, no sabía peinarme y tenía la tez apagada por haber pasado tantos días en habitaciones desprovistas de luz.

Giò se inclinó sobre el papel, siguiendo la mano de mi padre, que le indicaba la debilidad anatómica de uno de sus dibujos. Los tofos gotosos que se la retorcían lo despistaban: no podía seguir sus palabras. Yo tampoco. No podía hacer nada más que mirarlo. La boca carnosa, la nariz aguileña, esos ojos distantes. En la caja torácica, por debajo de la bata, mi corazón latía con tanta fuerza que me hacía daño.

Se me había metido en la cabeza y nada podía arrancarlo de allí. Me poseía. Estudiaba historia de la pintura y lo veía a él. Dibujaba y lo veía a él. Copiaba y lo veía a él. Vivía para los lunes. Ya no tenía apetito, como si me hubieran retorcido el estómago con un nudo. Dormía poco y mal y me despertaba sobresaltada, con la certeza de que me habían hundido en el cuerpo —en esa parte que ni siquiera puede ser nombrada— un clavo incandescente. Se me aparecía en sueños, me tomaba de la mano y me decía palabras dulces que luego, al despertar, intentaba recordar en vano, desesperadamente. Buscaba cualquier excusa para decir su nombre. Incluso escucharlo en boca de Albina me consolaba, pero ella rara vez lo pronunciaba. Era mucho más lista que yo.

Un lunes tuve que detenerlo en la puerta. La víspera mi padre había sufrido un ataque —el dolor, como de costumbre, había empezado por el dedo gordo del pie, hinchado y rojo como un pimiento, pero luego se había extendido por las articulaciones, una tras otra— y, ahora, tenía una fiebre muy alta:

149

nuestra experiencia nos enseñaba que no estaría mejor al menos hasta al cabo de tres días.

¡Entonces, nada de clase!, exclamó Romanelli, en modo alguno afligido. Se estaba haciendo a Roma, ya podía elegir dónde y con quién pasar su tiempo. Vacaciones también para vos. Estaréis feliz, Plautilla. En absoluto, balbucí. ¿Cómo puedo progresar si interrumpo mis estudios?

No pensaréis seriamente en convertiros en pintora, se sorprendió Giò. Las mujeres no entienden de pintura. Decís eso, señor Romanelli, protesté, porque sois de Viterbo y lleváis en Roma muy poco tiempo. Aquí, en la capital del mundo, pasan muchas cosas. Mi padre me explicó que la hija de un pintor pisano, vecino suyo en el Babuino, dio mucho de qué hablar, y lamenta que se marchara de Roma, porque me habría servido de ejemplo. Bonito ejemplo, sonrió maliciosamente Giò, que debía de saber sobre la pintora mucho más que yo. Luego me aferró de un brazo y me susurró al oído que la Gentilesca dejaba que todo el mundo se la follara, mientras que yo, en cambio, era una virgen honrada. ¿O no?

Corrí hacia la ventana y lo vi cuando salía por el portal. Miró hacia arriba: esperaba ver a alguien, pero no a mí. Albina, sin embargo, en cuanto se dio cuenta de que él la había visto, vertió a la calle el agua donde hervían las coles y le cerró los postigos en la cara. Orientó el puchero de manera que el pucherazo lo rozara, sin ensuciarlo. Él se alejó por el callejón a paso ligero, enfurruñado.

Mi madre, que amantes y picaflores que mariposeaban en las ventanas de las muchachas guapas los había visto a puñados, mantenía a Albina cuidadosamente alejada de Giò. La vigilaba como un mastín y ni siquiera le permitía ir a confesase sin ella, pero Albina confiaba en mí y, cuando consideró que su estrategia –para atraerlo, lo ignoraba, era avarísima con las miradas que le dedicaba y nunca se había permitido que sus ojos se encontraran– lo había cocinado hasta el punto correcto, me pidió que le diese una nota cuando regresara. Con prudencia: si nuestra madre se daba cuenta, adiós vida, nos encerraría a las dos.

No debes hacerlo, no puedes, dije, recostándome contra la jamba de la puerta, pero Albina me abrazó con fuerza, mordisqueando mi oreja. ¿Y si un día fueras tú quien me pidiera que hiciera lo mismo por ti?, se rió. ¿Tendría que decirte que no debes hacerlo, que no puedes, Tilla? ¿Así se comporta una hermana? Yo no lo haría nunca, yo no soy así, protesté. Todas somos así, sonrió Albina. Tarde o temprano un ladronzuelo nos roba el corazón y ya no somos las mismas. Todo lo que habíamos jurado ya no vale nada, y quienes nos quieren han de entenderlo y perdonarnos. ¿Tú me quieres, Tilla? Era lo que más quería en este mundo. Pero ¿y ella, me quería? Se lo pregunté. Destrózame el corazón, antes que decirme que no te importo nada, la avisé. Claro que me importarás, concluyó Albina, si me haces feliz.

Entregué la nota. Sentí tantísima vergüenza que se la tendí sin soltar ni siquiera una palabra. Giò se iluminó como un candelabro y, victorioso, se la metió dentro del guante.

Desde entonces, cada lunes tenía que pasarle una nota o recibir una de su parte. Nunca supe qué le escribía Romanelli. Lo que le escribía mi hermana lo sé, porque era yo quien la ayudaba a copiar esas frases de las novelas. Una mezcla de almas gemelas, suspiros y promesas de eterna fidelidad. Pero se mantuvo firme: siguió sin dirigirle ni siquiera una mirada y se daba la vuelta si él le sonreía.

Las conversaciones artísticas de mi padre y Giò se interrumpieron demasiado pronto. En Roma, el nombre del Domenichino estaba en boca de todo el mundo desde que colocó la *Última comunión de San Jerónimo* en la iglesia de San Girolamo della Carità, en Via Giulia. Antes de la confirmación, mi padre me llevó a verla, para que comprendiera la importancia del sacramento: me retuvo un buen rato frente al altar, alabándome la figura del santo. La iglesia quedaba demasiado cerca del río, era húmeda y oscura, hacía mucho frío, y no veía yo el momento de salir y volver a casa. Yo era una chiquilla que nada sabía de pintura y ese cuadro que apasionaba a mi padre a mí me parecía triste, pero el Briccio, implacable, me señalaba el lado izquierdo de la tela, donde, desplomado sobre sus rodillas, sostenido por los brazos de un joven, Jerónimo no tiene fuerzas para mantenerse en pie, pero anhela recibir la hostia.

A mi padre ese cuerpo de viejo casi centenario, al que la tela roja suelta alrededor de las caderas hacía resaltar, le parecía el desnudo más hermoso de la pintura moderna. Era fácil deleitar con un cuerpo joven, que fuera mujer u hombre carecía de importancia. Lo difícil era transmitir la belleza de la carne envejecida por los años, quintaesencia de la mortalidad. Y hacerlo sin repugnar ni provocar. No con naturalismo, muy aclamado por las masas populares, sino con la compostura de los clásicos. No tuve el coraje de decirle que no estaba de acuerdo. El de Zampieri, el Domenichino, era un cuadro sobre un viejo, y a los jóvenes la vejez les parece una desgracia que nunca les afectará.

En 1629 eligieron al Domenichino como «príncipe» de la Accademia di San Luca y todavía en aquellos días el boloñés, alumno y colaborador del difunto Carracci, gozaba de un elogio universal. Incarnatini encontró la manera de presentarle a su sobrino. Tanto le gustó Giò que el Domenichino le pidió que lo acompañara a Nápoles: le habían propuesto pintar al fresco la capilla del Tesoro, iba a conocer a la comisión de jueces y necesitaba un asistente para viajar. A Romanelli, que ni siquiera tenía veinte años, le pareció una ocasión de oro.

En realidad, la propuesta implicaba un riesgo, porque los pintores napolitanos estaban dispuestos a lo que fuera, incluso a matar, para impedir que pintores foráneos pintaran la capilla de San Gennaro. Y, de hecho, ni el *cavalier* d'Arpino ni el Reni, con quienes se habían puesto en contacto hacía unos años, habían respetado el contrato. Y el Domenichino, pese a estar dispuesto a aceptar el encargo, tenía miedo. Y con razón, porque, al final, perdió la vida por pintar esa capilla. Ni siquiera pudo completarla –lo envenenaron antes– y tuvo que encargarse de ella Lanfranco. Pero Giò no sabía nada de las amenazas, ni de los ataques ni de los peligros que corría su maestro (y, por tanto, también él) y, cuando se presentó para despedirse de mi padre y contarle la buena noticia, estaba radiante.

Por abandonar las Tre Colonne, por acompañar a un artista tan reputado al que le ofrecían una obra tan prestigiosa en la iglesia más sagrada de la magnífica Nápoles... En comparación con el Domenichino, el Briccio era un simpático resto del pasado. Giò le agradeció a mi padre todo cuanto le había enseñado, tenía la esperanza de mostrarle pronto que haber perdido tanto tiempo hablando con él había valido la pena. Mi padre le pidió que le devolviera el tratado *De la pintura*. Él ya no lo necesitaba, su hija, yo, sí. Giò le aseguró que lo guardaba en su mueble escritorio, entre sus libros más queridos. Prometió que me lo entregaría al día siguiente, antes de partir, pero se le olvidó. Era noviembre de 1630.

Su marcha hizo que algo dentro de mí se desmoronara. Me derrumbé de golpe, como cae un árbol alcanzado por el rayo. Me pregunté con qué propósito debía yo estudiar, empeñarme, esforzarme tanto. Para entonces, ya había logrado un discreto dominio del dibujo, sabía componer las figuras en el espacio con cierta gracia, distribuir armoniosamente los colores. Algunos carteles de tiendas, dibujos en anuncios que avisaban a la ciudadanía de la presencia de un oso amaestrado que se exhibía en un patio al precio de dos julios, cestas de frutas, mapas geográficos de regiones italianas y el escudo de armas de los Colonna para su nuevo carruaje, ya los había dibujado y pintado yo, en lugar de mi padre, pero en ese momento me parecía que todo eso no serviría para nada. A los catorce años vivía como una monja en una casa de Borgo Vecchio y no tenía ocasión de ponerme al día, de entender por dónde iba el arte contemporáneo. Incluso el mero hecho de ver un cuadro en una iglesia se había convertido en una hazaña: tenía que encontrar a un hombre adulto que me acompañara. Nunca me había atrevido a pedírselo a mi abuelo, mi primo Benedetto aún era menor de edad y el seor Enea, mi padrino, ya no nos visitaba desde que en su sastrería se acumulaban las pinturas del Briccio sin vender.

Mi padre ya no podía hacerlo. Recuerdo con dulzura y una pena infinita nuestras últimas exploraciones artísticas. Los tendones y los cartílagos de sus pies estaban tan destrozados que ya no era capaz de caminar y, para no ser prisionero en su propia habitación, se fabricó una silla con ruedas. La idea era muy sencilla: clavó dos grandes ruedas de carro en las patas traseras de la silla, y serró las delanteras para que no tocaran el suelo. Luego encajó una tabla para apoyar los pies. Girando a mano las dos ruedas, la silla avanzaba. Basilio me ayudó a bajarlo por las escaleras y el Briccio se izó sobre su extravagante corcel. Mientras pasábamos por delante de las tiendas de Borgo Vecchio saludaba a todo el mundo: quería que lo vieran. Le habría gustado patentar su invento y lograr que el papa extendiera una licencia. Roma estaba llena de gente enferma y todo el mundo soñaba con escapar de la cárcel de sus lechos. Podríamos habernos hecho ricos. No sé si llegó a presentar la petición, pero lo que es seguro es que el permiso no lo obtuvo.

El adoquinado de Roma puso a dura prueba la resistencia de las ruedas, que se encajaban en todos los boquetes, y las numerosas sacudidas amenazaban con arrancarlas de la silla.

Empleando casi medio día, logramos como pudimos alcanzar la iglesia de la Santissima Trinità, en la cima del Monte Pincio: los frescos eran una maravilla, decía, abandonándose a la nostalgia por la pintura feliz de antaño, la suavidad de las figuras y de los cielos. Una no sabía adónde mirar. Giulio Romano, Perin del Vaga, Daniele da Volterra, todos ellos habían dado lo mejor de sí en esas paredes, con esfuerzo y estudio inestimables. Y a un lado del crucero, una *Coronación de la Virgen María* de Federico Zuccari, una de sus obras más hermosas. Otro día nos arrastramos a la Santissima Trinità dei Pellegrini, porque mi padre quería que admirara el retablo de Guido Reni, pero, de regreso, al embocar el Ponte Sant'Angelo, una rueda salió despedida, se cayó de bruces y a punto estuvo de romperse la nariz.

Qué susto más tonto me he llevao, se rió, taponándose la hemorragia que estaba empapándole la camisa, al menos así se me habrá acortado la probóscide; además, hasta las mejores estatuas están sin nariz. Lo grave sería que me hubiera salido volando el cerebro. ¿Tú lo ves por el suelo? Yo no. No me mires tan pasmá, espabila y date prisa, el adoquín ha encontrado una cocorota más dura que la suya, el que se ha hecho daño es él, no el Briccio.

La última vez conquistamos San Pedro. Era la «escuela de las artes» y mi padre quería mostrarme dos obras recientes que se habían ganado la admiración de los expertos. *El martirio de San Erasmo,* de Poussin, un pintor casi desconocido favorecido por el cardenal Francesco Barberini, sobrino del papa, y *Entierro y gloria de Santa Petronila.* A mi padre le habría gustado enseñarme la *Magdalena* del Guercino en la iglesia de las Convertite, pero a esas alturas Via del Corso quedaba ya demasiado lejos para nosotros. El cuerpo desnudo y musculoso del santo pintado por el francés me impresionó y más aún que se pudiera concebir una composición tan armoniosa sobre un tema tan brutal, pero en la nave me quedé encantada admirando las columnas gigantes que el escultor del papa, Gian Lorenzo Bernini, fundiendo el bronce del techo del pronaos de la Rotonda, había levantado recientemente en el altar mayor. Se retorcían sobre sí mismas como velas, ni siquiera parecían hechas de metal, sino de materia viva. Eran tan colosales que el espacio se transfiguraba.

Pero mi padre me instó a empujar la silla más adelante. Había sido un sacrilegio deshacer un templo antiguo para erigir esa especie de teatro. Más que un altar, parecía que el escultor quería reproducir en piedra un dosel preparado para ser llevado en procesión. Rara invención, sin duda. Chabacana, en todo caso. El asombro no puede ser un criterio de belleza, aunque le habría gustado tener a Bernini como escenógrafo en la época en que montaba sus comedias. Ese florentino no solo nació escultor, era un verdadero genio de la ficción. Y los teatros de madera que había preparado para las canonizaciones de los santos, justo aquí mismo, hacía muchos años, lo habían dejado con la boca abierta. Pero esta vez no habíamos venido a San Pedro por Bernini.

Estaba agotado por el esfuerzo y sobre el cuadro del Guercino solo fue capaz de comentar sus dimensiones. Pintar a lo grande ha de ser tu ambición, dijo. A las mujeres les piden solo cuadritos de bustos. Tendrás que demostrar que sabes colorear una tela de grandes dimensiones. De lo contrario, serás una pintora de bordado, como todas las demás.

Se secó el sudor que le caía a los ojos. La verdad es que muy cómodo no es este trono mío, resopló, con una mueca amarga. Me rompe las nalgas. No volveré a salir si no es para ver una obra maestra. Solo si Bernini esculpe otra *Dafne* podrá sacarme de mi madriguera, pero no hay peligro: el papa le ha arrebatado el cincel para ponerle el compás en la mano. Lo llevé de regreso a casa tan extenuado, empujando yo la silla con ruedas sobre las infames piedras del Borgo, que no volví a atreverme a pedirle que me acompañara, pero, por lo que se decía, Roma cada mes se enriquecía con nuevas obras magníficas. Yo ya no podría verlas.

Todo el mundo elogiaba a Bernini como el nuevo Miguel Ángel: una vez muerto Maderno, Urbano VIII lo había nombrado, a sus treinta años, arquitecto de la construcción de San Pedro. El estudio de Santa Marta en el que trabajaba, con su ejército de escultores y de ayudantes, estaba a pocas manzanas de las Tre Colonne. Pero para mí era como si estuviera en otro país. Mi horizonte era el muro del edificio de enfrente. En cambio, un joven como Romanelli podía moverse como quisiera, vivir junto al maestro que había elegido, trabajar con él en proyectos importantes, viajar a su lado, aprender a comportarse en la sociedad de los caballeros, conocer el mundo y a gente de valía, que algún día se convertirían en sus futuros patronos. Yo dibujaba para los ojos de mi padre, de mis parientes y de quienes, entre sus amigos del pasado, todavía lo frecuentaban. Desconocida, solitaria, ignorada. No había futuro para mí como pintora.

Me armé de valor y le dije a mi padre que quería interrumpir las lecciones. Me dedicaría a la educación de Basilio. Mi hermano, que había cumplido ya nueve años, era irascible y conflictivo. Mamá era demasiado condescendiente como para afrontarlo y, además, tenía que cuidar de la abuela: si la perdía de vista, presa de una frenética inquietud, Isabella salía corriendo de casa, emperifollada y maquillada como una recién casada, y vagaba durante horas por los pueblos, sin saber quién era ni dónde estaba. Si se le guiaba bien, Basilio podría llegar a ser artista. Yo no, aunque la esperanza me hacía sufrir. Le rogué que me liberara de mis ilusiones.

Mi padre me miró asombrado, pero dijo que, si ese era mi deseo, él lo respetaría. El deber de un buen padre es comprender el alma de su hijo, aunque el hijo lo decepcione. Y tú, Tilla, concluyó, eres mi mayor decepción.

Albina y mi madre, en cambio, recibieron con alivio mi decisión. El estudio y los sueños de gloria me estaban alejando de ellas. Ya no compartía sus alegrías, sus conversaciones, sus proyectos. Basilio también se mostró entusiasmado. Siempre había tenido celos de mí. Para mi inmensa sorpresa, el único que se opuso fue el abuelo, el Materazzaro. Tienes el cerebro de una hormiga, Plautilla, murmuró, tirándome a la cara el ropón. Y, como lo miré sin entender, me ordenó: vístete, cabeza hueca, ponte un velo grueso sobre la cocorota y en los pies unos buenos zapatos, que tienes que seguirme al Trastevere y no vamos a malgastar unas monedas para buscar un carro. Mi abuelo nunca me había pedido que lo acompañara a ninguna parte.

Por el camino, no me dijo ni una palabra. Caminó a zancadas, sin preocuparse por mí, golpeando el adoquinado con su bastón. Todavía tengo ese sonido en mis oídos, más severo que un reproche. Soplaba un viento gélido de tramontana y avanzábamos encorvados, bordeando los muros de los viñedos, de los jardines y villas que se sucedían a la orilla del río. El cielo blanco hacía presagiar nieve y Via della Lungara estaba casi vacía de transeúntes. Nos cruzamos con una ronda de guardias, con el carro del vendedor de leña que iba a descargar al monasterio de La Scala, con dos mendigos disfrazados de sacerdotes y con un lisiado que mendigaba en la puerta de la iglesia: el abuelo los esquivó con desprecio, falsos pobres, que no eran otra cosa, él reservaba su caridad para los pobres de verdad y no para aquellos, pordioseros vagabundos, traficantes de ficciones.

No sabía adónde me llevaba y no me atrevía a preguntárselo. Siempre le tuve miedo. Me dolían los pies, no estaba acostumbrada a caminar. Aunque él tenía ochenta años y yo ni siquiera quince, era yo quien iba renqueando. Solo cuando mi abuelo se detuvo delante de un edificio bajo en el que ondeaba la bandera con la cruz roja en campo blanco, entendí que me había llevado hasta la sede de la Hermandad de los Genoveses.

Bajé a Roma desde Badalucco, una aldea situada entre las montañas de Ventimiglia, me dijo mi abuelo, golpeando la puerta con el bastón. Vine a probar suerte porque en la aldea escuché que, desde que los genoveses eran los banqueros del papa, nuestra nación estaba prosperando. Ya me lo habéis contado muchas veces, señor abuelo, lo interrumpí, temiendo que me soltara su monólogo de siempre sobre nuestros orígenes. ¿Qué nos importaba que hubiera bajado desde Ventimiglia? Ni siquiera sabía dónde se encontraba aquel pueblo. Y nunca iría allí. Además, ¿qué significaba eso? La abuela Pazienza era de Lucca; la abuela Isabella, napolitana. ¿Y entonces? ¿Qué importa dónde nacieron tus ancestros? Y, en cualquier caso, se trataba de historias antiguas, sucedidas a mediados del siglo pasado, nosotros éramos romanos. Todo el mundo puede decir que es de Roma, si se queda allí. Eso es lo bonito de vivir en la capital del mundo.

Tenía veinte años: no me lo pensé dos veces, prosiguió el abuelo, como si no me hubiera escuchado. Me embarqué en una nave que debía atracar en Ripa Grande, pero nos detuvieron en Civitavecchia y llegué a pie a Roma. Dormí en la playa y en las cabañas de los pastores. Los lobos me persiguieron. Comí higos de los árboles y moras de los zarzales. Cuando entré por la Porta Angelica, llevaba tres meses de camino. Yo era fuerte y tenía ganas de trabajar, pero Roma era grande, violenta y terrible, habría terminado perdiéndome, pero los genoveses llegados antes que yo me permitieron aprender un oficio e integrarme en mi nueva patria. Aproximadamente una década después, abrí mi negocio, bajo el nombre de La linterna, cerca del Babuino, luego me casé y formé una familia. El negocio me iba bien. Nadie hacía colchones mejores que los míos. Alquilé un local más grande, detrás de Piazza

Navona: ya sabes dónde. Me llamaban el Genovés, aunque solo había estado en Génova una noche, antes de embarcar, y aquella única noche dormí en el muelle del puerto, con el estómago retorciéndose de hambre. Nacieron mis hijos, algunos se me murieron. Como a todo el mundo. Me tocó en suerte un único varón, tu padre. Lo llamé Giovanni, como yo. Todo el mundo hace lo mismo, tu padre rompió la tradición con vosotras, os puso nombres que no significan na para los Bricci. Se arrepentirá. Un hijo debe continuar la estirpe, este es el propósito de nuestra existencia. Giovanni tenía que heredar todo lo que era mío. A los diez años le puse en las manos las tabletas repletas de clavos para cardar la lana. Todo estaba decidido.

El portero saludó al abuelo con mucho respeto: el Materazzaro había logrado ser miembro de la Hermandad. Aunque ya no asistía a las congregaciones y ya no se vestía con arpillera blanca para la procesión a la capilla Paolina del Jueves Santo, se acordaba bien de él. La humilde entrada no permitía intuir lo que se escondía en el interior y, cuando salimos al claustro, me quedé sorprendida ante la inesperada inmensidad del espacio: en el centro del jardín, entre naranjos, limoneros y granados, arbustos de lavanda, claveles y ciclámenes, destacaba un pozo antiguo, enmarcado por columnas jónicas. En el borde cantaban dos mirlos ateridos. Pero la belleza geométrica de las formas me dejó aún más sin aliento. Simetría y variación, combinadas con sabiduría. El claustro tenía dos pisos. En la planta baja, donde estábamos nosotros, pequeños pilares octagonales coronados por capiteles corintios marcaban el ritmo de los arcos; en la otra, adonde daban las habitaciones y los despachos, los pilares eran idénticos, pero de menores dimensiones, y ya no sostenían los arcos, sino el techo de tejas del edificio, apoyado en un costado de la iglesia de los Genoveses: la reducción a escala y la variedad de la arquitectura basada, no obstante, en la repetición, transmitían una sensación de armonía y orden. El claustro de los Genoveses era la quintaesencia del Renacimiento.

Debió de haber sido concebido por un arquitecto de prestigio: la Hermandad había sido muy rica. Le pregunté quién era, pero el abuelo no lo sabía. Yo no entiendo de escuadras y compases, siseó, pero afirmó con orgullo señalándome una palmera con la copa alborotada por el viento, esa es la palmera más antigua de Roma. La plantó uno de Savona. Aquel día yo estaba aquí. Antes los romanos solo sabían que este árbol alimentó al niño Jesús mientras José y María huían a Egipto, pero nunca habían visto ninguno. Ahora hay una palmera en cada jardín.

El portero metió las llaves en la cerradura y abrió el oratorio. Era allí donde se reunían los cofrades. El pequeño espacio, al que se accedía desde las cocheras, contrastaba con la elegancia del siglo XV del claustro. Era una construcción mucho más reciente y, pese a ello, peor conservada. En todas partes había voladizos y andamios. El portero dijo que estaban reparando el techo. Dentro diluviaba, el techo parecía una espumadera. Las paredes estaban decoradas con frescos. Pintados por diferentes manos, al menos de dos, tal vez de tres artistas. Las escenas representan las historias del santo patrón de la cofradía, Juan Bautista, y de Jesús. Pero me intrigaron las de la otra pared, las historias de María: el *Nacimiento,* la *Anunciación,* la *Presentación en el Templo,* el *Tránsito.* Cada historia iba acompañada de una cartela que explicaba el tema de la obra, aunque para aquel entonces los caracteres apenas resultaban legibles. Los colores de los frescos habían sido alegres, pero el humo de las velas y el polvo los habían oscurecido. En algún momento, el agua que había ido goteando por las grietas del techo los había destruido.

Los habían pintado hacía poco tiempo, cincuenta años, o incluso menos, treinta quizá. Sin embargo, parecían viejísimos. Los juzgué sin indulgencia, según los valores artísticos que mi padre me estaba enseñando. Las figuras habían sido hechas por una mano insegura: la anatomía, los volúmenes y las perspectivas eran imprecisos; los gestos de los personajes, desgarbados. Me gustó Isabel, en la cama donde había parido; la vasija donde las criadas lavan a la pequeña María, la perrita en las escaleras del templo de Jerusalén. El abuelo me señaló dos escudos de armas dispuestos en la pared de la entrada. Una inscripción indicaba la fecha en que habían sido pintados: 1603.

El mayor pecado que puede cometer un ser humano es despreciar su propia suerte, me dijo con severidad. Porque de su suerte no tiene ni mérito ni culpa. No le pertenece. Dios se la dio y tiene que cuidarla. Tú desprecias la tuya, Plautilla. Puedes estudiar y no quieres hacerlo. Tu padre quería estudiar y no pudo hacerlo. A los once años ya desgastaba las suelas para seguirme a las casas donde renovar los colchones y trabajaba en el taller hasta la puesta de sol. Aprendió a leer solo, no sé cómo lo hizo. Era un genio. En Roma no había un cerebro tan despierto como el de Giovanni Briccio. Habría llegado a ser un Aristóteles si hubiera estudiado. Y, en cambio, solo es Giano Materazzaro. Es así como lo llaman los escritores, él se empeña en considerarlos sus colegas, pero no le perdonan haber vareado la lana y rellenado colchones para ganarse la vida.

Giano Materazzaro. Lo ignoraba y me disgustó. Yo sabía lo mucho que mi padre había luchado y todavía luchaba por su reputación como escritor. La definición era mordaz, aunque apropiada. Jano mira en dos direcciones diferentes. Quizá los escritores pretendían decir que mi padre miraba a los colchones y a los libros. En cambio, él habría dicho que miraba a la pintura y a la escritura y que no había sabido decidir su dirección.

Tu padre pintó los escudos de armas, me indicó el abuelo. Fue lo único que hice por él. Recomendarlo a los cofrades para que le encargaran ese trabajo. ¿Y los frescos?, murmuré.

A mí las figuras, los motivos y los colores me parecían familiares. Mi abuelo se encogió de hombros.

Pero si era ese genio que dices, ¿quién cometió el pecado de impedirle estudiar?, le pregunté luego, cuando nos encaminábamos hacia la Lungara. Estaba confundida y sentía mucha tristeza. Ese apodo degradante seguía rondándome en la cabeza. Si mi padre era Giano Materazzaro, ¿quién era yo? Y, sobre todo, ¿quién iba a ser? ¿La hija de Giano Materazzaro? ¿Para siempre solo eso? ¿Nuestro origen humilde nos exiliaba a los márgenes del arte? El abuelo me miró directamente a los ojos y se dio tres palmadas en el corazón. Yo, respondió.

Regresamos a casa lentamente. Mi abuelo se negó con desdén a contratar una litera, pero se apoyaba en su bastón a menudo, jadeando. Su respiración se volvió dificultosa y, a pesar del frío intenso, su rostro adquirió el color rojizo de una gamba. Llegó a Piazza dei Travertini, quiso sentarse en el borde de la fuente. Estoy cansado, Plautilla, dijo, ahora tengo que descansar.

Me distraje observando el trasiego de los trabajadores. La plaza, de hecho, era el punto de encuentro de los picapedreros que trabajaban los mármoles de la basílica de San Pedro. Siempre tenían algo que hacer en esas obras de construcción infinitas que parecían interminables, aunque, tal vez, ahora que el arquitecto de la construcción era Bernini, por fin completaría la fachada de la primera iglesia de la cristiandad. Los picapedreros estaban enharinados como panaderos. También el adoquinado era blanco y, al cabo de unos instantes, ese polvo que arremolinaba el iracundo viento de enero también cubrió mi rostro.

Cuando me pareció que había transcurrido ya el tiempo suficiente para que se hubiera recuperado, sacudí del brazo a mi abuelo, pidiéndole que hiciera un último esfuerzo, porque nuestra casa quedaba solo a unos pocos pasos y no debíamos permanecer más tiempo a la intemperie. Se cayó suavemente hacia adelante. Intenté sujetarlo, pero su cuerpo fornido pesaba demasiado: los dos rodamos al suelo.

Los picapedreros, quienes inmediatamente corrieron en nuestra ayuda soltando las herramientas del oficio, intentaron reanimarlo. Un joven le masajeó el corazón durante mucho rato, pero todo esfuerzo era en vano, yo lo sabía. El genovés había muerto al instante. Me puse a rezar de rodillas entre los bloques de mármol, los caballos, los curiosos. La muerte repentina es la peor de las muertes. Te vas sin sacramentos, sin santos óleos, sin viático, sin perdón. Te llevas contigo tus pecados. Y mi abuelo me acababa de confesar el mayor de los suyos.

Ve a llamar al Briccio, *madonna* Plautilla, me exhortó el charcutero que tenía la tienda en la plaza, tocándome con delicadeza en el hombro. El Materazzaro ha dejado este mundo.

Tras el funeral, mi padre y yo nos quedamos a velarlo en la iglesia de Santo Spirito, arrodillados en el banco frente a la tumba de Giovanni Battista Briccio Genovés. Las velas que habíamos encendido para la ceremonia se estaban consumiendo y proyectaban una lúgubre luz amarillenta en la balaustrada. La penumbra se había tragado la enorme nave. El remordimiento me oprimía, pero le informé de que el abuelo quiso contarme lo que había hecho o, mejor dicho, lo que no había hecho, por él, su único hijo varón. Y que era culpa mía que hubiera muerto, porque el dolor de esos recuerdos lo había matado.

Mi padre dijo que el Materazzaro tenía ochenta años y no debía pesarme que hubiera regresado por fin a la casa del Padre. Y, además, había comulgado en Pascua, no acabaría en el infierno. Haría que celebraran por su alma todas las misas que le permitían sus ingresos, para abreviar su estancia en el purgatorio. Por otro lado, no lo culpaba de nada. La hostilidad de su padre lo había ayudado a madurar deprisa y a confiar solo en sí mismo. Un privilegio, en el fondo. Pero lo que mi abuelo me había contado era cierto.

Yo no quería hacer colchones, Plautilla, recordó. Si digo colchón, la gente culta piensa en ese impresionante que Bernini esculpió en mármol para el eterno descanso del *Hermafrodita* del cardenal Borghese. Un objeto lascivo que evoca el placer. Pero los colchones de verdad recogen la suciedad de los hombres, sus jugos, el esmegma, las gotas de la incontinencia, las transpiraciones de sus angustias. E incluso las maldiciones, los hechizos amorosos y los maleficios mortales, porque en esos minúsculos papelitos que esconden en el relleno derraman su desesperación, su odio, sus vanas esperanzas de ser felices.

Lloraba cuando seguía a mi padre a las casas de sus clientes y arrastrábamos al patio colchones espachurrados que apestaban a manteca de sebo, a semen y a sudor mientras los golpeaba y el polvo se me metía por la nariz haciéndome estornudar, mientras los colocaba sobre las mesas para destriparlos. Lloraba mientras cardaba y frotaba la lana enredada y deshacía los nudos, mientras sacaba las chinches de los clavos de las tablillas, las metía una palangana y las exterminaba ante la severa mirada de mi padre; lloraba mientras los rellenaba de nuevo con lana cardada tan suave como requesón y mientras observaba cómo los cosía él con la habilidad de un sastre y él me obligaba a mirar todos sus gestos porque algún día, cuando llegara a ser maestro, yo tendría que hacer ese trabajo.

Pero lloraba aún más los días en que me tocaba quedarme en el taller, que me parecía un redil donde acababan de esquilar un rebaño de ovejas, mientras yo me ejercitaba en enhebrar la aguja gruesa en la tela, tan dura que mis dedos de niño se llenaban de ampollas y luego se llagaban, hasta sangrar. A veces, por desesperación, era yo mismo quien se clavaba la aguja en la carne. Me perforaba las palmas de las manos, de parte a parte, para procurarme los estigmas de mi sacrificio.

Quería aprender a leer y a escribir, estudiar como el hijo de nuestro casero, un chiquillo que era unos años mayor que yo, pero lo mío era solo un sueño y todos los días se me paraba el corazón por esa certeza. Todas las mañanas, un preceptor negro como un cuervo cruzaba el umbral del edificio para darle clase, junto con otros niños del vecindario. Serían unos diez alumnos. Cuando entraban por el portón y pasaban por delante del mostrador donde yo cardaba la lana, me tiraban piedras. Una vez que me quedé embobado mirando el libro que uno de ellos llevaba bajo el brazo, un guijarro me golpeó en la frente y me rompió la ceja. Aún tengo la cicatriz.

Ese volumen en folio mayor y encuadernado en cuero cordobés el joven lo perdió a los dados en la taberna de Via dell'Anima, a cuatro pasos de nuestro taller. El soldado que se lo ganó habría preferido monedas, pero el joven no tenía ninguna. El soldado intentó vender el volumen y nadie lo quiso, porque los clientes de la taberna no sabían leer. Entonces empezó a entrar en las tiendas de los alrededores, ofreciéndolo por dos escudos. Todo el mundo le tomaba el pelo e incluso mi padre lo ahuyentó como a un tábano. Estaba discutiendo con un cliente que no quería pagarle el colchón porque no hacía ni dos meses se lo había hecho sanear al Genovés y ya estaba pululando de chinches. El cliente le ponía los brazos desnudos delante de las narices, le enseñaba el cuello y el trozo del pecho que se entreveía por la camisa abierta, para que el Materazzaro viera que su cuerpo estaba rojo de pinchazos. Una picazón infernal, que ningún bálsamo podía calmar. ¡Y el Genovés pretendía además que le pagaran!

Mi padre juraba que cuando se lo entregó el colchón estaba perfecto: con tal de no soltar el dinero, el cliente habría ido a procurarse chinches en casas ajenas. Habían acordado dos escudos por la renovación del colchón y tenía que darle dos escudos. Tacañuelo avaricioso sinvergüenza, o pagaba inmediatamente o iba a llamar al oficial de guardia y lo hacía encarcelar por difamación.

El cliente protestaba aún más enfurecido, amenazando con denunciarlo a su vez por fraude, y hacer que condenaran a treinta vergajos al maestro y a escarnio público al aprendiz. Y mi padre repetía que quería demandarlo, porque nadie podía atreverse a mancillar el honor del Genovés. Y yo no me atrevía a mirar ni al uno ni al otro, porque sabía que el cliente no era un mentiroso. En el colchón nuevo que le habíamos entregado había chinches.

Cuando el negocio iba mal, y ese año la temporada era de vacas flacas, hasta el punto de que pasaban días sin que se vislumbrara la sombra de un cliente, el Genovés me enseñó a dejar un huevo de chinche en la lana, uno solo, bien escondido. A los pocos meses, los insectos se habrían multiplicado y el cliente tendría que renovar los colchones de la casa otra vez. El condenado siempre era un forastero, un recién llegado a Roma, en fin, alguien que aún no había entablado relación alguna con nadie y no perjudicaría la buena reputación del Genovés. Era un truquito miserable, que ofendía nuestra dignidad, pero del que yo ya era cómplice.

Perseguí al soldado hasta la calle. Te compro yo el volumen, dije, tironeándolo de la chaqueta. ¿Y con qué me lo vas a pagar?, se rió, escrutándome de arriba abajo. ¡Dame una hora y ya verás! Volví al taller, le pedí disculpas a mi padre y al cliente por la chinche: era culpa mía, yo era un aprendiz principiante y a lo mejor no había hecho bien mi tarea. Nunca habría querido arruinar la reputación de ese maestro tan honesto que era mi padre... Le prometí al cliente que le haría el colchón de nuevo inmediatamente. En resumen, tanto me humillé y me postré que el cliente, un boloñés jovial, secretario de la Annona en su primer trabajo, pagó. Reafirmó cordialmente su estima a mi padre y me siguió al mostrador. Anoté la entrada en el libro de contabilidad, pero, en vez de poner los dos escudos en el cajón correspondiente, se los llevé al soldado y me quedé con el volumen.

Aprendí a escribir copiando las líneas de esas páginas, sin entender nada. Ni siquiera sabía si era italiano o latín. Luego comencé a reconocer las letras y, al final, empezaron a combinarse, de dos en dos, luego de tres en tres, comprendí el secreto y, a los once años, descubrí que sabía leer.

Cuando llegaba el buen tiempo, desde las ventanas abiertas de la casa del casero las voces del preceptor y sus alumnos brotaban como el agua de una fuente. El preceptor era un sacerdote calvo, con un rostro sin pelo en el que florecían dos insólitas cejas. Amaba su cometido. Se emocionaba, se demoraba, y los estudiantes repetían la lección desganados, tartamudeando. El preceptor los golpeaba con su vara en los dedos, sin demasiada fuerza, la verdad, por miedo a los padres. Los alumnos lo sabían y se burlaban de él tanto como se burlaban de mí. Yo seguía vareando la lana y cosiendo colchones, pero movía el taburete hacia adelante, casi hasta el umbral, porque con el tiempo había afinado el oído y me sonaban ya muchas palabras. Siempre he tenido buena memoria. Escuchaba las lecciones de gramática, de retórica, de poesía. Era un prisionero en la planta baja, pero esas voces me traían hasta aquel asfixiante taller la inmensidad del mundo, del tiempo, de la historia.

El hijo de nuestro casero, Bernardino, era burro. No estudiaba ni aprendía nada. Al final, hasta el preceptor se vio obligado a castigarlo por su ignorancia: lo castigó a que copiara cien veces un canto de la *Liberata* de Tasso. Bernardino protestó y luego le pidió a su padre que intercediera por él. Quienes nacen en una familia poderosa saben que pueden contar con su nombre. Los padres, los abuelos o los tíos indicados podían librarte de una multa, una queja, incluso un bando y una sentencia de muerte.

Sin embargo, el señor Teofili fue inflexible. Era abogado famoso, antaño conservador de Roma, y aspiraba a convertirse en gobernador, el cargo público más alto al que podía acceder un patricio que no se hubiera ordenado sacerdote. No podía permitirse un hijo inculto como prole de villanos. Algún día, él también tenía que llegar a ser abogado. Bernardino debía obedecer al precepto, o este año no le daría permiso para asistir a la carrera de los caballos berberiscos.

La carrera era el momento más esperado del Carnaval: los romanos de todas las clases y edades adoraban a esos caballos que, sin jinetes y sin bridas, drogados con hierbas excitantes, galopaban desde Porta del Popolo hasta Palazzo Venezia, chocando entre sí y arrostrando con todos los obstáculos –desafortunados transeúntes o improvisados carruajes–, y apostaban una fortuna esperando acertar el ganador, mientras que para los muchachos era una prueba de valentía y de velocidad desafiarse unos a otros persiguiéndolos a lo largo de Via del Corso. Bernardino habría hecho lo que fuera para no perderse la carrera.

La pequeñísima estancia con el dompedro en la que los propietarios hacían sus necesidades tenía una ventana que daba al patio interior del edificio, donde también tenía su salida la trastienda. Esperé a que Bernardino se encerrara allí dentro para lanzarle con el tirachinas un clavo, en el que había pinchado una hoja en la que había transcrito el canto del Tasso. En la parte inferior había una invitación: Diríjase a Giovanni, el hijo del Materazzaro.

Nos pusimos de acuerdo enseguida. Yo copiaría el canto y, a cambio, Bernardino me prestaría sus libros. Funcionó de maravilla. Él sacó una nota alta y yo me leí en una noche la historia de la fundación de Roma. Volvió a buscarme a la semana siguiente. Y también a la otra. Al mes, apareció con su amigo Taddeo. Hasta que terminó aquel curso, hice todos los deberes del hijo del señor Teofili y de Taddeo y, a partir de octubre, cuando se reanudaron las clases en la escuela, también los de sus otros compañeros.

El rendimiento académico de todos mejoró muchísimo. El preceptor pronto descubrió el truco, pero hizo como si nada. A él también le convenía que quien lo contrataba considerase que era un buen maestro. Sin embargo, el señor Teofili, que ejercía de abogado y estaba acostumbrado a inventar apaños y a contar mentiras, no se dejaba engañar por los demás. Su sirviente me hizo ir al piso de arriba. El ilustrísimo señor Teofili, le dijo con desdén a mi padre, desea entrevistarse con Giovanni.

Mi padre me interrogó con dureza, convencido de que había robado algo. Como no confesaba, me hinchó a golpes, aporreándome con el palo de varear la lana. Cuando llamé a la puerta del muy ilustre abogado Teofili, tenía el pómulo hinchado y el párpado, violáceo, cerrado sobre el ojo derecho como una ventana empañada.

El salón de la planta noble daba a Piazza Navona. De los puestos de abajo, se elevaba un olor a castañas asadas, salchichas a la parrilla y algodón de azúcar. Los antepasados de la familia, cuyos retratos se sucedían en las paredes, me miraban con hostilidad. El señor Teofili estaba apoltronado en un sillón que parecía un trono y me acerqué tembloroso.

Hizo pocas preguntas y ni siquiera me escuchó, al fin y al cabo, ya conocía las respuestas. Le imploré que me perdonara y le dije que nunca había tenido intención de engañarlo, sino solo de ayudar a su hijo y a mí mismo. No podía devolverle el dinero porque nunca me habían pagado en metálico, pero podía pedirme lo que fuera, puesto que las deudas hay que pagarlas.

El señor Teofili me ofreció una naranjada y me dijo bonachonamente que no solo no quería castigarme, sino todo lo contrario, recompensarme. En enero, después de la Epifanía, cuando se reanudaran las clases, entraría en clase con su hijo. Gracias, señor, susurré, sois generoso, que Dios os lo pague. Quedo a vuestra disposición, agradecidísimo. Pero mi padre no lo permitirá nunca. Yo ya me entenderé con el Genovés, se rió Teofili, tú ven puntualmente. Señor, dije, nunca podré devolverle un favor tan grande. No tengo prisa, dijo el abogado, con un tono completamente distinto. Ahora era amenazante, como en las salas de los tribunales, y su rostro infundía miedo. Eres demasiado joven, Giovanni Briccio, pero considérate a mi servicio. Algún día te pediré que me pagues esta deuda.

Ni siquiera tenía ropa decente para asistir a clase. El hijo del señor Teofili me prestó prendas suyas, que ya no le iban. Estaban usadas, pero en buen estado. Bernardino era tres años mayor que yo, pesaba casi el doble y, dentro de esa ropa, parecía yo un espantapájaros. El tiro de los pantalones me llegaba a los muslos y los brazos me desaparecían hasta tal punto en las mangas de la chaqueta que parecía un mutilado, pero mis compañeros de clase no se rieron: me había ganado su respeto.

Me apodaron Aristóteles y nunca me hicieron blanco de sus chistes ni de sus bromas. No me hicieron tragar las tizas de la pizarra, no me tiñeron el pelo con tinta y no se cagaron sobre mis cuadernos. Me escuchaban en silencio cuando repasaba la lección: con el paso del tiempo, casi llegué a pensar que me admiraban. Yo siempre intentaba no destacar. Nunca levantaba la mano. Siempre ponía algún error en los ejercicios, para no llevarme el premio de la nota más alta. No quería que mis compañeros se dieran cuenta de que a mí no me costaba nada aprender esas nociones que ellos eran incapaces de meterse en sus cabezas.

El preceptor, en cambio, lo sabía. Intercambiábamos miradas de asentimiento, en silencio. Al final creo que daba las clases sobre todo para mí. En cierta ocasión me sugirió que me ordenara sacerdote. Si quería seguir estudiando, y debería hacerlo, no me quedaba otra opción. Era oratoriano en la Vallicella. La nueva congregación de Filippo Neri amaba a los niños, en especial a los niños pobres. Me ayudaría a entrar en alguna orden religiosa. Juré que me lo pensaría.

Al año siguiente, por Navidad, el señor Teofili me convocó de nuevo a su salón y dijo que había llegado la hora de saldar mi deuda. Señor, ¿cuánto os debo?, me apresuré a decir. Estaba empezando a ganar algo: no en el taller, donde mi padre se quedaba con toda mi retribución, sino en la escuela, porque mis compañeros me pagaban por las disertaciones. Me debes unas veinte páginas, explicó Teofili. En Carnaval daré un pequeño espectáculo en el edificio, montaremos el escenario aquí mismo. Poca cosa, algo edificante para mis hijas. Son muy piadosas, y después de Pascua las mandaré al convento. La Biblia está llena de hermosas historias de mujeres valientes. Sé que se te da bien lo de escribir versos, inventa algo.

No dormí durante tres días, angustiado por el miedo a que no se me ocurriera nada, pero después las palabras subieron a mi pluma casi sin mi intervención. Escribí dos obritas bíblicas en una noche. Ese Carnaval, Teofili las representó en el salón de su casa. Las chiquillas lo valoraron, también les gustaron a las esposas de sus amigos. A mí no me habían invitado. Pero no todo el mundo suele debutar en el teatro a los trece años. Así es como se me metió en la cabeza convertirme en escritor.

Las velas se habían apagado y en la oscuridad de la iglesia solo la losa blanca y anónima de la tumba del abuelo emanaba una claridad lechosa. Estábamos tiritando de frío. Tuve que apretar las mandíbulas para evitar que mis dientes entrechocaran con demasiada fuerza. Se había hecho tarde, ya era la hora de cenar y en la iglesia de Santo Spirito solo quedaban dos vagabundos, que se preparaban para dormir ahí, refugiándose del frío, pero yo no quería irme. Por nada en el mundo habría interrumpido a mi padre. Nunca me había contado su historia. En realidad, nunca me había imaginado que él también había sido niño e hijo. Pero entonces, ¿por qué te convertiste en pintor?, le pregunté.

Cada año, al final de las clases, me explicó, los mejores estudiantes se matriculaban en las universidades. Continuaban sus estudios hasta licenciarse. Yo nunca habría podido hacerlo. Y no quería ordenarme sacerdote. A mi preceptor le dije que serviría mejor a Jesús escribiendo himnos y representaciones sagradas en vez de raparme la coronilla. Si tenía alguna vocación, sería otra. El saber que acumulaba no tenía ningún propósito. Era la señal de mi pertenencia a la humanidad, porque por su propia naturaleza todos los hombres tienden al saber. Era un tesoro que nunca se gastaría.

En cambio, sí se puede vivir de la pintura. Taddeo, el amigo del hijo de Teofili, siempre se jactaba de ser nieto de un famoso pintor. Como era estólido como un buey, nadie le creía. Por otro lado, al principio, el nombre de ese tío suyo, Federico Zuccari, no me decía nada. En nuestra casa reinaba una devota ignorancia: el arte se reducía al cuadrito de la Virgen amamantando al Niño delante del cual mi padre mantenía una vela encendida en memoria de su difunta esposa, mi madre. Pero más tarde, conversando con el preceptor, descubrí que el tío de Taddeo era famoso de verdad. Mejor dicho, en Roma, en ese momento, nadie era más famoso que él.

Para recuperar el respeto del grupo, Taddeo trajo a clase unas hojas dibujadas por su tío. Las había robado en el taller donde, según afirmaba, iban cogiendo polvo miles de ellas. Representaban a diosas paganas que quizá al señor Zuccari le habían servido para pintar alguna fábula profana, pero que, para nosotros, aún pequeños, solo eran mujeres desnudas. Algunos frecuentaban ya las putas del Ortaccio, que seguro que no tenían esos pechos perfectos ni esos traseros en forma de laúd. Yo, por mi parte, aún no había visto nunca a una mujer desnuda. Mi madre había muerto y mi hermana Marta, temerosa de Dios, a pesar de mis ruegos, no me había enseñado nunca ni el triángulo de vello. Taddeo vendía a los demás esas mujeres desnudas a cambio de dinero para jugar a los dados o ir al burdel. A mí, a cambio de las traducciones del latín y las disertaciones sobre historia y filosofía. Así fue como me encontré en casa, yo, el hijo del Materazzaro, con unos hermosísimos dibujos de Federico Zuccari, pintor de papas y de reyes.

Los contemplaba día y noche, asombrado de que un carboncillo o un simple lápiz pudiera evocar tanta belleza. Se me metió en la cabeza copiarlos. Siempre me ha tentado el demonio de la emulación. A fuerza de hacerlos y rehacerlos, me cansé y empecé a añadir variaciones, a girar una cabeza, a dar la vuelta a las figuras, a desplazar una pierna. Me dije a mí mismo que no estaban nada mal. Entonces, le pedí a Taddeo que se los llevara a su tío y le preguntara qué opinaba de ellos.

Taddeo sonrió con sorna afirmando que su tío era un tipo colérico y despectivo. Todos los días docenas de pintamonas le entregan sus garabatos. Su tío ni siquiera los miraba. Odiaba a los jóvenes porque él ya había envejecido: en fin, que no me hiciera ilusiones de que alguna vez fuera siquiera a echarles una ojeada. Ni siquiera me devolvería el papel, para así él poder dibujar en el reverso. Su tío era tacaño, no tiraba siquiera un hueso de pollo y los papeles de los aspirantes a pintores los utilizaba para encender el fuego.

En cambio, algún tiempo después, Taddeo me devolvió mis dibujos. Apenas los reconocí, cubiertos como estaban de señales, trazos y anotaciones. Federico Zuccari, el primer príncipe de la Accademia di San Luca, no solo se había dignado a mirarlos, sino también a corregirlos. Me indicaba dónde me había equivocado y lo que necesitaba mejorar. Hice otros. Se los envié, me los corrigió. Y así seguimos un tiempo. Hasta que Taddeo vino para decirme que su tío le había pedido que me llevara con él. Necesitaba un copista. Como paga ofrecía lo mínimo del mercado, pero seguro que nos pondríamos de acuerdo.

Esa suerte inesperada me atormentaba. Yo era menor de edad. Mi padre había permitido que el señor Teofili me enviara a clase por la mañana, pero la condición era que siguiera trabajando en el taller y en las casas de los clientes por la tarde, pero, ahora, si iba a casa del señor Zuccari, tendría que dejar el trabajo de colchonero. Además, como todos los ignorantes, a mi padre la cultura le daba cierto respeto. Los libros lo asustaban. Y tal vez por eso había cedido y me había permitido recibir una educación. En cambio, despreciaba la pintura y a los pintores, artesanos como él, gente de baja extracción y orígenes oscuros, que se hinchaban como gaitas y una vez enriquecidos por el favor de algún cardenal se volvían más arrogantes que los barones. Por otro lado, aunque tal vez nunca hubiera visto ni una sola obra del Zuccari, no hay duda de que sí había oído hablar de sus desventuras. Hacía unos años, el pintor se había permitido ofender al papa y se había visto forzado al exilio. Pensara él lo que pensara de un papa, y a menudo pensaba bastante mal, el Genovés nunca le habría faltado al respeto. Tenía un sentido innato de la jerarquía y de la sumisión. Nunca me permitiría aceptar.

Pero tuve cuidado de no avisarle, pedí prestado un sombrero con una pluma al hijo de Teofili y fui a casa del señor Zuccari. Me quedé atónito. El pintor había comprado un terreno en Monte Pincio, justo al lado de la Trinità dei Monti, y acababa de empezar a construirse una casa. En aquella época, aún pastaban ovejas en la ladera y la hierba estaba sembrada de pelotillas de estiércol. Pero cuanto más me acercaba, más se me agrandaban los ojos. El señor Zuccari no estaba construyendo una casita de campo: aquello era un palacio. Tan alto como el de un cardenal e infinitamente más hermoso.

El señor Zuccari no se parecía en nada a la idea que yo tenía de un pintor. Vestía de terciopelo, con un atuendo relu-

175

ciente de botones de oro, y sus dedos estaban cargados de anillos como un príncipe, título que, de hecho, ya ostentaba entonces, pues el rey Felipe II lo había nombrado noble de España y los senadores de Roma, patricio. Hablaba con la prolijidad de un orador. Era rico, Plautilla. Yo jamás había conocido a nadie tan rico. Crucé el umbral de las obras riendo. Porque, verás, Plautilla, el Genovés solo entendía un idioma. El del dinero. Si un pintor podía hacerse rico como el señor Zuccari, me daría permiso para trabajar con él. Fue así como a los catorce años me convertí en aprendiz de pintor.

Pero el abuelo se equivocaba, nunca te hiciste rico, le dije. Y lamentaba de verdad que el Genovés no hubiera acertado. ¿Qué puedo decirte, Plautilla?, sonrió mi padre, para hacerse rico hay que amar el dinero. No el trabajo que te permite ganarlo, sino el dinero. El ruido de las monedas, el olor a plata, el brillo de los escudos... Y a mí nunca me importó el dinero. Cuando recibí mi primer sueldo, se lo entregué inmediatamente a mi padre. Era el precio de mi libertad. Si me hubiera quedado con Zuccari, al menos habría aprendido a guardarlo. Él no se gastaba ni un julio sin estar seguro de ganar, ese mismo día, tres por lo menos. Pero me quedé allí poco tiempo. No tenía mucho que enseñarme. Al trabajo manual prefería ya el intelectual y pasaba su tiempo creando libros de teoría del arte. Y yo era demasiado joven entonces como para interesarme por ello.

Zuccari era un agarrado, como todo el mundo dice, pero conmigo fue generoso. Me recomendó a Giuseppino Cesari, por aquel entonces el pintor más reputado de Roma. «Primo, excelente y exquisito», escribían sus clientes en los contratos. El papa Aldobrandini, Clemente VIII, lo colmaba de favores y unos años después lo nombró caballero de la cruz, por eso siempre le estaré agradecido al señor Zuccari, mi primer maestro. Ni siquiera me gustaba su pintura. Era descarnada y árida, como él. Técnicamente, no tenía parangón, pero carecía de alma. Era como si le faltara el fuego. Cesari, en cambio, lo tenía. Vivía para la pintura, estaba poseído por los colores.

En aquella época, éramos muchos en su taller de La Torretta. Tal vez demasiados. Pero recibía tantos encargos del papa que no sabía cómo lidiar con ellos, porque ya se había comprometido a pintar techos en las capillas privadas de las iglesias y nunca tenía ayudantes suficientes. Los conservadores de Roma le encargaron la decoración del salón principal del edificio del Campidoglio, para lo que firmó un contrato fabuloso. El dinero, literalmente, le caía del cielo. Quinientos escudos de anticipo por aquí, trescientos para saldar por allí, ochocientos, doscientos y otros quinientos. Y cuanto más gastaba, más ganaba. Porque el dinero llama a dinero, así es como funciona. Algún tiempo después se compró un edificio en el Corso y, como si se tratara de un cardenal, lo hizo reconstruir por un arquitecto famoso, Flaminio Ponzio. Pero incluso antes de tener un palacio con salón y con teatro, en su casa siempre había una mesa puesta y todas las noches había alguien que tocaba música o recitaba versos. A Giuseppino le importaban un pimiento sus admiradores poderosos, los iba cocinando durante meses y años, y ni siquiera completó una de las obras que el papa le había encargado para el jubileo de 1600. Prefería la compañía de sus pares. Era alegre, acogedor, dulce como las imágenes que pintaba. Todo el mundo se pinta a sí mismo, decía Leon Battista Alberti, y de alguna manera es así.

En Carnaval, después del trabajo, representábamos las comedias que escribíamos nosotros mismos. Nos divertíamos. Formábamos una familia, pero también una compañía de mercenarios. Debíamos defender el honor del maestro, repeler los ataques de otros pintores celosos, desarticular las conspiraciones que tramaban para difamarlo, esperando ganar méritos para conquistar sus favores y llamar la atención de sus protectores. Y poder algún día establecernos por nuestra cuenta y alcanzar nosotros también su fama y su fortuna. Pero la complicidad y el sentimiento de pertenencia que nos encuadraba contra los demás como una falange podían disolverse entre las paredes del taller. La amistad no excluía la envidia, ni la traición. Teníamos que luchar unos contra otros para hacernos con la atención del maestro, para ganarnos un sitio en los andamios de obras públicas o en los mosaicos de la basílica de San Pedro, y no quedarnos limitados a cuadros sobre caballete.

Me rompí el tobillo: gracias a mi habilidad como actor, me temo, el maestro me envió al andamiaje de la capilla Contarelli, en San Luigi dei Francesi, donde tendría que haber estado terminada la decoración del techo hacía ya mucho tiempo. Aquello ocurrió al principio, yo todavía era un pardillo... El segundo día, los ayudantes mayores me empujaron. Yo me retorcía en el suelo, y ellos, mirándome desde arriba, se desternillaban de risa. ¡Mira bien dónde pones los calcos, Briccio, que tú tienes vértigo!

Pero no me apetecía luchar para pintar la cabeza de un guerrero romano en vez de un ramo de flores o un racimo de uvas. Giuseppino me quería y eso me bastaba. Hacía lo que se necesitaba, pero fui incapaz de ver lo que realmente me gustaba. Así fueron las cosas.

Mi padre se resignó a perderme. No nos dirigimos la palabra durante años, aunque sé que iba siguiendo mis progresos y deseaba que me fuera haciendo un nombre. Me marché para quedarme en Ripetta con mi amigo Matteo Pagano, él también pintor en el taller del *cavalier* d'Arpino, especialista en mosaicos y desempolvado de fuentes. Él también escribía y se divertía componiendo canciones y comedias. Actuábamos juntos, cada uno era el protagonista de las historias del otro. Pero cuando mi amigo siguió a Francia al *cavalier*, que acompañaba al cardenal Aldobrandino, le pregunté a mi padre, que se había quedado solo tras la boda de Marta, si quería venir a vivir conmigo, y me impuse noches de rezo y silencio penitente. Tenía que devolverle el favor. Me había recomendado a la hermandad de su patria de nacimiento para que me encargara de la decoración del oratorio. Creyó que así me hacía un favor, pero en realidad me destruyó, porque no estaba preparado para un trabajo tan exigente. Y fracasé. Nos unían el rencor y un amor inmenso. No puedes entenderlo. Cuando me casé, se quedó conmigo. Chiara y yo ni siquiera disfrutamos de una única noche a solas. Yo perdoné a mi padre, que Dios lo perdone ahora. Y que algún día tú puedas perdonarme.

Me enteré por la hija de Incarnatini de la noticia del regreso de Giò de Nápoles, pero no se acercó a saludarnos. Está muy ocupado, ocupadísimo, se regodeaba su tío. El Domenichino le aconsejó que entrara en el taller del Berrettini, que sabría valorar sus cualidades mejor que él, y se lo presentó. La gracia de las figuras le había valido a Giò el aprecio del áspero Berrettini, quien lo había apodado Raffaellino. Y lo acogió en su taller. El Berrettini: ¡Pietro da Cortona! La familiaridad con que se pronunciaba ese nombre en nuestra casa nos provocaba una asombrosa admiración.

Mi padre lo había conocido poco después de su llegada a Roma, cuando era un chiquillo aturdido, siempre pisándole los talones a su maestro, un toscano grandote de escaso talento, uno de esos pintores a los que nadie recuerda, quien lo había contratado para dibujar las antigüedades de Roma y no podía ofrecerle ningún futuro, porque no lo tenía tampoco para sí mismo. Ni siquiera un adivino podría haber imaginado cuán creativo era su alumno, el joven Pietro, quien una década después floreció como un tulipán. Mi padre siempre alababa sus frescos en la iglesia de Santa Bibiana: entre las primeras obras que Berrettini había realizado en Roma y de las últimas que el Briccio pudo ver con sus propios ojos. De las que había hecho más tarde, para los poderosísimos Sacchetti, solo había oído elogios. Pietro da Cortona tenía muchos admiradores en el círculo del papa Barberini: Romanelli no podía encontrar un maestro mejor para completar su formación.

Me alegraba muchísimo el éxito de Giò. Tan solo me habría gustado que se acordara de nosotros. Pero, pese a seguir viviendo con su tío, cada vez pasaba menos tiempo en la casa de las Tre Colonne. No podía hacer nada más que espiarlo tras el lienzo de la ventana cuando salía por la mañana para encaminarse al taller del maestro, al otro lado del río. Cada vez más elegante, desenvuelto, refinado. Pietro da Cortona le había renovado su guardarropa y comprado ropa nueva y más acorde con su nueva posición. Giò había cambiado de peinado, de forma de caminar, de mover las manos, de dirigirse a la gente. Ya no quedaba nada del muchacho tímido recién salido de un seminario de provincias. Ahora ya parecía haber entendido a Roma e incluso sabría conquistarla.

Albina constató con pesar que Romanelli nos evitaba. A fuerza de codearse con la gente rica, se le debía de haber llenado la cabeza de chuminadas. Pero ¿quién se creía que era? Aún no había hecho nada destacable y tal vez nunca lo haría. Cuántos han pasado por los talleres de grandes maestros y han desaparecido del mundo como la nieve en primavera... Continuó asomándose a la ventana unos meses, hasta que, exasperada, me suplicó que le entregara una nota. La última, me juró. Estaba harta de hallarse allí colgada.

Me morí de vergüenza cuando detuve a Romanelli en las escaleras y le entregué la nota, sin mirarlo. Habéis crecido mucho, Plautilla, comentó, sorprendido, pero no exageréis, demasiada estatura no le conviene a una mujer... Disimuladamente, yo había bajado un escalón inferior, para que no se diera cuenta de que ya era más alta que él. A diferencia de las otras veces, Giò no se metió la nota en su guante. La abrió y la leyó en el rellano, delante de mí. Yo habría querido huir, pero él me retenía por el codo, porque quería darme la respuesta de inmediato.

Dile a tu hermana que no me espere en el lugar de siempre, musitó, soltándome el brazo. Esa revelación me turbó: se habían estado viendo, tenían un lugar secreto, pero ¿dónde?, ¿cómo demonios habían concertado sus citas? Mi profesor no quiere que me comprometa, añadió, soy demasiado joven. El señor Pietro no tiene intención de contraer matrimonio. El arte no casa bien con la carga del matrimonio. Mi maestro está trabajando en el nuevo palacio de los Barberini y me ha elegido a mí como ayudante. Incluso me concede el privilegio de pintar algunas habitaciones. Haré las decoraciones de la galería pequeña y de la capilla de la princesa Colonna, la cuñada del cardenal Francesco. A Su Eminencia le he caído bien. Ha prometido incorporarme al cuerpo. ¿Sabéis qué quiere decir eso? Que recibiré un salario. Diez escudos. Cada mes.

¡Albricias!, exclamé impresionada, porque realmente Giò estaba escalando la montaña de la fortuna con una rapidez que nos dejaba atónitos a todos. Esto lo cambia todo, Plautilla, concluyó. Como pintor del cardenal maestro, tengo que estar a la altura. Su Eminencia no me permite ver a la hija de Giano Materassaio. Quiere hacer de mí un caballero. No tengo que verla más. Y mantendré mi promesa. Yo, Plautilla, solo tengo una palabra. Luego abrió mi mano, dejó en la palma la nota de Albina y yo la apreté en un puño. De sus guantes de cabrito se elevaba un dulce aroma a ámbar y a jazmín.

Le transmití el mensaje sin omitir nada. Tenía miedo de que Albina cayese en la desesperación. A veces quema más una palabrita sazonada con veneno que una estocada en plena cara. Pero rompió la nota, se la metió en la boca y se la tragó, diciendo que era mejor comer pan y esputo que estar enamo-

rada de ese arribista presuntuoso e ingrato de Giovan Francesco Romanelli. Juró solemnemente que nunca volvería a pensar
en él. Sufría, la habían humillado y tenía el corazón roto, pero
jamás lo reconocería ni lo mostraría. Albina no nació para
atormentarse. A diferencia de mí, era reacia a la melancolía.

Mea culpa, concluyó. Una soltera no tiene que elegirse el
marido. Es su padre quien tiene que hacerlo. Así es como
siempre se ha hecho y así siempre se hará, porque eso es lo
correcto. Me casaré con el hombre que el Briccio elija para mí.
Seré feliz, Tilla. Tendré muchos niños. Y le enseñaré a mi hija
a confiar en mí y en su padre.

No le confesé mi esperanza de que no se casara tan pronto. Era mi hermana, pero también mi única amiga y la quería
tal y como era, voluble, caprichosa, arbitraria, la quería a cada
instante, incluso cuando me traicionaba. La casa sin Albina
sería silenciosa y triste, como la jaula sin canario que mi madre se obstinaba en tener junto a la ventana de la cocina, con
la esperanza de que algún día su pajarito, que se había escapado hacía años, regresara.

Pero ese momento era inminente. Mi padre había presentado la solicitud a la Cofradía de la Annunziata, que asignaba
dotes a las solteras, siempre y cuando fueran vírgenes, pobres,
honestas, de buena reputación, nacidas en Roma o criadas
aquí, de parientes honestos y con honestas hermanas y, salvo
que se tratara de siervas o amas de casa, no fueran a lavaderos
públicos, a vendimiar, a arar, a plantar achicoria ni a comprar
nada en las tabernas. La hija del Briccio poseía todos los requisitos y la habían sumado a la lista. Si las indagaciones que
los visitantes diputados de la cofradía estaban obligados a llevar a cabo cada dos años confirmaban su moralidad, Albina
obtendría la asignación. Sumada al dinero que mi padre podría añadir por su parte, sería una suma suficiente para que
el Briccio encontrara un buen marido para su primogénita.

Además, tenía que darse prisa. Albina había cumplido ya los veinte.

Sin embargo, a pesar de lo que me había dicho Giò, yo mantenía la esperanza de que volviera a visitarnos. No podía creer que nos hubiera olvidado. Habíamos sido, en Roma, sus primeros amigos. De vez en cuando pensaba: tengo un pretexto para verlo. Le voy a pedir que me devuelva el tratado *De la pintura*. Pero nunca encontré el valor para hacerlo. Me arrepentí amargamente, porque unos meses después Incarnatini vino a comunicarnos que Berrettini se había llevado a su sobrino a su pueblo, Cortona. Ahora ya era el favorito entre todos sus jóvenes ayudantes. Aunque apenas tenía treinta y cinco años, lo trataba casi como a un hijo. No los tenía propios. Y tampoco Giò tenía padre. Esos dos estaban hechos para permanecer juntos. Su tío no sabía cuándo regresaría.

Al ponerse el sol la procesión de la Cofradía de los Sastres partió de San Giovanni dei Fiorentini, en la otra orilla del río. Se caminaba detrás del dosel de san Omobono hasta la iglesia de la Consolazione, en las laderas del Campidoglio. Un largo paseo, pero siempre íbamos todos, desde que el seor Enea era mi padrino. Vestido de arpillera, Defensi avanzaba orgulloso en las últimas filas, entre quienes tenían algún cargo en el gremio. A pesar de que llevaba una caperuza puesta, lo reconocíamos por su andar: parecía un pato cojo. Cuando éramos pequeñas, mi hermana y yo corríamos tras los *putti* de Laterano y los huerfanitos con antorchas encendidas. Los hijos expósitos gozaban del privilegio de desfilar frente al dosel del santo protector y en esos momentos a nosotras también nos habría gustado ser huérfanas.

Albina, Basilio, mi primo Giovanni Battista, que vivía con nosotros desde hacía algunos años, y mi prima Costanza, que se venía a nuestra casa en las épocas en que la tía viuda no podía hacerse cargo de todos sus hijos y que, desde hacía poco, después de su muerte, se había mudado definitivamente, se pusieron sus mantos de tela encerada y salieron gritando, sin prestar atención a la molesta lluvia de noviembre. Mi madre vino a llamarme por última vez.

¿Te encuentras tan mal?, me preguntó, decepcionada, inclinándose sobre la cama donde yacía, aparentemente enferma. De ninguna manera, dije, simulando la voz nasal del resfriado. Lo siento, pero, total, vi el brazo de san Omobono el año pasado, añadí, imprudente. Un hueso reseco, que parecía una madera corroída por el salitre. Mientras lo miraba fijamente, encaramada sobre las ruinas antiguas alrededor de la Consolazione, donde la procesión se disolvía en un caos de voces y de lámparas, no pude evitar pensar que aquello era obra de nuestro Toccafondo. Sospechas tal vez compartidas en las altas esferas, pues últimamente la Iglesia animaba a la veneración de reliquias más recientes y seguras, como el brazo de san Eligio y el corazón de san Carlo Borromeo. Vamos para vernos con el seor Enea, se empeñó mi madre. Hace mucho tiempo que no se deja ver, se ha olvidado de ti y no podemos permitírselo.

No me encuentro bien, de verdad, murmuré, dejándome caer sobre las almohadas. Preséntale mis respetos. Mi madre me observó, dubitativa —yo había empezado a quejarme la víspera diciendo que tenía fiebre, aunque ella no me la notara—, pero luego se marchó. En realidad, yo iba a ir a la procesión especialmente para ver los estandartes. Los había realizado un famoso pintor, se decían maravillas de él y mi padre le rogó que echara un vistazo. Siempre tuvo la esperanza de que se los encargaran a él. Me eché la manta sobre la cara y esperé a que mi madre cerrara la puerta de casa.

Aguardé unos minutos, inmóvil. El corazón me latía con fuerza en el pecho, desatado. ¿Y si Albina volvía antes? ¿Y si Costanza quería quedarse conmigo para hacerme compañía? Mi padre escribía en su habitación, acurrucado sobre la escri-

185

banía portátil, rodeado de grabados, libros, papeles. Sabía que cuando se concentraba en sus manuscritos ni siquiera un terremoto podría distraerle. Salí de puntillas, descalza, y me puse las zapatillas en el rellano.

Me había puesto un vestido de Albina y una de sus cintas en el pelo. En el trozo de espejo me había parecido que ese rojo escarlata me quedaba bien. Llamé tres veces, resuelta. El día anterior había oído a la Incarnatini pedirle a mi madre que hiciera correr la voz para encontrar a un inquilino. Se le quedaba libre una habitación. Después de regresar de Cortona, Giò se había instalado en los Banchi, en el estudio que el señor Pietro había puesto a su disposición, aunque había dejado sus cosas en su casa. Pero ahora se estaba yendo de verdad: se trasladaba al Palazzo della Cancelleria, con el cardenal Barberini. Una vez desalojada la habitación, ya no se dejará ver por las Tre Colonne, suspiró su tía. Ya no nos necesita. Ni siquiera para comer. El cardenal también le dará la comida en casa... ¡Plautilla!, exclamó Giò cuando me abrió la puerta. ¿Qué estás haciendo aquí? Estaba tan nerviosa que no me di cuenta de que me había tuteado.

Necesito el tratado *Sobre la pintura,* farfullé, temiendo que me cerrara la puerta en las narices. En cambio, tras un titubeo que duró un abrir y cerrar de ojos, me cogió de la mano –con dulzura, como en mis sueños nocturnos– y me condujo a la casa de su tío.

No había nadie, porque también los Incarnatini habían acudido a la procesión de los sastres. Lo seguí en una oscuridad abarrotada de cajas, de marcos sin cuadros y cuadros sin marcos. Nunca habría imaginado que el señor Domenico comerciara con tantos. Había cientos de ellos, apoyados en las paredes y en los muebles, a lo largo del pasillo. Algunos ya marcados con una etiqueta que decía: Vendido. El olor a cera de abejas, a colores y a lacas me mareaba. Giò me llevó a su habitación y cerró la puerta.

186

Las cortinas verdes de la cama, empotrada en un rincón, estaban abiertas; la colcha de damasco, hecha un revoltijo sobre las sábanas arrugadas. Un aroma a almizcle y almendras dulces emanaba de la ropa de cama. En medio de la habitación, había dos baúles ya cerrados, pero, esparcidos por el suelo y sobre el respaldo de la silla, había calcetines y prendas de ropa. No sabía dónde mirar porque me parecía estar profanando el espacio inviolable de su intimidad. Lo que más me llamó la atención fue la cantidad de cítricos que había por los estantes, por el suelo, en cajas de madera. Naranjas dulces, naranjas amargas, bergamotas, limones. Una hoja con el dibujo de una cidra, medio borrado por las correcciones, estaba pegado a la ventana. El *cavalier* Dal Pozzo tiene el proyecto de un libro científico que ilustre todos los aspectos de la naturaleza, explicó, al percatarse de mi curiosidad, el señor Pietro me ha pedido que forme parte del mismo y prepare algunas tablas. Ha hecho participar a los mejores pintores de Roma. No he podido negarme. Sabréis que el caballero fue el mentor del cardenal Francesco y ahora es algo así como el ministro de cultura de los Barberini, gozar de sus favores es difícil, pero quien lo consigue es como si se hubiera ganado el palio. Había un pintor francés, Pussino, creo que se llama Poussin, antes de conocerlo se moría de hambre y le costaba muchísimo vender Venus ligeritas de ropa y, ahora, el caballero lo mantiene y lo incuba como una clueca. La verdad es que no creo que se me den bien las obras de la naturaleza, añadió con modestia. Prefiero las figuras humanas.

Luego nos quedamos en silencio, durante un tiempo que me pareció infinito. La cidra dibujada en la hoja, con la cáscara rugosa y las semillas en la pulpa blanca, a mí me parecía magnífica, mejor que la de verdad. No se lo dije, yo no era nadie para juzgar la calidad de su trabajo.

No recuerdo dónde puse tu tratado, dijo al final Giò, abriendo de un tirón un cajón del bargueño tras otro. No te quedes ahí como un bacalao seco, Plautilla, siéntate, quizá nos cueste un rato encontrarlo. Hace años que no veo ese tratado. Será mejor que espere en el salón, señor Romanelli, objeté, pero no fui capaz de moverme. Tenía las piernas de piedra. No te voy a comer, siéntate, insistió Giò alegremente, sin darse la vuelta. Parecía saber que yo obedecería.

El edificio de las Tre Colonne estaba desierto y en los numerosos apartamentos únicamente estaba mi padre. Solo el goteo de la lluvia y el arrullo de dos palomas rompían el antinatural silencio de esa noche. La ventana daba a la calle y estaba abierta porque la chimenea de Giò no tiraba bien y soltaba mucho humo. Pero tampoco pasaba nadie por la calle. Ni un carro, ni un vendedor ambulante de castañas o caracoles, ni siquiera un peregrino. El callejón de las Tre Colonne estaba vacío como el escenario de un teatro. El taburete estaba ocupado por su ropa; el cofre, por sus portafolios; en la única silla de la habitación, delante del bargueño, estaba sentado Giò. Me apoyé en el borde de la cama, porque no quería que creyera que le tenía miedo. Era un caballero, también era amigo mío. Nunca me faltaría al respeto.

Estaba de espaldas a mí, pero de repente descubrí que no estaba buscando nada. Fingía hacerlo. Se tomaba su tiempo. Con el resplandor de las llamas, su rizado pelo parecía arder. Llevaba solo una camisa. Tal vez estuviera en la cama cuando llamé. Repetía los mismos gestos. No comprendía cuáles eran sus intenciones. Debería haberme levantado, pero no podía. Era como si me hubiera hechizado y me hubiera convertido en piedra. Las campanas del Ave María me sobresaltaron. El día había terminado, era tarde. No debería estar en la habitación de un hombre.

Giò se acercó a mí, tendiendo sus manos, vacías. No tengo nada para darte, Plautilla. Ya no tengo el tratado. Lo presté, lo perdí. No lo recuerdo. Lo siento. No está bien, pero no puedo hacer nada. Por favor, no se lo digas a tu padre.

Se sentó cerca de mí y con la máxima naturalidad me metió una mano en la abertura del corpiño y la cerró alrededor de mi pecho izquierdo, sobándolo hasta que se me puso duro como un clavo. A pesar del frío de esa noche lluviosa de noviembre, sus dedos estaban calientes. Me quedé tan aturdida que por un momento no supe reaccionar y, cuando lo hice, él ya me había tendido en el lecho y me apartaba un mechón de la cara. Me dijo palabras que nadie me había dicho ni nadie me diría jamás. Estás mal hecha, Plautilla. Las proporciones de nariz, frente, boca, ojos, no son como deberían ser. Te he mirado mil veces y cada vez querría corregirte algo. Por eso nunca te dibujé, porque quieren de mí figuras que no existen. Falsas. Ideales. Ven la habilidad en la perfección, no en la verdad. Me estoy convirtiendo en el pintor de los sueños ajenos. En cambio, tú eres real.

Su Eminencia, tu cardenal Barberini, no quiere que te veas con la hija de Giano Materassaio, le recordé, intentando librarme de él. Lo sé, lo sé, sonrió Giò, rozando mis mejillas con esos dedos calientes como el pan. Pero el cardenal no sabe que Giano Materassaio tiene dos hijas. Y te veré, Plautilla. Para mí eres la joven más hermosa de Roma.

Intenté liberarme de sus manos, de su boca y de su lengua, pero me encontré unas y otras por todas partes. No sabía si tenía que llorar de vergüenza o de alegría, si me estaba humillando o seduciendo. Me tuteaba, como a una niña. Me tocaba con familiaridad, como algo suyo. Me besaba con furia, como un amante. Luché contra mí misma y contra él, dividida entre el deseo de liberarme y el de abandonarme, su boca olía a menta; su piel, a sudor y aceite de cedro. Su cuerpo se pegaba al mío, suave, pero duro ahí donde presionaba en mis piernas. Cuando abrió mis muslos y me levantó la ropa, me apagué.

La habitación se había sumido en la oscuridad. La chimenea estaba casi apagada. En el resplandor herrumbroso de las últimas brasas, vislumbré a Giò, boca abajo en la cama, con el codo izquierdo en la almohada y una hoja bajo el mentón. En la mano sostenía un carboncillo. Estaba dibujando. En el papel reconocí mi cabeza, la boca entreabierta, el pelo suelto, el brazo derecho levantado, el vestido revuelto. Me sobresalté, horrorizada. Pero los lazos del pecho estaban atados; las medias de hilo blanco, subidas hasta por encima de las rodillas. ¿Había anudado yo los lazos así? ¿Dónde estaban los zapatos? ¿Qué me había hecho? Te quedaste dormida, dijo Giò, malicioso como un gato. No he querido despertarte.

Me incorporé para sentarme en la cama, pero no me podía bajar porque él estaba allí, entre el borde del colchón y yo. La vergüenza me mareaba. El miedo a que hubiera pasado algo irreparable me retorcía las entrañas. Me sentí golpeada y pisoteada, me dolía todo: cabeza, piernas, corazón, nada estaba en su lugar. No sabía lo que había visto. Qué había hecho él, qué había hecho yo. Durante, después. ¿Qué había pasado? Albina solía decir que a veces me caía todo lo larga que era, con la cara blanca e inexpresiva de una copia en yeso. Otras veces al parecer trataba de luchar por no perder el conocimiento y me retorcía en el suelo como una posesa. En esos casos, el espectáculo era bastante impresionante. Después de una de esas violentas crisis, mi madre insistió en ponerse en contacto con un exorcista, pero mi padre no quiso. Según él tenía algo que desde el corazón me burbujeaba hasta el cerebro. Algún día la medicina encontraría un remedio. Tenía la suerte de haber nacido en el siglo de la ciencia nueva.

Me has asustado, añadió Giò. Te pusiste rígida y te derrumbaste, pero caíste hacia adelante y la columna de la cama te frenó. No habría tenido tiempo de sujetarte. Quería pedir ayuda. Creía que te habías muerto. Entonces noté que respirabas y te dejé dormir. Estabas serena, relajada. Te parecías a santa Cecilia.

Mantenía los ojos clavados en el cielo pintado del dosel y

no me atrevía a mirarlo. Estaba sonrojada, me quemaban las mejillas y todo mi cuerpo estaba en llamas. ¿Me había tocado? ¿Me había arrebatado mi único bien? Os lo ruego, no se lo digáis a nadie, susurré.

¿Es esa enfermedad? ¿Acaso eres *obsessa spiritibus immundis?*, preguntó Giò, levantándose y guardando la hoja. No lo sé, susurré. Nunca me ha visitado ningún médico.

En realidad, hacía tres años, mi madre, sin informar a Briccio, había hecho que me acompañaran a ver al *cavalier* Permanente. Un pregonero había ido anunciando por todos los barrios la llegada de este profesor. El aviso pegado en la pared de la taberna de las Tre Colonne proclamaba su capacidad de curar con varias y diferentes medicinas secretas las enfermedades aquí escritas: gota caduca, mal lunar, humores frenéticos o locos, humores melancólicos, tísicos e hidrópicos, asma y catarros, dolores de estómago con vómitos, flujos corporales, toda clase de llagas, cánceres, fístulas en los lacrimales, piedras, arenillas y otros males desatendidos y desconocidos. A los pobres los visitó gratis y por caridad, a mi madre le sacó cinco julios. El *cavalier* me suministró un enema al día y me hizo tragar durante un mes una bebida emética. De hecho, en esa época no tuve episodios de sueño. Pero durante semanas estuve vomitando solo con oler la comida y me sentía tan débil que no era capaz de levantarme de la cama. Interrumpimos el tratamiento.

¿Qué dicen los sacerdotes?, preguntó Giò con curiosidad. ¿Esto que te atormenta no será el diablo? ¿Te han hecho exorcizar? Los sacerdotes no lo saben, susurré. Era tan humillante hablar de eso precisamente con él. Mal, dijo Giò, podrían bendecirte, hacerte beber un poco de agua bendita y liberarte. Tienes algo adentro. Lo he visto. Te salió de la boca como una sombra.

Me eché a llorar. No pude contenerme ni siquiera mordiéndome los labios hasta sangrar. Quería desaparecer, morir.

Venga, vamos, me dijo, tendiéndome un pañuelito de seda, todas las posesas pueden ser liberadas, los demonios salen y no vuelven jamás. ¿Te ocurre a menudo?

Solo cuando me siento abrumada, cuando estoy demasiado triste o el corazón me estalla de felicidad, me habría gustado decirle, pero no tenía confianza con él. Lo amaba. Me habría gustado ser hija de un noble, rica, hermosa, sana, para estar siempre con él. Me gustaban sus dulces modales, pero también su sorprendente entusiasmo, su obstinada ambición. Lamento haberos asustado, dije. Perdonadme.

Yo, en cambio, doy gracias al Señor Dios por que haya sucedido, me contradijo. No habría podido haber reparado el error. Yo nunca sería tu error, Giò, susurré.

Este me lo guardo para mí, dijo, deslizando la hoja en el cajón del bargueño. No lo verá nadie. Así siempre me acordaré de cómo eres, Plautilla.

No habría querido salir nunca de esa habitación. Ahora ya lo conocía más que nadie. Y él me conocía a mí. Ya no hacía falta que nos dijéramos nada. Pensé que eso era el amor.

Pero Giò quiso acompañarme de vuelta a casa y me empujó a lo largo del pasillo, entre los cuadros y las cajas. Tenía miedo de que me sintiera mal otra vez y que lo responsabilizaran de ello. Para entonces, la procesión debía de haber terminado hacía ya un buen rato, pero mi madre, mis hermanos y mis primos aún no habían regresado. Nuestro apartamento estaba frío, oscuro y silencioso. Tú no necesitas el tratado *Sobre la pintura,* Plautilla, dijo cuando me volví para despedirme de él. Lo que necesitas es un maestro.

Tu padre me deja ver tus cosas. No quiere que lo sepas y le juré que no te lo diría nunca, pero te lo confieso ahora. La semana pasada fuiste a misa en memoria de tu pobre tía Marta y me llamó para que le diera mi opinión sobre esa *Virgen con Niño* que no consigues terminar. Dice que te quedaste atascada porque no te sale la cara. Yo le dije que creía que ya estaba lista. Solo tienes que mejorar el claroscuro de la mejilla, retocar las sombras, dar rojo a la boca.

Era verdad que me había puesto a pintar una *Virgen con Niño*. Había empezado a seguir paso a paso un modelo de mi padre, ampliándolo a escala con la cuadrícula sobre el dibujo, como me había enseñado, pero luego modifiqué la paloma del Espíritu Santo y la expresión de los serafines, cambié la posición del Niño, girando la cabeza de la Virgen, y, de pronto, ya no pude continuar. Había pintado otras vírgenes, pero esta tenía un formato diferente y la cara tenía que ser de tamaño natural. Y no me veía capaz de completarlo. Llevaba meses en el caballete, sin terminar. La había cubierto con un paño porque ni siquiera soportaba verla.

Para tener dieciséis años eres muy buena, me dijo Giò antes de dejarme. A tu edad, yo ni siquiera sabía cómo preparar los colores. Dile a tu padre que te permita asistir al taller de un pintor de verdad. Él ya te dio todo lo que tenía. Ya encontraremos un maestro que acepte a una mujer. Yo tengo que centrarme en mí mismo. Además, nunca podré olvidar que eres una muchacha y que me gustas. No tengo nada que enseñarte.

Podía enseñarme a vivir, pero no lo hizo. Después de esa noche, Romanelli me mantuvo a distancia. Compartíamos un secreto, deshonroso para ambos. Y esto, en vez de unirnos, nos separó.

El amante perfecto debe poseer cuatro cualidades: juventud, belleza, riqueza y virtud. El novio de Albina, Cosmo Macconi no tenía ninguna de ellas. Me cayó como el culo en cuanto lo vi, pero tuve que disimular esa aversión inmediata y definitiva. De hecho, mi padre estaba bastante contento por haber conseguido colocar a su hija con un hombre que no trabajaba con las manos, un artesano, en definitiva. En los últimos tiempos, la desazón provocada por un origen modesto socavó el orgullo plebeyo del que hasta entonces, por el contrario, siempre había alardeado. Durante mi infancia, se burlaba de las aspiraciones aristocráticas del Materazzaro, que se jactaba de la nobleza de los Bricci de Piamonte y de nuestro supuesto parentesco con la rama patricia de los Bricci de la Liguria, pero tal vez solo estuviera intentando adaptarse a un mundo que lo había excluido.

Macconi y él ya habían firmado ante el notario la carta dotal cuando lo presentó al resto de la familia. Barba de chivo, hombros anchos, narinas prominentes, de jabalí: la fisonomía natural valoraba esos rasgos tan viriles, pero Macconi también tenía ojos de vaca, indicio de un espíritu cobarde; nariz grande: ingenio limitado; boca pequeña: pusilanimidad, y tendencia a ganar peso: semilla fría y poco apta para la reproducción.

Su conversación, con un insoportable acento florentino, resultó ser lamentable: no entendía de arte, no leía libros, no sabía tocar ni siquiera la guitarra, ignoraba el progreso de la ciencia y en política prestaba oídos a las opiniones ajenas, sin tener las suyas propias. Yo ya me había resignado a perder a Albina, pero creí que quien iba a robarme a mi hermana sería un hombre de valía.

Ni joven ni guapo, Cosmo Macconi ni siquiera era rico. Huérfano de padre y sin relaciones en Roma, era copista en una oficina de la Casa de la Moneda con un humilde salario. Yo esperaba que fuera al menos un hombre honesto. Pero el Briccio no había logrado encontrar nada mejor. Gracias a la herencia del Materazzaro, había logrado reunir doscientos cincuenta escudos para la dote de Albina. Una suma poco apetecible para un soltero con una posición social mejor. Seis años después, la hermosa hija de un abogado consistorial le entregó a Gian Lorenzo Bernini dos mil escudos. La hija de un comerciante solía ofrecer tres mil y la de un banquero, al menos cinco mil. En esos mismos días, Giulio Mazzarino les procuró a sus hermanas una dote de diez mil escudos a cada una. Albina tuvo que contentarse y mostrar también su agradecimiento a la Cofradía dell'Annunziata, que le prometió otros cincuenta.

En verano, al cabo de dos años, como de costumbre, volvieron los diputados de la cofradía a preguntar en el barrio por las costumbres de Albina, para comprobar si tenía una buena conducta y si seguía siendo una «joven honesta». Alguien tuvo que soltar alguna malicia: que por nuestra casa rondaban muchos hombres dado que mi padre conocía a toda Roma o que mi hermana se había dejado ver mientras conversaba con el joven pintor de Viterbo que había sido vecino suyo, pero el caso es que antes de confirmar la gracia de la dote, los visitantes regresaron con la sora Tisbe.

La matrona era una vieja jorobada, dura como un leño.

Albina tenía miedo, porque no sabía para qué había venido –aquella mujer solía ayudar a las parteras– y me pidió que me quedara cerca de ella, pero la Tisbe solo permitió que asistiera mi madre y a mí me echó. Los visitantes esperaban en la sala, impasibles.

Le pido a Nuestra Señora que nunca tengas que sufrir una humillación semejante, Tilla, me dijo Albina más tarde. Durante dos horas estuvo desnuda en remojo en la bañera y no mostró que quisiera salir a pesar de que el agua ya estaba fría y tener la piel de gallina y las yemas de los dedos arrugadas. En cuanto la matrona y los inspectores se marcharon, vomitó. Ni siquiera le dio tiempo a inclinarse sobre una perola. Le pido a Nuestra Señora que cuando tengas que casarte tú, dentro de tres o cuatro años, papá ya haya ganado lo suficiente con sus libritos para no tener que pedir limosna a la Cofradía dell'Annunziata o a cualquier otra, siseó: continuaba frotándose la esponja entre las piernas, con rabia, hasta despellejarse. Que se queme en el infierno con una serpiente en la boca y otra en su naturaleza, esa vieja bruja infecta. Le juré que soy virgen como María.

No me atreví a preguntarle qué le había hecho Tisbe, la matrona. A mis diecisiete años, aunque nunca había visto a ningún hombre desnudo, sabía dibujar un desnudo masculino, porque estudiaba su anatomía en los dibujos de los pintores, pero ignoraba la de los cuerpos femeninos, también el mío propio. Ardería toda la eternidad entre los condenados si me hubiera atrevido a mirarme o tocarme. Supongo que fue por esa inspección por lo que a Albina le gustó tanto Cosmo Macconi. Se habría casado con un piojo para redimirse de los chismes y demostrar al vecindario que *de verdad* era una joven honesta.

Mi padre abonó la suma de la dote y acordó con Macconi celebrar la boda lo antes posible. Por diferentes razones, ambos tenían prisa. Fijaron la fecha en febrero. Faltaban menos de dos meses. No estés tan triste, Plautilla, intentaba consólarme Albina. Ahora vas a tener otra hermana en Costanza. Y vendrás a verme cuando quieras. Nada cambiará. Vamos a quedarnos en Borgo Novo, está a cien pasos, nos veremos todos los días. Cosmo sabe que casándose con una Briccia se casa con toda la familia. Y le gusta la idea, él no tiene familia. Todo eso era cierto, pero yo habría hecho cuanto fuera necesario con tal de desbaratar la boda.

Cosmo Macconi vivía en Borgo Novo y trabajaba en la Casa de la Moneda. Sin embargo, me topé dos veces con él en la otra orilla del Tíber. En esa época, escoltada por Basilio, a quien mi padre había pegado a mis carnes como un perro pastor a un cordero, todas las semanas iba a ver al *cavalier* d'Arpino en su palacio de Via del Corso. Giuseppino Cesari ya no era aquel alegre y gracioso maestro que conociera mi padre. Aún no había cumplido setenta años, pero estaba afligido por una oscura melancolía. Ya nadie seguía su estilo, la mayoría se burlaba de su pintura, algunos hasta la detestaban. Ya no tenía aduladores y el palacio se le había quedado tan grande que poco después compró otra casa, menos ostentosa, en Via dei Serpenti, en la Suburra.

En esa época estaba completando los frescos de la habitación del Palazzo dei Governatori, en el Campidoglio, que le habían encargado hacía casi cuarenta años, cuando estaba en la cumbre de su fama. El tema, *El rapto de las sabinas,* le venía como anillo al dedo, pero el pincel se le había vuelto pesado. Insistía en subirse a los andamios para colorear aquellas figuras con su propia mano, afirmaba que aún tenía energía y que aún conservaba la fuerza que le había hecho merecer el apodo de Pierna de Hierro. Pero ese trabajo aceleró su declive y la consciencia de su propio fin artístico lo mató. La obra le salió débil y anticuada. La pintura había cambiado de rumbo y él lo sabía. Creía, de todas formas, que aún podía transmitir algo y ya no le parecía tan degradante enseñar a una mujer.

El caballero le había regalado a mi padre unos dibujos sobre cartón que le habían servido para pintar sus frescos. Lo había hecho por generosidad o por gratitud, porque en los meses en que había caído en desgracia su antiguo alumno no se había unido a la jauría que ladraba dispuesta ya a morder al ciervo herido. Ignoraba, o fingía ignorar, que el Briccio había reproducido sus figuras en las ilustraciones de los libros o en los emblemas de las cofradías, que había vendido copias de sus trabajos de juventud a un precio tan bajo que incluso un aguador podría comprarlas. Otros me los regalaba a mí, con displicencia. Tomadlos, mi señora Plautilla, decía, yo ya no los necesito. Le agradaba que, en cambio, yo los utilizara para practicar. Cuando Basilio y yo salíamos del edificio en Via del Corso con los rollos metidos en los tubos de hojalata, los hijos pintores de Cesari nos tachaban de ladrones. Un taller puede vivir de rentas durante décadas con los dibujos de un maestro, aunque esté ya en decadencia.

La primera vez, Macconi trotaba con paso presuroso a lo largo del Corso y, cuando dobló por Via Ferratina, casi chocó conmigo, que iba a su encuentro, pero algunos improperios iba rumiando y pasó por mi lado sin percatarse. Ni siquiera yo misma habría considerado relevante ese encuentro si unas horas después no hubiera venido a cenar a las Tre Colonne, para «amoldarse» con su novia, como solía decir mi padre. Se le veía pensativo e irritado, habló poquísimo con Albina, cuyo nuevo peinado, que le había costado horas por haber querido rizarse el pelo con las tenazas calientes, y se marchó en cuanto quedó saciado, quejándose del dolor de cabeza que lo tenía mareado: he estado copiando números en la oficina todo el día, mintió.

La segunda vez ya estaba anocheciendo y Basilio y yo teníamos que regresar a casa inmediatamente. Mi padre y yo habíamos acordado que nunca andaríamos por la calle después de la puesta de sol, pero ese día el *cavaliere* Cesari se perdió discurriendo sobre las historias de la Virgen, que había pintado hacía unos años en el coro de Santa Maria di Loreto. Dos telas por las que le habían pagado cuatrocientos escudos, aunque valían mucho más. Consideraba que su *Natividad* era mejor que todos los lienzos sobrevalorados de ahora. Cesari aborrecía el arte contemporáneo y sospechaba que todos los nuevos maestros querían perjudicarle, pero nos había dejado intrigados y Basilio y yo decidimos echar un vistazo.

Empezaba a entenderme bien con mi hermano pequeño. Su presencia, que al principio me pareció un castigo, me proporcionaba en cambio una libertad inesperada. Basilio se sentía honrado por hacerme de acompañante, escuchaba absorto mis conversaciones con el *cavalier,* se bebía sus palabras y en la calle me llevaba firmemente bajo su brazo. Debíamos de ser graciosos, mi acompañante y yo, él, pequeño de estatura, regordete, con los pies planos y los mocos en la nariz, caminaba con la dignidad de un adulto, pero si alguien se rió de nosotros, yo nunca me di cuenta, porque mantenía la mirada baja y evitaba cruzarme con los ojos de los desconocidos.

Era la hora en que todos, al final del trabajo, se desperdigaban de regreso a casa. Para evitar el atasco del Corso, decidimos acortar por las calles laterales. Nos abríamos paso con dificultad, esquivando al ejército de los deshollinadores negros de carbonilla que se retiraban a sus guaridas, los hombres armados que vigilaban la residencia del embajador de España y los criados agrupados alrededor del vendedor de polvos venenosos para los ratones, los lobos y los perros. Basilio quería asistir a aquella demostración, porque llevaba tiempo quejándose de las pisadas de las ratas en las vigas y deseaba acabar con ellas para que no mordisquearan los papeles de nuestro padre, pero yo tiré de él y seguí recto. Macconi caminaba por delante de nosotros, junto a una mujer.

Nos precedían, de manera que no pude ver su rostro. Ella avanzaba con lentitud y él reducía el paso para no cansarla. Se detuvieron justo donde la Via Ferratina desemboca en la Piazza de la Trinità. El afilador de cuchillos de la esquina debía de conocerlo porque lo saludó cordialmente, llamándolo señor Macconi. El novio de mi hermana sacó de su capa un manojo de llaves y abrió la puerta. Se hizo a un lado, para dejar pasar a su acompañante. Y, al desaparecer ella en el zaguán, su enorme sombra se proyectó sobre la pared. Estaba embarazada.

Nunca llegamos a Santa Maria di Loreto. Nos detuvimos en la fuente recién construida por Bernini y regresamos. Aquella fuente era maravillosa y cada vez que la miraba, me emocionaba muchísimo. Representaba una barca, una barca de verdad, con su castillo y sus cañones (aunque estos disparaban agua), que emergía a la mitad del nivel de la calle, y no podría decirse si se estaba hundiendo o surcando el mar. Era un barco de piedra, un bajel. Pero esa noche no pude dedicarle ni siquiera una mirada. No te me pongas mohína por eso, Tilla, me decía Basilio, lo hemos pillao con las manos en la masa, pero a ese vamos a bajarle los humos. Soltó una patada al corazón de una pera, arrojándolo a la tina. Tenía los labios fruncidos y un brillo feroz en los ojos.

Tenemos que investigar, tal vez no sea lo que parece, hermanito, intenté serenarlo. Siempre es lo que parece, siseó. En Roma todos van a Santa Almeja, hay allí muchas mujeres deshonestas.

Avanzábamos con la cabeza gacha, los puños cerrados, ambos furibundos. Solo sabíamos una cosa. Teníamos que limpiar el honor de Albina y de todos los Bricci. Pero ¿cómo? Eché de menos no tener fuerza para agredir a Macconi: me habría gustado despellejarlo con mis propias manos, como se hace con las ranas. Me parecía una acción justa, noble e incluso necesaria, pero ¿quién iba a emprenderla? ¿Y cómo? ¿Con una emboscada teatral en plena calle o una paliza secreta? No teníamos a ningún sirviente que pudiera mancharse las manos por nosotros. Teníamos que contratar a alguien para ese encargo, pero ¿cómo teníamos que abordarlo? ¿Y cuánto nos costaría? Además, Albina no tenía que enterarse de nada. Pero ¿cómo podía ocultar que su novio tenía trato con otra mujer y que todo lo que le prometía era mentira? A nuestra hermana le reconcomía el corazón el deseo de ser esposa, contaba los días —para la boda faltaban ya menos de treinta— y no pensaba en otra cosa. Sus esperanzas tan mal puestas me hacían arder los ojos. Pero no teníamos derecho a destruir su sueño. Ni a involucrarla en un delito.

Yo era tan joven que no sabía nada de la vida. Solo recordaba las enseñanzas de los filósofos, que en los libros me habían parecido muy sensatos. Actuar por impulso es el error del bruto. El razonamiento, junto con la capacidad de recordar, la aptitud para aprender y valorar la experiencia, son las cualidades que distinguen a los hombres de las bestias. Debíamos tenerlo en consideración. Basilio y yo nos pusimos de acuerdo para planear bien nuestra jugada y dejar fuera de todo aquello al Briccio. También nuestro padre se había encerrado en su propio mundo y el gran teatro del mundo que tanto le había gustado le suscitaba ahora poca curiosidad. Daba clases de pintura y matemáticas a Basilio, traducía del hebreo, componía acertijos musicales y, en el tiempo que pasaba conmigo, dictaba. Ya no era capaz de pintar, pero en el último año también había tenido que dejar de escribir. Sus manos deformes no lograban sostener la pluma ni afilarla. Me había rogado que fuera su escriba.

Pero no escribía versos, ni obras de teatro, ni tratados científicos o musicales. Ahora casi todo eran narraciones de hechos acaecidos en otro lugar, y sobre los que manejaba informaciones de tercera mano. Hacía muchos años, el Briccio había empezado a vender noticias casi por diversión: se había asociado con un librero que tenía permiso para imprimir lunarios y listines de precios de la carne y habían intentado abrirse paso en ese nuevo mercado. Al principio fue poco más que una apuesta. Si no funcionaba, lo dejarían.

En Roma había cientos de gacetilleros, o avisadores, pagados por las cortes de todo el mundo para saber qué sucedía en la capital. Pero mi padre no estaba al servicio de nadie. Era demasiado independiente para dejarse querer y demasiado raro para dejar que nadie le dictara nada. Además, no escribía para los cortesanos. Esos solo querían relaciones de procesos de canonización y beatificación de nuevos santos, las honras fúnebres de personajes ilustres y descripciones de los teatros efímeros construidos en iglesias para las ceremonias y los festejos que, por alguna razón, no habían podido presenciar. Sin embargo, él afirmaba que hay más gente capaz de leer de lo que creen los señores. Apenas hay licenciados, pero no solo existen los clérigos, los notarios y los médicos. La cuestión es que para ser entendido por todo el mundo hay que escribir como se habla. La gente quiere leer las novedades y lo hará si alguien sabe contárselas de una manera sencilla, clara y muy atractiva.

Mi padre y su socio se lanzaron a la aventura sin decirles nada ni siquiera a sus esposas. Publicaban las noticias en hojas volanderas que entregaban a buhoneros para que las vendieran por las calles, en los mercados y en las tabernas. Cada folleto costaba unos pocos bayocos. La calidad del papel era pésima, amarilleaba de inmediato y se desmenuzaba al cabo de unos meses, y también era mala la tinta, que corroía el papel o se evaporaba. Como la velocidad lo era todo –una noticia vieja es una noticia muerta– , la impresión estaba llena de erratas y gazapos, pero no les llegaba para pagar a un corrector de pruebas. El negocio, de todas formas, era rentable, especialmente si acaecían masacres, terremotos, erupciones, asesinatos en serie y degüellos. Los dos socios imprimieron cientos de hojas volanderas. Vendían hasta dos mil copias de cada una.

El mayor éxito de mi padre fue una novela de crímenes en octavas: *La desgraciada vida y la infamante muerte de Arrigo Gabertinga, asesino callejero, quien mató un número infinito de personas, entre ellas, seis hijos suyos, en el Territorio de Trento.* Lo leí muchos años después de su muerte, mientras reordenaba sus papeles, y confieso que esa historia truculenta era adictiva: nunca imaginé que se pudieran relatar con tanta libertad el secuestro y la violación de una virgen, además de los infanticidios de sus seis hijos. Pero sobre todo me impresionó el personaje del gigantesco perro inglés, Perromoro, que Gabertinga había entrenado para comer carne humana. Desde entonces, temo más a los perros que a los relámpagos.

Los ingresos de esa producción eran modestos pero constantes. Creo que todos los regalos que Basilio y yo recibimos en nuestra infancia el día de la Asunción de María los pagaron los asesinados, los bandidos y los mártires de la fe católica, pero nosotros ignorábamos esta actividad semiclandestina de nuestro padre. Escribir sobre desgracias, asesinatos y destripamientos y ganar dinero con ello era una actividad poco honorable. Si alguna chismosa del vecindario le llevaba a mi madre uno de esos folletos para que lo leyera, mi padre lo destrozaba, mostrando un noble desprecio por esa bazofia.

La enfermedad lo había obligado a revelarse ante mí como lo que era: una humillación insoportable, porque habría querido que siguiera considerándolo un gran pintor incomprendido y el genial dramaturgo que algún día sería recibido como se merecía en la buena sociedad literaria. Quería ser el Lope de Vega romano. O el Shakespeare del Tíber, los profesores del Collegio dei Britanici le habían puesto por las nubes a ese tipo: decían que la trama de una de sus obras que había deleitado a la corte de Inglaterra parecía que la hubiera sacado de una de las suyas.

Cuando el nombre de Giovanni Briccio apareció entre los de los escritores de la Roma de Urbano VIII, en las *Abejas urbanas,* el volumen de Leone Allacci, bibliotecario de Francesco Barberini, se emocionó. Ya no podía pintar, ya no podía escribir. Todo lo que le quedaba era su convicción de poseer una inteligencia superior, intuición y capacidad para comprender el carácter de los hombres. Revelarle que se había dejado liar como un pazguato por un impostor habría sido como asestarle una puñalada.

Teresa entró en casa como un torbellino, jadeando y con la cabeza descubierta porque en la carrera se le había caído el tocado. Decía entre sollozos que los esbirros se habían llevado a Benedetto. Lo habían parado mientras iba por ahí con sus mercancías, le habían dado una buena somanta. Mi prima no entendió de qué se le acusaba. Un delito de sangre, eso sí lo sabía.

Mi madre no perdió la compostura, convencida de que se trataba de un error y de que todo se aclararía. Benedetto Mansueti era un chavalote de veinte años, grande como un oso, inofensivo como una mariquita, pero reflexivo y tranquilo como un viejo sabio. La muerte de su padre, cuando él solo tenía once años, y luego de su madre, que lo había nombrado cabeza de familia a los diecinueve, lo habían hecho madurar pronto. Nunca haría nada que pudiera dañar el futuro de sus hermanas pequeñas, de las que se ocupaba con la solicitud de un padre.

Entraron para registrar, tenían la orden, confiscaron las navajas de afeitar de papá, tartamudeaba Teresa; Benedetto ni siquiera sabe usarlas, no es barbero, grité, es vendedor de vasos, vende vasos para vino, le mostré la vasera; los esbirros se burlaron y la volcaron, de manera que se rompieron todos los vasos y todas las tacitas, ¿y cómo diantres se las devuelve ahora al patrón?

Basilio escuchó el confuso relato de nuestra prima sin mover ni un músculo. Sus ojos, sin embargo, lanzaban destellos de una alegría salvaje y, cuando Albina arrastró a Teresa hasta la chimenea, para obligarla a beber algo caliente y tranquilizarla, me empujó a nuestra habitación y echó el cerrojo. No te preocupes por Benedetto, susurró, le darán unos tirones de garrucha y no le van a sacar ni una palabra de su boca, lo soltarán, está limpio, solo sirvió para amedrentar porque es grande, ni siquiera la tocó.

¿La? ¿Por qué utilizaba el femenino? ¿No era Macconi el culpable del ultraje y nuestra víctima acordada? Comencé a sacudir a mi hermano por los hombros, asustada por que hubiera faltado a su palabra. ¿Qué has hecho? Dime la verdad, ¿qué has hecho? Basilio levantó el colchón de su cama y señaló un paquete de mimbre. No te digo esto para presumir, sonrió con orgullo, pero ¿dónde vas a encontrar a otro que con doce años y tres meses sea capaz de actuar como un hombre?

Me temblaban las manos cuando desaté el nudo del cordel. La navaja de afeitar que buscaban los esbirros en casa de Benedetto estaba ahí, bajo el colchón de mi hermano, todavía manchada de sangre.

Se llamaba Marta Castiglioni. Era más joven de lo que me había imaginado, solo dos años mayor que yo. Tenía los ojos enrojecidos y los párpados hinchados por el llanto. La gasa anudada en la nuca le cubría por completo la mejilla derecha y le dificultaba el habla. La línea amarilla del suero que exudaba la herida indicaba la longitud de la cicatriz. Desde la oreja hasta casi la comisura de los labios: el dedo índice de un hombre. Las manchitas rojas –debían de coincidir con las pequeñas costras de sangre seca– seguían la sutura de la aguja del cirujano. La cicatriz en forma de rayo jamás le desaparecería. La cara es el espejo del honor. Una mujer con una cicatriz en la mejilla: marcada, para siempre.

Para entrar en su casa me preparé para representar el papel de la forastera en busca de alojamiento e incluso probé el acento francés, pero la pobreza del suyo hacía que mi mentira fuera ridícula. Marta Castiglioni vivía en el último piso, bajo el tejado, en un cuartucho casi sin muebles, pero abarrotado de telas, carretes y costureros: tenía que ganarse la vida como sastra.

Le vuasin m'ont dit sta cosa, on lue una chambra dans les tejés, balbucí de todas maneras, sin saber de qué otra manera justificar mi presencia. Castiglioni se sorprendió porque no sabía nada al respecto, pero me invitó a pasar: había subido tantas escaleras que no podía dejarme marchar sin reponer fuerzas. Se disculpó por el desorden, se había retrasado por la medicación y no había tenido tiempo de colocar las cosas en su sitio. Oh, no debía hacerme una idea equivocada, lo había explicado todo, solo había sido un estúpido accidente, se había dado de bruces justo encima de las tijeras de costura.

Quiso ofrecerme un vaso de cebada y un pastelito. Yo no podía apartar los ojos de su vientre, redondo como una sandía. Ya falta poco, pariré en marzo, me dijo mientras mordisqueaba el dulce –rancio, sabía a cartón–, es mi primera vez y tengo un canguelo que me muero... Se dio cuenta de que estaba buscando indicios de la presencia de un hombre y se apresuró a decir que su marido, florentino, había ido a casa de sus padres para arreglar algunas cuestiones relacionadas con una herencia, pero que volvería para el parto. La prisa con que pronunció estas palabras, el tono defensivo de quien sabe que ya ha sido denunciada ante el Tribunal del Gobernador y puede ser encarcelada como mujer deshonesta delataba la mentira. Parecía que ella también estaba intentando representar su papel, sin convicción o sin esperanza.

Sentí repulsión por su cópula, su embarazo ilícito, su mentira, pero, casi me avergüenza admitirlo, también sentí amargura. El control de la sociedad sobre nosotras era tan opresivo que hacía que me sintiera, tanto como ella, ya prisionera. Y la idea de que una mujer pueda ser encarcelada y señalada para siempre tras la denuncia rencorosa de un vecino, de una rival, de cualquiera, la idea que Basilio había llevado a cabo sobre ella, y no sobre el novio de mi hermana, la venganza de nuestro deshonor, me indignaba y me indigna todavía.

Macconi visitaba a menudo la morada de Marta Castiglioni. En el clavo de la pared colgaba su sombrero. Pero, sobre todo, en la alfombra delante de la chimenea, reconocí la cesta de castañas forrada con tela roja y adornada de una cinta dorada. La había hecho Albina con sus manos y se la había regalado tan solo hacía tres días.

¿Hace mucho que os casasteis?, pregunté, esforzándome por vencer mi malestar. Tenía doce años cuando lo conocí, dijo Marta. No había respondido a mi pregunta, pero ya me había dicho más de lo necesario. Me quedé en silencio, mientras imágenes desagradables y vagas de apareamientos desiguales —un puerco y una cerdita de doce años— se sucedían ante mis ojos. De repente, me agarró la mano, cosquilleó la piel de cordero que sobresalía del guante y, ruborizada, me rogó que le trajera algo para bordar, arreglar un mandil, unas chinelas, ropa interior, en resumen, permitirle que se ganara algunos julios. Era una buena costurera y yo no era una forastera en busca de alojamiento, sino una señora. Se había dado cuenta por mis escarpines, de una tela de tan buena factura; ella, en cambio, siempre iba con chanclas de madera cuyo ruido, como de cascos, la hacían parecer una yegua.

Mis escarpines son horribles, protesté, son más viejos que yo, porque eran de mi hermana y antes fueron de mi madre, no protegen del frío y se empapan cuando llueve y, a decir verdad, ahora ya no siento mis dedos, pero ella estaba desesperada y no me dejó hablar. Era cierto que conoció al padre de su hijo a los doce años y se dieron las manos y él se había casado con ella, pero no delante del sacerdote, con testigos y papeles. Solo se lo había prometido. Cuando se echó a llorar, secándose los ojos con la manga del vestido de paño, sentí tanta tristeza por ella como por mi hermana. No sabría decir ahora quién de las dos fue más engañada y traicionada.

Y ahora la había abandonado, prosiguió, por una que tenía dote. ¡Trescientos escudos! No como ella, que no tenía ni un perro en el mundo y solo podía disponer de los cincuenta prometidos por la Cofradía dell'Annunziata y ni siquiera podría contar con ellos porque ya no era honesta. Y ahora, concluyó, ya no podía seguir ocultándolo. Pensé que estaba aludiendo a su panza, pero desolada, se tocó la gasa pegajosa.

Con la navaja de mi buen tío, yo habría marcado la mejilla de Cosmo Macconi. Lo habría obligado a llevar el recuerdo de su traición el resto de su vida. Me di cuenta, con diecisiete años, en la buhardilla de Marta Castiglioni, de que la ley de los hombres nunca sería la mía. Pero me presenté desarmada en la oficina del novio de mi hermana. No quería la sangre del florentino. Quería a Albina.

Macconi se aferró a santa Niega. Negó tener esposa, novia a la que le hubiera dado la mano, amante e incluso conocer a una romana soltera llamada Marta Castiglioni, hija del difunto Caprio, sastre. Lo negó todo, desdeñoso y molesto, pero estaba fuera de sí, con el rostro bilioso y deformado por la rabia, y, si no hubiera estado, en el cubículo de al lado, el copista dedicado a transcribir un documento, me habría estrangulado. Cuando le dije que entonces no me quedaba otra salida que denunciarlo al Tribunal del Gobernador por bigamia, se rió. Estúpida marisabidilla engreída, la palabra de una mujer no vale nada. Si creía que así me intimidaba, conmigo se había equivocado.

De hecho, será mi padre quien os acuse, le anuncié. Y si no le habéis dado palabra de matrimonio a la Castiglioni, peor para vos: habéis desflorado a una impúber y el verdugo os colgará en la Piazza della Trinità, delante de la casa de vuestra víctima. Tened la certeza de que el día de la ejecución los Bricci estarán bajo el estrado para rezar por vuestra alma.

Macconi me lanzó el tintero. No creo que quisiera darme, pero lo esquivé por los pelos. No me desposé con ella, juró por el código de leyes y el Evangelio, ni tengo intención de casarme con ella, no estoy unido a ella por ninguna promesa. Y yo no la desvirgué, esa Castiglioni es una rabiza perdía, a la que el pedazo de cornudo de su padre vendía ya de pequeña. Yo no la preñé, ese cochino coño de reputa habrá concebido al bastardo con otro.

Siempre pensé que la cobardía es más reprobable que la mentira. Tengo cierta simpatía por los mentirosos, pero me repugna quien no tiene el valor de afrontar las consecuencias de sus acciones. ¿Cómo se comportará con su esposa un hombre que reniega así de su amante y madre de su hijo? Nunca, nunca un gusano semejante se casaría con mi querida hermana Albina. Si no queréis que os denuncie, romped el compromiso, le propuse. Buscad cualquier pretexto.

En cualquier caso, vuestra hermana saldrá damnificada, constató Macconi, recuperando el control de sí mismo. Puedo asumir la culpa, pero nadie lo creerá. Todos pensarán que Albina Briccia tiene alguna tara. No encontrará otro marido. Ni vos tampoco. El deshonor de una mancha a todas las mujeres de casa.

Lástima, dije rápidamente. Tendré que renunciar a la boda. Y Albina tal vez terminará siendo una solterona, pero al menos se ahorrará los cuernos. Devolved inmediatamente el anticipo de la dote a mi padre. Y desapareced: Roma es grande, nunca más volveremos a oír vuestro nombre. Pero si os atrevéis a dejaros ver de nuevo en las Tre Colonne, mi hermano os mostrará de lo que es capaz un Briccio y os colgará los huevos del cuello.

Creo que les robé las chanzas, las palabrotas y las injurias a los personajes de mi padre. Yo, que no me atrevía a abrir la

209

boca delante de desconocidos, que pensaban que era frágil como un mosquito, había hablado con descaro y seguridad, como si fuera otra persona. Yo no era aquella, pero podía fingir que sí. Me alejé con la cabeza erguida, impresionada de mí misma. Mientras me escabullía escaleras abajo, porque no quería darle a Macconi tiempo para alcanzarme, me repetía que ningún hombre me trataría a mí como a Albina ni como a Marta Castiglioni. No dejaré que me engañen con promesas, sonrisas, regalos, ni con palabras de amor. Y, si para hacerme respetar, he de hacer que me teman, lo haré.

Pero Cosmo Macconi tenía razón. La ruptura del compromiso, sancionada ante el notario el 15 de enero de 1634, fue una tragedia para Albina y para mi padre. Ninguno de los dos supo nunca las verdaderas razones de ese abandono repentino, grosero, irrevocable. Basilio y Benedetto Mansueti guardaron el secreto, yo también, de manera que mi padre responsabilizó a su hija por el desastre, y la hija al padre, y ambos continuaron apreciando a Macconi y lamentando haber perdido a un excelente yerno y a un marido perfecto.

La Cofradía dell'Annunziata le dio a Marta Castiglioni los cincuenta escudos de la dote. Resultó que se los había prometido en 1622, cuando era de verdad una niña pobre y honrada. El día en que la cofradía se los entregó, Marta hizo anotar en el registro de la notaría que se había casado con Cosmo Macconi ese año.

Macconi cogió ese puñado de monedas, se trasladó a la otra orilla del Tíber, se fue a vivir con Marta y reconoció a su hijo. Lo llamaron Carlo. Con el paso del tiempo, Castiglioni ya no tuvo necesidad de estropearse los ojos y los dedos remendando medias y faldas. Se convirtieron en una familia más.

Quince años después, se mudaron al mismo edificio en que vivía mi hermana. Ella no sabía quién era su vecina, pero yo reconocí a Marta por la cicatriz. La piel de la mejilla se había relajado, dándole a su rostro una sonrisa perenne e involuntaria. Ella ni me reconoció. Estaba con su hijo. Carlo estudiaba y luego llegó a ser él también copista de la curia. A veces pienso que esa vida me la debe a mí, como si, de algún modo, yo lo hubiera colocado en el mundo. Carlo Macconi es el primer hijo de los que no tuve.

Nunca vi el rostro de sor Eufrasia della Croce. La conocí cuando ya vivía entre los muros del monasterio de San Giuseppe. Me reunía con ella en el parlatorio: las carmelitas descalzas de Capo Le Case, una joven comunidad de monjas fervientes, seguían por voluntad propia la regla más rigurosa y los arabescos de las celosías de hierro que nos separaban formaban una retícula tan tupida que la hacía menos real que una sombra.

Tenía las manos pequeñas, del color de la leche, que sobresalían por las mangas negras de su hábito, y no sé nada más sobre su cuerpo. La mujer que iba a convertirse en mi amiga más querida siguió siendo un fantasma. Nunca la abracé, ni la miré a los ojos. Los agujeritos en las celosías estaban dispuestos de tal manera que ella no podía distinguir ni mis rasgos ni mis formas ni yo los suyos. No sé si era alta o menuda, morena o rubia, corpulenta o consumida por los ayunos. Su voz profunda parecía alcanzarme desde el fondo de un pozo. Cuando yo llegaba, ella ya estaba en la celosía; cuando me marchaba, se quedaba allí detrás, absorta, como si quisiera prolongar la conversación.

Eufrasia era capaz de silencios infinitos. No había estudiado, ni había leído libros, no había tenido contacto con nadie

212

más que sus padres y su tío, un sacerdote; rara vez había salido de casa y, de Roma, adonde había llegado de adolescente, apenas conocía la iglesia de su parroquia, pero su simplicidad, en vez de embrutecerla, la había hecho sentir curiosidad por todo, igual que una niña. No obstante, la primera vez que fui a visitarla, ya había cumplido treinta y ocho años.

Más tarde supe que, a diferencia de casi todas sus hermanas, que entraron en el monasterio siendo unas niñas para recibir una educación y luego se quedaron, ella entró a los veintisiete años y tomó los votos al año siguiente, pero de su vida anterior no sé nada, porque ella la consideraba irrelevante. Comencé a existir, me dijo una vez, solo cuando Jesús me concedió la gracia de amarlo y de embellecer mi alma permitiendo que mi corazón se convirtiera en la habitación donde puede descansar para siempre, es decir, cuando la puerta del monasterio se cerró tras de mí.

Me senté en el taburete de los visitantes y sor Eufrasia me pidió que me acercara. Más, más, insistía, hasta que apoyé la frente en las celosías de hierro. Yo sabía que no podía verme, pero intentaba recomponer en su mente los contornos de mi figura, como en el juego en que un niño tiene que unir los puntos numerados para descubrir la imagen oculta. Tenéis el rostro duro y noble de una emperatriz romana, querida Plautilla, concluyó, basándose en no sé qué inspiración. ¿Vos también creéis que la cara refleja el carácter y el destino?, se aventuró, apresurándose rápidamente a precisar que nuestro intelecto, que es divina intervención, por su naturaleza libre, no puede ser violentado ni por la fuerza de las estrellas, ni por ninguna conexión con la materia del cuerpo: tal vez, de todas formas, la fisonomía natural podría ayudarnos a conjeturar sobre nuestra inclinación... Pero no me dio tiempo de formular una respuesta. Me rogó que me quitara los guantes. Quería verme las manos.

Tenía miedo de que pudiera haber quedado en mis dedos

o en mis uñas alguna costra de color y vacilé, pero obedecí al instante. Tenía la vaga sensación de que me había convocado para un examen y de que algo bueno ganaría con ello si lo superaba. Sor Eufrasia me invitó a apoyar las palmas de las manos en la celosía. Ella hizo lo mismo. Nuestras manos no se tocaban. Las suyas eran rechonchas, con las uñas cortísimas. El confesor le había dicho que mi padre había ilustrado el libro de Ingegneri, la *Fisonomía natural...* ¿Lo había leído? ¿Me acordaba de lo que decía de las manos?

Me quedé estupefacta. Nunca me hubiera imaginado una pregunta semejante formulada por una monja carmelita. La Iglesia condenaba las intenciones adivinatorias de la fisonomía y toleraba esa teoría solo si estaba al servicio de la medicina de los humores: para mi padre, las ilustraciones de ese volumen supusieron una pérdida de dinero y una fuente de problemas.

Sor Eufrasia afirmaba que se acordaba de mí, cuando era niña: ya nos habíamos visto antes, nuestros padres se reunían con frecuencia, ambos habían trabajado para los banqueros Costa y los príncipes Colonna. Quizá fuera así, pero yo no guardaba ningún recuerdo al respecto. Al fin y al cabo, su padre había trabajado para muchos banqueros y príncipes, mientras que el mío apenas había escrito acerca de la boda de un vástago de los Costa y había pintado escudos de armas y árboles genealógicos de los Colonna solo en una ocasión. Y aunque los Benedetti procedían de un pueblo de la Sabina más remota y se habían asentado en Roma desde hacía algo más de veinte años y nosotros los Bricci procedíamos del corazón de Roma, los Benedetti tenían relaciones con la corte, con los cardenales y con los papas y habían llegado a ser lo suficientemente ricos como para borrar su origen oscuro, mientras que los Bricci, no, y esto, en el mundo, habría bastado para separarnos.

Lo siento, hermana Eufrasia, admití, confundida. Leí el

volumen de Ingegneri, pero hace muchos años. Recuerdo que el obispo de Capodistria dedicaba muchas páginas al pelo, a su color y a su falta, a las arrugas, a los dientes, hasta a la barba de las mujeres, pero de las manos hablaba de pasada y solo en relación con los brazos. Los brazos largos, es decir, aquellos en los que las manos llegan hasta las rodillas, revelan un ingenio agudo, arrogante y ambicioso. Los brazos cortos, un ingenio tímido, deseoso del mal ajeno.

Mis brazos son cortos, suspiró sor Eufrasia, y mis dedos pequeños como los de un niño, pero no os he hecho esta pregunta para conocer la predisposición de mi naturaleza. Dios la conoce mejor que yo y hará un buen uso de ella. Ha sido para saber si también se puede pintar con los dedos tan cortos. O si a los pintores se les piden largos y ágiles, como a los músicos que tocan el clavicordio y a los bordadores...

El cuerpo no tiene mucha importancia, respondí, cada vez más confundida. Lo imprescindible es gozar de buena salud. El oficio de la pintura es agotador. Se muelen los colores, se está de pie, se mantiene el brazo levantado durante horas. La debilidad sí puede ser un obstáculo. Los dedos... basta con que sean diez, pero también he conocido a pintores, amigos de mi padre, tullidos o aquejados de gota, que pintaban solo con cinco o incluso menos, y uno de ellos sujetaba el pincel entre el pulgar y el índice del pie y le salía mejor que a muchos otros.

Sor Eufrasia estalló en una carcajada argentina, infantil. No creo que riera muy a menudo. Explicó que tendría que haberme dicho inmediatamente por qué me había hecho llamar. Hacía ya un año, tal vez más, que había oído hablar de una joven núbil de trece años, que estaba pintando una Virgen y no era capaz de completar la cara... Me sobresalté, porque entendí de inmediato adónde iría a parar nuestra conversación. La interrumpí, pero no fui capaz de distraerla.

Desde la primera vez que le llegó noticia de aquello, pro-

215

siguió Eufrasia, había querido conocer a aquella a quien la Virgen María le había concedido tanta gracia, pero le costó bastante tiempo averiguar su nombre. La Briccia, la hija del Briccio... Me confesó, con franqueza, que llegó a envidiarme tanto que ya no podía dormir por las noches. Por eso se prohibió a sí misma buscarme, para castigarse. Desnudarse de su propia voluntad, renunciar a todos los placeres, alejarse de las cosas que a una le gustan, es una obligación para una monja carmelita. Había derrotado a ese pecado suyo, aplastándolo como si se tratara de la cabeza de una serpiente, pero aún lo expiaba y todas las noches después de las oraciones se sometía a la disciplina. Las laceraciones en la espalda que no acababan de cicatrizar se infectaron y la priora la reprendió por la dureza con que castigaba su cuerpo. Dios detesta los excesos. Las carmelitas descalzas de San José podían azotarse solo una vez a la semana.

Pero ahora ya no me envidiaba. Al contrario, quería ser mi amiga. ¿Le concedía este privilegio? Sor Eufrasia della Croce, dije tratando de quitarle importancia a aquello, no merezco vuestra envidia ni tampoco ninguno de vuestros elogios. Cuando pinté esa Virgen no tenía trece, sino dieciséis, y no... Os equivocáis, querida mía, se apresuró a corregirme. Los elogios de una pobre pecadora ingrata como yo son esputos de un tísico para una artista a la que la Virgen María ha elegido como mensajera suya.

La desazón me ataba la lengua. Tenía la boca seca y no era capaz ni de tragar. Habría querido confesárselo todo, y también justificarme, porque no había sido idea mía. La había padecido, como tantas otras cosas. No había luchado contra ella lo suficiente, tal vez, de todos modos, no pude impedirla.

No recuerdo nada de lo que hice después de que Giò, la noche de la procesión de san Omobono, se despidió en el umbral de casa. Solo que me dejé caer al suelo de mi habitación. Era como si me hubiera caído en un abismo. Ya nada me importaba, porque había entrevisto mi felicidad y la había perdido. Se me negaba la vida que habría querido tener. Le recé a Dios que me matara en ese momento. No esperaba nada del futuro, y no quería vivirlo.

Supongo que pasé esa noche en un estado de sopor que no era ni sueño ni vigilia. No tenía percepción de mí misma. Mi cuerpo, el corazón, la sangre, los órganos internos, continuaban con su trabajo mecánico, pero era como si yo ya no me perteneciera. Podía verme a mí misma, pero desde muy lejos. La muchachita que había sido Plautilla estaba acurrucada en el suelo, con las rodillas contra el pecho y la mejilla pegada a los ladrillos, pero yo estaba ausente. No podría alcanzarla. Yo era la llama que agonizaba en la lámpara, la carcoma que roía en la viga del techo, la gota de lluvia que rodaba sobre el encerado de la ventana.

No sé cuánto duró. Al día siguiente mi madre me encontró con fiebre alta, esa vez no se trataba de una invención mía. Dos días después, tal vez fueran tres, cuando me recuperé, arreglé mis cosas: estaban muy desordenadas. Los pinceles húmedos, el pórfido en el que molía manchado de azul marino, en la paleta los montoncitos de color todavía frescos. La tela que recubría el caballete, algo apartada, dejaba entrever la esquina derecha del lienzo. Ese lienzo, mi *Virgen con Niño...*

La cara estaba ahí. Delicadísima y definida. Las mejillas sonrosadas, la boca de color carmín, esbozando una sonrisa. La luz arcana e invisible que venía de la derecha proyectaba una tenue sombra en el cuello de María y del Niño.

Siempre he negado que yo completara esa Virgen y, de hecho, no tengo consciencia de haberlo hecho. Basilio sostiene que la pinté en sueños. Albina está convencida de que la pintó mi padre, para promocionarme, pero no podía quedar más lejos de su estilo.

Ese cuadro siempre me ha provocado malestar. Me habría

gustado tenerlo girado contra la pared, escondido por esa tela descolorida, pero mi padre se enamoró del mismo y quiso tenerlo sobre la cama. Puso debajo un jarrón de flores y una vela, como si fuera un altar. Su habitación siempre estaba en penumbra y los amigos que le visitaban ni siquiera se fijaron en él.

Tiempo después, una noche, le visitó fray Plauto, el pintor carmelita, de la Traspontina. Mi padre y él se pusieron a charlar del tema del día: los horóscopos y los presagios. No se hablaba de otra cosa en Roma desde que se descubrió que hasta el mismo papa daba crédito a la teoría del influjo de los astros en los individuos y esperaba a que le indicaran la posición de los planetas antes de tomar cualquier decisión. De las constelaciones a los meteoros y los cometas, la conversación se fue deslizando hacia las epifanías sobrenaturales de lo divino y, para finalizar, a las *vera icon,* es decir, las imágenes no pintadas por mano humana.

Roma presume de la más impresionante. La mantienen guardada en el sanctasanctórum, en la Scala Santa, porque es el paladín de Roma, su talismán: Roma existirá mientras exista ese icono. En apariencia, es una tabla de madera como tantas otras. Representa al Santísimo Redentor, pero ahora solo se le ve el rostro. El resto del cuerpo está enterrado en un sarcófago de plata tachonado de piedras preciosas, y los pies han sido consumidos por los bálsamos, los ungüentos y los besos de los fieles. Los ojos de Cristo son tan grandes y tristes que le dan a quien se cruza con ellos la impresión de que Dios lo mira, creador melancólico por nuestra imperfección. Mi padre siempre nos llevó a las procesiones en las que se exhibía el icono del Santísimo Redentor y, en todas las ocasiones, clavábamos nuestros ojos en esos ojos, temblando. Mi padre sostiene que se trata de un autorretrato de Dios.

Tal vez fue en ese momento cuando se le ocurrió la idea o tal vez ya lo llevaba pensando desde hacía algún tiempo. El

hecho es que soltó allí, como distraído, sin darle demasiada importancia, la historia del rostro de la Virgen de mi cuadro, que se había pintado por sí solo. Si estaba bromeando, su voz, seria, no permitía intuirlo. Fray Plauto se tragó el anzuelo como un pececillo hambriento. Enseñádmelo, suplicó, y mi padre lo instó a que levantara la mirada.

No sé qué vio fray Plauto en esos ojos dulces y en ese rostro de madre, idéntica a muchas otras. Se emocionó y quiso bendecirme, persignándome. Supongo que les contó esta historia a sus hermanos, y sus hermanos, a los fieles a los que asistían, en el hospital y en las calles de Borgo. Algún tiempo después, una viuda llamó a la puerta preguntando por la Virgen milagrosa. Mi madre la invitó a marcharse y la mujer le ofreció una moneda para poder rezar ante la imagen. Mi madre, sorprendida, se negó, murmurando que nosotros somos gente devota, no charlatanes vendedores de humo.

Salí corriendo hacia mi padre, furiosa. Le pregunté si la Virgen podría perdonarlo, y perdonarme a mí, y respondió que ya nos había perdonado. La Virgen tenía que ayudarme, porque él ya no podía seguir haciéndolo. Estaba seguro de que ese prodigio me permitiría hacerme con un nombre. Dejemos que crezca la curiosidad, que todo el mundo desee ver a la Virgen pintada por una niña virgen y completado por la Virgen misma. Causará impresión. Plautilla, de alguna manera hay que empezar.

Y ahora ese fantasma de monja me estaba devolviendo su fascinación, con una ternura para la que yo no estaba preparada. Nunca querría mentirle a una mujer así. Eufrasia era entera, indivisa, un alma cándida como un copo de nieve; nosotros, los Bricci, solo somos actores. No sabemos y no podemos hacer nada más que representar un papel. Nuestro único orgullo es ser también los autores del guión. Y yo no era ni siquiera eso.

Desde que empezó esta comedia, vivo con miedo a ser

desenmascarada como una impostora. En cierto sentido, lo deseo. Sois vos, sor Eufrasia della Croce, la persona a la que me gustaría elegir para hacerlo. Esa Virgen mía de la que todo el mundo habla la recreé partiendo de un grabado del Briccio, quien a su vez lo había copiado de un dibujo del *cavalier* d'Arpino. No quería pintarla y, de hecho, no lograba hacerlo. Me la había encargado mi padre, como una prueba: cuando concluyen su formación, los aprendices deben ser capaces de concebir y pintar un cuadro de formato medio o grande. A mí, como mujer, nunca me lo habrían pedido. Sin embargo, la prueba tenía que superarla de todos modos: un día tendría que poder escribir con el pincel en una obra mía las palabras INVENIT-PINXIT, si es que realmente quería ser pintora. El lienzo estuvo en el caballete durante meses. Lo completé únicamente porque el joven pintor del que me habría gustado ser amante, y lo habría sido, de no haberme quedado dormida antes, como víctima de un hechizo.

Pero no le dije nada a sor Eufrasia. Tal vez me lo impidió su entusiasmo. O la presencia en el locutorio de la multitud charlatana de los parientes y de los benefactores de las carmelitas o, más aún, la conciencia de que no estábamos solas, sino que la oyente, una monja anciana elegida entre las más recelosas, se sentaba junto a ella, aunque yo no pudiera verla, saboreaba cada una de nuestras palabras, las memorizaba y estaba lista para informar a la priora. Callé por vergüenza o por malicia, aún no lo sé.

En nuestro primer encuentro, Eufrasia me trató con una cortesía exagerada, considerando mi edad y mi posición social, inferior a la suya. Se preocupó incluso por Basilio, que me había acompañado, pero al que no habían autorizado a entrar en el locutorio porque a sus casi catorce años representaba para las monjas un peligro mortal. San Giuseppe está al pie del Monte Pincio, detrás del Corso: mi hermano había ido sin duda alguna a curiosear por los talleres de los pintores. Los había a docenas en el barrio. Ojalá no se haya resfriado, se lamentó Eufrasia. Tenemos que velar por nuestros hermanos menores... La campanilla anunciaba el cierre del locutorio cuando, con la voz reducida a un susurro, confesó que ella también quería pintar.

Siempre había sido su sueño. Tan extraño, antinatural y vergonzoso como para no haberse atrevido jamás a hablar de ello. Ni con su familia ni en el monasterio. Si lo revelara, la habrían relegado a la enfermería, para preparar aceites, medicinas y tintas que las monjas fabricaban y vendían para su sustento. Era yo, la favorita de María, la persona que ella había elegido para confesar su secreto. Mientras me decía estas cosas, me di cuenta de que había perdido mi oportunidad. Ella me había abierto su corazón, yo se lo había ocultado. No podríamos llegar a ser amigas, nuestra relación se basaba en una asimetría que ya no podría rectificar. Me sentí mortificada: aquella era la primera vez que alguien me elegía a mí y a ella, quien me había elegido, yo le correspondía mal. Me dije a mí misma que nunca regresaría al locutorio.

Me rogó que le facilitara los trucos que le resultaran útiles para su formación. Por desgracia, su padre, que también estaba inscrito en la Accademia di San Luca, no le había transmitido sus conocimientos de dibujo, ni le había permitido mirarlo bordar. Y en clausura no tenía posibilidad de recibir clases. En San Giuseppe, todas las monjas estaban obligadas a aceptar las cosas contrarias a su sentimiento y su gusto. Por eso –susurró tan suavemente que tuve que aplastar el oído contra la celosía–, ella fingía odiar las imágenes. Conociendo su fanática aversión hacia la pintura, la priora le permitiría tener alguna en su celda. Es más, la forzaría a hacerlo.

Ese razonamiento me mareaba, pero me sentí halagada de que se hubiera dirigido precisamente a mí: aún no me atrevía a considerarme una artista. Quizá me hubiera ofrecido la oportunidad de ser perdonada. Le prometí que le prestaría mi cuaderno de dibujos. Copias de Rafael, Guido Reni, Arpino, Pietro da Cortona. Se lo llevaría la siguiente semana.

Mejor no, se apresuró a decirme, no sois pariente mío directo y sois soltera. No se os admite en entrevistas, la priora ya ha hecho una excepción, no os permitirá regresar al locutorio tan pronto. Las reglas aquí son muy rígidas. Tened la amabilidad de dejárselo a mi hermano.

Fue allí, en la celosía del locutorio de San Giuseppe, donde por primera vez oí hablar de Elpidio Benedetti. Nos tenemos mucho cariño, suspiró Eufrasia con voz soñadora, nos lo confiamos todo. Siempre nos hemos ayudado uno al otro. Aún no he podido acostumbrarme a la idea de que nunca más volveré a abrazarlo.

El señor Andrea Benedetti, su padre, quien, con el paso de los años, se había convertido en un mojigato casi delirante, la crió en el terror al infierno, de cuyos tormentos la ilustraba todos los días. Le inculcó la convicción de que el mundo, máquina corrupta de pecados, es en sí mismo una anticipación del infierno y de que cada acción que aquí se lleva a cabo puede conducir al infierno de verdad. Por eso ella había abandonado el mundo de buena gana. Pero Elpidio, no. Le habría gustado llevar a Elpidio al monasterio, consigo. Trece años menor que ella, lo había mimado casi como una madre. Durante el noviciado, para quebrantar su voluntad según lo previsto por la regla, las superioras la privaron de sus cosas más queridas, impidiéndole verlo, pero ella aún sufría su ausencia. No poder acariciar su pelo, no poder estrecharle la mano, acercar la mejilla hasta su frente para notar si tenía fiebre... A veces aún se despertaba sobresaltada, en mitad de la noche, con la hiriente impresión de tener los rizos de él en sus labios.

Cuando entró en San Giuseppe, renunció a su herencia para dar a sus hermanos Elpidio y Gaudenzio y a su padre la posibilidad de vivir mejor. Mientras vivió en casa hicieron que se sintiera una carga y así era como siempre se había considerado Eufrasia. Aunque reacio a ello, también Gaudenzio ingresó en el monasterio de Sant'Onofrio en el Janículo para hacerse fraile, y por el mismo motivo. De ahí que Elpidio, favorito de su padre, pudiera continuar con sus estudios y algún día pudiera llegar a casarse y perpetuar el nombre y la sangre de los Benedetti. Sor Eufrasia estaba segura de que Elpidio llegaría a ser alguien y su éxito le daría valor a la renuncia de ella.

¡Tenéis un alma noble!, exclamé, admirada, estoy segura de que vuestro hermano os lo agradecerá. No me debe nada, me corrigió, la *renunciatio et donatio* la hice por mi propia voluntad. Era el 17 de abril de 1628, me dijo, y don Giovanni Paltrinieri, hermano de su madre y su padre espiritual, la acompañó al notario. Se consideraba ya sor Eufrasia, aunque aún no había hecho la profesión de fe, estaba asustada y solo tenía prisa por volver a San Giuseppe. El notario leía, y el tío sacerdote, sabiendo que ignoraba el latín, le susurraba las fórmulas, de las que solo entendió que afirmaba entrar en el monasterio con fervor religioso y el concepto de que su renuncia era perpetua e irrevocable. No obstante, aún recordaba de memoria el pasaje en el que afirmaba haber hecho esta donación *ex pura mera et vera liberalitate mea*. El notario le hizo firmar un documento de tres páginas del que ella no había leído ni siquiera una línea. Su letra era insegura y temblorosa y, entre esos hombres doctos, se avergonzó de su ignorancia.

En la voz de Eufrasia no había rencor ni resignación, al contrario, vibraba una alegría tal que dejaba entrever cierto sometimiento respecto a mí. Yo no habría sabido sacrificarme por Basilio. Aunque ese habría sido mi deber. Pero soy demasiado orgullosa y, mientras la salud me lo permita y la vejez no me despoje de la posibilidad de trabajar y de mantenerme, nunca me he considerado una carga.

Os lo ruego, me dijo, ved a Elpidio por mí. Miradlo bien, e imprimíos en la mente cada detalle de su rostro. Y luego dibujadme a lápiz un retrato suyo. Hace ya ocho años que nos separa la reja, aún era un niño la última vez que lo vi, habrá cambiado. Pero no le llevéis vuestros dibujos a casa. Mis padres desaprobarían esta pasión mía por la pintura. Mi madre pensaría en un capricho; mi padre, en un pecado. No es así, pero prefiero no hablar de ello todavía. Perdonadme. Necesito de verdad vuestra ayuda. Elpidio acaba de licenciarse y ya no tiene que asistir a las clases en la universidad, podrá ir a vuestra casa cuando os resulte más cómodo.

En ese momento fui yo quien le dije que no podía justificar ante mi padre la visita de un joven como Elpidio Benedetti y sor Eufrasia se apresuró a proponer una cita en un lugar que no nos comprometiera a ninguno de los dos. Bastante cerca de Porta del Popolo, en la esquina del Babuino, en el convento de los carmelitas descalzos de Monte Santo había una pequeña iglesia. Su confesor era uno de esos padres. Podía ir yo, el próximo viernes, una hora antes del avemaría y, si alguien me preguntaba por qué motivo había ido allí, podría decirle que estaba buscando al padre Camillo, quien, sin duda alguna, no estaría en ese lugar, porque acaba de partir para Sicilia. No debía tener miedo a comprometerme: la conversación duraría unos minutos, el tiempo suficiente para entregar mi álbum a su hermano y para memorizar los rasgos de su rostro.

Fue esa falta común de libertad, la mía y la de su hermana, la que hizo que Elpidio y yo nos conociéramos al margen de toda regla y conveniencia. Y ya no hubo vuelta atrás para nosotros.

Benedetti se me acercó con pasos silenciosos, cauteloso, arrepentido ya de estar a punto de cometer una acción ilícita. Llevaba una carpeta con libros bajo el brazo. Debían de pesar lo suyo porque la descargó con alivio sobre el mostrador. Ladrillos de Derecho, explicó con una sonrisa. Tenía unos dientes bellísimos, grandes, blancos y regulares.

La teoría fisionómica me había enseñado que los dientes son fruto de la mezcla de las partes húmedas con las partes secas, son el cimiento del cuerpo, exactamente como los cimientos lo son de las casas que construyen los arquitectos. Los dientes grandes, densos y robustos revelan un hombre fuerte de cuerpo y de espíritu audaz, de complexión gallarda como los leones, de confianza, libre de sospecha y predispuesto a actos magnánimos.

Muchos años después conocí a una princesa parisina muy experta en el tema y me explicó que un hombre nunca es feo cuando tiene buenos dientes. Es la única belleza que resulta útil. Si lo hubiera sabido antes, me habría avergonzado menos de haberlo encontrado tan atractivo.

Soy el primero de los Benedetti que termina unos estudios universitarios, comenzó, para impresionarme. Debería ser feliz, pero soy el insecto más desgraciado de la tierra, porque ahora tendré que buscarme un trabajo y mi juventud se acabó. Flavia, me refiero a Eufrasia, es decir, sor Eufrasia della Croce, os habrá dicho que licenciarme me atraía lo mismo que dispararme un arcabuzazo en la cabeza, pero no se puede elegir, ¿verdad?

Siempre se puede elegir qué clase de hombre se quiere ser, dije, repitiendo la lección moral sobre la carta de Pitágoras que mi padre me había impartido. Mi padre había escrito sobre ello un opúsculo que se agotó en pocos días y estaba muy orgulloso de él: me obligó a aprendérmelo de memoria. De mi petulancia en ese nuestro primer encuentro siempre me he sentido avergonzada.

Vos habéis estudiado, señor Benedetti, conocéis el griego. Habréis visto la letra ípsilon. Es la más importante del alfabeto. Tiene solo un pie, pero luego se divide en dos partes. La parte derecha es fina y empinada y en la cima tiene un plano; la parte izquierda es gruesa, pero acaba girando hacia abajo como una rama de palmera. Pitágoras la utilizaba para referirse a los dos caminos que continuamente se nos abren en la vida por delante. Uno es estrecho e incómodo de recorrer, requiere esfuerzo, sacrificio, trabajo, pero luego se suaviza; el otro es ancho, cómodo y fácil, pero luego se curva y no conduce a ninguna parte. Todo el mundo tiene siempre estos dos caminos por delante. Es libre de elegir el suyo. Quiero decir, señalé, vosotros los hombres siempre podéis elegir.

Elpidio Benedetti me miró con curiosidad. A los veinticinco años era alto y delgado como un títere; vestido de negro, con el pelo negro, tenía algo de cormorán. Y las facciones irregulares, como si su creador hubiera ensamblado diferentes modelos, esbozando diferentes identidades: la nariz corta de chorlito, las orejas triangulares y protuberantes de zorro; los ojos de un gris melancólico, muy juntos, pequeños y recelosos de pájaro; la mandíbula dura y los pómulos prominentes de soldado, los labios regordetes de meretriz; la sonrisa sagaz de cortesano o, tal vez, de sacerdote. El Ingegneri le habría atribuido un alma lujuriosa, gran ingenio, mucha locuacidad, larga vida.

Ípsilon, ípsilon, me acordaré, repitió, divertido, mientras aferraba con destreza el álbum que le tendía. Me percaté de que quería abrirlo, pero no lo hizo. Se limitó a mirarme, con esos penetrantes ojos grises suyos. Me pregunté qué le habría dicho Eufrasia de mí.

¡La hija del Briccio! ¡Qué suerte, un padre escritor!, exclamó entonces tan alto que el hermano lego encargado de barrer la iglesia se volvió, molesto. Sois el primero que piensa eso, señor Benedetti, sonreí, estúpidamente animosa. Todos nuestros demás conocidos creían que la grafomanía del Briccio era nuestra cruz. Benedetti debió de considerarme ingenua, porque no me di cuenta de que se estaba burlando de mí.

227

Lo leo desde que aún tenía los dientes de leche en la boca, explicó con una sonrisa sardónica, pero, por desgracia, no puedo decir que sea un lector suyo. El Briccio fue mi castigo. Si pecaba, mi padre me obligaba a leer libros edificantes. Siempre y solo escritos por religiosos. Una vez que llegué tarde a la misa en sufragio por el descanso eterno de mi abuelo, me hizo aprender el papel de Judas en *El desenclavamiento de Cristo de la cruz* y una vez que me porté injustamente con mi hermana me infligió *El martirio de santa Cristina, virgen*... El autor era un fraile. O eso fue lo que creí entonces. Que ambas eran obras del Briccio, con seudónimo, me lo revelaron mis compañeros, en el Collegio Romano. Se pasaban en secreto sus trapacerías, las comedias, los relatos criminales... Lamento deciros que, pese a todo, no leí nada de todo eso. Tenía que aprender a componer discursos al estilo de Cicerón, narraciones al estilo de Tácito, ajustarme a la sintaxis de los leguleyos y de los prosistas de hoy, que elaboran conceptos abstrusos y agitan el incensario ante las narices de los poderosos. La prosa vivaz de vuestro padre habría podido transmitirme una insensata aspiración de independencia. Lo último que necesito, si no quiero arruinar mi vida.

Vos ni siquiera os habéis asomado al mundo de la corte, dije, irritada por el tono fatuo con el que había condenado la obra y la vida entera de mi padre, y ya sois un cortesano arrodillado. Me adapto, sonrió Benedetti, no tengo dinero suficiente como para permitirme razonar con mi cerebro. Puedo depositar mi esperanza en ser contratado como secretario por algún cardenal. Si se sospechara que en mi cráneo se agita un pensamiento, sería despedido al día siguiente.

Sois muy impertinente, señor Benedetti, le recriminé. Si un cardenal os ofreciera un salario, deberíais darle las gracias a Dios, pero no creo que os toque una suerte semejante. No sabéis mantener la lengua entre los dientes y ese es un gran defecto, aquí en Roma. En las cortes, se aplaude o se calla.

En realidad, la temeridad de Elpidio me divertía y con gusto me habría quedado a discutir con él. Mi padre me enseñó que los hombres son como vasos vacíos: no puedes saber si son tontos si no los oyes hablar. Pero no podía entretenerme más. Los frailes de Monte Santo se darían cuenta de mi presencia, a pesar de haberme disfrazado calándome en la cabeza, casi hasta taparme la nariz, un sombrero cilíndrico de fieltro. Me fui sin decir nada más. Notaba la mirada de Benedetti en mis hombros, en la nuca, en los tobillos. Cuando en la puerta de la iglesia me giré para persignarme, Elpidio todavía estaba allí en el banco, mirándome.

Me alcanzó mientras, al pasar agachando la cabeza por delante de la taberna del Moro, frente a la que haraganeaban groseros tahúres, cruzaba la tierra de nadie frente a la Porta del Popolo. Me siguió unos pasos, mudo. Sois más interesante que vuestra Virgen, exclamó luego, torpemente. He oído decir que está pasada de moda y que si no hubiera sido la Virgen quien la completó, no tendría ningún mérito. En mi opinión, podéis hacerlo mejor.

Ya lo he hecho, repliqué, ardiendo de indignación. ¿Cómo se permitía ese recién licenciado en Derecho juzgar el trabajo de una pintora sin conocerlo siquiera?

Lo dudo, dijo Elpidio, que me pareció satisfecho al haber avivado mi cólera, a las mujeres no se les da bien el arte. Y tampoco la música ni la filosofía. Por lo que la historia me enseña, no hubo ninguna a la par con los maestros.

Podríais cambiar de opinión. Mi estudio está en Borgo Vecchio, en las Tre Colonne, encima de la taberna, dije con brusquedad, ofendida. Preguntad por los Bricci, todo el mundo nos conoce. Pinto cuadros de pequeño formato, perfectos para decorar cocinas: macetas, cestas de frutas, manzanas, peras, racimos de uvas, guindas, castañas, dependiendo de la estación, incluso pájaros y faisanes muertos sobre telas blancas

229

y, para la devoción privada, todos los santos y todas las Vírgenes, en el cielo, en majestad, pero preferiblemente con el Niño, ideal para dormitorios y bargueños. Sobre el precio podéis negociar con mi padre, él es el Briccio y actúa como representante.

Benedetti no se esperaba oírme hablar de pintura con un sentido práctico tan irreverente y menos aún una invitación tan directa. Los jesuitas le habían enseñado que en nuestro siglo quien no sabe enmascarar la verdad no sabe vivir: además, aspiraba a entrar en la corte, donde el disimulo es el requisito preliminar y la verdad solo un secreto que tiene un precio. Se puso como un tomate, como si yo fuera una mujer de vida airada proponiéndole una cita. No sabía dónde posar su mirada, sus ojos grises vagaban de mis manos a mi boca.

Yo no entiendo de pintura, Plautilla Briccia, reconoció. La he despreciado porque la asocio con las energías que le dedicó mi padre, quien perdió el brillo de sus ojos de tanto bordar capas pluviales a los sacerdotes: yo nunca trabajaré con mis manos, como un albañil, sino con el intelecto, como un señor. Si pudiera elegir en qué hombre convertirme, como vos decís, tomaría el lado derecho de la letra de Pitágoras, el camino más difícil, y elegiría ser escritor.

Por desgracia, tampoco entendéis de escritura, lo corté apresurando el paso. Soplaba el viento y yo no tenía intención de demorarme por la calle con aquel insolente. En una bolsa que colgaba de mi cinturón tenía las monedas para pagarme el paso del Tíber en el transbordador, pero hacía unos días se había producido una inundación y tenía miedo de que no saliera. El Ponte Sant'Angelo quedaba demasiado lejos para que yo pudiera llegar allí antes de que oscureciera. Y, de todos modos, tampoco podría pasar por los callejones entre San Rocco y el río, donde todas las mujeres se dedicaban al meretricio.

Benedetti saltó a bordo cuando el barquero ya estaba soltando el cabo. Quise protestar porque me había seguido, pero no quería que los otros pasajeros pensaran que me hacía acompañar por un hombre. En aquella pequeña barca sobrecargada solo logré sentarme en el banco de popa. Benedetti se abrió paso a codazos hasta mí, jadeando todavía. No debía de estar acostumbrado a perseguir una presa.

La humedad que ascendía del río se condensaba formando una niebla de plata. El agua turbia rebullía de troncos, ramas, sillas, almohadas. La inundación había sido tan potente que, al desbordarse, el Tíber había reventado los almacenes de madera y las chabolas de los barrios bajos, arrebatándoles sus pocos muebles y enseres. Bastantes habitantes de las plantas bajas habían muerto ahogados. Las olas iban sacudiendo la barca tanto que casi parecía encontrarse en el mar.

¡Qué coincidencia más feliz! Los encuentros a veces los determinan las estrellas, se justificó Benedetti, pese a que yo no le había dicho nada. Aprovechándose de la falta de espacio, se pegó a mí, mi muslo quedaba encajado entre sus rodillas. Experimentaba una agradable sensación, pero tenía que reaccionar. Los débiles no tienen mejor excusa que fingir no darse cuenta de lo que los acucia, lo provoqué. Se sentía incómodo. Gotas de sudor le perlaban el labio. Podemos oponernos a los sentimientos del cuerpo, pero no está en nuestro poder expulsar de la mente los pensamientos que nos afligen, filosofó Benedetti, cosquilleando con las puntas de sus dedos la parte interna de mi muñeca, la única parte de piel desnuda que sobresalía de la manga de mi vestido. ¿Y de qué pensamientos estaríamos hablando?, le pregunté simulando indiferencia. Solo hay uno, respondió aferrándome la mano y llevándola a sus labios, vos. Pero su rostro cambió inmediatamente de color, como si hubiera visto un fantasma. Con los ojos como platos, miraba algo, por detrás de mí. Me di la vuelta. Sobre el agua color barro, con una blancura deslumbrante, flotaba un objeto alargado, que terminaba con lo que parecía un pie. De hecho, se trataba de una pierna.

Desapareció, tragada por un remolino. E, inmediatamente, saltó desde el fondo del río, como empujada por un muelle, otra forma no menos horripilante. Una cabeza humana engalanada con el pelo rizado, de la que colgaban hebras de carne, como tentáculos. Medusa, me dije, apartando la mirada.

El ayudante le gritó algo al barquero y empujó con el bastón un cadáver –este estaba entero– que se encaminaba directamente hacia la barca. Consiguió apartarlo, pero no logró alejar un amasijo de miembros que avanzaban hacia nosotros con la velocidad de un proyectil. Esa masa, que parecía una gran pastilla de jabón, chocó contra el casco y nos inclinó hacia un lado, haciéndonos caer a unos contra otros, y el cabo se le escapó de la mano al barquero. No hubo tiempo de decir ni un amén cuando la corriente nos arrastró al centro del Tíber.

Estaba aplastada contra el fondo de la barca, con la zamarra de Benedetto en el rostro. Para no caerse se aferraba a mis rodillas. Los otros pasajeros, arracimados en la borda o también echados, nos impedían desenredarnos. Sentía sus manos en los músculos de mis piernas, una intimidad indignante e inevitable. Y mientras tanto volábamos, sacudidos por el agua, como una astilla de madera. Por encima de nosotros ya se recortaban los cipreses que coronan el mausoleo de Augusto y, al ver las cornisas del Palazzo Borghese, tuvimos la esperanza de encallar en la curva, pero al minuto dejamos atrás las torres aledañas de Piazza Navona. Todos gritábamos de terror. Sabía muy bien lo que nos esperaba más adelante, en la orilla izquierda. Y hacia allí mismo corría la barca sin guía. La mole destacaba imponente a la luz del crepúsculo: acabaríamos en los engranajes de la rueda, triturados, sin poder evitarlo. El agua bullía de muertos. Despedazados o enteros, putrefactos, todos desnudos, saltaban en los remolinos, se hundían en las pozas que los reflotaban afuera, se descomponían ante nuestros ojos. Era como estar en la barca de Caronte, arrastrada hacia el infierno.

Este es el castigo divino por mi blasfemia, gimió Benedetti, clavándome las uñas en mi carne. Dios mío, perdóname y ten piedad de mi alma. La rueda del molino de agua ya nos alcanzaba, podíamos oír su siniestro crujido, cada vez más cerca, luego un chapoteo baboso nos regó, la rueda arrancó del casco aquel bulto de carne y lo levantó, aplastándolo.

El bote pasó. La corriente nos depositó, más adelante, indemnes, sobre un montículo de barro, entre marañas de troncos, bajo el arco del Ponte di Sant'Angelo. Nuestros gritos llamaron la atención de los soldados de Castello, que bajaron a rescatarnos. Lanzaron una pasarela de tablas para que pudiéramos descender. Apestábamos a cieno, empapados como gatos. Elpidio y yo, mortificados por la culpa de sentirnos atraídos mutuamente y de haberlo incluso confesado, no nos atrevíamos a mirarnos.

Debe de haber sido también una advertencia divina. Pero los barqueros del río dieron otra explicación. Hacía unos días, debido a la inundación, se había roto un sepulcro, dijo de manera prosaica el barquero al oficial, sacudiéndose de encima despreocupadamente un mechón de pelo canoso que le había llovido al hombro. Pesqué unos diez el sábado y otros quince ayer. Los demás cadáveres se los llevó el agua. Los recuperan por todas partes, hasta la desembocadura.

La explicación nos bastó. Benedetti me estrechó la mano en la suya y su rostro ya no conservaba el menor rastro de arrepentimiento. En la confusión, se le había caído el sombrero. Y no solo eso. Lo que yo había creído que era cabello negro tan solo era una peluca. Su pelo era castaño, cortado y afeitado en redondo en la coronilla. Había recibido la tonsura. Sabía que ya me había fijado en eso. Ya no podía ocultarlo. Aun así, Elpidio se caló el sombrero. Una cascada de agua turbia le

233

cayó a la cara. A los quince años, mi padre logró que el más eminente de entre sus clientes me asignara un beneficio de San Pedro, me susurró Benedetti. Tenía que ser mi dote para continuar con mis estudios. Recibiría unos cuantos escudos cada mes, para toda la vida. Me aseguraron que en todo caso el beneficio podría devolverlo. Que a cambio de todo esto solo tenía que llevar el hábito eclesiástico y la tonsura abierta, emplear el producto del beneficio en mi honesta manutención y, si en alguna ocasión las rentas superaban mis necesidades, las utilizara en favor de los pobres. Que solo me pedían que no fuera hereje, incorrecto, infame, necio, furioso, simoniaco. Y que viviera en el celibato. A los quince, las únicas mujeres que conocía eran mi madre y mi hermana y creía que todas las demás eran como ellas, oración, contrición, arrepentimiento: una compañía no demasiado deseable, a fin de cuentas. Acepté feliz el beneficio perpetuo y hasta el día de hoy he estado convencido de que había obtenido unas buenas ganancias. Tenía que conoceros, Plautilla Briccia, para entender a qué me pidieron que renunciara.

No seré el pecado que envenene vuestras fuentes de salvación, le dije, con una picardía que en primer lugar me sorprendió a mí misma. Me alegra saber que no creéis en el diablo, respondió. Creo en él, pero no le tengo miedo, respondí. Sonrió. Él sabía, como sabía yo también, que acabábamos de conocer a alguien que iba a ser importante. Una convicción que no habríamos sabido cómo explicarla –éramos solo dos jóvenes inexpertos y solitarios– y, pese a todo, absoluta, como una predestinación.

Vendré el próximo sábado, Plautilla, prometió. Hui por la pasarela tan rápido que mi guante se quedó entre sus dedos.

Había pasado con él menos de una hora. Todo lo que me había dicho me había molestado. Su singular fealdad me incomodaba. Su talento para decir siempre lo incorrecto, irrespetuoso y ofensivo hacia su interlocutor casi era extraordinario. No habíamos hecho nada más que discutir y ofendernos. Una legión de muertos había saludado el amanecer de nuestros sentimientos. Y, por su culpa, al no haberlo sujetado bien, mi preciado álbum, con mis mejores dibujos, resultado de años de esfuerzo, había caído al Tíber. Peores presagios no podían haber saludado el comienzo de nuestra amistad. Sin embargo, o por esa misma razón, no veía la hora de que llegara.

A mi hermana le anuncié la visita de un beneficiario de San Pedro interesado en comprar uno de mis pequeños cuadros. ¡Un clérigo!, exclamó Albina, con una mueca de decepción. Sacerdotes, frailes, obispos, cardenales, abades, sotanas por todas partes, María auxiliadora, ¡ayúdanos! Qué desgracia ser una mujer honesta en Roma... Albina se reía, pero, por desgracia, decía la verdad. El sesenta por ciento de los habitantes de nuestra ciudad eran varones, pero a pesar de estar nosotras en minoría, siempre éramos demasiadas, los monasterios no eran suficientes para contener los excedentes y casi todas las familias custodiaban a sus solteras. Los abades, los sacerdotes, los frailes necesitaban prostitutas o mujeres casadas, no muchachas respetables.

¿Este beneficiado tuyo es clérigo seglar, sacerdote o un laico que solo viste el hábito eclesiástico?, se interesó de todos modos Albina. Le respondí que no lo sabía. Benedetti no parecía particularmente temeroso de Dios, no llevaba sotana y llevaba peluca, infracciones que podrían costarle la excomunión. Bueno, reverendo o sacerdote, no hay mucha diferencia, suspiró Albina. En cualquier caso, se trataba de un clérigo, es decir, para una soltera, el más pernicioso e inútil de los hombres.

Albina quiso, de todas formas, mejorar mi aspecto, descuidado, en su opinión. Trazó con el peine una raya perfecta en la parte superior de mi cabeza, luego peinó con el hierro dos rizos para que mejoraran la forma del rostro y, con pasa-

235

dores y retoques, arregló para mí el más elegante de sus tres vestidos. No conocía ni a un solo beneficiario que hubiera renunciado a su título por una mujer. El dinero siempre prevalece sobre el corazón, pero ¿quién puede conocer realmente el futuro?

Y Elpidio Benedetti no apareció por allí.

Aquella propuesta únicamente contemplaba adhesión entusiasta y gratitud eterna. Desde el día de la licenciatura de su hijo, el señor Andrea Benedetti besaba manos arrodillado con reverencia en las antecámaras de los cardenales y de los prelados titulares de cualquier oficina de la curia, para quienes antaño había bordado mantos y casullas, ofreciendo los servicios de su hijo, brillante estudiante de retórica, filosofía y derecho, de mente ágil y despierta y carácter dócil, en definitiva, dotado con todas las cualidades que harían de él un secretario perfecto. Su esfuerzo resultaba algo inútil, pues en Roma abundaban los jóvenes como Elpidio, ni sacerdotes ni laicos, dispuestos a abrazar uno u otro estado según las conveniencias, romanos o forasteros, nobles o burgueses, pero recomendados con argumentos más sólidos. El señor Benedetti se encontraba ya en el abismo del desaliento cuando el mayordomo del cardenal Barberini lo llamó con urgencia a palacio.

Hasta entonces, el señor Benedetti no había obtenido aún audiencia allí arriba y ese día esperaba solo quejas del cardenal patrón por algún defecto de la capa pluvial que le había entregado hacía poco tiempo. Una presunción, sin duda, tal vez un detallito distinto respecto al modelo aprobado por Su Eminencia. Quizá ese sería el pretexto para retrasar

237

el pago. Los descabellados gastos de los generosos Barberini acababan repercutidos en las cuentas ínfimas de los artesanos menos necesarios.

Andrea Benedetti encontró al cardenal Francesco muy alterado, en un sorprendente paroxismo, extraño a su naturaleza flemática, que le habría resultado completamente incomprensible si, antes de hacerle entrar, el mayordomo no le hubiera advertido de que Su Eminencia temía por la suerte del pintor Romanelli. El de Viterbo, ayudante del señor Berrettini, lo servía con tal celo que casi se había matado de agotamiento. Desde hacía semanas yacía en cama, agotado por las fiebres. Barberini había cultivado a ese joven como una flor rara, lo exhibía para realzar su reputación y no podía hacerse a la idea de perderlo. Lo alimentaba con manjares preparados por su cocinero y lo hacía cuidar como si fuera de la familia.

El sobrino cardenal le encargó a Benedetti que le proporcionara cuanto antes una manta bordada con hilo de oro, para poder envolver a Romanelli en el abrazo de la cruz. Los remedios prescritos por su médico personal se habían demostrado inútiles y solo la fe podía salvar al joven.

Benedetti elogió zalamero la estupenda magnanimidad de Su Eminencia, que se volcaba tanto en un simple pintor. El cardenal respondió indignado que quería a su fámulo como a todos los jóvenes de su familia. Benedetti no dejó escapar la oportunidad y se apresuró a decir que eso era por todos conocido: había de saber el cardenal que otro joven, su amado hijo Elpidio, suspiraba por entrar a su servicio.

El cardenal Francesco se había olvidado de Elpidio, uno entre los muchos hijos de sus clientes a los que había beneficiado, y desconfiaba de su padre: de hecho, el bordador papal se había visto implicado hacía unos años en un sórdido juicio por sodomía, del que había logrado ser absuelto presentándose como víctima y no como cómplice de la fechoría, pero la

238

sospecha manchaba todavía su reputación a los ojos de Barberini, que aspiraba a la santidad. Se dijo a sí mismo que podría utilizarlos a ambos alardeando de favorecerlos. Ese pedante de Benedetti le venía que ni pintado.

¿Vuestro hijo está buscando un empleo?, indagó, reanimándose repentinamente de su postración. Benedetti asintió, impenetrable, ocultando magistralmente la esperanza que rebullía en su corazón. Siento un sincero afecto por vuestro hijo, proclamó el cardenal, y estoy seguro de que llegará a ser un fiel camarero. Que se considere empleado. Que venga a registrarse como tal por la tarde y firme los papeles. Que se presente mañana al amanecer, con ropa de viaje y un único baúl. Partirá mañana mismo desde Ripa Grande, si el río resulta navegable después de todas estas lluvias. De lo contrario, esperará en palacio con el resto del séquito.

¿Partir?, tartamudeó Benedetti, sorprendido. Su hijo Elpidio nunca había salido de Roma excepto para ir, en verano, a la aldea de Poggio Mirteto donde la familia Benedetti todavía tenía propiedades, la capilla de la iglesia y, lo más importante, la tumba. Tiene que ir al extranjero, lo cortó el cardenal. Estará lejos durante mucho tiempo. Conocerá a su patrón cuando llegue. Yo responderé por él.

Benedetti se postró con una reverencia tan profunda que le costó volver a levantarse. Soy vuestro más humilde siervo, balbució, intentando controlar el dolor que irradiaba desde su espalda. No se atrevió a preguntar cuál era el salario, ni las funciones, ni el nombre del patrón de quien Elpidio se convertiría en camarero. Prefería no saber ni lo uno ni lo otro. Porque Elpidio debería aceptar en cualquier caso el empleo ofrecido por el cardenal. En Roma las cosas funcionaban así.

Reculando para no dar la espalda a Su Eminencia, casi había llegado al umbral cuando Barberini pronunció ese nombre. Escupió de sus labios las seis sílabas con tal malevolencia que Benedetti comprendió al instante que había caído en la trampa. El puesto debía de estar vacante porque nadie había sido tan idiota como para ponerse en la situación de aceptarlo. El santo cardenal Barberini no odiaba a nadie con la sorda acritud con que odiaba al hombre a cuyo servicio acababa de condenar a Elpidio. Creyendo favorecerlo, el padre había condenado al hijo. La carrera de Elpidio en la corte de Roma ya estaba hundida. Después del papa, Francesco Barberini era el hombre más poderoso de Roma y, si lo definían como cardenal patrón, no era ninguna burla: ¿quién más contrataría al camarero de su adversario?

El señor Benedetti solo le explicó a Elpidio que le había encontrado un trabajo como camarero. Era necesario que volara al sastre para que le alargaran las sotanas de inmediato –delgado y largo como era parecía un espárrago– y al barbero para rasurarse mejor la tonsura antes de prepararse deprisa y corriendo un baúl, que se llevara lo menos posible y solo algún libro, porque los carruajes del convoy del nuncio ya estaban llenos y en el barco no podían aceptar más carga. ¿Baúl? ¿Barco? ¿Nuncio?, preguntó Elpidio con curiosidad. El nuncio extraordinario de Su Santidad, el protonotario apostólico monseñor Giulio Mazzarini, precisó el señor Benedetti. Te reunirás con él en París para acompañarlo a su sede, en Aviñón. En Francia.

¡Ah!, exclamó Elpidio, estupefacto. Caramba, nunca se habría imaginado que en su primer empleo encontraría un lugar en el círculo del poder auténtico. Los jóvenes licenciados suelen acabar copiando juicios por hurto de ganado y robo de candelabros en la iglesia y escribiendo el elogio de la pulga para algún cardenal pobre, refrendario de la signatura. Giulio Mazzarini, Mazarino, Mazzarino, o como diablos se llamase, era, en cambio, en ese momento, el hombre del que más se hablaba en Roma.

Elpidio conocía su reputación desde que, a los siete años,

entró en el Collegio Romano, donde no pasaba ningún día sin que los sacerdotes evocaran a los alumnos las hazañas de su predecesor. Porque Mazzarino también había sido alumno de los jesuitas y todo el mundo se acordaba de él. Con nostalgia y, al mismo tiempo, resentimiento. Mazzarino era el más dotado de la clase, pero utilizaba el saber como si fuera un escabel, y no una escalera, hacia el conocimiento. Y con el paso de los años, un aura de misterio se había condensado a su alrededor. Su familia tenía algunas tierras y propiedades en provincias, pero no era rica; sin embargo, él vivía como un príncipe. Semejante en todo al joven Gerolamo a quien los Colonna le habían puesto a su lado desde que era un chiquillo, para hacerle compañía y para vigilarlo, como ambos disfrutaban de todos los vicios de Roma, los enviaron a España para continuar sus estudios, licenciarse y purificarse con el rigor de las costumbres ibéricas: volvieron más desenfrenados que antes y contagiados de los vicios de España. La grandeza, la ostentación. Mazzarino gastaba en una noche más dinero del que su padre, intendente de los Colonna, habría ganado en un año. En los juegos de azar apostaba miles de escudos y siempre ganaba. Si no era un tramposo, algo que de hecho todo el mundo daba por descontado, era el hombre más afortunado de Roma.

Elpidio solo lo había visto una vez, de lejos. En marzo de 1622, durante las ceremonias celebradas para la canonización de Ignacio de Loyola, los jesuitas organizaron un espectáculo teatral. En el último momento llamaron a Mazzarino para interpretar el papel de protagonista. Su talento para la actuación resultó impresionante. Como un actor nato, consiguió que el Collegio se viniera abajo con los aplausos. Elpidio solo tenía doce años y aquel veinteañero, guapo como un caballero de romance, se le apareció como el modelo en el que inspirarse. Más tarde, tratando de no traicionar su entusiasmo momentáneo, porque de hecho Mazzarino había sido su primer amor,

241

había perseguido a todos sus conocidos preguntando qué había sido del fascinante Ignacio de Loyola, pero Mazzarino ya no estaba en Roma.

Después de graduarse, buscando un trabajo exactamente igual como terminó haciendo Elpidio, probó con la carrera militar, la más inadecuada para su naturaleza mundana y conciliadora. A pesar de ello, aquel poco prometedor capitán del ejército pontificio fue tan hábil como para apañárselas sin heridas ni desgracias, hasta poder licenciarse para ser contratado como secretario del nuncio apostólico de Milán, el cardenal Sacchetti, y de hacérsele tan indispensable que fue nombrado nuncio *ad interim* en su lugar cuando el cardenal fue llamado a Roma. En ese cargo imprevisto y superior a sus atribuciones reveló insospechadas habilidades diplomáticas, pues logró reconciliar a los ejércitos francés y español, que se enfrentaban bajo las murallas de Casale. Esa guerra perjudicaba bastante las ambiciones del papa, quien se obstinaba en soñar para Roma –un Estado sin ejército, sin industrias y casi sin economía– un papel de gran potencia europea, pero, al haber hecho firmar la paz a Francia y España, Mazzarino, en vez de ganarse la gratitud de Urbano VIII, se volvió sospechoso, porque ese joven sin blasón se había procurado un protector más poderoso que los Colonna o que los Sacchetti: Richelieu, primer ministro del rey Luis XIII, quien incluso se atrevió a postularlo para el puesto de nuncio apostólico en Francia, obligando así al papa a definirse y a negarle el nombramiento. Mazzarino, de todos modos, se fue a Francia y disfrutaba en la corte de París, mimado por Richelieu como si fuera su ahijado. Ahora el papa y el sobrino cardenal lo temían y querían deshacerse de él antes de que fuera demasiado tarde. Urbano VIII lo llamó a Aviñón para cortarle las alas. La nunciatura extraordinaria, que lo obligaba a residir en Provenza y lejos de la corte del rey, era una especie de exilio.

El cardenal Barberini pone en tus manos una carta del

padre Passavanti, ya la leerás durante el viaje porque contiene excelentes consejos para salvar tu alma. Pero antes de que te marches quiero que te confieses y te purifiques, porque tendrás que ser fuerte y resistir a las tentaciones: por desgracia, tu patrón, hijo mío, le reveló Benedetti con el ceño fruncido, es un pecador.

Elpidio asintió con gravedad, para ocultarle a su padre la alegría de entrar al servicio de un hombre de treinta y pocos años, y no de un decrépito carcamal, no menos pecador, pero empujado por el miedo a la muerte cercana a representar para beneficio del mundo su propia contrición. Elpidio tenía veinticinco años, convivir con un viejo patrón habría sido una condena.

Y, por otra parte, sobre los pecados de Mazzarino ya sabía más que el señor Benedetti. Ojos de terciopelo, cabello largo ensortijado, botas lustrosas y una daga al costado, cintas y puntillas almidonadas alrededor del cuello, los jubones más elegantes de Roma, de verbo florido, siempre dispuesto a dar regalos exquisitos y carísimos, Giulio —como lo llamaban con familiaridad los jesuitas, que aspiraban a convertirlo en uno de los suyos, mientras él los rehuía— parecía predestinado a hacer perder el alma de todo aquel que lo conociera. Seducía con dinero: provocando un clamoroso escándalo acababa de casar a sus dos hermanas con príncipes romanos, con dotes fabulosas, sin preocuparse por la obvia deducción que todos sacarían de aquello: semejante riqueza de origen desconocido solo podía ser alimentada por fuentes ilegales. Seducía con su encanto a todo el mundo: damas, prelados, pajes, cantantes. Tenía completamente subyugado a Antonio, el joven sobrino del papa; él también, cuando tenía apenas veinte años, había sido elegido cardenal por su tío. A este Antonio quería llevárselo a palacio y nombrarlo mayordomo, y solo la oposición de su hermano Francesco y del mismo papa le impidieron reclutarlo para su familia. En resumen, Giulio Mazzarino era la

243

reencarnación de Lucifer, el ángel predilecto del Señor, destinado a la caída, o el enemigo del hombre: Satanás.

Todos esos chismes, de todas formas, no solo no desanimaron a Elpidio: al contrario, lo fascinaban. Si Giulio Mazzarino había logrado escapar del destino mediocre de su padre, ¿por qué no podría lograrlo él? Con el señor Benedetti mostró escrúpulos y temores por su nuevo trabajo y, en cuanto se quedó solo, se lanzó a una danza alocada, saltando y haciendo piruetas sobre sí mismo como un saltimbanqui. Esta es mi oportunidad, se decía. Si soy hábil, no viviré horizontalmente para evitar la envidia de haberme enriquecido con el trabajo manual, como mi padre. No tendré que ser sacerdote, no moriré siendo un desconocido. Yo seré yo.

Elpidio tenía una cita conmigo esa tarde, pero fue a confesarse para no partir enfrentado con su padre; luego examinó la lista que Mazzarino, decidido a ganarse la amistad de parisinos y parisinas, le había hecho llegar, con la orden de adquirir en esta o aquella tienda de Roma confites, abanicos, cajas, aceites perfumados, libros y abalorios, y se afanó en obedecer para no partir contrariando ya a su patrón, a quien todavía ni siquiera conocía y al que quería agradar, temiendo, en cambio, ser odiado ya desde el principio como espía, porque se lo había impuesto el cardenal Barberino, quien lo enviaba a París para obligarlo a regresar a Aviñón, ciudad aristocrática, pero soporífera y provinciana y, a buen seguro, tan atractiva como una cárcel para el ardoroso nuncio extraordinario.

De manera que no nos vimos antes de su partida. Elpidio me envió a un chiquillo para que me entregara una nota escrita precipitadamente, con la tinta corrida.

«Me sumerjo en el proceloso océano de la corte, mi nueva amiga. Completamente desprevenido. Recuerdo lo que me dijisteis. De ahora en adelante, escuchad con indulgencia los chismes que os llegarán sobre Giulio Mazzarino, porque tendré que estar de su parte mientras me pague. Dejo Roma más feliz que un rey, pero con un amargo pesar que lleva tu nombre. Vuestro amigo, Elpidio Benedetti.»

Entonces comencé a interesarme por Francia. Hasta la partida de Elpidio, para mí solo era el país de donde procedía el más testarudo de nuestros inquilinos, que iba arrastrando la erre y acentuaba en la última sílaba todas las palabras; Francia era el nombre de una nación que determinaba, igual que España, la vida de la mía. Era una entidad abstracta, un Estado que sabía que gobernaba un soberano y que era administrado por una corte. Lo consideraba no muy diferente del nuestro.

Pero desde que supe que Elpidio estaba allí, intenté informarme, leyendo todo lo que podía. Mi padre había dibujado planos geográficos y mapas de todo mundo, había escrito relaciones de sucesos acaecidos en todas partes, pero Francia nunca aparecía en sus páginas. Estaba más allá de nuestro horizonte.

Hurgué entre los volúmenes de nuestra biblioteca, buscando en las páginas amarillentas alguna palabra que pudiera guiarme hasta él, que me ayudara a imaginármelo en su nuevo mundo, entre esa gente de las altas esferas que me lo había arrebatado. No encontré nada. Pero no quería olvidarlo. No podía, la verdad. Era como si hubieran interrumpido nuestro concierto después de las primeras notas. La frase musical entonada por la viola y por el clavicordio había quedado en suspenso. Y yo la completaba en mi interior. Agosto terminó, empezaron las lluvias, luego vinieron los días azules de octubre y los crepúsculos malvas del otoño. Y, cuantas más semanas pasaban, más advertía su presencia a mi lado. Lo volvía a ver tal y como me había dejado, bajo el arco del puente, mientras me estrechaba la mano con la suya, con las mejillas salpicadas de limo y los ojos encendidos por el asombro de una alegría sin nombre.

Sor Eufrasia me había rogado que le dibujara su retrato, pero yo no habría sabido justificar a mi padre la aparición de un rostro masculino en mi álbum y, después de algún intento de disfrazarlo de santo o de mártir, abandoné la empresa. Pude dedicarme a ella de noche, en el dormitorio, cuando Albina dormía y nadie podía sorprenderme.

Mi padre me había enseñado a empezar siempre por un detalle, y yo elegí la boca. Sus labios carnosos, tan impropios de un clérigo. Y luego los dientes, regulares y blancos. Mientras difuminaba los trazos de carboncillo con mis dedos, sentía estar tocándolo.

Así las horas robadas al sueño, en la oscuridad de la habitación únicamente iluminada por la llamita de una vela, se convirtieron en las más esperadas del día: era como si cada noche tuviera una cita con él. Mi vida estaba detenida, no pasaba nada cuando había luz, pero la oscuridad era nuestra.

Empleé meses en reconstruir en mi mente y luego sobre el papel los extraños rasgos de su rostro y para transmitir a esa imagen fija la vivacidad de la vida. La vibración del pensamiento y del sentimiento. Pero cuando el Elpidio Benedetti de mi dibujo al final llegó a ser tan parecido al de mi recuerdo hasta llegar a superponerse al mismo, me di cuenta de que nunca podría entregar a sor Eufrasia ese retrato. Ese joven que sonreía –irónico y divertido– en la hoja de papel, clavando sus ojos de halcón en aquellos que lo observaban, no era su hermano. Era diferente, porque era yo quien lo veía así. Era un hombre y era el mío.

Escondí el dibujo bajo el colchón y, en los meses siguientes, me dediqué a una tarea que a cualquiera le habría parecido una tontería, pero en modo alguno lo era. Lo iba empequeñeciendo poco a poco, hasta que se volviera tan diminuto como para poder encerrarlo en un medallón, un colgante, un amuleto que llevar bajo la camisa.

Y así, aunque Elpidio Benedetti no regresara nunca de

Francia, aunque nunca acudiera a nuestra cita, yo siempre lo llevaría conmigo.

En diciembre, sor Eufrasia logró que me permitieran entrar en el locutorio para mantener otro encuentro. Me dijo que nada más llegar a Francia, en Rueil, cerca de París, en el castillo de Richelieu donde residía Mazzarino, todavía molesto por el largo viaje, su amado hermano Elpidio había sido recibido por Su Majestad: lo habían acogido con benevolencia en calidad de camarero de Mazzarino tan apreciado por él. Yo no me lo creí. Me parecía un alarde inverosímil. ¡Elpidio Benedetti, tan patoso e incapaz de soltar ni una sola palabra en francés, delante de Luis XIII! Ni siquiera podía imaginarme aquella escena.

Su puesto oficial era «camarero de cámara». Un papel subalterno en las grandes familias, lo que lo colocaba por detrás del mayordomo, del maestro de cámara, del ayuda de cámara, del maestresala y del cocinero privado: era menos que el auditor, que el capellán, que el bibliotecario, que el gastador y que el médico, pero más que el trinchante, el barrendero, el credenciero y el caballerizo. Su salario era apenas mayor que el de los pajes y de los palafreneros. Pero en realidad las denominaciones importaban bien poco y solo servían para fijar el salario: Elpidio era el secretario de Giulio Mazzarino.

A qué se dedicaba el secretario de un nuncio extraordinario lo ignoraba por aquel entonces y lo sigo ignorando todavía. Elpidio me dijo en cierta ocasión que aprendió precisamente gracias a Mazzarino que, en el primer empleo, lo que importa sobre todo es comprender al patrón y solo entonces desempeñar la tarea que se nos ha asignado: es así como uno se hace necesario. Aunque nunca se puede estar plenamente seguro del favor de un grande.

En París, con gran disgusto por su parte, permanecieron poco tiempo. El papa le había asignado la tarea de llevar de re-

247

greso a Mazzarino a Aviñón y tuvo que cumplirla. No había ido a Francia para recibir un favor, sino para intentar merecerlo. Lo cierto es que Mazzarino pospuso su partida cuanto pudo, con un pretexto u otro. A los franceses no quería darles la impresión de que lo trasladaban por negligencia y, a la corte de Roma, que perseguía sus propios intereses, en detrimento del papa. El retraso generó malestares, chismes e insinuaciones tanto en Roma como en París, pero finalmente tuvieron que partir.

En Aviñón, Mazzarino cayó en un estado de profunda melancolía: se consolaba del aburrimiento celebrando fiestas y recepciones repletas de damas bellas, ingeniosas y disolutas, a las que, no obstante, por desgracia, no se dignaba invitar a Elpidio. Solo lo llamaba para jugar en el salón convertido en garito de juego, pero, al cabo de una hora, ya se cansaba, mientras que él se habría quedado en la mesa hasta la noche, observando, más que las cartas, obstinadamente adversas, las gracias de la resuelta madame d'Empus, a la que juzgó expugnable, pero a la que la inexperiencia y la cortedad de dinero a su disposición le impidió acercarse (años más tarde, se reconcomió las entrañas al enterarse de que la hermosa señora se había hecho amante de otro colaborador de Mazzarino, premiado por otra parte por sus servicios con el título de obispo de Fréjus, un nombramiento que dejó a todo el mundo estupefacto y, más que a nadie, a madame). O bien le pedía distraídamente consejo sobre una comedia que se le había ocurrido montar, inspirada en las que le habían divertido en París, la historia de una pastorcilla que se enamora de un ciego, pero fue incapaz de escribir ni una sola línea.

El camarero-secretario se hospedaba en el espectacular palacio del nuncio apostólico, tenía un estudio e incluso su propio sirviente, pero rara vez lo convocaba el patrón y le informaba solo de sus actividades más insulsas. Aparentemente, Mazzarino se preocupaba por justificarse ante el papa: negó haber tenido aquellas conductas inapropiadas en París que habían merecido la llamada a Aviñón y negó haber perdido sumas excepcionales en el juego y afirmaba que solo había jugado para entretener a Richelieu. Se escribía con su amigo Paolo Maccarani; imploraba a Antonio Barberini que intercediera ante su tío para dejarlo regresar a Roma, pero, durante cuatro meses, no obtuvo respuesta y el silencio del joven cardenal, en quien depositaba sus esperanzas, lo sumía en la desolación. Estas cartas las escribía en clave y era Elpidio quien traducía las palabras a números.

Pero en secreto, sin su conocimiento, Mazzarino confesaba a sus amigos de París su desazón por dejar 106.000 liras de deudas por haber entregado como depósito de garantía todas las joyas y la platería, aparte de contraer nuevas deudas. Y buscaba con desesperación a alguien que le prestara al menos 52.000 liras para reembolsar al agente del cardenal de Saboya, quien las exigía para mayo. La enormidad de esas sumas dejaba a Elpidio aturdido: no sabía ni siquiera cuantificarlas.

Además, Mazzarino se prodigaba en halagos a Richelieu, llegando a escribir a un amigo del ministro que habría preferido ser el jardinero de Rueil, aunque tuviera que ocuparse todo el día de las fuentes, siguiendo las órdenes del conde de Nogent, porque al menos ese gran hombre lo habría mimado con algún apodo afectuoso: un personaje que despertaba adoración en cuanto lo conocías. Y Elpidio, que devoraba como una novela esa correspondencia que debería haber ignorado, pensaba, afligido: qué obra maestra de sumisión, de astucia, de cortesanía. Bueno, yo podría decir lo mismo. Si este patrón mío fuera jardinero, yo preferiría ser siempre su rastrillo antes que Elpidio Benedetti en casa de mi padre en el barrio de Ponte. En cuanto lo conocías, lo amabas.

Mazzarino iba aún más lejos. En los mismos días en que simulaba con el falso sordo Antonio Barberini que quería regresar a Roma, conspiraba con Richelieu para ser llamado a París y ponerse al servicio del rey y de la reina Ana.

Por mucho que disminuía en Roma su confianza en él, lo cierto es que hacía unos años Richelieu había presentado a Mazzarino a los soberanos de Francia: la pareja de monarcas peor avenida de Europa. Él, beato, alérgico a la mujer e impotente; ella, sensual y prepotente, rubia con los ojos azules, española de nacimiento y de lengua, pero llamada por los cortesanos franceses «la vaca»; Luis XIII y Ana de Austria se odiaban, se evitaban y no dormían juntos desde hacía décadas, eso si es que lo habían hecho en alguna ocasión, hasta el punto de que no habían concebido herederos. El hecho de que Mazzarino los hubiera seducido a ambos, con la dulzura y la gracia que lo distinguían, había sido una verdadera obra maestra. De diplomacia, de encanto, de clarividencia.

Pero si el nuncio dictaba las cartas dirigidas a Roma a su desdeñado secretario, le ocultaba las dirigidas a París, temiendo que informara del tema al cardenal Francesco.

Elpidio tardó unas semanas en descubrirlas, y no sabía cómo revelarle que no solo guardaría silencio sobre esas maniobras con Barberino, sino que también esperaba que llegaran a buen fin. Estaba dispuesto a seguirlo. De hecho, le rogaba fervientemente que lo llevara a París con él. Francia lo había conquistado desde el primer día. Hermosas las mujeres, libres las conversaciones, agradable el paisaje, musical la lengua, disolutos los jóvenes y los ancianos, los eclesiásticos y los laicos, todos impresionantemente expertos en cuestiones de amor y de sexo. Para él, que había crecido a la sombra de la cruz, obligado a la virginidad para poder continuar sus estudios, Francia fue inmediatamente el jardín del Edén.

Nunca me escribió. Me olvidó muy pronto. Los hombres de mi vida han podido descubrir el secreto de la felicidad en otra parte. Nunca he salido de Roma. Y he tenido que consumir una existencia para comprenderlo.

Hacía casi dos años de la marcha de Elpidio cuando, una mañana de abril, recibí una invitación de Romanelli. La nota llevaba el sello de los Barberini: las abejas. El tono era formal. Me invitaba a su estudio, en el Palazzo della Cancelleria, para «una academia artística». Si me la hubiera enviado antes, esa nota me habría turbado. No esperaba otra cosa. Si me hubiera propuesto reunirme con él en un viñedo o en una posada infame, habría ido. En cambio, la leí sorprendida, pero indiferente. La rompí. ¿Quién era Romanelli ahora para mí? ¿Por qué imaginaba que acudiría moviendo la cola a su llamada?

Pero luego lo pensé mejor. Consulté con Albina, preguntándole oscuramente qué habría hecho ella si Romanelli reapareciera y le pidiera que volvieran a verse. Iría de inmediato, respondió mi hermana, sin dudarlo. Porque ya no lo amo. Y no hay venganza más dulce.

Yo tampoco lo amaba. Así que le pedí a mi padre permiso para salir. Me lo dio, halagado de que el favorito de Barberino se acordara de la alumna de su fallido maestro, y me presenté en el Palazzo della Cancelleria, un edificio que a todos los romanos les infundía miedo porque esa mole maciza e impenetrable plantada como una fortaleza en el corazón de Roma era el símbolo mismo de la autoridad, del poder y de la irrelevancia de todos nosotros. No solo no había entrado en mi vida, sino que ni siquiera me había acercado a sus muros.

Giò me recibió en su estudio, ubicado en la planta baja. Era amplio y luminoso, y las antiguas estatuas dispuestas en pedestales o en nichos parecían observar las telas que, en varios estadios de elaboración, esperaban a secarse, a ser rematadas o completadas sobre los caballetes o contra las paredes. También había cartones para los frescos del apartamento de la condesa Matilde en el Vaticano y para los tapices que le había encargado el cardenal Barberini, dispuesto a montar una manufactura capaz de competir con las de Lyon. La cantidad y el tamaño de esas obras me revelaron lo lejos que había llegado en pocos años el amigo de mi adolescencia.

Me sentía intimidada, pero él me saludó con familiaridad, como si me hubiera dejado la víspera. Me ofreció un helado, que rechacé porque tenía la garganta cerrada por un nudo que no sabía si era de respeto o de nostalgia, y entonces me condujo hasta la pared del fondo. Un paño oscuro cubría lo que parecía un cuadro. Es el cartón para la sobrepuerta de la basílica de San Pedro, me explicó. Llevo dos años trabajando en ella y ahora ya me toca entregarla. Los cardenales de la Congregación de la Reverenda Fábrica me presionan para que vaya a la basílica para trasladarla sobre la pared. La pinto al *gouache*. No me costará muchos días. La descubrirán con una ceremonia dentro de unos meses, espero, habrá mucha gente. Pero tú eres la primera persona que debe verla.

¿Yo?, me sorprendí. ¿Romanelli mostrando su trabajo para San Pedro a la Briccia? ¿Con qué propósito? Lo mimaba el papa, lo adoraba su patrón el cardenal, lo valoraba el tiránico *cavalier* Bernini, sin cuyo consentimiento ningún artista podía tener éxito en Roma. Sus pinturas eran delicadas, las composiciones clásicas, las figuras perfectas, de una elegancia inigualable. No me necesitaba.

Es el encargo más importante que me ha llegado, dijo con sorprendente melancolía, y nunca habría creído que atrajera tanto odio hacia mi persona. Desde que se supo que yo pintaría en San Pedro, ya no me queda ningún amigo. Mi maestro se resintió, considera una ofensa que se me haya concedido a mí semejante honor. Que no lo merezco porque soy demasiado joven. Él, que siempre ha gozado del favor de los poderosos, no soporta que ahora este pueda recaer sobre mí, y de discípulo pasé a convertirme en su rival. La verdad es que los profesores temen que no haya más espacio para pintar en San Pedro y que sea yo el último pintor en tener este honor. La colocaré después de la capilla gregoriana, frente a la *Crucifi-*

xión de San Pedro del Passignano, sobre la puerta. La ubicación es bastante prestigiosa; si gusta, me independizaré y seré maestro. Me convertiré en el más grande. El riesgo de fracasar es muy alto. Todos me esperan apuntándome con sus pistolas. Pero el tema me resultaba tan afín que no lo dudé ni un instante. Me pagan de más. Ochocientos escudos, ¿te lo puedes creer? Y, a pesar de todo, lo habría pintado sin retribución alguna.

Pero ¿qué tengo yo que ver con todo esto?, le pregunté asombrada, porque verdaderamente no entendía nada. Tú solo tienes que mirarlo, prosiguió, jugueteando con la borla del cordón. Tú sabrás si es falso o auténtico. Lo entenderé. No te pido nada más.

¿Acaso te importa mi opinión, Giò?, le dije. Soy solo una aficionada de veinte años y mi juicio vale lo mismo que el del zapatero de Apeles. *Nec supra crepidam...* Romanelli no me respondió, tiró del cordón y la tela se retiró como una cortina. La composición era simple; los colores, claros y luminosos, como en todos sus cuadros. Había estudiado bien a Rafael y a mi padre le habría agradado. Pero una sombra oscura destacaba en el suelo, rozando el pie de una joven desgreñada. La proyectaba el cuerpo de San Pedro, que estaba a su lado, sin siquiera tocarla. Esa sombra bastaba para liberarla de sus demonios. Ella era la energúmena. La poseída, la posesa, la endemoniada. Era yo.

La joven se habría caído al suelo si no hubiera pasado san Pedro, pero el pintor no lo había pintado con sus miembros contorsionados, como habría hecho cualquier otro, para enfatizar la presencia demoniaca. Para los artistas, las posesas son siempre una oportunidad para demostrar su propia habilidad a los demás pintores y suscitar en los espectadores el terror al diablo. Solo el vestido revuelto, el pelo desgreñado y los ojos en blanco reflejaban la crisis. La había captado en el instante de la caída: el cuerpo se deshace de toda tensión y el espíritu que la atormenta la abandona. Esa sombra la protege y la cura. La salva.

El cuadro era magnífico. No había visto ninguna de las obras desde que Giò se había marchado de las Tre Colonne, pero nunca habría imaginado que pudiera pintar de ese modo.

Siento haberlo terminado y tener que separarme de él, dijo Giò, pero ya no quedaba nada más que pudiera yo añadir. No puedo mejorarlo, tan solo podría estropearlo. Si cierro los ojos, me recuerdo, te recuerdo. Yo también esa noche me acerqué a ti y mi sombra te acarició. No sé por dónde vagaba tu espíritu mientras dormías. Me habría gustado llegar hasta ti, pero nada podía tocarte. Eras libre. Fue un instante de misterio y de gracia. No viviré ningún otro como ese. Nunca estaremos juntos, Plautilla. No se nos concederá ese deseo. Este es mi homenaje para ti.

Quizá con el tiempo nos volveremos dos extraños. Pero el fresco estará allí, todo el mundo lo verá, y pasarán por delante miles, cientos de miles de peregrinos, y leerán en las guías *San Pedro libera a la endemoniada* de Giovan Francesco Romanelli, e intentarán recordar dónde leyeron el episodio, ¿en los *Hechos de los Apóstoles*? No es un verdadero milagro, ni siquiera es una curación, es una epifanía del misterio de la presencia, del bien que ejercemos unos sobre otros, más allá de las palabras y del contacto de los cuerpos, y tú me hiciste el bien a mí y yo te hice el bien a ti, y solo conozco una forma de decirlo, y nadie sabrá nunca que esta imagen habla de nosotros y, cuando tú y yo ya no estemos, ella seguirá estando y entonces también nosotros seremos siempre jóvenes e inocentes y mi sombra te tocará y hará huir a tus demonios y serás libre.

Me quedé junto a él delante del cartón, en silencio, porque no había palabras que pudiera decirle. Lo miré hasta que cada forma y cada detalle se quedaron grabados en mi mente.

254

No lo felicité por el éxito de su trabajo, ni le agradecí aquel regalo de valor incalculable y sin parangón al que nunca podría corresponder. Me enjugué los ojos con el pañuelito que saqué del bolso y dejé que viera esas lágrimas. Solo tenía que trasladar su cuadro a la pared e ir adonde la vida lo llevara. Lejos de mí.

Mi padre había logrado publicar su última obra en 1632: las que se empeñó en sacar adelante con posterioridad –entre dolores atroces, que le arrancaban gritos y gemidos tan angustiantes que nos obligaban a taparnos los oídos con cera– se acumulaban, manuscritas, sobre la mesa. El Briccio ya no podía salir a la caza de noticias y hechos extraños y otros gacetilleros habían ocupado su lugar. A mi madre le decía que solo tenía energías para una cosa: prepararse para morir. Pero antes tenía que colocar a sus hijas y a Basilio. No podía marcharse con este remordimiento.

Y ni una cosa ni la otra resultaron fáciles. Basilio, que era tan inseguro como un ratoncito, tenía no obstante una muy alta consideración de sí mismo y se negaba a ir al taller de un maestro que no fuera un virtuoso. Despreciaba a los artesanos, a los albañiles zapatones pintamonas, entre los que también debía de incluir a nuestro padre. Aspiraba a Pietro da Cortona e incluso juzgaba con desdén a Romanelli, quien, impulsado por el favor del cardenal Barberino y por las intrigas de Bernini, crecía en fama y retribuciones día tras día. Pero a un maestro virtuoso no le gustaba un aprendiz como Basilio, más avinagrado, susceptible e iracundo que un mono. Mi hermano no duraba con nadie ni dos semanas. Pendenciero, se zurraba con sus compañeros o, con apenas quince años, se permitía contestar al maestro. Según su opinión, el mundo entero conspiraba para evitar que floreciera. El destino de los genios.

Mi padre nos había repetido mil veces el proverbio que

255

dice: casar al hijo cuando se quiera y a las hijas cuando se pueda. Pero no tenía suficiente dinero para casar a las dos. Podría colocar a una y se obstinaba en centrarse en Albina. Albina, sin embargo, no quería a nadie y nadie la quería a ella. Además, los solteros a los que cabría echarles el lazo eran más raros que un perro verde. En cuanto a mí, mi padre había renunciado a buscarme marido, y lo entendí.

No había implorado para mí la dote a la Cofradía dell'Annunziata ni a ninguna otra. Cuando Albina se lo reprochaba, respondía que yo tenía ese mal secreto y que no soportaría las fatigas de un matrimonio. Y si Albina protestó con que ya no me caía tan a menudo como en otra época y que mi salud ahora ya era incluso mejor que la suya, objetaba que la mejora se debía a la vida retirada que llevaba yo y a la ausencia de pasiones y dolores. Juraba que quería protegerme. Quizá él lo creyera así de verdad. Y tal vez incluso tuviera razón. Sin embargo, yo sentía que nunca me dejaría marchar. No solo porque me necesitaba y me quería a su lado. Él me había creado. Era su nueva identidad. Debía tenerme con él, para seguir viviendo.

Por eso mis esporádicos éxitos lo estimulaban. Era fundamental que pudiera vivir de mi oficio, visto que ahora se estaba gastando sus ahorros, asfixiado, como todos los romanos, por los impuestos que imponía Barberini para costear la corte, los espectáculos, la construcción de su palacio y de sus iglesias. Cada vez circulaba menos dinero y su trabajo ya no nos procuraría más. Las comedias del Briccio se reimprimían continuamente, pero en Venecia, por lo que las ventas ni siquiera suponían un escudo para el autor. Además, en Roma sus enemigos habían puesto la lápida sobre su reputación.

Me enteré de ello por culpa de Elpidio, o gracias a él, a finales de 1637. Yo había seguido visitando a su hermana, sor Eufrasia. La regla de las carmelitas descalzas, al final, no era tan rígida como ella misma, al entrar en el monasterio de San

Giuseppe, había soñado. Siempre se mantenían en silencio, pero muchas charlaban de buena gana, rara vez asistían al coro y evitaban el refectorio. Siempre tenían que vestir ropas de paño grueso, pero alguna monja había logrado colar en la celda una prenda de vestir menos tosca; otra, un perrito, una amiga de Eufrasia incluso *Il pastor fido* y algunas novelas. Así que también yo, joven y soltera, obtuve la autorización para reunirme con ella en el locutorio. Solía ir allí una vez al mes. Ella me esperaba ansiosa, temblando, como si fuera yo su hija o su amante.

Eufrasia Benedetti era una mujer extraña, diferente a todas a las que frecuentaba o de las que oía hablar a mis conocidos. En nuestras charlas, febriles y algo exaltadas, casi siempre hablábamos de pintura. Nos gusta lo mismo, me dijo en cierta ocasión, eso hace de vos mi alma gemela. No se puede amar de verdad a quienes no nos comprenden.

Pero las nuestras no eran únicamente charlas teóricas. Las carmelitas tenían la intención de decorar algunas estancias del monasterio. En la parte donde vivían las monjas, reservada a la clausura, no querían que entrara ningún hombre para realizar el trabajo. Ni siquiera el estimadísimo Andrea Sacchi, pintor de casa del cardenal Antonio Barberini, pese a haber pintado una conmovedora *Santa Teresa rezando mientras sueña con el Paraíso* sobre la puerta del convento y tener una hermana monja tras esos muros. Por tanto, la priora había autorizado a sor Eufrasia a pintar esas estancias ella misma.

Tumbada con la cara en el suelo, sor Eufrasia había terminado confesando su pasión por la pintura durante el capítulo de culpas. Había sido castigada, flagelada, encerrada en la celda, obligada durante meses a cocinar y empaquetar medicamentos y, luego, la absolvieron. Así que cuando se lanzó a presentarse como candidata a pintora del monasterio, por amor a Jesús, a Nuestra Señora y a Santa Teresa de Ávila, los superiores se lo concedieron. En ese momento tuvo que admitir que no tenía experiencia alguna en pintura. La priora respondió que las imágenes estaban reservadas a las monjas y a su edificación y que no se les pedía belleza, sino inspiración. A la sumisión y a Dios. Su fe ardiente bastaría.

Sor Eufrasia tardó décadas en pintar una docena de imágenes. De todas ellas, solo he visto *La Natividad,* dispuesta en la puerta de la iglesia, pero hablamos tanto que, de todas formas, lo sé todo acerca de la postura de *Jesús en el pozo con la Samaritana,* del *Éxtasis de Santa Teresa,* de la expresión de la *Magdalena penitente...* Sé que son ingenuos, incorrectos, que debería haberlos pintado al fresco y no al óleo sobre la pared, y que no pudo hacerlo por desconocimiento de la técnica y por debilidad física: una mujer no puede soportar la fatiga del pincel de rodillas en el andamio, ni de pie, durante doce horas seguidas, porque un pintor al fresco no debe dejar que se seque el revoque. Sé que las proporciones son erróneas y que los colores y la luz podrían ser más efectivos. Pero sé también que cuando comen en el refectorio, cuando reciben la comunión o pasan al gran salón camino de sus celdas, las monjas se sientan o meditan bajo esos cuadros. Las imágenes de sor Eufrasia della Croce deben guiarlas en su vida y lo hacen. Y es una función sublime y noble, que ninguna de mis obras, aunque sean infinitamente mejores, tendrá jamás.

Esa mañana, sin embargo, no hablamos de pintura. Catorce meses después de su partida, Elpidio había regresado a Roma, con Mazzarino, quien había esperado en vano obtener el nombramiento como nuncio de Francia, pero una vez más Urbano VIII lo había decepcionado. Mazzarino no mantuvo a Elpidio a su servicio y, al finalizar su contrato, no se lo renovó. El motivo oficial era que se mudaba a casa del cardenal Antonio Barberini y no podía llevar consigo un camarero, mucho menos un secretario. Elpidio se quedó sin trabajo, porque Francesco Barberini a esas alturas lo consideraba ya un fiel colaborador de su anterior patrón, ahora además mayordomo de su odiado hermano, rival suyo, y Mazzarino aún no se fiaba de la lealtad del camarero que le impuso Barberini. Sospechoso para ambos, no tenía perspectivas de encontrar otro trabajo. El tío sacerdote lo exhortaba todos los días a tomar los santos votos, porque en Roma todos los cardenales quieren ser papas, y todos los prelados, cardenales, y todos los cortesanos, prelados, y si él quería progresar no podía quedarse empantanado en medio del vado. Elpidio vacilaba, aunque cada vez estuviera menos convencido de que hubiera una razón para resistirse. Nunca había venido a verme.

Según Eufrasia, su hermano estaba poseído por humores fríos y melancólicos. Desilusionado con las intrigas de la corte, soñaba con el desierto, el campo, la soledad y se pasaba todo el tiempo encerrado en su habitación, leyendo. Se enteró así del terrible insulto infligido a mi padre que, de otro modo, yo habría ignorado. Debo a la indiscreción de Elpidio uno de los días más tristes de mi vida.

A mi hermano le importa mucho vuestra reputación artística, me dijo dulcemente sor Eufrasia, tocando con sus dedos de hielo las puntas de los míos, y os ruega que lo perdonéis si se permite utilizarme como mensajera de un consejo suyo.

Me sorprende, me irrité de inmediato, porque vuestro hermano no sabe nada de lo que pinto ni le interesa la pintura. Es un literato, replicó ella, y os sugiere que os busquéis un seudónimo. Para animar a los clientes en el círculo de gentilhombres, necesitáis un nombre cautivador, culto, aristocrático. Urania Eumenia, Polinnia Europia, Mirtilla Siringa... Vuestro apellido podría causaros problemas.

Sor Eufrasia no quiso explicarme el motivo de ese consejo tan extraño y ofensivo. Susurrando, me invitó a mirar entre los brocados que hizo que me entregara la monja tornera: escondían un libro y había una hojita que marcaba el papel. Me rogó que lo leyera solo cuando estuviera sola y que no le revelara a nadie quién se lo había entregado.

Se trataba de un libro satírico titulado *Eudemia,* que había circulado mucho tiempo como manuscrito, luego se imprimió clandestinamente en Francia y lo prohibieron en Roma porque era bastante desagradable para con la corte y el papa, quien amenazó con quemarlo junto a su autor, en cuanto descubriera de quién se trataba. Apareció con el seudónimo de Nicio Eritreo. Eudemia era Roma. El autor inundaba con una avalancha de cieno la disipación de los frailes y del bajo clero, pero también los vicios de los birretes purpurados, que recibían el chantaje de los jovencitos en cuyos huertos habían plantado sus nabos, la vanidad de los académicos, de los literatos y de los pedantes; en resumen, hablaba mal de mucha gente: la verdad, de casi todo el mundo, pero lo decía con una elegancia tan aguda que incluso quienes intentaban condenarlo acababan por citarlo. La *Eudemia* remitía a la corte de Barberini del mismo modo que el *Satiricón* de Petronio a la de Nerón.

Intenté leer la página en el carruaje que alquilé para regresar a casa, apoyándola contra el cristal de la ventana, porque era un lúgubre noviembre, y las letras, impresas en una refinada elzeviriana, se confundían en la luz gris. La escena, sacada del libro VII, se desarrollaba en la tienda del librero Thaumante. Un cierto Pterotius sufre los insultos de uno de los presentes, que luego se descubre que es el autor del libro. Pero al cabo de unas pocas líneas tuve que rendirme. Estaba escrita en un latín demasiado alambicado para mí.

Incluso hoy me culpo por habérsela llevado a mi padre. Sabía que esa página hablaba de él y aun así le pedí precisamente a él que me la tradujera. Quizá lo hice por haber querido demasiado al Briccio, y deseaba liberarme de su opresión. Quizá lo hiciera por amor. Porque yo fui la única que lo respetó. Callándome lo que todo el mundo sabía, lo habría engañado. No merecía mi piedad. Era un gran hombre.

Mi padre se puso las gafas redondas, se las encajó en el puente de la nariz y pronunció con firmeza las palabras: «¿No te da vergüenza unir a los nombres de hombres tan ilustres el nombre de Giano Materassaio?» Al leer su apodo, su voz no se quebró. De hecho, me explicó que debía de ser un libro en clave, todos los personajes disfrazados con nombres latinos existían realmente y eran reconocibles para los lectores. Thaumante, por ejemplo, era sin duda el librero del Sol, en Piazza Navona, y el escritor Pterotius, Leone Allacci.

«¿No tuviste escrúpulos para añadir a las obras de tan claros autores los cánticos plebeyos de un idiota, que se cantan en las esquinas de mala muerte y en las tabernas y se garabatean en los abanicos? ¿Quizá porque te cosió gratis un colchón, por eso lo has hecho digno de estar en un mismo ramo con los doctos? Va, va, quita mi nombre del catálogo de esos literatos tuyos... prefiero ser considerado escaso en letras que hallarme al lado de Giano.»

Sentí vergüenza por él, rabia hacia Elpidio, odio al escritor que insultaba protegido por el anonimato. Mi padre dijo que ya sabía quién era ese Nicio Eritreo. En otra época daba sermones en las cofradías, escribía oratorios y representaciones sagradas, compraba cargos puramente nominales, como el de «comisario del agua de Marana», para no tener ningún poder, ninguna responsabilidad, ningún trabajo, pero tantos títulos como un marqués. Una especie de desenfadada incoherencia. Declamaba empalagosamente panegíricos al tiempo que censuraba vivir en el siglo de los elogios, en el que los hombres mediocres han acordado de manera tácita lisonjearse unos a otros para imponerse por fuerza a la fama. Se había retirado de la vida activa y vivía en una villa ubicada en Monte Mario y, desde allí arriba, como una rana tendida en un pantano, croaba tanto contra el pueblo indolente, parásito y beodo, para diferenciarse del cual se negaba a utilizar el idioma italiano, como contra los banquetes y las orgías de la corte y la corrupción de una sociedad santurrona de la que, pese a todo, había intentado desesperadamente formar parte. Un abogado apático, un cortesano idiotizado por su larga servidumbre, un religioso mojigato y sin fe, un hombre incapaz de afectos: en una palabra, un fracasado gran escritor, a pesar de todo. No era Plutarco, pero sí era capaz de contar como pocos las vidas de los hombres. Incluso las más corruptas y vergonzosas. Gozaba de gran estima en Europa.

Se puede criticar a un escritor, la sátira es legítima, observé. Pero no se puede tolerar el insulto a la persona. Es demasiado fácil destruir el honor de los demás sin pagar el precio por ello. Tenéis que escribir un epigrama igual de mordaz, padre, lo exhorté, así se arrepentirá de haber escrito estas palabras y tendrá que rectificarlas.

Es cierto que mis cancioncillas se cantaban en las tabernas y se escribían en los abanicos, manifestó mi padre, devolviéndome el libro. Y también es cierto que conocí al escritor del Vaticano, el erudito señor Allacci, cuando tu abuelo le rellenó un colchón. No hay nada deshonroso en esto.

Me gustaría decir que le prometí vengarlo, porque, de algún modo, lo hice, pero no fui capaz de decir nada. Me quedé sentada al borde de su cama, con ese libro entre las manos. El error es permanecer crucificado a nuestro propio pasado, dijo de repente la débil voz de mi padre. La gente cree saber quién eres, pero puedes ser muchos otros. Ya no soy el juglar de las cancioncitas y de las bromas. ¿Qué te parece «Saturno Millenotti»? El próximo libro voy a firmarlo así. En la vida hay que regalarse la libertad de empezar de nuevo desde cero. Si el joven supiera y el anciano pudiera, todo sería posible. Eso es, me quedo con mi senilidad y recupero mi juventud. Cambio de nombre y lo puedo todo. Me convierto en Saturno Millenotti. Un escritor de claro origen, que vive en el *otium,* recluido en su villa. Como él. Escribiría cosas nuevas. Nadie sabría nunca quién soy.

¡Qué idea más buena!, lo animé. Hacedlo, señor padre. Sabré guardar el secreto. Tendría que haberlo pensado antes, suspiró el Briccio con pesar. Cuando mi cabeza estaba repleta de historias y las palabras brotaban de mi pluma sin pasar por mi mente. Ahora todo me cuesta un gran esfuerzo. El ángel de la palabra me ha abandonado. Y tal vez ni siquiera volverá a dictarme otro libro.

Nunca había firmado un cuadro. Mi nombre lo había escondido en el reverso de la tela de mi *Virgen*. Solo yo sabía que estaba ahí. Pero después de esa noche siempre lo escribí en grandes caracteres con el pincel, para que se leyera bien. Me había avergonzado muchas veces de mi padre, en mis primeros veintiún años. Me habría gustado tener un padre diferente, más valiente, más honrado. Desde entonces, quise que todo el mundo supiera que soy la hija de Giano Materassaio. Yo soy Plautilla Briccia.

La procesión iba bajando por el camino de la Madonnella, siguiendo el féretro de Tommasa, la esposa de mi primo. El ataúd, cubierto con un paño de satén morado, se balanceaba delante de mí, ora escondiéndome, ora revelándome el brillo de los charcos en el adoquinado. Me había alegrado mucho cuando Benedetto, después de tantas desgracias, logró encontrar esposa. Juntos, él tan grande como un árbol y tan bueno como el pan; ella, una moneda de queso llena de pimienta, suscitaban ternura. El día de su boda Albina y yo pensamos que casarse también podía ser algo bonito.

Sostenía una vela entre mis manos, pero la llovizna mezclada con aguanieve que se arremolinaba en el cielo de noviembre y goteaba desde los letreros de las tiendas, las cornisas y los alféizares de los edificios corría el riesgo de apagarla en cualquier momento. La distancia que nos separaba de la iglesia de los santos Vincenzo y Anastasio, en la Piazza di Trevi, era corta, pero íbamos avanzando lentamente: el camino de la Madonnella, que baja de Monte Cavallo, es empinado y resbaladizo, y la orina de los caballos mezclada con la lluvia se vuelve resbaladiza como jabón.

Cuando los porteadores se detuvieron para colocarse sobre los hombros el ataúd, que por inexperiencia no lograban sostener horizontalmente y cabeceaba que daba miedo, me encontré junto a Albina y Costanza. Por un momento nos miramos. Las tres pensábamos lo mismo. Suspirar tanto por un marido. Encontrarlo, al final, y tener la suerte de amarlo. Y marcharse con el primer hijo. ¿Ese era el destino de todas nosotras? En el ataúd de madera de castaño podía estar Albina. Yo podía estar ahí.

Poco a poco los Bricci nos fuimos dispersando. El primero que nos dejó fue mi primo Giovanni Battista, disculpándose ante mi padre por no haber llegado a ser pintor, como a él le habría gustado, pero confesó que nunca había sentido ese deseo: se alistaba en el ejército del papa, confiando –y cuánto se equivocaba– que nunca le tocara tomar parte en ninguna batalla. Luego se marchó Costanza. Es deber del primogénito mantener a las hermanas menores. Tan pronto como Benedetto consiguió ganar lo bastante con su trabajo de fabricante de vasos y alquilar una casita encima del horno de la Madonnella, se trajo a Teresa con él, que había crecido con otros familiares. Mi padre le había aconsejado que dejara a Costanza con nosotros: para él ya era como una hija y Benedetto tenía que pensar primero en valerse por sí mismo, pero aun así se la llevó. Y unos meses después se casó. Su casero, el ilustrísimo señor Paolo Maccarani, sentía simpatía por esa familia de chiquillos y a veces tenía paciencia a la hora de cobrar el alquiler.

Aunque éramos pocos los asistentes al funeral, la hilera serpenteaba de una manzana a otra. Las antorchas lanzaban lenguas de luz en las paredes y las prendas blancas de los huérfanos, que a cambio de algunos bayocos abrían la procesión cantando, se pegaban empapadas de lluvia a los frágiles miembros de aquellos niños desnutridos, proyectando un resplandor angelical en la oscuridad, pero sus débiles voces se confundían con el gorgoteo de agua. Miraba fijamente el ataúd y volvía a ver de nuevo a Tommasa, cerúlea en la cama, inconsciente. La esposa de mi primo no se recuperó después del parto. La fiebre la consumió en veinte días. Tommasa había estado casada nueve meses. Ni siquiera tuvo tiempo de amamantar a su hijo. El pequeño Tommaso fue entregado de inmediato a una nodriza que era vecina suya y que había perdido a su bebé, pero no llegó a buen puerto. Tommasa murió sin saberlo. Ahora íbamos a reunirlos. La fiebre había consumido a la esposa de mi primo, su ataúd era ligero. Para llevarlo, bastaba con Benedetto, Andrea, su hijo de dieciséis años, Basilio y el hermano menor de Tommasa, Michele, él también un chaval de dieciséis años con la cara carcomida por la viruela. Todos éramos jóvenes. Familiares, amigos de los primos y de las primas: fue un funeral de chiquillos y todos los que nos veían pasar se conmovían.

De repente, nos embistió un fragor de ruedas y de cascos, el seco chasquido del látigo y las injurias de los palafreneros que iban sentados delante del cochero de un carruaje: gritaban que dejáramos paso y que no les tocáramos las pelotas, porque los señores iban con prisas. Instintivamente, abracé a Teresa e intenté despejar la calzada, aplastándome contra la pared del edificio. Albina hizo lo mismo con Costanza. Pero la calle de la Madonnella era demasiado angosta y el carruaje no pudo pasar. Los dos caballos de tiro chocaron contra el ataúd, que cayó al adoquinado, con un ruido sordo. Los caballos no consiguieron detenerse y, continuando con su carrera, lo empujaron hacia adelante. La caja se deslizó por la pendiente mojada como un trineo de niños cuando hay nieve.

Cuando el carruaje finalmente se detuvo, yo tenía la puerta a pocos centímetros de la cara. Había empezado a llover a cántaros y las gotas de lluvia chorreaban por el escudo de armas. De entrada, no fui capaz de reconocerlo. La cortinilla se levantó y mis ojos se encontraron con los del pasajero sentado junto a la ventana: una hermosa morenita bien emperejilada.

Los palafreneros saltaron al suelo, maldiciendo. El ataúd, al caer, se había abierto y casi volcado. Llovía sobre el rostro de Tommasa y sobre sus manos unidas. Las comadres de la barriada le habían puesto las mangas más hermosas y Albina el más elaborado de los cuellos bordado por ella. Debían cerrar inmediatamente la caja, pero la tapa había quedado más atrás, encajada bajo las ruedas. El postillón que seguía a caballo al carruaje descargó el vergajo en la espalda de Benedetto y temí que lo aplastara bajo sus cascos; le gritaba levántate o te saco un ojo y me meo dentro, mientras él, de rodillas entre los charcos, acariciaba las mejillas empapadas por la lluvia de su esposa y le rogaba que perdonara ese último insulto, como si ella pudiera oírlo. Dentro del carruaje una vocecita femenina estridente graznaba: ¿No habrán pisao a alguien? ¡Qué fatalidá, mardita sea! Y otra voz, masculina, suave, la tranquilizaba diciéndole que ese temor no tenía sentido, no, no, el choque no había sido tan violento: cuando se rompe, el hueso de un hombre cruje como madera seca... Mi vela se había apagado, pero una multitud de sombras en librea se revolvía adelante y atrás agitando las lámparas y reconocí el escudo de armas. Aquel era el carruaje de Giulio Mazzarino.

Los caballos nerviosos relinchaban, se encabritaban y, al agitarse, sacudían el carruaje como si quisieran volcarlo. Se abrían las ventanas de los edificios que se cernían sobre nosotros, la gente asomaba la cabeza por las puertas. La noticia de lo que había sucedido se propagaba como el fuego. El nombre de Mazzarino susurrado por diez, veinte labios, rebotaba como un eco. Todos los vecinos de la calle parecían deseosos de disfrutar del espectáculo. Los padres de Mazzarino vivían por allí. El padre, Pietro, era conocido por su temperamento engreído y violento. El ascenso social de su hijo lo había vuelto intratable. Si el señor Pietro hubiera sido el pasajero del carruaje, alguien habría salido mal parado.

Venga, arriba, ¿a qué esperáis?, dijo una tercera voz a los sirvientes, el concierto está a punto de empezar, despejad la calle, inmediatamente. Decidles a esos mendigos que Su Eminencia el cardenal Antonio espera a Malagigi. Entorpecer al soprano significa ofender a los Barberini. Conocía esa voz.

Al cochero se le acabó la paciencia, empezó a chasquear el látigo sobre los lomos de los caballos y las espaldas de mi primo, de mi hermano y de los dos muchachos que llevaban el ataúd, que se habían colocado en medio de la calle y no querían moverse, temiendo que los caballos de tiro acabaran pisoteándola. Malagigi: Marc'Antonio Pasqualini. Toda Roma sabía quién era. La prima de mi madre, la cantante ya retirada con una cómoda renta concedida por su antiguo patrón, afirmaba que tenía la voz de un ángel, incluso mejor que la de Loreto Vittori. Y suspiraba por la suerte que tuvo al nacer antes de que los capones robaran el escenario a las mujeres de verdad. Desde que el año anterior Vittori cayera en desgracia al haber raptado, con el consentimiento de ella, a la esposa de un pintor, despertando la cólera del papa y del cardenal Francesco –que habían exiliado al cantante y querían coaccionar a la mujer para que se retirara al convento, pues no había nacido para vivir castamente con su marido–, el nuevo favorito del cardenal Antonio era Malagigi. En Roma se decía que se habían vuelto tan inseparables como san Roque y el perro. Quien quería asegurarse la protección del joven sobrino del papa urdía alabanzas desmesuradas, le dedicaba versos, lo adulaba. Malagigi causaba estragos como si fuera el amo de Roma.

Entre los sirvientes de Mazzarino y mis familiares se desencadenó una trifulca. En la oscuridad se mezclaban improperios, blasfemias y quejas. La campana de la iglesia ya estaba llamando para la misa fúnebre. Nosotros también llegábamos tarde. Los cantores y los sacerdotes no nos esperarían mucho tiempo: ya habíamos pagado por la ceremonia. Sin ellos, Tommasa sería sepultada en silencio, como una pobretona. La puerta se abrió bruscamente, golpeándome, y me encontré delante de la cara un par de botas brillantes:

luego el tercer hombre del carruaje bajó de un salto, y era Elpidio Benedetti.

Se había dejado crecer el pelo y los largos rizos castaños caían sobre sus hombros. La perilla y el bigote, en cambio, los llevaba finos y puntiagudos. Una cinta de terciopelo rojo le rodeaba la garganta. Se vestía como Mazzarino, quería parecer idéntico a él, aunque más bien se asemejaba a un espantapájaros o al maniquí de su indumentaria. Me reconoció de inmediato y me sonrió. Sus dientes seguían siendo blancos y perfectos.

El destello impertinente que se le encendió en las pupilas me reveló que estaba sorprendido y que en otras circunstancias se habría alegrado de ese encuentro. Estaba a punto de decir algo y ya había abierto los labios. Luego se puso nervioso. ¿Tenía que contarles al señor Mazzarino y al soprano del cardenal Antonio que conocía a una de los mendigos que con esa maldita procesión fúnebre bloqueaban la calle y amenazaban con estropearles la velada? Tuvo que calcular la conveniencia y el riesgo en un instante. Quien quiera abrirse camino en ese mundo debe tratar únicamente con sus superiores.

Se dirigió a los sirvientes. Les ordenó algo, con tono calmado. No le hicieron caso. Entonces se acercó a mi primo y le dijo, con estudiada autoridad, como si leyera las líneas de un guión, que el carruaje no retrocedería ni un palmo. Tal cosa la prohibían el decoro y el honor. Le ordenaba que moviera de ahí el féretro y despejara la calle. Aseguró que, si consentía ceder el paso, los servidores de Su Excelencia el Reverendísimo monseñor Giulio Mazzarino no lo molestarían más. De lo contrario, haría que los arrestaran.

Benedetto estaba demasiado atribulado como para reaccionar. En pocos días había perdido a su hijo y a su esposa y sus sueños. Asintió. Mientras el aprendiz y el hermano de Tommasa gateaban bajo las ruedas y liberaban la tapa, colocó bien el ataúd y lo apoyó contra un hueco de la pared. Luego presionó su cuerpo contra el de su difunta esposa, para que no se cayera.

Mazzarino –porque él era el segundo pasajero– se limitó a asomar la cabeza por la ventanilla, susurró algo a los sirvientes e inmediatamente se retiró. Todos se callaron de golpe, como si les hubiera arrancado la lengua. La cortinilla se quedó entreabierta y pude ver los cojines de terciopelo carmesí, las pasamanerías, los dorados brillantes y el perfil de Pasqualini, quien lloraba presa de un ataque de nervios, temblaba y maldecía al transeúnte que se había dejado espachurrar como las uvas. Fueron necesarios varios minutos antes de que las palabras de consuelo que Mazzarino le susurraba lo calmaran.

Nunca he visto a Giulio Mazzarino tan cerca como esa noche en la Madonnella. Me pareció educado, amable y dotado de un impresionante autocontrol. Y me di cuenta de que llegaría a ser mucho más de lo que ya era: el mayordomo de Antonio Barberini. Únicamente los inseguros despotrican y se acaloran. Quienes saben cómo servirse del poder no necesitan levantar la voz.

Impasible bajo la lluvia torrencial, con el agua que desde el ala del sombrero le caía repiqueteando en el cuello de su pelliza, Elpidio siguió las operaciones y no se movió hasta que el camino por delante del carruaje estuvo despejado. Entonces, volvió tras sus pasos y pasó por delante de mí.

Esos mendigos, reverendo señor Benedetti, le recriminé iracunda y, conteniéndome a duras penas las ganas de abofetearlo, van a enterrar a una criatura que merece tanto respeto como el famoso soprano Malagigi, y tal vez más, porque nunca tendrá aplausos por haber cumplido con su deber.

Vos sabéis que lo sé, colérica Plautilla, susurró Elpidio, y os ruego que me perdonéis. Pero cuando pintáis, no importa para quién, tan solo os preocupa hacerlo lo mejor posible. Mi trabajo esta noche es el mismo. ¿Habéis vuelto al servicio de

Mazzarino?, exclamé sorprendida. Estoy intentándolo, amiga mía, y también depende de vos. No me hagáis fracasar esta noche precisamente.

Todavía estábamos en la iglesia, aturdidos por el incienso y por la tristeza, cuando me di cuenta de que, en el umbral, sombrero en mano y con el pelo hirsuto como un gato, estaba Elpidio. No sé cuánto tiempo llevaba allí. Debía de haber hecho el último tramo del camino a pie, porque alrededor de sus botas se extendían charcos de agua fangosa. Se puso a la cola para ofrecer su pésame al viudo. Luego le tendió una bolsa, de parte de monseñor Mazzarino. Tintineaba. Ha vuelto para eso, me dije a mí misma. Su patrón le ha ordenado que compensara a los mendigos por las molestias. Solo supe, más de treinta años después, que esas monedas salieron de su bolsillo. No se le había ocurrido mejor excusa para volver a verme.

Pero esa noche ni se me pasó por la cabeza, de manera que, cuando pasó por delante de mí, lo atravesé con una mirada venenosa y, cuando me dirigió la palabra, lo destrocé. Lo lamento por la señora Mansueti, empezó, ceremonioso, pero al mismo tiempo me siento aliviado. Cuando os vi tras el ataúd, tan destrozada, temí que el funeral fuera el de vuestro padre.

El Briccio está vivito y coleando, repliqué con acritud. ¡Doy gracias al cielo!, exclamó Elpidio, es que en Roma se dice lo contrario. Es más, si he de deciros la verdad, todos creen que lleva muerto hace tiempo. Entonces se dio cuenta de su torpeza y se ruborizó. Hasta las orejas se le pusieron al rojo vivo.

Basilio, receloso, se acercó dando zancadas. Sin duda alguna no me habría dejado hablar con un desconocido, pero lo saludó al llegar reconociendo así la superioridad de su posición en el mundo. Basilio Bricci, para servirle. Abad Benedetti, respondió Elpidio. ¿Hay algo que pueda hacer por su señoría?,

271

preguntó Basilio, observándonos ora a él, ora a mí, como si pudiera entender qué teníamos que decirnos. ¡Claro que no!, dijo Elpidio. Soy yo quien puedo hacer algo por vos. Me permito ofrecerles a vuestros parientes un lugar en el carruaje de monseñor Mazzarino. Gracias, ya alquilaremos uno, se escudó Basilio. Ya era orgulloso como un hidalgo y no aceptaría nunca un favor de quien lo había humillado. Tal vez no lo sepáis, pero está nevando, aflautó la voz Elpidio, con una sonrisa lánguida, dentro de poco los caminos se volverán intransitables y no encontraréis ninguno en toda la noche.

Con mucho gusto subiríamos a vuestro carruaje si tuvierais uno, dije, con dureza. Pero no subiremos al que ha profanado el cuerpo de Tommasa. Cogí del brazo a mi madre y a mi hermana y casi las arrastré hasta la puerta de la iglesia.

El emisario de Mazzarino ha sido muy cortés y necesitábamos el carruaje, vamos a caer todos enfermos, ¿por qué has sido tan grosera con él?, me susurró Albina. Me trae mala suerte, respondí. Cada vez que veo a Benedetti u oigo hablar de él, me pasa algo malo. ¡Mentirosa!, se rió Albina con curiosidad, eres demasiado científica como para ser supersticiosa. Me machacaste explicándome que la mala suerte no existe.

Estaba nevando mucho y no logramos encontrar carruaje. Vagamos en vano por los callejones de Trevi, pero en los trivios y en las plazas donde solían estacionar los carruajes de alquiler ni siquiera había una hoguera de un conductor que se hubiera ausentado. Basilio se asomó a las tabernas para preguntar y no encontró a ninguno que aún estuviera de servicio o dispuesto a realizar un trayecto. Hacía mucho frío y mi madre tosía, se quejaba del dolor en los huesos, maldecía mi mal carácter, mi mala educación, y culpaba de ello a mi padre, que me había intoxicado con delirios de gloria, y me creía quién sabe quién, hasta el punto de ofender a un abad al servicio de monseñor Mazzarino, mayordomo de Antonio Barberini, el sobrino del papa. Desgranaba la jerarquía que encadenaba a Elpidio Benedetti con Urbano VIII, para que pareciera que había insultado al mismísimo papa. Albina se quedó en silencio, pero sentía el aleteo de sus pensamientos y sabía que se estaba preguntando por qué no se había percatado de que yo había seguido pensando en ese abad Benedetti, cuya visita le había anunciado hacía tanto tiempo y a la que él nunca acudió.

Desembocamos los cuatro en el Corso, tan congelados y empapados que cuando el carruaje de Mazzarino se detuvo y se abrió la puerta, no me atreví a protestar. Me encontré sentada sobre los mullidos cojines de terciopelo, que desprendían aún el perfume dulzón del soprano, apretada entre mi madre y mi hermana, con las rodillas puntiagudas de Elpidio clavándose en las mías. Era un hombre sin carne, todo huesos. No podía evitar fantasear cómo debía de ser tocar un cuerpo así.

Elpidio no me miró ni una sola vez y habló con mi madre durante todo el recorrido, que no fue breve debido a la nieve que se acumulaba en las calles y hacía que las herraduras de los caballos resbalaran. Le hizo mil preguntas sobre la salud del Briccio, la evolución de su enfermedad, las recaídas, los tratamientos. Te dije que trae mala suerte, le susurré a Albina, enojada, es como esos viejos que solo hablan de enfermedades hasta que la diñan.

Pero es que yo no entiendo nada, señor abad, según mi marido tengo el cerebro de un ganso y, si lo pusiera en el plato de una balanza, pesaría menos que una semilla de sandía, garlaba mi madre alegremente, clavándome el codo en el costado. Debería preguntarle estas cosas a mi hija Plautilla. Ella es la sapiente de la casa. Lo lee todo, lo sabe todo. Podría sacarse un título de médico.

Déjalo ya, susurré, pero mi madre estaba lanzada. Creo que se había propuesto atrapar a Benedetti y llevarlo a nuestra casa. Con dos hijas aún solteras, un empleado célibe de monseñor Giulio Mazzarino le parecía una presa irresistible. Para conseguir ese propósito habría pasado sobre el cadáver de su amado Briccio. Y, de algún modo, eso es lo que hizo, soltándole a ese extraño nuestras cosas, incluso las más íntimas.

Desde que mi pobre marido empeoró, hace ya muchos años, explicó, Plautilla busca un remedio para curarlo. Todavía era una niña, piense, señor abad. Se habrá leído no sé cuántos tratados sobre la quiragra, sobre la podagra, sobre los humores biliosos y flemáticos que caen sobre las articulaciones... Es Plautilla quien discute de espagíricos con el boticario y de sanguijuelas con el barbero. Se la saca de la frente y también de las orejas, ni siquiera la sangre le impresiona. Nosotras, las mujercitas, nos desmayamos solo con ver una gota. Plautilla coge con las manos esos insectos abominables y los aplasta en la palangana como si fueran mosquitos. Tendría que verlo, estallan: la sangre sale a chorro, igual que de la teta de una vaca.

Madre, callaos, estáis asqueando al abad, protestó Albina, sin bajar la voz. No, no, en absoluto, aseguró Elpidio, me interesa, me interesa enormemente. Y era verdad, pero yo pensaba que estaba fingiendo y me enojaba cada vez más. Decid, señora Plautilla, me preguntó Elpidio, compungido, ¿cuántos años han pasado desde la primera manifestación de los síntomas? ¿Y qué medicamento ha resultado más eficaz para contrarrestar el dolor?

Señor abad, esta conversación es demasiado deprimente para un día de luto, lo corté, fría como el hielo. Elpidio, abochornado, se ruborizó una vez más hasta las orejas. Albina acudió en su ayuda, compadecida por su desazón. A pesar de que la habían engañado, traicionado y humillado, siempre volvía a ponerse, instintivamente, de parte de los hombres. Era incorregible. Perdonadla, cuando mi hermana está triste tarasca como un gato rabioso. Venid a visitarnos un día de estos, cuando las lágrimas se sequen, lo engatusó. Veréis cómo responde a todas vuestras preguntas e incluso a las que no le formuléis. Mi hermana lo sabe todo. Es un genio, como mi padre. Nosotros la llamamos Aristóteles. Elpidio me miró, aturdido. Sostuve su mirada.

Fue así, gracias a un funeral y a una enfermedad, como se abrió la puerta de casa de los Bricci para el abad Benedetti. Aún no sé valorar si ese hombre fue mi suerte o mi desgracia. Me temo que ambas cosas.

Mi relación con Elpidio nació bajo una mala estrella y, si hubiera creído en los presagios, la habría cortado antes de que echara raíces, pero los dolores que me habían perseguido durante mi infancia, y luego el calvario de mi padre, me enseñaron a creer más en la medicina que en las oraciones, más en los fármacos que en la Providencia. Leía tratados sobre la quiragra para aprender cómo aliviar sus dolencias y había aprendido a preparar emplastos y cataplasmas. Por eso le fui útil a Elpidio. Él hizo algo por mí, yo por él. Solos, habríamos seguido siendo dos jóvenes ambiciosos y frustrados, ricos en sueños y desprovistos de los medios para hacerlos realidad. Solo juntos fuimos algo.

El abad Benedetti se presentó en nuestra casa una docena de días después, cargado de caros agasajos: imitaba la estrategia de Giulio Mazzarino, que se había hecho de ese modo con el reconocimiento de media ciudad, la que, de no haber sido así, habría intentado por envidia arrebatarle su fortuna. Una caja adornada con una cinta roja contenía una jaula con un ruiseñor de canto para mi madre; otra, con un lazo de cinta verde, un par de guantes de piel de zorro, forrados de pelliza y perfumados con cinamomo y agua de rosa, para Albina; un rollo de cartón, un grabado antiguo de Aviñón para mi hermano, y un pequeño cofre marroquí de palo de rosa e incrustaciones de nácar, con polvo de tabaco para mi padre.

Todo el mundo lo aspira, aseguró Benedetti, es la obsesión del momento. Abren todos los días locales donde no se hace nada más que oler esa hierba americana; secada, puede masticarse o inhalarse y produce efectos beneficiosos. Le habían garantizado que el nombre no mentía: *ab hac herba salus*. El tabaco está muy indicado para cualquier malestar. Él mismo lo había probado. Hablando con todo el respeto, es astringente, utilizado antes de acostarse evita la micción nocturna, favorece el estornudo y modera el impulso sexual.

A mí me había traído una primera edición de las *Vidas* de Vasari, impresa en Florencia en 1550. Me habría gustado no aceptarla. Una muchacha nunca debe dejarse cortejar por un abad. Aborrecía a esos hombres que no eran ni libres ni castos, que no tenían más trabajo que salir de paseo y no pueden dar a las mujeres nada más que dinero no ganado o inmerecido. Pero esa edición de las *Vidas* era preciosa y acabé por quedármela.

Descubrí ese día que Elpidio podía tener la paciencia de una araña. Honró al enfermo, acomodándose junto al lecho de mi padre e ignorando heroicamente sus repugnantes manos devastadas por los tofos. Le enseñó a colocar el tabaco en la yema del dedo y a aspirarlo por las fosas nasales. Incluso le sujetó el cuenco donde escupirlo. Luego mordisqueó el pastel de membrillo con azúcar de canela recién cocinado por mi madre, simulando que lo encontraba exquisito, y sonaron convincentes sus generosos elogios a los trabajos de bordado de Albina, maestra del repulgo y del punto real, del dobladillo rizado y de la puntilla a la española. Él podría valorar mejor que cualquier otro su trabajo, lo alababa, su padre, Andrea Benedetti, bordador papal, quien tenía un taller en Ponte, muchas veces había admirado ella las maravillas creadas por su aguja...

Albina, Albina, Albina, solo hablaba de mi hermana: para mi madre, la hija mayor, todavía sin marido a los veintisiete años, era el clavo hendido en su corazón, que no la dejaba dormir por la noche.

El abad definió con gracia a Albina como una verdadera artista del encaje y lamentó que su padre hubiera encerrado la aguja en el estuche y liquidado el taller, pues, de lo contrario, podría haberla recomendado. Fingió interesarse por las pruebas de Basilio, deseoso este de mostrarle sus dibujos, y, con una sonrisa seráfica, aguantó también las fanfarronadas de mi hermano, quien, pese a la indiferencia mostrada por toda su familia, había estado planeando durante meses la decoración de los palacios vaticanos: una iconografía compleja basada en la astrología, cada habitación dedicada a un signo zodiacal según la orientación con respecto a los puntos cardinales, a los planetas y a las constelaciones en el día del solsticio de verano. Había oído decir que el papa confiaba en los horóscopos y quería presentarle su proyecto para renovar su residencia.

Elpidio estaba aturdido y todos nosotros debimos de parecerle locos de remate, pero, cuando al final nos dejaron solos, el uno frente a la otra en las sillas de cuero, yo rígida como una estatua, él luchando por encontrar cómoda la temperatura ártica del salón, a la que nosotros ya estábamos acostumbrados, pero que a él le había puesto moradas las orejas, sacó de la cartera una hoja de papel, el tintero y la pluma de oca y me susurró: Decidme todo lo que sabéis sobre la podagra, lo escribiré todo y os estaré agradecido para siempre.

Monseñor Mazzarino debería enseñaros cómo dirigiros a una joven, le regañé, ofendida, porque la vuestra es la forma menos poética de empezar una conversación.

Pero vos, doña Aristóteles, no sois como las demás, replicó, y no debéis desperdiciar vuestro genial intelecto escuchan-

277

do las bobadas de los hombres; además, nosotros no tenemos que iniciar una conversación, sino una amistad.

Solo habíamos tenido una cita, a esas alturas hacía ya más de tres años, pero el abad Benedetti me hablaba con una desconcertante falta de formalidad. Como la estima que siento hacia vos sobrepasa la que tengo hacia mí mismo, prosiguió, no voy a marearos alabando vuestra belleza ateniense –en el sentido de Atenea, belicosa e inexpugnable–, vuestros labios color de cereza picota, vuestros ojos negros y brillantes como moras maduras. Oh, podría seguir y seguir hasta la noche lanzando metáforas. Sin embargo, nuestro tiempo, lamentablemente, es breve, porque no somos nosotros dos, ay, sus dueños, y tendré que ahorrároslas. Lástima, algún verso del poema en vuestro honor ya me burbujea en la boca. Una intelectual que aplasta sanguijuelas, que tiene sal en la cabeza y miel en los labios, cuántos nuevos poemas podría escribir sobre vuestras manos de muchacha y de barbero... Pero he de ir directamente al grano.

En los últimos meses, monseñor Mazzarino me honra encargándome algunos trabajitos. No pretenderé haceros creer que estoy a su servicio. Me está poniendo a prueba, digámoslo así. Tiene muchas labores para el cardenal Antonio, quien padece la enfermedad de la riqueza: el aburrimiento. Monseñor Mazzarino tiene que inventarse cada día algo para entretenerlo y alegrarle la vida. Os parecerá extraño, pero quien menos tiene cree que tiene. Hay que organizarle una fiesta tras otra, espectáculos, conciertos, banquetes. No tenéis ni la más remota idea de cuánto dinero derrochan ambos para pagar a músicos, cantantes, actores y bailarines. Habría bastante para terminar con la miseria de Roma para siempre. Pero no podemos juzgar a quien nos gobierna. Solo podemos convertirnos en testigos de su trabajo. Creo que ya os dije que de pequeño quería llegar a ser escritor. Rápidamente me di cuenta de que nací demasiado tarde o demasiado pronto y que ese deseo no me será permitido. Acabaría en la cárcel, cuando no ahorcado o quemado, porque solo en una ciudad libre las lenguas pueden evitar la esclavitud. Y aunque huyera, terminaría como un prófugo, en la miseria, y, como comprenderéis, eso no es en absoluto deseable.

Monseñor Mazzarino me ha asignado una tarea que podría parecer humillante. Y de hecho lo es, considerando que soy un licenciado y no un asistente de hospital, y que podría aspirar a mucho más que asistir a una anciana enferma de gota. Pero la verdad no es lo que parece. Ni siquiera nos parecemos. Recordadlo. De hecho, es una tarea importantísima. Es como si me hubiera entregado las llaves de su corazón. Porque Mazzarino no ama –y creo poder decir que no amará nunca– a nadie como a esa mujer. Es la señora Ortensia Bufalini, su madre.

Hace algún tiempo tuvo un ataque violento y le diagnosticaron gota. Sufre mucho. Él teme que pueda morir de eso. El Briccio padece la misma enfermedad desde hace doce años, pero todavía está vivo. Vos lo cuidáis y algún mérito tendréis en su resistencia. Ayudadme a ayudarla.

No sabía, señor Ípsilon, que la señora Bufalini fuera viuda, comenté. El tono irónico y sarcástico que Benedetti había utilizado conmigo me incitaba a proseguir con el mismo registro. Yo pensaba que tenía un marido que podía cuidar de ella. Ay, suspiró Elpidio, con el atroz señor Pietro Mazzarino no se puede contar. Los maridos casi nunca padecen las enfermedades de sus esposas. Vuestra visión del matrimonio es algo cínica, le reproché. Me temo que tan solo es realista, replicó Elpidio, sonriendo.

Me preguntó cuándo podía volver para profundizar sobre nuestra conversación. Por desgracia, se había demorado demasiado en aquella agradable visita familiar y debía regresar sin dilación a casa de la señora Bufalini. Esta mañana se había levantado con un espantoso dolor de estómago y él no podía faltar a la consulta médica. Fingí estar muy ocupada y que debía consultar mi cuadernillo para indicarle una fecha libre. Elpidio esperó, dándole vueltas a su sombrero en las manos, sin poder disimular la impaciencia. Una semana me parecía poco; un mes, demasiado. Decidí hacerle esperar catorce días. Garabateé algo en la hoja y le dije, sin mirarlo, el 14 de diciembre de 1641 a mí me va bien.

¿Dentro de tres años?, exclamó Elpidio, sorprendido. ¿Acaso os burláis de mí? Luego el destello que iluminó sus pupilas me reveló que lo había entendido. Una mujer no puede hablar libremente y debe medir sus palabras, velarlas con alusiones y metáforas. Solo así podía permitirme el descaro de confesarle que hacía tres años que lo esperaba.

En el camarín que había sido el pequeño estudio del Briccio y ahora era el de mi hermano y mío, saqué de los estantes los tratados médicos que leía por las noches desde hacía años, junto al cabezal de mi padre cuando, tras un ataque, yacía febril y deliraba suplicando que lo ungieran con los santos óleos. Ninguno de los míos se había interesado nunca en esos libros. Albina los rodeaba con su plumero cuando les quitaba el polvo. Elegí el más reciente, de Matteo Soriano, impreso en cuarto en la ciudad de Palermo en 1635. Solo se habían impreso unos pocos ejemplares y para conseguirlo tuve que sacrificar una cincuentena de la biblioteca.

Elpidio encontró el título poco prometedor: *Tratado curioso. Discurso utilísimo acerca del mal de la podagra, o quiragra, gota caliente, fría y mixta & sus especies.* En cambio, el autor, un médico al servicio del Gran Duque de Toscana, aunque como todos los demás saqueaba los tratados de Galeno, Avicena y Mercuriale, tenía alguna experiencia empírica. Ya solo me fiaba de ella. De hecho, la segunda parte del tratado contenía recetas prácticas de píldoras y cataplasmas. Indicaba los componentes y también las dosis. Siguiendo las instrucciones, yo misma había podido elaborarlas.

Abrí el volumen. Elpidio se había sentado en la silla delante del escritorio, mientras yo había preferido quedarme de pie, porque esperaba que la posición vertical aumentara mi autoridad. Nos saltamos la dedicatoria, los sonetos de celebración, la introducción. Y también la discusión sobre las causas de la enfermedad, si procede de las sustancias del cerebro, de las partes internas del cuerpo (pulmones, hígado, bazo) o si se produce entre la piel y el hueso de la cabeza. Las causas no nos interesan: no podemos cambiar los hechos ya sucedidos, me dijo, invitándome a ir al grano. Pero este capítulo es interesante, protesté. Explique cómo la sustancia fluida se destila desde nuestro cerebro y a través de la nariz corre entre las partes musculosas y la piel fina hasta las articulaciones. Seguid adelante, Aristóteles, me sonrió. Detesto los preliminares.

Entonces comencé a leerle el capítulo IV. *Cómo purga el intestino los excrementos del estómago.* Aquellos pasajes nunca me habían parecido tan repugnantes como entonces. Elpidio, sin embargo, escuchaba con atención, jugueteando con los anillos que lucía en los dedos. El siguiente capítulo estaba dedicado a los excrementos de las venas y de las arterias. En la página 17 me detuve. Me daba vergüenza escuchar mi propia voz expresando conceptos tan nauseabundos precisamente al hombre que, aunque no supiera explicarme el motivo, habitaba desde hacía tanto tiempo mis pensamientos y que, por fin, se encontraba a mi lado.

Por eso este excremento que al ser de sustancia tan diminuta no puede verse a simple vista se llama excremento fuliginoso, me sorprendió Elpidio, que estaba siguiendo con religiosa atención. Os lo ruego, proseguid.

Será mejor que leáis vos mismo, le dije, cerrando el libro. Ahora se habla de purgas y de vómitos. Preferiría que no me asociarais con estas acciones. Leed, Aristóteles, susurró. Vuestra voz es para mis oídos una melodía celestial. No os escucharía con más gusto si estas páginas fueran una novela de amor.

Sus ojos grises estaban clavados en mis labios. La cabeza se me había vuelto pesada, los párpados se me cerraban. Sentí que me entraba sueño y me puse rígida como una roca. De alguna manera, aferrándome a la mesa, conseguí permanecer de pie. Le rogué que se marchara inmediatamente, porque no me encontraba bien. Él, inseguro, intentaba entender lo que me estaba pasando. ¿Acaso yo representaba la pérdida del conocimiento para poder rendirme a sus besos? Así era como debían de actuar las mujeres. Debí de parecerle una buena actriz. Pero mi cabeza era realmente una roca, no lograba mantener los ojos abiertos y el peso de mi cuerpo me arrastraba hacia abajo. Elpidio tuvo que levantarse de un salto para sostenerme. Estaba más asustado que yo. ¿Qué le habría pasado si mi madre o mi hermano lo sorprendieran mientras me tenía entre sus brazos?

Luego, con una insospechada rudeza, me obligó a sentarme e intentó escabullirse hacia la puerta, pidiéndome que preparara para la señora Bufalini esa cataplasma del doctor Soriano que le había mencionado. Enviaría a un sirviente de monseñor para recogerla: si le rellenaba un recibo me pagaría lo antes posible. No os permitiré que me paguéis, farfullé, ofendida. Mi saber no está en venta, y yo tampoco. Elpidio sonrió, pero no tuvo tiempo de pedirme disculpas por su enésima torpeza. Me derrumbé sobre él, exánime.

Él jura que me hizo una promesa, mientras yo yacía con la cara contra los botones de su sotana y él me abofeteaba sin contemplaciones para que despabilara antes de que llegara mi madre. Si la cataplasma funciona, volveré. Y, si no funciona, también volveré. Si no podéis curar a la madre de Mazzarino, me curaréis a mí. Estoy enfermo de soledad. Mi desmayo, sin embargo, no le molestó en absoluto. Pensó que sufría la enfermedad más dulce e incurable, para nosotros: el deseo.

La cataplasma de hojas de col triturada, huevos, aceite y vinagre, puesta a hervir en el puchero, en el que se sumergía un paño de lino que luego se aplicaba en caliente sobre los pies afectados por la gota de la señora Bufalini, resultó eficaz. O tal vez no. Ese invierno, Elpidio y yo leímos juntos todo el *Tratado* de Soriano. Mi padre le ofreció que se llevara el volumen a su casa, pero respondió con delicadeza que no quería privarlo de una obra tan valiosa para su salud y le dijo que prefería copiarlo, con mi ayuda. Mi padre, que había copiado decenas de manuscritos y libros impresos en las bibliotecas de los nobles de Roma, no encontró nada extraño en eso.

Pero no copiamos ni una sola línea. Yo fingía estar dictando y leyendo despacio, sin detenerme nunca porque el silencio habría atraído hasta el estudio a mi madre, mi hermana o Basilio. A Elpidio le bastaba con un gesto para comunicarme que tenía que empezar desde el principio. Los siete capítulos sobre el vómito –en los que se teorizaba sobre su necesidad y su utilidad, y se enseñaba a provocarlo, con los dedos o con la punta de una pluma metida hasta la garganta– nos causaron una salvaje felicidad.

Pero con el Carnaval, cuando empezaron las comedias de verdad, la nuestra se interrumpió. Mazzarino, abrumado por la organización de los espectáculos para el cardenal Antonio, reclamó a Elpidio para atender algún encargo. La cumbre de las celebraciones sería la representación, en el Palazzo Barberini, de *Quien sufre no pierda la esperanza,* un melodrama compuesto hacía años por un músico de la familia de Antonio. Elpidio decía que el cardenal Antonio le pagaba al músico el triple de cuanto le pagaba el cardenal Francesco al bibliotecario y que ello demostraba hasta qué punto era menos rentable la cultura que el talento artístico. Por eso, algún día, yo, pintora, podría mantenerlo a él, un licenciado.

Los decorados eran de Gian Lorenzo Bernini y Elpidio aprovechó los modestos recados que le encargaba Mazzarino para curiosear en el estudio del artista, que estaba preparando los telones de fondo y luego, en el teatro del Palazzo Barberini, para disfrutar los ensayos. Bernini siempre había creado los escenarios para las comedias que él mismo escribía y que representaba en su casa o en la Fonderia Vaticana, pero ahora que podía crearlos para los Barberini disponía de medios infinitamente superiores y también gastaba mil veces más. Todos los demás trabajos del estudio ya se habían detenido desde antes de Navidad, porque todos los ayudantes –escultores y pintores, hasta el último aprendiz– se dedicaban a confeccionar las máquinas, los bastidores, el vestuario.

Elpidio todavía se lamentaba de haberse perdido la representación de *La inundación del Tíber*, el espectáculo con el que el año anterior Bernini había conmocionado a los espectadores reunidos en el teatro de su casa, simulando el desbordamiento y levantando las barreras solo un instante antes de que el agua los alcanzara, y por nada del mundo se perdería semejantes artificios. Los Barberini conseguirían que tres mil quinientas personas abarrotaran su teatro. Él hizo todo lo posible para ser una de ellas. Me dijo en broma que habría estado dispuesto a manejar las sogas y a encender las mechas de los fuegos artificiales con tal de estar ahí.

Luego me contó que el libreto de Giulio Rospigliosi era refinado; la música y las voces de los cantantes, divinas; pero que cinco horas de melodrama corren el peligro de ser una lavativa para quien no es realmente un fanático del teatro musical y que en el tercer acto incluso él se había quedado dormido. Por si fuera poco, estaba resfriado, roncaba y el incidente podía dañar su reputación, porque los anfitriones no podían concebir que alguien no valorara sus espectáculos. Pero, afortunadamente, los entremeses de Bernini lo reanimaron, nunca había visto nada igual. Bernini había reconstruido la Feria de Farfa, con los comerciantes que iban vendiendo productos de verdad mientras cantaban, había hecho entrar en escena un carruaje y unos caballos también de verdad, había hecho que el sol se pusiera, y también había desatado una tormenta, con truenos, relámpagos y rayos. Su asombro, y el de todo el mundo, había sido inmenso. La velada fue considerada memorable por los entendidos: un hito en la historia del teatro musical, se hablaría de la misma durante décadas. Lástima que no hubiera podido estar ahí. Nunca he podido estar ahí, le respondí. Todos dicen que vivimos en una «maravillosa conjunción» del tiempo, pero yo no lo he visto jamás así.

De todas formas, el Carnaval de 1639 también resultó memorable para mí, pero nunca se lo dije a Elpidio. La pintora para la que imaginaba clientes de la corte con peluca y que le habría gustado invitar al Palazzo Barberini no podía mezclarse con las fiestas de la plebe, y tuve que ocultárselo.

Hacía unas semanas, se había presentado ante mi padre cierto pintor de Nápoles de ojos azules y tez negra de un africano. Lo llamaban Salvatorello, aunque su nombre era Salvator Rosa. Debía de tener unos veintiocho años. Había regresado a Roma hacía poco más de un año y quería que hablaran de él a toda costa. Había oído que Bernini se jactaba de ser un gran actor. Bueno, pues él era mucho mejor. Su intención era desafiarlo. Le propuso al viejo Briccio que lo ayudara a preparar un divertimento del que se hablaría en toda Roma.

Halagado por las atenciones de ese joven tan brillante, Giano Materassaio aceptó. Se encerraron en su cuarto para improvisar y las chanzas debían de ser divertidas, porque sus carcajadas llegaban donde nosotras, las mujeres, en la cocina, como nos habían pedido, preparábamos los tarros.

Disfrazado de Pasquarello, Rosa –a quien en Roma nadie conocía aún– se mezcló con la multitud que pululaba de plaza en plaza para disfrutar del espectáculo de las máscaras o para asistir a las carreras. Luego, sus cómplices –entre ellos, para gran envidia mía, había reclutado a mi hermano– colocaban el taburete, Rosa se subía de un salto, fingía ser un charlatán y soltaba el monólogo recién escrito por mi padre, para vender una receta milagrosa para la felicidad. Los ingredientes eran absurdos –aunque hoy, si pienso en los laxantes de comino, de *hermodactylus* y de piretrina de Soriano ya no me lo parecen– y la receta resultaba cómica, pero el público se dejaba convencer y compraba esos tarros con ungüentos que Albina, mi madre y yo habíamos llenado de cedoaria, genciana y aserrín. Luego se largaban todos y montaban el escenario en otra plaza. El desafío era conseguir representar esa venta hasta el Martes de Carnaval y después repartir entre el populacho las monedas ganadas gracias a su credulidad.

La primera noche, Basilio volvió tan excitado por la burla que le supliqué que me dejara unirme a la compañía de actores. El papa ese año no había renovado los bandos contra las máscaras de las mujeres y, si Francesco Barberini montaba una soporífera representación de los sufrimientos de san Bonifacio en el Palazzo della Cancelleria, el cardenal Antonio exigía diversión libre e impunidad para él, sus amigos, sus mujeres, sus bufones y sus bandidos: imperaba una alegre indiferencia y, al salir a la calle durante la semana de Carnaval, uno solo se arriesgaba a estropearse la ropa y la cara por un lanzamiento de huevos (aunque las consecuencias de esos lanzamientos imprudentes podían ser graves y había quienes habían perdido un ojo por las heridas causadas por las cáscaras rotas). Así que me disfracé de aprendiz que se disfrazaba de criada y yo también fui al Corso.

Rosa era un actor excepcional, su acento napolitano –verdadero y no simulado, pues había nacido en el barrio de la Arenella– hacía que la gente se partiera de risa. Y todos se apiñaban bajo el escenario para escuchar la ridícula receta del bálsamo milagroso. Cuando en la última representación, el Martes de Carnaval, se inclinó para recibir los aplausos y dijo que la ridícula receta del bálsamo milagroso era de Giovanni

Briccio Romano, me habría gustado que mi padre hubiera podido escuchar las risas del público. Le habrían compensado de las últimas amarguras. Pero también me habría gustado que de verdad conociera esa receta para la felicidad.

Solo después de haber esparcido cenizas sobre nuestras cabezas, al comienzo de la Cuaresma, Elpidio y yo pudimos reanudar nuestras lecturas. Penitenciales a los ojos de todo el mundo, menos los nuestros. El invierno se desvanecía en un resplandor rosado de flores de almendro y bolas de granizo. Me habría gustado que el *Tratado* de Soriano no se terminara nunca. A esas alturas ya nos sabíamos de memoria todos los capítulos, los párrafos, incluso las erratas. Y ambos, como si los hubiésemos examinado con una lupa, los detalles más íntimos del rostro del otro. Las cejas, los capilares, la raíz del pelo, la forma de las fosas nasales. La cercanía hacía frente a la ausencia de una chimenea, aumentaba la temperatura en la habitación, mejor que un brasero. Literalmente, nos consumíamos en el fuego. En esos meses, nunca llegamos ni siquiera a rozarnos.

Albina se casó el 26 de febrero. A pesar de haber temido yo ese día durante años, lo recibí con alivio. La peiné para la boda como una princesa, con las trenzas formando una corona en su cabeza, hilos de oro con perlitas trenzadas entre sus cabellos. Estaba preciosa, y todos nosotros, emocionados y alborotados: por una vez ignoramos la reserva y la discreción. Para que todos los vecinos la vieran, mi madre quiso bajar con exasperante lentitud y pavonearse por la resbaladiza escalera del edificio de las Tre Colonne del brazo con la consuegra, Margherita Gioviali. Una matrona altanera que parecía considerarlos a todos unos palurdos ignorantes.

Anda y que te den, siseaba Basilio, estrechando las manos de quienes iban pasando por delante, hipócritas que daban muestras de alegrarse por Albina. Incrédulos, se carcomían el hígado, porque al final, de alguna manera, ese demonio del Briccio se había hecho con la zapatilla que le sentaba bien al pie de su hija mayor, a la que todo el mundo ya infamaba como una solterona marchita, y no era un viudo jorobado, un escribano fracasado ni un pobre como Bartolomeo, el hijo del panadero de San Nicola in Carcere, que no hacía ni un mes se había casado con mi prima Costanza.

Rutilio Dandini aún no tenía los treinta años. Macizo como una roca, moreno como una pantera, los ojos de gato color esmeralda y la nariz aguileña del gran Dante. No por nada, su padre era florentino como Alighieri. Ancho de hombros y lo suficientemente fuerte como para doblar la herradura de un caballo como un guante. En resumen, era atractivo. Mejor dicho, el varón más notable que mi hermana y yo habíamos visto nunca. Por desgracia, se trataba de su única cualidad, pero aquella mañana de febrero de 1639 eso no podíamos imaginarlo.

Durante la ceremonia no lloré, Albina tampoco. Cuando mi padre le propuso al Dandini como marido, ella aceptó sin tan siquiera consultarme. Y del mismo modo ella había preferido no investigar sobre el verdadero propósito de las visitas podágricas del abad Benedetti. La víspera de la boda dormimos juntas, abrazadas, por última vez. Será extraño despertar con otro cuerpo a mi lado, observó Albina. Desde que mamá dejó de amamantarte, no ha habido noche que no estuvieras en mi cama. Veintitrés años, ¿te das cuenta? Quién sabe si dormiré veintitrés años con Rutilio o si habrás sido tú mi esposa más fiel.

Yo me preguntaba si alguna vez dormiría con alguien más en mi vida. Si alguna vez conocería un cuerpo como conocía el de mi hermana. Sus brazos blancos, su pelo largo esparcido sobre la almohada que se enredaba entre mis dedos, la trenza de la columna vertebral, las nalgas firmes como melocotones

288

de mayo, los muslos suaves, los pies fríos. Un colchón para una persona es demasiado grande.

Ya te echo de menos, Albina, le dije, rozándole con los labios su hombro torneado. El peso de su cuerpo había ahuecado una depresión en el relleno, sin ella me habría caído dentro. Me habría acurrucado en su ausencia. ¿Tendré que ponerme el camisón incluso en verano?, respondió distraídamente Albina, que ya estaba pensando en los días futuros. Ya no podré dormir con los postigos abiertos. Tú conoces mis defectos, las estrías, los lunares, las cicatrices, pero me moriría de vergüenza si Rutilio los descubriera. Para él me gustaría ser perfecta. Los amará como yo los amo, dije. Supuse que la costumbre favorecía el afecto, porque la nariz torcida del abad, el pelo de alcachofa y sus pómulos huesudos empezaban a gustarme más que las facciones regulares de las estatuas antiguas, de los ángeles de los cuadros, de los hombres considerados fascinantes. Y el olor. Solía darme la vuelta por la calle, si algún transeúnte me recordaba al suyo.

No teníamos nada más que decirnos y nos quedamos en silencio, mis brazos alrededor de su cintura, mi pecho en su espalda, mis piernas contra las suyas, cada una fantaseando sobre las noches que nunca volveríamos a compartir. Noté cómo su respiración se volvía lenta y los músculos se contraían para luego relajarse con un tirón, y solo entonces me quedé dormida. Cuando me desperté, ella ya no estaba allí. La cama estaba vacía y la luz helada del amanecer se filtraba a través de los postigos.

Al final de la misa, no obstante, nos emocionamos. Cuídate, Tilla, me susurró al oído, no hagas nada que no sea digno de la mujer que quieres ser. Tú también, Albina, le dije, mientras su marido ya se acercaba a nosotras y la aferraba, voceando. Ahora ya le pertenecía. Tendría que pedirle permiso a él para verme. Tal vez Rutilio me lo daría. Ya me llamaba hermanita. El gorgoteo de su risa resonó en la nave de la iglesia.

Estrechaba manos y asestaba tantarantanes sobre los hombros de Basilio, como si ya fuera su ayudante. Porque Dandini era pintor. Como su padre.

El señor Cosmo había trabajado para los Medici en Florencia, antes de mudarse a Roma. Sus hijos habían nacido aquí, aunque nunca había decidido echar raíces en esta ciudad y de vez en cuando regresaba a Florencia. En su casa romana, detrás de Via Giulia, en la barriada toscana, había abierto una especie de academia, pero sobre todo era una posada. Albergaba a pintores de paso o recién llegados a la ciudad, estudiantes de la Sapienza, peregrinos que tras desgastarse los pies en el recorrido de las siete iglesias se detenían para comprar algunos recuerdos –pequeñas imágenes de santos, vistas de Roma, imitaciones de obras famosas–. Cosmo Dandini los dirigía al taller de su hijo mayor, Giuliano, vendedor de cuadros, y luego repartían las ganancias. Era un tipo alegre e ingenioso y, cuando el barbero Bessi le presentó a mi padre, se llevaron bien de inmediato. Firmaron el contrato para la boda de sus respectivos hijos unos días después.

Durante una semana no volví a ver a mi hermana. Quería ir a verla, pero esperaba su invitación. Vino ella, radiante. En presencia de mi madre y de mi hermano, se limitó a hablar de la habitación que Rutilio y ella estaban arreglando en el apartamento de Dandini padre. No os podéis ni imaginar qué jaleo, explicaba. Nueve huéspedes, cuatro gatos, dos canarios, el mozo, las lavanderas que van y vienen con las cestas de la colada, hay animación hasta la hora quinta de la noche. En esa casa no se duerme nunca. Pero en cuanto nos dejaron solas, cerró la puerta y me hizo una señal con las manos. Sus dedos formaban un número.

¡Siete veces!, susurró, manteniendo cerrada con su peso la puerta tras ella. No se sacia nunca. Es como volar al paraíso. No hagas caso de lo que te dice nuestra madre, de lo que te dirán las criadas ni los confesores. Vale la pena. Es lo único en

290

el mundo que vale la pena. No se puede renunciar. Sería como no haber vivido. El éxtasis es inimaginable.

Mi hermana utilizó la misma palabra que la hermana Eufrasia me repetía cada vez que intentaba describirme la dicha que sentía cuando rezaba hasta que se olvidaba de sí misma, perdida en una ebriedad que ya no sabía si nacía en el cuerpo o en la mente. Éxtasis. Las dos mujeres más queridas por mí lo conocían. Ninguna de las dos supo cómo explicármelo.

La señora Ortensia Bufalini, de casada Mazzarino, desarrolló primero una bondadosa simpatía, luego un apego sincero hacia Elpidio. Le permitía no solo ayudarla, sino también hacerle compañía. Rehuía a su marido, a quien detestaba y del que se estaba separando, y ahora sus hijas, que, gracias a las dotes principescas procuradas por Giulio, se habían casado con miembros de la alta aristocracia romana, tenían que ocuparse de su numerosa prole. A pesar de que vivía en el Palazzo Mancini, con Gerolama, su hija predilecta, a menudo se sentía sola. Durante años, y hasta su muerte, Elpidio pasó más tiempo con la madre de Mazzarino que con la suya.

Ese secretario sin contrato, solícito manitas y siempre disponible, se le había vuelto indispensable. Elpidio se prestaba a escribirle cartas al estilo cortesano, le elegía las joyas de los orfebres de Via Pellegrino, preparaba los paquetes de regalo para los cumpleaños de los nietecitos. Las hijas de la señora no dejaban de parir uno tras otro. Elpidio se había organizado para no olvidarse de ninguno de ellos, encargándome el dibujo del árbol genealógico de las diversas familias, con todas las fechas de nacimiento y los santos patronos. La señora Ortensia pensaba que tenía una memoria prodigiosa. A menudo Elpidio también hacía de mensajero entre los cónyuges, entregando notitas al avieso marido que se demoraba en casas ajenas, y entregaba luego las respuestas. El señor Pietro me trata como un sirviente, confesó Elpidio una vez. Me está menoscabando tanto que yo mismo creo que ya no valgo nada.

Nos veíamos en las librerías de Piazza Navona, con el pretexto de informarnos sobre las nuevas publicaciones de tratados de Medicina. No se nos ocurrían otros. Cada vez tenía que inventarme un complicado castillo de mentiras para poder salir sola. Basilio tenía ya dieciocho años, nunca me habría seguido el juego. El mundo le asignaba el papel de guardián de mi honor y se lo tomaba tan a pecho que se mostraba tan celoso como si fuera mi novio. Me espiaba, me impedía acercarme a la ventana, se enfurecía si conversaba con los amigos de mi padre a pesar de ser todos viejos decrépitos. De hecho, solía decir que a gato viejo, ratón tierno. No sé qué otras prohibiciones se le habrían ocurrido si se tratara de jóvenes, pero Salvator Rosa nunca volvió a aparecer. Emocionado por el éxito del Carnaval, se aventuró a montar un auténtico espectáculo en la Quinta Mignanelli. Se había atrevido a ofender a Bernini, los amigos de Bernini lo habían ofendido a él, surgieron rencillas que había sido imposible suavizar, se puso en su contra a Bernini, Romanelli y todos los barberinianos, y ahora tenía que abandonar Roma.

Cuando ya no sabía qué más inventarme, me auxiliaba con el nombre de sor Eufrasia della Croce. Ella, desde el convento de San Giuseppe, al que ni mi madre ni mi hermano tenían acceso, no podía desmentirme. Tengo la esperanza de que allí, en el Paraíso, donde sin duda alguna se encuentra, pueda perdonarme si utilicé su clausura, su falta de libertad, como moneda para pagarme la mía.

Unos pocos minutos el uno junto al otro en esas tiendas con olor a tinta, unas pocas palabras bajo la mirada inquisitiva de los libreros y de los demás clientes, literatos ociosos, inevitablemente religiosos, que nos escudriñaban con curiosidad. Porque yo, sabiendo que cuanto más desapercibido quieres pasar más observado eres, había empezado a vestirme de forma excéntrica, como alardeando de que no tenía nada que ocultar, mientras que Elpidio, cuando iba a la librería, llevaba el sombrero verde con borlas que escondían sus rizos y la sotana negra. Ninguna intimidad, ningún contacto. Pero yo era consciente de la presencia de su pelo y conseguía sentirlo con tal intensidad que notaba el cosquilleo en mi mejilla. Me habría gustado besar sus manos, sus dedos largos y huesudos que tabaleaban sobre el estante, cercanísimos y, sin embargo, prohibidos. Pasarlos por mi cuello, dejar que se deslizaran por mis caderas. Pero solo por unos instantes, mientras el librero nos indicaba los títulos del catálogo, nuestros hombros se rozaban y nuestros zapatos se juntaban bajo el mostrador. La ligera presión de su pie sobre el mío me hacía ruborizarme.

Dicen que un hombre y una mujer no deberían ser amigos, que deberían ocultarse las miserias cotidianas para mostrarse mutuamente mejor de lo que son y poder, así, ser amados, pero Elpidio compartió conmigo sus batallas. Tal vez, me decía luego, asombrada, porque en realidad no me ama. El señor Pietro ha desplegado en mi contra una animadversión que me preocupa, se desahogaba. Intenta hacerme daño de todas las maneras posibles. Ante su hijo me pinta como un idiota intrigante que nunca, nunca, debe aceptar a su servicio. Monseñor no da mucha importancia a las palabras de su padre, porque conoce su ineptitud, su codicia, su cicatería y la falta de juicio; son muchas las ocasiones en que tuvo que socorrerlo para solventarle sus problemas: una vez lo sacó de la cárcel, porque estaba tan desplumado que tenía que mudarse continuamente, no pagaba el alquiler y, al final, el propietario lo hizo encarcelar; otra, tuvo que hacerle de abogado defensor en un juicio por asesinato, pero tarde o temprano el siciliano se inventará algo y ya no habrá esperanza para mí. Empiezo a temer que la vida con la que sueño nunca llegará. Eres la única chispa en mi oscuridad, amiga mía.

Él también lo era en la mía, pero tuve que fingir que no lo había oído y compré sin regatear siquiera el carísimo volumen de botánica para herboristas que el librero me enaltecía como el título más buscado en la última Feria de Fráncfort. Me sentía mortificada por el respeto que Elpidio me mostraba. No era acreedora del mismo. Estaba en una posición más elevada que la mía, podía tenerme. Me daba miedo que realmente no me quisiera. Quizá no le gustara lo suficiente. Me habría gustado ser una gitana o una mujer libre para que pudiera amarme.

En otra ocasión, mi hermano, a quien mi asiduidad por la zona de Capo Le Case empezaba a parecerle excesiva —¿acaso quería meterme a monja?—, quiso acompañarme sin discusión hasta la puerta del convento. Tuve que esperar a que se marchara, temblando en el locutorio, observada maliciosamente por la monja portera, y luego darle una moneda a un chiquillo para que avisara a Elpidio en la librería donde teníamos la cita. Había escuchado que iban a ejecutar a alguien en el oratorio del Crucifijo, cerca de la iglesia de San Marcello, se estaba reuniendo una gran multitud y podíamos vernos allí. Nadie se fijaría en nosotros.

Era el 3 de agosto, Roma tan atenazada por el bochorno que yo, con el busto apretado, sentía que me ahogaba. Me avergüenza admitir que agradecí la atroz lentitud del ritual, porque le dio a Elpidio tiempo para reunirse conmigo.

Nos quedamos a la sombra del edificio de la esquina, mientras el verdugo desnucaba al condenado, asestándole un mazazo en el hueso del cuello con una impecable precisión, y luego, con igual habilidad, lo degollaba. La gente recibió la escena con gritos y silbidos de aclamación y, a cada golpe, gritaba ¡Dale al asesino!, porque su descomunal crimen merecía ese castigo. Ese tipo, un tal Carlo Filippi, le había cortado el cuello a una cortesana y le había robado.

Algunos anillitos y ropa que no valían nada. El hombre fue ajusticiado delante de la casa de la mujer donde había cometido el crimen. Elpidio y yo no miramos ni una sola vez el cadalso de madera. Nos mirábamos: nuestros encuentros eran siempre breves, peligrosos, raros. Es horrible escuchar los gritos de un hombre al morir, pero nos esforzamos por ignorarlos, porque teníamos demasiadas cosas que decirnos y muy poco tiempo para hacerlo. Basilio volvería al monasterio antes del último tañido.

Elpidio se quejaba de que ya no era capaz de pensar ni de escribir, siempre le dolía la cabeza. Porque vivía aplastado en una pinza. Por un lado, mi padre intolerante, que me acosa para que tome las órdenes sagradas, porque, de lo contrario, nunca haré carrera en la corte; por otro lado, el padre asesino de mi patrón, que me tortura para que renuncie a mi única oportunidad. Luego se detuvo porque el verdugo cogió las herramientas para descuartizar el cadáver. Me gustaría veros en un salón, dijo con amargura, o en una agradable villa en las colinas, bailar con vos mientras las llamas tiemblan en los candeleros de plata, y mirad dónde estamos, en la plaza, entre la plebe, respirando el olor de la sangre. Cuando el verdugo hundió la cuchilla en la columna vertebral, los huesos del muerto crujieron y ambos tuvimos que reprimir una arcada.

El crimen más grave que cometió, divagué, para distraer a Elpidio, no es tanto el asesinato en sí, sino el hecho de que mató a la mujer después de acostarse con ella. Eso me parece verdaderamente imperdonable. Pero qué podéis saber vos, Aristóteles, sobre la ingratitud de los hombres, suspiró Elpidio. Ni siquiera os podéis imaginar de lo que son capaces. Habláis como si no fuerais un hombre, observé.

A veces me temo que no lo soy, admitió, mirando los cuartos de carne aún goteantes que los ayudantes del verdugo levantaban sobre las picas. Se quedarían pudriéndose delante de esa casa, porque el papa no le había concedido al delincuente ajusticiamiento secreto ni sepultura rápida. Quería una condena ejemplar. Se multiplicaban los robos, las violaciones y los asesinatos, Roma nunca había sido tan violenta, y los crímenes casi siempre quedaban impunes, porque bastaba con que los culpables se proclamaran al servicio de un embajador o apelaran a Antonio Barberini, para obtener la gracia del perdón.

Resulta humillante seguir viviendo a los treinta años en casa de tu padre, sin la perspectiva de ganar un sueldo, si no es soportando los maltratos y los desdenes de una persona a la que desprecio. Me temo que acabaré despreciándome a mí mismo. Y os perderé. Me gustaría ser otra persona, para tener el derecho a pediros que confiéis en mí.

No sabía qué contestar a ese desaliento. Yo también vivía en la casa de mi padre sin perspectivas de ganar un sueldo, entre otras cosas porque parecía que a mí me estaba vedada una carrera. Pintaba, sí, pero nada que pudiera ser visto en público, nada de mi propia invención. La novedad de mi juventud, que me había atraído simpatías y estímulos, se estaba desvaneciendo. En cuanto a mi *Virgen,* a esas alturas ya pocos sabían quién era su autor. El truco de mi padre no había funcionado. Para todo el mundo ahora la *Virgen* se había pintado ella sola. Esa historia me había dejado como herencia solo la fama de la virgencita devota, nada más. Iba camino de convertirme en uno de los muchos pintores desconocidos de Roma, que se las apañan pintando cuadritos de género para las cocinas y las habitaciones de la gente corriente, puestos a la venta a bajo precio por comerciantes sin escrúpulos, y que se apresuran a imitar a los maestros famosos, sin alabanza y sin recompensa. Pero tenía miedo de que Elpidio no lo entendiera. No quería oírle decir que nuestra situación era diferente porque yo era una mujer. Vos sois ya ese otro, murmuré. Solo que ahora solo yo lo sé.

Ese verano, Elpidio me llevó al Palazzo Mancini. Había despertado la curiosidad de la señora Bufalini al contarle que yo hacía copias muy esmeradas de obras famosas. A diferencia de lo que yo había creído, Elpidio tenía alguna experiencia en pintura, porque cuando era pequeño su padre comerciaba con cuadros y habían pasado por sus manos incluso obras maestras de Guido Reni y de otros grandes pintores, pero a la señora Ortensia prefirió transmitirle la opinión de entendidos mucho más autorizados que él, como el siempre honrado *cavalier* Giuseppino Cesari, el señor Pietro da Cortona, la estrella más brillante del firmamento romano después de la inauguración de la bóveda del salón del Palazzo Barberini, y Romanelli, de Viterbo, tan favorecido por el cardenal Francesco que incluso se le asignó un retablo en la basílica de San Pedro a los veintiocho años. Según ellos, yo tenía un buen toque de pincel. Rápido, fresco, alegre.

La madre de Mazzarino era una mujer perspicaz y comprendió que el recadero de su hijo le estaba pidiendo un favor. Sin embargo, en un primer momento, no entendió de qué se trataba. Me encargó una pequeña imagen de devoción, una *Virgen con Niño* para tener junto a su cama, de la que temía no volver a levantarse nunca más.

Volví para entregarle el cuadro una tarde de diciembre. Llevaba mi mejor vestido, en realidad, el único presentable que tenía, color frambuesa: el blanqueamiento de los encajes me había costado una deuda con mi hermano. Había sido él quien me miraba mientras me acicalaba y quien valoró mi peinado. Me faltaba la opinión de Albina. Tal vez, de hecho, deberías meterte a monja, concluyó, muy serio, tienes algo que asusta. Pareces apacible, pero eres como el Tíber: cuando se desborda, puede trastocarlo todo. Doy gracias a Nuestra Señora de que ha querido que seas para ella. ¿Te acompaño? Decliné su ofrecimiento.

Enterrada bajo una colcha de damasco púrpura, la señora

Bufalini estaba pálida como un alma. Dolorida, destrozada. Temí que estuviera a punto de morir. Pero en realidad no era la enfermedad la que la consumía. Nunca supe si le gustó mi pequeña obra, ni siquiera levantó la cabeza para mirarla: sin venir a cuento, monocorde, me preguntó si tenía novio o si ya estaba prometida.

La virtuosa Plautilla, se apresuró a responder Elpidio, se ha consagrado a la virginidad. Los ministros de Dios y cuantos eligen dedicarse a la política no se casan. También la profesión de la pintura y la dedicación al arte son como una religión, incompatibles con el matrimonio. Su razonamiento fue tan diligente que parecía habérselo preparado. Por supuesto, me equivoqué. Tenía poca experiencia con la conversación de los grandes.

La señora Ortensia le clavó sus ojos de avispa. Os engañáis, don Benedetti, exhaló con voz sepulcral. Pero todavía sois lo suficientemente joven como para tener tiempo de entenderlo. Sé lo mucho que amáis a mi hijo, pero no lo imitéis. Giulio está poseído por su agudeza. Entiende a los hombres y los domina. Triunfará en todo cuanto emprenda. Llegará a ser ministro, cardenal, llegaría a ser rey, si pudiera ascender al trono por sus propios méritos. Vos no, pobre Elpidio. Dejadme que os hable con sinceridad. No estáis hecho para la vida religiosa, porque no sabéis moveros bien en la corte, sois demasiado torpe para ganaros ni un obispado ni, menos aún, el birrete cardenalicio. Podríais aspirar, como mucho, a una abadía, pero pocas dan ingresos seguros y abundantes, y no os la asignarán. Corréis el peligro de seguir siendo siempre un abad de nada. Renunciad al beneficio. Os garantiza varios escudos al mes, pero no os hará rico. Encontrad un buen trabajo en algún castillo de provincias y tomad una esposa más joven. Vuestra posición evitará que os encuentre feo. Perpetuad vuestro apellido.

En la habitación, calentada por una chimenea monumental, uno se ahogaba. Mi piel ardía como los carbones del brasero. Quería gritar que la fealdad es un lugar común y subsanar la ofensa que la dama, con la falta de delicadeza de los poderosos, le había hecho, simplemente diciendo la verdad, por una vez: que el amor no tiene nada que ver con la belleza, la gracia, la edad, el dinero. Y que Elpidio no necesitaba buscar en otra parte, porque ese amor ya lo había encontrado.

Elpidio también sudaba e intentaba limpiarse la frente con un pañuelo sin dejar que ni su protectora ni yo pudiéramos verlo. Su falta de desenvoltura era casi conmovedora. Evité encontrar su mirada, pero sentía sus ojos en mi cara. Y me di cuenta de lo equivocada que estaba. Él ya había pensado en casarse, pero no conmigo.

En cuanto a vos, virtuosa Plautilla, añadió la señora Mazzarino, si no tenéis la intención de meteros a monja, sería bueno que empezarais a buscaros un marido. Y no creáis que, por ser artista, estáis condenada a la virginidad. Mi madre, Francesca Bufalini, era poetisa, pero tuvo marido e hijos. Y sus versos no empeoraron. Si todavía me queda un ejemplar, os prestaré el pequeño volumen de sus poemas y podréis comprobarlo por vos misma. En cambio, una mujer sola es débil, y Roma no perdona. Aquí es un milagro que una mujer muera antes de haber cometido una locura. Entre los intendentes de los Bufalini, en nuestras posesiones en la región de Umbría, hay algunos buenos hombres de cuna honrada que estarían encantados de emparentarse con una artista romana. Yo os proporcionaría una dote adecuada. Hacedlo mientras aún estéis lo suficientemente fresca como para no tener que resignaros. El matrimonio a veces es infeliz, atroz como estar condenados en un calabozo para siempre, pero los maridos pasan y los hijos permanecen y ellos son lo único que importa.

Sois afortunada, suspiró Elpidio mientras subíamos al carruaje que la señora Mazzarino le había prestado para llevarme de regreso a casa. Le hablé de mi amistad con vos, le pedí que os favoreciera, pero no me atrevía a esperar tanto. Aceptad, os lo ruego.

Desde las cuadras del Palazzo Mancini, el estercolero apareció con el carro cargado de excrementos frescos. Desprendía un olor a hierba y a campo, irrisorio para esos caballos que pasaban toda su vida encerrados, bajo el yugo, con anteojeras para evitar que se desviaran del camino marcado. Me senté sobre los cojines bordados con extrañas iniciales. No quería acostumbrarme a esa comodidad. No quería, por encima de todo, desearla. La idea de que Elpidio le hubiera pedido a su protectora que me encontrara un marido me hacía sentir un cosquilleo en los ojos. ¿Tan poco valía, para él, el sentimiento que profesaba por mí? Y, si valía algo, ¿cómo podía soportar tener que esconderse toda su vida detrás de otro hombre? Yo solo tenía veintitrés años. Mi matrimonio podía durar otros tantos. No me casaré con un intendente de los Bufalini, dije, mientras él se sentaba delante de mí. Nunca.

Oí a Elpidio ordenarle en voz baja al cochero que se dirigiera hacia los huertos de Termini, detrás de la gran plaza. En el lado opuesto a mi casa. Pero cuando cerró la puerta, no me quejé. La última imagen que vi fue la gruesa mesa de corte instalada en Via del Corso, en el ensanche de San Marcello, donde un vendedor aterido exhibía la *porchetta* recién llegada de Ariccia, la cabeza asada y las patitas. Después, Elpidio corrió la cortina.

Nos besamos por primera vez en ese cubículo con las paredes de cristal, entre las sacudidas y los botes, acompañados por el ruido de los cascos de los caballos y por las voces de los transeúntes, que hacían cola entre el carro del palafrenero y el convoy de un cardenal español que volvía del Sacro Collegio con un séquito de cinco carruajes y cincuenta sirvientes con librea. Era como si toda Roma nos ciñera en su abrazo.

300

No podía saber que los balanceos del carruaje lo acunaban en la ilusión de estar en el mar, sobre olas de verdad, y, si no abrió los ojos en ningún momento mientras me abrazaba, fue porque estaba tratando de prolongar ese sueño suyo. Me desnudó sin contemplaciones, y acabó rasgándome el corpiño de mi valioso vestido color frambuesa, con frenesí y casi con ira, como si quisiera demostrarse a sí mismo que tenía un buen motivo para quedarse en Roma, porque, en cambio, incluso mientras trataba en vano de desenvolverse entre mis enaguas, perdiendo ímpetu entre los impedimentos de los lazos, los nudos, el busto y los botones, le habría gustado estar en otra parte.

Hacía meses que Mazzarino estaba planeando su traslado a Francia. El papa nunca lo dejaría marcharse, mucho menos el cardenal Antonio, pero él ya había organizado todo. En junio había obtenido la ciudadanía francesa: tenía la intención de reunirse con Richelieu en París y ponerse al servicio del primer ministro de Francia.

A esas alturas confiaba en Elpidio, quien estaba al tanto del plan. Elpidio le suplicó que se lo llevara con él. Y, temiendo que no quisiera hacerlo, se arrodilló y le soltó todo un besamanos en las puntas de los dedos. Estaba dispuesto a abandonar a su padre, su madre, su hermana, la ciudad, el idioma y a mí, todo.

Pero Mazzarino no quiso. Así que el cariño de la señora Ortensia terminó perjudicándole. Y cuando por fin llegó la hora de partir, Mazzarino decidió que debería quedarse a su lado y cuidar de ella, también de sus hermanas –de su familia, en definitiva–, pues él ya no podría hacerlo. Sabía que nunca se echaría atrás. Y lo condenó a Roma... y a mí.

Mazzarino se marchó esa noche, el 13 de diciembre de 1639. Elpidio lo acompañó hasta Civitavecchia, lloró cuando el barco, con sus velas desplegadas por el viento, se separó del muelle y la proa apuntó hacia Marsella; después, regresó a

Roma, escondió en los altillos de la casa las cajas con joyas y los cofres rebosantes de escudos que Mazzarino le había confiado, se desnudó, se dio un baño caliente, se vistió el ropón de marta sobre la sotana y se vino conmigo a casa de la madre de monseñor. Ambos fingieron no saber nada de esa despedida, porque la noticia aún no se había dado a conocer. De haberlo sabido, las palabras de aquella madre abandonada me habrían parecido menos inoportunas y me habrían hecho menos daño. Elpidio estaba desesperado y se aferraba a mí con el egoísmo de un náufrago. Entonces, no entendí que me había engañado por primera vez.

Nunca se disculpó conmigo ni por el proyecto matrimonial, ni por ese asalto atropellado e indecoroso, tampoco por el fracaso. Tenía miedo de que me riera de él y me odió. Qué poco me conoces, querría haberle dicho, pero no lo hice porque me silenció con una broma pesada, musitada con los dientes apretados. El amor de una mujer es como el vino de garrafa, bueno por la mañana y de noche una estafa. Prefiero seguir siendo abstemio. Adiós. Abrió la puerta, saltó a la hierba y le pagó al cochero para que mantuviera la boca cerrada y me llevara a casa.

Nos mudamos a plena luz del día una mañana de febrero: las cajas de la biblioteca, los objetos y hallazgos del estudio del Briccio, los caballetes, los cuencos, las herramientas de mi trabajo, los muebles, los cuadros y los arcones de nuestra ropa ahora ocupaban tres carros, tirados por fuertes caballos. Nos marchamos de Borgo Vecchio sin dejar deudas. Mi padre, acostado en una camilla, dolorido. Esta es la última mudanza, Chiara mía, le dijo a mi madre, esforzándose por sonreír. Cuántas veces me lo has jurado, Briccio, respondió ella con indiferencia. Esta vez es verdad, insistió mi padre. La próxima casa la dejaré frío dentro de un ataúd. Luego cerró los ojos, porque en el fondo lamentaba marcharse de las Tre Colonne.

De haber podido, habría rechazado la oferta de Cosmo y Rutilio Dandini. A su edad, después de luchar toda su vida para conquistar una posición, acabar en casa ajena como inquilino le parecía una derrota, pero los Dandini lo presentaban como una oportunidad. Nuestras familias ahora son una. Mi madre contaría así con la señora Margherita, de su misma edad, una mujer que, como ella, había vivido junto a un hombre inquieto, original e improductivo, ella sería la amiga que nunca había tenido. Basilio contaría con un taller en el que trabajar de verdad y convivir con un pintor también a mí me ayudaría. El hermano de mi cuñado asimismo vendería mis cuadros, si sabía adaptarme a los gustos de los peregrinos y demostrar las únicas cualidades que importan en ese mercado: rapidez de ejecución y capacidad de reproducir infinidad de veces los modelos más solicitados. Mi padre estaba resignado a marcharse pronto y quería dejarnos en buenas manos.

El apartamento de los Dandini, entre Via Giulia y los Banchi, era enorme, pero oscuro y frío como una cueva. La parte reservada para nosotros estaba separada de la otra por un arco sin puerta, protegido únicamente con una cortina. Dormía en una habitación al final de un pasillo abarrotado de estatuas, cofres, armaduras, corazas y yelmos, porque el taller de los Dandini, que luchaba por hacerse con su propio espacio en el concurrido mercado del arte romano, pretendía especializarse en batallas: la pared daba con la habitación de mi hermana y su esposo. Por la noche, los oía cómo se amaban furiosamente, a pesar de estar Albina embarazada y a punto de dar a luz.

Su primera hija, Giustina, nació un mes después. Era pequeña, rosada, delicada. Cuando la cogí entre mis brazos, pesaba tan poco que me pareció no estar sosteniendo nada. Me acordé de mis hermanitas y recé para que a mi sobrina se le permitiera sobrevivir. Al final no ha sido tan terrible, comentó Albina, que yacía entre las sábanas como un guiñapo. Le había subido la fiebre y había perdido todo su magnífico pelo. Prefería no mirarla, porque apenas podía reconocer en esa mujer pelona por la alopecia a mi bellísima hermana. Prométeme que si yo muero te la quedarás tú. Quiero que Giustina sea una Briccia, como nosotras.

La fiebre se te pasará, Albina, la tranquilicé. Aunque tal vez diciéndolo estuviera tratando de tranquilizarme a mí misma. Me apresuré a devolverle a la recién nacida, que había empezado a mirar. De pequeña, me habría gustado ser la madre de mis hermanitas, pero el embarazo y luego el parto de Albina habían despertado en mí una invencible repugnancia y, a lo largo de las semanas siguientes, los llantos de la niña, el espectáculo animal de la lactancia, las blusas de mi hermana empapadas por el goteo de los pezones, las regurgitaciones, los eructos, los paños de lino sucios de diarrea amontonados en el cubo, casi me mareaban.

Me habían arrancado de mi soledad, precipitado en una maraña de relaciones y experiencias que no eran mías –sexo, peleas domésticas, reconciliaciones, retrasos en los ciclos, náuseas, embarazos– de las que intentaba escapar refugiándome en los cuartos de los hombres, en el tumulto de pintores o aspirantes a serlo, quienes, como cuñada de su maestro y jefe del taller, no les parecía extraño que tuviera un caballete en la estancia en la que él también pintaba, ni que asistiera a sus discusiones sobre la ejecución de los encargos que lograban obtener. Aprendí mucho escuchando esas discusiones a veces furibundas, que duraban hasta bien entrada la noche, sobre el reparto de tareas, cuestiones de técnica, pigmentos, dinero, habilidades.

Dandini nunca contó conmigo en ninguno de sus trabajos: además, se trataba en su mayoría de decoraciones al fresco de palacios y villas, una técnica que yo no dominaba y que no les está permitida a las mujeres. Por eso Rutilio trabajaba a menudo lejos de casa. Dormía en el taller, no se cambiaba de camisa durante días, ni siquiera se afeitaba, y, cuando regresaba lo hacía apestando a sudor. Para lavarse bien se iba a la estufa, pero primero, inclinado sobre el barreño, se frotaba y se cepillaba como un caballo. Y luego se paseaba desnudo por el pasillo, cubriéndose apenas los costados con un paño para secarse. Las gotas de agua quedaban atrapadas en el hirsuto vello del pecho y brillaban. Sus pasos hacían temblar el suelo.

Cuando estaba, no podía ignorarlo. Nuestros caballetes estaban frente a frente, escondiéndonos al uno del otro. Mientras mojaba el pincel en el recipiente de los colores y luego lo frotaba sobre el lienzo, se marcaba el ritmo cantando. Tenía una voz atronadora. Era un hombre superficial, impetuoso, holgazán como un felino y, pronto descubrí, con muy pocas ganas de trabajar duro. Prefería las mujeres, los juegos y el vino a la pintura. Gastaba el doble de lo que ganaba. Fatalista, confiado en la Providencia, no pensaba en el futuro sino en disfrutar el momento presente. En resumen, era del todo inapropiado para estar al frente de un taller. Dilapidaba despreocupadamente la herencia profesional de su padre, quemando uno a uno, por no hacer entrega de un pedido o no devolver el anticipo, los contactos y las relaciones que, como una telaraña, Cosmo Dandini había tejido durante treinta años con paciencia.

Pero era divertido, ingenioso, contaba chistes obscenos como suelen hacer los toscanos. La expresión «por güevos» se le venía continuamente a los labios y siempre le hacía sonreír de satisfacción. Desde que supe que el papa también la utilizaba para hacer más incisivo el discurso, yo ni siquiera me escandalizaba. Rutilio no se preocupaba por nada y esparcía el buen humor a su alrededor. Ya el primer día me dijo: No te ríes nunca, hermanita, pero en esta casa solo hay una prohibición: estar triste. Todo lo demás está permitido.

Eso era verdad. Dandini vivía sin sentimientos de culpa y sin remordimientos. Sin moral, al fin y al cabo, y lo envidié

305

por ello. Amaba apasionadamente la vida, amaba a Albina, amaba a todas las mujeres, incluso me habría amado a mí también. Si me cruzaba con él en la penumbra del pasillo, era incapaz de no extender la mano y palparme el trasero, para luego continuar hasta su habitación, silbando. Tú me desprecias, nínfula, me decía algunas veces, apareciendo por detrás de mí mientras trabajaba y agarrándome impúdicamente el pecho, pese a que yo me ocupaba bien de esconderlo debajo del mandil. Me libraba de sus zarpas con un manotazo y él me aferraba por la cintura y me hacía dar piruetas sobre mí misma, atrapándome antes de que yo me alejara y estrechándome contra su pecho. No hay nada más patético que una rosa sin coger, hermanita. Pero ¿no tienes bastante con cavar tu jardín?, protestaba yo, liberándome. Mi jardín es el mundo entero, se reía Rutilio. Pero regresaba tranquilo a su lugar y, como si nada hubiera pasado, seguíamos pintando de nuevo. Tengo que esforzarme para recordar la despreocupada alegría de aquellos nuestros años juntos, para que lo que pasó más tarde no la empañe. Nunca fui capaz de odiarlo. Albina fue feliz con él. Aunque al final la matara.

Así que yo fui la única que no se casó. Inmediatamente después de Albina, también mi prima Teresa, cinco años menor que yo, se desposó con un artesano originario de las Marcas. El último, en 1640, fue Giò. No nos invitó a su boda. Después de todo, la boda se celebró en su ciudad natal, Viterbo.

La novia se llamaba Beatrice Tignosini: de familia de alta cuna, le aportó una dote acorde a la misma. La eligió para él el cardenal Barberino, su protector, entre las hijas de sus empleados. En ese momento, la «familia» Barberini estaba integrada por cientos de personas. Ni siquiera a Romanelli, como tampoco al abad Benedetti, Su Eminencia les había pedido su parecer. Giò se lo debía todo al cardenal. Había hecho que lo eligieran príncipe de los pintores en la Accademia di San Luca con apenas treinta años, cuando todavía era casi solo el asistente de Pietro da Cortona. Lo había impuesto para que pintara en la basílica y el palacio del Vaticano. Luego lo había hecho inscribir como miembro del patriciado romano. Francesco Barberini también fue el dueño de su vida.

Albina y yo escuchamos el relato de su pomposa boda por boca de la tía, en la cocina de casa Dandini, entre los gritos de Giustina y el retumbar de las mazas de los morteros que los muchachos, en la otra habitación, hacían girar en su interior. Giovan Francesco se había convertido en un auténtico barón, ¡lástima que no pudiéramos verlo! La Incarnatini, extasiada, describía las pitanzas del banquete, ostras, *conchiglioni,* mermeladas regadas con agua de cilantro, palomas rellenas de mollejas, manteca de vaca, tuétano, salami rallado y sesos de ternera, perdices hervidas cubiertas de coliflor, faisanes asados con manteca a la francesa, perdices colocadas en bandejas de plata como si estuvieran vivas y a punto de salir volando o corriendo, y nosotras reprimíamos la risa mirando los espárragos trigueros recogidos a orillas del lago de Bracciano mientras hervían en el caldero.

Mi hermana y yo intentamos imaginar a nuestro Giò, en el día de su triunfo, pero no lo logramos. En aquella época ninguna de nosotras había pisado nunca el jardín de una villa patricia, nunca había participado en un banquete, nunca había visto los juegos de agua y las fuentes que Bernini se ingeniaba en concebir para las fiestas y los espectáculos de los Barberini. Construyó algunos efímeros también para Giò. Lo apoyaba desde hacía tiempo, con la intención de respaldarlo en detrimento de su maestro, Pietro da Cortona; para ponerlo en su contra y derrotar al único artista que, en la corte de Urbano VIII, le parecía un rival temible. Romanelli, intoxicado por una ambición desmesurada e inconfesable, le siguió el juego y se malquistó contra el *signor* Pietro. Una traición que en nuestra casa nunca se le perdonó.

307

Cuando, poco después de su boda, Elpidio se puso en contacto con él a petición de Mazzarino para invitarlo a ir a París junto con Pietro da Cortona, Giò se negó a partir diciendo que no aceptaba subordinarse a nadie. Quería decir: no aceptaba parecer subordinado a su maestro. Pero, a pesar de todo, fue incapaz de igualarlo. Siempre se quedó un paso por detrás. Su pintura ha tenido muchos admiradores, se pagaron sumas desproporcionadas por sus obras y, cuando, más adelante, fue a París, pintó para el primer ministro y para la reina e impuso de tal manera su estilo refinado allí que en Francia aún lo imitan, pero nunca hizo soñar y hoy su nombre se confunde en las filas de los emuladores. Solo yo, tal vez, conozco al artista que pudo haber sido... y que no fue.

Vi a la esposa de Romanelli algunas veces, cuando durante un año, tras abandonar el edificio de la Cancillería, se vinieron ellos también a vivir detrás de la iglesia de Santo Stefano in Piscinula. Era una mujer de carácter. Sé por Elpidio que Romanelli estaba muy unido a ella. Cuando más tarde fue a París, Mazzarino lo hizo acoger por el rey y la reina de Francia con todos los honores, pero, al cabo de unos meses, comenzó a anhelar su regreso, porque echaba de menos a su esposa, concluyó tan rápido como pudo el trabajo y renunció a convertirse en pintor de corte por ella. Sé que le dio diez hijos. A uno de ellos, Giò lo bautizó con el nombre de Urbano, en honor al pontífice y a su familia, a quienes les debe todo. Él también pinta, pero nunca podrá estar a la altura de su padre, ni siquiera imitarlo. El arte puede enseñarse, pero el talento no es hereditario.

No lo he visto desde entonces. Vivió poco tiempo en Roma y, de todos modos, vivía lejos de mí. Si sentía nostalgia por el amigo de mi adolescencia, me iba a la basílica de San Pedro y me arrodillaba frente a la puerta coronada por su –y nuestra– *Spiritata:* seguía siempre idéntica, pero yo advertía que cambiaba, y las grietas en el yeso y el hollín que oscurecían los colores me hablaron del despeñadero de los años y de nuestra distancia. Ver esa sombra y ese cuerpo sufriente al que, sin embargo, ya no le podía pasar nada malo me tranquilizaba y creía que siempre iba a ser así, porque creamos las pinturas para que duren mucho más que nosotros.

Pero después de la muerte de Alejandro VII hicieron trabajos en esa zona de la basílica, porque Bernini tenía que construir el sepulcro del papa Chigi: el arquitecto sacrificó la capilla con todas las ornamentaciones, pero el cardenal Francesco Barberini no quiso que la destruyeran. Y para salvar la memoria de su creación, en 1672 pagó de su bolsillo cientos de escudos para que los albañiles trasladaran la puerta superior con toda la muralla. Parece que experimentaron una nueva técnica y que al arrancarla no se estropeó. La colocaron sobre la puerta de la sacristía, pero no sé si todavía está allí. Romanelli ya no me gusta tanto como antaño.

Una noche de 1655, al regresar de su segunda estancia en París, nos reunimos en casa de Benedetti. Había pintado las sobrepuertas para el abad, Europa y Galatea, dos figuras femeninas hermosas y desnudas, sin pedir la exagerada suma que ahora exigía a todo el mundo. Por gratitud, porque cuando su mundo se desmoronó, solo Elpidio había acudido en su ayuda. No proporcionó los dibujos para que luego los pintaran en el taller, sino que ejecutó dos cuadros de su propia creación y enteramente pintados por sus propias manos. Moriría poco después, con solo cincuenta años, pero por aquel entonces yo no podía imaginármelo.

Romanelli había venido solo. Su esposa guardaba un rencor tenaz hacia Elpidio. Mazzarino le había encargado convencerlo de que volviera a París y la Tignosini no quería dejar que se marchara: cada vez que se presentaba en su casa, ella lo acusaba de querer dejarla viuda a ella y huérfanos a sus hijos, incapaz como era un abad de entender la indisolubilidad del matrimonio. Y cuando Elpidio juraba que Luis XIV mimaría a Romanelli como Francesco I a Leonardo y que la reina Ana la incluiría entre las damas de compañía, porque los soberanos estaban dispuestos a invitarla a ella también, negaba con la cabeza. No lo creía o no le importaba. Beatrice Tignosini no quiso acompañarlo y, al final, tras meses de agotadoras negociaciones, permitió a su marido que fuera solo cuando Mazzarino le concedió una compensación de miles de escudos a cambio de su ausencia.

Si no hubiera sabido que se trataba de Giò, no lo habría reconocido. Grueso, con el vientre prominente y las mejillas flácidas, tenía una tez ictérica y una peluca demasiado oscura, para proteger el cráneo desnudo, del que brotaban escasos mechones de canas color ceniza. Pero yo estaba todavía delgada como la Dafne del cardenal Borghese, no tenía ni siquiera una arruga y no sabía qué era el tinte. ¡Siempre parece que tengas dieciocho años, Plautilla!, exclamó sorprendido. Eres una muchacha infinita.

Eso no es nada bueno, Giò, le respondí. Se ve que no he vivido.

INTERMEZZO
«LES ITALIENS NE SE BATTENT PAS.»
(Roma, junio de 1849)

En el corazón de la noche del 3 de junio, lo despierta con un sobresalto el sonido de las trompetas. Leone, que el sábado tuvo descanso, duerme felizmente en el cuartel de Sora, en Monte Citorio. El general francés Oudinot ha hecho saber que denuncia el armisticio y que atacará el lunes 4 de junio, de manera que Leone se ha despojado con alivio de la ropa, que aún no ha tenido tiempo de enviar a lavar y que está empezando a emanar un olor salvaje, la ha doblado cuidadosamente, se ha acostado en el jergón y ha apagado la lámpara, convencido de estar aprovechando la última noche de paz, y luego ha roncado durante horas, indiferente al cosquilleo de las hebras de paja que sobresalen del desgastado relleno, al creciente bullicio, al estrépito de los pasos, a las voces cada vez más excitadas, incluso al estruendo del cañón. Aturdido por el sueño, le cuesta entender qué grita el fiel Varesi, conmocionado. Y, como no reacciona, lo agita por un brazo, sacudiéndolo como una marioneta.

Los franceses han atacado a traición a las dos de la madrugada, antes de que expirara el ultimátum. Han atacado con dos columnas de diez mil hombres donde se los esperaba, en los puestos avanzados de la línea defensiva. En la villa Pamphilj los centinelas del batallón Melara estaban dormidos o ni

311

siquiera se encontraban en sus puestos. Los han arrollado y derrotado en unos minutos. Villa Pamphilj, Villa Valentini y la quinta de los Quattro Venti han caído. La orden a todos los soldados de la legión Medici es la de reunirse lo antes posible y subir hasta Porta San Pancrazio para apoyar la resistencia y pasar al contraataque, pero debe hacerse rápidamente o todo estará perdido.

Leone se lanza a por sus pantalones, se calza las botas, intenta alcanzar la cartuchera con las balas. ¿Dónde la ha puesto? Ni siquiera por un momento se le pasa por la cabeza desobedecer. No tiene tiempo para pensar y no piensa. Solo más tarde entenderá que el heroísmo no es una elección. Uno actúa como es. Solo cuando se cala en la cabeza la gorra del uniforme un vago recuerdo de su padre pasa por su cabeza. A diferencia de los de los demás, no lo culpa de estar ahora en Roma. Giovanni Paladini también luchó contra la reacción en nombre de la libertad. Recibió de manos de Napoleón la Cruz de Hierro de Wagram. Luego sacrificó sus ideales a cambio de lo útil o de la familia —que, en el fondo, son básicamente lo mismo—, se convirtió en un obediente funcionario de la burocracia austriaca. No querría ver a su hijo encarcelado o derrotado.

Pero los demás son más lentos o más reacios. Transcurre más de media hora antes de que los soldados se pongan en marcha y otro tanto hasta que consiguen encontrar, en el laberinto de callejones de una ciudad que aún no conocen, el camino hacia Ponte Sisto, y tanto o más para subir la empinada cuesta que conduce al Janículo, y ya son las cuatro y media de la madrugada, la noche es menos oscura y el trueno del cañón se ha convertido en ensordecedor cuando llegan a Porta San Pancrazio.

Los disponen a lo largo de las murallas y les encargan la tarea de colocar sacos de arena en las troneras. El fragor de la batalla que arrecia en la quinta de los Quattro Venti lo despierta del todo. Le sorprende la sinfonía de estruendos, silbidos,

312

gritos y gemidos que resuenan en el aire con un ritmo sincopa-
do, como instrumentos de una orquesta sin director. Los oídos
pitan, el corazón late con furia. La construcción, en la cima de
la colina, parece pintada sobre el telón de fondo de un escenario. Y desde las paredes se puede contemplar el campo de batalla igual que el escenario desde los palcos de la Scala. Trigo,
viñedos, villas, pinos centenarios crepitando, en llamas, de los
que gotean chispas de fuego, remolinos de humo blanco y nubes de polvo que a ratos ocultan todas las cosas y luego se disi-
pan, revelando el destello metálico de los sables y un enjambre
frenético de hombres que corren, apuntan, caen, se levantan,
yacen. Pero no son solo soldados de infantería. Los relinchos y
el batir de cascos de los caballos saliendo de quién sabe dónde,
que ascienden a gran velocidad por la colina, anuncian un es-
cuadrón a galope. Lo dirige, casi pegado a la crin de su caballo,
el coronel Masina. Es la tercera vez que intenta recuperar la
quinta ocupada por los franceses. Ese asalto de la caballería lo
entusiasma como una obra de teatro. La guerra es ahora un
asunto de balística, calibres, una carnicería de artillería y bayonetas: no creía que pudiera volver a ver otra igual.

La tentación de ayudar supera la voluntad de ser útil.
Leone se encuentra en las gradas, entre Varesi y una multitud
de voluntarios, guardias nacionales y simples ciudadanos romanos que han acudido al Janículo al oír los primeros cañonazos. Niños, nobles, burgueses, músicos, incluso un pintor
–con el uniforme de la guardia cívica, pero quizá extranjero,
a juzgar por su tez de porcelana– que dibuja imperturbable
ese paisaje inédito. Es solo un instante, pero Leone lo envidia.
Luego empieza a animar de nuevo y le grita al coronel Masina
¡Adelante, adelante!, como si pudiera empujarlo.

Asombrado, admirado, observa al audaz caballero azul
con el fez rojo en la cabeza mientras se defiende en la escalinata de los franceses que lo han rodeado, hasta que cae, con su
caballo, fulminado por las balas. Pero no es esa la escena. La

sangre chorrea sobre los escalones una majestuosa y trágica alfombra roja. Decenas de cadáveres yacen descompuestos alrededor, como marionetas rotas. El corazón de Leone suspira por ese magnífico animal moribundo.

Al mediodía, la Legión Medici –1.ª, 2.ª y 3.ª compañías y compañía de polacos– recibe la orden de salir de los muros y relevar a las exhaustas tropas de la Legión Italiana que luchan desde las dos de esa madrugada. Leone sigue al comandante bastión abajo y hasta Porta San Pancrazio, atrincherada con mantas y colchones. Arrancados de las camas de los conventos de monjes y monjas, no parecen ser capaces de ofrecer una protección eficaz contra los proyectiles de cañón, pero al menos evitan que las balas reboten.

Apretujados en el umbral de la puerta, en el calor sofocante, ven desfilar en dirección contraria camillas, heridos que con mucha suerte han conseguido retroceder por la estrecha calle de San Pancrazio, bordeada por los muros de las villas colindantes y batida por el fuego de los fusiles franceses. Las manos seccionadas que chorrean sangre, los huesos destrozados que sobresalen blanquísimos de los uniformes acuchillados, las extremidades que solo jirones de carne deshilachada mantienen unidas a los cuerpos, los gemidos de los moribundos y las desesperadas invocaciones a la madre, a Italia, a la patria, que resuenan en el aire fétido, les infunden al mismo tiempo terror y exaltación, ira y angustia.

De dos en dos, ensordecidos por el estruendo, rebasan la batería, dos piezas de artillería humeantes colocadas delante de la puerta y preparadas para bombardear la entrada y la fachada de la quinta de los Quattro Venti. Una bala de cañón golpea una rueda y la explosión mata a un artillero. Uno puede morir sin ser consciente de ello, piensa. Aunque a menudo, también sin ser consciente de ello, se vive. Y no sabe qué es peor. El príncipe don Michelangelo Caetani, que había simpatizado con las reformas, ha acudido a las gradas con traje de gala para disfrutar del espectáculo de la batalla. Se estremece. La guerra no es nada divertida, constata con desagrado, y desaparece. En esa carnicería, su bastón de paseo parece tan incongruente como un rifle en un salón.

Hay un hombre uniformado que despotrica y grita como un demente de tal modo que los soldados se ven obligados a saltar sobre él para sujetarlo y encerrarlo hasta que se calme. La situación debe de ser peor aún de lo que parece, porque se trata de Calandrelli, el comandante de la artillería romana. Los franceses nos insultan, le susurra un garibaldino a Leone, les hacen perder la cabeza.

Giran a la derecha y, a través de una trinchera, salen a una plazoleta resguardada por el muro de un jardín y por una casa. Allí afuera, con el sombrero de fieltro negro con la punta ornada con plumas de avestruz, con ese poncho blanco suyo sobre la chaqueta roja por el que le reconocería cualquiera, está Garibaldi, a lomos de su caballo. También blanco, casi majestuoso. Valor, hijos míos, les dice. Esta es la primera vez que Leone ve al General en Roma.

Muchos dirán que parece más el jefe indio de una tribu que un general. Censuran la falta de decoro de su uniforme y de los de sus hombres, el látigo de gaucho, las formas de líder de una banda. Y desaprueban que se haga acompañar a todas partes por un gigante de ébano negro, que en la batalla hace girar el lazo y desmonta a los enemigos, atrapándolos y arrastrándolos por el polvo como si fueran bestias. Pero las victorias alcanzadas el 30 de abril, repeliendo el ataque de los franceses, y, en mayo, en la campaña contra los napolitanos, deteniendo a los primeros y obligando a los segundos a retirarse, luchando contra ejércitos mucho mejor armados y bastante más numerosos, ya le han otorgado el aura mítica del salvador. Y nadie tiene su carisma. Sabe cómo motivar a sus hombres. Su voz serena e hipnótica tranquiliza a los jóvenes conmocionados.

Leone sigue la pasarela excavada en la zanja y se encuentra en el jardín y luego en la planta baja de la Villa del Bajel. Ni siquiera ha tenido tiempo de sorprenderse, cuando ya ha recibido la orden de ocupar su puesto. Las tropas a las que vienen a relevar se arrastran a cubierto. En sus ojos, una ausencia vidriosa. Leone se dice que pronto sabrá si realmente tiene valor. Desconcertado, se pregunta por un instante qué está haciendo allí, qué están haciendo allí todos ellos, en el salón de esa villa. Se habían alistado para luchar contra los austriacos, no contra los franceses. Leone nunca ha luchado.

En 1848, en el Tirol, su contribución a la Legión Thamberg fue poco militar: ayudante de furriel, se limitó a repartir pantalones, camisas y botas ofrecidos por los ciudadanos y a montar guardia a veces, por la noche. No obstante, tiene más experiencia del mundo que sus compañeros, estudiantes que han vivido en el privilegio y la riqueza. Soportó el esfuerzo monumental de llevar los libros de contabilidad en una oficina, la humillación de unas prácticas no remuneradas, pagado solo como premio por el jefe banquero –que el primer día del segundo año le dio la limosna de 40 *zwanziger* (34 francos)–, ganó un salario de verdad de cincuenta liras milanesas al mes, aburriéndose mientras formalizaba pólizas e indemnizaciones para la compañía de seguros de Trieste, tuvo el valor de abandonar esa vida odiosa, se las apañó viviendo como refugiado, eligió un compañero para el viaje de la vida. Pero todavía no ha realizado las dos acciones que hacen de un niño un hombre. Nunca ha hecho el amor. Nunca ha matado.

Medici busca voluntarios para una incursión a la quinta de los Quattro Venti. Se quita las gafas azules con las que se protege los ojos inflamados de la misma enfermedad que le hincha los pies y los mira uno a uno: entre sus párpados legañosos, sus pupilas son dos ascuas rojas. Leone aguanta esa mirada de fuego. El propósito de la misión es dudoso, Medici tampoco lo explica. La lógica dice que recuperar la quinta de los Quattro

Venti es imposible. Tal vez solo necesite averiguar dónde se esconden los franceses. O determinar lo que realmente ha ocurrido. Empiezan a circular rumores alarmantes. Uno de los garibaldinos que logró escapar ha informado de que hubo una masacre allí: los franceses hicieron barricadas con los cadáveres, el cañón romano los destrozó, montones de miembros humanos sobresalen por entre los escombros. Una bala de cañón vació el torso de un hombre muerto y empotró los intestinos en la pared: los cascotes que llovieron del techo rellenaron su vientre. Tendremos que llevar lejos esos cuerpos. Pero ¿quién podría hacerlo? Sin embargo, en la guerra, tal vez la lógica no importe y no sea necesario formularse demasiadas preguntas. Sea lo que sea, y lo que le espere, Leone levanta la mano.

Y cuando Medici se pone de nuevo las gafas y en sus labios se dibuja una sonrisa, se da cuenta de que todo el primer pelotón de la primera compañía –su pelotón– ha hecho lo mismo. Debería alegrarse por ello, pero no lo logra. A la una de un hermoso día de junio, sigue al capitán Gorini hacia la

pequeña puerta que se abre en un costado de la villa. Leone Paladini, alias Luigi Dini, voluntario, sale bajo el fuego.

Ya es noche entrada cuando se tumba en el suelo de una sala de estar del Bajel. De los acontecimientos de ese domingo le quedará un recuerdo vívido, indeleble y, al mismo tiempo, extrañamente confuso. La sucesión de hechos interrumpida, las secuencias separadas entre sí y agregadas como al azar. Ha corrido bajo los disparos, hacia los cañones de los fusiles franceses que, escondidos entre los sarmientos de un viñedo, han disparado sobre ellos como cazadores a las palomas, alcanzando por puro azar a los compañeros que tenía a su lado, y no a él. A punto ha estado de pisar a Vigoni, de Pavía: casi se ha tropezado con él, muerto por un disparo al corazón. La primera bala, como misteriosamente había presentido ya, tenía su nombre.

Y Bonduri, herido en el trasero, se desplomó bramando de dolor. Malvisi y Cattaneo también fueron heridos, pero los vio correr cojeando, a una velocidad vertiginosa, para llegar a un lugar seguro.

Y aquí está, sin órdenes y sin saber qué hacer, expuesto a una lluvia de balas, sin refugio: no puede ir hacia adelante y no puede volver atrás; se ha sumergido en el campo de trigo junto con el inseparable Varesi, y los tallos de las plantas y las espigas han desviado las balas y lo han salvado. Ha regresado al Bajel sin saber cómo, ha salido de nuevo para un segundo intento inútil de reconquista, ha vuelto de nuevo al Bajel, se ha apostado detrás de una ventana, apuntando con su fusil a la quinta, y en ese momento ha deseado haber sido un mejor tirador; ha salido por tercera vez, con las piernas débiles, zumbidos en los oídos y los labios agrietados por la sed, y ha montado guardia en la caseta del jardinero de los Quattro Venti, ocupada por los defensores, a ochenta pasos de los franceses. Ha luchado contra el sueño que le cerraba los párpados hasta que le han permitido dejar el puesto y descansar el resto de la noche. El suelo es duro, el estruendo de la guerra, ensordecedor, pero el cansancio es tal que duerme como un lirón.

Solo el martes 5 de junio, a mediodía, abandona el Bajel a los *bersaglieri* lombardos de Manara y baja a Roma. Leone Paladini se ha librado, pero el balance de la batalla es muy duro. Han muerto diecinueve oficiales, treinta y dos están hospitalizados. Entre muertos y heridos, quinientos soldados están fuera de combate. Todo lo que queda de su compañía son noventa y cinco hombres vivos y aptos para presentar batalla. Excluyendo las pérdidas debidas a las fugas y deserciones, han tenido nueve heridos y dos muertos. Por desgracia, Bonduri no lo consiguió, la bala le penetró en el sacro, expiró en el hospital. Leone tiene una contusión en la pantorrilla, debida al golpe de una bola, amortiguado por el providencial rebote contra la verja de los Quattro Venti.

Pero la herida que ha recibido en el Bajel no podrá cicatrizar. Los franceses les dispararon a ellos, a los defensores de la República. Siempre ha considerado a los franceses sus hermanos. No los odia, los considera sus maestros de libertad. El papa y los sacerdotes, en cambio, los consideraban hijos del diablo, y, ahora, por el contrario, Pío IX espera que los franceses lo restauren en el poder. La desilusión, el desencanto y la amargura le duelen más que la contusión de la pantorrilla. Anoche, bien protegidos tras el muro de la quinta de los Quattro Venti, los franceses se burlaron de ellos durante horas. Gritaban «Jodeos, cerdos italianos».

Pasa todo el mes de junio en el Bajel. Cada cuatro o cinco días, baja a Roma para descansar unas horas. Encuentra la ciudad sitiada, pero en modo alguno sometida, vital y orgullosamente indiferente a los cañonazos que derriban las casas del Trastevere, hunden las bóvedas de las iglesias, desmenuzan los frescos y los suelos de pórfido, también a las bombas que

319

surcan el cielo como meteoritos y luego bajan cada vez más rápido, pitando y silbando, y caen aquí y allá en los edificios y en las calles. Los mocosos romanos han descubierto que pasan diez segundos, a veces doce, antes de la explosión. Y entonces se lanzan sobre la bomba y apagan las mechas con trapos húmedos y la arcilla con la que se han embadurnado las manos. La artillería, que las necesita para reutilizarlas, les paga un escudo por cada bomba, pero no lo hacen por dinero. Los más audaces arrancan las mechas con las uñas y presumen de ello, con la jactancia irónica que parece ser el don natural de los lugareños. Y no dejan de hacerlo ni siquiera cuando algunos se dejan las falanges y la vida.

Las tiendas están todas abiertas, en el Café de las Artes es imposible conseguir un sitio libre y uno tiene que leer los periódicos extranjeros de pie en el mostrador, disputándoselos con los otros voluntarios que, como él, buscan alguna noticia veraz para entender lo que realmente está sucediendo; entre Piazza del Popolo y Piazza Venezia los carros se atascan, las bandas tocan en las glorietas, las mozas pintureras sonríen a los soldados y por la noche todos los balcones están iluminados. En las calles uno no se cruza ni con un sacerdote siquiera: todos parecen haber desaparecido, aunque debían de ser al menos unos cinco mil, pero tal vez, al igual que las cucarachas —así, con este rudo epíteto, los llaman los romanos—, solo permanecen en sus madrigueras y saldrán en cuanto termine su noche. Antes de subir de nuevo al Janículo, Leone siempre pasa a saludar a Varesi en su taller situado detrás del Monte Citorio.

Pase lo que pase, no serán como Aquiles y Patroclo, como Euríalo y Niso. Su amigo recibió la orden del comandante de no volver al frente, de quedarse y encargarse de la guarnicionería y remendar zapatos, preparar cinturones y correas para las armas. Medici también desea que le fabriquen bolsas de cuero idénticas a las que había visto en Uruguay. Mientras siete u ocho hombres de la compañía se apresuraron de inmediato a ofrecerse como voluntarios para hacer ese trabajo seguro en la retaguardia, Varesi había intentado negarse. El guarnicionero tiene valor. Y no le hace falta demostrarlo. Todo el mundo sabe que en 1848 fue de los más activos en las barricadas de Milán y contribuyó en la toma de Porta Tosa. No es de esos hombres que se echan para atrás. Pero Medici quiere preservar las habilidades artesanales de Varesi. Su filosofía es que todos deben contribuir, es decir, que cada uno haga lo que mejor sabe hacer. Y la presencia de ese trabajador ennoblece su compañía. Los papistas han contado a los extranjeros que la República de Roma solo la defienden los socialistas y comunistas de Mazzini, trovadores políticos, utópicos, soñadores extraños de todas las naciones y jóvenes exaltados, estudiantes hijos de papá, artistas y bandidos de otros estados italianos y, por eso mismo, considerados extranjeros. Ni los romanos ni el pueblo: a estos les gustaría que el papa regresara. Varesi es la prueba de que mienten, así que debe vivir para demostrarlo.

Leone deambula por entre las mesas del taller, sobre las que se amontonan suelas, empeines, correas y latas llenas de clavos, respira el agradable olor del cuero y de la cola, observa a Varesi, delgado pero fuerte, mientras maneja con sorprendente delicadeza las tijeras y recorta las cinchas. Le gustaría saber utilizar las manos con la habilidad de su amigo, pero él, como herrador fue un desastre, y, como veterinario, ni siquiera fue capaz de sacar un feto del vientre de una yegua. Hasta hace unos meses sus manos no le servían para nada que no fuera aferrar un lápiz u hojear las páginas de un libro, y los ejercicios con el fusil le cubrieron inmediatamente los dedos de ampollas. En esos minutos en el patio de la guarnicionería, Varesi y él nunca se dicen nada y se saludan haciendo un gesto con la cabeza. A ninguno de los dos le parece digno hablar de sentimientos, de esperanza, de miedo. Nos vemos, suelta

Leone al final, y se aleja deprisa. Varesi lo sigue con la mirada hasta que desaparece en la calle –delgadito, estrecho de hombros y el pelo tan revuelto que clamaba por la aparición urgente de un buen barbero– y luego vuelve a inclinarse sobre la mesa de trabajo, inquieto.

Leone vuelve a la villa, ya convertida en su verdadera casa romana. Cuando pasa por delante de las ventanas, se arrastra por el suelo: los franceses disparan contra todo lo que se mueve. La orden de Garibaldi es conservar el Bajel a toda costa. Es el único edificio fuera de las murallas de Roma que aún está en manos de los defensores. Garibaldi, que se pelea con el Gobierno, amenaza a Mazzini casi todos los días con dimitir, considera que todos los mandos militares de la República son unos ineptos, solo confía en las cualidades bélicas de Medici: por eso ha asignado a su antiguo compañero de armas esa tarea.

Medici se ha instalado en uno de los saloncitos de la planta baja, adyacentes al gran salón central, sostenido por dos columnas de mármol y ocupado por otras singulares columnas de pan: cientos de hogazas con la costra negra, el único suministro de provisiones que se ha podido transportar al Bajel. Leone duerme en el suelo, en una u otra habitación, con la cabeza sobre una de esas hogazas seca y endurecida como una almohada de piedra franciscana. Aunque la villa está repleta de soldados, no hay escasez de espacio. A veces, cuando abre los ojos, el comandante está allí, de pie, mirándolo: con ese calzado con suela de cuerda, camina tan ligero como un fantasma. Leone reza en su interior que no le ordene subir a la terraza.

En esa magnífica terraza con vistas al campo y al horizonte, pasó horas felices, hasta hace pocos días. Ahora el trabajo de centinela allí arriba es una tortura. El cuerpo queda totalmente expuesto a los disparos de los centinelas enemigos. Y el parapeto es tan bajo y los ladrillos tan quebradizos que ni siquiera las piernas están a salvo. Es como estar en un duelo, frente al adversario, le informó Cadolini, que ya hizo su turno. Pero, total, añadió con la arrogante indiferencia de sus dieciocho años, puedes oír el silbido de la bala y apartarte. Los centinelas franceses tienen muy mala puntería. Los duelos entre centinelas los ha ganado todos él. Leone no sabría decir si Cadolini es un joven muy afortunado o muy valiente. Si su valor nace de la despreocupación de quien hace caso omiso de la muerte o de quien se ha acostumbrado a ella.

No se fue con él cuando, junto al amable y timidísimo Rasnesi, su inseparable compañero, salió a recoger frutas y alcachofas en tierra de nadie, entre los dos bandos. Agachados por el campo, indiferentes a las balas que les pasaban rozando y levantaban trozos de terrones a su alrededor, llenaron las fiambreras con fresas, rojas, jugosas y maduras. Antes de probarlas, Medici, a quien se las ofrecieron con devoción, quiso saber dónde las habían recogido. Cadolini señaló sin dudarlo el campo y, como para justificarse, comentó que, si nadie las hubiera recogido, habrían acabado pudriéndose. Medici les reprochó amargamente que hubieran puesto sus vidas en peligro por una frivolidad. Incluso los habría castigado si los rostros imberbes y radiantes de los dos adolescentes no lo hubieran inducido a la indulgencia. A pesar de todo, permitió que las repartieran entre los voluntarios de guardia. Las fresas desaparecieron en cuestión de minutos. Al final, incluso Medici se llevó una a la boca y la saboreó lentamente. Cadolini y Rasnesi son demasiado jóvenes para saber que jamás volverán a comer fresas tan dulces.

Los franceses están a menos de cien pasos. Han situado la batería número 10 en la quinta de los Quattro Venti, prácticamente a tiro de fusil. Cuando el cañón está en silencio, Leone los oye hablar, reír, bromear. Pero la artillería no descansa mucho rato. En cuanto parte el disparo de 36 milímetros, el suelo del Bajel y las paredes tiemblan, como durante un terremoto. Las balas de cañón sobrevuelan la villa, para chocar contra las murallas, contra la Porta San Pancrazio o en el barrio del Trastevere que queda más abajo. O bien acribillan las paredes de la tercera planta. Leone se ha acostumbrado y ya no le impresiona. A estas alturas, conoce todos los sonidos de la guerra. Distingue los proyectiles por el ruido. Cada arma tiene una voz. Las balas de las carabinas estriadas silban como las golondrinas y las de las carabinas ordinarias, como el vapor que sale de la locomotora. Las balas de cañón rugen como el hierro candente en el agua y, cuando caen, chirrían como un cerrojo oxidado. Las esquirlas de las bombas zumban como abejorros.

A veces desde los defensores de las murallas parte una insensata descarga de metralla o un disparo de la artillería romana marra su trayectoria y cae en el jardín de la villa. Protegido del fuego enemigo, pero no del amigo. Algunos compañeros de Leone resultan heridos. Pero él permanece incólume. Con el paso de los días, empieza a desarrollar la creencia demencial que tarde o temprano mina a todos los soldados: creer que son invulnerables.

A mediados de mes, se encuentra mordisqueando un bocadillo de salami acompañado con cebollas recogidas de los campos de los alrededores, en el jardín de la parte trasera del Bajel, que está en el punto ciego, es decir, protegido del fuego de la artillería francesa. Mastica con tranquilidad, aunque ya comiera salami el día anterior y también el día anterior: cuesta mucho llevar otros suministros al frente. Come, sobre todo, con fruición, indiferente al hedor de putrefacción que surge de los cadáveres esparcidos en el jardín colindante de la quinta de los Quattro Venti. Nadie ha podido retirarlos ni enterrarlos y llevan desde la noche del 3 de junio allí, descomponiéndose bajo el sol ya estival, hinchados como si fueran ahogados y negros como el carbón.

Pero justo cuando está saboreando el salami se da cuenta de que se ha acostumbrado a ese horrible hedor. Y entonces lo asalta el desánimo. Al principio, le molestaban los comentarios de los oficiales de los *bersaglieri* lombardos, que sostenían haber llegado a Roma demasiado tarde y solo para presenciar el final de una obra teatral. No es una obra teatral, protestaba, nunca lo ha sido. Pero ahora que se está convirtiendo en un drama, tal vez en una tragedia, tiene la impresión de que esta batalla, cuanto más épica se vuelve, como si fuera un nuevo asedio a Troya, tiene mucho menos sentido. Que la libertad, la patria e incluso la gloria son solo palabras utilizadas por los profetas para engañar a los idealistas tontos o por los astutos para enviar a los rebeldes a la muerte o al exilio y disfrutar ellos de sus rapiñas.

Y él se lo creyó. Se dejó ilusionar... ¿o engañar? Le pasa por delante de sus ojos la cara de zorro de su hermano, escenógrafo en la Scala. A saber si estará preparando en este momento los telones de fondo para la nueva ópera de Verdi. Y él, en cambio, está aquí, en Roma, estúpido aspirante a héroe, dispuesto a morir por quimeras, como un don Quijote de pacotilla.

Le hinca el diente a la última rebanada de pan, se limpia los dedos en los pantalones y se pone en pie. Voy a hacerlo, piensa, ahora se lo digo. A grandes zancadas se interna por los pasillos del Bajel y pregunta por el comandante. ¿Dónde está Medici? Necesito hablar con él. Quiere presentarle su dimisión. Será breve, seco, decidido. Dirá: «Dimito. Aquí está el fusil, me bajo al cuartel, me quito el uniforme y renuncio a la paga de la semana, adiós.»

Pero cuando por fin localiza a Medici, quien, al final de la galería, le está explicando algo a uno de sus compañeros, se detiene en seco. El muchacho le entrega lo que parece un alambre, lo encontró, dice, sobre el cadáver de uno de los caídos el 3 de junio. No debo dejarme convencer, se repite, no debo escuchar. Pero las secas palabras de Medici se propagan por esa sala vacía. Los Chasseurs de Vincennes utilizan cartuchos más largos que los normales y cada uno contiene otros más pequeños, explica el comandante, sin énfasis alguno, casi susurrándolo, se llaman balas de cadena. Las dos balas están unidas con un cable enrollado en forma de espiral. Después de que el rifle las dispare, se separan unos treinta centímetros, realizando un movimiento de rotación, por lo que el alambre sierra todo cuanto encuentra. Va en contra de todas las convenciones, es una barbaridad, suspira el muchacho. El comandante no le da la satisfacción de deplorar esa práctica. Es trabajo de los políticos y de los diplomáticos. Pero es demasiado arduo para un militar fijar qué es lo lícito en una guerra.

Leone se esfuerza en no pensar en esa guillotina voladora, de la que se ha librado sin saberlo. Busca otras palabras, mejores, más incisivas (¿debería hablarle tal vez sobre su repentina desconfianza en la posibilidad de hacer realidad el ideal?) y Medici, que se ha fijado en él, le dirige una mirada dubitativa: desde que le explicaron que en ese trágico domingo se distinguió por su sangre fría y la exactitud con la que realizó las tareas más difíciles, al comandante le cae bien ese soldado de Milán, ni bueno ni experto, taciturno y modesto, y le muestra una confianza ilimitada. Entonces hace un gesto con la cabeza, se da la vuelta y se aleja. Si la palabra deserción es apropiada para un recluta, no se ajusta a un voluntario. Solo responde ante sí mismo y ante su conciencia: sin embargo, no hay superior más severo. Por eso, un voluntario no puede echarse atrás.

Por la noche, un mensajero le entrega una carta de su padre: en vez de culparlo o pedirle que se ponga a salvo, lo anima y le dice que está orgulloso de ese hijo lejano, que arriesga su vida para contribuir al bien de los demás, y no al suyo propio. Leone no está del todo seguro, pero pensar que otros lo creen lo fortalece. Así es como se queda. Si tiene que morir, será su destino. Otros continuarán luchando por sus convicciones y harán realidad sus esperanzas.

Los franceses –avanzando sus baterías en los bastiones del Janículo– han modificado el fuego de artillería y ahora con los proyectiles de 26 o 36 milímetros pueden alcanzar la ciudad incluso en barrios que antes se consideraban seguros. Siempre disparan contra el Campidoglio, donde la Asamblea está reunida de forma permanente, pero las bombas han caído sobre el Aracoeli, en los Prati, en los Catinari, hasta la *Aurora* de Guido Reni, en el edificio enfrente del Quirinal, ha resultado dañada. Disparan trescientas cada día. Por la noche, la lluvia de bombas ilumina el cielo como cohetes de los fuegos artificiales.

Es justamente esa claridad la que revela un frenético hormigueo en el lado izquierdo del Bajel. De centinela, en una ventana de la planta superior, está Barabba, un mozo de cuerda milanés. Fornido, de cuello taurino y ojos de buey, nadie sabe cuál es su verdadero nombre. No está en su compañía, Leone nunca ha hablado con él. Se ha preguntado varias veces, sin éxito, qué delitos habrá cometido antes de alistarse, para ganarse ese apodo, pero se ha abstenido de preguntárselo. Tal vez se llame realmente así y solo por no ser noble ni estudiante sospecha en él un pasado de criminal. Le repugna encontrarse contagiado de la incurable enfermedad del clasismo. La rechaza en los demás; en sí mismo, le ofende.

Barabba pasa por encima de él, como si fuera un montón de trapos en el suelo, y se reúne con Medici, quien en el saloncito contiguo se dedica a cambiarse el vendaje de los pies. Pierden líquido como si los hubiera metido en el agua. Comandante, alarma, se apresura a explicar atropelladamente, porque no está acostumbrado a expresarse en italiano, los franceses están construyendo un terraplén, van bien encaminados, si lo rematan esta noche, pueden entrar mañana. Imposible impedirlo, responde Medici, sin interrumpir siquiera la delicada operación. Se limita a enviar una docena de soldados a la planta inferior, para reforzar la vigilancia, y le ordena que vaya a descansar.

Barabba obedece, decepcionado. Pero, cuando pasa de nuevo por delante de él, estalla. ¡Joder!, los franceses están aquí abajo, a diez pasos, los tenemos casi metidos en el culo. Sacude con la punta de su botín al compañero que duerme acurrucado junto a Leone. Vamos a hacer una incursión. ¿Quién se viene conmigo? El compañero –¿quién es? ¿Ciabattini, el carpintero de Arezzo? ¿Romanelli, el bizco?– murmura y se da la vuelta. Leone se sube la casaca hasta los ojos. No participará en ninguna acción temeraria. ¿Quién viene conmigo?, insiste Barabba. Solo tenemos que actuar en silencio. Nada de disparos hasta que lleguen a las cañas. Saltamos sobre ellos y los machacamos a todos. Pasa un dedo por la hoja de la bayoneta y con la otra mano hace el gesto de cortar la garganta. ¿Qué os pasa? ¿Os habéis convertido en conejos? Es inútil, murmura Leone, ¿has oído lo que ha dicho el comandante? Déjalo estar. Pero Barabba no se rinde. Debe de haber logrado convencer a algún compañero, insomne, tal vez, o tan animoso como él. Leone oye el repiqueteo de sus pasos al perderse por las habitaciones del Bajel.

Es casi el amanecer y Leone está vigilando una brecha en la muralla, con el fusil cargado metido en la grieta, cuando Barabba se arrastra hasta la habitación y se deja caer al suelo, exhausto. Su barba está ensangrentada y a su chaqueta rota le falta una manga. Hace rotar una moneda de oro entre sus dedos. No la he robado, le dice a Leone, al ver que él la está observando. Ni siquiera la quería. No soy un mercenario. Me lo dio él, dice, señalando con un gesto al comandante, que en la salita de al lado sigue en la misma posición que la víspera, con la espalda apoyada en el pilar, desvendándose los pies, porque de nuevo la gasa está empapada de suero. A estas alturas tiene que cambiárselas cada pocas horas. Giacomo Medici solo tiene treinta y dos años, pero se está descomponiendo él también, como la villa, como todas las cosas de aquí.

Dejé que se escaparan, informa Barabba, pese a que Leone no le haya preguntado nada. A todos. Podríamos haberlos matado. En cambio, cuando salté entre los franceses, me vi solo. Tienes suerte de que no te haya fusilado por insubordinación, comenta Leone.

Qué dices, al contrario, el comandante me elogió, dice Barabba. Sabe que era lo correcto. Incursiones, guerra de guerrillas, como lo llaman en América del Sur. Estás escondido, sales, golpeas y huyes. Medici y Garibaldi pueden ser experimentados cabecillas y pésimos generales, como dicen esos señoritos de los *bersaglieri* lombardos, aristócratas que llegaron a Roma movidos más por las circunstancias que por la voluntad, en vapor y no a pie, como nosotros, pero la guerrilla casa por casa, piedra por piedra, es así. Dio él la orden de no disparar hasta que los franceses estuvieran en las cañas.

¡Las cañas de junco! Las echaron hace unos días alrededor del edificio, secas, a puñados, para que, al crujir bajo los pasos de quienes las pisan, revelen su presencia antes incluso de que lo haga la luz. Pobres estratagemas intemporales de todos los asediados... Y luego, a esa distancia, tienes la certeza de que las balas no se desperdician. La moneda me la dio Medici, insiste Barabba. Le dije que se la quedara. Me respondió: Quédatela, ya la cambiarás por una medalla.

Pero ¿por dónde has pasado?, le pregunta Leone con curiosidad. La acción descabellada y solitaria de Barabba le provoca tanta admiración como fastidio, porque no fue idea suya llevarla a cabo. Por el jardín, responde Barabba, como si fuera lo más natural del mundo, apostarse en esas calles expuestas a todo tipo de disparos. Me agaché detrás del macetero de los limones. Benditas plantas. ¿Tú las has visto bien? Algunas hojas, tan grandes como mi mano. Son estupendas. En Milán no hay cítricos como esos. Piensa, Paladini: con todas las bombas y las balas que le han llovido encima, con el polvo y la sequía, ese limonero sediento aún tiene sus frutos colgando. Debo de haber contado unos cuarenta. Maduros, amarillos y brillantes como faroles. Un limonero heroico, en serio.

Por un instante, Leone se abandona al pensamiento de lo muy absurda que es la guerra. Un mozo de Milán está a punto de saltar a un terraplén para masacrar a sus coetáneos, quienes solo están esperando la oportunidad para masacrarlo a él y resulta que a ese muchacho le da tiempo para maravillarse por la belleza de un limonero y para contar los frutos en las ramas. Lo observa, de reojo, para no apartar la vista del tramo de frente que está bajo su vigilancia. Ensangrentado e hirsuto como un jabalí, Barabba saca del bolsillo de su pantalón uno de esos heroicos limones, lo corta con la hoja de la bayoneta y exprime sobre sus labios agrietados el jugo ácido: entrecierra los ojos y traga, agradecido.

La mañana del 21 de junio, Medici da la orden de minar el Bajel. Por la noche, los franceses intentaron tomar la pequeña avanzadilla de la casa Giacometti, una casucha que queda a menos de cincuenta pasos de la quinta de los Quattro Venti, quemada durante los enfrentamientos del 3 de junio. Los muchachos habían apilado en la buhardilla los cadáveres de los compañeros caídos y a punto estuvieron de morir asfixiados para sacarlos de allí. Giovanni Cadolini, que estaba dentro en el momento en que estalló el incendio, se quedó impresionado. Morir para salvar a un compañero herido es casi un deber ineludible para un soldado. Morir para salvar un cadáver es un acto gratuito, de una nobleza que supera todas las palabras. En los días de tregua después de la batalla, con la ayuda de la gente del pueblo y de los reos de Roma, excavaron una trinchera para conectar esa preciosa ruina con la villa. Si los franceses consiguieran apoderarse de él, gracias a aquella trinchera, habrían asaltado el Bajel en cuestión de minutos, pero los centinelas los avistaron y los mataron con sus bayonetas.

No sin pérdidas. Entre los defensores cayeron un capitán y tres soldados. Aun así, los franceses han estrechado el cerco. Van a intentarlo de nuevo. A estas alturas, Medici ya sabe que no podrá resistir mucho más, pero su filosofía no concibe la retirada. En lugar de entregar el Bajel al enemigo, lo va a hacer saltar por los aires.

Hay un ingeniero de Mantua en la compañía. Se llama Borchetta. Medici le ordena que consiga muchos barriles de pólvora. Debe colocar la caja con los hornillos para la pólvora en la base de todos los pilares de las esquinas del edificio.

Al anochecer, cuando regresa de su turno de centinela en las murallas, Leone observa con extrañeza las maniobras de Borchetta. Lleva tres días sin dormir y cree estar soñando, pero aquello es cierto. Así que van a ser ellos los que van a arrasar el Bajel hasta los cimientos. Del palacio barroco original no va a quedar ni una piedra.

Tercera parte
La virtuosa Plautilla (1640-1656)

Elpidio y yo tomamos el camino corto de la ípsilon. Cada uno por su lado, pero al mismo tiempo. En realidad, no lo elegimos. Tal vez no reconocimos la bifurcación del camino. Pero lo cierto es que el otro camino no pudimos recorrerlo.

Los carmelitas me interrogaron tres veces. Repetí siempre lo que mi padre le había dicho a fray Plauto. Me había equivocado al sombrear ciertas partes de la cara de la Virgen, porque nunca había pintado una obra grande y, una mañana, la encontré milagrosamente terminada. Podría haber cambiado la versión, corregido el malentendido. Fray Plauto había muerto en 1637, no me desmentiría. O podría haber revelado mi secreto: sufría de ausencias, tenía una sombra en mi interior. A veces era otra persona. Pero ¿realmente existe quien pinta? ¿De quién es la mano que se mueve sobre el lienzo?

Esos buenos frailes temían que yo viviera sus pesquisas como un interrogatorio y, para no asustar a la tímida virgencita, querían que estuvieran presentes mis padres: Chiara y el Briccio asistían mudos, pero su nerviosismo me hacía tartamudear. Él me miraba impenetrable, ella se humedecía ansiosamente los labios, se mordisqueaba los padrastros de las uñas; se movía, como si estuviera sentada en un alfiletero, de un lado a otro de la banqueta de madera pintada de color nogal (la pintura empezaba a descascarillarse, revelando la miserable ficción). Con el paso de los años, mis padres se aferraban a esa historia milagrosa que ellos mismos habían inventado: para mi madre era una cuestión de fe; para mi padre, no lo sé. En cierto sentido, era su obra maestra. Algo falso en lo que crees y que se convierte en verdadero. Él mismo me lo dijo.

Lo confirmaba cada vez con las mismas palabras. Aún no sabía decir que no. Mis obligaciones, mis estudios, mi destino, mis deseos, incluso mis placeres: otros los habían decidido por mí y yo siempre había aceptado todo. Solo con la madurez aprendí el poder subversivo de la negativa.

A principios de 1640, mi padre donó la *Virgen con Niño* a los padres carmelitas de Monte Santo, que siempre la habían anhelado. La colgaron sobre el altar de su minúscula iglesia del Babuino, insignificante y sin decoraciones y, hasta entonces, frecuentada solo por los frailes.

Pero la calle Paolina, que comenzaba después del portón, era una de las más animadas del Tridente, por ella pasaban a todas horas del día romanos, forasteros, peregrinos, y todos, antes o después, sentían la curiosidad de echarle un vistazo a la pala de altar, porque la del rostro de María completado por mano divina se había convertido ya en una de las muchas historias maravillosas de Roma, cuyo origen nadie conocía, y que, repetida de boca en boca, en vez de desvanecerse en la leyenda, se transformaba en un hecho irrefutable.

Las mujeres del barrio empezaron a pedirle la gracia, como si fuera un icono antiguo y venerable. También es posible que hayan preferido a mi Virgen por su sonrisa benevolente o por ser sencilla e ingenua como ellas. A veces deseaba no haber pintado ese cuadro, pero entonces nunca habría conocido a sor Eufrasia della Croce y mi vida habría sido diferente.

Mi padre amaba a Jesús y a María al menos tanto como a la pintura y la literatura y, a fuerza de estudiar los textos sagrados, llegó a convertirse en un teólogo, capaz de disertar durante horas sobre la naturaleza del mal que afligía a Magdalena (pretendía demostrar que no estaba poseída) o sobre la etimología de la palabra nazareno, pero a esas alturas no éramos beatos, ni muy devotos. El invierno ya no era el tiempo de las devociones: descuidábamos Todos los Santos, el octavario y la vigilia de los Difuntos, la novena de la Inmaculada, la novena de Navidad, las Cuarenta Horas, las oraciones reparadoras del Carnaval... Nos limitábamos a cumplir con nuestro deber como buenos católicos: ayunábamos durante la Cuaresma, yo iba también a misa por él todos los domingos y los días de fiesta y comulgaba en Semana Santa, pero para aquel entonces nos apasionaban más las matemáticas, los números, la astronomía, el cosmos, la naturaleza y creíamos en la necesidad de investigar los misterios de la creación para alcanzar el verdadero conocimiento. La Iglesia, en cambio, intentaba bloquear el camino a la nueva ciencia.

Hacía una década, tras la muerte del príncipe Cesi, el cardenal Barberini se había negado a socorrer la Accademia dei Lincei y dejó así que se muriera. El Briccio pertenecía a muchas academias menores y nunca habría sido admitido en ese grupo selecto de ascetas del conocimiento –las mentes, decía, más excelsas del siglo–; por otra parte, estaba casado y ese estado civil ya habría bastado para excluirlo. Pero miraba la Accademia dei Lincei como a la República de las Letras ideal con la que siempre había soñado. Un país sin fronteras, sin territorios ni dogmas que defender, poblado de ingenio y armado solo con ideas. Y el Barberini, si bien había sido uno de sus apoyos, quiso destruir esa República. Para acallar las voces contrarias a las autoridades, detener los estudios, enterrar los hallazgos de los científicos en el silencio de los documentos.

Pero aún más grave que la traición del cardenal fue para mi padre la de Urbano VIII, en quien había depositado tantas «expectaciones». El papa aisló a Galileo Galilei, lo hizo juzgar y luego condenar. En nuestra casa, no comentamos la sensacional noticia de su abjuración, pero jamás olvidamos sus descubrimientos. Cuando al príncipe Cesi, para ver «las cosas más pequeñas», el científico le regaló el anteojo, que luego Giovanni Faber bautizó como microscopio, el Briccio instó a sus conocidos para que le enviaran un dibujo del mismo e incluso trató de fabricarse uno por su cuenta. No sabría decir si la lente que había montado ingeniosamente en un tubo de hojalata era realmente un microscopio, pero sé que lo colocamos delante del diente de la ballena de Santa Severa y se nos reveló otro mundo. La materia se transformaba en un tejido poroso similar al panal donde las abejas depositan los huevos y la miel: formas repletas de organismos minúsculos, palpitantes, animados por una energía invisible. Fue como si nos fulminara un rayo. Así que lo que parece no es más que un reflejo, ni siquiera fiel, de lo que somos realmente por dentro.

Y si las cosas cercanas encerraban tantos misterios, cuántos más ocultaban las lejanas. Los astros, los planetas, los cometas... ¿Qué hay, más allá del cielo, más allá de todos los horizontes? Había visto a mi padre estudiar el *Nuncio* y el *Saggiatore,* elaborar cálculos sobre el movimiento del Sol y de la Tierra, escrutar las estrellas desde el tejado del edificio de las Tre Colonne y observar el Sol protegiéndose los ojos con un cristal ahumado. Yo también lo observé. Un círculo ardiente, un globo de fuego, como en las visiones de los profetas.

Los Barberini se despojaron de su máscara y mostraron el rostro repugnante del poder, murmuraba mi padre. Despilfarran el dinero del Estado para medrar ellos. Lo que apoyaban ya no era arte, sino retórica. Urbano VIII se había atrevido a hacer que Bernini esculpiera, en vez de las vides de la Biblia, su árbol emblemático, el laurel, en el dosel de San Pedro, en la iglesia del primer apóstol: ¿podía imaginarse una vanidad mundana más deletérea por parte de un pontífice? Incluso Pietro da Cortona se había convertido en una abeja obrera de la colmena barberina y, tras él, su pérfido gregario Romanelli. El arte moría en el momento en que parecía brillar en todo su esplendor. Pero la investigación científica no podrán detenerla. Emigrará a otra parte, más allá de los Alpes, y Roma se convertirá en la provincia de la ciencia. Para siempre.

Estas diatribas –reservadas para los oídos de Basilio y los míos, porque si uno decía ciertas cosas a los desconocidos, acababa ante el Santo Oficio y luego de rodillas con un cirio en la mano– se terminaban en una apocalíptica reprensión de la hipocresía de nuestro tiempo, y no perdonaba al clero, degenerado en una camarilla de crápulas cucarachas, mercenarios y ateos. A quien, después de que mi *Virgen* fuera colgada en la iglesia, le aconsejaba que me vistiera monja, mi padre le contestaba que un monasterio romano es el lugar menos apropiado para servir a Dios Nuestro Señor. En Roma, la gente peca como si no existiera Dios, porque, al fin y al cabo, el papa concede la indulgencia. No despertaba demasiada reprobación porque estaba minado por la quiragra. Pobre Briccio –lo compadecían–, tiene tofos en las orejas, en los cartílagos y en las manos. También tendrá tofos en el cerebro.

Algunas de aquellas mujeres fueron escuchadas. Bajo mi Virgen María empezaban a acumularse ofrendas de agradecimiento. Medallas, dibujos, láminas de plata, notitas, rosarios, ropa de bebé, manitas de cera, monedas. Empecé a preguntarme si la gracia dependía verdaderamente de la figura pintada o incluso de mí. No sabía qué creer. Empecé a dudar. Gabriel Naudé, el bibliotecario parisino de Mazzarino, escribió que Italia está llena de ateos, libertinos y gente que no cree en nada, y Roma, la capital de la cristiandad, es la ciudad menos espiritual del mundo. Sus palabras indignaron a todo el mundo. Pero eran, y son, ciertas.

A pesar de todo, Nuestra Señora del Monte Santo ha obrado milagros y sigue haciéndolo. Llamamos milagros a lo que la ciencia no explica y la razón no aclara. Con el tiempo dejé de inquietarme por ello y así me reconforté. Cuando sor Eufrasia cruzó las puertas del cielo, hace ya casi treinta años, aún creía que María me había elegido. Hoy sé que si no la decepcioné a ella ni a todos los demás fue por falta de valor.

Una mañana –debía de ser al final del siglo, para entonces ya tenía yo más de ochenta años–, una lavandera vino a presentarme sus respetos. Ella también era anciana, tenía todo el pelo canoso. Se lanzó a mis pies y, aunque intenté levantarla, consiguió besarlos. Entonces, me entregó un hatillo que olía a leche. Su hija, de pocas semanas. Nacida por la intercesión de la Virgen –de mi Virgen– después de treinta y cinco años de matrimonio estéril. Me suplicó que le pidiera cualquier cosa, porque me la daría. No creía que el cuadro hubiera sido pintado por la propia Virgen. Me atribuía a mí un poder taumatúrgico.

Fue entonces cuando lo entendí. No eché a la lavandera y, es más, le regalé a la niña todas las joyas que me quedaban. Todo artista sueña con cambiar el mundo, mejorar la vida y el alma de los demás, con sus obras. Y yo, a mi manera, lo había hecho.

Había un cuadro mío en una iglesia. Así, en 1640, me convertí oficialmente en pintora. En los momentos felices descubrimos quiénes nos aman de verdad. Alegrarse por otro –descubrí en esa ocasión– es más difícil que consolarlo en el dolor. Ni Albina, ni mi madre, ni Basilio, lo celebraron: él, por celos; ellas, por indiferencia. El *cavalier* d'Arpino, al que solo le quedaban unos meses de vida, al menos, me habría felicitado de no estar tan obsesionado con la remuneración recibida por su último retablo: a mí me pagaron con una caja de guantes, seis tenedores, seis cucharas y seis cuchillos con mangos de plata, una pieza de seda, dos jarrones de flores, una cesta de mazapán y rosquillas, a mí, señora Briccia, que era el primer pintor de Roma, repetía con amargura. Solo pensaba en el columpio de la gloria y en ese momento lo dejé despotricar y me fui de allí. El señor Pietro da Cortona se había marchado a Florencia a pintar para los Medici, y Romanelli estaba en los palacios del Vaticano, absorbido por los frescos de la sala de la condesa Matilda: los tres, de todas formas, no habrían considerado relevante exponer una obra en una iglesia. Era una meta mínima para un pintor. No habrían entendido lo que podía significar para mí.

Así que la única persona que compartió mi alegría fue sor Eufrasia, emocionada incluso por el hecho de que una pintora, y joven por añadidura, tuviese el honor de que uno de sus cuadros colgara en una iglesia de Roma. ¿Era tal vez la primera?

No, no, me apresuré a corregirla. En Santa Sabina el cuadro del altar entre las dos columnas de alabastro es de Lavinia Fontana. Que también pintó en la basílica de San Pablo. En la iglesia de Santa Lucia alle Botteghe Oscure todas las telas las realizó la señora Caterina Ginnasi, con dibujos de Lanfranco. Y las flores alrededor del cuadro de Andrea Camassei en el altar de san Gaetano di Thiene, en Sant'Andrea della Valle, son de Laura Bernasconi. Y quizá haya otras de las que no tengo noticia. Pero estas son seguras. Las vi con mis propios ojos. Cuando empecé el estudio de la pintura, mi padre quiso enseñármelas, para que tuviera confianza en la posibilidad de emular a esas artistas.

No son muchas, teniendo en cuenta la cantidad de pinturas que cubren el interior de las iglesias de Roma, observó sor Eufrasia, decepcionada. Solo tres mujeres pintoras frente a miles de pintores... De todos modos, estaba segura de que no sería el único cuadro mío expuesto al público y que asombraría al siglo. Redimiendo a mi sexo y la mitad burlada del mundo. Sabed, mi querida Plautilla, quiso añadir, que siempre estaré a vuestro lado y os apoyaré en vuestra aventura lo mejor que pueda. Vos sois yo misma. Dejadme ser vuestro ángel de la guarda.

Elpidio, por su parte, me envió una caja. Después de aquel traumático encuentro en el carruaje, no habíamos vuelto a vernos. Desazón, vergüenza, revancha o, simplemente, vidas que a esas alturas eran demasiado diferentes. Pero así como él era mi primer pensamiento al despertar y el último del día, yo también debía de vagar todavía en sus pensamientos. La caja contenía mi guante, que hacía cinco años había quedado entre sus manos. En la nota que la acompañaba, solo dos líneas. No quiero el envoltorio si no puedo tener lo que se encuentra dentro.

Me estaba preguntando si debía interpretar esas enigmáticas palabras como una despedida o como una invitación, cuando me di cuenta de que mi madre se había puesto el guante. Hija mía, dijo ella, afable, la vida es una sola y es breve, créeme. No quiero saber cómo y cuándo se lo diste. No tenías que haberlo hecho, porque lanzaste un desafío que un hombre está obligado a recoger, sea de quien sea, pero solo Dios puede juzgarte. Aún no he llegado a comprender si el abad Benedetti es un literato inadaptado o un perfecto cortesano. En ambos casos, el tipo de hombre más dañino para ti. No sé si lo amas, ni si eres amada, tampoco te lo deseo, porque el amor garantiza la infelicidad y se estropea con el primer golpe, como una manzana, mientras que el interés puede vencer para siempre. El abad Benedetti podría haberte sido útil, así que primero cerré un ojo y, después, los dos, pero ahora las cosas han cambiado. Eres la virgen elegida por María, es lo que quisieron tu padre y la Virgen. No permitiré que te roce ni la más mínima sospecha. Mientras el Briccio respire en esta tierra, mientras seas una mujer joven y él un hombre atribulado por las pasiones, no volverás a verte con el abad Benedetti jamás.

Mi madre nunca se había preocupado mucho por mí. Había elegido a Albina y, luego, a Basilio. No me entendía, no me aceptaba. Yo era la criatura de mi padre, la Briccia. Al principio se había burlado de mis sueños y había intentado minar mi voluntad de ser pintora, pero más tarde renunció a ello. Se limitaba simplemente a criticar con ironía mis obras, a comentar mis fracasos, a restarle importancia a mis éxitos. Yo, sin embargo, nunca le guardé rencor. Mi madre es la mujer más agradable que he conocido en mi vida. Su llamativa estupidez le permitía ejercitar su perversa inteligencia; su artificiosa superficialidad la protegía de dolores y arrepentimientos. Nunca habría querido ser como ella, pero la admiraba. Nunca me pidió ni me obligó a nada. Me dejó la libertad de ser diferente a ella. Si tengo una hija, pensé, ojalá yo fuera capaz de hacer lo mismo. Estuve de acuerdo.

Elpidio había entrado al servicio de Mazzarino. Ahora que estaban a ochocientas ochenta y cuatro millas de distancia, su relación, accidentada y socavada por la desconfianza, se convirtió en un vínculo indisoluble para el que no soy capaz de encontrar la palabra. Maestro no es suficiente, amigo tampoco. El léxico amoroso sería el más adecuado, pero no sé si usarlo. Diré que Elpidio se convirtió en el cómplice y el compañero invisible de un viaje que nunca había emprendido nadie. La política no es una ciencia, sino una conquista. Y en París, en solo unos meses, Mazzarino se convirtió en uno de los hombres más influyentes de Europa, la mano derecha del cardenal Richelieu, amado por el rey Luis XIII y más aún por la reina Ana.

Pero, para los franceses, ese personaje misterioso y ambiguo seguía siendo un extranjero de oscuros orígenes, el italiano (creyendo, a saber por qué, denigrarlo más, lo llamaban también «el siciliano»). La aristocracia, que odiaba a Richelieu, lo despreció, y el sentimiento fue recíproco: Mazzarino no valoraba a ningún nóble más que a sus sirvientes. Y así, la aristocracia ponía al pueblo en su contra, y lo calumniaba, acusándolo de latrocinio y de lujuria, divulgando que era el amante de ambos soberanos. Mazzarino sabía que le debía a la suerte haber llegado al puesto que ocupaba y que solo podría mantenerlo gracias a la virtud, es decir, a su valor. Hostigado por los franceses, necesitaba poder contar, en Roma, con aliados leales. Ante el sorprendente desaire de todos, el abad Benedetti fue uno de esos pocos.

Así fue como ya en julio de 1640, el torpe hijo de un bordador sodomita llegado desde la provincia de los lobos se encontró designado para recibir a los nobilísimos señores de Chantelou, embajadores franceses, huéspedes de Mazzarino, enviados a Roma para llevar a París al pintor más admirado allí, el reticente Poussin. Los escoltó como un anfitrión de paseo por la ruinas de Roma, los acompañó al Palazzo Farnese para admirar las obras de Carracci; y al Palazzo Barberini, las de Pietro da Cortona; a visitar las colecciones de pinturas, esculturas y antigüedades de las villas Borghese y Ludovisi, y del palacete de Cassiano dal Pozzo; les mostró bustos y estatuas a la venta y, por iniciativa propia, mantuvo cuidadosamente ocultas las mejores piezas, que quería reservar para Mazzarino (el monseñor valoró la estratagema); los invitó a su casa para escuchar a un joven laudista y guitarrista y también organizó, expresamente para ellos, un concierto de la cantante Leonora Baroni y del soprano Pasqualini: logró que el cardenal Antonio le cediera a ambos y debió de encontrar argumentos convincentes (se habló de joyas fabulosas o de cientos de escudos), porque el cardenal era extremadamente posesivo y, en ese momento, vivía totalmente a merced de Malagigi.

344

El apego del joven Barberini por el castrato había causado inicialmente estupor —ya que era notoria su preferencia por las damas hermosas, las cuales, según se murmuraba, compartía con Mazzarino—, más tarde, tras la marcha de su representante, inquietud y, por fin, escarnio, pero a Antonio no le importaba y, de hecho, estaba haciendo que su pintor de casa, Andrea Sacchi, realizara un retrato alegórico en el que era coronado nada menos que por Apolo. Y el poder de un Malagigi cualquiera sobre el sobrino de un papa escandalizaba muchísimo a la corte.

Elpidio ni siquiera tenía una calesa para servirles: los señores de Chantelou habrían preferido un acompañante de otro rango y así lo escribieron. En París, la fama del intruso precedió al abad Benedetti y lo envolvió en una niebla de desconfianza y de descrédito. Nunca logró disiparla.

Mazzarino nombró a Elpidio su agente. Le confió no solo sus joyas, su familia y sus invitados, sino también sus negocios. Le dejó manejar su propio dinero, entregándole con el paso del tiempo sumas cada vez más ingentes, fabulosas, a menudo superiores a las capacidades aritméticas y contables de Elpidio. Mazzarino sabía que quien no arriesga no gana la partida. Un jugador siempre deja creer que tiene en su mano las mejores cartas y sube la apuesta. Apostó por su inminente nombramiento como cardenal, confiando en que Urbano VIII tendría que rendirse a la voluntad del rey de Francia y concedérselo. Por eso, incluso antes de ser cardenal, decidió comprar un palacio digno de un miembro del Sacro Collegio. Permitió a Elpidio que actuara como su intermediario.

En realidad, muchos participaron en esa visionaria locura, porque sus amigos y agentes romanos competían por atribuirse el mérito de habérselo encontrado, pero fue precisamente el menos acreditado de ellos, Elpidio, quien le propuso el palacio del cardenal Bentivoglio. Ese magnífico edificio, pintado al fresco por el divino Reni, en la cumbre del

Monte Cavallo, a poca distancia del palacio papal, estaba en venta.

Mazzarino se aseguró la compra gastando la exorbitante suma de setenta y cinco mil escudos, que no tenía, razón por la que encargó a Elpidio y a sus otros agentes que pidieran prestada dicha suma. Se endeudó con banqueros y cardenales, aunque no tenía intención de vivir allí, ni entonces ni nunca: cuando las obras concluyeron, se instaló en él, como un barón, su padre. Mazzarino –que en París se obligaba a la discreción y a la paciencia– quiso dar con su nuevo poder en los morros de los romanos y ordenó que se amueblara con la mayor magnificencia. Elpidio se encontró peregrinando por librerías, para montarle una biblioteca (¿que Francesco Barberini poseía treinta y un mil libros y once mil manuscritos?, pues su patrón iba a tener otros tantos) y por los talleres de escultores, carpinteros, talladores, doradores. Mazzarino se mostró satisfecho y encargó a Elpidio que le procurara también muebles y cuadros para la nueva casa de París y, finalmente, que contactara con pintores y escultores para que le vendieran obras a Richelieu. Se le había encargado amueblar su castillo de Poitou, pero no contemplaba gastar sumas indecorosas en obras que acabarían en provincias: confió a Elpidio las negociaciones y la elección de las mismas. Y así, él, con apenas treinta años y sin experiencia en el corretaje de arte, se arrogó el derecho de juzgar qué precio merecían los cuadros de los grandes maestros –consideró exagerada la petición de Claude Lorrain de trescientos escudos por un lienzo– o a qué pintor, de entre los jóvenes más prometedores, valía la pena promocionar. Demostró tener cierta intuición, porque eligió a Grimaldi y Romanelli. Giò era uno de los primeros artistas que recomendó en París. Señaló como virtudes suyas la facilidad y la rapidez con las que ejecutaba sus encargos.

Mazzarino valoraba la capacidad de Elpidio para ahorrar en lo superfluo, pero también sabía estirarse en lo que era necesario. Lo envió a ver al artista más importante, el «maestro de Roma». Elpidio se presentó en el estudio de Bernini, en Santa Marta, detrás de San Pedro, y le entregó un retrato de Richelieu con la petición de que esculpiera su busto en mármol. Bernini, solicitado también por Antonio Barberini, que se jactaba del título de cardenal protector de Francia, no pudo negarse, aunque odiaba tener que trabajar a partir de modelos de los que recibía un retrato, un medallón o una máscara mortuoria. No quería perseguir la semejanza, sino la verdad. Y a Richelieu lo había vislumbrado, de pasada, solo cuando en 1638 había visitado Roma para recibir el capelo cardenalicio de manos del papa.

La obra se prolongó durante mucho tiempo, porque Bernini, presionado por Urbano VIII, estaba enfrascado en la construcción de los campanarios para la finalización de la fachada de la basílica de San Pedro. Pero Elpidio agradeció ese retraso, porque le daba la oportunidad de volver a su estudio con la excusa de comprobar el progreso del busto. En cada visita, le llamaban la atención nuevos detalles: la barbita del cardenal, la muceta, la honorificencia colgada de la estola, la gran cruz del Espíritu Santo, la fragilidad de la estructura ósea, su rostro demacrado, los ojos muy abiertos, su pelo fino y frágil, un poco revuelto. Le pareció portentoso hasta qué punto el artista era capaz de captar la personalidad de los ausentes. Al Richelieu de mármol –aunque, por la opalescencia translúcida parecía de alabastro– solo le faltaba hablar. Cuando, en 1641, el busto estuvo terminado, Elpidio ayudó a Bernini a escribir la carta de presentación de la escultura, una retórica obra maestra de sumisión. Bernini, que sabía escribir sátiras mordaces y se divertía caricaturizando a los cortesanos al igual que el abad, no ocultó su antipatía por él. Aunque los franceses no lo encontraran luego tan parecido y eran reacios a reconocer el genio del nuevo Miguel Ángel, a Bernini se le pagó bien por el busto.

Los otros artistas de Roma empezaban a tener la esperanza de que el abad Benedetti también fuera en su busca. El nombre –y el dinero– de Mazzarino socavaban cualquier clase de resistencia y Elpidio se convirtió en un visitante habitual de los estudios de Bernini, Pietro da Cortona y Algardi, que habrían permanecido cerrados para un simple abad. No se puede ser quisquilloso con quienes disfrutan del favor de un poderoso. Mientras lo disfruta.

Mazzarino se convirtió en cardenal en diciembre de 1641, aunque nunca volvió a Roma para recoger la birreta, para no humillarse ante Urbano VIII, pero pronto se convirtió en mucho más. Richelieu murió al año siguiente, designándolo su sucesor. Y, en abril de 1643, el moribundo rey de Francia llegó a hacerle padrino del heredero al trono, Luis, nacido tras veintitrés años de matrimonio infructuoso, a él, un italiano que no era de sangre real ni noble. Y, en mayo de 1643, tras la muerte de Luis XIII, la reina Ana lo nombró primer ministro, a él, un italiano que no era de sangre real ni noble. La reina fue más allá, pues le confió la tutela y la educación del rey niño: en resumen, puso el reino de Francia en sus manos.

Y, cuanto más avanzaba en su asombroso ascenso Mazzarino en París, tanto más necesario se le hacía Elpidio en Roma. Fue él quien encargó cuadros mitológicos y paisajes, negoció los honorarios, seleccionó *de facto* a los pintores que debían ponerse en contacto con el cardenal y enviar a Francia. Su actividad, dedicada a robar talentos, instigó celos y temores, e incluso Pasquino se expresó sobre el tema. «¿Qué quieres que te diga? Esta gente ultramontana / es mala raza de personas. / Que Dios nos libre de sus manos / y devuelva a cada uno a su país, / para que Italia se quede para los italianos.»

Elpidio compraba sarcófagos y estatuas antiguas de colecciones en proceso de disgregación, que enviaba a restaurar, completar o falsificar por canteros y escultores. Organizó cargas, embalajes y transportes, corrompía a funcionarios untándoles el bolsillo y sobornándolos, burlaba los controles aduaneros para sacar del Estado eclesiástico hallazgos arqueológicos cuya expatriación estaba prohibida: Mazzarino le pedía toda clase de cosas, porque solo el abad Benedetti, de entre sus varios agentes romanos, podía ir más allá de la ley y del consenso; solo el abad, que no tenía ni nombre ni propiedades que perder, estaba dispuesto, como lo había estado él mismo, a arriesgarse a la denuncia, la impopularidad, el deshonor. En esencia, Mazzarino le pidió –o le impuso– que se convirtiera en su sombra. A cambio, Elpidio tuvo que anularse a sí mismo. Y lo hizo.

A nosotros, en cambio, de repente nos faltó de todo. El pan, el aceite, el vino, la harina, que eran cada vez más caros, el dinero para comprar papel, lienzos y pinturas. Me habían encargado una miniatura para un proyecto titulado *Todas las cosas están sujetas al encanto de la riqueza*. El cliente, un joven y culto caballero, sobrino del mayordomo del papa, quiso hacerse un museo en forma de mueble: una arquimesa, cada uno de cuyos compartimentos y cajoncitos estarían pintados por un artista. Había contactado con pintores extranjeros y romanos, famosos y desconocidos, exponentes de todas las tendencias artísticas. Todos aceptamos porque también el señor Antonio degli Effetti tenía fama de ser muy rico, precisamente: eso lo autorizaba a denunciar la idolatría de la riqueza, pero también a pagar –y bien– a los artistas que debían representarla.

A mí me asignó *El banquete de Cleopatra*. La historia era esta: la reina ha hecho una apuesta con Marco Antonio y ganaría quien gastase más dinero en una única comida. Munazio Planco le sugiere la manera: deshacer en vinagre una perla de fabuloso valor y bebérsela. Cleopatra acepta. Yo tenía que representar el momento en que Marco Antonio, abrumado por la magnificencia de la reina, detiene su mano derecha, evitando así que se disuelva en el vinagre esa fortuna. El conjunto tenía que ser minúsculo, solo un poco más grande que la palma de mi mano.

Puede parecer un tema de cuento popular, pero yo sentía intensamente su verosimilitud. Por lo que contaban camareros y trinchadores, en los banquetes de los Barberini ocurrían cosas no muy diferentes. El derroche es la imagen del poder. Había algo paradójico en pintar esa escena de grandioso derroche de dinero arropada con la manta y las manos doloridas por los sabañones porque teníamos que ahorrar en leña, en perfilar las pulseras de oro de la reina Cleopatra y el mantel blanco del banquete pero saltarme la cena porque debía elegir entre comprar el mejor cardenillo de España y la laca de grano fino o llenar la despensa. Pero mi familia comprendía la importancia de la apuesta: tenía que utilizar solo los colores de mayor calidad y entregar a Antonio degli Effetti un trabajo perfecto como *El banquete de Polícrates,* simétrico al mío, ya terminado por el famoso miniaturista alemán Guglielmo Bauro. Quizá algún día todos seríamos recompensados.

Al fin y al cabo, la mayoría de los romanos no lo tenía mejor que nosotros. A finales de septiembre de 1642, la guerra –que parecía que iba a durar solo unos días– se acercó tanto a Roma que cundió el pánico. Quienes tenían viñas fuera de las puertas del norte de la ciudad las vieron arrasadas. Derribaron las casas ubicadas fuera de las murallas desde Porta Angelica hasta Monte Mario. Quienes tenían cosas de valor que esconder las enterraban en las bodegas, quienes tenían dinero en el Monte de Piedad o en los bancos fueron a retirarlo, quienes pudieron huir lo hicieron. Los profetas del desastre predecían un nuevo saqueo. Que monjas y vírgenes empezaran a esconderse, porque los soldados del Farnese causarían estragos.

El papa no se imaginaba que su invasión del insignificante y minúsculo estado del ducado de Castro desencadenaría un conflicto nacional, pero florentinos y venecianos, molestos para aquel entonces por su política y sus ambiciones, solo estaban esperando un pretexto y, temiendo que después de Castro, Urbano VIII quisiera fagocitar también el ducado de Parma y Piacenza y terminara amenazando a sus propios estados, se mostraron dispuestos a defender al duque Farnesio y le ofrecieron una alianza. El ejército pontificio, al mando del sobrino de Urbano VIII, Taddeo Barberini, se disolvió con los primeros disparos como la pez sobre una llama. Cuando las tropas de Odoardo Farnesio marcharon sobre Acquapendente, a dos días a caballo de las murallas aurelianas, el papa, asustado por el giro inesperado que había tomado el conflicto, se apresuró a proponer una tregua, pero lo cierto es que no se había resignado a renunciar al feudo que había sido del hijo del papa Farnesio, plantado en el seno del Estado Pontificio como un alfiler y en la moral católica como una herejía. Para aniquilar Castro, la capital de un principado ya moribundo, despoblado por la malaria y por el aislamiento, casi llegó a destruir Roma. Urbano VIII, que había sido el Apolo vaticano y el mecenas del nuevo renacimiento, se adentraba en su declive como un temerario capitán de fortuna.

Renegaba de sí mismo y de su familia, entre la que había repartido escandalosamente todo lo que no era suyo, sino del Estado: cargos, poderes, riquezas. Llegó a tachar a sus tres sobrinos de inútiles: Taddeo, un general que no sabe hacer la guerra; Antonio, un cardenal que no cree en Dios, y Francesco, un santo que no sabe hacer milagros. Pero en su ceguera no la tomó solamente con ellos. Nos empobreció, nos arrebató la prosperidad y todas las certezas. Los romanos, aquellos romanos que tanto lo habían alabado, ahora solo deseaban su muerte.

El resentimiento hacia los Barberini crecía como un aluvión y arrasaba con todos. Y eso les sucedió al maestro cardenal Francesco, respetado hasta el momento por su vida santa;

al cardenal Antonio, cuyas frivolidades hasta entonces habían sido por todos consentidas, y a los sirvientes, los artistas y los cantantes, pero también a los secretarios, los ministros, los representantes de su bando y, por tanto, habiendo sido Mazzarino uno de los suyos y siendo todavía su aliado en la corte del rey de Francia, también Elpidio.

Sor Eufrasia me dijo que Su Eminencia el cardenal Mazzarino le había pedido a su hermano que invitara a París a Pietro da Cortona o a un pintor de valía semejante y Elpidio trataba de convencerle de que aceptara a fin de poder él mismo acompañarlo. En Roma se respiraba el peligro. Le había pedido al cardenal que lo ayudara a obtener la ciudadanía francesa.

La noticia la dejó atónita. Si su hermano terminaba marchándose, lo perdería para siempre. Habría hecho lo mismo que Mazzarino, no volver a Roma: a Mazzarino no lo movían ni su obligación como cardenal, que era recoger el capelo de manos del papa, ni su deber como hijo, la señora Bufalini, moribunda, quería despedirse de él. Y, además, consideraba excesivos los temores de Elpidio: su odio al Santo Padre para ella era un hecho execrable e inconcebible.

Pero yo ya había comprendido que cuando un papa dura demasiado tiempo, el pueblo comienza a odiarlo, pase lo que pase: la estabilidad del poder apaga las esperanzas de quienes no lo tienen y saben que solo podrán conseguirlo con un cambio de Gobierno, porque es la inestabilidad la que asegura las vueltas de la fortuna que casi todo el mundo necesita para mejorar su condición. Hacía unos años, ocho personas habían sido obligadas a abjurar por ejecutar un ritual de magia negra destinado a acabar con él. Sacrificaron a dos niños, secuestrados con el fin de obtener su sangre para amasar con cera para modelar una estatua del papa: luego, invocando a los demonios, dejaron que aquel simulacro ardiera en el fuego. El sobrino de un cardenal fue decapitado en el Campo de' Fiori, y colgaron y quemaron a un fraile y al nigromante, pero solo después de haber sido paseados sobre el carro por toda la ciudad para que nadie ignorase su destino. El cuerpo del noble que había hecho el encargo permaneció expuesto todo el día.

Unas veinte mil personas presenciaron la triple ejecución: prácticamente, excluyendo a los niños, las monjas de clausura y los enfermos, en la plaza, en las ventanas y en los tejados, allí se encontraba toda Roma. Yo también estaba, porque mi hermano no se perdía ni una ejecución y la de los que atentaron contra el papa se anunciaba memorable. El cadáver sin cabeza del sobrino del cardenal me ha obsesionado durante mucho tiempo en sueños, pero lo que realmente nunca he podido olvidar es el olor de la carne quemada. Durante años, incluso una salchicha a la parrilla o la piel chamuscada de un pavo me provocaban náuseas. El espectacular castigo, sin embargo, no disuadió a otros para que dejaran de planear, con igual suerte, nuevos intentos de asesinato.

Urbano VIII no había hecho nada para eludir ese odio. A esas alturas, cuando se presentaba en el consistorio o se prestaba a acudir a las antecámaras de los martes y los viernes (en las ceremonias públicas participaba cada vez con menor frecuencia), los romanos examinaban fríamente su aspecto. Una mueca de dolor delataba la reciente expulsión de un nuevo cálculo renal o la enésima purga; la cojera arrastrada, una fluxión de podagra; un ataque de tos, una fluxión catarral; además, la innegable parálisis del brazo, el lenguaje soez y los improperios, tan sorprendentes en un pontífice tan refinado, infundieron esperanzas sobre el curso letal de su enfermedad. En todos los hogares, incluido el nuestro, se susurraba: no se libra, no se libra.

La última vez que apareció en público, incapaz de pronunciar palabra, para impartir la bendición, no en la logia sino en la ventana de una habitación de su vivienda, la plebe llegó a decir que Urbano VIII ya estaba muerto y que los codiciosos sobrinos Barberini habían ocultado la noticia. Ese genio de Bernini, con uno de sus espectaculares trucos teatrales, había animado el cadáver transformándolo en una marioneta mecánica.

Pero Urbano VIII no la palmaba. Y quería ganar su insensata guerra. El suyo había sido un pontificado glorioso, larguísimo, feliz. El retorno del siglo de oro a Roma, que, gracias a él y a los suyos, había cambiado su semblante, enriqueciéndose con las iglesias, las obras de arte, los palacios. No podía cerrarlo con una derrota. La guerra se reanudó. Para financiar el ejército y los gastos bélicos, vació las arcas del erario público. Los tributos, que en los últimos tiempos había impuesto, duplicado y multiplicado tanto que los romanos le colgaron el epíteto de «papa Tributo», ya no le bastaban, entre otras cosas, porque algunos de ellos resultaron imposibles de cobrar. Tampoco podía convocar otro jubileo o conceder una indulgencia extraordinaria, para inventarse un nuevo impuesto. A la Dataría no le quedaba ni un céntimo, así que decidió llevarse nuestro dinero. En junio de 1643, para acuñar moneda, el papa emitió un edicto en el que obligaba a las familias a entregar las cuberterías de plata: teníamos que llevarla a Castel Sant'Angelo, donde los plateros las cortarían y fundirían, pagaban a diez escudos la libra.

Los pregoneros dieron publicidad al edicto pegando los bandos y proclamándolo con la trompeta por los catorce barrios de Roma, para que nadie, con el pretexto de no saber leer, pudiera ignorarlo. Malditos sean los edictos, quien los inventa, quien los hace, quien los imprime, quien los cuelga y quien los lee, protestó mi madre. Luego me pidió que echara cuentas y descubrió que, en realidad, salíamos perdiendo, así que dejamos pasar la oferta. El papa, de todas formas, volvió a proponer de nuevo el edicto en septiembre, de nuevo sin resultado, porque, al igual que nosotros, todos los romanos habían hecho bien sus cálculos. El día 11 se emitió un tercer

354

edicto. En un plazo de ocho días, había que entregarla, de lo contrario se procedería inquisitorialmente y la plata sería incautada.

Se celebró en nuestra casa un consejo secreto de los cabezas de familia: como el señor Cosmo, en cuanto el aire de Roma se volvió tóxico para los florentinos, había regresado sabiamente a Florencia con su esposa, lo discutieron Rutilio Dandini y mi madre.

Rápidamente acordaron no entregar ni un tenedor de plata siquiera. Su conciliábulo por fuerza tuvo que ser cómico, aunque pareciera dramático. En realidad, en nuestra casa no había ningún cubierto de plata. Dandini había vendido los suyos para pagar las deudas de juego y mi madre había vendido los nuestros para pagar los vestidos de tafetán que todavía nos hacían parecer acomodados, pero ambos tenían que fingir ante el otro que defendía lo suyo y justificar con motivos políticos o religiosos la falta de patriotismo.

La policía de barrio se presentó por la mañana temprano. Dandini y Chiara no tuvieron ninguna dificultad para interpretar su papel: no tenemos plata, estamos arruinados... Decían la verdad fingiendo decir una mentira. Los policías no se lo creían porque todos los romanos, que no se avergüenzan de hacer alarde de una acérrima aversión hacia ellos, repetían lo mismo y habían escondido candelabros, bandejas y cubiertos en los colchones, los altillos, los cobertizos, incluso en los pesebres de los caballos. Los policías intentaron tranquilizarnos explicando que no tenían órdenes de requisar la plata. Solo de verla, para cuantificar los recursos de la ciudad.

Pero no encontraron nada que ver. Albina, que los acechaba temiendo que pudieran sustraer alguna moneda para completar sus escasos salarios, que, por cierto, no les pagaban desde hacía meses, descubrió que los armarios y los cofres estaban vacíos. Su marido había vendido sus joyas: todas, colgantes, pendientes, pulseras, ni siquiera le dejó la cadenita con la cruz. Embarazada por tercera vez en cuatro años de matrimonio, ya empezaba a estar gruesa porque entraba en el quinto mes de embarazo, pero se lanzó sobre él como una acróbata, le arañó la cara hasta hacerle sangrar y tirarlo al suelo. Rutilio reaccionó lanzándole una campanilla de bronce, que la golpeó en la sien, partiéndole la ceja. Todavía se estaban arreando cuando la búsqueda se trasladó a mi habitación.

Había escondido los palillos y alfileres de plata para el cabello en el colchón, porque si uno pesaba demasiado poco para excitar las ansias de los policías, todos juntos representaran quizá un buen botín, pero no me había ocupado de las fruslerías. Sobre el escritorio, enroscado alrededor de la pequeña columna, brillaba el colgante con el medallón.

El policía lo cogió, más por curiosidad que por codicia. Protesté, porque acababan de jurar que no podían sustraer nada en los hogares de particulares. Mucho menos los objetos personales. Hizo saltar el minúsculo cierre. En el interior, el colgante contenía la miniatura del abad.

La efigie era más pequeña que la yema de un dedo meñique, pero tan precisa como si el hombre retratado estuviera vivo, reducido de dimensiones por un misterioso hechizo: una de mis miniaturas más perfectas. El policía soltó una carcajada, lampándome con lascivia. Intenté que me lo devolviera, pero mi madre, cuyos brazos mecían a Andrea, el pequeño de mi hermana, fue más rápida. No me había dado cuenta de que me había seguido. Pensaba que había ido a defender a Albina, quien estaba en la otra habitación discutiendo todavía con Dandini con estruendo de gritos y platos rotos, o a tranquilizar a mi padre, que desde su cama no dejaba de gritar, alarmado, ¿Qué pasa?, ¿qué pasa? Descubrí que aún llevaba la miniatura del abad Benedetti colgando de mi cuello, cerca de mi corazón.

Te quedó bien, me dijo. Fue la única apreciación que Chiara dirigió a ese trabajo mío antes de arrojarlo al fuego.

356

No volví a coger un pincel en casi dos años. No solo me privé de la única persona en el mundo que había vislumbrado a la mujer que habría podido ser. Abandoné también la pintura, mi verdadera amante. Podría desobedecer a mi madre, como han hecho siempre todas las hijas. Pero al Briccio, no. No podía engañarlo, ni quería traicionarlo. Mientras mi padre estuviera vivo, nunca podría ser yo misma.

Un pensamiento amargo, doloroso y, a veces, insoportable, porque implicaba la consciencia de que habría preferido perderlo. Que querría acelerar su muerte y que solo el inmenso amor que sentía por él me impedía hacerlo. Cada día de los suyos me era arrebatado a mí, cada mejoría suya prolongaba mi dependencia.

Me había explicado que el lema del Apolo de Delfos, «Conócete a ti mismo», enseñó a Agustín a acercarse a Dios. Debemos leer en la oscuridad de nuestra alma, sin miedo. Y lo hice. Por eso dediqué esos años de carestía y tristeza a mi padre. Cuando, de noche, demasiado cansados para seguir trabajando, permanecíamos en silencio, nos mirábamos hasta que el aceite de la lámpara se agotaba. Impaciencia, dolor, ternura. Nada que pudieran expresar las palabras.

Me anulé en él. Meses y estaciones escribiendo al dictado sus últimas obras: un tratado religioso-cabalístico sobre la Pasión de Cristo y una truculenta narración sobre el asesinato de un niño. Garabateaba rápidamente, luego borraba y corregía hasta que el texto quedaba perfecto y lo copiaba de nuevo con la mejor letra posible. Fue un ejercicio de obediencia espiritual porque ese bribón de Briccio al que yo había querido ya no existía. A ese padre perdido le sacrifiqué los últimos años de mi juventud, pero el artista holgazán, el hombre libre como una alondra que vivía en armonía con todos los seres de este mundo, se había convertido en un predicador detestable, tiránico en su intransigencia, similar a los muchos moralistas de

357

los que me había enseñado a no fiarme. Los que creaban eran sus últimos *alter ego*. El teólogo eremita y el inquisidor fanático que se disputaban lo que quedaba de él.

Terminé el manuscrito, fruto no comestible de un saber deglutido famélicamente, sin método, en el que la exégesis más precisa se perdía en la digresión numerológica más delirante. Acosado durante años por el pensamiento de la muerte, mi padre había acabado obsesionándose con el de la muerte de la humanidad: el Día del Juicio. Al final estaba convencido de que había descubierto la fecha secreta del Apocalipsis. ¿Por qué, si no, el apóstol predilecto del Maestro, Juan, y solo él, escribe que en la red de san Pedro serán capturados 153 peces? El universo es matemática, el número es la palabra de Dios. Los 153 peces son las 153 generaciones a las que el Señor ha concedido vivir en la Tierra, desde Adán hasta el fin del mundo. Se puede calcular así que este durará siete mil años. Han pasado 6.843. Quedan 157. En el Anno Domini 1801, la humanidad que conocemos ya no existirá. Esa obra fue en cierto sentido el sello de su fracaso.

El martirio de san Simón, chiquillo de Trento es, por el contrario, notable. Mi padre era un narrador nato. Las escenas le salían con fluidez, los personajes, bien caracterizados, la mezcla lingüística de palabras italianas y hebreas, nueva y atrevida, pero, aun así, ese relato sobre la Pascua de sangre era tan nocivo que ni siquiera después de su muerte intenté llevarlo a la imprenta. Tan violento que me preguntaba por qué el Briccio, que estudiaba la cábala, considerando que era la cima de las artes mágicas y que por su amistad con Testa di Ferro en Carnaval siempre había impedido a Basilio ir al Corso a asistir al Palio de los judíos desnudos, que tachaba de espectáculo propio de la barbarie medieval, le había dejado la palabra a este otro yo, obstinándose en una empresa que renegaba de las convicciones de toda su vida. Tarde me percaté de que la literatura puede ser una maldición y que por eso él la había cortejado, y huido de ella, hasta el final. Que todo lo que escribimos acaba haciéndose realidad, como una maléfica profecía.

Era el 19 de marzo de 1644. Envuelta en una túnica blanca, protegida por una barrera de velas, en la cama de sus padres, yacía Andrea, el primer varón de Albina. La comadrona lo había lavado, peinado y vestido con la túnica blanca, pero no pudo reparar el corte de la frente. Nunca supimos lo que le ocurrió al pequeño Dandini.

Desapareció una tarde, en la confusión de una casa en la que entraba y salía demasiada gente, al igual que yo había desaparecido esa noche ya lejana en la que había acabado en la taberna de la Fontana. Albina estaba arrullando a Cosmo, su hijo de pocos meses; Rutilio estaba acampado en las obras de un edificio donde pintaba los frisos del salón; mi madre había salido de compras y Giustina, de cuatro años, era demasiado pequeña para hacerse cargo de su hermanito. Andrea era prudente y tranquilo; le gustaba colarse en el estudio y juguetear con las plumas, el frasco de tinta, el diente de ballena. Quizá Albina lo había dejado allí con nosotros y mi padre y yo deberíamos habernos ocupado de Andrea.

Lo buscamos por todas partes, en los Banchi, en Via Giulia, en la iglesia de Santo Stefano, que todavía estaba abierta, en las escaleras, en los vestíbulos, en los establos, en las cocheras. No lo encontraron hasta la mañana siguiente, a cuatro manzanas de distancia, en un almacén de leña cerca del río, bajo un montón de troncos, acurrucado como un gorrión.

Y ahora estaba en la cama, rodeado de velas, mientras las tres páginas con la escena de la tortura que los secuestradores infligen al pequeño Simone, anotada a toda prisa mientras mi padre dictaba, seguían esperando a que las pasara a limpio en mi escritorio. En el relato de los verdugos, descritos como monstruos, con rasgos caricaturescos, estos arrancan con unas

tenazas la piel del protagonista en la zona del muslo, lo perforan con agujas y lo cortan en pedazos. Andrea también había
sido despedazado. El carretero que lo encontró había chapo-
teado en un charco de su sangre. Por eso perdoné a mi padre
esas páginas infames. Y no las destruí.

Cuando los descubrieron, los asesinos de Simone fueron
atenaceados, descoyuntados en el potro, quemados y arroja-
dos a los perros. En cambio, la investigación sobre la muerte
de Andrea no aportó nada, nadie lo había visto bajar a trom-
picones las escaleras de nuestra casa, ni ser llevado en brazos,
ni hablar con un desconocido o alejarse por la calle, pero era
un niño que no pasaba desapercibido. Pelirrojo como Albina,
con los ojos lapislázuli y la piel de marfil. Parecía un serafín.

Al principio sospechamos que la persona que se lo llevó y
lo mató era uno de los vecinos: el sastre Cianci, nuestro vecino de enfrente, o uno de sus hijos; uno de los muchos empleados del carpintero Palmerin, en el piso de abajo; incluso
los mozos de Ottini, que tenían la bodega de vinos en la planta baja. Luego pensamos en los soldados, que desde febrero
pululaban por las calles de Roma. No habían recibido su paga
desde hacía meses y se morían de hambre. Así que robaban de
todo, salir en la oscuridad nunca había sido tan peligroso.

Al final, empezamos a temer que pudiera haber sido alguno de los nuestros. Los jornaleros de Dandini, pintores pendencieros y dispuestos a todo por dinero; nuestro granjero, Giuseppe Ventura, tranquilo coloso de cincuenta años sin
esposa ni nadie en el mundo más que los Dandini, para quienes trabajó como un burro, o incluso uno de los sacerdotes de
la parroquia de Santo Stefano que ese día recorrían las casas
contando el número de almas para el censo de Pascua.

En otros tiempos, nos habríamos trasladado al día siguiente del funeral, pero ya ni siquiera podíamos permitirnos
huir con la puesta de sol, cargando nuestras pertenencias en
una mula. Nos quedamos en esa casa maldita, todos juntos,

pero el gusto por la convivencia había desaparecido. La sombra de la sospecha jamás nos abandonó. Rutilio no se perdonó la muerte de su primogénito y comenzó a atontarse con vino. Mi hermana nunca nos lo perdonó.

Pasó la primavera en la cama, llorando por el niño muerto y descuidando al niño vivo. Cuando el pequeño Cosmo murió, ni siquiera se levantó para acudir a su funeral. Unos días después, el 28 de julio, murió Urbano VIII. Desesperado, como le había vaticinado la profecía, hacía muchos años. En Roma hubo una gran fiesta: incluso el día de su muerte se hicieron públicos tres nuevos tributos –sobre la carne de vaca, sobre la carne de ternera y sobre la sal–. Mi tiempo ha terminado, Plautilla, fue el epitafio de mi padre. Que empiece el tuyo.

El cónclave se prolongó durante treinta y ocho días, porque los cincuenta y seis cardenales del Sacro Collegio estaban divididos, el bando proespañol y el profrancés eran incapaces de encontrar una mayoría o un acuerdo para elegir al nuevo papa. Las votaciones no iban a ninguna parte. El cardenal Barberini se declaró dispuesto a permanecer en el cónclave un año entero, total, no sufría ni calor ni frío, comía dos huevos y le bastaba un cuartillo de vino. El cardenal Montalto, para no aburrirse, pidió que le trajeran el clavicordio.

Elpidio pasó por momentos delicados. Se corrió la voz de que había intentado sobornar a los cardenales ofreciendo veinte mil liras de parte de Mazzarino a quienes votaran por el bando francés. Es posible que fuera una calumnia que hicieron circular los españoles, aunque me temo que aquello fue cierto. En Roma, los votos de los cardenales se compraban, como todo lo demás.

Mientras volvía a su casa, lo reconoció una turba de albañiles que languidecían en los andamios de las obras paradas. Comenzaron a protestar, insultándolo como privilegiado de la caterva infinita de gorrones que los habían estafado. El sirviente que lo acompañaba desanduvo su camino en cuanto se dio cuenta de que esos individuos sabían quién era su patrón y de que la tenían tomada con el abad Benedetti. Elpidio se dispuso a seguirlo, pero otros aparecieron por la esquina y le cerraron el paso.

De todas formas, la primera que le lanzó una moneda de cobre fue una mujer que volvía abatida a casa de la tahona, donde no había podido comprar ni una sola hogaza, pero al instante le alcanzó una granizada de la cual no pudo protegerse. Los bayocos rebotaban en su nariz, se enganchaban en las borlas del sombrero. Cuando intentó huir de allí, se le echaron encima y cayó. Un brabucón con pantalones color púrpura le estampó un escupitajo en toda la cara. Otro lo fue empujando hacia adelante sobre el empedrado dándole patadas en el culo, chutándolo como si fuera una pelota. Elpidio gateaba, gimiendo que se habían equivocado de persona, que él no formaba parte de la casta, que él era el último mono de la corte de los Barberini, solo un hombre de letras que ganaba honestamente con su sudor un salario de hambre, pero la gente le respondía que el peor mono es el que más grita y, a cada patada, él se preguntaba hasta dónde pretendían llegar con ese tormento. Hasta que un tercero se plantó delante de él, se puso las manos en la cincha de sus calzones y le soltó: ahora me cago en la mano y me la limpio en to's tus morros.

Antes de que pudiera aplicar ese repugnante castigo, los sirvientes de un obispo acudieron a salvarlo desde el portal de al lado. Elpidio se encerró en su habitación, aniquilado por la impactante certeza de haber comprendido por fin el secreto de la política. Quien detenta el poder nunca actúa directamente, sino que necesita de un intermediario sobre el que se pueda descargar el odio de los afectados. No quería ser la víctima que le permitía a su amo parecer inocente. Pero esa era su tarea. Se estremeció solo de pensar en asomarse a la ventana.

Y ese verano nosotros también estuvimos confinados en casa, como la mayoría de los romanos durante cada sede vacante, porque no hay momento más peligroso que el intervalo entre el final de un poder y el principio de otro nuevo. En realidad –aparte de los asesinatos en los tumultos que estallaron alrededor de San Pedro cuando el cuerpo del papa fue expuesto, que el primer día ya apestaba, lo que desalentó la afluencia de la gente– no hubo muchos disturbios. El terrible calor de agosto desalentó a los malhechores. Los soldados de Colonna, rodeando el palacio con un cordón de hombres armados, habían impedido el asalto y la destrucción de la estatua de Urbano VIII, colocada, con bastante astucia, en el Campidoglio, y el odio hacia Barberini se desahogó en una retahíla de cancioncillas despectivas, serenatas, invectivas y composiciones satíricas.

Algunas llegaban hasta nuestra casa y eran de autores conocidos nuestros, que habían recibido beneficios y dinero de Urbano VIII y, de repente, se declaraban hombres libres. Uno de los epigramas más logrados decía: «Grábese de Urbano en el monumento / que engordó a las abejas / dejando al rebaño macilento.» Le pidieron a mi padre que escribiera algún poema, pero él no se sumó al coro.

El 15 de septiembre, el cardenal Barberini y sus partidarios entregaron sus votos al candidato de la oposición, con la esperanza de obtener la impunidad y el perdón. La elección recayó en un cardenal nombrado por Urbano VIII –por otro lado, la mortandad de los cardenales que había despoblado el Sacro Collegio inmediatamente después de su elección le había permitido ir renovándolo colocando en todos esos puestos a sus lacayos–, pero fuera del círculo de sus satélites. Su mérito era carecer de él, era un abogado del consistorio sin cualidades ni historia: Giovanni Battista Pamphilj.

Romano del Parione, pero nacido en Piazza Navona. Eligió como nombre el de Inocencio X. En el escudo heráldico de su familia aparecía una paloma. Después de las punzantes abejas de Barberini, un pájaro de la paz, símbolo de la bondad. No era un mal presagio, después de todo.

El anuncio se celebró con los habituales fuegos artificiales, la girándula de Castello, los morteruelos, los disparos de artillería, y los romanos más diligentes encendieron velas fuera de las ventanas: pero, a decir verdad, la elección no fue recibida con especial júbilo por parte del pueblo, que solo le pedía a Inocencio X que liquidara pronto los sesenta y tres tributos del papa Barberini. Tampoco lo celebraron los escritores ni los artistas. El nuevo papa, de casi setenta y un años, pero con una salud excelente, robusto y fuerte, canoso y de gesto sombrío, era conocido por su racanería y su aversión hacia las buenas letras (los poetas, los oradores y los historiadores le molestaban) y hacia el arte. Indiferente a la pintura, era un ardiente detractor de la arquitectura y de la escultura moderna, porque las asociaba con Bernini, el dictador artístico de Roma que tanto apoyo había recibido de su predecesor. Ni siquiera hará que le construyan el dompedro para defecar, comentó Rutilio.

Solo mi padre se mostró entusiasmado por la elección, porque se olía la oportunidad de obtener algo. Quería publicar la habitual relación con la biografía del nuevo papa, aunque la vida de Giovanni Battista estaba desprovista de acontecimientos, y se apresuró a dictármela, alargando bastante su retrato, pese a no haber visto nunca, ni siquiera en efigie, a Panfilio/Pamphilj. Le quedó bastante floja y solo se le ocurrió un juego de palabras sobre el apellido: *panem filio,* el papa traerá pan...

Y, cuando más adelante, dos meses y ocho días después, Pamphilj se resignó a tomar posesión de su basílica, San Giovanni in Laterano, le prometió al impresor una relación sobre la cabalgata. Para el pueblo de Roma, la pasarela del Vaticano a San Giovanni era la verdadera y única fiesta inaugural de un nuevo pontificado. De la magnificencia con la que el nuevo papa la organizaba, de la cantidad de monedas que hacía llover durante el trayecto o de la logia para la bendición, se podían vislumbrar muchas cosas. Uno de los primeros actos de Inocencio X fue obligar a las cortesanas a que marcaran sus carruajes, para que no pudieran ser confundidas con las mujeres honradas. Se anunciaba un pontificado mortificante: para la cabalgata, Pamphilj no tenía intención de gastar más de veinticinco mil escudos.

Pero mi padre llevaba años sin levantarse de la cama, así que nos pidió a Basilio y a mí que la siguiéramos. Iban a salir otras relaciones y ninguno de los autores estaría presente, la falta de escrúpulos de los gacetilleros es inimaginable. Solo la suya, sin embargo, sería auténtica.

Pero no puedo ir, padre, le dije. Las damas se situarán en las ventanas y las plebeyas en la plaza. Ni las unas ni las otras serán admitidas en la iglesia. Tú sí, dijo, es lo último que harás por mí, Plautilla.

Fue la primera vez que me puse la sotana de abad. El hábito –negro, austero, apolillado, pelado y transparente como una telaraña– era el que mi padre había utilizado para dirigir el coro. Yo era tan alta como él, ni siquiera tuve que acortarlo. Mi padre me vio salir disfrazada sin ocultar su satisfacción. Por fin había logrado su sueño: me había convertido en el Briccio.

Basilio y yo conseguimos colarnos en la basílica mezclándonos con la multitud de secretarios y cortesanos. De los cuarenta y cinco cardenales del Sacro Collegio presentes en Roma, habían acudido treinta y tres, de manera que solo faltaban los impedidos por la vejez o la enfermedad, porque quien no besa el pie al papa en San Giovanni el día de su toma de posesión inmediatamente cae en desgracia. Por eso estaban los cardenales proespañoles que habían votado por él y los fieles de Barberini que habían luchado para elegir al cardenal Sacchetti, como continuidad con el pontificado de Urbano VIII, y que le habían dado el voto únicamente para tratar de salvar sus privilegios. Y los indecisos, los intrigantes, los sobornables. Era la primera vez que observaba la corte. El juego de las precedencias, de las reverencias, de las sonrisas y de los desplantes me fascinó como una obra de teatro.

Inocencio X recibió las sagradas vestiduras pontificias y la mitra enjoyada y recogió las llaves de manos del arcipreste de la basílica, el cardenal Gerolamo Colonna. Era el amigo de juventud de Giulio Mazzarino, su compañero de estudios, de juegos, de amores y de aventuras. Fue el primero en arrodillarse para besar los pies del papa. El tiempo cambia a los hombres hasta que se convierten en extraños para sí mismos. Me pregunté si también me pasaría a mí. Y si en algún lugar, allí dentro, estaba también el abad Benedetti.

Mientras los cardenales se arrodillaban, uno tras otro, para besar los pies del papa, mientras este bendecía el incienso y lo colocaba en el incensario, mientras, con expresión aburrida y casi alarmada, deambulaba por las naves, los altares y las capillas, zarandeado por los palafreneros vestidos de rojo sobre la silla gestatoria según el arcano itinerario de la ceremonia, buscaba yo entre las capas, las casullas, las túnicas y las plumas blancas de pavo real que crepitaban en los abanicos, entre los abades y los beneficiarios de la iglesia, la espigada figura de Elpidio. No lo había visto desde hacía casi cinco años. Me preguntaba en quién se habría convertido, cómo estaba, cómo vivía ese giro de la historia. Para el partido profrancés del que constituyó la rama más alejada, la elección de Inocencio X era una desgracia.

La bendición desde la logia fue apresurada, Pamphilj no era un gran orador y no sabía, ni tal vez fuera su propósito, hacerse querer por la multitud. Algunos han escrito que, como sus predecesores, lanzó monedas de oro a la multitud reunida en la plaza, pero yo no lo vi y sé que no ocurrió. Pamphilj era demasiado avaro para dilapidar sus riquezas personales y en las arcas del Estado no había encontrado ni una sola moneda. Los Barberini las habían vaciado.

Basilio y yo regresamos a casa decepcionados, pero no sabría decir por qué. No esperábamos nada de este papa. No conocíamos a ninguno de sus clientes, a ninguno de sus protegidos. De hecho, uno de sus familiares, el hermano Maidalchini, sobrino de su poderosa cuñada doña Olimpia, había sido el ladrón de la obra de mi padre y su calumniador.

Yo escribí el texto, el Briccio lo corrigió, Basilio lo hizo publicar y, con las ganancias, Dandini pagó sus deudas. Tened cuidado, nos conminó el Briccio, rejuvenecido por el moderado éxito de nuestra empresa colectiva, permaneced juntos. Sed socios, sed una familia. Solos, ni tú, Plautilla, ni tú, Basilio, ni tú, Rutilio, llegaréis a nada. Juntos, podéis ser una fuerza.

La *Ceremonia celebrada solemnemente en la iglesia, es decir, la Basílica Lateranense, el día que la Santidad de Nuestro Señor Inocencio Décimo, Pontífice Máximo, tomó posesión de la misma, que fue el día 23 de noviembre de 1644, descrita con todos los detalles por Gio. Briccio Romano,* impresa en Roma, en casa de Francesco Cavalli –un opúsculo de dos paginitas, para un total de cuatro hojas–, fue la última obra firmada con su nombre. También fue nuestra última aventura.

Mi padre se apagó el 8 de junio de 1645. Más que la podagra, pudo con el calor insoportable que se cernía sobre Roma. Jadeaba, en el bochorno de la habitación, lúcido hasta el último instante. Yo estaba sentada en la cama con un abanico en la mano para ahuyentar los mosquitos de su cara, y me pidió que rezara, porque a él le faltaba el aliento. Elegí sus mismas palabras: me seguía, moviendo los labios. «Oh Jesús, Cristo Nazareno –entoné, en voz alta–, oh Dios, santa carne, verdadera hostia, luz del mundo, oh del padre celestial verbo, sabi-

367

duría eterna, bondad infinita, tú eres la piedra, tú el arca sagrada, te adoro, oh mi Señor, creo en ti, te contemplo y te amo, y te pido perdón por mis pecados, y te consagro mi corazón en holocausto y, mientras estoy de camino, te ruego que me guíes hasta el seno de Abraham.»

No tenía miedo, es más, deseaba ardientemente dejar de sufrir y se alegró de reunirse de nuevo con Dios. Ni la ciencia ni la enfermedad le habían hecho dudar de su existencia. No me voy con las manos vacías, ¿sabes, Plautilla?, murmuró cuando me callé, con los ojos puestos en el crucifijo de marfil que le había colocado sobre el pecho. Te traigo, oh único Señor del mundo, lo único que tú, en tu inmensidad, no tienes: la ignorancia, los remordimientos, los defectos, la maldad, pero también lo más hermoso, que tú no puedes conocer, porque ya lo posees todo: la esperanza. Entonces, puso el diente de la ballena entre mis dedos y me dejó.

Los Barberini huyeron de Roma como ladrones. Y a esas alturas todo el mundo los consideraba como tales. El primero en desaparecer fue el cardenal Antonio, a finales de septiembre. Parece que temía, más que la investigación sobre los expolios que Inocencio X había hecho instruir contra los cardenales sobrinos de Urbano VIII y más que las anunciadas confiscaciones, el castigo por los crímenes de su gente y los suyos, para quienes ya no podía obtener impunidad. Se marchó sin la autorización del papa: un comportamiento impropio de un cardenal.

La corte desaprobó aquella fuga, todos la tildaron de infamia indeleble, pero a nosotros no nos sorprendió demasiado. Antonio no había nacido para vivir como cardenal y, para escapar, se limitó a reproducir un truco del teatro que tanto amaba. Hizo que le prepararan los carruajes de campo, haciendo correr el rumor de que tenía la intención de retirarse a sus posesiones de Monte Rotondo: en cambio, acompañado por su más fiel sirviente, fue hasta el puerto y, disfrazado de marinero, en un pequeño bote, alcanzó las falucas francesas que lo esperaban en Fiumicino para sacarlo del Estado eclesiástico. Solo se llegó a saber tiempo después que Mazzarino lo había recibido felizmente en París.

El cardenal Francesco presentó sus disculpas al papa, que no las aceptó y se negó a concederle el cargo de camarlengo que ocupaba su hermano. Devengaba una renta de catorce mil escudos al año. Se enrocó en el Palazzo della Cancelleria, exhibiendo en la fachada las enseñas de la monarquía de Francia, para ponerse bajo la protección de dicha corona. Lo mismo hizo Taddeo en la fachada del Palazzo Barberini. Los romanos no sabíamos si interpretar esta afrenta como un signo de soberbia o de debilidad. Los Barberini salvaron así el palacio de la familia, evitando la confiscación, pero la traición exacerbó aún más los ánimos contra los «partidarios» de Francia. Así era como llamaban ahora a los amigos y los sirvientes de los Barberini. En una audiencia privada, el cardenal Francesco se dio cuenta de que Inocencio X no se detendría. Incluso él, habilísimo a la hora de simular y de fingir, no logró enmascarar su descontento ante los cortesanos que esperaban en la segunda antecámara.

De hecho, el papa ordenó procesar a los Barberini, con diferentes imputaciones para cada uno de ellos, pero a todos por apropiación indebida de fondos públicos. Los llamó para que devolvieran a la Cámara Apostólica doce millones de escudos, despilfarrados en solo dieciocho meses durante la guerra de Castro. Dicen que los Barberini podían justificar, como mucho, cinco, para el mantenimiento de los treinta mil soldados, los carros y los suministros. El resto simplemente se lo habían quedado. Así que la Cámara Apostólica confiscó las posesiones de Monte, las propiedades, los feudos, todo. A principios de enero, Taddeo ya no tenía ni un escudo para pagar a los sirvientes y los despidió.

El cardenal Francesco huyó unos días después. Incluso ese hombre santo se prestó a representar una comedia vulgar. Los dos hermanos Barberini y los tres hijos varones de Taddeo (las mujeres se quedaron en Roma con su madre, Anna Colonna) salieron a pie de la Cancillería, de noche, disfrazados de cazadores, y se embarcaron en el puerto de Ripa. A la mañana siguiente, el boticario fue a visitar al cardenal y los camareros no lo dejaron entrar en la habitación, diciéndole que estaba en cama. Ganaron así dos días. La noticia de la fuga no se conoció hasta el jueves, cuando el cardenal Francesco no se presentó a la consagración de la Tribuna de San Pedro, en la basílica de donde era arcipreste, pero para entonces ya estaba en el barco, en mar abierto, y navegaba hacia Francia. Si no los hubiera ayudado Mazzarino, desde París, nadie sabe qué habría sido de los Barberini.

En los momentos de desgracia, los romanos siempre han renegado de sus antiguos amos. Unas semanas después, en Carnaval, como cada año, Bernini puso en escena un espectáculo escrito por él e interpretado por él mismo, su hermano y sus ayudantes y colaboradores. Esa vez, sin embargo, la comedia satírica no se escenificó en el patio de la casa ni en la Fonderia Vaticana, sino en el palacio de doña Olimpia Pamphilj: Bernini, a quien Urbano VIII había hecho caballero y maestro de Roma, se burlaba de los cardenales que eran sobrinos del papa. El público, donde se mezclaban cardenales y cortesanos, al que se le indigestaba la obra, se veía obligado a reírse, porque se reía la nueva señora de Roma. Somos un pueblo de ingratos.

Pero ni siquiera la fidelidad es siempre una elección. Desde la caída de los Barberini, Romanelli ya no trabajaba. En cuanto se enteró a través de Elpidio de la llegada del cardenal Francesco a París, le rogó que le diera la oportunidad de reunirse con él. Es imposible, eminentísimo señor, le escribió, que quien hasta ahora ha vivido bajo la tan digna protección de Su Eminencia y ha recibido tantos favores como yo pueda vivir alejado de Vuestra Eminencia. El abad Benedetti se encargó de contentarlo y le organizó el viaje. Pidió permiso a Mazzarino para acompañar al pintor a París. Y, una vez más, Mazzarino se lo negó.

Elpidio siempre evitó hablar del periodo posterior a la muerte del papa Barberini. *Anni horribiles.* Las amenazas, las injurias, los ultrajes y la tensión constante le provocaron úlceras y varios achaques. Nunca supe si desempeñó algún papel en la huida del cardenal Francesco. Es posible que acompañara a Civitavecchia a su primer patrón, al mismo puerto al que había acompañado a Mazzarino. Que se asegurase de que embarcaba con su séquito en el barco que debía llevarlo a Francia y que lo siguiera desde la orilla hasta que desapareció en el horizonte. Nunca me dijo tampoco que él también quería huir. Me lo ocultó, igual que me ocultó las cosas más importantes, hasta el final.

Pero, como hacía seis años, cuando se encontró en Roma solo y sin futuro, me buscó. Se presentó en la casa de Santo Stefano en Piscinula, mi última dirección conocida, y no me encontró, porque después de la muerte de mi padre rompimos nuestra promesa y nos separamos. Dandini, Albina y su hija Giustina se mudaron a una casa más pequeña en los Banchi; mi madre, Basilio y yo, a otra, en la isla del Palazzo Vecchiarelli, al principio de Via Giulia.

Chiara se encargó de todo, porque desde que mi padre enfermó, era ella, la imprudente derrochadora de cuyas manos se escapaban los cuartos igual que las ratas al gato, quien gestionaba la economía familiar. Y poco a poco se había convertido en una astuta mujer de negocios. Convenció a los banqueros conocidos del Briccio para que invirtieran en propiedades de Monte al cinco por ciento los escasos ahorros de mi padre, que los guardaba, como los pobres, en el relleno del colchón. Con esa herencia, mi madre eligió un apartamento grande, hizo que Basilio diera una mano de yeso a las paredes y subarrendó tres habitaciones: a una viuda y a un sastre con esposa y tres hijos. Con el arriendo de los realquilados, en su opinión, siempre podríamos mantener cierto decoro. Con Dandini, en cambio, habríamos acabado pidiendo limosna, con una mano delante y otra detrás.

Rutilio trabajaba cada vez menos y bebía cada vez más, así que mi hermana empezó a vender sus bordados a la tienda de un comerciante que abastecía de prendas los guardarropas de las familias patricias. Si las siete familias papales, las ocho de antigüedad romana y las noventa de dos y tres siglos de nobleza renovaban su vestuario en otro lugar, las cien de la nobleza reciente eran clientes suyos y el trabajo nunca le faltaba, pero mi madre no iba a dejar que Basilio y yo nos viéramos reducidos a ser explotados por un comerciante.

Solo ofrecía contratos de doce meses, porque no se sabe nunca a quién metes en tu casa. Y, de hecho, cambiábamos de realquilados cada año: pasaron por aquellas habitaciones orfebres, abogados, jueces, sacerdotes y, con ellos, sus esposas pendencieras, las suegras incontinentes, a veces sus sirvientes. Familias mutiladas de mujeres solas, discretas o entrometidas, honestas o alcahuetas, solteronas y chiquillos, castos hombres célibes y babosos hombres casados. Los ignoraba, porque su presencia me recordaba cada día que mi profesión –mi «virtud» como se decía entonces– no me permitía mantenernos a mi madre y a mí.

El abad Benedetti preguntó por ahí, pero como una mujer honrada no debe dejarse ver fuera de casa, nadie sabía adónde había ido a parar la Briccia. Ni siquiera sor Eufrasia. Yo pensaba que era su amiga y que la quería por lo que ella era, como ella me quería a mí, pero todo lo que hacía yo era abusar de su afecto para que me hablara de su hermano y me mantuviera al corriente de su vida. Cuando fui consciente de ello, me pareció indigno: dejé de ir a visitarla.

Una tarde, protegida por mi sotana de abad, fui a la plaza de San Pedro con Basilio. Debíamos de estar a finales de mayo. Desde hacía semanas observábamos un frenético movimiento de carruajes que se dirigían hacia la basílica y advertimos que iban vacíos por la mañana y volvían rebosantes de restos de construcción. Removió cielo y tierra, importunó a todos los birretes purpurados, pero no logró detener la demolición: el papa no faltó a su palabra, realmente están derruyendo el campanario, nos informó Dandini. En unos días acabarán de desmontar el segundo nivel. Mi cuñado conocía a alguien que podía subirnos al tejado por la escalera interna y ver ese demencial almacén. Valía la pena. No se sabía cuánto iba a estar allí ese museo al aire libre.

Yo no podía creer que aquello fuera cierto. El campanario había causado malestar desde el principio y las discusiones sobre los problemas, estéticos y estructurales, que suponía para la estabilidad de la fachada se mantuvieron durante años. Se comentaba en todos los talleres de los artistas, también Rutilio y mi hermano discutían por ello. Dandini interpretaba la fisura que, ahora patente a simple vista, agrietaba el arquitrabe y serpenteaba por la fachada de la basílica del apóstol Pedro, amenazando con la ruina, como la prueba irrefutable de lo que ocurre cuando un artista que no tiene ni idea de cómo construir se ciega por la ambición y se convence a sí mismo de que puede ser arquitecto –ya cuando montó las columnas del baldaquino del altar mayor el suelo se agrietó tanto que a punto estuvo de hacer que la cúpula se hundiera–, mientras que Basilio argumentaba que las críticas se debían únicamente a los celos de los colegas y que la grieta no se debía a un defecto de diseño sino a la mala calidad del suelo sobre el que descansaban los cimientos, porque la arcilla virgen, mezclada con arena volcánica y limo, terminaba hacia el sur y se convertía en lodo anegado de agua y justo en ese mismo lugar ya se había derrumbado el circo de Nerón y luego la basílica de Constantino y, cuando levantó la fachada, Maderno también tuvo que excavar ahí a mayor profundidad, plantando postes, añadiendo piedra y reforzando los cimientos con una base de travertino.

Yo no sabía nada de arquitectura, pero me apasioné con el destino del campanario y seguí el lento proceso que llevó a su destrucción. Aprendí que la estética y la política se alimentan mutuamente y que en ocasiones entran en conflicto. Y una depende demasiado de la otra para salvarse por sí sola. La Congregación de la Fábrica de San Pedro se había reunido varias veces, los cardenales competentes se habían expresado, los demás habían escuchado las opiniones de los mejores arquitectos de Roma. Incluso el papa quiso asistir y los convocó en el Quirinal. Los peritajes habían dado resultados contradictorios. Algunos arquitectos consideraban que se podía intervenir y limitar los daños con algunas modificaciones, otros que era necesario actuar de inmediato y reconstruir el campanario tras un nuevo concurso. Obviamente, presentaban ideas para ganarlo.

El peritaje más drástico fue el de Francesco Borromini, antiguo colaborador del autor: la torre, de altura desproporcionada —el triple respecto al diseño original del Maderno, su maestro—, tenía un peso seis veces superior al que la fachada inferior podría soportar. El error era evidente; la demolición, necesaria. El papa se tomó su tiempo para decidir, pero luego se permitió vengarse de su predecesor, que había encargado ese campanario, y del artista al que había favorecido, y el 23 de febrero firmó el decreto de demolición.

El campanario, en el lado sur de la fachada —una torre desproporcionada, de doscientos noventa palmos, que debería haber estado flanqueada simétricamente, en el lado norte, por otra, idéntica—, llegó a serme familiar. Lo había visto crecer en altura año tras año: vivía aún en Borgo mientras los pesadísimos carros cargados de madera para el techo, y luego de travertino para las columnas y la cúspide, tirados por bueyes, subían lentamente por la orilla del río. Me había acostumbrado a su presencia. Sin el campanario, desmochado a la altura de la balaustrada de los Apóstoles, la baja y alargada fachada de la Basílica de San Pedro quedaría huérfana.

No se celebró misa, ni hubo ceremonia, ni se dio la bendición, pero aun así una humanidad heterogénea se amontonaba en la plaza que, por aquel entonces, todavía sesgada, poco armoniosa y sin la columnata que hoy parece que debe de haber estado ahí desde siempre, se abría de golpe entre las casuchas de Borgo. Desde el obelisco, había que avanzar entre ociosos, sacerdotes y mozos de los talleres de toda la ciudad, que siempre se quedaban encantados, mirando con la boca abierta los muñones de la torre, enjaulados por los andamios, ese era el espectáculo.

Los romanos refunfuñan y se burlan, pero no se exponen, siempre esperan que sea otro quien descabalgue al caballero y, luego, les encanta ensañarse con los caídos. Y eso que ocurría todos los días, durante meses, sin interrupción, era en el fondo una ejecución capital: la decapitación pública de alguien que había sido tan poderoso como un dios y que estaba siendo despojado, como la torre de sus mármoles y de sus adornos, de los privilegios, del honor, de la gloria.

Y también del dinero. Rutilio acababa de decirnos que le habían confiscado el *monti* como garantía de las pérdidas sufridas por la Cámara Apostólica. Entre mármoles de Carrara, transportes y días de trabajo, el campanario costó setenta mil escudos. Si le piden que devuelva, aunque solo sea la mitad, está acabado. La ruina económica del arquitecto afectaba a mi cuñado más que la artística. En esa época andaba con la espada en el cinturón, porque los acreedores lo perseguían.

El hombre cuyo funeral se celebraba sin cadáver era el artista al que Basilio y yo admirábamos como modelo inigualable por su maestría técnica, su inventiva y su versatilidad en todos los campos del arte, la pintura, la escultura, la escenografía, el teatro, la arquitectura: Bernini. A Pietro da Cortona podía considerarlo mi maestro y Salvator Rosa puede que tuviera un espíritu afín, pero Bernini era un genio universal.

Y ahora el hombre que había sido el amo de Roma –Roma está hecha para él, y él para Roma, le había hecho decir Urbano VIII a Mazzarino, negándole el permiso para partir hacia Francia, que el cardenal le había pedido a través de Elpidio– podría ser impunemente objeto de escarnio por parte de la plebe. Nadie de todos aquellos que disfrutaban de la escena sabían cuánto pesaban cuarenta y ocho pilares o veinticuatro columnas corintias de travertino y mucho menos sobre qué superficie debe descargarse el peso de un edificio o de qué modo cavar sus cimientos: sin embargo, como cuervos que graznan sobre la carroña, comentaban los defectos de la construcción del campanario casi como si todos fueran arquitectos e ingenieros de obras. La arrogancia de los ignorantes puede destrozar la reputación de un artista más que la envidia de los colegas y que el juicio de los competentes.

Pero, en realidad, el campanario de San Pedro –que ahí abajo ahora todo el mundo se apresuraba a tildar de horrible, chapucero y peligroso– era solo un pretexto. El pueblo le echaba en cara a Bernini la fortuna, su amistad con el difunto papa, los títulos que le había otorgado generosamente (lo había nombrado caballero a los veintitrés años y, a los treinta, arquitecto de la Fábrica de San Pedro, aunque fuera completamente inexperto en arquitectura), pero, sobre todo, los sueldos principescos y los gastos que le habían costado a Roma sus obras: primero, para hacerlas y, ahora, para deshacerlas. Ríos de dinero con los que podrían haberse costeado puentes, carreteras, alcantarillados, escuelas.

Los andamios rebullían de trabajadores –al menos contamos noventa–, los cabrestantes chirriaban sin cesar. De la cúspide en forma de pirámide que coronaba el tercer nivel ya no quedaba nada. Colocaban arneses a los mármoles y las estatuas y los bajaban hasta el tejado. Del esqueleto de lo que había sido el segundo nivel de la torre, flotaba una blanquísima columna en el cielo despejado. Desde abajo, parecía una pluma, diáfana, casi sin peso, pero en el aire aleteaba un polvillo harinoso y, de vez en cuando, caían al suelo esquirlas del tamaño de ladrillos. Me preguntaba si Bernini habría acudido a presenciar esa masacre. No era capaz de imaginarme lo que podría estar sintiendo. Crear algo bellísimo y luego no poder evitar su destrucción.

Mi cuñado se abrió paso entre la multitud de pintores y escultores, arquitectos, admiradores y detractores de Bernini, canteros, albañiles y descontentos de todo tipo que se agolpaban frente al cordón que delimitaba el perímetro de las obras, rodeando los carros que esperaban la descarga de los escombros. Nos asomamos entre las colas de los caballos y las cuadrillas de los conductores, hasta que llegamos a la entrada de la basílica donde Rutilio se detuvo para saludar a un caballero de pelo amarillento como un estropajo rastrillado.

El arquitecto Soria, susurró Basilio: Bernini le había pedido ayuda precisamente a él para el diseño del campanario; fue Soria quien realizó los modelos de madera, y el caballero, cuando se dio cuenta de que había hecho demasiado grande la pirámide, ofreció una paga extra a sus trabajadores más experimentados para que la terminaran, con tal de no confesar al papa que no era capaz de hacerlo por sí mismo.

La escalera de caracol, encastrada entre los muros de la iglesia, se encaramaba en una oscuridad húmeda y asfixiante. Me costaba seguir a Basilio y a trechos tenía que aplastarme contra la pared porque nos cruzábamos con los trabajadores que subían y bajaban sin pausa. El calor, la angustia y la fatiga me hacían jadear, pero lo que realmente me dejó sin aliento fue el asombro, cuando salí al tejado. A lo largo del perímetro de la terraza se sucedían docenas de columnas, zócalos, estatuas, arquitrabes, bloques de mármol. Caminaba entre los restos de ese sueño desaparecido como por un cementerio.

No sabía adónde mirar. Ahí estaban los delfines, las llaves, la cruz, la concha, las abejas y las volutas de los festones, los capiteles corintios, las pequeñas columnas de la balaustrada, las estatuas de estuco.

Pero, por razones profesionales, Dandini estaba más interesado en los ornatos de la pirámide. Quería enseñarle a mi hermano que algunos elementos habían sido pintados (las esquinas tenían que parecer de travertino) y otros, dorados, porque debían parecer losas de plomo, como el pequeño pedestal que sostenía el globo de oro. Yo no tenía ningún interés por la técnica del dorado y me dejé atraer por la pirámide.

No había tenido tiempo de verla sobre la torre del campanario, porque Urbano VIII hizo que la desmontaran inmediatamente después de la inauguración y solo durante unos pocos días había despuntado sobre el pináculo, en lo más alto de Roma. Seguí adelante, sola, bordeando la terraza. Caminar por el tejado de la basílica de San Pedro era asombroso. Desde la plaza abarrotada, allí abajo, no llegaba ni un sonido siquiera. Las calles y los callejones parecían dibujados; el río, pintado: Roma se asemejaba a la maqueta de sí misma.

Para llegar a la pirámide tuve que trepar a una columna, que yacía derribada, como abatida por un cataclismo. Estaba estirándome en un equilibrio precario para palpar las fachadas —de madera, cubiertas con una capa de yeso—, intentando averiguar cómo las habían ensamblado, cuando una lluvia de guijarros me cayó sobre los hombros. Alguien, mucho más arriba, gritó algo que no entendí: un bloque de mármol cayó desde la cubierta superior de la torre y, con un estruendo que me hizo tambalear, se estrelló a mi lado, desmenuzándose en una nube de polvo. Me arrolló, me rodeó y desaparecí dentro de ella, como en un truco de teatro.

Tosía, cegada. Me estaba frotando los ojos cuando lo vi. Estaba a pocos pasos. Recubierto de polvo blanco desde el sombrero hasta la punta de los zapatos, parecía una estatua. No me reconoció de inmediato. Yo también debí de parecerle de yeso.

Y ahí estábamos, frente a frente, incrédulos. Elpidio me pregunta si soy real, yo tiendo la mano y le rozo la cara. Estás demasiado delgado, me gustaría decirle, ¿estás bien? Instintivamente se da la vuelta. La nube de polvo se está disipando: nos volvemos visibles como actores en el escenario.

Me ayudó a bajar del pedestal, superamos la columna y nos pusimos a cubierto detrás de un grupo de querubines voladores. No sé de qué decoración formaban parte, todos eran obras de los mejores maestros de Roma. Solo después supe que Elpidio había ido al tejado a husmear porque pensaba proponerle a Mazzarino algunos de esos restos: las estatuas de estuco eran buenas y tal vez Inocencio X –desesperadamente necesitado de dinero– pusiera todo a la venta.

Pero aquello no tenía importancia. Estábamos allí, los dos. Aplastados uno contra el otro, resguardados detrás de ese torbellino petrificado de plumas y alas, susurrábamos nuestros nombres secretos, Aristóteles, Ípsilon, Aristóteles, Ípsilon, como si fueran palabras mágicas, capaces de salvar la distancia que nos había separado. Todos estos años, susurró, desempolvándome las mejillas, cada vez que iba a las tiendas cercanas a tu casa para comprar guantes para él, relojes, medicamentos para la caries, pensaba: Dónde está, qué hace, y no podía buscarte. Cómo pude estar sin ti, amiga mía. Pero ¿cómo puedo estar contigo?, le dije yo.

No podíamos.

Unas pocas manzanas y la barrera del Palazzo Ricci separaban nuestras casas, pero a la luz del día la distancia no era más corta que la que existe entre el sol y la luna. Elpidio se pasaba el día fuera, atendiendo los asuntos de Mazzarino. Al no poder permitirse un carruaje, aunque fuera de segunda mano, corría de un lado a otro en nombre de su patrón, a ver a los notarios, los comerciantes, los banqueros, los artistas, los cardenales, sin poder dedicarse ni un momento a sí mismo. Regresaba por la noche para cenar con sus padres. Aún vivía con sus padres.

Se apresuraba a tragar el último vaso y se retiraba a sus habitaciones para despachar la correspondencia. Escribía a Mazzarino al menos una carta a la semana, la víspera de la partida del correo hacia París, pero también más a menudo, si los asuntos del cardenal lo requerían. En las semanas tranquilas, de todas formas, despedía al sirviente y a la entrometida criada y enviaba al secretario a colgar una nota en la puerta de la bodega de vinos, en la planta baja del Palazzo Vecchiarelli.

Nevio procedía de Gualdo di Norcia, en los montes Sibilinos, y aún no había cumplido los veinte años. Era un joven introvertido, rudo como las montañas de su pueblo. Colgaba la nota en la puerta de la bodega, regresaba a casa y se metía de inmediato en la cama. A diferencia de los lacayos y mozos de cuadra, los secretarios de los abades romanos no se intercambiaban confidencias sobre los secretos de sus amos, pues solo su discreción garantizaba la duración de sus contratos. La nota decía: Barriles preparados. Esa era la señal. Tenía que dejar que el reloj de arena se vaciara tres veces y reunirme con él.

Elpidio había conseguido las llaves de la bodega comprando al vendedor barriles y más barriles de vino. A tres escudos el barril el vino de Albano, dieciocho julios el de Genzano, veinte el de Castel Gandolfo. Afirmaba que lo almacenaba allí para luego enviarlo a Mazzarino, a París, pero la verdad era que él y yo abríamos los barriles y lo dejábamos correr por el desagüe. Respirábamos ese olor que nos embriagaba hasta que nos mareábamos.

Me reunía con él pasando por el patio del palacio, porque yo vivía allí, en el tercer piso: desde la ventana de la cocina veía un trozo del lado derecho de la puerta de la bodega. Intuía la blancura del papel incluso antes de verlo. Un truco rudimentario, de teatro callejero, aprendido en las comedias de mi padre. No se me había ocurrido otro. De todos modos, cada vez que Elpidio se quejaba del ruido y de la basura que los vecinos incivilizados arrojaban por las ventanas y amontonaban en las esquinas, sin importarles un pimiento los edictos y las sanciones, y le entraba la ansiedad de mudarse a un barrio más señorial y en consonancia con un representante de Mazzarino, yo rezaba para que Andrea Benedetti, aunque afectado por un ataque de apoplejía que había perjudicado su capacidad de palabra, permaneciera aferrado a la vida y a sus propiedades, impidiéndole así a su hijo que pudiera hacerse con la herencia. Yo había sido prisionera de la enfermedad de mi padre, ahora rezaba para que se prolongara la del suyo.

No nos atrevíamos a encender ni siquiera una vela. Nos encontrábamos a oscuras, a tientas. Pocas horas, más a menudo pocos minutos robados a existencias que no deberían haberse cruzado. Preludio de un disfrute que jamás alcanzaríamos, porque ese umbral nunca lo cruzaríamos. Años atrás, cuando aún éramos libres, no había ocurrido, y a esas alturas ya era demasiado tarde. Nunca nos lo dijimos, no fue necesario. Llegamos muy lejos, pero nunca llegamos hasta el final.

Abrazos torpes, espiados por los ratones, sorprendidos por nuestra intrusión. En el frío de un local carente de toda comodidad, en toscas sillas de mimbre deshilachado, en cómodas demasiado estrechas para llegar a ser una cama, en el suelo desnudo, sembrado de clavos y añicos de botellas. La

381

primera vez me hice daño en la espalda cuando Elpidio me presionaba sobre los cristales. Me dolía y no me importaba, porque estábamos allí y la primera vez implica una herida. Cuando me levanté, la sangre corría por mi espalda. Esta es la única sangre tuya que derramaré, sonrió, con tristeza, pero solo quien teme no ser necesita poseer y nosotros somos, y luego tuvo que sacarme los añicos de mi piel uno a uno con las yemas de los dedos, con los dientes y con las uñas.

Nuestra ropa desprendía en el almacén un olor incongruente a cedro y a almizcle. El pelo se nos llenaba de polvo. Al separarnos, siempre teníamos que rebuscar por el suelo, aterrados por dejarnos algo olvidado –un botón, un pendiente, un pañuelo, una aguja para el pelo–. Hablábamos poco –nuestros nombres, algún susurro, palabras sordas, referidas a las cosas que teníamos a nuestro alrededor, en ausencia absoluta del mundo exterior– pero siempre en voz baja, por miedo a ser oídos. Nos impedíamos hacer ruido, manifestar el placer y la alegría. Solo a nuestros cuerpos les estaba permitido decirse todo.

Momentos que ahora parecen formar la trama de una historia y que, en cambio, estaban desconectados entre ellos, se repetían a intervalos irregulares, todos iguales y todos diferentes, pero sin sumarse, es más, evitándose. Momentos siempre esperados con ansiedad y consternación, vividos con una intensidad que nos dejaba exhaustos. Ambos teníamos todo que perder. Nada que ganar, porque entonces ninguno de los dos podría hacer nada por el otro.

Elpidio se había hecho la ilusión de que su poderoso patrón podía asegurarle un brillante futuro, en el que yo también tendría un papel, aunque no sabía cuál, pero ese mundo de fortuna y privilegio había sido demolido, igual que el campanario de San Pedro, dejándolo en un campo de ruinas que no sabía cómo utilizar y, ahora, como agente del cardenal considerado en la corte el peor enemigo del papa, se conformaba con sobrevivir en un entorno que se le había vuelto hostil, y yo en el mío, que siempre lo había sido.

Su devoción mortal por Mazzarino, mi fama de honrada virginidad, eran nuestro único recurso para el futuro, si es que alguna vez podríamos tener alguno. Y lo poníamos en peligro cada vez solo por estar juntos. Por eso era como si siempre fuera la última y la única. Y nos separábamos con un dolor que se volvía físico, insoportable.

Una noche me habló de su hermano, Gaudenzio. Hacía muchos años, sor Eufrasia me había mencionado su existencia: sabía que tenía mi edad, que se vistió de fraile en el convento de Sant'Onofrio, en el Janículo, sacrificándose a Elpidio, como ella, pero después ninguno de los dos había vuelto a hablar de él: los religiosos encerrados en conventos no tienen historia.

Eufrasia nunca había mostrado ningún apego hacia su hermano menor, apenas un chiquillo cuando ella entró en San Giuseppe. Me chantajea, me confió Elpidio, como si yo lo supiera todo, es un ser despreciable. Siempre me ha odiado. Es él quien me rompió la nariz de un puñetazo, con apenas diez años: quería desfigurarme para que nadie dijera que mis rasgos eran más regulares que los suyos. Mi padre tendría que haberlo enviado a la cárcel, en vez de confiarlo a Dios.

Supe entonces que Gaudenzio Benedetti había abandonado el convento y, ya en 1640, había huido a Francia para ponerse al servicio de Mazzarino. Le había robado o estafado; en cualquier caso, había cometido una serie de barbaridades y, desde Venecia, donde se había refugiado, prometía regresar a Roma para recuperar la posesión de lo que creía que le correspondía. Tuvo la desfachatez de escribirme que quiere demandarme, dijo Elpidio. No sé con qué pretexto. Tal vez haya ordenado que me espíen. Es capaz. Tendría que hacer que lo eliminara un sicario, pero así le daría la satisfacción de arruinarme la vida.

¿Qué puede hacerte?, le pregunté, sorprendida. Quedarse con todo lo que tengo, dijo, asqueado. Eso es todo lo que quiere. Elpidio estaba tan nervioso que ni siquiera intenté hacerle entrar en razón. Me habría gustado decirle que no veía nada extraño en ello. Hasta ahora, había sido él quien se había quedado con todo lo que tenía su hermano. Podrían llegar a un acuerdo.

Para Elpidio, Gaudenzio Benedetti se convirtió en un peligro constante que se cernía sobre él aunque estuviera lejos, pero también era un ejemplo y, paradójicamente, un guía: la demostración de que él también podía hacer como su hermano y renunciar a la túnica negra. Con un gesto de pacificación repentino e inesperado, Inocencio X había archivado el caso de los Barberini: ya en septiembre de 1646 se los había rehabilitado.

La situación de Elpidio, sin embargo, no había mejorado. Mazzarino, que lo había obligado a exponerse demasiado en el partido antiespañol, debía ahora buscar la reconciliación con el papa, por lo que le había prohibido cualquier injerencia en política y lo había condenado al ostracismo entre sus agentes. Saber vivir en la corte de Roma es un arte refinado y él aún no lo había aprendido. Era aún más rechazado y detestado que antes. Nadie le concedía audiencia. Esperaba horas en la antesala, como el último postulante. En la Cuaresma de 1647 estaba tan desanimado como para engañarme a mí misma pensando que podría renunciar a esa vida sin perspectivas. E inventarse una nueva. Conmigo.

Pero ¿qué sería de él? ¿Qué podría hacer, sin la protección de Mazzarino y sin el beneficio de San Pedro que le garantizaba un ingreso fijo todos los meses? No escribir, como habría querido, ni enseñar, ni ejercer de abogado, ni vivir de sus rentas, porque su padre, pese a haberle otorgado a él toda la herencia, negándosela a Eufrasia y a Gaudencio, no había ganado lo suficiente. Mazzarino exigía a Elpidio una servidumbre exclusiva y el mismo sacrificio que él mismo había llevado a cabo. Nunca le permitiría formar una familia.

La primera de nuestras despedidas fue unos meses después. Me voy al amanecer, amiga mía. Ya he cerrado mis baúles. Perdonadme. Me voy a Francia. Le regañé por no habérmelo anunciado antes. ¿Por qué deberíamos afligirnos más tiempo?, me respondió, casi asombrado, desabrochando mi corpiño. Habríamos malogrado nuestros preciosos y escasos encuentros. Nada de eso, hagamos como si esta fuera una cualquiera de nuestras noches. Estemos juntos y luego separémonos como si fuéramos a vernos de nuevo mañana.

Intenté fingir que no lo sabía. Imaginar que no era nuestra última noche, sino la primera. Sin embargo, cuando el cielo, ahí fuera, empezaba a blanquearse, se puso la capa, la obra terminó y la realidad cayó sobre mí en toda su feroz sordidez. Las mujeres abandonadas lloran, se desesperan, maldicen. A menudo se humillan. Están dispuestas a comprometerse, a renunciar a casi todo para salvar casi nada. Yo también lo hice.

Llévame contigo, Ípsilon, me sorprendí rogándole. Enrólame en tu servicio. Pintora de casa, ama de llaves, camarera, cualquier empleo. Déjame que me marche, déjame que me vaya de aquí. Quiero descubrir lo que hay más allá de las murallas aurelianas. Quiero ver París. He visto el mar solo una vez, ningún río más ancho que el Tíber, solo las colinas de Roma, de la campiña solo los viñedos de las afueras, las montañas solo pintadas, ni siquiera he estado nunca en Nápoles, no sé nada del mundo.

Créeme, nada sería más bello que disfrutar de la dulzura de Francia contigo, murmuró, pero no puedo hacerlo. No voy en un viaje de placer. Habría elegido una compañía más adecuada. En cambio, me voy para confirmar al cardenal mi cuidadosa y diligente servidumbre. Escolto a sus sobrinos: una

Martinozzi y tres Mancini. Anna Maria, Vittoria y Olimpia, entre los once y los nueve años, y Paoluccio, de diez. Las niñas, mimadas, caprichosas e insufribles; delicado y cortés el varón, el hijo que el cardenal habría querido tener, que todo hombre habría querido tener. Mazzarino no habría confiado a las niñas y a su sobrino favorito a nadie más. De Paoluccio Mancini, por otro lado, Elpidio llevaba mucho tiempo a cargo: fue él quien le encontró un preceptor.

Iba a ser un largo viaje. Tal vez se detuvieran en Aviñón, para que los sobrinos se adaptaran a su nuevo mundo, y a saber cuántos meses después llegarían a París. Las niñas se iban para quedarse, Mazzarino quería presentarlas en la corte de Francia. Llamar a su lado a sus sobrinos suponía romper sus lazos con Roma. En cuanto creciera el resto de la tribu de hijos de su hermana favorita, Gerolama Mancini, también los llamaría a ellos. La nueva generación de los Mazzarino iba a ser francesa.

Le pregunté si volvería. Si me lo permiten, no volveré, respondió con una sinceridad que me dejó aturdida, pero haré lo que se me ordene. No soy dueño de mi vida. Insistí. Pero ¿acaso no podía encontrar un lugar para mí en esa misión? Habría estado dispuesta a ser profesora de dibujo de las chiquillas. Olimpia y Vittoria Mancini y su prima no solo tenían que aprender francés, a bailar y a hacer reverencias, sino igualar a sus aristocráticas coetáneas y en París las mujeres son instruidas: me lo había contado, incrédulo e irónico, él mismo. No recuerdo qué excusa utilizó para justificar la imposibilidad de pedírselo a su patrón.

Elpidio escribió miles de cartas a Mazzarino. Su correspondencia con el cardenal ocuparía decenas de volúmenes de un archivo. Le escribió acerca de todo. Política, arte, dinero. Rara vez le pedía favores, pero terminó haciéndolo. Le pidió expresamente, despojándose por una vez de su estilo enrevesado y críptico, que le quitara de encima a Gaudenzio Benedetti y lo enviase a la guerra de Flandes, dejándolo así en manos de la fortuna, y Mazzarino inmediatamente lo satisfizo, alistando a su hermano en el ejército francés, comprometido en la sangrienta guerra con España, para que se cumpliera el deseo de Elpidio, en modo alguno disimulado, de que ese hermano deshonrado muriera. (Gaudenzio, sin embargo, pronto desertó y salvó su vida.)

Le escribió sobre asuntos de estado y de caballos, sobre nóminas, préstamos, abanicos y cotilleos. Incluso sobre sexo, más a menudo de lo que cabría imaginar, siendo el remitente un abad y el destinatario un cardenal. Las cópulas ajenas atraían irresistiblemente a Elpidio, que saboreaba sin freno en las erecciones y las eyaculaciones del señor Pietro. El padre de Mazzarino se había vuelto a casar poco después de la anhelada defunción de la señora Ortensia Bufalini e intentaba en vano procrear un heredero para perpetuar el nombre de la familia. Elpidio llevaba una cuenta detallada de esos coitos casi desesperados. Nunca, ni una sola vez, mencionó mi nombre.

La estancia de Elpidio en Francia fue más breve de lo que había soñado. Había esperado durante años ese viaje y, cuando por fin se lo permitieron, ya era demasiado tarde. El grupo de los sobrinos se instaló con su tío y Mazzarino quedó especialmente satisfecho con la belleza de las chiquillas, y más con Olimpia. Eran un tesoro, las buenas cartas que te hacen ganar la partida. Se las jugaría en el mercado matrimonial y le permitirían emparentarse con la alta nobleza de Francia y de Europa. Le dio las gracias al abad Benedetti por haber llevado a cabo con tanta diligencia su misión.

Elpidio intentó convencerlo de que lo dejara quedarse con Paoluccio. El pequeño Mancini estaba acostumbrado a verlo a su lado, habría sido mejor que se quedara cerca de él hasta que se habituara a la nueva ciudad. Había pasado mucho tiempo con él. El 16 de agosto siempre lo acompañaba a ver el palio de las barcas en el Tíber y, en Carnaval, la carrera de los caballos bereberes: fue él quien lo protegió con su cuerpo para que no lo atropellaran los caballos, corriendo delante de él por el Corso hasta que el corazón a punto estuvo de estallarle. Había sido para Paoluccio una figura protectora, camarero, padrino, tío, padre: el pequeño le tenía afecto.

Sin embargo, no le habló de sus sentimientos. No se tenían en cuenta. O no eran importantes. Aun así, lo quería. Lo vi conmoverse cuando el niño obtuvo una buena nota, cuando lo habían elegido *magister* de la clase y también por algún comentario infantil y cariñoso que le había dirigido. Lo quería como habría querido a su hijo.

El cardenal dijo que Paoluccio contaría con los mejores preceptores de París, tenía que hacerse francés lo antes posible: a él ya no iba a necesitarlo. Elpidio emprendió con tristeza el camino de regreso a Roma.

Siempre culpó de aquello a su pérfida estrella, que lo hacía tan afortunado como los perros en la iglesia, aunque, en realidad, el cardenal hizo que se marchara también para protegerlo: su posición era inestable. La aristocracia, cuyos privilegios estaba erosionando para construir el poder absoluto del rey, le había brindado una hostilidad letal. Inundaba París con libelos infamantes, acusando al ministro italiano de ser un cómico que solo era capaz de hacer reír, como los histriones de sus compatriotas. A pesar de la admiración por nuestros artistas, a los ojos de los franceses un italiano sigue siendo una figura ridícula, a la que no logran tomarse en serio y por quien no aceptan ser gobernados. Lo apodaron «Trivellino», un apodo insultante para cualquiera que conozca las máscaras de la *commedia dell'arte,* porque Trivellino es un *zanni.* Trivellino, por tanto, no era más que un siervo intrigante y tramposo.

Las cosas se precipitaron y, poco después del regreso de Elpidio a Roma, el Parlamento de París se amotinó. Ofreció una recompensa de cincuenta mil escudos a quien asesinara a Trivellino. Y cuando las tropas rebeldes sitiaron París en enero de 1649, Mazzarino movilizó al ejército que le era fiel y logró resistir, pero al año siguiente él tuvo que huir al exilio al otro lado de la frontera, y la reina Ana y el rey Luis, por el lado opuesto del país. Aunque el término con que los franceses llamaban a esa época, la «Fronda», suena casi frívolo, no se trató de un simple pronunciamiento, sino de una guerra civil. En París, se disparaba, se mataba, se derramaba sangre de verdad. Paoluccio Mancini murió en los enfrentamientos que tuvieron lugar en la puerta del *faubourg* Saint-Antoine. Tenía apenas dieciséis años.

A la nota de Elpidio que me anunciaba su regreso respondí enviándole la llave del almacén. Si quería una mujer a su entera disposición, que se buscara una puta: no tenía intención de volver allí de nuevo. Al cabo de unas semanas, dentro de un cofre, recibí un candado. Brillante, recién terminado por un herrero. En la nota había unas pocas palabras. Solo vos, alma mía, tenéis la llave de mi corazón.

En el cobertizo del Palazzo Vecchiarelli, en un pasadizo defendido por una puerta sin bisagras, había un carruaje, destinado a ser desmontado: habían quitado los escudos, arrancado las estatuillas y los adornos, pero a ninguno de los fámulos de monseñor le habían pagado lo suficiente para terminar el trabajo. Nunca más iba a ir a ninguna parte. La había localizado yo misma, curioseando —las cosas rotas, viejas, inservibles, siempre me han apasionado—. Una mañana me las arreglé para forzar la puerta y entré. Hacía mucho frío y mi aliento empañó enseguida los cristales, ya velados por una costra gris de polvo. Todo desapareció. El cobertizo, el palacio, la ciudad. Podría haber estado en cualquier lugar, incluso mar adentro.

Esa era nuestra casa, nuestra alcoba, nuestra nave. Sin movernos, partiríamos hacia nuestra Francia, compañeros de un viaje que no debía llevarnos a ninguna parte. Empezamos a vernos de nuevo.

Nadie supo nada de nosotros. Asumimos algunos riesgos, pero la Providencia siempre nos protegió. Una noche de diciembre, nuestro carruaje fue arrastrado por el aluvión del Tíber. Hacía días que llovía y Piazza Navona, Sant'Andrea del Valle y Botteghe Oscure ya estaban inundadas, pero nunca nos imaginamos que la ola llegaría hasta nuestra isla. El Orso, Ripetta y Tordinona se solían inundar, pero esa parte del barrio se consideraba «seca». De pronto, el muro del jardín, del lado del río, se derrumbó inesperadamente, una sacudida nos hizo saltar y luego el agua levantó el habitáculo de las ruedas, lo arrancó de las trancas, lo atenazó y lo volteó, lanzándonos contra el muro del edificio.

Estaba todo oscuro, no podíamos ver nada, pero oíamos ese tremendo chapoteo, un fragor sordo en el que se mezclaban choques, gritos y crujidos. El agua se precipitó contra la puerta y subió: golpeó el cristal. Nos hunde, moriremos ahogados, dijo Elpidio, rompiéndola con un puñetazo, tenemos que salir.

Y así nos encontramos inmersos en un remolino de barro turbio, atizados por golpes de los que no podíamos defendernos –trozos de madera, muebles y enseres arrancados por la inundación de los embarcaderos, de las casas, de los talleres–, aferrándonos uno al otro mientras la corriente nos arrastraba hacia la puerta secreta que conducía al pasadizo. El agua nos habría separado si Elpidio no hubiera atado antes mi muñeca a la suya con la cinta de la borla de su sombrero de abad. Un cordoncillo delgado y, pese a todo, tan resistente como una cadena de hierro. Mientras apretaba el nudo pensé en los reos, cuando los llevan desde la cárcel a las galeras, encadenados de dos en dos. Si voy a morir, pensé, es hermoso hacerlo así.

Nos encontramos fuera del edificio sin darnos cuenta. Nos vimos empujados y lanzados contra un callejón, sin poder detenernos, y, más adelante, cuando la ola se calmó, en la plazoleta frente a Santa Maria della Vallicella. La corriente nos había arrancado las pieles y las mangas, a mí incluso la falda, y la ropa interior empapada se nos pegaba a la piel. Estábamos medio desnudos.

Pero ni siquiera tuvimos tiempo de consolarnos diciéndonos que estábamos en peligro, pero vivos, porque nos dimos cuenta de que todo el barrio estaba allí, en la calle, en las mismas condiciones que nosotros. Manzana tras manzana, hasta casi llegar al Palazzo Farnese, el Tíber había invadido los primeros pisos y alcanzado los segundos. Para no ahogarse como las ratas, los habitantes de Via Giulia habían saltado por las ventanas en cuanto se bajaron de la cama, sin ropa, como nosotros. Varias casas se habían derrumbado. Mujeres y hombres gritaban los nombres de sus familiares. Se buscaban en la oscuridad, desesperados.

Hubo muchos muertos y aún más desaparecidos, en la crecida de diciembre de 1647, y nadie se fijó en un abad y una señora en camisa que, con el agua hasta la cintura, atados por las muñecas porque el agua había apretado indisolublemente el nudo, iban chapoteando para subir al Monte Giordano. Estaban temblando de frío, asustados y, a la vez, acaramelados, porque precisamente el agua los había arrojado uno en brazos del otro hacía mucho tiempo. Sentían una misteriosa gratitud hacia ese río de mal carácter, caprichoso e indomable, que de vez en cuando, al liberarse, desbarataba la imagen de Roma.

Elpidio no abandonó a su patrón, aunque el exilio del cardenal lo dejó sin empleo y sin ingresos justo cuando en Roma arreciaba la carestía y los precios habían subido tanto que todos estábamos comiendo los restos con los que antes se alimentaba a los gatos. El pan apestaba. En cualquier caso, la situación financiera de Mazzarino era tan dramática que no le permitía preocuparse de la de su agente, pero, justo los meses en que vivía escondido en una pequeña ciudad alemana, temiendo que su anfitrión acabara extraditándolo a Francia y entregándoselo a sus enemigos, cuando en la soledad y la melancolía contemplaba la profundidad del abismo en el que estaba cayendo, él, que había alcanzado la cima más alta del poder, se dio cuenta de que podía contar con la devoción del abad Benedetti. Por primera vez le encargó una gestión importante, reconociéndole así su capacidad para ocuparse de la misma. Informarse en la corte, y también directamente ante Inocencio X, de qué derechos adquiriría al tomar las órdenes sagradas. Necesitaba saber cuanto antes si se quedaría sin voz en el cónclave o si tendría derecho a elegir un nuevo papa.

Elpidio acabó contándomelo porque las antecámaras interminables y las reuniones para llegar al fondo de las cosas —difíciles de obtener y más aún de llevar a cabo, con discreción y molesta insistencia— nos separaron mucho tiempo. ¿Quiere tomar las órdenes sagradas?, le preguntaba. Y, en realidad, me preguntaba qué pasaría si lo hiciera. ¿También las tomaría Elpidio? Hacía unos años me había dicho que no quería tomarlas para poder casarse, si así lo quisiera. Y que no quería casarse para poder tomarlas, si así lo quisiera. En esa indecisión —que ahora entendía que era más de su patrón que suya propia— se habían fundamentado nuestros días.

El cardenal terminó regresando a París, recuperó sus funciones y sus bienes, aunque saquearon los tesoros artísticos de su magnífico palacio. No tomó las órdenes sagradas. Tampoco lo hizo el abad Benedetti.

Rutilio se había unido a Borromini, el arquitecto que había renovado el Palazzo Pamphilj en Piazza Navona. Porque

Inocencio X había desmentido su profecía y, tan pronto como fue elegido papa –quizá espoleado y obligado por su prepotente cuñada, doña Olimpia, que lo guiaba igual que a un caballo–, había decidido ampliar el palacio familiar, incorporando el Palazzo Teofili, justo donde había estado el taller del Materazzaro, pero por aquel entonces Borromini también estaba completando las obras de la Sapienza. Dandini consiguió que lo contrataran en el equipo de decoración que trabaja en la bóveda del templete. Pasó semanas en los andamios, a una altura sideral, para dorar la gloria del Espíritu Santo y dar el esmalte turquesa al resto de la escena.

Francesco Borromini vivía con su criada, en nuestro barrio, modestamente, en una casa sin muebles y rica solo en cuadros y libros. Un tipo malhumorado, misántropo e hipocondriaco. Lo contrario que el *cavalier* Bernini, quien, por otro lado, lo detestaba y tenía celos de él; después de servirse de sus habilidades técnicas para la construcción del baldaquín de San Pedro, le pagó una miseria, hizo que lo nombraran director de las obras de la Sapienza para mantenerlo alejado de las obras de los Barberini y, a continuación, hizo cuanto estaba en su mano para perjudicarlo. Los juicios negativos que destrozaban la arquitectura de Borromini tachándola de aberración, de herejía, de aborto del gusto, los inventó él. Sin embargo, la muerte de Urbano VIII, quien pese a apoyar a Bernini igual que Julio II a Miguel Ángel, había abierto al esquivo Borromini la inesperada posibilidad de levantar sus obras, y ya no más diminutas y apartadas iglesias de órdenes religiosas pobres, que había realizado sin recibir retribución alguna por ello. Para el jubileo de 1650 Inocencio X le confió incluso la renovación de la basílica de San Giovanni in Laterano.

El de Tesino era un patrón exigente y escrupuloso. Se quejaba con acritud de las inexactitudes, los retrasos y los errores y maltrataba a Dandini y a todo el personal. Los controlaba como un corregidor, vigilaba incluso las operaciones más insignificantes y a todo el mundo le caía como el culo ese arquitecto que se emperraba en explicarle al alarife cómo trabajar con la paleta, al yesero la llana, al carpintero la sierra, el cincel al tallador, la piqueta al albañil, la lima al herrero y el pincel al pintor. Desinteresado por el dinero, impedía robar a sus proveedores y a sus clientes añadiendo horas y días de prestaciones nunca realizadas, una mala costumbre bastante extendida en las obras romanas, ante la que los demás arquitectos cerraban los dos ojos, porque ellos mismos la practicaban. Borromini, en cambio, presentaba demandas y despedía.

Dandini, de carácter tan explosivo como un barril de pólvora, que defendía su honor con la espada, con los puños y con vitriolo, soportaba mansamente las reprimendas, las invectivas e incluso los insultos del arquitecto. Admiraba a ese hombre íntegro y perfeccionista, tan diferente de él como la noche del día, más de lo que jamás reconocería.

Acabó por llevar los diseños de Sant'Ivo a la Sapienza. Para copiarlos tuvo que robarlos, porque Borromini no se los enseñaba a nadie. Son mis hijos y yo no los envío a pedir limosna por el mundo. La planta de la iglesia estaba elaborada sobre la base de elementos geométricos simples: dos triángulos equiláteros, dispuestos de tal manera que formasen una estrella de seis puntas, el símbolo de la sabiduría. La fachada era cóncava y el interior, un juego de paredes rotas, entre salientes y entrantes, convexidades y recovecos. La altísima y pequeña linterna con una rampa en espiral que coronaba la cúpula –despreciada por el vulgo como el recuerdo de una catedral gótica y por los eruditos como la torre de Babel– parecía en cambio el faro de Alejandría, que se elevaba sobre los tejados de Roma para difundir la luz de la verdad. De hecho, terminaba con una llama, que sostenía la cruz. Proyecto extraordinariamente complejo y, pese a todo, dibujado con un simple compás, tan original que nos dejó sin aliento.

Está loco, dijo Dandini. Solo un loco puede pensar en construir algo así dentro de un edificio de Della Porta. Desafiar así el clasicismo. Fue así, estudiando esos dibujos magníficos y atrevidos, como a Basilio se le metió en la cabeza convertirse en arquitecto.

Mi hermano no se llevaba bien con nadie. Tenía un carácter resentido y conflictivo, despreciaba a todo el mundo y tenía fama de ser un pelmazo. Con treinta y dos años, nadie lo consideraba un artista. En niveles inferiores, el oficio de pintor le parecía degradante y siempre se había negado a producir pequeños cuadros para los comerciantes. No se resignaba a alistarse en la desesperada falange de los mediocres y de los ínfimos. El arte no es comercio, un cuadro no es una salchicha. Sin una idea que lo anime, un pintor es como un albañil, al que pagan en función de la superficie. El ingenio no se vende, la belleza no se compra. Se dona al mundo o a Dios. Soñaba con un mecenas, pero no sabía cómo conseguirlo. Las plantas de esa iglesia le habían hecho caer la venda de los ojos.

Dejemos los cuadros de una vez, empezó a decirme. La estulticia aborregada del público hace posible que hoy cualquiera pueda pintar uno. Ya no significan nada. Son todos iguales: vacíos, didácticos e inútiles. En cambio, construir un edificio, una iglesia, un oratorio, significa cambiar el rostro de una ciudad y pertenecer a la misma. Para siempre. Estamos desapareciendo, Plautilla.

A finales de mayo de 1654, el correo de la Accademia di San Luca me informó de que mi solicitud había superado la segunda votación. El príncipe, el secretario y el comité me esperaban para el atento examen de mis méritos artísticos y la evaluación de mis cualidades personales. La convocatoria se fijó para el 1 de junio.

¿No hay un mensaje para mi hermano Basilio?, pregunté, vacilante. El mensajero rebuscó en el fajo de cartas que estaba repartiendo por los distintos barrios de la ciudad y negó con la cabeza. Ninguno, para Ponte los señores académicos solo le habían dado una carta, a la señora Plautilla Briccia.

No le comuniqué la noticia, como si fuera un secreto vergonzoso en vez de una meta esperada desde hacía años. ¿Por qué Basilio no? Preparamos juntos la documentación y juntos presentamos la solicitud. En el almuerzo, sentado frente a él, me escondía detrás del vapor de las lentejas, para no mirarlo. Giustina se dio cuenta de que estaba temblando. Mi sobrina representaba a esas alturas el elemento de equilibrio de nuestra familia. Nos observaba, se entrometía en nuestras peleas y, aunque solo tenía catorce años, siempre encontraba una palabra dictada por el sentido común, pero, cuando me preguntó qué era lo que me inquietaba, tuve que callar.

Así que la primera persona en la que confié fue Rutilio. Lo encontré en su escritorio, en su estudio: dibujaba en su álbum cabezas de *putti*. Hacía unos días que esperaba el nacimiento de su séptimo hijo. Esperaba un parto rápido y sin complicaciones y un hijo varón que estuviera sano. El último, Massimo, había vivido apenas dos meses. Se alegró por mí y me felicitó lanzando un grito, porque sabía lo esencial que era ese paso. Él, después de años de maniobras tan obstinadas como infructuosas, había conseguido entrar en la Accademia di San Luca en 1650, cuando el arquitecto Giovanni Battista Soria era príncipe, el mismo a quien habíamos visto aquel día de mayo en la demolición del campanario de San Pedro. Por eso lo contrataron luego para el equipo de la linterna de la Sapienza. Estar inscrito significaba protección y trabajo, pues, gracias a la bula de Urbano VIII, la Accademia di San Luca tenía derecho a obtener contratos públicos y asignarlos a sus socios. Para mí, significaba más aún: el reconocimiento de mi valor y de mi existencia. Las mujeres admitidas eran, de hecho, poquísimas.

Tengo que pedirte un favor, Rutilio, le dije, observando la pequeña cabeza del *putto*. Dandini iba a ser un dibujante notable, como todos los pintores florentinos: solo necesitaba la paciencia de practicar. Acompáñame al examen. Una mujer no puede presentarse sola y no puedo pedírselo a nadie más.

¿Por qué no vas con Basilio?, se sorprendió Dandini, levantando el carboncillo del papel. Creo que lo han rechazado y no sé cómo decírselo, murmuré. Estaré encantado de hacer de marido tuyo, se rió Dandini, pero recuérdame con tiempo la cita. Tengo que almidonar el cuello. Que te recorten también la barba, bromeé. Pareces un cavernícola.

La mañana del 1 de junio, Dandini no se presentó, así que, ansiosa por el examen e irritada por su falta de puntualidad que me haría llegar tarde, me fui a recogerlo a su casa. ¡Ya voy, ya voy!, gritó desde el pasillo, he tenido un feliz contratiempo. Mientras tanto, ve a saludar a tu hermana, que acaba de descargar.

Albina había cumplido cuarenta y tres años, pero ya parecía mi madre. Su insolente belleza había desaparecido. Los lutos, las responsabilidades y los embarazos la habían agotado. La cara con arrugas profundas, la piel seca, los brazos esqueléticos como ramas.... Solo la barriga, bajo la sábana húmeda, retorcida y roja de sangre, sobresalía como una colina. Tumbada de espaldas en la cama revuelta parecía el cadáver de una ahogada listo para ser abierto en la mesa de anatomía. No me devolvió la sonrisa.

Los nacimientos ya no eran un momento de celebración para ella. En diez años, había perdido cuatro hijos, uno tras otro. Andrea, Cosmo, Massimo y Teodora: muertos a las pocas semanas de vida, a los pocos meses o antes de cumplir un año. Debo de tener algo mal, me dijo en noviembre, el día del funeral de Teodora, su tercera hija, que apenas había vivido ocho meses. Albina enterró a la pequeña sin derramar ni una sola lágrima. Tengo un corazón de piedra o un alma diabólica: los traigo al mundo solo para que se mueran.

Acababa de darse cuenta de que ya estaba embarazada otra vez y me dijo que a ese querría arrancárselo del cuerpo y tirarlo al Tíber. Trago hierbas convulsivas y setas venenosas, me aplasto con el rodillo de amasar, me hurgo con las agujas de bordar, nada: m'ha plantao dentro la raíz, me chupa la sangre, me devora y todo sin motivo alguno, porque este hijo también morirá.

Por favor, no blasfemes, no es culpa tuya, le susurré. Abrazándola, intentaba disimular el asco que sus palabras me habían provocado, pero ella se dio la vuelta, ya no podía soportar que la tocaran. Siempre hubo una causa clínica, lo dijeron los médicos, fue la punta de costado, la viruela, la flema en los pulmones, me esmeré, desenterrando mis conocimientos médicos: los niños tienen menos defensas ante las enfermedades, son más frágiles que nosotros. Y, además, de todos modos, no es cierto. Giustina creció fuerte, también Margherita, que no ha cogido nunca ni siquiera un resfriado. Su segunda hija cumpliría cinco años al cabo de poco más de un mes. Según las estadísticas, estaba casi fuera de peligro.

Tú sí que tienes suerte, Plautilla, me interrumpió, con la voz rasgada por la amargura. Y pensar que yo te compadecía, que acusé de crueldad a nuestro padre, que en gloria esté, porque no quiso darte un marido. La sacrificas por egoísmo, lo atormenté hasta casi su último día. En cambio, tú te llevabas la mejor parte. Quien no tiene hijos no conoce realmente el dolor.

Me habría gustado decirle que a mí me habría gustado tener un hijo. Sentirlo dentro de mí, completando mi cuerpo vacío. Tenerlo entre mis brazos, respirar su olor, consolar su llanto, alimentarlo, hablarle, criarlo, contarle todo lo que sé, darle todo lo que tengo, pero no podía permitírmelo. No podría nunca. Que lloraba cada mes cuando volvía la luna roja, por el desperdicio de mi vida, que se fundía en esos chorros de sangre, puntuales, inexorables. Pero Albina ya no sabía nada de mí y yo no soportaba a la mujer infeliz y envidiosa en que se había convertido mi hermana. A esas alturas, era una desconocida.

Ahora estaba tumbada de espaldas en la cama con sus canas despeinadas sobre la almohada y los pies desnudos asomando bajo la sábana, como un cadáver. Le molestaban los gritos del recién nacido que la comadrona, la viuda Marta Fantes, tras haberlo enjuagado en el agua tibia de la palangana, había encomendado a Giustina para que lo mantuviera quieto sobre la mesa. No miró mientras le suturaba con dedos expertos la herida del cordón umbilical. Ni siquiera cuando Giustina le repitió, emocionada, que era un chavalín con un juguetito que parecía el *putto* meón, mi hermana no mostró la más mínima alegría. El nombre de Filippo lo eligió Dandini, ella dijo que no le importaba. Si lo hubiera llamado Diablo cojonero, le habría dado lo mismo.

Voy al examen de ingreso en la Accademia di San Luca, Albina, le dije, las estrellas han querido que se diera esta coincidencia. Hagamos realidad juntas aquello para lo que nacimos, ¿te acuerdas? Esto era lo que queríamos. Y ha sucedido.

Uno nunca debería hacer realidad sus sueños, observó, lanzándome una mirada carente de bondad. Se da una cuenta entonces de que deseó lo que no debía y que ya es demasiado tarde para volver atrás. Si me admiten, escribirán mi nombre en la lista, proseguí, fingiendo no haberla oído. Plautilla Briccia. La hija de Giano Materassaio, ¿puedes creerlo? Ojalá nuestro padre pudiera vernos.

Eres tú quien tiene que verse, dijo Albina. No eres él. Tú eres mucho mejor. El Briccio nunca consiguió ser admitido en la Accademia di San Luca, ni siquiera cuando su maestro era príncipe. Si has llegado hasta aquí, es por tus propios méritos, no por los suyos. No le debes a nadie lo que tienes. Ni al prestigio de la familia, ni a tu padre, ni a Rutilio, ni a Cortona, ni a Romanelli, y, si te has merecido la protección de alguien, no lo has hecho metiéndote debajo de él sobre un colchón. Toda una rareza de la que siempre podrás estar orgullosa. Tenías unas cartas que daban pena, las has jugado bien y ahora has ganado la partida. Es un gran día para ti.

Y también para ti, Albina, le dije, sentándome en el borde de la cama. Le estrujé el paño sobre su frente sudada. Aunque faltaban tres semanas para el comienzo del verano, el calor ya era insoportable. Su piel estaba en llamas. Es un angelito gordo, Filippo, está bien dotado, intentaba animarla, patea como un torito, no tiene nada que no funcione. Albina giró la cabeza hacia la pared y nos dio la espalda al bebé y a mí.

Márchate, Plautilla, dijo, la Fantes tiene que coserme, pues el angelito me ha desgarrado como si fuera un trapo, y tiene que pegármelo a las tetas para que aprenda a mamar, son cosas de mujeres, y tú no las conoces. Ve con tus pintores. Ve a que te alaben. Ve a buscarte un lugar en la historia. Este no es tu sitio.

En la cripta de los santos Luca y Martina, sede de la Accademia di San Luca desde que Pietro da Cortona había completado la construcción de la iglesia, era la única mujer en una asamblea de hombres de mediana edad vestidos de negro, todos con barba exuberante, gorguera y pelucas con tirabuzones: aunque había entregado solo obras aprobadas por Pietro da Cortona, a quien se las había mostrado antes de presentarlas, me sentí como si fuera de cristal. El cuerpo fornido de mi cuñado, el olor, acre y vagamente animal, que rezumaba su piel, a pesar de que se había regado con agua de rosas, me reconfortó.

El príncipe saliente, el pintor flamenco Ludovido Cousin, pasaba al príncipe entrante, Pietro Martire Neri, la carpeta con mis dibujos y mis bocetos. Este último, alumno del gran mantuano Fetti, con la exigencia que le concedía su propia modestia, había anunciado grandes cambios en el funcionamiento de la Accademia di San Luca: severidad, severidad, severidad. A partir de ahora, solo pintores, escultores y arquitectos de valor acreditado serían admitidos. Cuando lo supimos, Rutilio y yo sonreímos. Según sus criterios, hasta el propio Neri habría sido descartado.

Cousin, en cambio, había sido un príncipe condescendiente durante tres años. A menudo me he preguntado si le debo haber superado la primera votación. Si había favorecido la presencia de una mujer en la última sesión en la que iba a participar. Nunca nos habíamos visto. Se quedó mirando mi rostro con sus ojos azules y acuosos. Los documentos lo habían preparado para examinar a una señora de treinta y ocho años. Yo aparentaba quince menos. Alta, esbelta, con el pecho comprimido en un vestido de seda de color petróleo, peinada con raya en medio trazada de manera impecable y con mi melena recogida en la nuca, no parecía ni matrona ni monja. Rutilio me había dicho que el flamenco sería capaz de perseguir incluso el coño de su madre y que por ello había dilapidado su patrimonio y también estaba destruyendo su carrera. A Rutilio aquello le agradaba. La intemperancia del otro le absolvía de la suya.

Una cesta de fruta, una *Virgen con Niño,* dos cabezas de santos, el retrato de Chiara y un paisaje. Pinturas sobre cobre, papel y lienzo, la Virgen bordada en seda. Delante de la pared revestida con ricos mármoles de diferentes colores había preparado una pequeña exposición de mis cuadros. Una demostración de mi capacidad para moverme entre los distintos géneros de la pintura. No había presentado desnudos ni dibujos de modelos al natural, porque la anatomía era mi punto débil. Percibí esa ausencia como una limitación, el estigma de mi naturaleza. A las mujeres se nos prohíbe estudiar los cuerpos desnudos. Solo la Gentilesca tuvo la posibilidad de hacerlo. Y lo pagó muy caro.

La evaluación contemplaba una solemnidad propia de una liturgia. El secretario la remarcó con un discurso enfático sobre la misión de la pintura –la más noble de entre las artes mecánicas y, sin duda, digna de estar a la altura de las artes liberales– y sobre la moralidad del artista. Los informes sobre mi conducta habían sido excelentes y fue especialmente valorada la gracia recibida por la Virgen del Monte Santo. La fama de mi virtud, concluyó por fin el príncipe Neri, unida a mis méritos artísticos, me hacían digna de ser aceptada. La comisión emitió un dictamen favorable por unanimidad. Bienvenida al noble cenáculo de la Accademia di San Luca, señora Briccia.

Di las gracias a la comisión y prometí que demostraría mi valía, pero me sentía intimidada por las obras de mis predecesores, que se cernían sobre nosotros desde las paredes de la iglesia inferior, transformada en galería. Tiziano, Rubens, la *Virgen de san Lucas* de Rafael. Resultaba inimaginable pensar que pertenecía a la misma familia que esos gigantes, pero era cierto y ahora tendría que pintar un autorretrato y donarlo a la Accademia di San Luca. Todos los miembros debían hacerlo. No me sentía capaz de ello, no me gustaba mirarme. Me volví para escudriñar a Dandini, que estaba sentado en el banco de la primera fila, absorto. Aún no había entregado el suyo.

La mediocridad de Rutilio debería haber achicado la alegría por mi ingreso. Ahora, estos años, la Accademia di San Luca ha dejado entrar a la oveja más sarnosa del rebaño, se quejó Basilio, aturdido, cuando se enteró de que lo habían ignorado. Mi hermano, de todos modos, tenía la intención de registrarse ante notario, porque afirmaba que cumplía los requisitos y que su fallida inscripción era el resultado de una sucia intriga —había denigrado a varios comisarios a lo largo de aquellos años— y no entraba en sus planes aceptarlo. Por puntilloso, de todas formas, porque consideraba a los académicos una congregación de mercenarios dispuestos a vender la admisión al registrar el primer comerciante de cuadros que les pagara lo suficiente: ignorantes que entendían tan poco de arte que confundían el culo con las témporas.

Son como los amansadores que cabalgan detrás del carruaje del príncipe, defienden las ideas más rancias, el conformismo más emético, predicaba. Ahora ese inútil de Neri pregona que estrechará el filtro, que endurecerá los criterios, pero a estas alturas los bueyes ya han huido del establo. Un conventículo de pelucones codiciosos, en eso es en lo que se ha convertido la sociedad de pintores soñada por Federico Zuccari.

Basilio era a la vez sincero y mentiroso. Y como san Pablo cuando se cayó del caballo, que dijo que en realidad quería bajarse, él despreciaba a esos pelucones y él quería ser uno de

403

ellos. Puedes escribir «Pintora académica de San Luca». ¿Y qué? No has conseguido nada, solo te han legitimado para correr el palio, pero adónde quieres ir, eso tendrás que descubrirlo por ti misma.

Mi conflictivo hermano tenía razón. La compañía en la que había entrado era de verdad una pandilla de granujas que se habían vuelto engreídos gracias al favor de los poderosos. Sin embargo, ese día fui feliz, por mí, pero también por el hombre grueso y destrozado que estaba a mi lado. Mi hermana no era la única que había perdido cuatro hijos; Dandini nunca había podido llorar por ellos. Siempre había mostrado su confianza en la Divina Providencia, convencido de que, al final, su semilla prosperaría.

Sin embargo, lo sorprendí sollozando en el estudio, se presionaba sobre la boca el gorro de dormir de Massimo. En el suelo había una barrica de vino, vacía, y él, tan aturdido por el alcohol como se encontraba, ni siquiera se percató de mi presencia. Yo había recogido del suelo los papeles del álbum de recortes, pero las manchas escarlatas ya habían estropeado los dibujos. No le importaba. Su trabajo nunca le había dado satisfacciones. El año anterior, por la decoración del templete de la Sapienza, le pagaron menos que al albañil.

La sede de la Accademia di San Luca, al pie del Campidoglio, estaba situada a más de una milla de nuestra casa, pero regresamos paseando juntos en aquella cálida tarde de junio. El sol se había puesto detrás del Janículo, pero una incandescente luz rosada aún incendiaba las antiguas columnas, las murallas, las ruinas y las cúpulas de las iglesias de Roma. La belleza de nuestra milenaria ciudad me conmovía, como si yo tuviera algún mérito en ello, porque ahora sentía que yo aportaría algo, que podría añadirle una nueva belleza.

Deberías tener algo de consideración con Albina, insinué. A ella cada vez le resulta más difícil recuperarse después de cada parto. El año pasado la dejaste embarazada al cabo de un mes. Rutilio se detuvo bruscamente, empujándome contra la valla de un jardín. Me acarició los labios y los tocó con sus dedos. Luego hundió su nariz en las rosas que me habían entregado en la Accademia di San Luca. Una composición monumental, digna de ser pintada. Y, en efecto, al hacerme entrega de la misma, el príncipe Neri me había encomendado que la inmortalizara. Creía que ese era el género al que me debía dedicar. Flores y niños, solo en ese campo pueden competir, y sobresalir, las mujeres. En cambio, yo ya estaba empezando a odiar la suavidad de los pétalos y soñando con la piedra, y me habría encantado tirar ese ramo por la alcantarilla. Plautilla, Plautilla, suspiró, no me enseñes cómo he de amar a mi esposa.

En la esquina con el Palazzo Sacchetti, encontré a Muzio, el sobrino de Rutilio, de quien era aprendiz. Estaba agitado, dijo que había ido a buscarnos a su tío y a mí hasta el Campidoglio, pero que debíamos de haber salido a pasear. Venid de inmediato, señora Plautilla, y decidle a vuestra madre que prepare a Giustina y a Margherita. La señora Albina tiene la fiebre muy alta. Está perdiendo el conocimiento. Sus hijas tienen que despedirse de ella.

Atravesé Piazza Sforza tal y como iba, con el pergamino en una mano y el ramo de flores en la otra. Me lancé escaleras arriba, irrumpí en la habitación sin ni siquiera llamar, pero Albina ya se había ido. Estaba balbuciendo palabras sin sentido, casi sin sonido. Rutilio se arrodilló en el suelo y hundió la cara en el colchón. Albina, empecé a gritar, ¡Albina, Albina! No podíamos separarnos así, dejando entre nosotras esas amargas palabras que nos habíamos dicho, sin habernos reconciliado.

Y, así fue, esas acusaciones insultantes fueron precisamente las últimas palabras que me dirigió mi adorada hermana.

Albina murió de fiebres puerperales tres días después, el 4 de junio, sin recuperar en ningún momento la consciencia.

Mi madre contrató a una mujer que acababa de perder a su hijo y me pidió que le entregara a Filippo. Giustina le anudó el pañal y lo vistió, Margherita preparó las vendas y los rostros angustiados de mis sobrinos me revelaron que ya tenían una familiaridad desconcertante con la muerte. Te estamos esperando, Pippo, cantó Margherita, poniendo una muñeca de tela en su cuna, vuelve pronto. Con un hilo de voz, Giustina me preguntó si le daría permiso para ir a visitar a ese hermano pequeño que se había llevado a su madre.

La nodriza vivía en un callejón de la parroquia de los Santissimi Vincenzo e Anastasio, justo detrás del ábside de la iglesia, y, mientras llamaba a la puerta, no pude evitar pensar en Tommaso, el hijo de mi primo. Habían pasado dieciséis años y la historia parecía repetirse con una lúgubre falta de imaginación. Albina había muerto después del parto, como Tommasa. Pero Filippo no tenía que morir como Tommaso. Si muriera el sacrificio de mi hermana no tendría ningún sentido.

Cásate conmigo, me dijo Dandini en la iglesia de los Santi Celso e Giuliano, la noche del funeral de mi hermana. La habíamos decorado con telas negras y púrpuras, recubriendo todas las paredes y columnas, derrochando dos bolsas de monedas para encender las velas alrededor del catafalco. Queríamos que Albina tuviera un funeral de gran señora, después de no haber podido vivir ni un solo día como una gran señora. Las velas de cera blanca, las más caras, eran tan altas como el brazo de un niño. Reverberaban sobre el rostro abatido de Rutilio una luz clara, diurna.

Te lo pido delante del Crucifijo, el ornamento más valioso de los que aquí están, porque tú también lo eres. Yo no sé estar sin una mujer. Mis niñas necesitan una madre. Mejor que seas tú. Albina también se alegraría por ello.

406

Eso era cierto, pero no por las razones que Dandini imaginaba. Al final, mi hermana me odiaba. Cederme a mí su lugar sería su venganza. Tendí mi mano hacia la vela y dejé que la llama me quemara los dedos. Y no se lo permití.

Basilio me acompañó a mi primera asamblea general de la Accademia di San Luca. Mi presencia no fue documentada, porque las mujeres no tienen derecho a hablar, y no cuentan. No recuerdo de qué se discutió. Dejé pronto de escuchar y me limité a mirar a mi alrededor. Brandi, Gagliardi, Grimaldi, Cesi, Chiari, Cozzi, Galestruzzi, Viotti: ahora, esos pintores que acaparaban los mejores encargos de Roma eran mis colegas. Basilio se hizo inscribir por el notario en las listas de académicos y actuaba como si en el examen de junio fuera él quien aprobó, no yo. Nadie se dio cuenta de la sustitución. Si aquel 23 de septiembre en Santa Martina había una presencia incongruente, abusiva y heterodoxa era la mía.

A las siguientes asambleas asistió solo. Aunque se había inscrito como pintor, se comportaba como arquitecto, abogaba por la construcción de una nueva ciudad, mostraba dibujos de iglesias y edificios, oratorios y fuentes, animaba a los académicos a convencer al papa de que no construyera en la desolada campiña romana, sino en los interminables espacios vacíos que se abrían entre las murallas aurelianas, una nueva Pienza, una nueva Castro, en resumen, hacer de toda Roma la ciudad ideal del siglo XVII. Intervenía, protestaba, mostraba su voluntad de emplearse a fondo para restaurar el prestigio de la institución. Regresaba a casa pavoneándose. Me contaba que había causado una gran impresión, que los había dejado pasmados.

Filippo murió el 4 de octubre. Lo enterraron en los Santi Vincenzo e Anastasio, gracias a la autorización del arcipreste: no se quedó junto con su madre ni siquiera muerto. Rutilio se volvió a casar a principios de año con Virginia Polizzi, una joven del barrio, bonita y chispeante como lo había sido mi hermana Albina, y casi treinta años más joven que él. Le deseé lo mejor y le felicité por su elección de esposa, pero no fui a su boda. Tampoco lo hizo Basilio. Esos días andaba ocupado: con el favor del príncipe Neri, a quien le había caído muy bien, había conseguido ser elegido secretario de la Accademia di San Luca. Se jactaba de ello en casa, como si fuera su propio triunfo. Le señalé que el nombramiento no se ajustaba a las reglas. Nosotros, los Bricci, somos todos unos impostores, me espetó, hiriente. Por naturaleza y por necesidad. No podemos conseguir nada siguiendo las prácticas habituales.

Rutilio y Virginia tuvieron ocho hijos, uno tras otro –una niña la segunda, todos los demás, varones–. Rutilio los procreaba con regocijo y, como siempre había hecho, los enterraba con disgusto, pero tenía poco que ofrecer a los supervivientes: lo único que le quedaba era su apellido, aunque a esas alturas era una moneda fuera de circulación. El padre hacía tiempo que había regresado a Florencia, y sus amigos, los pintores Lorenzo Gonzalez y Angelo Bronconi, que habían tenido algo de importancia en la Accademia di San Luca, eran ancianos venerables jubilados o polvo, cenizas y nada; su hermano Giuliano, el comerciante de cuadros, cayó enfermo y vendió el taller a su yerno Gioia, y él ya casi no trabajaba. Dibujó frontispicios arquitectónicos para las moles de alguna institución piadosa, pero Borromini lo puso en la lista negra y no lo aceptó en ninguna de sus últimas obras.

Su protector más valorado, monseñor Giovanni Battista Spada, antiguo gobernador de Roma y más tarde obispo y patriarca de Constantinopla, había caído en desgracia con los Barberini, sus patrones, y el papa Pamphilj lo envió a provincias, lejos de la curia; cuando, a su regreso en 1649, aceptó ser el padrino de su hija Margherita, ya no tenía nada que hacer en la corte y no le fue de ninguna ayuda. Incluso después de que lograra ser rehabilitado y recibir el birrete de color púrpura, Spada –homónimo, pero sin parentesco con los ricos cardenales protectores de Borromini– siguió siendo un cardenal pobre, más preocupado por preservar su modesta fortuna que por subvencionar a su compañero pintor o a su pupila. Tampoco lo introdujo después en la corte de la reina Cristina, a la que no obstante visitaba con frecuencia. Se limitaba a pedirle a Rutilio que jugara con él a la petanca en el jardín de su palacio: el cardenal era un campeón y era inconcebible para sus pares dejarse ganar. Pero ni siquiera esas humillantes partidas en las que Rutilio lanzaba su esfera deliberadamente fuera del campo y se prestaba a sufrir las cuchufletas de Su Eminencia, le procuró a él un trabajo, ni a Margherita una dote.

Basilio, mi madre y yo nos encargamos de las hijas de Albina. Rutilio nunca costeó su alimentación ni hizo contribución alguna para su educación. El mundo no lo culpó porque en realidad todos los padres hacían lo mismo: dedicaban a sus hijos una parte extraordinariamente pequeña de sus energías y, a sus hijas, ninguna. Mi padre fue una excepción, aunque no me di cuenta hasta entonces. Giustina terminó considerando a Dandini un extraño molesto. Desaprobaba que le prestáramos dinero. Nunca nos lo devolvería, lo haría desaparecer, como la dote de Albina. Dandini se mudaba cada doce meses, llevando tras de sí a su esposa siempre embarazada, a sus mocosos llorones y unos enseres cada vez más destartalados. Se empobrecía año tras año, así como nosotros, año tras año, íbamos ascendiendo.

Me arrepiento de no haberle dado trabajo cuando podría haberlo hecho. Y de haberle ocultado, al igual que Borromini, mis dibujos, pero habría sido capaz de vendérselos o de apropiárselos para sacarle algo de dinero a algún cliente potencial y yo no podía malgastar mis oportunidades. En los años setenta, cuando yo estaba en la cúspide de mi fama y él estaba ya en el abismo, se volvió embarazoso recordar nuestro parentesco a mis nuevos protectores y empecé a evitarlo.

Seguía viviendo a unas manzanas de nosotros, uno o dos años incluso en el mismo edificio, y lo veía a menudo, delante de la taberna de la Testa, discutiendo con los albañiles de las obras de los alrededores. Desgreñado, mal afeitado, los ojos empañados, su cuerpo, que había sido magnífico, hinchado y destrozado.

Si me hubiera casado con él, habría acabado como él, pues, al morir repentinamente en 1679, le dejó a Virginia nada más que deudas e hijos y ni un escudo siquiera para la misa fúnebre –lo enterraron en la iglesia dei Fiorentini sin cantos, gratis, por caridad–, pero aun así recuerdo casi con nostalgia la noche del funeral de Albina, su cuerpo capaz solo de un amor salvaje e instintivo, pero leal, y sus ojos de perro al pedirme que me casara con él. Me habría gustado que fuera un hombre mejor, pero a mí también, algunas veces, me habría gustado ser solamente una esposa.

El 20 de diciembre de 1655, Elpidio me anunció que tenía la intención de regalarse un palacete digno de un abad, porque tarde o temprano le concederían un título de abad, ¿no? ¿Acaso no había comprado Mazzarino el palacio de cardenal antes de recibir el birrete? Pues él haría lo mismo.

De hecho, ni siquiera era dueño de un palacio. Después de su regreso de París, se había mudado a una zona más señorial para instalarse en un bello edificio enclavado entre la iglesia de San Giovanni in Ayno y el Palazzo dei Rocci, al final de Via Monserrato, justo antes de la bocacalle de Via Giulia, una prestigiosa isla del barrio de Regola, habitada solo por cardenales, banqueros y titulares de los cargos más valiosos de la curia. Pero los Benedetti estaban allí de alquiler: el palacete pertenecía a la orden de los Ministros de los Enfermos y ni siquiera después de la muerte del señor Andrea, acaecida hacía cuatro años, y la recepción de la ansiada herencia, Elpidio había podido adquirirlo.

El palacete tenía un agradable aspecto, aunque estaba bastante deteriorado. Las irregularidades del techo dejaban que la lluvia se filtrara en las habitaciones del segundo piso, los revoques mojados se desportillaban, puertas y marcos estaban podridos, el jardín estaba cubierto de maleza, las chi-

411

meneas no tiraban. Elpidio comenzó las reformas a finales de octubre y el capataz le advirtió de que la obra no estaría terminada antes de un año. Los enormes gastos previstos no parecían preocuparle. Le pregunté de dónde había sacado el dinero para empezar los trabajos y Elpidio me repitió sonriendo la frase favorita de Mazzarino cuando, a pesar de no haber liquidado nunca los anteriores, lo enviaba a buscar nuevos créditos: «Del hombre espléndido, el cielo es tesorero.» Le señalé que solo los grandes no satisfacen sus deudas. La gente corriente acaba en la cárcel. Te llevaré naranjas, le prometí.

Recuerdo la fecha porque coincidió con un acontecimiento sensacional. La entrada de la reina Cristina de Suecia, quien, tras la abdicación, la abjuración y la conversión al catolicismo, llegaba a Roma, como la ovejita extraviada que encuentra de nuevo a su pastor. O al menos eso es lo que nos contaron. El papa Pamphilj había muerto, ante la indiferencia del pueblo, que nunca lo había estimado, y de sus sirvientes, que se apresuraron a darle la espalda. Ninguno de sus parientes, pese a haberlos enriquecido desmesuradamente, quiso encargarse del funeral y su cadáver –en rápida descomposición– yació durante diez días en el almacén de los albañiles, en un escondrijo de la iglesia de la familia, en Piazza Navona, plagado de ratas. Por eso, tal vez, en cuanto fue elegido, su sucesor, Fabio Chigi, aunque era bastante joven y gozaba de buena salud, se hizo construir un ataúd y lo colocó bajo su colchón.

Los artistas apreciaron la elección de los cardenales del Sacro Collegio: no entendía nada de política y diplomacia, pero se decía que Chigi era un arquitecto aficionado, que soñaba con rehacer Roma. Magnífica como la imperial, con espaciosas calles y plazas, fabulosas perspectivas: una capital moderna, en definitiva. Quería demoler, derruir, edificar. Estábamos seguros de que lo haría. Eligió el nombre de Alejandro VII. Había sido el oculto urdidor de la conversión de la

412

reina Cristina y solo seis meses después de su elección la acogió con una magnificencia nunca vista. La noticia de que una reina había renunciado a su reino a cambio de la fe católica excitaba las conversaciones de los cortesanos y la imaginación del pueblo. El papa quiso celebrar de forma memorable su llegada, porque el triunfo de la reina multiplicaría la gloria de Roma.

Encargó a Bernini la reforma de la Porta del Popolo por la que pasaría y mandó grabar una inscripción que atestiguara ese acontecimiento para siempre. Luego obligó a los residentes a lo largo del recorrido que la reina iba a seguir para dirigirse al Vaticano y, tras el banquete en su honor, desde el Vaticano a su residencia, a suspender todas las actividades, cerrar los talleres, los tribunales, las tiendas, remover carros y carretas, liberar las calles, decorar las casas con tapices y las ventanas con cortinajes o paños de calidad. El miércoles, desde la puesta de sol, todos los habitantes de las calles entre Borgo Novo y Palazzo Farnese debían colocar también un fanal en cada ventana. Tuvimos que enviar a nuestro sirviente, Giuseppe, a comprarlos.

Contagiada por el entusiasmo, mi sobrina Giustina bordó el nombre de la reina de la casa Wasa en una manta de terciopelo turquesa y bajó hasta tres veces a la calle para asegurarse de que la inscripción era legible. Durante los preparativos hice alarde de indiferencia, porque aún no sabía quién era esa reina sin trono y no podía entender qué venía a buscar en Roma. Yo, si hubiera podido, me habría escapado de Roma. Pero cuando oí el fragor de las ruedas cada vez más y más cerca, los relinchos de los caballos y los vítores, me dejé ganar por la curiosidad. Frente a la ventana, vi pasar el desfile que la llevaba de vuelta al Palazzo Farnese. Cristina de Suecia se alojaba allí y para tal ocasión se habían desplegado en las fachadas adornos pictóricos, emblemas e inscripciones que las cubrían desde las cornisas hasta el suelo. La calle estaba abarrotada de carruajes, caballeros, pajes, trompetas, negra de multitudes que la aplaudían a su paso. Cristina, sentada en una silla turquesa, sostenida por los palafreneros del papa, llevaba un sombrero de copa de corte masculino en la cabeza e iba vestida con sencillez. Las velas blancas que los palafreneros elevaban hacia el cielo iluminaban su figura, minúscula y, al mismo tiempo, hierática. En ningún momento levantó la vista.

¿Vale Roma más que su reino del norte?, preguntó Giustina con ingenuidad. Suecia era para ella una tierra de nieve y de bosques, de herejes y de soledad. Se lo había enseñado yo misma leyéndole las amarillentas relaciones polares de mi padre, que en una época se sintió seducido por el mundo ártico, como por todo lo demás que quedaba más allá de su horizonte. Pero ahora sabía también que era un reino con un poderoso ejército, capaz de saquear el castillo de Praga y de imponer por la fuerza de las armas la paz a los Habsburgo, mientras que Francia y España continuaban desangrándose mutuamente en una guerra interminable. La misma Cristina había firmado el tratado de Osnabrück que había sellado su victoria sobre el imperio y sobre el catolicismo y había condenado a Roma a la insignificancia política.

Cada uno encuentra la libertad donde la busca, replicó mi madre, agitando la mano en señal de saludo. Libertad. Nunca se me ocurrió que una mujer pudiera buscarla precisamente en Roma.

Elpidio suspendió los trabajos hasta después de Carnaval. Alejandro VII había dispuesto tres meses de festejos, la corte vibraba, los cardenales competían entre sí para entretener a Cristina y los Barberini iban a representar una obra de teatro e iban a montar un carrusel en el patio de su palacio. El nuevo papa había sido un protegido de Urbano VIII, y los dos Barberini (incluso Antonio había regresado de Francia) habían recuperado sus riquezas, aunque no el poderío de antaño. El-pidio se instaló en la antesala del cardenal Francesco, a la es-pera de una invitación, porque, entre los muchos eventos en honor a la reina de Suecia, no podía faltar a las fiestas de los Barberini.

El maestro de obras, el carpintero, el vidriero, el herrero, mientras tanto, proporcionarían las materias primas: la ma-dera, las baldosas, los ladrillos. Me sorprendió que para las reformas no hubiera contratado a un arquitecto. Gracias a Mazzarino, Elpidio estaba ahora en contacto no solo con Ber-nini y Borromini, sino también con la mayoría de los arqui-tectos de cierto prestigio que trabajaban en Roma. Estos señores son demasiado onerosos, me respondió, y, además, no los necesito. Soy un hombre universal. Yo mismo seré el ar-quitecto de mi propia casa.

¿Te estás uniendo tú también al rebaño de los vanidosos y pretenciosos diletantes?, me burlé de él. Me respondió que la palabra le gustaba. El que se deleita disfruta, y el deleite ten-dría que ser el objetivo último de la existencia. Tenía dema-siadas ideas. Tomadas de los palacios de los cardenales y embajadores que frecuentaba desde hacía años, vistas en los estudios de los artistas donde discutía los precios de las obras y a los que proponía viajes a Francia. Solo necesitaba que al-guien las pusiera en práctica. Estaba tan convencido de que podía hacerlo él mismo que se atrevió a mostrarme bocetos hechos con sus propias manos, garabateados con una pluma de oca en el margen del cuaderno donde anotaba los gastos, incluso los más insignificantes, de las obras. Capiteles, pilares, cornisas.

El dibujo es bueno, observé, desconcertada, pero... ¿y las medidas? ¿Qué altura han de tener los pilares? ¿Cuánto mide el voladizo de las cornisas? Estos bocetos son demasiado im-precisos, enseñádselos al capataz y os dirá que son caprichos clericales, abstractos, casi metafísicos... Eso querrá decir que

415

me ayudaréis a tener los pies en el suelo, mi querida Aristóteles, respondió, divertido. Sería la primera vez que un abad y una dama se convierten en arquitectos.

Estaba bromeando, puedo jurarlo. Sin embargo, esas palabras que dejó caer como si fueran un juego, en la intimidad, siguieron resonando en mi interior indefinidamente. Incluso las pasiones más ardientes se embotan y acaban extinguiéndose si no las alimenta una nueva chispa. Nosotros ya lo habíamos vivido todo. No había nada nuevo que pudiéramos esperar del futuro.

¿Por qué no?, me preguntaba mientras, en mi estudio, me dejaba la vista en mi última *Virgen con Niño*. El destinatario de esa refinada pintura sobre seda, de tamaño considerable, además, era el *cavalier* Cassiano dal Pozzo. Aunque oficialmente ya solo ostentaba el cargo de copero del cardenal Francesco Barberini, había sido el máximo conocedor del arte en Roma y el más influyente. Mecenas de talentos como Poussin y Sacchi, a quienes había ayudado a despegar, había orientado el gusto de una generación de aficionados y de artistas, influyendo en las elecciones de los primeros y en el estilo de los segundos: había reunido una excepcional colección de pinturas y dibujos, que hasta el mismísimo Mazzarino envidiaba. El caballero había sido el primer ciudadano particular que, sin disponer siquiera de una fortuna excepcional, pudo competir con papas y cardenales. Tras la caída de los Barberini, perdió recursos y poder, pero ni un ápice de su prestigio. Vivía recluido en su palacio-museo en Via dei Chiavari y prácticamente había dejado de sumar obras a su colección. Que me hiciera saber que estaba interesado en un cuadro mío, aunque fuera sobre seda, era un hecho casi excepcional. Me dedicaba a ese bordado con tanto esmero que empleé más de un año en realizarlo. Y el caballero nunca lo vio, porque, cuando lo entregué, la peste ya lo había acompañado a mejor vida. Su hermano comendador no consideró que tuviera que pagármelo. Le doné la *Virgen*. Nunca supe si la mantuvo en la colección o la vendió, como todo lo demás.

Pero la obra, en sí misma, ¿qué me aportaría? En el mejor de los casos, otros encargos similares. Aunque fuera la más hermosa que hubiera hecho en mi vida, era la enésima variación sobre un tema que no permitía invenciones ni experimentos. En cambio, convertirse en arquitecto... Transformar un dibujo en piedra, un pensamiento en algo sólido, eterno. Levantar una casa. Elegir las tejas del tejado y las baldosas del suelo. Imaginar fachadas, cornisas, arquitrabes, logias, escaleras, frontones, perspectivas, jardines. Por lo que yo sabía, una mujer nunca lo había hecho. Ni siquiera había una palabra para ello.

Esa noche le pedí a Basilio que me prestara el tomo del matemático Ottavio Fabri, un manual que enseñaba el uso de la escuadra móvil, una ingeniosa herramienta de dos brazos de su invención. Aunque en los últimos treinta años Bernini, Cortona y Borromini habían cambiado la forma de construir, los tratados teóricos se habían detenido en las técnicas del siglo XVI. En la biblioteca de mi padre estaban Vitruvio, Palladio, Serlio y Scamozzi, pero yo buscaba algo más práctico: ese volumen, aunque ya tenía cuarenta años, todavía circulaba por los estudios de todos los arquitectos.

¿Qué estáis estudiando, Plautilla?, me preguntaba Giustina, que se quedó sorprendida por la aparición en mi escritorio de objetos nuevos como dos compases de latón, un tiralíneas, un punzón, y ahora miraba estupefacta una lista de ecuaciones. Estoy aprendiendo a calcular cuántos dedos hacen un palmo y cuántos palmos hacen un pie, para medir altura, anchura y profundidad, le respondí, sin distraerme. Mi sobrina no entendía con qué propósito. Era la diligente colegiala de Basilio, pero tenía poca memoria: las lecciones de pintura, poesía y matemáticas que él le impartía pacientemente desde que había venido a vivir con nosotros se desvanecían en su cerebro como el agua en la arena. Giraba el cuello para escudriñar el pequeño volumen de Fabri abierto en el atril: las ilustraciones mostraban pequeños hombres tendiendo hilos en un campo. Vos ya sabéis muchas cosas, si empezáis a estudiar cosas nuevas os parecerá no saber nada, observó. Pero es que es esa realmente la cuestión, Giustina. Aprender lo que no sé me devuelve la juventud. Quiero añadir vida a los días, y no días a la vida.

En la primavera del año 56 solo se hablaba de Cristina de Suecia. Dominaba las conversaciones de los cortesanos y de los palafreneros, de los cardenales y de los artistas, se hablaba de ella en la curia, en los establos y en las tabernas. Solo con mencionar su nombre se generaba conmoción y consternación. Todo en ella, desde su ropa hasta su gusto por la comida, la música y el arte, desde su conversación hasta la forma de montar a caballo –montaba como un varón–, era nuevo, desconcertante, inaudito. Una princesa que había rechazado el matrimonio, el destino y el papel que su nacimiento le había asignado y había decidido, sola, sobre su reino y sobre su vida. Una mujer que hablaba como un hombre y que gastaba como un papa despertaba el respeto intelectual de hombres que nunca habían respetado a ninguna mujer excepto, y no siempre, a sus madres. En Roma nunca se había concebido nada semejante.

Me gustaría conocer a la reina Cristina, le dije a Elpidio. Sentados en nuestro carruaje, habíamos malgastado el poco tiempo del que disponíamos dedicándonos a dibujar los pilares que iban a sostener la logia. No los quería ni modernos ni antiguos, ni triviales ni sobrios. Yo intentaba convencerlo de que los que él dibujaba no podían funcionar. Cuestión de empuje, contraempuje, en definitiva. Con el dedo, en el polvo que oscurecía el cristal, le corregí las medidas de la base y garabateé los cálculos del peso de las baldosas del techo. Todos esos números lo habían debilitado, ni siquiera me había soltado el pelo.

¿Por qué no buscas una oportunidad para presentarme? Elpidio había conocido a la reina, aunque, en la zarabanda mundana del Palazzo Barberini, no había podido acercarse a ella. Joven lo es, pero es la mujer menos atractiva de la ciudad, si es que se la puede considerar mujer, porque parece hermafrodita, aunque profesa ser mujer, liquidó el tema. Nariz exagerada, ojos de salmonete, boca muy pequeña, ni siquiera el cortesano más entusiasta lograría encontrarle algo hermoso. Su tan alabada inteligencia no pudo comprobarla.

De todas formas, ¿para qué quieres conocerla?, divagó de inmediato, receloso. Para el abad Benedetti, reina solo había una, Ana de Austria, la madre de Luis XIV. Cristina era otra espina en su vanidad. La sueca era extremadamente selectiva. Amiga de los proespañoles, ni siquiera el nombre de Mazzarino había hecho que el abad fuera interesante a sus ojos. Que no se te metan en la cabeza quimeras inalcanzables, me reprendió. La reina Cristina seguro que no va a querer comprarte los cuadros a ti. Del castillo de Rodolfo de Praga se llevó a Tiziano y a Rafael, y la litera para ser llevada a Roma se la encargó a Bernini. No te conviene ni siquiera proponerle pintar su retrato, es demasiado fea, no podrías satisfacerla de ninguna de las maneras. Además, es enemiga de la feminidad. Las mujeres la aburren. Ni siquiera recibe a las princesas y, cuando se ve obligada a hacerlo, las humilla, haciéndolas sentarse sobre uno, dos o tres cojines, según el rango. Prefiere la compañía de los hombres. Olvídate de ella. Mientras me hablaba, Elpidio sonreía. La idea de que nunca podría acercarme a esa excéntrica mujer lo tranquilizaba.

Los albañiles acababan de excavar los canalones y de descubrir el viejo tejado, separando las tejas rotas de las buenas que podrían ser reutilizadas cuando, mientras paseaba yo para curiosear por debajo del palacete de Via Monserrato, me llamaron poderosamente la atención los caracteres insólitamente grandes del edicto colgado en la pared de la iglesia de al lado. Era 24 de junio. Una multitud extrañamente silenciosa se agolpaba allí delante y me acerqué. El gobernador de Roma ordenaba, so pena capital, que se buscara y se denunciara a varias personas que, hacía pocos días, se encontraban en una taberna de la barriada de Monte Fiore.

¿Sabéis leer, señora? ¿Qué significa?, me soltó el cochero de los Rocci, rascándose nerviosamente la sotabarba. Significa que la peste, que este abril estaba en Malta y en mayo en Nápoles, ha llegado a Roma, respondí. ¿Dónde está Monte Fiore?, se inquietó la vendedora de fresas, una campesina de Nemi recién llegada a la ciudad. Desde que el Reino de Nápoles había sido vetado por la peste y la frontera entre los dos estados estaba cerrada, hasta las puertas a lo largo de las murallas aurelianas se habían atrancado. Solo habían dejado abiertas cinco, pero, para pasarlas, había que someterse a los controles minuciosos de los soldados. Roma estaba prácticamente sitiada. La fresera tuvo que recorrer un largo camino hasta Porta San Paolo. Monte Fiore está cerca del puerto de Ripa, frente a la iglesia de San Crisogono, al otro lado del río, en el Trastevere, le expliqué con alivio. El Trastevere entonces me parecía muy lejano.

No es la peste, me tranquilizó Elpidio, en cuanto le conté la noticia. Estoy al corriente. En esa taberna, a primeros de mes, enfermó un hombre llamado Antonio Ciothi, pescadero, llegado desde Nápoles, aparentemente después de haber matado a alguien. En Nettuno desembarcaron cuatro, con bastantes cajas bien cargadas y sobornaron a los soldados de la torre de San Giovanni. Parece ser que la mujer y uno de los hombres murieron en el campo antes de llegar a Roma. El tercero, el marinero, murió de una dolencia sospechosa, así que al pescadero lo llevaron directamente al Hospital de San Giovanni, donde, de todas formas, no se curó. Pero los médicos que examinaron el cadáver descartaron malas señales. ¿Y la tabernera de Monte Fiore?, le pregunté. La cocinera del banquero Vivaldi había oído decir que ella también había enfermado y que tenía un carbunclo en el muslo derecho y, después de ella, la madre que la había atendido: ambas estaban muertas. Pero también la había asistido una parienta y esa parienta vivía en este lado del río, nadie sabía dónde, parece que justo en Ponte. Había desaparecido. Tal vez fuera a ella a quien estaba buscando la policía. Elpidio se encogió de hombros, imperturbable, porque la fuente de sus informaciones era un clérigo amigo suyo, beneficiario como él de San Pedro, secretario de los memoriales de Barberini: pues bien, el cardenal Francesco era titular de San Crisogono, párroco de las almas del Trastevere y, por tanto, el más interesado de todos en conocer la verdad. Lo tranquilizó. No es la peste.

Pero ¿la cinta de seda?, insistí. Mi madre le había oído decir a la aladrera de Piazza Sforza que el pescadero que más tarde murió en el hospital, antes de salir de Nápoles, había recibido de su esposa un anillo y algunos adornos con bandas de seda, y una cinta le había contagiado la peste. ¡Me sorprende que precisamente tú, Aristóteles, des credibilidad a estas tonterías de criadas!, me reprendió Elpidio.

No son cotilleos de criadas, repliqué, molesta. La seda tiene algo que ver. Nuestro realquilado, el procurador Severini, conocía al fabricante de abanicos de la Scrofa, detrás del hotel de los portugueses. Guardaba en su taller dos cajas de abanicos de seda recién llegados de Nápoles. Ha muerto. Ah, ¡menuda tontería!, estalló Elpidio. La peste es un castigo de Dios, ¿cómo puede contagiarse con un abanico o una cinta de seda?

Sea como sea, el castigo de Dios debe encontrar un vehículo para propagar la epidemia, objeté. Para castigar a los judíos, Dios envió las serpientes y, para castigar a la humanidad, el diluvio. Los profesores de medicina insisten en la teoría de los miasmas, pero los médicos la han desdeñado, porque la práctica confirma que el contagio existe. Ahora acreditan las teorías de Fracastoro y hablan de semillas contagiosas, de corpúsculos, de organismos vivos, nadie sabe realmente qué son, pero se ha visto que los fómites más letales son los colchones, las sábanas de lino, las mantas de lana, los pelos de gato, las prendas de seda. Así que esto de la cinta de seda no es un rumor estúpido ni un temor supersticioso. Viene de la experiencia, de la observación, es así como la ciencia progresa.

Por el amor de Dios, ¡no me vengas otra vez con las disparatadas teorías de los médicos!, murmuró Elpidio. Son peores que los charlatanes. ¡Si aún no han descubierto cómo curar la podagra! Y, por cierto, rebatió, una comisión también había examinado los cadáveres de la señora y de la madre. Había muchos médicos, famosos. Salvo uno, todos ellos descartaron la peste.

Y, sin embargo, se trataba de la peste. Y los cardenales de la Congregación de Sanidad se dieron cuenta antes que los médicos. Desalojaron a los monjes de San Bartolomeo e hicieron instalar el lazareto en la isla Tiberina, ordenaron que los muertos fueran transportados en barco, a través del río, para no contaminar la ciudad, y que enterraran los cuerpos infectados fuera de las murallas, en los prados frente a la basílica de San Pablo. Esa misma noche, en apenas unas horas, el arquitecto Domenico Castelli hizo que dispusieran largas cancelas de madera alrededor del Trastevere: la Congregación de Sanidad exigió que los cardenales titulares de las iglesias del distrito enviaran soldados a pie y a caballo, colocó en los pasos guardias armados con órdenes de disparar a cualquiera que intentara entrar o salir y encerró dentro a los seis mil habitantes.

A la mañana siguiente, las autoridades cerraron los colegios y enviaron a los estudiantes de vacaciones, ordenaron a los monasterios que se abastecieran para veinte días y prohibieron a los huérfanos que acompañaran a los muertos. El domingo se suspendieron las actividades de los tribunales, prohibieron reuniones y aglomeraciones. El lunes el papa proclamó que estaba dispuesto a morir en Roma, mártir de la peste, si esa era la voluntad de Dios Nuestro Señor.

El doctor Jakob Gibbs, un médico inglés al que en Roma llamábamos Ghibbesio, fue nombrado jefe de los nosocomios para el internamiento de los apestados. Yo estaba trabajando para él. Me había encargado dos cuadros sobre cuero, en forma de media luna. Cuando los terminé, tendrían que haber enmarcado las puertas de su apartamento, en el Collegio di Sant'Ivo dei Britanni.

No eran una creación propia: encargó los dibujos a Pietro da Cortona. Gibbs le pidió a su pintor favorito que lo retratara y enseñaba el dibujo a lápiz a todos los visitantes, colgado sobre el diploma que le había entregado la Universidad de Oxford, del que estaba sumamente orgulloso. Pero Pietro da Cortona, que estaba demasiado ocupado dirigiendo las obras de la galería de Alejandro VII en la residencia de Monte Caballo y concibiendo la fachada de la iglesia de Santa Maria della Pace, no tenía tiempo para pintar cuadros decorativos y Gibbs tuvo que encargar a otro pintor que convirtiera esos dibujos en cuadros.

Sin embargo, el maestro había reclutado para la decoración del Quirinal a todos sus alumnos y colaboradores y ninguno de ellos podría haber aceptado el encargo. Aun así, Gibbs nunca quiso considerarme un último recurso y afirmaba que me había elegido a mí, en vez de alguno de entre los muchos emuladores sugeridos por el mismo Cortona, porque en su propia casa —la casa de un solterón dedicado al estudio y a la castidad— se echaba en falta la presencia de una mujer.

Convivía únicamente con el hermano de su criado, Benedetto, un chiquillo pobre que había demostrado un gran ingenio y al que le pagaba los estudios para que un día llegara a ser, como él, médico. Una pintora puede pintar tan bien como un hombre los mismos temas y de la misma manera, argumentaba, y eso era precisamente lo que yo estaba haciendo y lo que él mismo me había pedido. Quería, de hecho, unos Pietro da Cortona.

El excéntrico médico era un hombre cultísimo, que componía versos en griego y en latín, escribía epigramas, discursos y epopeyas y lo sabía todo sobre todo. Pintar para un cliente semejante me había inyectado una tímida esperanza. Quizá por fin me estuviera dando a conocer en los círculos de los entendidos.

El doctor Ghibbesio esperaba con afán sus puertas y quería preservar mi salud. Envió a Benedetto a pedirme que no ignorara las prescripciones de Sanidad, porque la enfermedad era la misma que recorría el Mediterráneo desde el año 52 y había infectado Cerdeña durante años: era de una naturaleza malvada y obstinada, de una tasa de mortalidad altísima. Aunque, debido a su ocupación, ya no le sería posible tener contacto directo conmigo, podrían serme de ayuda sus consejos.

Le estoy sinceramente agradecida: nuestro médico de cabecera ya había huido. Fue uno de los últimos en lograrlo, porque entonces la Congregación de Sanidad convocó a los demás, obligándolos a ponerse a su disposición, so pena de muerte.

El 29 de junio, la fiesta de los santos patronos Pedro y Pablo no se celebró. Nada de cabalgata en chinea,[1] nada de

1. Ofrenda anual en dicha festividad, donde el rey de Nápoles ofrecía al Papa como homenaje feudal un caballo blanco (y una buena suma de dinero). (N. del T.)

girándula ni de salvas desde Castillo, nada de capilla papal. Bajo la ventana de mi estudio ya estaban desfilando los policías que echaban a los transeúntes con sus porras: cubiertos con tela encerada, precedían a los carros con los ataúdes que bajaban a la orilla del río. En una semana, el Tíber se llenó de barcos encargados para el transporte de los cadáveres. Los llamábamos los barcos feos. Así es como empezó –sobre el agua, en silencio– la extraña danza macabra que podríamos haber llamado el Triunfo de la Fealdad. Llamábamos «feo» a cualquier cosa que la peste tocaba: feos los barcos, feos los médicos, feos los cuerpos.

Tantas enfermedades podían afectarnos y nos habían afectado, nuestros seres queridos habían muerto de fiebres, de tifus, de cáncer, de gota, de apoplejía, pero la peste era diferente, despertaba un horror ancestral. De hecho, no existía ninguna cura. La peste era invisible hasta el momento en que se manifestaba y, entonces, ya era tarde.

Mi madre se empeñaba en infundir optimismo: Basilio y yo éramos demasiado jóvenes para recordarlo, pero ella no olvidaba que en 1630 la peste había causado estragos en todos los rincones de Italia y, sin embargo, gracias al cordón sanitario impuesto por el papa Barberini, se había detenido en la frontera del Estado eclesiástico. Esta vez había llegado al Trastevere. Y allí se detendría. Para ella, el Trastevere no era realmente Roma. La vigilancia nunca había sido tan rígida, el papa Chigi había colocado a gente competente en los puestos clave, se habían tomado todas las medidas posibles. Con la ayuda de Dios, nos salvaríamos.

Pero yo ya no era capaz de concentrarme en las sobrepuertas del doctor Ghibbesio. Pintar me parecía una actividad tremendamente inútil. Los gritos de los «esclavos», los convictos obligados a servir en el lazareto, que conducían los carros con los que transportaban a pacientes sospechosos hasta la isla Tiberina –descansa' que si no morí'– atravesaban la frágil ba-

425

rrera de las ventanas y me provocaban escalofríos. Ahogaban la cantilena familiar de los vendedores ambulantes que ofrecían ceras, rábanos, ajos y huesos de jamón, los restallidos de los látigos, el tañido de las campanas. El color se secaba sobre la paleta. Tenía miedo. Removía el pincel en el grumo azul, pero me temblaba la mano, me asediaba un sentimiento de impotencia que me obligaba a preguntarme a cada instante: Y si mañana te murieras, Plautilla, ¿qué quedaría de ti?

La peste lo cambiaba todo. Los sonidos, las costumbres, los olores, el paisaje. Los postigos de los palacios de los duques y barones se cerraban a cal y canto. Día tras día, Roma se vaciaba. Quienes tenían propiedades y feudos en provincias, sin alboroto alguno, conseguían el permiso y desaparecían. Corría el rumor de que a principios de julio ya habían huido diez mil. En una ciudad de poco más de ciento diez mil habitantes, suponía un número enorme. Nosotros también teníamos que marcharnos, antes de que nos encerraran a todos, pero no habríamos sabido adónde ir. Los Bricci éramos gente de ciudad, íbamos al viñedo solo los domingos, para pasar el día al sol.

El 19 de julio, Cristina de Suecia recibió la comunión de manos del cardenal Francesco Barberini y partió. Se dirigía a Pomerania, vía Marsella. Oficialmente, para arreglar sus asuntos y obtener de Suecia las rentas que iban a concederle para seguir viviendo como reina, pero también para alejarse de una ciudad en la que los brotes de la enfermedad se manifestaban por todas partes. Aunque no debía de estar destinada a conocerla, yo tenía la esperanza de que algún día volviera: Roma la necesitaba.

Elpidio se marchó justo después. Quería poner a la señora Lucia a salvo en la propiedad de los Benedetti, en Poggio Mirteto. Prometió que se detendría en Sabina solo el tiempo necesario para cuidar a su madre. Mientras tanto, las reformas del palacete de Via Monserrato no podían detenerse. Bruscamente, sin preámbulos, me encargó que lo sustituyera.

¿Por qué yo?, le pregunté. Porque una pintora virtuosa de la Accademia di San Luca, que ha trabajado para Antonio degli Effetti, para el caballero Dal Pozzo y para el doctor Ghibbesio, a estas alturas puede contratarla incluso el abad Benedetti. Y además porque no hay nadie en este momento que pueda aceptarlo. Tendrías que contar hasta diez antes de hablar, le aconsejé. Siempre dices lo que no debes. Siempre digo la verdad, Plautilla Briccia, sonrió, al menos a ti.

No sé si me sorprendió más esa propuesta o el anuncio de su partida. Estaba segura de que imitaría a su primer patrón, el cardenal Francesco Barberini, quien se prodigaba con valentía: había vuelto al Trastevere para seguir entre su rebaño, pese a que su secretario de los Memoriales, el imprudente amigo de Elpidio, había muerto. Más tarde se dejaría confinar tres veces por Sanidad sin apelar al papa, sin tacharlo de ignominia, como tantos otros de su condición, quienes enviaban súplicas para evitar en sus edificios la infamia del cartel de Sanidad y que veían como un insulto inaceptable dado su rango estar simplemente sujetos a la ley.

La conducta de Barberini suscitaba el respeto incluso de quienes en el pasado habían brindado por su ruina y nunca habían digerido su regreso. La huida de Elpidio, en cambio, podía parecer una deserción. Un cortesano nunca abandona su puesto. La mañana de su partida me di cuenta de que la peste nos arrastraba a una tierra desconocida: era como si hubiéramos cruzado la frontera de un país extranjero en el que las antiguas normas ya no servían. Antes de golpearnos, de desfigurarnos y de aniquilarnos, la peste nos arrebataba las certezas. La identidad, el deber. Y, no obstante, en cierto sentido, nos liberó de nosotros mismos. La peste liberó al abad Benedetti. Y también me liberó a mí.

La sirvienta del abad, mirándome con recelo, se quejó con hosquedad a la madre de Elpidio de la señora Briccia, pintora. Desde el primer momento desconfió de mí, también yo de ella. Debía de tener unos cincuenta años, vivía en casa de los Benedetti desde pequeña, había visto nacer y crecer a Elpidio y consideraba al «joven» patrón su coetáneo, algo suyo. La atravesé con mi indiferencia. Había acabado ya la época en que hasta una sirvienta podía intimidarme.

La señora Lucia Paltrinieri era un grácil manojo de huesos, vestida de negro, con ojos de búho y manos de muñeca; se apretó la cara con un pañuelo empapado en vinagre y saltó hacia atrás como un resorte cuando le tendí la mano. ¿Me ha tocado?, gritó horrorizada a la sirvienta, que asintió, para complacerla, aunque yo no la había ni rozado siquiera. La Paltrinieri dejó caer su mano a lo largo del costado, manteniéndola alejada de su ropa. También para la madre de Elpidio fui, desde el principio, un motivo de preocupación.

No se disculpó por su grosería, de hecho, me reprendió por no seguir los consejos que para entonces daban hasta los sacerdotes: evitar las conversaciones y el contacto con desconocidos. Me hubiera gustado decirle que, en Roma, para su hijo, no había nadie menos desconocida que yo. Mientras se frotaba la mano contaminada con el pañuelo húmedo, me garantizó que rezaría por mí. No le dije que podía contar con las oraciones de su hija. No sabía si sor Eufrasia le había hablado alguna vez sobre nuestra amistad.

El abad se acercó a mí respetuosamente, representando delante de las sirvientas y los secretarios el papel de patrón que ha convocado a un empleado. Me pregunté si uno de esos dos jóvenes era el fantasma que colgaba el papel en la bodega, pero nada en su actitud me permitió averiguarlo nunca. Ambos llevaban gafas. Nos siguieron mudos mientras Elpidio me mostraba la topografía del palacio. Constaba de tres niveles, la planta principal era una sucesión de habitaciones idénticas entre sí. Conté diez. Me pregunté para qué le servirían tantas. Los Benedetti eran solo dos y, considerando que los secretarios, la sirvienta y el camarero se alojaban arriba, habría espacio por lo menos para otra familia. Para todos nosotros, por ejemplo.

Me condujo a la sala donde apilaba los cuadros. El abad de Mazzarino habría parecido un patán si no expusiera en la galería al menos cincuenta cuadros y de buenas firmas. Los pintores a los que compraba las obras para enviárselas al cardenal y a los nobles de la corte francesa le regalaban bocetos, borradores y copias, porque quien quiere acercarse al patrón respeta a su perro. Otros los había heredado del señor Benedetti, otros se los habría ido comprando. Yo debía examinarlos, separarlos, elegir las paredes adecuadas para realzarlos y agruparlos de la manera más armoniosa y eficaz.

No lograba apartar la vista de las marinas, los retratos, las tormentas. Olas espumosas, cardenales con túnica roja, nubes de tormenta desgarradas por un rayo de sol, pastores entre las ruinas antiguas, hombres ilustres con miradas irritadas. Eran estos paisajes, estos rostros, los que Elpidio veía todos los días, cuando abría los ojos, cuando desayunaba, cuando leía. Llevábamos veintiún años viéndonos. Conocía cada arista de sus huesos, el olor de su aliento, de su pelo, de sus humores, el sabor de su saliva, y no sabía nada de su vida.

En la cocina me presenta al capataz, al carpintero, al maestro vidriero, al herrero y al maestro dorador que pintará los frisos de las habitaciones. La señora Plautilla Briccia, pintora de San Luca, dice, y ellos asienten, bajando los ojos. Comprendo al instante lo que están pensando. Estos académicos de los cojones son el azote de las obras de construcción.

Así es como terminó la clandestinidad, en una calurosa mañana de julio, en una cocina cualquiera, abarrotada de platos de estaño y de ladrillos, mientras un rayo de sol saca chispas a una sartén agujereada donde se cocinan las castañas. Estamos en la misma estancia, unos junto a otros, a la luz del día. Tenía casi cuarenta años.

Battista Ferrari, Francesco Umiltà, Vinovo della Valle, Jacopo Vitangelo, Giuseppe Ferro. Me aprendería de inmediato los nombres de aquellos artesanos que me observaban, reservados. Elpidio les ordenó que siguieran mis indicaciones, porque la señora Briccia hablaba por él. Entonces el secretario, llamado Carlo, lo llamó: el carruaje estaba abajo listo, la señora madre ya había subido y los caballos se estaban poniendo nerviosos. Lo acompañé hasta la puerta, como si yo estuviera en mi casa y él fuera un invitado de paso.

Sé prudente, me rogó, entregándome una bola aromática que contenía triaca, un fármaco tan caro que yo nunca podría comprarlo. ¿Por qué me recomiendas prudencia justo cuando me pides que sea imprudente?, le contesté.

Quería añadir algo, pero el camarero ya había llegado hasta nosotros. Se caló el sombrero. Estaba pálido y tenía miedo. A no ver nunca terminado el edificio que lo convertiría en el hombre que pretendía ser. A que yo no consiguiera hacerme respetar por los maestros artesanos y que fueran ellos quienes decidieran por su cuenta: en las obras romanas circulaba una broma: «Resiste, muro, hasta que te dé er culo», lo que dice mucho sobre lo mal que se realizaban los trabajos en cuanto el arquitecto y el patrón se alejaban un poco. A que su madre le preguntara por qué razón, de entre los muchos artistas que conocía en Roma, había confiado la supervisión de las obras precisamente a una mujer. Pero también el miedo inconfesable a cometer un error más grande: separarse, perderme. Cuídate, Aristóteles, me sonrió y puso en mis manos las llaves de su casa. Te lo escribí una vez, susurró, que solo tú poseerías las de mi corazón.

INTERMEZZO
EL ÚNICO Y ÚLTIMO BASTIÓN
(Roma, última semana de junio de 1849)

El Bajel ha sido azotado por la tormenta. Los escombros caídos de los techos y de las paredes despanzurradas crean pasillos angustiosos, colinas afiladas de detritos, pero también refugios y espacios de agradable intimidad. El comandante Medici aún vive en la sala de estar de la planta baja, adyacente a la sala habilitada como bodega; Leone, en una chimenea, detrás de la escalera; la muerte, en todas partes. Los romanos han rebautizado la villa como el Matadero.

Entre esas paredes, en cualquier momento, se muere por accidente o por fatalidad. En las mayólicas, en las paredes, en los tocones de las estatuas y los capiteles de las columnas quedan salpicaduras y arabescos de sangre, grumos de cerebro. En las esquinas yacen los cadáveres hasta que alguien los retira. El 19 de junio, en un pasaje acribillado por los proyectiles, cae Carlo Tavolacci, de Perugia, capitán de los pontoneros del Cuerpo de Ingenieros. Leone acaba su guardia. Al final de cada turno, dejan el Bajel a la infantería de la Unión, a los *bersaglieri* lombardos de Manara, a los *bersaglieri* boloñeses de Melara, a los guardias de Finanzas. Cada grupo acaba la guardia siendo menos numeroso. Los están segando, uno a uno. Los turnos de la legión son de cuatro, cinco días, los otros se quedan doce o dieciséis horas. Hacen el cambio rápidamente, apenas un gesto de despedida. Ceden el puesto con alivio.

Pero esta vez no bajará a Roma. Lo envían a los bastiones de la izquierda, hacia Porta Portese. No le han dicho el porqué, pero los mandos saben que los franceses han aprovechado la tregua para derribar las murallas y abrir una brecha y ellos deben montar guardia para impedir la invasión. No es que puedan hacer mucho: los primeros centinelas caen heridos de inmediato y deben protegerse del fuego de la artillería. Durante tres días y dos noches permanece despierto, acurrucado detrás del terraplén, sobresaltándose cada vez que el cañón francés acierta contra el parapeto, destrozándolo. Cuando la noche del 21 la infantería de la Unión viene a relevarlos, se encamina hacia el Bajel, con la paradójica euforia del condenado. Si va a destrozarlo una bomba, mejor que sea en la villa en vez de en su casa.

Cuando estira las piernas entumecidas en el suelo, saborea la noche de descanso que tiene por delante, pero la noticia lo despierta nada menos que a las cuatro. Los franceses han aniquilado a los centinelas de la Unión, han penetrado en las murallas de la ciudad. El desánimo, las recriminaciones, las acusaciones de traición y cobardía desgastan todavía más la moral y exacerban las disensiones entre los mandos, pero no es el momento de analizar y juzgar. Leone no consigue volver a conciliar el sueño.

En la mañana del 22, Garibaldi llama a la 1.ª Compañía a Villa Spada. Los voluntarios están cansados, hambrientos y atontados por el sueño, pero se ponen inmediatamente en camino: a estas alturas, la disciplina se ha vuelto férrea, ya no se desobedecen las órdenes. No se titubea ni se protesta. Cuando un soldado de otra compañía va a quejarse de que lo han enviado de centinela a la terraza por la noche pese a haber pasado de guardia también la noche anterior, Medici, que está tomándose un café con algunos universitarios, lo ignora, traga otro sorbo y, luego, en un tono irónico, casi burlón, todavía con la taza en la mano, le pregunta si prefiere ser fusilado o hacer otra guardia. Prefiero lo segundo, contesta el soldado, apresurándose a desaparecer de su vista. El tono de voz de Medici era tan firme que todos los presentes se percataron de que, si el soldado se hubiera demorado un poco más, lo habría fusilado ahí mismo, en la sala de estar.

En Villa Spada reciben la orden de volver a ocupar Villa Barberini. Esta noche ha caído en manos de los franceses, pero se la considera una guarnición decisiva en la defensa de la ciudad. Le aseguran al capitán Gorini que después de la incursión los franceses se han retirado y, por tanto, la tarea que le encomiendan a él y a sus muchachos es la de consolidar la posición. No se puede permitir que los franceses se instalen allí: Villa Barberini está dentro de las murallas aurelianas, ya es Roma.

Se disponen en una trinchera, en el acantilado que se cierne sobre el Trastevere. Cuando han repartido las tareas y ya están enterados todos de quienes deben entrar en acción, Giuseppe Magni, de Milán, el esbelto –y, por ello, llamado el Magnino –, ha observado que el 3 de junio murieron capitanes y cabos, el día 22 morirán los sargentos. Leone es un simple soldado. El sargento Magnino, en cambio, es uno de los mejores tiradores de la compañía.

Avanzan entre los arbustos y la maleza, bordeando el acantilado. A pesar de las heridas del bombardeo, todavía se puede ver que era una mansión elegante. Bayonetas caladas, ordena Gorini, y él es el primero en entrar en el edificio. Parece que está minado: el oficial se siente obligado a comprobarlo, no delega esa tarea a sus soldados. Aplastado contra el tronco de un pino, en un día de verano que es una explosión de sol y de cigarras, Leone observa a Rasnesi, con el rostro blanco como la nieve, la expresión de miedo. Tiene el nombre de un santo mártir, Bartolomeo, y sus dulces maneras tienen algo de angelical. El sargento chiquillo odia la sangre, la idea de hundir una bayoneta en la carne de un hombre le repugna. Hasta ahora ha conseguido evitarlo.

Villa Barberini no está minada. En los hornillos no hay pólvora preparada. La primera escuadra puede entrar. Leone respira profundamente, confía en las capacidades adivinatorias del Magnino y se da ánimos. El desafortunado sargento muere poco después de haber compartido con sus compañeros su profecía. Había disparado un escopetazo sobre la trinchera francesa y alcanzado a un oficial. El comandante, que había llegado por detrás de él y estaba siguiendo el disparo con su catalejo, se dio cuenta de que el hombre caído era un oficial de alto rango. ¡Bravo!, lo alabó, otro tiro como este y te pago una botella de champán. ¡Hecho!, respondió el Magnino, sonriendo, y volvió a apuntar, pero no tuvo tiempo de disparar, porque una bala francesa le dio entre la nariz y el ojo derecho, matándolo en el acto. Tenía veintidós años.

En el interior de Villa Barberini reina un silencio sepulcral, pueden oírse sus jadeos y el crujido de los escombros bajo las botas. Todo lo que queda de los franceses es un débil olor a pies y a orina rancia. Leone encuentra una escalera que conduce a la planta superior desde la terraza, avanzando entre estucos que representan abejas gigantes, bajo un malparado techo de artesonado de madera, se adentra por una galería dominada por un cielo pintado de azul, entre las paredes aún pintadas al fresco de salones enormes y vacíos, tendiendo por delante de él la bayoneta. Extraño destino, el suyo. Ir a la guerra, para matar y morir, en las villas barrocas, construidas en las colinas de Roma para ser lugares de placer y de delicias... El crepitar del disparo del fusil hace que el corazón le salte hasta la boca. No es capaz de aplacar el latido. Leone tiene un corazón defectuoso, dos veces más grande de lo normal. Siempre ha intentado mantener sus emociones bajo control, por miedo a que le estalle.

Los zapadores franceses no se habían retirado, en absoluto, solo se han escondido en sótanos y buhardillas, y reaparecen de repente. Luchar en un espacio cerrado, corriendo entre puertas y pasillos de un lugar cuya topografía se ignora, te hace sentir tan indefenso como un ratón en una caja. Golpea, lucha. Vuelve a encontrar la escalera sin saber cómo. En las habitaciones y en la terraza de Villa Barberini, entre los disparos y el cuerpo a cuerpo a la bayoneta, parece que Leone Paladini se comporta heroicamente. Ha subido entre los primeros, ha bajado el último, ha hecho frente a los temibles Chasseurs de Vincennes, veteranos entrenados en las feroces guerras contra los árabes en Argelia.

Eso es lo que los supervivientes refieren a sus superiores y lo que garantiza el certificado que Medici le entregará tras la disolución de la Legión, con el nombramiento honorífico de sargento por sus méritos en combate.

Porque él no recuerda mucho y lo que recuerda tal vez ni siquiera sea cierto. Su cuerpo actúa por instinto, contradiciendo a la mente, que arremolina pensamientos de odio y de ira: el brazo sostiene el fusil, pero no desactiva el cerebro. Y mientras él detiene y asesta golpes, maldice la ausencia de comunicación con los mandos, las informaciones falsas o no comprobadas –¡Los franceses se han retirado! Pero ¿quién los vio?, ¿quién lo verificó?–, el absurdo de las órdenes recibidas, la falta de coordinación de los movimientos, la inexperiencia de los voluntarios, ratones de biblioteca, nada aptos y nada acostumbrados a la fatiga, carentes de fuerza física y solo cargados de buenas intenciones. Los Chasseurs de Vincennes los arrollaron rápidamente. Si Gira no hubiera derribado al granadero que dirigía la carga, quien al caer bloqueó la puerta con su cuerpo, no habrían podido escapar.

Los franceses les disparan en toda la cara desde tres metros con sus carabinas de precisión de balas de dos onzas, armas capaces de acertar hasta a un kilómetro y medio de distancia, pero quién sabe cómo, fallan. Es increíble la cantidad de balas que se pierden en la guerra. Destrozan, a pesar de tanto fallo, el pulmón del sargento Venezian, el larguirucho Giacomo, hijo de comerciantes judíos y graduado en Pisa, que, en vez de disfrutar en Trieste de las riquezas de su familia, fue a luchar con los Cazadores de los Alpes para terminar en la terraza de Villa Barberini. Cuando cae al suelo, Leone lo pierde de vista y muchos días después se enterará de que la ambulancia lo llevó aún con vida al hospital de San Giacomo al Corso, pero allí el sargento no logró recuperarse y la condesa Marianne Antonini de Udine, que velaba por él, tuvo que salir en busca de su madre al pasillo, quien lo había estado buscando desesperadamente por toda Roma, para decirle que no llegó a tiempo: Giacomo ha muerto.

Matan a Enrico Casati, de Milán, a quien un zapador francés le aplasta el cráneo con un golpe de hacha, y también muere así otro voluntario cuyo nombre Leone no recuerda. Matan con veintisiete heridas de bayoneta al pintor Induno, haciéndolo caer escalinata abajo golpe tras golpe, hasta que se desploma del otro lado del parapeto; rodean al jovencísimo cabo Guastalla y al viejo Fanelli, quienes intentan arrebatárselo de sus manos; hieren a Trotti, Carini y Morandi, quienes, a falta de uniformes, luchan de paisano, con sombrero de copa; alcanzan en el brazo izquierdo y en los riñones al capitán Gorini, quien resta importancia a sus heridas, balbuciendo a sus horrorizados soldados que no es nada, nada de nada, no estoy herido casi, venga, ánimo. Y alcanzan también al despreocupado Cadolini, de Cremona, que hasta ese momento no había conocido el miedo. Perforan en la frente con un golpe de bayoneta al sargento Rasnesi. Al final, el amable Bartolomeo se desploma justo al lado de Leone. Para vengarse, Leone apunta el cañón del fusil contra el pecho del francés que apuñaló al joven, aprieta el gatillo y la llave falla. El tiro no sale. La calidad de sus fusiles es muy pobre, restos del Arsenal de

436

Florencia. Otro francés se apresura a defender a su compañero y se abalanza contra él con su bayoneta, pero queda atrapada en la manga de su capa. Rasnesi, herido, podría hundir la suya en el cuerpo del soldado, pero vacila. El otro no. Rasnesi no logra detener la hoja, que le perfora el pulmón.

De alguna manera, Leone se las apaña. Corre desesperadamente como una cabra cresta abajo, resbala por la empinada ladera y se precipita al valle, arañándose la cara y las manos. Ni siquiera lo hacen prisionero, como les sucede a dos de sus compañeros. De los veinticinco enviados a ese asalto errático, solo tres permanecen ilesos: Israel Levi, Eugenio Gira y Leone.

Cuando los supervivientes regresan al Bajel son recibidos por un silencio escalofriante. ¿Dónde están los demás?, parece que preguntan los ojos de los compañeros. Ellos niegan con la cabeza, temblorosos. Sanromerio se echa sobre el comandante Medici. Le lanza acusaciones durísimas, grita: ¡No se puede enviar a los soldados así, de cabeza al desastre, y luego abandonarlos sin refuerzos! Se desespera por sus compañeros muertos, por los heridos graves que no podrán salvarse. Qué desperdicio, qué crimen. Ottolini rompe a llorar. Era amigo del Magnino, se habían jurado que siempre estarían juntos, pero ahora tiene que enterrarlo: si logra salvarse, solo podrá llevar un mechón de pelo rubio salpicado de sangre a sus hermanas... E Induno, ¡que podría haberse convertido en un gran pintor! ¡Y Rasnesi! Un chiquillo de diecisiete años...

Medici deja que Sanromerio se desahogue y no castiga su rebelión. Incluso le permite ir al Hospital dell'Annunciatina para ver a los heridos. El capitán Gorini perderá el uso de su brazo, Cadolini necesitará unos meses de convalecencia: en unas cuantas semanas ya se pondrán en pie. Las heridas de bayoneta infligidas a Girolamo Induno le han causado cortes superficiales, pero no han lesionado órganos vitales: recosido hábilmente por el cirujano, se recuperará. El jovencísimo Rasnesi, en cambio, sufre atrozmente, el pulmón perforado no lo deja respirar y en pocas horas se ahoga en su propia sangre.

En la sala de estar bombardeada del Bajel, Medici intenta calmarse acariciando el lomo de Goito, con suavidad, para no hacerle daño, pero este aúlla, débilmente. El perro también ha sido herido por un disparo de fusil y el pelaje blanco se ha teñido de un sanguíneo color óxido. Medici no abandona nunca la villa, tampoco el perro lo abandona a él. La han puesto bajo su responsabilidad y Medici es uno de esos soldados de una sola palabra. La custodiará hasta el final. Y sabe que los jóvenes de su legión harán lo mismo. El heroísmo se ha convertido en un hábito.

El Bajel está ahora bajo el fuego continuo de la artillería francesa: la orden es demoler la villa piedra a piedra. Mientras los defensores estén allí atrincherados, los franceses no podrán colocar las baterías para atacar Porta San Pancrazio, abrir la brecha, destriparla y entrar por fin en la ciudad, porque la puerta de entrada a Roma que han elegido es la del Janículo. Mantener el Bajel es esencial. Su posición estratégica hace que la villa sea el último bastión de la República. Sin embargo, es una resistencia sin sentido. El 22 de junio Mazzini le escribe una carta a Manara. Le dice que puede dejar que la lea Garibaldi y eso es lo que hace. Así, Medici también se ha enterado. Contiene una frase que los legitima a abandonar la villa. «Considero que Roma ha caído.» A pesar de todo, siguen ahí. Y reciben los asaltos con una orquesta de fusiles que disparan desde todas las plantas, mientras que desde los muros los cañonazos barren inútilmente la calle.

Leone se refugia para escribir sus recuerdos del combate en Villa Barberini, con la espalda apoyada en un pilar de la planta baja, en una esquina del edificio que da a la quinta Corsini, más expuesta al fuego, pero también más sólida, porque en ese lado las paredes son más gruesas. La planta baja es ahora la única zona del Bajel donde uno puede estar algo tranquilo. El resto es inestable, cada esquina es peligrosa. Mientras escribe, la luna proyecta su sombra sobre los escombros blancos. Una imagen fantástica que no podrá olvidar.

Pero los franceses también la verán. Con los uniformes negros, en la blancura de las ruinas, los voluntarios de la Medici son un blanco visible. Los franceses pueden incluso contarlos. Leone sigue escribiendo mientras las bombas de cañón caen a su alrededor. Entre el 23 y el 26 de junio, anota doscientos cañonazos.

Los disparos son metódicos, sistemáticos. Los franceses han comenzado desde arriba. Derriban un trozo de muro tras otro, carcomiendo la fachada, las paredes. Los restos del edificio han formado barricadas naturales, que nadie piensa en sacar de ahí. Serán de utilidad, si hay que luchar cuerpo a cuerpo. Con cada cañonazo, caen escombros, placas de yeso, vuelan trozos de viga. El polvo obstruye los pulmones, empolva el cabello, sazona el salami. Por otro lado, se come solo para seguir con vida, con el estómago cerrado y arcadas de vómito que suben a la garganta. El hedor de putrefacción es nauseabundo. Mientras Leone y los voluntarios de la legión están en la brecha de Porta Portese, se derrumba una sección del edificio. Un tremendo estallido de madera, troncos, mármoles rotos. Se levanta una nube de polvo que hace desaparecer las estrellas. Y el estruendo se ha podido oír en toda Roma. El inmenso peso de esa montaña de escombros ha agrietado las bóvedas de la tierra. Y ha aplastado a los soldados de otro cuerpo que estaban de guardia en ese momento. Voluntarios toscanos llegados al frente hace unas horas.

Cuando Leone regresó al Bajel, todos esos jóvenes estaban muertos, ni siquiera fue posible desenterrarlos. No se oían voces desde abajo, dijeron los testigos del derrumbe, tampoco los perros detectaron su presencia. Debían de haber muerto en el acto. Se quedan bajo los escombros, deshaciéndose en el calor del verano. El hedor de los cadáveres recuerda su presencia. Leone no sabe sus nombres, ni cuántos eran. Dicen que una veintena. Nunca engrosarán el recuento de cadáveres.

Quedarse ahí dentro es una locura. Ya no hay ni techo ni protección, ni de día para los rayos del sol ni de noche para la humedad. Pero Medici insiste en que nunca abandonará ese montón de piedras. Es más, autoriza un intento desesperado. Una breve correría sudamericana, diría Barabba. Algunos voluntarios han explorado los túneles del acueducto que pasa por debajo de la villa: los conductos la conectan con la quinta de los Quattro Venti. Proponen plantar una mina y volar la quinta y a los franceses que están en ella. Se internan el albañil al que llaman el Pintor, quien ha concebido el plan, y otros soldados, pero los franceses deben de haberlos oído excavar. Reparan la espita de las aguas, que han estado saboteando durante días, el chorro de agua los enviste violentamente. Tres garibaldinos que dormían en la pila del Fontanone, en San Pietro in Montorio, están a punto de ahogarse.

El 27 de junio, mientras Leone está aplastado en la trinchera exterior, los últimos muñones de las plantas superiores del Bajel se derrumban de golpe. La última columna de la planta baja ha cedido. Los escombros entierran y asfixian a cinco soldados que vivaqueaban allí. Esta vez eran compañeros, casi amigos. Pero no los lloran aquellos que se alegran de seguir con vida. Incluso la muerte se ha convertido en una costumbre.

Desde la trinchera, la vista de lo que queda del Bajel es sublime, de una espantosa grandeza. De las plantas superiores no queda ni rastro. De la planta principal, la pared toda cuarteada permite ver incluso desde lejos las estatuas, los elegantes salones, hasta los suelos. Los arquitectos, dice un soldado que estaba estudiando Bellas Artes, llaman a este tipo de sección el «dibujo de corte». Cualquiera que pretenda construir casas tiene que probarlo, tarde o temprano.

Si una bala de cañón impactara contra uno de los pilares minados, prendiendo la pólvora, saltarían todos por los aires. Sin embargo, Leone se recuesta precisamente con la cabeza contra la columna. Y hasta duerme cuando las balas que penetran a través de las ventanas reventadas acribillan lo que queda de la pared. Ese sueño embrujado le libra de presenciar el diezmo de sus compañeros. Ippolito Fantini, médico, llega de Venecia para reunirse con su hermano Carlo y solo tiene tiempo para darle un abrazo cuando una bala le atraviesa la garganta. Carlo muere de noche, el conde Moggiali de Módena vete a saber a qué hora: no había nadie con él en ese momento. Cada día son menos.

Pero el Bajel resiste. Durante dos noches los asaltos imprevistos de los franceses se ven frustrados por la niebla, tan densa en el campo romano a finales de junio como en noviembre en la llanura del Po. Cuando la niebla se levanta, el suelo está sembrado de muertos y moribundos. Veinte, quizá, aunque a esas alturas ya nadie cuenta a los enemigos ni ayuda a los heridos. Las cargas de la infantería francesa se deshacen varias veces contra el muro limítrofe del jardín que está frente a la quinta de los Quattro Venti. Realmente el sótano de la Villa es un baluarte tan sólido como un acantilado.

La última vez, el 28 de junio, el reloj de San Pietro in Montorio ha dado la medianoche y la mitad de los legionarios duermen, tumbados por el suelo, unos sobre otros en los únicos espacios libres de escombros. El cañón extrañamente está en silencio y en ese silencio tan inusual que ahora resulta casi siniestro se eleva el extravagante concierto de los ronquidos de los soldados. La otra mitad de voluntarios vigila desde las troneras, y Medici siempre está detrás de la que controla el puesto francés, con el telescopio apuntando al mismo: el brillo del polvo blanco hace visible cualquier movimiento en lo que queda de la carretera. Se acercan, susurra, y los centinelas se apresuran a despertar a los durmientes. Pese al sueño y obligados a moverse en la oscuridad, los legionarios que descansan logran levantarse y ocupar su puesto sin hacer el más mínimo ruido.

Al principio se trata solo de un murmullo, pero luego se revela como el paso cadencioso de los soldados franceses avanzando, también ellos intentando no hacer ningún ruido. A cada paso, emergen más claramente de la oscuridad, hasta que parecen una larga serpiente negra que se contorsiona en la carretera polvorienta. Debajo de lo que queda del muro del Bajel se detienen, oyen con claridad a los oficiales que dan la orden de desplegarse en semicírculo. Por un momento solo hay silencio suspendido. Espera. Del final, quizá.

Sin embargo, hay más esperanza que miedo en esos momentos. Pase lo que pase, aquello será por fin la liberación.

Hay un voluntario detrás de cada travesaño del techo derrumbado, de cada trozo de pared, detrás de cada grieta abierta por un cañonazo, y aquel que no ha encontrado refugio se ha hecho una barricada con los cuerpos de sus amigos muertos. Luego, desde la línea francesa, se eleva una voz educada, casi cortés: *Halló! Y a-t-il quelqu'un là dedans?*

¡Menuda pregunta, en la guerra, durante un asalto! Aunque quizá los franceses no se puedan creer que aún pueda haber alguien en esta casa de muertos. ¡Pues claro que estamos!, querría gritar todo el mundo. Pero solo Medici responde, con el mismo tono educado. *Certainement, que voulez-vous?*

Rendez-vous! Vous êtes entourés, amenaza la voz. La respuesta no es verbal. De cada agujero, grieta, hendidura, parte una descarga. La masa oscura que tienen delante se balancea, se rompe, se desplaza, luego se reagrupa y se abalanza sobre ellos.

Después todo es un entrechocar de bayonetas, una maraña de hojas y retazos de tela, un tumulto de cuerpos entre los

442

que resulta difícil saber quién es amigo y quién es enemigo. Se asestan cuchilladas en la oscuridad, se persiguen entre vigas derrumbadas que parecen mástiles de barcos, paredes que se desmoronan, cadáveres. La noche clarea cuando los franceses se retiran.

Ya no quedan paredes. Los voluntarios se refugian detrás de montones de cascotes. Se encuentran en un estado de continua y leve ebriedad, porque desde que los franceses cortaron el acueducto solo beben vino. Alguien consiguió gatear a lo largo de las trincheras, bajar a la ciudad y volver con un pedazo de buey. Después de días de pan y salami –dieta que irritó los intestinos y provocó disenterías–, por fin podrán comer carne. Es Leone quien se ofrece a asarlo sobre las brasas. Las clases de cocina de Varesi algo deben de haberle enseñado. Todos los lombardos y los milaneses, sin embargo, imploran un cocido. Casi han olvidado a qué sabe. Leone acepta. Pero primero tiene que ir a sacar unas gotas de agua de una brecha que hay en el conducto de Acqua Paola.

Se cuela en esa estrecha galería en la que apenas puede estar de pie, avanza unos cien pasos, empujando el puchero por delante de él como una bruja de *Macbeth*. Justo ahora debe de estar bajo el campamento francés. Por encima de él oye el repiqueteo de los pasos y un eco de risas. El agua gotea lentamente de las paredes. Emplea quince minutos en llenar la olla. Luego, con lo que sobra de la madera y de los marcos recogidos de entre los escombros, Leone enciende el fuego y prepara el cocido con los trozos de buey para sus setenta compañeros.

Es la última cena de la Legión. Y la última noche del Bajel. Quizá también sea su última noche. Los franceses han jurado que de todos los defensores del Bajel el trozo más grande que quedará será la oreja. Como afrenta, o como última barrabasada de los estudiantes de antaño, los jóvenes se reparten la oreja de buey cortada en cuadraditos. Un bocado para cada uno, y viva la vida.

A las cuatro de la tarde del 29 de junio, los franceses lanzan la ofensiva final y esta vez los defensores tardan dos horas en rechazar el ataque. A las seis, Medici envía a Leone a Roma,

para llamar a filas a todos los voluntarios de la Legión repartidos por la ciudad. ¿Por qué yo?, querría preguntarle. Al elegir-
lo para ese encargo, le está salvando la vida o la salud. Pero en
realidad conoce la respuesta. Porque sé que vas a volver, le
habría dicho Medici. Es como si le hubiera colgado una medalla en el pecho y, por un instante, tiene ganas de llorar.

Encuentra la ciudad presa de un frenesí que al principio
lo sorprende. Entonces le explican que el 29 de junio Roma
celebra la fiesta de los santos patronos, Pedro y Pablo. En las
cornisas y en las ventanas de todas las casas se han colocado
los farolitos para las luminarias. Esta noche, en cuanto ano-
chezca, se encenderá la extraordinaria iluminación de la Gran
Cúpula. A pesar de la catástrofe, por la obstinada voluntad del
Gobierno, los festejos se celebrarán como es habitual, como
siempre, desde hace cientos de años, pero hay muchos que
murmuran: La República no debería someterse a los ritos de
la liturgia católica. En la República laica las religiones serán
todas iguales y todas bienvenidas, como las naciones: así lo
escribirán en los principios de la Constitución. La Constitución... Hace meses que los diputados encerrados en el Campidoglio vienen anunciándola, pero aún no ha visto la luz y ya
no queda tiempo. Al parecer el mismo Mazzini ha insistido,
para respetar al pueblo. Los romanos consideran las fiestas
más sagradas que los santos.

Leone atraviesa Ponte Sisto y no se cruza ni con un alma,
porque los civiles ya no pueden pasar al Trastevere: cuando
llega a Via Giulia se da cuenta de que los romanos rezagados
se apresuran hacia la plaza de San Pedro. Pululan en masa,
alegremente, mujeres, chiquillos, ancianos. También muchos
hombres de mediana edad con uniformes de la Guardia Nacional y bastantes soldados que no están en los puestos de
avanzada. Uno de ellos lo saluda, aunque haya olvidado su
nombre y su cara, el otro lo reconoce, sabe muy bien quién es.
Lástima que no haya podido venir a la plaza de San Pedro a

ver a los bomberos colocando las luces. ¡Tendrías que habérselo contado a tu hermano! Para arreglar las farolas de la fachada de la iglesia, bajan, con poleas, unas cuerdas gruesas como amarres. Descienden a un bombero a horcajadas sobre un palo sujeto a un cabo de la cuerda, pero la cornisa sobresale, por lo que para llegar a la fachada el bombero tiene que balancearse, como en un columpio, ahí arriba, tan alto que parece una hormiga, hasta que consigue aferrarse a la pared. Espectacular, sinceramente. Ríete tú de los escenógrafos de la Scala...

Leone no tiene tiempo para charlar (la mera alusión al teatro de La Scala le provoca un calambre en la boca del estómago), se despide rápidamente y se dirige al taller de Varesi, en Monte Citorio. Informa secamente de la orden: mañana todos ellos deben unirse a la compañía, en el Bajel. Varesi está encantado de volver al combate, pero una manifiesta hostilidad ensombrece los rostros de los demás trabajadores de la guarnicionería. Las fuerzas enemigas están arrasando con nosotros, la República está liquidada, Roma caerá... mañana a más tardar. La idea de retomar el fusil justo cuando todo está a punto de terminar les parece un castigo absurdo. Leone no los juzga. Los entiende, tal vez se parezca a ellos. Uno era un clérigo sacristán en una iglesia milanesa, el otro un sacerdote en Cremona. Ya han dado mucho, todo lo que podían. No se alistaron para luchar, sino para cambiar de vida.

El sol empieza a declinar. Se esconde entre las nubes de formas quiméricas, reaparece unos instantes y de nuevo se sumerge entre las nubes, bordando sus contornos con un encaje de fuego. Un amenazante y denso frente tormentoso está avanzando hacia el sur. Avanza inexorable hacia la ciudad. No hay ni un soplo de brisa, el aire es sofocante, está inmóvil, como antes de un terremoto o de una catástrofe. Dentro de unas horas lloverá. Leone piensa en sus compañeros carentes de cobijo en la villa sin techo. Faltan casi doce horas para el amanecer, no tiene nada que hacer y la cena de anoche le pesa en el estómago como una piedra. Pero Varesi tiene hambre y lo invita a una taberna situada detrás de Piazza Colonna. En las mesas no hay ni un solo cliente y el camarero los avisa de que la cocina está cerrada, solo pueden tomar las sobras del almuerzo. Los romanos parecen haber desaparecido: todos esperan disfrutar de la iluminación de la Gran Cúpula. Este podría ser su último espectáculo. No tiene apetito. Y, además, ¿se puede luchar con la barriga llena?

Todavía hay luz, pero Leone quiere irse ya a la cama. Varesi le propone compartir con él la habitación que ha alquilado en un edificio, justo al doblar la esquina. ¿Una habitación?, le pregunta, sorprendido. Estaba cansado de echarme en el suelo, sobre la paja empapada, y, además, el cuartel está infestado. Todos los hombres que bajan desde el frente tienen los uniformes llenos de piojos. Allí puedo dormir en una cama, caben hasta tres, responde sarcástico su amigo, pero la víspera de la batalla decisiva, por respeto a los compañeros que pasarán insomnes la noche en el matadero del Bajel, Leone se niega a dormir en un colchón. Varesi se resigna a dormir él también en la guarnicionería esta noche, así que subirán todos juntos en fila. Pero primero tiene que recoger sus cosas y pagar a la casera. Si tiene que morir, que sea sin deudas.

El edificio, detrás de la Rotonda, es majestuoso y está deteriorado por el tiempo. En el zaguán de los carruajes está acampada una familia de desplazados. Qué altos son los edificios romanos y hasta qué punto la jerarquía social es inversamente proporcional al número de escalones que los habitantes tienen que subir cada día. En la planta noble, viven los ricos y los aristócratas ociosos, a cada planta disminuyen los ingresos y las profesiones se vuelven cada vez más humildes y agotadoras. La habitación de Varesi está en la cuarta planta: el marido de la casera debe de haber sido un barrendero. Es una viuda morena, con los rasgos orgullosos de las romanas. Leone se pregunta si su amigo se habrá acostado con ella mientras él se arriesgaba a morir aplastado bajo los escombros del Bajel.

Solo un tramo de escaleras los separa del terrado. La viuda está subiendo, porque nada –ni siquiera el joven obrero milanés– podría impedirle ver los fuegos de San Pedro, Varesi va detrás de ella y Leone los sigue, sin quererlo. No están solos, sobre los tejados de Roma. Cientos de cabezas negrean entre las chimeneas y en los terrados. Todas están vueltas en una misma dirección. Contra el fondo del cielo que ya es de un azul oscuro que avanza hacia la noche destaca el perfil de la basílica, cuyos contornos, columnata, ventanas y cornisas parecen haber sido pintadas con fuego.

De repente, la campana de San Pedro tañe por dos veces. Y, en ese mismo instante, como por arte de magia, varios cientos de luces más florecen entre las que ya están brillando. En el aire inmóvil sin viento, el sonido, poderoso y grave, lo alcanza incluso a él, que está a unos kilómetros de distancia. La inmensa cúpula se convierte en un globo incandescente y, desde el tejado del edificio donde se encuentra Leone, parece un sol al ponerse.

El destello fantasmagórico de los fuegos de bengala que arden en la gran plaza resplandece en la fachada de la basílica con los tres colores de la bandera, blanco, rojo y verde. Esa visión es tan inesperada que le rompe el corazón. Sus compañeros también podrán verla desde el Bajel. Y también los franceses, desde las alturas del Janículo. Luego las luces se apagan y el espectáculo parece haber terminado. Ya están bajando por las escaleras cuando les llega un murmullo, el sonido amortiguado de la banda. En el tejado, alguien empieza a cantar y de pronto reconoce la melodía. Es el himno a la bandera, algo muy parecido al himno de una nueva patria:

448

Sacúdete, oh Roma, el polvo indigno.
Cíñete la cabeza de laurel y de olivo,
que tu canto sea un canto alegre,
pues la luz de tu gloria regresó.
Esa bandera que Felsina envía
es de paz, bendito augurio;
es señal de un pacto jurado
que de hermano a hermano se dio.
¡Viva!
De trompetas guerreras el estruendo
la prole del Quirino despertó.
Saludamos la bandera fraternal
que en el Tíber con orgullo se izó.

Ese primer verso, sobre el polvo indigno, continúa resonando en su interior mientras descienden, casi en la oscuridad, una infinidad de peldaños. En la calle todo el mundo está corriendo, pero a los transeúntes les preocupa la tormenta más que el bombardeo anunciado. El cielo ahora ya es de tinta, garabatos de rayos se dibujan sobre los edificios y los truenos están tan cerca que les parecen cañonazos. Las primeras gotas, tan grandes como cuentas de rosario, le chorrean por la nariz mientras se interna en el patio de la guarnicionería. Un olor acre se eleva desde el adoquinado. En Roma lo llaman el olor de la fiebre. Porque a partir del día siguiente la gente empieza a enfermar y la ciudad ya no es salubre.

Cuando Leone se tira boca abajo sobre una de las mesas de carpintería del taller, el viento ya hace entrechocar los postigos, vuelca los frascos, hace tintinear los clavos, y rabiosos rugidos de lluvia azotan las ventanas. Y, sin embargo, ese fragor del agua lo acuna y se desliza por un suave sueño de cascadas alpinas, recuerdos borrosos, felices.

De nuevo, como el 3 de junio, a las dos de la madrugada lo despierta truenos de cañón. Son tres disparos, uno tras otro. Violentísimos, hacen temblar los cristales de las ventanas y vibrar las paredes. Sigue una lluvia de bombas: sin embargo, no llegan desde el Janículo, la dirección desde la que se las esperaba, sino del lado opuesto, los montes Parioli. La explosión ha ocurrido muy cerca. Se arremolinan tejas, chimeneas, persianas.

En medio de la noche, Leone se levanta otra vez, reúne de nuevo a sus compañeros y les ordena jadeando que se den prisa, pero lo hace con menos convicción que la última vez, pues le parece insensato correr hacia el Janículo mientras los franceses han atacado desde el otro lado. A estas alturas, Leone es habilísimo calculando las trayectorias y los calibres: los disparos de cañones franceses caen sobre el Pincio y sobre Porta del Popolo. No hay forma de hablar con el comandante. No sabe qué hacer. ¿Debe obedecer una orden, aunque esta ya no tenga sentido? En esa indecisión pierden minutos, quizá horas preciosas. Sin decirse nada, se demoran, esperando a que entre tanto amaine la tormenta, pero, por el contrario, arrecia, y esta vez es allí donde tanto se temía. Bombardean el Janículo. Sus compañeros han sido atacados de nuevo. Tienen que ir.

Voy arriba a buscar mis armas y municiones, dice Varesi. Leone no tiene tiempo de preguntarle por qué no lo ha hecho aún. Date prisa, le dice, porque ahora se arrepiente de haber titubeado. Voy tirando. Adelante, ya te alcanzaré, dice Varesi.

De nuevo, Leone tarda más de lo necesario en orientarse a través de los callejones de detrás de Piazza Colonna y en encontrar, chapoteando en turbios torrentes de agua y charcos, el camino para el Ponte Sisto en las opresivas tinieblas de la ciudad, oscurecida esta vez por el toque de queda, roto tan solo por las llamas que en las intersecciones arden bajo las imágenes de la Virgen, y malgasta casi una hora en subir al Janículo y llegar a los jardines de la Arcadia, detrás del Fontanone de San Pietro in Montorio. Tienen que superar las barricadas que bloquean la subida. La oscuridad hace que sus movimientos sean torpes, trepan con dificultad por el obstáculo que han colocado ellos mismos para frenar a los enemigos. Alrededor de la iglesia convertida en hospital hay un hormiguero de camillas y de heridos que gimen. Esta vez, Varesi no está a su lado. Sin él, silencioso y siempre vigilante, Leone se siente desprotegido, como si estuviera desnudo. Lo busca en cada silueta que jadea a su lado, lo reconocería por su paso, por su respiración, pero no lo encuentra. No sabe dónde puede estar.

Desde las murallas, en dirección opuesta a la suya, baja sobre la resbaladiza pendiente una interminable fila de heridos, soldados de todos los cuerpos, con todos los uniformes, un revoltijo que es casi una riada. A Leone le parece reconocer también a Vittore, el joven flamenco de la Legión Italiana que, como descubrió hace unos días, antes de la guerra era ayudante de pintor. Su maestro solía hacer retratos. Eh, lo aferra por su casaca, ¿qué está pasando? Ya no podemos defender el Bajel. Al amanecer, el comandante Medici ha dado la orden de retirada.

Es más fácil decirlo que hacerlo, susurra un joven harapiento, con el rostro completamente deformado por el barro. El acento y el timbre de su voz le recuerdan a Vismara, un zapatero milanés que ha luchado como un león en los establos de la quinta Barberini. Si ese fantasma de barro es él, realmente todo ha terminado.

Leone llega a los muros con los primeros resplandores del día. Empapado, con el uniforme pegado a la piel y el agua goteándole por la columna vertebral. Pero ahora ya ha dejado de llover y la luz es clara, casi cruel. La bandera tricolor de la Legión, con la inscripción DIOS Y PUEBLO, clavada sobre los escombros del Bajel, ya no ondea. Ha sido arriada. Sus compañeros ya no están allí.

El comandante Medici, con un puñado de sus hombres y un regimiento de la infantería romana, está defendiendo el techo de Porta San Pancrazio para impedir el paso de los franceses. Leone no puede alcanzarlos ni reunirse con ellos: su fusil se ha quedado en el Bajel. Cuando se hace con otro, perteneciente a un muerto —es del mismo calibre, debería de ser capaz de utilizarlo—, se instala junto a los otros hombres en las murallas, apunta y dispara a los franceses que intentan entrar por la puerta. Debe de haber matado a alguno.

Se combate desde las primeras horas de la mañana del 30 de junio, desesperadamente, alrededor del perímetro de las murallas, entre los escombros de las villas y lo que queda de las tabernas, de los jardines, de los recintos, hasta que la artillería romana termina siendo aniquilada y ya no queda nada más que hacer. Los últimos disparos todavía suenan cuando Leone salta de la muralla. No le pide permiso a nadie, tampoco sabría a quién hacerlo. Simplemente, se baja.

Enfila el camino de regreso que lleva a la ciudad. Rebasa las barricadas que por la noche le parecieron insuperables y solo son un miserable montón de reclinatorios, bancos de iglesia, camas de hierro, aparadores y taburetes de taberna, un poco más alto que él. No sabría explicar por qué toma la dirección del Campidoglio. No se lo confesará a nadie, durante décadas. Desde que llegó a Roma, no ha ido allí ni una sola vez. Siempre ha mostrado una superior indiferencia hacia la Asamblea Constituyente.

A las diez, Mazzini ha reunido en el Palazzo Corsini a los jefes de todos los cuerpos y a los generales. Se someten a votación tres opciones: capitular; defender la ciudad hasta el final, incluso a costa de quedar sepultados bajo sus ruinas, y salir de Roma y exportar la guerra a otra parte. Garibaldi anuncia que Roma es indefendible. A menos que se decida evacuar a la orilla izquierda a toda la población del Trastevere, tal vez treinta mil personas, volar los puentes, llevar la guerra a la ciudad y luchar casa por casa, pero las barricadas, aunque ya están desde hace varios días montadas, no serían útiles, ahora que los franceses pueden cañonear las calles desde arriba. Sería una masacre.

La decisión corresponde a la Asamblea. Leone se sienta en las bancadas del público, que dominan la sala. La mayoría de bancadas, vacías. La Asamblea, en cambio, está al completo. El secretario –ironías del destino, es un tal Bonaparte, primo del presidente de Francia que está a punto de invadir Roma– y todos los diputados están en sus escaños. Se comportan con dignidad, conscientes del papel que desempeñan. En la confusión de ese momento crucial, Leone encuentra reconfortante su desesperada firmeza. Hasta ese momento, nunca había sentido respeto por los políticos, pero no asiste a la votación: la Asamblea quiere deliberar en secreto, para que cada uno se exprese con la máxima libertad de conciencia. Se invita al público a salir y Leone se encuentra en Piazza del Campidoglio. Solo más tarde se enterará de que la Cámara ha rechazado la propuesta de Garibaldi. Mazzini dimite, los diputados deciden permanecer en sus escaños. En la sala. No habrá rendición, porque la República no reconoce ningún derecho al ejército francés. Simplemente, se deja de defender.

Los vivos se buscan unos a otros, encontrándose por las calles mientras vagan sin saber adónde ir, se cuentan, localizan a los heridos en los hospitales. El cabo Perocco está mutilado; Merlotti, que había perdido un ojo durante los Cinco Días, ha perdido el otro también: estaba vagando entre las ruinas del Bajel, diciendo «Bona noce, dum smorzà i ciar!». Solo los milaneses lo entendían: Han apagado las luces, buenas noches. No, no estaba bromeando y nadie se rió.

Pero hay demasiados ausentes. Murió a los veinticuatro años el milordino Luciano Manara, el alegre hijo de un abogado de Milán, que llegó a ser un excelente estratega militar y comandante de los *bersaglieri* lombardos; Emilio Morosini, de diecinueve años, murió acuchillado en la camilla que lo transportaba herido; dos tercios de los voluntarios de las 1.ª y 2.ª Compañías de la Legión han muerto. Algunos dicen que murió la República, la democracia, el sueño de construir una nueva Italia, joven y diferente. Otros dicen lo contrario, que es como si todo empezara ahora: la defensa de Roma contra los franceses ha sido la sangrienta afirmación de la voluntad y del derecho de los italianos a resurgir como una nación libre e independiente. Luchando y muriendo en las murallas de Roma, lo mejor de la juventud italiana ha consagrado esa voluntad y ese derecho. Manara lo ha escrito hace unas horas: para que nuestro ejemplo sea eficaz, debemos morir. Solo su muerte dará plenitud y logrará la victoria de la revolución de 1848.

Los cuerpos militares se disuelven, pero el general Garibaldi cita a todos los defensores de la ciudad. No en el cuartel garibaldino, en el antiguo convento de San Silvestro: en la plaza de San Pedro, frente a la columnata, en el sagrado corazón de Roma. Leone se dirige allí casi sin voluntad, en un estado lábil de consciencia, como un sonámbulo, dejándose arrastrar por el torrente de multitudes que desde todas las calles del centro convergen hacia la gran plaza, agolpándose en el Ponte Sant'Angelo y en los Borghi. Una marea desordenada de militares en uniforme y chiquillos, oficiales, soldados, voluntarios, estudiantes y plebeyos, madres y padres de combatientes e incluso gente común, curiosos, y muchas mujeres, que seguirían al general rubio hasta el infierno si se lo pidiera. Es sorprendente el carisma que emana ese hombre sobre su caballo blanco. Entre la multitud que lo aclama, Garibaldi avanza lentamente, con esfuerzo, y tarda una eternidad en llegar al obelisco. Leone imagina lo que dirá. Quien quiera seguirlo con las armas que se una a él: intentarán penetrar en el Reino de Nápoles, para levantar al pueblo contra los Borbones o llegar hasta Venecia y continuar la revolución.

Solo en esa mañana de caos y de luto, entre la muchedumbre, empapado de sudor, todavía con costras de polvo y barro, mientras a empujones, codazos y patadas intenta acercarse al Estado Mayor del general —¿dónde está el comandante Medici?–, Leone se da cuenta de que su guerra ha terminado. No morirá joven, virgen e inocente. Podrá vivir... para recordar y para contar. Con el pincel, con las palabras. No será un héroe. No le van a dedicar monumentos, ni cuadros. El apellido «Paladini» no tendrá derecho a calles, escuelas, plazas. Nadie lo recordará, pero, aun así, prefiere seguir con vida.

Las sombras de la tarde ya se alargan y la ciudad, insólitamente silenciosa y oscura y, por tanto, siniestra, espera la llegada de los franceses, cuando Vittore Ottolini le explica a Leone lo ocurrido en la noche del 29, cuando Medici recibió de Garibaldi la orden de evacuar el Bajel. Estaban rodeados, ya no podían retenerlo. Medici, sin embargo, parecía Pelópidas con sus tebanos en la batalla de Tegira y no quería marcharse de allí. Garibaldi lo conminó por segunda vez a que se retirara. Enrico Guastalla, el pequeño cabo judío, casi tuvo que arrastrarlo. Lo sostenía, porque Medici, en parte por los pies hinchados, en parte por el desánimo, no era capaz de caminar. Repetía que prefería morir allí dentro. Pero un hombre de guerra no desobedece.

Nos las arreglamos para salir del Bajel no se sabe cómo. Nunca lo olvidaré. No podré vivir un momento peor en toda mi vida. Parecíamos espectros de polvo. Todos íbamos llorando.

Estábamos tan aturdidos que olvidamos la bandera. Cuando se dio cuenta, ese viejo loco de Rocca volvió atrás. Ya estaban allí los franceses, en todos los refugios y en todos los pasadizos. La bandera no es un trapo, pero ¿quién arriesgaría a esas alturas su vida por un símbolo? Pensamos que no lo lograría y que había elegido una manera heroica de suicidarse, pero lo logró. Volvió agarrándola contra su pecho, se puso en posición de firmes y se la entregó al comandante. No desperdició en vano treinta años de exilio. Vivió en Francia y habla un francés perfecto: cuando le dieron el alto, les dijo que no le dispararan, que era de los suyos. Lo creyeron.

¿Y el comandante lo hizo saltar por los aires?, pregunta Leone. Cuando bajó de las murallas, en el humo que aún flotaba sobre el campo de batalla, no logró localizar la silueta del Bajel. Los escombros eran tan altos, en el exterior, que costaba bastante reconocer el paisaje. Se le quedó por dentro, dolorosamente, la impresión de que ese maravilloso y extraño edificio ya no estaba donde siempre. Dio la orden, sí, responde Ottolini. Con los ojos, porque no tenía fuerzas para pronunciar esas palabras. Encontraré los hornillos en las cajas de pólvora, comandante, se ofreció Guastalla. Yo encenderé las mechas.

Cuarta parte

La arquitectriz (1656-1669)

De un día para otro, me encontré siendo la señora del palacete en Monserrato. Los secretarios y la criada se habían marchado con los Benedetti y solo el camarero, Mario, vigilaba la propiedad. Pero era como si no estuviera allí porque, por miedo al contagio, permanecía encerrado en su habitación. Solo salió una vez. Estupefacta, observé a ese felpudo en librea de seda mientras pesaba con sus manos enguantadas la barra de hierro que se utilizaría para forjar los clavos, las estacas y las correas. Impertérrito, el herrero anunció que pedía seis bayocos por cada libra y escribió diligentemente la cifra que Mario le dio: 67 libras.

Todo el mundo lo hace, a veces los mismos patronos en persona, me dijo más tarde, resignado, mientras el camarero se alejaba, veloz como una comadreja. Tienen miedo de que robemos materiales. ¿Y tienen razón?, le expresé mi curiosidad. Se ve que nunca ha reformado usted su casa y gastado su dinero, señora, se burló el maestro Vitangelo. Las llaves que había que fabricar eran las del aparador. En las casas de los señores, incluso la comida se protegía bajo candados. Cuántas cosas tenía aún que aprender. Los Bricci nunca habíamos cerrado ni siquiera la puerta de nuestra casa.

Ese verano muchos de mis colegas pintores académicos de San Luca —Pietro da Cortona y su discípulo Ciro Ferri, Grimaldi y Miel, Salvator Rosa y Courtois, Lazzaro Baldi y Carlo Cesi, Maratta y Lauri, Colombo, Murgia, Schorr, Gaspar Duguet, Mola, Canini y Chiari— se refugiaron en el palacio del papa en el Quirinal. Estaban pintando al fresco la galería de Alejandro VII y Chigi les concedió asilo. También Bernini —una vez más, el favorito del pontífice reinante— estaba allí, y pasaba las tardes discutiendo proyectos con el papa. Fue Alejandro VII, más que Urbano VIII, quien le dio la oportunidad para hacer Roma a su imagen y semejanza. Fue él quien le encargó la construcción de la columnata de la plaza de San Pedro, la cátedra de la basílica, su propia tumba. Hizo que terminara el Palazzo di Castelgandolfo y construyera la iglesia. Y, a diferencia de Barberini, siempre lo defendió.

Todos mis colegas se quedaron en Roma, pero se quedaron por encima de ella: más arriba que los tejados, que las cúpulas y que las nubes de humo que exhalaban las piras de las purgas, más allá de los miasmas de los meses tórridos, los enjambres de mosquitos, los chillidos de las ratas de río. En Roma, pero a salvo, tras una barrera de guardias armados, que protegían la entrada del palacio del papa y que filtraban mercancías y visitantes. Incluso los alimentos que comían se habían revisado. Mi refugio, en cambio, fue el palacete de Elpidio.

Pasé días enteros allí. Huía de las conversaciones con mi madre, que solo tenían un único tema. Qué casa había sido tapiada y a qué distancia estaba de la nuestra, si conocíamos a sus moradores y, por supuesto, los conocíamos, porque en nuestra barriada éramos poco más de once mil personas y, en un momento u otro, habíamos coincidido con todos. Y, entonces, si habíamos hablado con ellos y cuándo, si habíamos entrado en su taller o si le habíamos tocado la mano en el momento de pagarle el papel, los pinceles o las pinturas.

Cuántos muertos se habían contado en el Lazareto, a cuántos sospechosos se había trasladado el día anterior, si el polvo que un alquimista napolitano al servicio del duque de Bracciano había experimentado en sí mismo tenía de verdad un efecto preventivo. Mi madre, por otro lado, no tenía otra cosa que hacer, ni siquiera podía ir a misa porque las iglesias habían quitado los bancos y retirado el agua bendita, no se celebraban ni siquiera las festividades y el cura de nuestra parroquia de San Biagio, atemorizado por la merma de sus colegas, pedía a los fieles que practicaran las devociones en sus casas y que no acudieran a confesarse.

En cuanto a Basilio, mi padre habría estado orgulloso de él. Investigación científica y divulgación popular. Salía a la caza de noticias, husmeaba por todas partes. Fuera de Porta del Popolo, para presenciar el ahorcamiento de los ladrones sorprendidos robando en casas incautadas o revendiendo las cosas infectadas destinadas a las purgas; y en el Ponte dei Quattro Capi, para presenciar los latigazos y los azotes infligidos a los sirvientes del Lazareto que no respetaban las órdenes de Sanidad; curioseando entre las empalizadas del Trastevere y en los prados de delante y detrás de la basílica de San Pablo, donde todo estaba manga por hombro debido a los constantes entierros. Se quedó impresionado ante las fosas comunes. Excavadas por convictos, profundas, sombrías. Solo los nobles terminaban dentro de una caja de plomo, a todos los demás los arrojaban allí mismo desnudos, en tierra que ni siquiera estaba consagrada, juntos, hombres y mujeres, sin ceremonias y sin oraciones, sin señales que recordaran quiénes eran, miserables y pobres, sobre todo, porque muere sobre todo la gente pobre, aunque también hay algún que otro rico. Es una muerte muy desagradable, Plautilla.

Mi hermano dibujaba con precisión barcos, carretas, cadáveres y médicos con la vara blanca en la mano. Tenía la intención de imprimir la crónica de la peste. No era el único, pero quería ser el primero. Las actividades artesanales se iban deteniendo una tras otra por falta de materias primas y de compradores, ya no había comercio y, aparte del vino, que las autoridades, para evitar que la economía se hundiera, dejaban entrar desde los Castelli, evitando prohibir esos territorios hasta que finalizara la vendimia, los alimentos también estaban empezando a escasear, pero los tipógrafos e impresores trabajaban día y noche. Publicaban opúsculos y folletos, oraciones y plegarias, incluso reciclaban viejos tratados que ofrecían remedios contra otras plagas. Basilio dibujaba páginas ilustradas —cada grabado con su propia leyenda—, una página a la semana, imágenes realistas, con información rigurosa, impresión de calidad mediana, papel de segunda, precio para todos los bolsillos. Quería asociarse con Bartolomeo Lupardi, cuya librería de La Pace se encontraba en Piazza Navona. Al menos, si tengo que entregar mi alma a los treinta y cinco años, sin haberme hecho famoso ni haber hecho nada para ser recordado, observó, habré ganado algo y os dejaré algo de dinero.

Era una buena idea, pero no funcionó, porque su amigo y él no consiguieron una licencia de impresión. Las autoridades querían controlar la información y desconfiaban de iniciativas independientes. La censura nunca había estado tan extendida. En esto, también, Basilio era el heredero de mi padre: un visionario rico en ideas e incapaz de hacerlas realidad.

Yo, en cambio, justo cuando la situación se desmoronaba, saboreé una felicidad material, concreta, casi tangible. Me paseaba por mi efímero reino, entre los albañiles que derribaban tabiques, montaban vigas, perforaban las paredes y levantaban otras nuevas. Me gustaba todo lo relacionado con las obras. El golpe de los picos en las paredes y el chirrido de las sierras en la madera, el crujido de los marcos cuando se encajan en las ventanas, el ruido sordo del martillo al remachar las fallebas de una puerta, el olor a virutas y a cal húmeda, incluso los gestos de los albañiles, exactos como en una coreografía, la tensión de los músculos de sus brazos, las cancioncillas obscenas que silbaban bajito, interrumpiéndose en cuanto el sonido del roce de mi ropa anunciaba mi llegada. Una dama no debería hablar con los albañiles y menos que nunca en agosto del año 56. Eran personas como ellos quienes sembraban la muerte en los aposentos de los patrones. Los trabajadores se habían convertido en nuestra némesis.

Los habitantes del Trastevere y los judíos del Gueto permanecían aún encerrados tras sus palenques, pero los carteles del rótulo de SANIDAD se veían incluso en los edificios de nuestra barriada. Desmentían la creencia inicial de todos nosotros de que la vigilancia limitaría el contagio a las casuchas malolientes y hacinadas de la gente humilde, a los harapos de los mendigos, a las camas de las posadas. Cuando cerraron la taberna del Paradiso, en Campo de' Fiori, porque había muerto el hijo del tabernero, nos dijimos que nosotros no frecuentábamos las tabernas y que el único varón de nuestra familia que podría haberlo hecho, Basilio, rehuía a los borrachos, a los jugadores y a las prostitutas. Luego enfermaron los herradores y los palafreneros de los palacios nobles de los alrededores, pero nos dijimos que nosotros no teníamos caballos. Pero también levantaron la valla rodeando el Palazzo Orsini, en Montegiordano. En el Babuino había muerto la madre de uno de los lacayos y él también enfermó.

El morbo se colaba en las habitaciones de los señores. Entraba por los establos y las cocinas, por los cuerpos de los sirvientes y de los cocheros. Los ricos comenzaron a temer al servicio, a sentir una aversión irreductible hacia quienes les lavaban la ropa, encendían sus chimeneas, les abrían las portezuelas de las carrozas, los peinaban, los perfumaban, les servían en la mesa, los iluminaban o simplemente les hacían compañía. Nunca habían concebido vivir sin que todas y cada una de sus acciones se las facilitara otra persona. En cambio, los príncipes y los cardenales que permanecieron en la ciudad despidieron a todos los hombres y mujeres a su servicio que tenían familia, dormían en sus propias casas y trataban con desconocidos. Solo se quedaron con los sirvientes de casa. Una noche mi madre nos dijo que nosotros debíamos hacer lo mismo.

En ese momento solo teníamos un realquilado, que trabajaba en el despacho de un abogado, en los Banchi. Aunque la oficina estaba cerrada y el procurador solo salía para rezar delante de Nuestra Señora de San Celso, de la que era muy devoto, mi madre habría querido desalojarlo, pero no tenía ningún motivo para hacerlo y, además, no podía renunciar a su alquiler. Nuestro sirviente, Giuseppe, en cambio, vivía con nosotros. Se encargaba de nuestros quehaceres, compraba en las tiendas, subía la leña, tiraba la basura y nos era hasta tal punto indispensable que nos sorprendíamos de que hubiéramos podido vivir sin sirviente durante tantos años. Era un gigante con un corazón de azúcar, leal a la familia como un perro.

Te encomiendo a la Providencia, ve con el buen Dios, le comunicó mi madre, pagándole la semana. Giuseppe apeló a su misericordia. Había vivido durante años con los Dandini, antes de que Rutilio, que ya no podía pagarle, nos lo cediera a nosotros; ya no le quedaban parientes en la ciudad, ni un sitio adonde ir: nosotros éramos su familia. Mi madre le dijo que la ley de la sangre la obligaba a preservar a sus hijos y a su sobrina. Si nos salvábamos, lo acogería de nuevo a nuestro servicio.

Giuseppe dobló su casaca de repuesto, los pantalones del domingo y el levitón de invierno, los envolvió en un fardo y abandonó nuestra casa, incrédulo. La última vez que lo vi iba turulato con un saco sobre el hombro en Piazza Sforza, donde se reunían por la noche los mendigos huidos de la reclusión ordenada por el papa. Todavía sueño con él. Todos somos responsables de su muerte.

Luego mi madre se encerró, por su propia voluntad. Le prohibió a Giustina que saliera, compraba el pan, la fruta y el queso dejando caer una cesta desde la ventana. Pero no logró encerrarnos ni a Basilio ni a mí. La peste no nos hacía iguales, es más, resaltaba las diferencias de clase y de género, pero, al mismo tiempo, abría espacios impensables de libertad a quienes estaban dispuestos a asumir el riesgo. Yo era una de ellos. No tenía miedo a morir, sino a no haber vivido.

Cuando, a primera hora de la mañana, bajaba a la calle y me encaminaba, completamente sola, hacia Via Monserrato, intentaba mirar mi reflejo en cada superficie. El charco de agua sucia vaciada desde las ventanas de la primera planta, la poza dorada de la orina de los caballos, una hoja de latón, las láminas de cristal apiladas en el taller cerrado del cristalero. Me observaba y, en todas esas ocasiones, pensaba en un episodio que me había contado sor Eufrasia.

La mañana de Navidad era de obediencia en la cocina. Mientras el capón chisporroteaba en la sartén, ella cortaba en rodajas los calabacines y los metía en una gran olla de cobre y, de repente, se fijó en una monja, reflejada en el metal. Ella también estaba cortando calabacines. Agradecida por la ayuda, le preguntó quién era, porque no creía conocerla. ¿Se había unido acaso recientemente a la comunidad de san Giuseppe, procedente de otro convento? Pero la monja no le respondió. ¿Con quién estáis hablando, hermana?, le preguntó, desconcertada, la seglar. Sor Eufrasia le señaló a la monja silenciosa que, curiosamente, al mismo tiempo le había señalado a ella con el dedo. ¡Si esa sois vos, sor Eufrasia!, exclamó, asombrada, la seglar. Era yo misma, sabéis, Plautilla, se reía Eufrasia, pero no me había reconocido. No tengo un espejo en San Giuseppe Capo Le Case. No me había visto a mí misma en casi treinta años.

Por mi parte, en los charcos y en la lámina del cristalero,

yo veía todas las mañanas a la Plautilla de siempre. El pelo, la ropa, los colores, todo era idéntico. Sin embargo, yo tampoco me reconocía ya a mí misma.

Me quedaba en la obra todo el día, mordisqueaba una hogaza en los peldaños del pozo, regresaba a casa tarde, a veces, cuando ya doblaban las lúgubres campanas de la noche, ya no quedaba nadie por la calle y me acompañaba solo el repiqueteo de mis pasos. Entraba en la habitación de Basilio y cerraba la puerta. A esas alturas, gracias al maestro Vitangelo, lo sabía todo sobre las cerraduras. Son machos y hembras, como nosotros.

Inmediatamente apoyaba mi mejilla en su frente, y él en la mía. El doctor Ghibbesio nos había explicado que la enfermedad se manifiesta con fiebre alta, sed ardiente y lengua reseca. Los más afectados sufren enseguida de mareos, dolores de cabeza y aturdimiento y, al final, delirios. Los que no se curan, tienen hemorragias y sangran por las fosas nasales. Mueren más mujeres que hombres, más jóvenes y adultos que ancianos y niños. Nosotros estábamos en el grupo más afectado. Por eso nos quitábamos enseguida la ropa, la poníamos a remojar en la palangana y nos examinábamos mutuamente.

Las pápulas negras manchan todo el cuerpo, pero los bubones aparecen en la ingle, detrás de las rodillas, bajo las axilas. Al principio solo se ve un halo rosado. Se puede intentar tratarlo con emolientes y emplastos, pero, por regla general, nada de eso sirve. En muy poco tiempo se hincha y en el centro se forma un brote, de color cereza, como un pezón. Llegados a ese punto, todo se acelera. Se convierte de inmediato en algo del tamaño de un guisante, un garbanzo, incluso una nuez. Los bubones más superficiales se pueden cortar con las tijeras. De lo contrario, hay que punzarlos al rojo vivo, escarificar e intentar cicatrizar con medicamentos que eviten la putrefacción.

La primera vez que Basilio se soltó las cintas de los pantalones y me pidió que le mirara detrás de las rodillas, donde sentía un escozor, sentí más incomodidad que pudor. Tuve que fingir reticencia, como si nunca hubiera visto tan de cerca el cuerpo de un hombre. Me arrodillé y acerqué la nariz a esas piernas torneadas, cubiertas de un vello oscuro, pero, detrás de las rodillas, lampiñas como el trasero de un niño. No hay nada, Basilio.

Luego me tocó a mí. Mi hermano desató la cinta, mis enaguas cayeron. Palpó mi carne, siguiendo con las yemas de los dedos el serpenteo azul de la vena. Sus manos estaban cohibidas, empapadas de sudor. La razón por la que mi hermano no se resolvía a tomar esposa se me reveló con una dolorosa claridad. No por falta de dinero, como solía decirle a mi madre. Tampoco porque no quería imponernos a Giustina y a mí los caprichos de una señora. Mientras esas manos blandas tanteaban indecisas al contacto con mi carne entendí por qué Basilio frecuentaba la playa mal afamada de la Cesarina, donde los muchachos se bañan desnudos en el río. Y por qué Dandini le había advertido que se mantuviera alejado de los túneles de Monte Alto y de las tarimas de Campo de' Fiori, donde un policía del gobernador Spada, para quien por aquel entonces estaba trabajando Rutilio, le avisó confidencialmente que alguien afirmaba haber reconocido a su cuñado. Y por qué el inflexible Basilio había mostrado tanta comprensión por el juez realquilado del año anterior, que en un momento dado dejó de pagar su alquiler. El vecindario afirmó que se había dejado encandilar por un mala pieza que luego lo chantajeó y lo esquilmó hasta el extremo de que aquel juez se había visto obligado a huir de Roma. A pesar de que teníamos una urgente necesidad de su dinero, Basilio no lo denunció a la policía y quiso concederle un aplazamiento. No es ahí donde tienes que tocar, ve más arriba, tuve que conminarle.

Lo siento, se justificó con una risita, no estoy acostumbrado. ¿Y qué? ¿Ves algo?, lo corté. Nada, Plautilla, tú también estás bien. Pero qué desperdicio, comentó, mientras me cubría. Tienes las caderas de un potro. Estás hecha para ser amada.

El olor a vinagre impregnaba las sábanas, el pelo, las manos, la piel. También lo utilizaban en los desagües, donde llevaban a desinfectar las pertenencias de los sospechosos. Esa precaución yo podía entenderla. Con el vinagre, había liberado varias veces de piojos el pelo de mi sobrina Margherita. Por alguna razón que no sabía, exterminaba esos molestos insectos. Y los insectos parecían tener algo que ver con las semillas vivas del contagio. Pese a no poder explicarlo, eran muchos los que lo afirmaban, entre ellos mi Ghibbesio. Y yo me fiaba del médico inglés.

Umiltà, el carpintero, el más mordaz de entre todos los artesanos del palacio de Monserrato, me señaló que Roma se estaba yendo al garete. Las putas se morían y las monjas seguían con vida, los secretarios se cocinaban el asado con sus propias manos y una señora como yo apestaba como un calabacín en escabeche. Nunca me había reído tanto.

No solo no evitaba la compañía de los trabajadores, sino que los seguía mientras picaban y punteaban las paredes. Los bombardeaba con preguntas y escuchaba atentamente sus respuestas. ¿Por qué el parapeto de la escalera que conducía a la planta principal era de madera de castaño y los peldaños, en cambio, eran tablas de olmo? ¿Cuál es la diferencia entre las dos maderas? ¿Y cuál cuesta más? ¿Y por qué la escalera del caracol tenía exactamente veintiocho peldaños? ¿Cómo se calcula la altura de la contrahuella? ¿La distancia entre un peldaño y el siguiente tenía que ser siempre la misma? Su experiencia era más valiosa que las teorías que había estudiado en los libros de mi padre. Esos trabajadores corpulentos y bronceados por el sol, con las manos callosas y las uñas blancas de cal o negras de limaduras de hierro, fueron mis maestros.

El capataz, Battista Ferrari, era más reacio a revelarme los secretos de la profesión. Se sorprendió cuando le pregunté por qué remendaba las grietas de la pared del dormitorio de Elpidio en lugar de demolerla. Es un muro de carga, me explicó, con el tono que habría utilizado con un niño tonto. Y la cal, ¿por qué tenía este matiz de gris? ¿No era más agradable el blanco? Y el peperino, que colocaban en las puertas y en la boca del horno, ¿de qué cantera procedía?

Sois la primera mujer que se interesa por los ladrillos, comentó. Ferrari era de Como, un ticinés como casi todos los albañiles y los maestros de obra de Roma. Nunca he sabido por qué. Su acento era hostil, su forma de ser tan asilvestrada como la de un perro callejero. Siempre hay alguien que hace algo por primera vez, es solo una cuestión de costumbre, le respondí. ¿Usted sabe la historia de la primera viuda romana que se volvió a casar?

No la conocía, era una leyenda nuestra. Me la contó mi padre, para convencerme de que estudiara matemáticas. La viuda romana se había enamorado de un noble, pero el mundo no habría aceptado su relación. Así que tuvo una idea. Hizo que desollaran vivo a su caballo y lo dejó en manos de los sirvientes, ordenándoles que lo llevaran de paseo por sus campos. El espectáculo de ese animal destrozado, con los huesos que sobresalían y haces de músculos que se entrelazaban con los órganos como lianas despertó miedo, horror, indignación. Los campesinos descuidaron sus ocupaciones y no hablaban de otra cosa. La viuda ordenó a los sirvientes que mantuvieran con vida al caballo y que repitieran el paseo al día siguiente. Los campesinos reconocieron el caballo e interrumpieron su trabajo, pero luego, cuando siguió su camino, recuperaron las azadas y volvieron a la faena. Al tercer día ni siquiera levantaron la cabeza de los surcos. Al fin y al cabo, se

469

trataba del mismo caballo. Al cuarto día, ya nadie hablaba del caballo despellejado. La viuda se casó con su amante.

Esto es lo que ocurre con las cosas nuevas, dijo mi padre. Al principio estalla el escándalo, luego es fastidio y, más tarde, indiferencia. Lo que parece imposible se convierte en normal. Las costumbres se basan en la cantidad de opiniones. Las leyes y las costumbres cambian cuando cambian aquellas. Solo hay que tener valor.

Para decirlo sin rodeos, comentó el maestro Bautista, las viudas que se vuelven a casar me siguen disgustando. Pero es el mundo al revés, añadió, más alarmado que irónico. ¿Dónde vamos a ir a parar? Están ocurriendo cosas que resultan increíbles. Los cardenales van en carruajes cerrados, sin palafreneros, como gente vulgar. En Roma, tenemos un papa que ha declarado que quiere servir en el Lazareto. Hemos tenido una reina, un hecho inconcebible en el Estado eclesiástico. Una mujer que duerme cinco horas cada noche, come poco, solo bebe agua helada, lee de todo, sabe de pintura, de escultura y de medallas más que los hombres.

Gota a gota se horada la piedra, objeté. Incluso en Roma. ¿Qué me importa a mí el futuro, señora?, suspiró el capataz. Anteayer murieron setenta almas, y ayer, un centenar. Llevaron a doscientos al Lazareto. La verdulera a la que mi mujer compra las calabazas yace en la fosa y tal vez esta noche sea nuestro turno. Mi futuro no pasa de mañana por la mañana.

Tampoco el mío, me habría gustado decirle, pero precisamente eso infunde a nuestros potenciales últimos días una euforia desenfrenada. Nunca me había sentido tan viva.

Una mañana de septiembre no pude regresar a casa. En la esquina de Via Giulia me crucé con un sirviente del Lazareto con una antorcha protegida del viento, precedía a un policía y este a un carro: sobre el colchón yacía un hombre muerto, envuelto en una manta, porque ya no había ataúdes suficientes. El Palazzo Sacchetti estaba cerrado: había caído enfermo un cochero, toda la manzana estaba bajo llave. El cartel del portón llevaba el sombrío rótulo: SANIDAD.

Al principio pensé que se trataba de una broma. Los romanos cínicos y los desobedientes nunca se acobardan, ni siquiera ante la muerte. Por la noche, los muchachos se divertían arrancando los carteles de las casas selladas para romperlos o colocarlos en las saludables. Ya había ocurrido antes, en Panico y en los Lautarios, y de esa insolencia burlona Basilio y yo incluso nos reímos. Uno se enfrentaba a la horca por semejante hazaña y, pese a todo, ni siquiera la pedagogía del terror lograba detener la provocación. Pero los carteles estaban colocados en todas las puertas de la manzana, y los sellos eran auténticos.

Me detuve en la plaza, insegura. Si hubiera dicho que yo vivía allí, ¿me habrían obligado a subir? ¿O me habrían deportado? Pero ¿dónde? La nobleza tenía el derecho —mejor dicho, el privilegio— de pasar la cuarentena en casa y también de curarse en su propia cama, si enfermaban y así lo solicitaban, o bien, con su consentimiento, las autoridades los enviaban al convento de Sant' Eusebio, en el Esquilino, pero ¿nosotros? Tiempo atrás, el sacerdote de la Pagnotta había venido a censar las almas de la parroquia, por orden de la Congregación de Sanidad: cada barriada tenía que comunicar cuántos ricos, cuántos acomodados, cuántos pobres y cuántos pobres necesitados vivían allí para que el tesorero pudiera calcular el gasto. A esas alturas ya nadie trabajaba y los precios se habían vuelto locos, todo el mundo necesitaba las subvenciones para vivir. A los que estaban bajo reclusión se les distribuían cinco bayocos al día. En nuestra barriada se encontraron muy pocos necesitados, también pocos ricos, pero más de sesenta familias de cada cien resultaron ser pobres, y solo veintidós, acomodadas. ¿Nos habían clasificado como acomodados? ¿Los acomodados tenían derecho a quedarse en casa? ¿O, como ninguno de los Bricci tenía oficialmente un trabajo, y no declarábamos los ingresos de los alquileres, entre los pobres?

En ese momento, debían de estar en casa mi madre, Giustina y el procurador Giovanni Severini, que cenaba siempre con la familia. ¿Y Basilio? ¿Estaban allí arriba, detrás de los postigos cerrados de la tercera planta, o se los habían llevado?

No quería comportarme como los desgraciados a los que había culpado, a los que todos habíamos culpado. Como la pariente de la tabernera de Monte Fiore, que ni siquiera después del edicto se presentó a las autoridades. El proverbio popular le había enseñado que el primer día el edicto se cuelga; el segundo, se lee; el tercero, se rompe. Había muerto, en su casa, detrás de la nuestra, junto con sus niñas. Y el estudiante del Collegio Capranica, que había ocultado el bubón, atribuyendo el dolor en la ingle al hecho de que había practicado esgrima. Y el dueño de la casa que se hizo en secreto una punción con un hierro al rojo vivo y solo cuando se desmayó con la cara en el plato durante el desayuno permitió que llamaran a Sanidad. A todos estos imprudentes los habíamos maldecido. Sin embargo, deberíamos habernos mostrado más comprensivos con ellos. Quienes entraban enfermos en el Lazareto, sufriendo en los jergones de las salas abarrotadas, tenían pocas esperanzas de salir con vida. Pero mi madre, Giustina, el realquilado, todos estaban bien. Yo estaba bien. Basilio me había examinado la noche anterior: ninguna aureola rojiza bajo las axilas, las glándulas del cuello de tamaño normal y la piel sin manchas. Di un paso atrás, antes de que los policías se fijaran en mí. Entonces, con el corazón en un puño, volví al edificio de Via Monserrato.

Tenía las llaves, pero Mario había atrancado la puerta desde el interior y no quería descorrer el cerrojo. Si en la manzana de mi casa había llegado la peste, podía llevarla conmigo, incluso podía llevarla dentro. No quería llamar la atención, me agaché hasta la gatera y, metiendo la cabeza por la abertu-

472

ra, empecé a llamarlo, una, dos, veinte veces, hasta que para no llamar la atención de los vecinos tuvo que bajar y, entonces, le ordené que me abriera, en nombre del abad Benedetti.

La entreabrió, blandiendo el bastón de Elpidio como hacían los médicos con la vara blanca. Me ordenó que me quitara la ropa. Un camarero, ¡cómo se permitía hablarme de esa manera! Me habría gustado abofetearle, pero el bastón me mantenía a distancia. Le expliqué que la desinfectaría con vinagre, pero ese ignorante no sabía nada de las purgas y dijo que había que quemarla. Eran las instrucciones recibidas del abad, en el caso de que algún trabajador de las obras enfermara.

Tuve que ceder. Solo le pedí que me trajera alguna prenda de su patrón, pues no tenía nada para cambiarme. Mario me dejó la lámpara en el escalón y desapareció en la oscuridad.

Me desnudé en la alcoba. El pintor que estaba pintando el friso había dejado el andamio delante de la pared. Lo utilicé como escalera, luego tiré la ropa en la chimenea. Qué lástima de ropa interior, enaguas, vestido rojo, medias, mangas y zamarra. Todo era de seda, confeccionado hacía menos de un mes por el sastre de Campo de' Fiori, porque me había hecho la ilusión de que la elegancia me elevara en la escala social a fin de así alcanzar autoridad a los ojos de los trabajadores de las obras. Qué ingenuidad y qué arrogancia. Los trabajadores solo me respetarían el día en que yo supiera más que ellos. Una lección que nunca olvidé. Encendí el fuego. Al arder, la seda emana un olor a hojas.

Atravesé, desnuda, el apartamento vacío y bajé al jardín. Me lavé con el agua del pozo: el herrero había entregado ya las cadenas y la polea para el cubo y yo misma había comprobado que las hubiera montado. Pero no tenía nada con qué secarme y dejé que lo hiciera la brisa de poniente. Me quedé de pie en la oscuridad, temblorosa. En el cielo límpido brillaba el disco de la luna llena. Esparcía sobre mi piel y por las paredes un

473

resplandor plateado, sideral, y su luminosidad era tan intensa que mi sombra se dibujaba nítidamente sobre la hierba. Tuve la certeza de que la luna lo veía y lo gobernaba todo, porque su crecimiento y su mengua tienen su influjo en los seres vivos y en las cosas inanimadas, condensa los humores, hace madurar las semillas y florecer las plantas, mueve las mareas y licua nuestra sangre. Esa luna triunfante también me infundía su fuerza cósmica. Yo también estaba plena, en la cúspide de mi vagar por el mundo. No iba a ponerme enferma.

A Mario, que me espiaba, pasmado y consternado, desde las ventanas de la segunda planta, debí de parecerle una vestal demente o una Diana sin siervas y sin miedo. O simplemente pensó que yo no era una mujer lo suficientemente bien situada como para sentir vergüenza.

Me había dejado un par de zapatillas y un camisón en el banco, los pantalones de seda leonada, muda de lino de hombre y una capa de paño. Todo me iba largo y ancho, pero olía a jabón y a azahar y ese era el olor de Elpidio. Era como estar dentro de él.

Aparté la sábana que protegía la alcoba de Elpidio del polvo de los escombros y me quedé echada allí encima, envuelta en su capa. Duermo en tu cama, le dije, como si pudiera oírme, pero sin ti.

Los albañiles llegaron cuando yo ya estaba removiendo la cal en el cubo. Quería aprender cuánta agua se necesitaba para hacer un buen mortero. Quizá en ese mismo momento mi madre estuviera removiendo el caldero y amasaba sulfato, sal, pimienta, hollín tamizado, raíces de lirio blanco, trocisco de sapo y veneno de víbora para preparar una tisana protectora. Madre, pensé, por fin hemos llegado, cada una de nosotras tiene la cocina que se merece.

474

Por la noche, en la alcoba, solía soñar con que iba de viaje, en la litera del barco que cruzaba el Tirreno... con él. Pero cuando abría los ojos al amanecer no había nadie en mi cama y en la casa reinaba un silencio desolado. Estaba sola. Tal vez mi soledad fuera querida o provocada, pero me rodeaba como el cercado de las casas inexpugnables. Ni una palabra de consuelo, ni un abrazo, ni una caricia. No sabía qué hacer con la fuerza que descubría dentro de mí si no podía dársela a él. Yo estaba haciendo todo aquello por nosotros, pero no existía ningún nosotros. Solo una ficción con la que me había engañado a mí misma todos esos años. No había ningún Elpidio, no tenía nada, solo a mí misma. Una mujer a la que ahora podría haber odiado.

A veces lloraba. De arrepentimiento y de melancolía. Por todo lo que podría haber sido y que nunca sería. Por una obediencia pasiva —¿o era por fidelidad?— a nuestra naturaleza, al deber, a la moral, a los demás. Y ahora que todas las cosas habían perdido su sentido, las decisiones que no tomamos, el valor que no tuvimos me mordían la carne. Hemos malgastado nuestras vidas, Elpidio, me habría encantado decirle. No puedo aceptarlo.

Una noche soñé que su mano huesuda me acariciaba la nuca y me desenredaba el pelo y sus labios, agrietados, me rozaban el cuello. Subí el edredón para taparme, el calientacamas que tenía bajo las sábanas ya no daba calor, tendría que haberme levantado para atizar el fuego de la chimenea, pero octubre ya estaba terminando, la humedad invadía la habitación y no quería posar mis pies descalzos en el suelo helado, me habría desvelado y no quería en modo alguno dejar que me arrancaran de mi sueño. Era tan agradable esa sensación de ligero roce. La lluvia azotaba los postigos, al caer sobre el alféizar las gotas tintineaban como el mecanismo de un reloj. Ningún otro ruido de la calle o de la casa. Solo un aire debilí-

475

simo, como un soplo. Entrecerré los párpados: las brasas proyectaban en la pared el reflejo rojizo de una sombra sutil, la suya. Pero no me asusté. Creí que formaba parte de mi sueño.

Pero era él, sentado en el borde de la cama, todavía con el sombrero puesto. ¿Qué haces aquí?, me preguntó, sin dejar de palpar mis hombros, tocar mi nuca, como si fuera incapaz de creer que yo fuera real. ¿Qué estás haciendo tú aquí?, repliqué, volviéndome hacia él. Estás loco al regresar ahora. Sí, susurró, sonriendo, lo estoy.

Nunca me escribiste, me reprochó. Pensé que habían suspendido el correo, pero recibía cartas de Roma, desinfectadas. Olían a vinagre. Pero ninguna era tuya. No sabía qué decirte, me justifiqué, no me enseñaste a escribir en clave, sabía que en Porta del Popolo interceptan a los mensajeros y abren todos los paquetes y las palabras que quería decirte solo podían ser leídas por ti.

A finales de agosto las noticias sobre Roma eran buenas, la epidemia parecía a punto de extinguirse, estaba tranquilo; en cambio, a principios de octubre, con los primeros fríos, volvió a recrudecerse con más virulencia que antes. El abogado Cartari me escribió que morían noventa, cien personas al día. Murió la profesora de su hija. Su médico. Que en la plaza donde está su vivienda tres personas murieron en tres casas diferentes. Y es también la plaza de tu casa, Plautilla... Me encomendé a la Divina Misericordia y me puse en marcha. Pensé que no iba a lograrlo. Que me negarían la entrada, que había apurado demasiado. Atravesé una tierra desesperada. La peste se ha ido abriendo paso por todas las carreteras consulares del Estado Pontificio: atrincherado en el carruaje, bordeé pueblos fantasma, despoblados o inalcanzables tras cordones de soldados. Había puestos de control en cada puente. A nadie se le permite salir de su pueblo, a quien se le sorprende tratando de escapar, se le ahorca. He visto balancearse el cuerpo de un chiquillo de catorce años, los soldados decían que era un jornalero, el bando lo había pillado en el valle de al lado, solo estaba intentando reunirse con su madre. El cardenal me consiguió los permisos, pero examinaban los sellos con lupa, como si pudieran ser falsos.

En Poggio Mirteto leí el último informe: Nápoles y Génova están perdiendo la mitad de sus habitantes; en cambio, las cosas en Roma van mejor. Tal vez sea así. Pero yo no he reconocido mi ciudad. Parece haber sido invadida por un enemigo invisible. Las puertas de los conventos están atrancadas, por las calles solo se ven policías, soldados y carros de enfermos o de sospechosos. ¿Y si no la encuentro? Si me la han arrebatado... ¿Y si ha muerto?, solo pensaba estas cosas. Sacrifiqué mi virilidad al servicio de un gran hombre que pasará a la historia, único quizá, pero ella también es única, y nunca se lo he dicho.

¿Por qué has vuelto precisamente ahora?, susurré. Ya estaba a salvo. La Alta Sabina se ha salvado. Aquí en cambio es como estar en la cárcel, a la espera de un juicio donde no podrás defenderte y el arbitrio del juez puede condenarte a muerte. Estaba temblando, pero no solo por el frío. Nunca nos habíamos hablado así. Porque te dejé sola, Aristóteles, me dijo, quitándose las botas. Y no he podido soportarlo. Soy un egoísta, un cobarde, a veces incluso un desgraciado. Pero soy un hombre, Plautilla.

Entonces lanzó su sombrero al suelo, apartó la sábana y se metió en la cama. Yo fui sacando de los ojales los botones de su sotana uno a uno. Las gotas caían del alero y rebotaban en el alféizar de la ventana, monótonas. Fueron nuestra música. Su pelo estaba escarchado por la lluvia y tenía fríos los labios. Un tronco cayó en las cenizas y la llama se avivó.

A la luz del día, quiso inspeccionar todas las habitaciones. Los trabajos habían terminado. El friso le pareció bien pintado, de buena factura la escalera de madera, las claraboyas, las puertas, los marcos de las ventanas, los armarios empotrados de la cocina, bien colocados los ladrillos en el suelo, sólido el techo y lijadas las vigas de los techos. Incluso las flores de lis y las estrellas sobre las puertas. Pero sobre todo apreció el emblema de la familia Benedetti, que destacaba sobre las chimeneas de la planta principal. Yo me había tomado la libertad de modificarlo: si no le hubiera gustado, lo habría hecho repintar pagándolo de mi bolsillo. Elpidio tenía los dientes afilados de un felino. En el carruaje, mucho tiempo atrás, me había desgarrado la boca. Pero ahora la melena rizada escaseaba en las sienes y los incisivos habían perdido su filo. Así que dibujé un león con una rama de olivo en la boca. Sí, comentó, sonriendo con nostalgia, es perfecto.

En definitiva, había hecho bien mi trabajo. Liquidó cuentas con el vidriero, el herrero, el carpintero, el capataz. El gasto total superaba los ocho mil escudos. Todo lo que tenía, comentó después de firmar a los prebostes del Monte de Piedad la autorización para liberar los bonos con que pagar a los artesanos. No me queda nada.

Escribió a Mazzarino, a París. He leído esa carta, porque mantenía el papel apoyado sobre mi espalda y soplaba sobre el mismo mientras se secaba la tinta. Me quedé en Via Monserrato ese otoño. Vivía en las habitaciones que iban a ser de su madre, pero cuando el lacayo se retiraba a la suya, yo iba a reunirme con él. A la luz del día pasábamos el tiempo leyendo libros de su biblioteca. Me habían sorprendido la diversidad de títulos y la variedad de sus intereses y, sobre todo, descubrir que tenía un ejemplar de la *Taticlea* de Ferrante Pallavicino, escritor que había sido azote de los Barberini y al que Urbano VIII había perseguido y hecho decapitar. Leíamos la *Brevísima relación de la destrucción de las Indias Orientales* de Bartolomé de las Casas y *Las metamorfosis* de Ovidio, *Judith la*

Victoriosa, las *Sátiras* de Ariosto y el *Tratado de los sueños,* pero más que ningún otro me gustaba *El asno de oro* de Apuleyo, con la fábula de Cupido y Psique.

Y cuando los poemas, las novelas, las fábulas y las biografías nos saciaban, hojeábamos el *Thaumaturgus opticus* de Jean-François Niceron, un tratado sobre la perspectiva publicado en 1646 y dedicado al cardenal Mazzarino, páginas y páginas de axiomas, proposiciones, lemas y teoremas en las que el fraile francés disertaba sobre octaedros, cubos, tetraedros y paralelepípedos, bases de capiteles y cualquier otra forma sólida: Elpidio me traducía del latín y quería que yo, por mi parte, tradujera el lenguaje matemático a conceptos comprensibles. El hecho de que solo combinando nuestras habilidades ese libro disparatadamente abstruso se convirtiera en algo legible e incluso útil (me enseñó, entre otras cosas, a proyectar una imagen plana) nos procuraba una felicidad que para cualquiera resultaría tal vez inexplicable. El apéndice se titulaba *De lumine et umbris.* Esas dos palabras pautaban nuestra existencia. Cuando las sombras descendían, en efecto, cerrábamos los libros y nos dedicábamos a recuperar los veintiún años que habíamos perdido.

Y cuanto más nos asediaba la muerte infame, más empezamos a soñar en convertirla en belleza. Él dictaba formas y figuras y, con la punta de mi pluma, yo dibujaba líneas en su pálida piel. Luego lo frotaba con la esponja y lo borraba todo... para que de nuestros sueños no quedara ni rastro. Y al día siguiente, yo era el papel y él la mano. Y luego otra vez y otra vez, mientras los días se iban haciendo cada vez más cortos, y el invierno más mezquino. Una casa para nosotros. Pero no la casa del abad, casi de cardenal, que acababa de ser reformada. La casa de Elpidio Benedetti, no ya un escritor y poeta fracasado, ni un cortesano enjaezado a su patrón, sino alguien que al final sería él mismo. Una casa de palabras y de signos, que no tendría nunca cimientos ni paredes ni techo. Una villa en las afueras de la ciudad, un palacio encantado, con sus fuentes, sus espaldares de rosas, su pérgola, sus setos y su estanque y un jardín donde pasear hasta perdernos. Nadie podría encontrarnos, tampoco arrebatárnosla, porque era solo nuestra. Ni siquiera Mazzarino. Nunca pensaba en él. Era como si estuviera muerto. No era demasiado tarde.

En los miles de cartas que Elpidio le había escrito, se había mostrado insinuante, chismoso, servil, morboso, cauto, despectivo, malicioso, incluso cariñoso, pero no había utilizado nunca palabras tan duras, tan amargas. Decía más o menos así. Llevo veintiún años trabajando para vos, he consagrado toda mi vida a vuestro servicio, como un monje a Dios Nuestro Señor, y no he obtenido nada a cambio. Ni vuestro amor ni vuestro dinero. Todos aquellos que os sirven se han hecho ricos. Incluso sin moderación. Yo no. La gente me desprecia por eso. Cree que no os importo nada de nada. Tengo casi cincuenta años. No puedo esperar más. Dadme pruebas de vuestra satisfacción. En la práctica, amenazaba con abandonarlo. Un gesto inaudito e imprevisto, porque también es una rebelión imaginarse que pueda uno rebelarse.

No hizo ninguna referencia a mi persona. Yo nunca existí para el cardenal Mazzarino. Y, aun así, esa carta que Elpidio escribió a mi lado y para mí fue la única declaración de amor que pudo dirigirme.

Tenía la esperanza de que el cardenal le respondiera como mi madre a nuestro sirviente. Os encomiendo a la Providencia, id con Dios y que el Señor os bendiga.

En cambio, Mazzarino respondió con su amabilidad de siempre. Habilísimo, le hacía creer a su interlocutor que estaba de su parte, pero, en realidad, estaba por encima de él. Esa cordialidad natural, ni siquiera ficticia, ocultaba su firmeza implacable. Mazzarino solo servía a los intereses del rey, en nombre del suyo propio. Después de todo, él también tenía un patrón. Ignoró la petición, nunca hizo ninguna mención al respecto, pero no la olvidó. Con su elegante silencio, volvió a colocar a Elpidio en su sitio. Y a mí en el mío.

A finales de marzo la peste empezó a remitir de nuevo, los lazaretos a vaciarse, y las casas se llenaron de los curados y de los retornados. Los camilleros y los médicos de los lazaretos y de los hospitales volvieron a sus puestos anteriores. Como señal de reconocimiento por sus servicios, el doctor Ghibbesio obtuvo la cátedra de elocuencia de la Università della Sapienza, lo que le confirió el título de profesor. Lo primero que hizo después de regresar a casa fue enviarme a su mozo para que me preguntara cómo iban sus puertas. El apartamento tenía que estar listo para la reapertura del Collegio. Me había olvidado por completo de aquel encargo. Ghibbesio me anunciaba una visita para comprobar cómo estaban de avanzadas sus sobrepuertas y tuve que ir corriendo a mi estudio para desempolvar los cueros y completar los emblemas.

El profesor acercó la nariz a la superficie e inhaló el olor de los colores, examinó cada figura. Bien, muy bien, virtuosísima señora Plautilla, concluyó. Había visto vuestra *Natividad de Jesús* de Pietro da Cortona y estaba seguro de que no me decepcionaríais. Estoy satisfecho con mis Pietro da Cortona. Un visitante poco atento creerá que son del maestro, pero en el trazo del pincel, en el sombreado de la tela y en los matices de los amarillos y de los rosas reconozco la mirada sobre el mundo, la dulzura, la fuerza tranquila de una mujer.

Nunca se me ocurrió pensar que la pintura pudiera tener un género, como los seres vivos, los animales y las flores, y le confesé que no era capaz de entender su teoría: el arte no tiene sexo, como la música. Pero ¿y la poesía?, objetó Ghibbesio. Vittoria Colonna no compone como Petrarca. ¿Y la mística? Santa Teresa de Ávila no escribe como san Ignacio. Y la pintura es poesía muda, según nos enseñan los antiguos. ¿Y la arquitectura?, le pregunté entonces, intrigada. Sobre esto la filosofía guarda silencio, querida señora Briccia: no existen mujeres arquitectas.

La epidemia fue declarada extinguida. El papa anunció ceremonias para celebrar la liberación de la ciudad e hizo cantar el tedeum. Se levantaron las prohibiciones, reabrieron los colegios y los tribunales, pero, en realidad, de todo aquello que se escondía en los sótanos y de cuanto estaba enterrado en los jardines, también de todo lo robado de las casas infectadas, la peste siguió circulando y reapareció varias veces, de manera que no estuvimos seguros hasta agosto. Y tengo que confesar que nosotros dos, en nuestro improvisado castillo, acogíamos la noticia de esos muertos y de los nuevos sospechosos con alivio, porque la prolongación de la alarma justificaba mi permanencia en el Palazzo Benedetti. Hasta que llegó la carta de París.

Mazzarino se dignaba a compensar a Elpidio por sus servicios y le anunciaba que había obtenido para él, del rey Luis XIV, el nombramiento como abad de Aumale, una remota abadía normanda a la que no se esperaba que fuera, pero cuya renta de cien escudos mensuales podría, por fin, demostrarle hasta qué punto su cuidadosa servidumbre había sido valorada. Era una suma importante, que a mí me pareció más que adecuada. En ese momento, un mayordomo ganaba poco más de cien al año. Elpidio se las había apañado con mucho menos.

A Elpidio le pareció un regalo envenenado. Había bregado para conseguir otra abadía, en Italia. Por eso, para obtener su apoyo, desde que ella se trasladó a Roma, cultivaba pacientemente a la hermana del cardenal, monja en Campo Marzio, yendo a visitarla al locutorio de su convento más a menudo de lo que visitaba a su propia hermana. La recomendación de una monja que probablemente al cabo de unos años se convertiría en abadesa valía más que la de un lego. En cambio, le resultaría difícil hacer que le pagaran las rentas de Aumale, porque el papa desaprobaría el nombramiento impuesto por Mazzarino y por el rey de Francia: tenía que firmar la bula para concedérselo y eso no lo haría jamás. Alejandro VII era hostil a Francia, al rey y al cardenal, a quienes no perdonaba haber conspirado para impedir que fuera elegido papa, y solo podía detestar a Elpidio. Ese título era solo un espejismo.

Pero el cardenal Mazzarino, hostigado por el clero francés tanto como por Alejandro VII, no pudo hacer nada más. Sin embargo, una vez aceptado el nombramiento, el abad de nada –abad solo de nombre– se convertía en abad de hecho. Y mi presencia en su vida, en un escándalo.

Esta vez sí que debemos romper, me dijo, mientras, tendidos boca arriba en la cama, jadeábamos en la bochornosa noche estival. Por las ventanas abiertas llegaban las voces de la calle: aunque era la hora del descanso, todo el mundo seguía afuera tratando así de escapar del calor. Dos jóvenes rasgueaban una serenata de guitarra a su amada. La canción hablaba de amor. Ese día cumplía cuarenta y un años, aunque no se lo había dicho a Elpidio. No era un logro que una mujer pudiera celebrar. Era, en realidad, el paso de la frontera a la tierra más hostil, en la que una mujer deja de serlo.

Al final lo conseguimos. Tuvimos suerte, pero ya se ha terminado. Tienes que seguir tu destino como mujer, comentó. Tienes que encontrar un marido que te haga un hijo. No es demasiado tarde. Siempre seré tu amigo. Te protegeré y, cuando consiga recibir las rentas de mi abadía, haré contigo cosas que ni siquiera puedes imaginar. Serás mi pintora, mi artista. Pero ya no podré tenerte así.

Veintidós años, pensé. Veintidós años de tretas, secretos, mentiras, pasión incluso, se desvanecían, como si nunca los hubiéramos vivido. No habíamos generado nada, no habíamos creado una vida juntos, ni una obra, nada. No quedaba ni rastro de un vínculo que nos había engendrado, exaltado, destruido. Ya no sentiría el encuentro con su aliento, el choque con sus huesos, sus manos frías en mis clavículas, los dientes sobre mis labios. Él también me miraba como si no fuera a verme nunca más. Pasaba el dedo por mi mejilla, la raíz del pelo, la curva del cuello; con la palma de la mano abierta, me contenía un pecho. Lo que nunca empezó se desvanece como una pompa de jabón.

Una lágrima cayó sobre mi hombro, inesperada. Nunca me habría imaginado que el abad se permitiera expresar un sentimiento. Ni siquiera estaba segura de que pudiera tenerlos. Ni una sola vez me había dicho que me amaba. Sus silencios me habían bastado.

Me volví hacia él y comencé a darle puñetazos en el pecho; en la cara, bofetadas. ¿Por qué? Nuestra historia no estaba contemplada en los mandamientos, no era ni lícita ni justa, pero era el remedio para todo lo que no se nos había dado o permitido, era nuestra vida. Y hasta que no le pagaran las rentas, era como si no fuera el abad de Aumale. Nada había cambiado. Hasta ese día, seguía siendo mi ípsilon. Existíamos el uno para el otro y eso era todo. Nos calmamos. Hasta ese día, dijo.

Regresé a mi casa a finales de año, cuando una carta de Poggio Mirteto anunció la inminente llegada a Roma de la señora Paltrinieri. La carta estaba fechada tres días antes y su carruaje podía estar ya a las puertas de Roma. Volví con el corazón lleno y las manos vacías. Elpidio habría querido pagarme por los servicios como asesora, pero no se lo permití.

Al abrir de nuevo la ventana de mi habitación, donde persistía el olor a humedad, sabía que debía afrontar la realidad: necesitaba ganar dinero y, además, pronto. Los Bricci, sin rentas e incluidos en la lista de familias pobres, habían sido enviados veinte días al Lazareto limpio de San Pancrazio y luego a las nuevas prisiones de Tor di Nona que, recién construidas y sin inaugurar, fueron empleadas para esa otra clase de encarcelamientos. Al procurador Severini tuvieron que llevarlo al Lazareto de la isla Tiberina, del que no había regresado. Pero ninguno de los Bricci había enfermado y, de hecho, según mi madre, habían pasado unos días agradables, de reposo total, con todo lo necesario y en buena compañía de gente civilizada: en las cárceles se los alimentó con comidas estudiadas específicamente para la dieta de los convalecientes, por lo que habían engordado varias libras. Terminada la cuarentena, habían vuelto todos a casa.

Mi madre me había enviado una nota al Palazzo Benedetti, para anunciarme su regreso, pero me insinuó que me quedara donde estaba, por el bien de Giustina, porque ahora ellas dos estaban con absoluta certeza sanas, mientras que yo, que me mezclaba todos los días con los albañiles y los carreteros que descargaban los materiales para las obras del abad, podría no estarlo.

Entre las familias pobres. Una clasificación injusta. Porque siempre tuvimos lo suficiente y, después de la muerte de mi padre, hasta más de lo necesario. Tal vez porque sabíamos que casi todo es superfluo o porque siempre nos hemos sentido ricos en ingenio y eso nos bastaba. Esa discriminación humillaba mi orgullo y mi honor. Tenía que conseguir unos ingresos. Pero Elpidio no podía ser al mismo tiempo mi amante y mi patrón.

Hice colocar en los nichos los mármoles de Algardi y Guidi, en un pedestal la *Andrómeda* de Bernini, en las sobrepuertas las puertas de Romanelli, en las paredes los cuadros de Pietro da Cortona y los dibujos de Bernini. El *San Francesco* de Procaccini, la *Virgen con Niño y san Juan* de un alumno de

Rafael, los paisajes de Monsú Desiderio, las marinas de Spagnoletto y las flores de Cerquozzi. En la galería no había ni siquiera un cuadro mío. El amor me había condenado a la inexistencia.

Mi elección la hice entre esas paredes, que en febrero de 1658 todavía olían a nuevas. Elpidio estaba a punto de dar la cena de inauguración. Roma había perdido catorce mil quinientos habitantes, pero para entonces había vuelto a la normalidad y cada uno de nosotros a su propia vida. Empezaban de nuevo las invitaciones, las fiestas, los ritos mundanos. Y se anunciaban novedades llamativas. La reina Cristina también regresaba, y esta vez no como partidaria de España, sino como amiga de Francia. Mazzarino quería por encima de todo que eligiera como residencia su palacio en el Quirinal, y había encargado a Elpidio que la ayudara. Si el papa le permite quedarse como huésped del cardenal, me dijo sonriendo, casi será mi invitada. Te recibirá y hará que te sientes sobre tres almohadas, querida.

Sabía que Alejandro VII nunca le concedería a Mazzarino tal privilegio y que haría lo que fuera para alojar a la reina de Suecia en otro lugar, pero durante unos días disfruté fantaseando con nuestro encuentro. Elpidio me había contado que Cristina afirmaba que no encontraba nada de lo que hablar con las mujeres, porque una vez que se había hablado de los tejemanejes de alguna lerda, y de la forma de acicalarse –una práctica que, por otra parte, rechazaba–, la conversación se terminaba. A saber si alguna vez podría conseguir que admitiera que estaba equivocada y que en Roma había por lo menos una mujer a la que valía la pena conocer.

Las mesas estaban preparadas, el palco de los músicos, dispuesto. Casi todo estaba listo. Elpidio se había puesto las gafas y observaba la filigrana dorada del marco de su Reni. No se quitaba el sombrero ni siquiera dentro de casa, porque no quería que se viera su tonsura. Se avergonzaba de la misma. Quizá porque, del mismo modo que yo nunca me había reconocido como pobre, él nunca se reconoció como clérigo. Lo que sabíamos que éramos no coincidía con nuestro papel en el mundo. En este se movían nuestras sombras.

La sotana negra revestía su cuerpo nudoso, negándolo. Un hombre que no podía serlo, vulnerable y, por tanto, desamparado. Yo lo quería tanto como a mi propia juventud. Había sido una mujer para él, le debía a nuestra relación todo en lo que me había convertido. Me encantaba su carácter temerario, su lealtad, esa fidelidad a otra persona que lo inducía a traicionarme, su incapacidad para expresar sus sentimientos, su ironía ácida, la falta de armonía de su rostro, la ambición que lo consumía, la infelicidad que lo hacía frágil, la frustración, incluso la torpeza con la que me poseía. La pasión, la amistad, la complicidad. Era mi otra mitad, mi mejor yo. Nadie estaría nunca más cerca de mí que él. Renunciaba a mi cuerpo, que acaba de descubrir y de salvar. Lo dejé.

Las vides vibraban a la tersa luz de octubre. El olor de las uvas y del incienso se mezclaba con la podredumbre de la tierra, que había recubierto la lámina de plomo y ese colgante que no valía nada o, quizá, todo. La obsidiana negra que hacía tantos años la gitana de la taberna de la Fontana me había colgado del cuello. Mientras lo desabrochaba y me reflejaba en la piedra negra, observaba mi rostro y me preguntaba: ¿Quién eres, Plautilla? Ahora iba a saberlo.

Me demoré hablando con los albañiles del *mastro* Beragiola. Yo exigía que el agujero midiera quince palmos de profundidad, porque todos los tratados teóricos que había leído me enseñaban que los cimientos deben medir una sexta parte de la futura altura del edificio. Beragiola había objetado que dependía de cuándo daríamos con la tierra virgen. La colina de Jano era una meseta de arena arcillosa donde aquí y allá emergía la toba. No podía cambiar la naturaleza del suelo.

Me esforzaba por mostrar mi autoridad sin ser autoritaria, cortés sin ser débil. Ya había aprendido que la apariencia de una mujer mina su esencia. El vestido, los zapatos, el peinado, la forma de caminar, todo se le puede reprochar y todo importa. Tal vez, por debajo del velo, la pluma de mi sombrero resultara demasiado frívola, las mejillas estuvieran demasiado sonrosadas, el perfume fuera demasiado intenso. Debería haber vestido ropa masculina, como la reina Cristina, calzar botas, cortarme el pelo a tazón y alardear de canas, en definitiva, renegar de mí misma, pero, aun así, la anomalía seguiría siendo yo.

El hombre de Como se quedó mirando el abismo marrón sin ocultar su escepticismo. No creía que pudiera lograrlo. La villa seguiría siendo un montón de vanidosas perspectivas sobre el papel. Y aunque llegara a colocar los montantes de las paredes, se derrumbaría como un castillo de arena. Las mujeres no fabrican casas, sino seres humanos, y yo, la virgen virtuosa, ni siquiera era capaz de hacer eso.

Durante toda la ceremonia yo había seguido sonriendo y mostrándome segura y radiante, para no romperme por dentro como los terrones del Janículo bajo los golpes de las palas. Sobre todo, tenía miedo de mí misma... y de mi sueño. Había fallado en todos los momentos decisivos de mi vida. Solo aprendí a controlarme cuando empecé a ser reconocida como pintora. Nunca había vuelto a sucederme, pero no podía estar segura de que aquella fuera una conquista definitiva. La colocación de la primera piedra era mi bautismo de fuego, como un soldado el primer día de guerra. Gaudenzio Benedetti me había explicado que nadie puede saber cómo se comportará bajo un bombardeo, en el combate cuerpo a cuerpo o cuando se le ordena cargar. En el frente había visto huir como liebres a militares de gran renombre y afrontar impávidos el peligro a novatos que hasta el día anterior se dedicaban a segar el trigo.

Mi hermano se inclinó sobre los engranajes del árgana y accionó la rueda para asegurarse de que estaban bien lubricados. Le había pedido a Basilio que viniera y no sospeché que fuera a arrepentirme de ello. Los prelados que rodearon al abad Benedetti pensaban que el Briccio era mi marido. En realidad, todo el mundo lo creía. También para la gente del barrio de Ponte, el hombre que me acompañaba todos los días, con el que iba a los conciertos de la iglesia y a los espectáculos de Carnaval instalados en los talleres de los artistas y en los palacios de los doctores era mi consorte. Un pintor intelectual, caradura, celoso, posesivo y extravagante, por otra parte, como también lo había sido su padre. Todo el mundo nos consideraba una pareja, incluso el párroco de San Biagio della Pagnotta, con quien raras veces coincidíamos. La entrada de Giustina en nuestra familia, hacía ya muchos años, había consolidado el equívoco. Quienes nos veían en la misa juntos los domingos pensaban que éramos los afortunados padres de una hija ejemplar. Discreta, cuidadosa, siempre con la sonrisa en el rostro. Qué armonía, se extasiaban, sois un ejemplo para todos aquellos a los que solo el interés, cuando no el resentimiento, los mantiene unidos.

Basilio se consideraba el verdadero padre de su sobrina, desde el momento en que al séptimo año Rutilio se libró de su primogénita y, cuando dos años después, Albina le dio otra hija, Margherita, que parecía empeñarse en sobrevivir, para ayudar a Albina a cuidar de la casa, de la recién nacida y de sí mismo, en vez de llamarla de nuevo llevó a casa a Antonia, una huérfana de diecinueve años sacada del xenodoquio del Santo Spirito. Las razones para esa sustitución eran obvias para todo el mundo, menos para Giustina, que se trasladó de buena gana a vivir con nosotros. Le tenía cariño a su abuela y adoraba al tío Basilio, que la adoraba a ella, pecosa, feúcha, con el pelo tan enmarañado como borra de lana y consciente desde la infancia de no ser más que un lastre. A diferencia de su padre, mi hermano nunca le levantaba la mano, era irritable con todo el mundo, pero paciente y tierno con ella. Fue Basilio, y no Dandini, quien crió a Giustina, y quien le dio una educación: no veía ninguna razón para negársela.

Mi hermano se mantuvo al margen durante la ceremonia, pero ahora el capataz y los albañiles se dirigían a él como si tuvieran que responder ante él y no ante mí, la arquitectriz. Ni siquiera eran capaces de pronunciar esa palabra.

Yo la inventé, el día en que el maestro Beragiola vino a mi casa con el notario para recoger los quinientos escudos de anticipo y firmar el pliego de condiciones. Redactado por Elpidio, siguiendo mis indicaciones, ofrecía seis páginas de instrucciones, pero en el contrato ¿cómo tenía que definirme? La señora Plautilla Briccia era demasiado poco. Pintora de San Luca, perjudicial, porque revelaba mi especialización en otra arte. Arquitecto, no. ¿Arquitecta? Sonaba ridículo. La mujer que impera, es emperatriz; la mujer que instruye, institutriz; la que actúa, actriz. Arquitectriz, por tanto.

Aun así, casi nadie sabía que el proyecto era mío. Ante sus invitados, el abad me había presentado simplemente como la señora Briccia, su pintora de casa. No sé si esta costumbre aún existe, o si está ya en el ocaso como la estrella de un mecenazgo cada vez más débil. En el siglo en que viví, todos los cardenales, los obispos y los aristócratas que decían ser amantes del arte tenían a su servicio a un pintor de casa. Era el más alto rango entre los sirvientes manuales (mozos de cuadra, ayudantes de cocina, camareros) y el último entre los empleados cualificados (guardarropas, maestros de cámara, secretarios, contables). Le encargaban todo tipo de trabajos que necesitaban de su arte en sus palacios. Emblemas, retratos, cuadros, restauraciones, decoraciones de carruajes y literas, mobiliario de interiores, incluso arreglos en el jardín. Por lo general, se lo llevaban a vivir a sus propias casas y para ello apostaban por un joven al principio de su carrera, al que vinculaban con ellos con exclusividad. Se lo prestaban a otros solo si eso aumentaba el prestigio del artista y de su patrón. Yo no estaba al principio de mi carrera ni era joven ni podía vivir en casa de los Benedetti. Solo trasladé allí mi estudio. La exclusividad, sin embargo, se la debía, y la lealtad era obligatoria. Para el mundo, este contrato fue nuestro matrimonio.

La primera vez que cerré la puerta del estudio tras de mí, me sentí sola. Nunca había tenido un espacio propio para trabajar. Había compartido mesa, álbumes, utensilios y caballete con mi padre, con mi hermano, con mi cuñado. Mientras ordenaba los papeles, los pinceles y las plumas, el mortero, el diente de ballena de Santa Severa, pensaba en mi padre con pena y remordimiento. El Briccio no habría aprobado esa colocación. «Pintora de casa»: me habría dicho que me había dejado poner el collar, mientras que él había preferido seguir siendo un perro callejero, porque es mejor ser un ave de presa que de jaula. Mi padre, no obstante, era un hombre. Y las elecciones que hizo para mí las tuve que sufrir durante mucho tiempo. Pero luego seguí mi propio camino. La dote no me la encontró, yo misma me la concedí: mis conocimientos, mis ideas. Incluso elegí a mi esposo. No me entregó el anillo, ni su nombre, sino que actuó como dux para mí en nuestro viaje. He sido su escudo y su refugio frente a las olas, he sido la persona que le permitió atreverse a lo imposible. Y él me guió por los mares profundos. ¿Qué más debería ser el amor?

El «matrimonio», el contrato, era reciente. Mientras Mazzarino siguiera con vida, Elpidio nunca uniría su nombre al mío, ni siquiera en un contrato. La salud de Mazzarino había empezado a resentirse hacía ya unos años, pero su sueño de convertirse en papa lo había mantenido con vida. Cuando Alejandro VII cayó enfermo, tenía la esperanza de lograrlo, pero luego Chigi se recuperó y fue el cardenal quien se derrumbó, casi de golpe. Luis XIV, ya adulto, no lo necesitaba, tal vez sintiera que su tiempo había terminado. Sus últimas cartas estaban impregnadas de una amarga melancolía y de un cansancio nuevo. Consideraba las cosas que había logrado y los esfuerzos que le habían costado... y todo eran cenizas y nada. En marzo de 1661, Elpidio fue tal vez la única persona en el mundo, aparte de Ana de Austria y del rey de Francia, que lloró al cardenal. Su familia, de hecho, celebró su muerte de forma ruidosa y con total descaro.

Las sobrinas que, en 1653, tras la victoria sobre la Fronda y su regreso a París, se habían reunido con él en Francia, para reunirse con las hermanas Olimpia y Vittoria y con la prima Anna Maria, acompañadas hacía unos años por Elpidio, más el único varón que quedaba, Filippo, no habían podido ocultar su alivio. La lentitud de su agonía los había exasperado tanto que mientras esperaban su fallecimiento arrojaban dinero por las ventanas del Palazzo Mazzarino, solo por el placer de ver a los sirvientes como perros y gatos en el patio. Y en cuanto oyeron que su tío había exhalado su último aliento, Maria, Filippo y Ortensia Mancini, los sobrinos designados para perpetuar su nombre y heredar sus riquezas, se dijeron riendo: «¡Por fin la palmó!»

«Es algo extraordinario –escribiría Ortensia en sus memorias– que un hombre de ese mérito, después de trabajar toda su vida para elevar y enriquecer a su familia, no haya recibido más que señales de aversión incluso después de su muerte.» Se arrepentiría de ello, pues inmediatamente la vida de esa mujer, considerada la más bella del mundo, fue una continua sucesión de desgracias, pero ella justificaba su comportamiento con «la increíble dependencia a la que nos sometía, la extrema juventud, la insensibilidad que la demasiada abundancia y la prosperidad inducen en personas de esa edad». Las palabras de Ortensia suscitaron rechazo, pero yo puedo entenderla. Mazzarino la había hecho millonaria, pero, a cambio, había requisado su existencia. Mi reacción fue menos vulgar, pero la alegría idéntica, también la ingratitud.

Elpidio, por su parte, había seguido el declive del cardenal y, luego, su penosa agonía, con verdadera angustia. Mazzarino debió de darse cuenta, porque una de las últimas cartas que escribió iba dirigida precisamente a él. Elpidio lo lloró durante días, inconsolable como un huérfano o una esposa.

Amaba a ese hombre: para poder odiarlo, nunca debería haberlo conocido, me repetía siempre, incluso cuando hubiera querido dar un giro a su vida y liberarse. Nunca recibió más que órdenes y promesas de circunstancias. Pero el testamento le reveló que su amor había sido correspondido.

Mazzarino confió su fiel agente romano al rey de Francia, pidiéndole que se acordara de él. Y con gran desdén del papa y de la corte de Roma, Luis XIV no solo confirmó al abad Benedetti en sus prerrogativas, sino que lo contrató al servicio de la corona, otorgándole el título de agente del rey de Francia. El ministro Colbert desbloqueó las quiméricas rentas de la abadía normanda de Aumale y, para mejor garantía, se la cambió entonces por la de Notre-Dame de Longues, en la diócesis de Bayona. En cuanto lo supo, Elpidio me convocó a la logia y, señalándome la colina al otro lado del Tíber, me dijo que hay un tiempo para soñar y otro tiempo para obrar. Y este había llegado.

Desde hacía algunos años era propietario de algo más de tres mil varas cuadradas de viñedo, en la cima de la colina del Janículo, inmediatamente después de Porta San Pancrazio. Se encontraban cerca de la propiedad donde Camillo Pamphilj, el sobrino de Inocencio X, haciendo caso omiso a un proyecto visionario de Borromini, contrató a Algardi para que construyera y a Grimaldi para que la decorara, en estilo clásico, la villa del Bel Respiro, y estaban bordeadas por la Via Aurelia, que desde allí, a partir del cruce, se dirigía hacia el mar. Al otro lado de la carretera había una de las mejores posadas de Roma, con las mesas colocadas bajo las pérgolas del jardín: por la Aurelia pasaban los carros de pescado en su camino a la ciudad, y la cocina siempre estaba surtida. La posada era frecuentada por campesinos y viticultores, pero también por señores que iban en sus carruajes. Y justo después de una lubina a la parrilla, regada con un Lachryma Christi fresco que le pareció exquisito, Elpidio preguntó quién lo producía y el posadero le señaló los racimos de uva rubí del viñedo de enfrente. Fue así como descubrió que la propiedad estaba en venta.

El terreno gozaba de una posición asombrosa, con vistas a la ciudad y una panorámica de trescientos sesenta grados que se extendía desde el monte Velino hasta los Castelli Romani y el mar Tirreno. En esa meseta, donde solo crecían las hileras de vides, íbamos a construir, él y yo, nuestra casa. No para vivir juntos, porque eso siempre se nos negaría. Sino para crearla. Una villa que tendría nombre de mujer. Benedetta. Villa Benedetta sería nuestra hija.

Mi estudio estaba situado en un espacio de la planta baja porque en la principal, con Elpidio y doña Lucia, vivía ahora Gaudenzio Benedetti. Su hermano se había instalado en Roma en compañía de una joven, a la que presentó como su esposa, pero que parecía ser otra cosa. Rubia, bien formada, de ojos esmeralda, con la inteligencia justa para no parecer tonta, una perenne sonrisa de aburrimiento en la boca, que tenía el color de la flor de granada. Hablábamos pocas veces: no nos fiábamos la una de la otra. Pero no era una de esas mujeres que te halagan en la cara y te critican por la espalda. Me dijo directamente que no podía concebir una existencia como la mía. Una mujer sin marido y sin hijos. El árbol que no da frutos se corta.

A Elpidio le habría gustado librarse de ese impresentable hermano soltándole algo de dinero y encontrándole un empleo cualquiera lo más lejos posible de Roma, como siempre había hecho, pero Gaudencio dijo que había abandonado ya las armas: en Aviñón luchó por Francia con honor, redimiendo sus errores de juventud, y por fin había llegado para él también el tiempo de la vida apacible. Rechazó todas las propuestas y se dispuso a vivir a expensas de su hermano, como un parásito. Podía exigirlo. Antaño monje, antaño cortesano

495

y antaño soldado, rechoncho, barbudo como un macho cabrío, con ojos de pez y cutis ictérico, era hombre de mundo. Donde hubo un incendio, todavía huele un poco a quemado. En cuanto nos vimos por primera vez, supo de qué iba nuestra historia.

Yo también supe de qué iba él. Aun así, nunca fuimos enemigos. Gaudenzio Benedetti había llevado a cabo el acto que Elpidio no se había atrevido a hacer. Había desobedecido a su padre, que quería que fuera monje; a Mazzarino, que quería que fuera cortesano; a su hermano, que lo quería muerto. Había vivido una vida desordenada y salvaje y llevaba las cicatrices en su cuerpo, enfermo, y en la mente, lábil, presa de pensamientos maniacos y violentos arrebatos de ira, pero no había dejado que nadie le impusiera su destino. Su pasado, que incomodaba a Elpidio, lo hacía, por el contrario, admirable a mis ojos. Y el mío a los suyos. Nunca se le escapó el más mínimo desliz, siempre se comportó como un caballero.

A veces conversábamos de manera civilizada, hablando de los extraños laberintos que habíamos explorado: él me explicaba los dédalos de Venecia; yo, las catacumbas de Roma. Una tarde de verano, mientras tomábamos chocolate con naranja amarga y canela en la logia, me dijo que esperaba heredar la villa que su hermano y yo estábamos proyectando. Las cosas no pertenecen a quienes las hacen, sino a quienes las disfrutan. Y él sí que la habría disfrutado.

El tiempo ahora nos pertenecía. Ya no era robado a los demás, tampoco era tiempo perdido. Fueron unos meses exultantes, en los que Elpidio y yo fantaseábamos con Benedetta. En nuestros labios, las palabras toba, peperino, puzolana, cal, ladrillo, palpitaban. La materia inerte cobraba vida. Estábamos trayendo algo al mundo, los dos juntos, por fin.

Y ya no solo nos limitábamos a dibujar. Desde hacía unos años, Elpidio había intentado proponer varios proyectos a

Mazzarino. Al estar al tanto de todos sus asuntos, secundaba sus ambiciones y, a veces, se anticipaba a ellas. Cuando, en septiembre de 1660, el horóscopo le reveló a Mazzarino que solo le quedaban cinco meses de vida (el astrólogo fue bastante preciso, se equivocó por apenas treinta días), el cardenal aceptó la idea de morir e, imaginando con razón que debería defender su memoria de los ataques de sus innumerables enemigos, comenzó a soñar con un sepulcro de mármol, digno del cardenal y ministro que había sido. De lo contrario, las infamias de los libelistas y las calumnias de los vencidos lo borrarían de la Historia. No sabía especificar el lugar donde pretendía construirlo, pero quería una obra para la eternidad y que fuera muy cara.

Le ordenó a Elpidio que le preguntara a Bernini, quien, desanimado por la vaguedad de los propósitos del cardenal, protestó diciendo que no tenía tiempo para ir dando palos de ciego y pidió en cualquier caso doscientos escudos por el proyecto. Entonces Elpidio se quejó a Mazzarino de la escasez de arquitectos en Roma, tan bien pagados que rechazaban incluso la idea de ir a trabajar al extranjero. Lo intentó, de todas formas, con Camilo Arcucci, antiguo colaborador de Borromini, pero tampoco él quería darle sus ideas, sus dibujos y sus esfuerzos sin un buen anticipo.

Por eso Elpidio me pidió que la proyectara yo. Fue una casualidad que el primer monumento que concebí para él fuera una tumba. Desde nuestro primer encuentro, Elpidio y yo nos amamos bajo el signo de la muerte.

Nunca le dijo a Mazzarino que los dibujos que le enviaba eran míos. Se los atribuía a ciertos profesionales o a sí mismo. Puede parecer una acción reprobable y en cierto modo lo es, pero los clientes romanos no se comportaron de manera diferente. El papa Urbano VIII y Alejandro VII, partidarios de Bernini, y el padre Virgilio Spada, protector de Borromini y aficionado al arte, al igual que Elpidio, les pedían dibujos a los

497

arquitectos, luego omitían sus nombres y se los ofrecían a otros, que se los apropiaban. Borromini se volvió melancólico y luego loco furioso. Yo estaba acostumbrada. Llevaba años dibujando para mi padre.

Por eso los maestros eran tan reacios a dejar que circularan gratis —y anónimos— sus dibujos. Elpidio mandaba hacer una copia y los conservaba. Sus proyectos, descartados y abortados o realizados —la villa fortaleza de Borromini para Pamphilj y la base rocosa de la fuente de Bernini en la Piazza Navona— representaban minas de invención y de ideas. Yo cogí de otros y otros cogieron de mí. El préstamo es la piedra angular del arte.

Elpidio también envió a Mazzarino el proyecto de una escalinata que conectaría Monte Pincio con Piazza di Spagna. Fue Luis XIV quien anunció el deseo de conectar la plaza con la iglesia y el convento de la Trinidad, para embellecer Roma, pero, sobre todo, para celebrar la paz de los Pirineos que, en noviembre de 1659, había puesto fin al conflicto con España. El tratado fue ideado por Mazzarino y había sancionado la victoria del Rey Sol.

Ese acantilado estimulaba desde hacía tiempo la imaginación de los arquitectos: el espacio vacío, dejado a la propia naturaleza con vistas a la zona más poblada de Roma, interrumpía el paisaje y transmitía la sensación de estar inconcluso. Técnicamente, la construcción de una escalera presentaba dificultades enormes, debido al desnivel de la pendiente, casi vertical, y a la calidad del suelo. Por esta razón representaba un reto irresistible. Quien hiciera esa escalinata, alcanzaría la gloria, para siempre.

Yo había planteado una escalera y dos rampas, de manera que se pudiera recorrer incluso en carruaje: bajaban de la colina abiertas y cóncavas como brazos; en la terraza central, Elpidio había insistido en colocar un pedestal con la estatua ecuestre de Luis XIV sobre el mismo. Le advertí que el papa nunca autorizaría la presencia descarada y triunfante en un lugar tan destacado de Roma del soberano de otro Estado y, además, hostil al suyo, pero Elpidio me advirtió que el rey no financiaría nunca un proyecto tan caro si este no magnificaba a su persona. Incluso la arquitectura es política, amiga mía, suspiró, y me animó a seguir adelante, que ya se encargaría él de hablar con el papa.

Incluso dibujé su estatua. Los rasgos del rey de Francia empezaban a serme familiares. Elpidio me hizo copiar su retrato a partir de un grabado y me pasé días escudriñando esos deliciosos labios y esos rizos castaños. El rey más poderoso del mundo, se exaltaba Elpidio. Y pensar que era un niño huérfano y amenazado y que Mazzarino le dio el reino. Al cardenal, se le puede culpar de muchas faltas, pero no se puede negar que construyó Francia para él.

Aunque para la escalera le había enviado planos de arquitectos y de reputados artistas como D'Orbay, Rainaldi y Grimaldi, Elpidio recomendó como «el más bello, el más fácil, el más cómodo y el menos costoso» su proyecto, es decir, el mío. A Mazzarino le gustó, pero encadenó el inicio de las negociaciones a la aprobación del papa, a quien no quería irritar. El papa nunca respondió y Mazzarino terminó ordenándole que no hiciera nada. Elpidio se había engañado a sí mismo pensando que se llevaría el mérito de la invención de un monumento espectacular en el gran teatro de Roma y se tragó con amargura la decepción.

Esta vez, sin embargo, no teníamos que esperar a la aprobación del patrón. Imaginábamos y dibujábamos para nosotros mismos. Juntos. Una villa para ofrecer deleite, para dar felicidad a los sentidos y a la mente. Tendríamos que fusionar la naturaleza con el artificio. Usaremos ladrillo y estuco, y no mármol, propuse. Tenemos que hacer algo bello con materiales pobres y no para gastar menos, sino para exaltar la calidad de lo que suele descuidarse. Dibujé el arco de la fachada norte al carboncillo en los ladrillos de la pared del patio de su casa. Las pequeñas cúpulas en el remate de la fachada que daba a la Via Aurelia las simulé con las botellas en las que dejaba escurrirse los pinceles, colocándolas sobre la superficie de la mesa. Los otros arquitectos las construían con madera o terracota: yo modelé la maqueta con miga de pan, usando la corteza para los escalones y la harina de trigo para las ventanas. Los habitantes de la villa, solo dos, él y yo, asomados al balcón, eran fósforos. Elpidio se reía como un niño ante mis ingeniosos hallazgos. Era un juego y, sin embargo, también la aventura más seria que habíamos vivido.

El agente del rey de Francia se había regalado un carruaje con paramentos carmesíes y un tiro de seis caballos. Negros, con penachos también carmesíes en el bocado, que a galope ondeaban como banderas. Había soñado con él toda su vida. Desde que era un niño y solía entrar en los cobertizos de los carroceros, para tocar las ruedas, las puertas, las figuras, me contó. Envidiaba a esos hombres que arreglaban los carros y creía que el suyo era el trabajo más rentable del mundo. Cuando los mozos condujeron por primera vez los caballos al cobertizo del Palazzo Benedetti, quiso seguirlos hasta los establos. Acarició los hocicos de aquellos soberbios animales y se conmovió, pero no porque ahora fueran suyos, sino porque el niño Elpidio que tanto los había deseado había desaparecido y no podría disfrutar de ellos.

Subíamos al Janículo en ese presuntuoso carruaje, pero para hacer las inspecciones y todas las gestiones prácticas que el arquitecto suele confiar a sus ayudantes. Las mediciones del terreno las hicimos caminando durante días de un lado a otro bajo el ardiente sol o los aguaceros envenenados de lluvia que hacían que los paraguas fueran inútiles. Anotaba en las páginas listas de números y a él se le veía divertido y admirado por mi capacidad de cálculo mental. Le decía, riéndome, que ahora resultaba ventajoso haber sido la hija de un matemático.

Yo soñaba con que nuestra villa fuera estilizada y vertical, para que se nos pareciera un poco, pero Elpidio titubeaba, temiendo que los cimientos no fueran lo suficientemente profundos para sostener tantas plantas. Me amonestó soltándome el dicho: «Quien cava un hoyo caerá en él.» En algún lugar, le dije, no recuerdo dónde, leí que si un buey y un ciervo corren por el mismo sendero de barro, la huella del ciervo será más profunda que la del buey, a pesar de que este pesa seis veces más, porque el peso de los ciervos recae sobre las pezuñas, que ofrecen una superficie menor. Así que es solo una cuestión de distribución de la gravedad de la masa. Elpidio observaba con curiosidad la huella de mi pie en el suelo, más pequeña y nítida que la suya. Te creo, cervatilla mía, se rió, que sea tan alta que nadie pueda verla desde arriba.

Antes de llamar a los trabajadores con las plomadas, tracé el trazado de los cimientos con la punta de la sombrilla, removiendo los terrones secos de la colina, y, cuando cerré el último lado y me encontré, con él, dentro del cuadrilátero, entre esos surcos que bordean la colina y eran ya la sombra, y casi la huella, de la futura villa, me sentí como si hubiera sellado un recinto sagrado.

Queríamos que la orientación del edificio fuera longitudinal, porque el lado más largo de la propiedad no era el de la entrada, pero también para que la villa mirara hacia occidente. La puesta de sol estaba sobre nosotros más que el amanecer.

Suscitábamos curiosidad, pero no demasiada malevolencia. Nos habíamos alejado tanto del mundo en el que habíamos nacido los dos que nadie recordaba quiénes fuimos en nuestra juventud. Nadie salvo nuestras familias sabía o sospechaba que nos conocíamos de toda la vida. Nuestra edad nos protegía ahora como una coartada. Su título de abad de Notre-Dame de Longues, su pelo escaso y su fealdad irremediable, así como mis cuarenta y seis años no nos convertían en una pareja. Benedetti era el patrón, la Briccia, su pintora de casa. Una rareza del abad, influenciado por la moda francesa de las mujeres intelectuales y valiosas, por supuesto, porque en Roma a nadie ni siquiera se le pasaba por la cabeza contratar a una mujer para ese puesto, pero una rareza inocente, porque a los cuarenta y seis años una mujer ya no es una mujer o, por decirlo de otro modo, ya no es tentación, riesgo ni pecado. Se vuelve invisible, su cuerpo es transparente como las alas de una cigarra.

Hoy sé que incluso en esto Elpidio fue la sombra de Mazzarino. Todos están convencidos de que el cardenal fue el amante de la reina Ana, desde la primera vez que se vieron, y luego su compañero y marido secreto, durante treinta años y hasta que él murió: nadie podrá probarlo nunca. Dejó que el mundo pensara que era propenso al nefando vicio italiano, es decir, la preferencia por los varones, la reina dejó que la tacharan de vaca ansiosa de ser montada por el primer joven apuesto para consolarse de la impotencia de su consorte. Fueron despreciados, insultados, atacados, en los años de la Fronda se vieron obligados a separarse, ambos sufrieron el exilio y ni siquiera se traicionaron cuando hubiera sido más que conveniente para él o para ella. Ella se arriesgó a perder su reino, y él, su cabeza. Sembraron muchas pistas. Apartamentos contiguos, puertas secretas, apasionadas cartas de amor. Y un diamante, con un valor de varios millones, que la reina le regaló justo después de la muerte de su marido. Luis XIII se lo había entregado a ella como regalo de boda, pero ni siquiera sus peores enemigos encontraron ni una sola prueba para acusarlos. Solo sus acciones revelan lo que supieron defender de todo el mundo.

Por eso en 1666, cuando murió la reina Ana, me ofrecí a planear los fastos funerarios en su honor que Elpidio, como agente del rey francés, tenía que preparar, pero, por esa misma razón, tal vez, quiso proyectarlos él, haciendo que Grimaldi los firmara, porque el nombre del boloñés era más querido en París, donde había residido mucho tiempo y donde eran apreciadas sus pinturas en el palacio de Mazzarino. En realidad, no inventaron casi nada y utilizaron mi proyecto. Yo estaba igualmente feliz. Había ideado el ingenio, los arcos y cada detalle, incluso el más pequeño, con infinito cuidado, aunque fueran efímeros: al día siguiente de las honras fúnebres, los desmontarían y no quedaría nada de ellos. Ana de Austria había sobrevivido a su dux. Rindiendo homenaje a la reina de Francia, me celebraba a mí misma y a nuestros amores inconfesables.

Desde que comenzaron las obras de construcción, subía a la colina una vez a la semana. Elpidio había impuesto al *mastro* Beragiola contratar a un tal Batta Membauti, para que comprobara la ejecución de los trabajos y fuera de alguna manera su supervisor en la obra, pero el de Como nunca permitiría que un albañil le diera órdenes, ni yo iba a dejarme sustituir. La lección que Borromini impartió a Rutilio nunca la he olvidado. Siempre he querido comprobar por mí misma que Beragiola no estaba usando piedra vítrea, sino toba de buena calidad, bien desmenuzada. Que la cal estuviera bien enfriada y preparada cuando los albañiles la utilizaban, que la puzolana estuviera bien desmenuzada y no fuera de montera, para que fraguara bien con la cal. La construcción tenía que ser perfecta. Ni siquiera un terremoto podría hacer que se derrumbara.

Con el paso de los meses, las discusiones con el capataz se volvieron más frecuentes. Fui exigente, incluso dura. Pero él tenía una actitud provocadora y yo estaba cada vez más segura de que me desafiaba. O peor. Que me saboteaba para hacer que me destituyeran. Nunca, en mi presencia, dejó escapar la duda de que debido a mi inexperiencia no estaba a la altura de la tarea. Pero sus arrebatos de ira, la frustración, el resentimiento por estar a las órdenes de una mujer, se los manifestó a Membauti, a los trabajadores y a los proveedores, criticando mi trabajo, la extravagante forma del edificio, su altura inusual (¿qué pretendía, hacer cosquillas a las nubes?), la excesiva cantidad de ventanas, la elección de los materiales.

A mí se limitaba a decirme, rascando el papel con la uña: El dibujo es una cosa, la práctica es otra. Esto no es posible, señora. O bien: Esto está fuera del uso común. O de nuevo: Los pintores son buenos para ensortijar frontones, devastar fachadas y bastardear cornisas, pero construir es otra cosa. ¡Yo no construyo casas de papel!

Yo hacía caso omiso de sus protestas y de sus consejos. Así, cuando se veía obligado a trabajar no como él quería, sino como yo le ordenaba, retrasaba las obras con cualquier pretexto. Lo odiaba; a veces, humillada y furiosa, tenía que reprimir mi deseo de vengarme, de enviar a un sirviente para que le rompiera los huesos a garrotazos, como habría hecho cualquier otro arquitecto en mi lugar. Incluso el tranquilo y espiritual Borromini había hecho asesinar –¡y dentro de una iglesia!– a un hombre que estaba manipulando sus obras de restauración en la basílica de Letrán. A pesar de todo, entendía al *mastro* Beragiola: nadie se había encontrado en su situación.

Se veía obligado a llevar a cabo los cambios y las mejoras que poco a poco se iban revelando necesarias. Y a cuantificarlas o descontarlas como era debido. Siempre estaba protestando, refugiándose detrás de lo inevitable: Yo ya se lo dije, señora Briccia. Si le pedía que recalculara el coste de la modificación –las paredes maestras de toba estaban a dos palmos y veintiséis julios el estadal cuadrado, y las paredes de escayola a un palmo y veintiséis el estadal, y las cuentas nunca cuadraban–, insistía en decir que el error era mío. Si hurgaba entre los ladrillos —se esperaba que fueran ordinarios, rojos y amarillos rotados al agua—, me invitaba a no estorbar, convencido de que yo no podría distinguir unos de otros. Si le señalaba que las paredes no estaban bien humectadas, lo negaba, obligándome a tocarlas. Cuando me quitaba los guantes, fruncía los labios en una mueca irónica. Junto a sus grandes y callosas manos, incrustadas de cal y de cola, con las uñas rotas, las mías, blancas, suaves, con las uñas pintadas, parecían dar fe de mi incompetencia, pero no era así: sé cuándo una pared está demasiado seca. Y nunca he tenido la necesidad de tocar nada para sentir su temperatura. Un metal o una piedra, el cuerpo de un hombre, sé cuándo desprenden calor o el hielo del rechazo.

Entonces le exigía que lo derribara todo y lo rehiciera desde el principio. Me odiaba. Se había comprometido a entregar la construcción en mayo de 1664 y cualquier retraso suponía un riesgo para él. El contrato establecía que el abad podía ceder a otro los trabajos y hacerle pagar gastos y perjuicios.

Sin embargo, esa contienda también me desgastaba a mí. Volvía a casa con migraña, agotada, agresiva y de mal humor. Me irritaba por cualquier cosa: que los cardos fueran espinosos, los garbanzos, crudos y el vino, picado; que mi madre hablara sin parar, que Giustina no hablara nunca. Y lo que más me irritaba era Margherita.

Desde hacía dos años la hija menor de Albina y Dandini vivía con nosotros. En el pasado solo se había quedado unos pocos meses. Cada vez que a Rutilio le nacía otro hijo, se la llevaba de vuelta a casa para ayudar a su esposa y, cuando Virginia destetaba al recién nacido y podía ocuparse de los otros niños, nos la devolvía. Margherita regresaba de mala gana. Indiferente a las comodidades que para entonces podíamos brindarle, a las oportunidades, al futuro. Preferiría, me repetía, quedarme en casa de mi padre, compartir el colchón con mis hermanos pequeños, fregar los suelos como una criada y comer sopa de nabo insípida, en vez de estar con vosotros y la abuela. El vuestro es un hogar triste, sin niños.

Pero esta vez había venido para quedarse, porque, tras cumplir los doce años y dejar de ser una niña, mi madre quiso alejarla de la promiscuidad alcohólica de la casa de los Dandini. Rutilio se había alegrado de contar con una boca menos. La chiquilla, en cambio, arrastró el baúl hasta el rincón de la estancia de Giustina y durante seis meses ni siquiera lo abrió. Total, me quedaré poco tiempo, como las otras veces, juraba, luego me volveré con mi padre y mis hermanitos. Desaparecía de golpe para ir a ver a Dandini y rogarle que la llevara de vuelta con ellos. De esos encuentros regresaba enfadada, con los ojos tristes. Durante días no quería comer y se negaba a dirigirnos la palabra.

Margherita tenía el pelo azafranado de Albina, mi terquedad y una insolencia rebelde completamente suya, madurada en los duelos, en el desamor, en la inestabilidad de una infancia de penurias y abandonos. Su llegada nos convenció de que había finalizado el tiempo del realquiler. Margherita discutía todos los días con el sacerdote de la habitación de atrás, acusándolo de saquear la despensa –un hecho cierto, pero que soportábamos porque ese tipo glotón era puntual con los pagos del alquiler–; se peleaba con los hijos del juez, alojados en las habitaciones de la esquina –la verdad, unos mocosos muy molestos a lo que yo también detestaba, pero a cuya presencia para entonces ya me había resignado–, y reprochaba a los Manenioni, una ruidosa pareja de treintañeros que imponían hasta altas horas de la noche su dejadez: esparcían migas por toda la casa y su gatita sembraba pulgas en nuestra ropa. Los inquilinos se le quejaban a mi madre de que esa chiquilla engreída y grosera los maltrataba y ella intentaba, con nulos resultados, persuadirla de que fuera más complaciente.

Al final, fui yo misma quien convenció a mi madre de librarnos de los realquilados. Para asegurarme unos ingresos, le compré a una viuda necesitada de dinero en metálico el usufructo de una casa de la isla Tiberina. Generaba cuatro escudos al año, muy poco, pero seguía siendo un seguro para cuando ya no tuviera ingresos. La casa, entre el molino de colores y el taller de un calcinero, la eligió Basilio, yo ni siquiera la había visto. Mi hermano era tan inepto como mi padre cuando se trataba de negocios, pero ni siquiera yo habría imaginado que el hombre que vivía allí, un tal Visconti, inmediatamente dejaría de pagar, alegando irregularidades en la cesión e inexistentes derechos de propiedad. El proceso de desalojo fue para largo y la justicia tardó en ejecutarlo, hasta que Basilio, respaldado por los policías, consiguió entrar en el apartamento con un acto de fuerza, expulsar al ocupante y ordenar la devolución de los pagos pendientes. Además, mi sueldo nos permitía ahora vivir juntos, como una verdadera familia.

Margherita no me mostró ninguna gratitud. Y comenzó a sentir nostalgia por los niños a los que había atormentado, por el cura glotón, por la pareja que discutía. Qué aburrida es esta casa, protestó, sois todos viejos.

La hija menor de Albina se convirtió en una presencia molesta, abrasiva y picante como la ortiga. No hacía nada. No ayudaba a mi madre en las tareas domésticas, ni bordaba junto con su hermana, se pasaba las horas tumbada en la cama o merodeando por las habitaciones, con aire de desaprobarlo todo. Se burlaba de Basilio, a quien no tenía respeto alguno y al que acusaba de ser un pedante engreído y veleidoso, que solo valía para presumir de sus virtudes y denigrar los trabajos ajenos, incapaz de llevar pan a la mesa: comparaba sus obras inacabadas y sus nebulosos proyectos con las actividades más inútiles, como peinar a los perros, a lo que se dedica la gente que no sabe qué hacer; chinchaba a su hermana, tan divertida, en sus propias palabras, como un candelabro; me censuraba porque me

507

consideraba la cabeza de familia y eso le parecía una trasgresión ridícula y peligrosa de las leyes de la naturaleza.

Al principio me ofrecí a darle clases de dibujo. Empezaba a ser solicitada como profesora. Iba los martes a los Santi Apostoli, a casa de Aurelia, la nieta del señor Degli Effetti; y los jueves a casa de Virginia, la hija de Cartari, el abogado consistorial. Jovencitas voluntariosas y de buenas familias, pero enseñarles era como echar margaritas a los puercos. Pintar un ramo de flores o eternizar a su perrito seguiría siendo solo un pasatiempo, casi un deber social, como saber bailar el minué o aporrear el clavicordio. Margherita, por el contrario, podría haber amado la pintura y vivir de ella. Me habría gustado hacer de ella mi heredera. De alguna manera, me engañaba a mí misma pensando que representaba un ejemplo para su generación. Yo había abierto un camino. Tal vez ella podría recorrerlo sin chocar con los obstáculos que durante tanto tiempo me habían hecho caer.

Pero Margherita transformaba esas lecciones en un calvario. Garabateaba, borraba furiosamente las formas apenas esbozadas, se comía los carboncillos, destrozaba las plumas. Rompía las hojas de papel, porque, de todos modos, no eran caras, el papel no valía nada. Quería demostrarme que no estaba capacitada y obligarme a renunciar. ¿Por qué pierdes el tiempo con una cabeza hueca como yo?, me desafiaba. Tienes mejores cosas que hacer. Vete a trabajar a la villa. Nunca me llamó señora tía, siempre me tuteó maleducadamente, como a su hermana.

Incluso enseñarle a leer y escribir resultó imposible. Tú ya sabes hacerlo, pero ¿a mí qué me importa? Tus libros no me interesan y no tengo nada que escribir. Ni siquiera puedes entrar en el convento si no sabes leer y escribir, le señalé. Tú nunca me enviarías a un convento, te conozco, me provocaba, riéndose. Si tuvieras los cincuenta escudos al año para pagar mi manutención, te los gastarías en comprarte un tratado de arquitectura. Y me molestó aún más porque tenía razón.

Mi madre me dijo una vez que cada hijo es un juez. Y a diferencia de los tribunales, no absuelve nunca. Un padre nunca es inocente. Margherita se convirtió en mi juez. Nunca me perdonó nada. En esto, fue realmente mi hija.

Por casualidad la pillé rebuscando en los cajones de mi cómoda y luego descubrí que me había robado mi hoja con la lista de las medidas de las escaleras de peperina de Villa Benedetta: los escalones debían tener tres cuartos de altura y un palmo y cuarto de ancho con el zócalo y, sin el zócalo, un palmo de largo, seis palmos y cuarto desde el suelo hasta el pavimento del primer peldaño y en la escalera de caracol redonda solo tres. Números y cifras que no significan nada para ella, pero con los que me estuve rompiendo la cabeza durante días, porque la villa, construida en tres plantas, vivía de desniveles, era un edificio vertical, y equivocarse en una sola proporción habría destruido la armonía del espacio. Nunca me la devolvió y tuve que hacer las cuentas de nuevo.

En otra ocasión hizo desaparecer la hoja con la planta de la pavimentación, con los parapetos y las pendientes para la escorrentía del agua, pero, afortunadamente, Giustina la encontró arrugada bajo su colchón. Otras veces, en cambio, se presentaba en mi estudio con la excusa de que tenía que llevarle a mi madre una masa de azúcar, los *mostaccioli* o una bebida fresca de cebada. Y, entonces, durante unos instantes, tenía la impresión de que quería detenerse y quedarse allí dentro, mientras yo corregía las elevaciones, o incluso seguirme hasta las obras, porque tal vez, en realidad, le habría gustado dibujar, pintar, incluso leer, y, a esas alturas, ya no podía admitirlo. Pero cada vez que se lo propuse, se negó. Jamás en mi vida, juraba. No quiero llegar a ser como tú.

Los albañiles ya habían levantado la planta principal con las dos logias, terminado la exedra, pavimentado la terraza y colocado las pequeñas columnas de la balaustrada y ya estaban montando el andamio para la segunda. Los muñones de Villa Benedetta ya igualaban las copas de los pinos que surgían tras los muros de las propiedades circundantes. Estaba creciendo. Tenía que despuntar en la cima de la colina como una fortaleza o, mejor dicho, como un barco. Nuestra casa, había fantaseado Elpidio, ha de ser como el arca de Noé, tiene que flotar por encima de esta maldita ciudad y ponernos a salvo.

Cuando Bernini se atrevió a colocar en Piazza Navona el obelisco de la Fontana dei Quattro Fiumi sobre un acantilado arqueado, la visión de aquella espada de piedra que desafiaba la tendencia de todo a la caída me impresionó. Durante meses los romanos la observaron con recelo y con burla, afirmando que se había inclinado y que se estrellaría contra el suelo, pero eso no sucedió. Yo le había propuesto a Elpidio utilizar para nuestro barco, como base, la roca viva de la colina. En vez de demolerla con picos o hacerla saltar por los aires con pólvora, construir sobre ella. Elpidio lo aceptó.

Esa roca abultada, llena de aristas y protuberancias, creaba la ilusión de que el edificio-bajel surgía en la costa, frente al mar. En la luz rasante del crepúsculo, parecía moverse, como si la proa, hendiendo el aire, quisiera alcanzar el Vaticano.

Pero cuando llegaron las lluvias de marzo, la villa seguía siendo un esqueleto. Las disputas entre el capataz y yo eran ya cotidianas. Las dejaba pasar, con la esperanza de que aún podría entregar la construcción si no en mayo, sí al menos en verano, pero el *mastro* Beragiola se negaba a pagar los gastos del árgana, de la cuba y de la maroma, que le correspondían a él, y el abad a darle más dinero, diciendo que le pagaría los dos mil quinientos escudos previstos y nada más. El de Como se resistió, despidió a sus trabajadores, desmontó los andamios y por la noche envió una carreta y se llevó todas sus pertenencias: la puzolana, el maderamen y la cal. Las obras se paralizaron.

Justo esos mismos días Elpidio tenía que partir hacia Francia y temí que Villa Benedetta se quedara en ruinas y con el tiempo acabara confundiéndose con los restos del pasado que afloraban por todas partes en los prados de los alrededores de Roma. Me dejas en el momento más difícil, le reproché. Siempre lo he hecho, me respondió. Eres de quienes solo bailan al borde del abismo. Encontrarás la manera de ponerte de acuerdo con Beragiola y de arreglar lo que no marcha.

En la Cuaresma de 1664, mientras Elpidio se presentaba en la corte, se acreditaba ante el ministro Colbert, le daba las gracias por duplicar su salario, que ascendía a seis mil liras, y juraba servir a la corona de Francia con el mismo celo con que había servido a Mazzarino, mientras paseaba con el arquitecto Le Vau por los bulevares de Fontainebleau y Vaux-le-Vicomte, entre las balsas de agua, los canales de piedra, las arboledas y las fuentes, y se hacía explicar los secretos de las pendientes, de las simetrías y de la anamorfosis distorsionada, para ponerse al día sobre la nueva forma de montar el jardín de una villa y aprovechar mejor la perspectiva, yo me amargaba entre las cuatro paredes del estudio, preguntándome en qué me había equivocado.

E intentaba distraerme de mis cavilaciones retocando el motivo principal de un mantel que Elpidio se había comprometido a darle al cardenal Barberini. Estaba bordando las alas del ángel que se le apareció a san Francesco y me repetía que no, que no me dejaría arrastrar de nuevo a la pintura sobre seda, nada de objetos que se desgastan y rompen como los manteles.

El mensajero de París me había traído una carta que contenía un dibujo de uno de los alzados de la Villa. Lo acompañaban unas pocas líneas impersonales. Elpidio me comunicaba escuetamente que esos eran los cambios que había que hacer. Tuve miedo de que me quitara el proyecto y no podía permitírselo. Decidí volver a comprar la puzolana, la cal y el maderamen a Beragiola con tal de terminar Villa Benedetta.

Sin embargo, tuve que gastarme el dinero de mi salario de otra forma. Giustina enfermó. La amable niña con pecas se había convertido en una joven entregada a los demás. Poseía la virtud cristiana de la resignación que a los Bricci siempre nos faltó. Su destino representaba ahora una preocupación para Basilio. Quería conseguirle trescientos escudos de dote y encontrar un buen marido para ella, pero Dandini rechazaba con orgullo su «limosna». ¡La dote se la concederé yo, por el amor de Dios, es mi hija!, desvariaba. ¡Menuda clase de padre!, se excitaba Basilio, no se ha ocupado de ella hasta ahora, ni lo hará nunca. Los años se habían escapado uno tras uno y Giustina ya había cumplido veinticuatro. No me importa ser una solterona, nos tranquilizaba con dulzura, cada cumpleaños, estoy feliz de quedarme con la señora abuela y con vos, querido tío, que me queréis. Soy afortunada. No deseo nada más.

Ya se había ofrecido a bordar encajes para algún comerciante por una tarifa, como había hecho su madre, porque no quería ser una carga para nosotros. Se lo impedimos: no era necesario. Pero en esos días le había pedido que me ayudara con la tela de Barberini, porque, como Albina, solía tejer los hilos de oro mejor que yo.

Giustina nunca se quejó. Solo estaba más pálida y respiraba con dificultad. Si hacía días que experimentaba dolor en el pecho, nos lo ocultó. Solo cuando se desmayó sobre el bordado, mientras intentaba en vano enhebrar la aguja a través de la tela, llamamos al médico.

Auscultó el pulso de la muchacha, estudió la claridad de la orina, la consistencia de la saliva. Desde que soplan los vientos del Austro y el aire es húmedo y caliente, está serpenteando una gripe maligna, nos explicó. Ataca a los pulmones. Es muy contagiosa. Sacad de aquí inmediatamente a la joven y a la señora Chiara. Tanto para los jóvenes como para los mayores, la enfermedad se está mostrando letal. El tratamiento propuesto fue el habitual, aquel que valía contra todos los males: purgar el cuerpo por arriba y por bajo, provocar vómitos, liberar los intestinos con enemas. Y las oraciones a la Virgen. No había nada más que pudiera salvarla.

Mi madre, sin embargo, se negó a abandonar a su sobrina. Nos reunimos alrededor de Giustina, que estaba empeorando, pues la fiebre seguía subiéndole y cada vez se encontraba más débil. Intentábamos que no se diera cuenta de lo grave que estaba, pero ella lo leía en nuestras miradas perdidas y en las lágrimas que nublaban nuestros ojos. Basilio se echaba a llorar en cuanto salía de la habitación.

Entraba corriendo en el estudio, casi podía oírle rugir de dolor, y luego una sucesión de golpes: se daba de cabezazos contra la pared. Esos golpes hacían vibrar las paredes, tuve que entrar para rogarle que se calmara. Giustina aún podía oírlo. Mi hermano estaba parado en medio de la habitación, empuñaba la espada con la que practicaba esgrima y amenazaba a los papeles que colgaban de las paredes. Perspectivas, telamones, monstruos, figuras a las que no pude encontrarles un contexto. Apoyó la punta en lo que parecía su autorretrato. Basilio, por favor, le rogué. Vete, me respondió, apretando los dedos en la empuñadura, no respondo de mí. Os detesto a todas, mujeres, balbució, vuestros inútiles graznidos, vuestros cerebros enclenques, la fe supersticiosa, el cuerpo ampuloso... pero me habría infligido el sacrificio de la cópula con tal de tener descendencia. Sea como sea, Dios me la dio. Giustina es mi alegría. Es todo lo que tengo. Por ella renuncié al matrimonio. Giustina es inocente y yo también. Dios mío, no puedes arrebatármela. Renuncio a todo, anunció, clavando la punta de su espada en el papel y rompiendo su propia cara. Quítamelo todo, déjamela a ella. Comenzó a batirse en duelo contra esas hojas indefensas. Apuntaba, hundía, desgarraba. No fui capaz de detenerlo.

Durante las últimas horas, quiso quedarse a solas con ella y se lo concedimos. Se quedó a su lado en todo momento. Extendía el paño húmedo sobre su frente, le mojaba los labios, le sostenía la mano. Le hablaba del día en que Albina se la confió y ella no era más que una cosita diminuta y él era un joven completamente ignorante de cómo tratar a una niñita, ella tenía al menos tanto miedo de él como él de ella, quería que recordara que él siempre había estado ahí para ella. Eras de esta estatura, no me llegabas al pecho, gemía. Te velé cada noche, nunca habría dejado que te hicieran daño. Lo siento, señor tío, murmuró Giustina, desolada, no querría dejaros solo.

Pero lo hizo. El cuerpo todavía estaba en casa y permanecíamos a la espera de que las comadres la lavaran y la vistieran para el funeral cuando mi madre se desplomó. Chiara, resuelta y práctica como siempre, se nos fue en dos días. Os ahorro las molestias, hijos míos, nos dijo, ya es hora de que os convirtáis en adultos, los dos, y mientras esté con vosotros, eso no va a pasar. Tú, Basilio, ya estás calvo, y tú, Plautilla, deja de teñirte el pelo, que nunca volverá a ser moreno. No podéis ser hijos para siempre. No tengo nada que dejaros, añadió, pero, de todos modos, haré el testamento de los bufones. A ti, Basilio, te dejo mi risa, y a ti, Plautilla, mi cerebro de chorlito. Haced un buen uso. Dadles mis ropas a las huérfanas.

Estaba jadeando, pero aún sonreía, porque mi madre, ni con setenta años dejó de decir las cosas importantes como si fueran chanzas de una comedia ridícula. La vida, de hecho, era para ella una farsa repleta de artimañas y de bastonazos, pero con un final feliz, porque morir es pasar a mejor vida. Siempre tuvo esa certeza. Le tenía más miedo a la vejez que a la muerte y Dios la satisfizo. En el ataúd, con una piel inmaculada y sin un grano que le estropeara la frente, parecía una chiquilla. Las enterramos juntas, a la abuela y la nieta.

Cuando regresamos, la casa parecía demasiado grande para nosotros tres. Giustina no estaba en la sala de estar, bordando a la luz de la lámpara, ni Chiara junto al fuego, friendo asaduras. Nadie sabía cocinar. Improvisé una cena frugal de huevos y lechuga, pero ni Basilio, ni Margherita, ni yo fuimos capaces de probar bocado. Habéis perdido a la sobrina equivocada, comentó Margherita. La fiebre pulmonar tenía que haber acabado conmigo, pero yo soy mala hierba y ni siquiera la muerte me quiere.

Basta ya, la hice callar. Debería haberle dicho que, al contrario, a ella también la queríamos, como a su hermana, o que aprenderíamos a aceptarla. No fuimos capaces. Yo revolví en el plato con el tenedor, en silencio. Basilio se retiró a su habitación.

Anuló todos sus compromisos. Tumbado en su cama, miraba el círculo opaco de la ventana. Ni una vez cogió el lápiz, ni se levantó para comer. No dormía. Tampoco comía nada, aunque yo hacía que me trajeran de la taberna, ya preparados, sus platos favoritos: las alcachofas, las mollejas, incluso el caviar. Adelgazó cuarenta libras y una noche me suplicó que hiciera desaparecer la espada, pues si llegaba a tenerla delante de sus ojos en un ataque de abatimiento se arrojaría encima de ella. No tengo ni una sola razón en el mundo, me dijo, para seguir pisando esta tierra. ¿Y yo?, le pregunté. ¿Me dejarías viuda? ¿Tú?, murmuró, tú ya no me necesitas.

Elpidio regresó a finales de abril y no pudo ni siquiera recuperarse del cansancio del viaje. El ministro Colbert le había encargado que convenciera al *cavalier* Bernini para que enviara lo antes posible los dibujos para el proyecto del nuevo Louvre y lo invitara a París en nombre del rey de Francia.

La misión era delicada, porque el diseño del nuevo palacio real y el viaje eran una cuestión de Estado o, mejor dicho, de Estados que, además, ni siquiera eran aliados, porque Ale-

515

jandro VII, aunque fuera fruto de Barberini, era un papa proespañol y hostil a la creciente dominación francesa. Elpidio tenía que desenvolverse entre las exigencias del artista, los malhumores del papa y las presiones de sus comendatarios, halagando el orgullo de cada uno, complaciendo a todo el mundo.

Además, se vio envuelto en un arriesgadísimo juego a tres bandas, porque en el transcurso de sus paseos por el jardín de Vaux-le-Vicomte, el arquitecto Le Vau le prometió cuatro mil pistolas si conseguía aprobar su proyecto para el Louvre y, en el momento de su partida de París, aceptó el trato, pero para lograr imponer a Le Vau sobre Bernini, que había recuperado firmemente el puesto de artista principal de Roma, Elpidio necesitaba la aprobación de un arquitecto de igual renombre, a quien tenía que presentar el proyecto del francés, sin decir de quién era, para conseguir su aprobación. Elpidio lo intentó con Borromini. Confiaba en que pesaran las dificultades que estaba atravesando, pues el arquitecto ya apenas firmaba contratos importantes. Tras la muerte de Inocencio X, había sufrido nuevas humillaciones y había sido expulsado de la construcción de la iglesia de los Pamphilj en Piazza Navona; para aquel entonces había perdido también a su protector, el padre Virgilio Spada, y había roto con los demás familiares de Spada, quienes modificaron su proyecto de la capilla familiar y lo trataban como a un capataz cualquiera. Sus últimas derrotas lo habían hecho encerrarse en una obstinada soledad. Solo dibujaba para sí mismo y había jurado quemar en el fuego todos los bocetos de las construcciones que jamás haría realidad. Ya no esperaba nada. Ni siquiera quería dinero. No cayó en la trampa y se negó a abrir la carpeta. Lo haré, dijo secamente, devolviéndosela, solo si me traéis una carta del rey.

En esas maniobras tan turbulentas, entre cartas casi diarias, interminables esperas en antecámaras en el palacio del sobrino cardenal, Flavio Chigi –quien se moría de ganas de ir a cazar, un pasatiempo que practicaba para agotarse y distraerse del deseo de mujeres, su constante obsesión, y detestaba tener que perder el tiempo con el abad–, entre visitas al estudio de Borromini y a las obras de Bernini, no le quedaba tiempo para ocuparse de Villa Benedetta. *Ubi maior,* querida mía...

Afirmaba que quería ser benigno y generoso como era su costumbre con el agresivo Beragiola, pero en realidad –al pasar mayo y confirmarse el incumplimiento de contrato por parte del capataz– decidió llevarlo ante los tribunales y buscarse un perito que cuantificara sus deudas.

Le rogué que se lo pidiera a Basilio. No parece buena idea meter de por medio a tu hermano, se escudó. No le gustará nada, querrá corregirlo todo, solo nos causará problemas, como siempre ha hecho con todo el mundo. Por lo que sé, ha sido el único artista de la historia al que llevaron a juicio para ser borrado y expulsado de la Accademia di San Luca. ¡Denunciado por sus colegas como sembrador de discordia, calumniador e impostor tan descarado que fue capaz de ser elegido secretario sin haber sido admitido nunca! No olvides el daño que te hizo a ti también esa historia. El nombre de Briccio bastaba para inquietar. Por no hablar de los gastos. El abogado que presentó la demanda para que lo readmitieran no lo hizo por caridad. Sé lo muy unidos que estáis y respeto vuestra relación, pero déjame que te diga que es una molestia insufrible. En la vida t'he pedido un favor, insistí. Será el primero y también el último. La soberbia de Basilio es solo una máscara. Lo está matando la melancolía. Mi hermano no tiene trabajo, no tiene amor, no tiene dinero, solo tiene sus lamentos. Por favor, dale una oportunidad.

Pero yo también estaba cansada. Nunca habría imaginado que, a mi edad, perder a mi madre me desorientaría de tal forma. Volvía a ver toda nuestra vida y los malentendidos, las

517

diferencias, las imposiciones que me habían apartado de ella me parecían ahora insignificantes. Me habría gustado decirle que su presencia había sido un baluarte; sus charlas, un bálsamo; que vivir con ella había sido divertido, y que ahora era aburrido el silencio de nuestras cenas sin las interrupciones de sus monólogos.

Elpidio me reprochaba que fuera una compañera tan poco entusiasta. Le decepcionaba que no le preguntara nada de sus días en París. Como si hubiera ido a una taberna de Velletri, ¡y no a la corte del Rey Sol! Las otras dos veces, me reprochaba, te quejaste de mis omisiones, querías saberlo todo sobre la travesía marítima, sobre Aviñón, sobre el paisaje de Francia, sobre el palacio de Mazzarino, la reina Ana y Luigi. Y por aquel entonces yo solo era camarero y secretario. Pero ahora... tendríais que haberme visto mientras caminaba por los pasillos del Louvre, entre dos filas de pajes. *Le sieur* Benedetti, decían los alabarderos, y me abrían las puertas.

¿Y la ópera? ¿Y el teatro? Al rey no solo le gustan las tragedias heroicas, también es protector de un actor que escribe comedias, ¿te imaginas? El pobre Briccio pensaría que está soñando. La compañía de este Molière se dedicaba a una sátira política que despellejaba vivos a los hipócritas devotos, pero no como lo hacían Bernini y Rosa, con la licencia de los bufones, que solo vale para Carnaval. En verso, en rima, con un ingenio y una profundidad de pensamiento propios de un filósofo...

Una vez más, elegí el momento equivocado para viajar. Tengo que marcharme ya. En unos días inauguran el nuevo palacio de Versalles. Están preparando festejos sin precedentes. Durarán semanas. Y tendré que leer los compendios de las relaciones... Sin embargo, unos días bastaron para que entendiera la vivacidad y el *esprit* de los franceses en la corte del Rey Sol. La impertinencia de las esposas de los ministros y las ocurrencias de las parisinas, cuyas lenguas son capaces de rebanarle la cara a quien decidan peor que una cuchilla. Y el libertinaje de las grandes damas. Conocí a algunas que llaman cornudo a su marido delante de todo el mundo, y a las que les parece una inconveniencia que siga pretendiendo acostarse con ellas, y a otras que cambian de amantes como de muda y, después de usarlos una vez, los tiran.

A mí no me importa, rebatía yo. Nunca seré como ellas. Pero no las envidio, cada uno encuentra la libertad donde la busca, y la mía, ahora, está aquí. No necesito Francia para nada.

Sin embargo, pese a mi falta de interés, Elpidio me explicó de pe a pa lo que había dicho, describió lo que había visto, las frases que había querido decir pero no pudo pronunciar. Por extraño que pueda parecer, creo que necesitaba mi aprobación. No estaba seguro de que su viaje pudiera considerarse un éxito. Temía, por el contrario, que era el fiasco más clamoroso de su vida. Había tenido su oportunidad y la había desaprovechado. Debe de ser mi destino, observó, me encuentro en la compañía de actores que hacen la historia y luego, en el momento del espectáculo, solo tengo que interpretar el papel de un comparsa, que dice su línea y sale de la escena.

Con los demás, Elpidio nunca fue el hombre que lograba ser conmigo. Yo conocí su ironía, su inteligencia, incluso la excepcionalidad de su carácter, que nos atribuía a nosotros, los artistas. El mundo, en cambio, solo su locuacidad repentina, su torpeza, su ambigüedad, su francés rudimentario que le impedía brillar en la conversación, incluso su gesticulación era demasiado histriónica para los cortesanos del Rey Sol. O tal vez eran estas faltas veniales, que les habrían sido perdonadas a cualquier otra persona e incluso la habrían hecho exótica: simplemente, atraía sobre sí el odio que durante años habían volcado sobre Mazzarino. Ya no podía resguardarse detrás de su sombra.

Años más tarde, en la iglesia de San Luigi, a través del

secretario del embajador francés, llegó a mis oídos que los ministros de Luis XIV lo consideraban demasiado romano, es decir, que poseía todos los defectos del italiano, sin tener ninguna de sus virtudes. Corría una burla despectiva de Clarac de Vernet sobre el abad Benedetti. «Ese hombre tiene el don de disgustar a todo el mundo, lo que es un defecto más grave incluso que su origen de bordador.»

De todos modos, por mucho que detestaran a la persona, el rey y Colbert necesitaban al agente. Nadie más podría encontrar los argumentos que motivaran al *cavalier* Bernini para que planeara el Louvre, excitándolo con la perspectiva de triunfar, como en Roma, esta vez en París. Y solo Elpidio podría correr el riesgo de ponerse en contacto sin su conocimiento con otros arquitectos, para asegurarse también sus proyectos. Lo enviaron a ver a Rainaldi, a Grimaldi, incluso a Pietro da Cortona. Le señalé lo imprudente que era el proyecto, porque se arriesgaba a enemistarse no solo con el *cavalier,* sino también con Berrettini. Seguían siendo tan celosos el uno del otro como hacía treinta años. Elpidio no se preocupaba demasiado: se proclamaba seguro de que sabía cómo tratar a ambos, porque solo él sabía lo muy delicados y raros que son los espíritus de los virtuosos. Delicada y rara: me pregunté si él me veía a mí así también.

Gracias a la mediación de Basilio, que aceptó preparar para él una tasación neutral, resolvió la disputa con Beragiola. Esto le permitió hacer ambiciosos cambios en la fachada de la villa, y para completarla de forma aún más original y ornamentada de lo que estaba en nuestro diseño original sin perder dinero. Ambos declararon que no pretendían nada del otro: Beragiola suscribió que para abril de 1665 terminaría los estucos de la galería –pequeños *putti,* festones de rosas y de hojas, cartelas– y, para junio, los exteriores –cornisas, balaustradas, cimas, zócalos, molduras, estantes y rosetas, cercos de puertas, ventanas, ojos, nichos y dinteles, además de mascarones, capiteles y pilares–. Ahora ya podríamos apremiar a artistas para los interiores.

Villa Benedetta debía estar decorada en todas sus habitaciones. Elpidio no quería transportar allí los cuadros de la galería de su palacete y encargó otros. A mí. Quiso que la sala más fresca de la planta baja, conectada con la despensa, la cocina, los depósitos de la vendimia y reservada para los almuerzos y las cenas de verano, se llamara la «sala de las damas»: repleta de retratos y medallones de Cornelia, Calpurnia, Pompea, Scribonia, Livia y otras matronas de la antigua Roma, pero también contemporáneas como Cristina de Suecia y princesas de Italia y de Francia. Ilustres por hazañas o por amor, todas ellas con temperamento y carisma, no necesariamente de costumbres morigeradas.

De hecho, quiso que también estuvieran las amantes de Luis XIV y las Mazzarinettes, las sobrinas de Mazzarino, hermosísimas mujeres que en Francia habían aprendido a rechazar el arte de la sumisión. Olimpia Mancini, a la que él había acompañado a Francia, durante largo tiempo amante no oficial de Luis XIV y para entonces incorregible condesa de Soissons; Ortensia Mancini, a quien, por su asombrosa belleza, Mazzarino había asignado ese nombre, la parte más preciada de su patrimonio, en ese momento confinada en un convento por su prepotente marido, un hombre tan celoso y loco que algún tiempo después intentaría serrar los dientes delanteros de sus hijas para evitar que se volvieran coquetas, la emprendió a martillazos contra las estatuas de su parque y extendió una capa de pintura negra sobre los valiosísimos y lujuriosos Tiziano y Correggio heredados del cardenal, y Maria Mancini, el gran amor de Luis XIV, a quien su tío obligó a renunciar por razones de Estado, convirtiéndose en contra de su voluntad en la esposa del condestable Colonna y que cuando vino a vivir a Roma escandalizaba al pueblo y a la corte con su comportamiento «a la francesa». Se bañaba en el Tíber con su criada negra, iba a cazar vestida de hombre, se había exhibido disfrazada de Clorinda en las carrozas del Carnaval y, sobre todo, le devolvía la cornamenta a su marido, el fornicador más renombrado de Roma: había quienes afirmaban que con el cardenal Chigi y su hermano Felipe de Nevers, llamado a Roma para llevarle un poco de alegría hasta la aburrida ciudad del papa. Ante estas licencias, Elpidio simplemente sonreía y decía que a las mujeres hermosas hay que perdonarles todo.

No sé si fue el primero en tener semejante idea, pero que la villa de un abad celebrara la inteligencia, la seducción y la capacidad de gobierno de las mujeres parecía una extravagancia provocadora. Yo lo consideré un homenaje y un acto de contrición.

También me confió la pintura de una *Asunción de la Virgen* para la capilla, así como las bóvedas del frontón de la galería: la mía sería la primera imagen que salía al encuentro de quienes entraran, después de subir las escaleras. Una mensajera, por tanto, y una guía. Ese cuadro debía encerrar el significado de Villa Benedetta: era la razón de la misma y su alma. El tema lo elegimos juntos, y no podía ser otro: la Felicidad humana. Nuestra aspiración, que nunca fuimos capaces de hacer realidad.

¿Cómo se representa la Felicidad? Desde los tiempos de Ripa, la iconografía contempla que sea femenina, como la verdad y la vida, y esté rodeada de los símbolos de la abundancia –la cornucopia con flores y frutas–. Pon todo lo que te apetezca, insistía Elpidio, como si la Felicidad consistiera en los bienes materiales de esta tierra. Yo, en cambio, quería que representara más bien la Alegría, que es armonía y ligereza. Y luego tuve que imaginar una cara para ella y darle una expresión. Nuestra Felicidad era una mujer joven sentada en la frontera entre la tierra y el cielo. Evanescente e impalpable como una mariposa.

Sin embargo, los cuadros para la galería y las logias se los ofreció a los mejores pintores de Roma. La bóveda a Pietro da Cortona, el lado sur a Allegrini, el lado norte a Grimaldi, los claroscuros a Carloni, los paisajes y las marinas a Laurenti. En conjunto, las imágenes debían representar la fuga del tiempo, en la repetición idéntica de los días: el Amanecer, el Mediodía, la Noche.

Grimaldi estaba bastante ocupado y sus cuadros eran carísimos. Y Pietro da Cortona había redescubierto en su vejez la felicidad de sus inicios y, a pesar de estar aquejado de gota y maltrecho por la quiragra, pintaba sin descanso, disfrutando del placer de una libertad reencontrada. Aun así Elpidio estaba seguro de que ambos aceptarían: Villa Benedetta se convertiría en una atracción de la ciudad y contar con una obra en la misma sería indispensable. En esos meses, vivía dominado por una exaltación permanente, como si hubiera bebido demasiado café o fumado tabaco o tomado alguna sustancia estimulante. En realidad, no bebía, no fumaba y nunca había estado tan sobrio. La verdad era que, después de una vida en la sombra y en la renuncia, ahora podía disfrutar de todo. Por primera vez, el poder estaba en sus manos. Y el comparsa se convertía en el protagonista.

Tenía razón. Todos los artistas le dijeron que sí. Incluso el maestro de Cortona, que debería haber terminado primero el retablo para el altar mayor de Sant'Ivo alla Sapienza, iniciado hacía ya cinco años, le prometió rápidamente la *Aurora* para el techo. Hasta le rogó que le dejara el plano de la galería, con las medidas exactas, para ajustar mejor la figura, el cielo, las nubes.

Se lo llevé a su monumental palacio en Via Pedacchia, al pie del Aracoeli. Casi hacía veinte años había comprado un apartamento y poco a poco se había ido haciendo con todo el inmueble, incorporando también otros edificios. Había rehecho la fachada, reestructurado los interiores, construido la logia, el jardín colgante, el ninfeo. Como yo acudía allí como emisaria del abad Benedetti, los ayudantes no me hicieron entrar por la puerta trasera por la que pasaban ellos y los trabajadores, sino que me guiaron por la escalinata y por los pasillos de la planta principal, a lo largo del itinerario de exposición que serpenteaba entre valiosos mármoles, estatuas antiguas, copias de sus cuadros más famosos. Aquel chiquillo toscano que había llegado a pie hasta Roma se había construido una morada digna de los Barberini y de los Medici, sus mecenas. En las salas de ese palacio no había nada que recordara su profesión. El señor Pietro no quería que cuando acudieran a visitarlo la reina Cristina, el papa o los otros príncipes que le encargaban obras vieran caballetes, pinceles, manchas de aceite o de color, olieran su peste. La estancia donde pintaba la había instalado, y casi escondido, en la buhardilla.

Se disculpó por tener que recibirme en su habitación. La podagra se lo imponía. Estaba tumbado en la cama, con las piernas levantadas sobre una pila de almohadas, en la posición en la que, durante años, se había visto obligado a permanecer mi padre. Temía que ya no fuera capaz de trepar por una escalera para colorear una superficie tan grande, pero el maestro aseguró que, a fuerza de sangrías y de cataplasmas con hojas de verbasco, volvería a ponerse en pie, porque no podría faltar su contribución a la quinta del abad Benedetti: él era el árbitro de la elección del proyecto del Louvre.

Aunque sabía que yo trabajaba para Elpidio, me dijo exasperado que el abad Benedetti intrigaba con esa historia del nuevo palacio real de París para lucrarse todo lo posible. Una maniobra suya bastaba para hundir a un artista. Si se hubiera negado a pintar el techo, lo habría eliminado de la competición, pero él quería vencer. Creía que no se le valoraba como arquitecto lo que se merecía. Había sido un precursor –él fue el primero en inventar la fachada curva para una iglesia–, pero otros se habían llevado los elogios. Nunca imaginé que un aclamado maestro como Pietro da Cortona –un hombre sabio, rico y feliz que realmente lo había tenido todo– pudiera alimentar tanto resentimiento. El éxito es una droga. Una vez que lo has probado, nunca es suficiente.

Esta era la oportunidad para su revancha. Quería que el abad Benedetti dedicara todos sus esfuerzos en apoyar su proyecto ante Luis XIV y, por tanto, lo serviría como si fuera el papa o el gran duque de Toscana. Pintaría una *Aurora* que haría palidecer a la de Guido Reni en el Palazzo Mazzarino.

Confieso que, hasta ese momento, nunca entendí que una obra surge por los más diversos motivos y que el último es el interés del artista por el tema. Mientras Berrettini, minucioso como siempre, me pedía que le describiera la calidad y la incidencia de la luz que encontraría en la galería de Villa Benedetta, me dije que yo nunca he sido capaz de anteponer el cliente al cuadro, mis intereses –económicos y sociales– a la creación, ni inventar algo solo para obtener otra cosa. Tal vez yo, como Elpidio, siempre he sido una aficionada.

No penséis que me importa el dinero que pueda darme el rey de Francia, precisó. Quiero ganar para restablecer la verdad. La riqueza tiene que ser un objetivo para un artista, porque hay que sentirse cómodo para pintar bien, la calidad de una obra depende del tiempo que puedas dedicarle, pero la necesidad obliga a la cantidad y, por tanto, a la mediocridad. Aun así, no puede ser un fin en sí mismo. No soy tan rico como me gustaría ser, pero habré acumulado unos cien mil escudos, tal vez más, y a partir de cierto límite el dinero no puede ni gastarse ni contarse y es como si ya no existiera para aquellos que lo poseen. Lo dejaré todo a santa Martina y las muchachas pobres.

Mi expresión de asombro debió de decepcionarlo porque

levantó su dedo índice desnudo para indicarme la ventana. Vislumbré la columna de Trajano, a cuyo pie temblaba una ola blanca. Solo al cabo de unos momentos me di cuenta de que eran las gallinas del gallinero que alguien había montado justo al pie del monumento romano. El edificio de aquí al lado, dijo Cortona, es el Conservatorio para Solteras de Sant' Eufemia. He decidido adoptar una niña del Hospital del Santo Spiritu. Tiene casi siete años. La enviaré allí para que reciba una educación. Hay que devolverlo todo, hasta el final. Decídselo al abad Benedetti. ¿Cómo se llama la pequeña?, le pregunté, porque esa confesión me había sorprendido mucho. Geltrude, respondió con ternura. Aún no la he visto.

Querida señora, me dijo para finalizar el maestro, devolviéndome las perspectivas de la villa, con la voz desgarrada por la melancolía, este capricho vuestro me hace volver a mi juventud. No podéis recordarlo, porque entonces erais una niña, pero mi primer trabajo de arquitectura fue la quinta del marqués Sacchetti, en Pigneto. Me trajo suerte y os deseo que este os la traiga de igual modo, pero dejadme daros un consejo. Hay algo deprimente en construir mansiones para los ciudadanos particulares. Una vez levantadas las paredes y las verjas, una vez han crecido los árboles del parque, desaparecen. Y, entonces, los herederos no entienden el gusto de sus padres y de sus abuelos, las abandonan, las venden, las hacen derribar. Por esa razón, os deseo que construyáis una iglesia. Sin contar las capillas y las cúpulas, he construido tres, me gustaría haber hecho más, y si el Señor me concede tiempo, haré otras. Las iglesias son para todos. Y para siempre. Las familias se extinguen, Dios es eterno.

Quiero construir la capilla en la iglesia dei Francesi, le dije a Elpidio esa misma noche, mientras paseábamos por la planta principal de la villa. Las paredes de la galería, todavía ásperas y con el olor del *arriccio,* se veían interrumpidas por los pasajes que conducían, por los dos lados largos del edificio, hasta las logias descubiertas, y por las puertas que llevaban a las cuatro salitas. Desde la de la derecha pasamos al saloncito, que disfrutaba de una logia privada y de un pequeño jardín colgante. Ese iba a ser el apartamento dc Elpidio.

No quiero dinero, ni por el diseño, ni por el tiempo que tendré que dedicarle, aunque terminen siendo años. No te costará ni un escudo. Podrás invertirlo todo en los mármoles más costosos, en los estucos, en los cuadros de los otros pintores. Solo quiero hacerla.

Lo pillé por sorpresa. Hacía tiempo, Elpidio me encargó que pintara un retablo para la capilla de San Luigi en la iglesia dei Francesi. Tema obligatorio: Luis, el rey santo y fundador de la nación francesa, con la cruz en una mano y el cetro en la otra, en un triunfo de flores de lis de oro sobre campos de lirios azules. Ya casi lo había terminado, dudosa sobre el resultado de la figura del rey, demasiado afeminado según mi hermano, y de los querubines en el cielo, pintados sin duda alguna por una dama sin hijos que idealiza a los niños, pero satisfecha por la de los soldados a espaldas del rey y, especialmente, por las dos adolescentes a sus pies: grácil y humilde como nuestra Giustina la Fe, vestida de negro; andrógina la Historia, con el pelo rizado, que señala un libro con el índice.

Pero en las intenciones de Elpidio el retablo no era más que una *captatio benevolentiae*. De hecho, albergaba un ensueño: renovar toda la capilla y reconstruirla, a mayor gloria de Francia, y suya. Totalmente de su bolsillo. Para comprarla, cortejaba desde hacía tiempo al embajador francés, el duque de Créqui, y a los sacerdotes titulares de San Luigi. Si no podía realizar la escalinata de la Trinità ai Monti, dejaría en Roma otra obra perenne, en memoria de sí mismo.

Aún no había pensado en el arquitecto. No podía proponérsela a Bernini, cuyo viaje a Francia para ver a Luis XIV por fin había conseguido organizar, porque no debía dar la impresión de que quería competir con el soberano. Borromini, cada vez más intratable y de quien todo el mundo creía que se había vuelto loco, trabajaba en la capilla de los Spada y, de todos modos, Elpidio se la había jugado intentando engañarlo. A los otros arquitectos no los tenía en gran estima. Tampoco se atrevía a firmarla él mismo.

No añadas a los tuyos el pecado de la *hybris,* amiga mía, se rió. Una mujer no puede construir una iglesia. Es del todo inusual, del todo inconveniente. Atraería demasiada atención. Nos lo impedirían, con un pretexto u otro. Los soberanos no siguen las tradiciones, las inventan, repliqué. La capilla de un soberano sigue la misma ley. Entonces eso significará que seremos los primeros. Nos criticarán. Se reirán de ti y de mí. Pero quien mira las nubes no cosecha. Todas las grandes cosas les parecen imposibles a quienes son incapaces de hacer grandes cosas. Y cuando el eco de las risas se haya apagado, la capilla seguirá estando ahí.

Elpidio estuvo dándole vueltas todo el verano. Villa Benedetta aún no estaba completa y no quería arriesgarse a dar otro paso antes de estar seguro de que tendría éxito la joya soñada, pero terminó aceptando. Esa era su naturaleza. Oponer resistencia a lo nuevo, siempre, y luego abrazarlo con entusiasmo y lanzarse a la empresa convencido de que había nacido por su propia iniciativa.

Solo puse una condición. No volvería a trabajar nunca más con Beragiola. Impuse a Ferrari. El capataz de la renovación del palacete. Fue a él a quien enseñé la ley de la primera vez.

Hacía ocho años que no lo veía. Nos encontramos una mañana de finales de octubre en San Luigi para examinar la capilla en cuestión. La tercera de la izquierda, a la distancia justa de la de enfrente, con los frescos del Domenichino, y en el mismo lado que la capilla Contarelli. Entendedores y detractores la conocían por los tres cuadros de Caravaggio. Pero, para mí, era la capilla en cuyo techo trabajaba el *cavalier* d'Arpino cuando mi padre entró en su taller: fue allí donde los ayudantes del maestro lo habían tirado del andamio, en esa capilla se había malogrado su destino como pintor.

La capilla de Elpidio disfrutaba de una posición ventajosa, pero en un lugar desafortunado: de hecho, era bastante oscura. Tendremos que abrirnos paso en la pared y ampliar el ventanal, le avisé al *mastro* Ferrari. Quiero claridad, la luz, toda de azul y oro. Y un techo pintado no es suficiente. Tendrá que haber una cúpula. Será como un escenario de teatro: cerraremos la entrada con una balaustrada y habrá una cortina de estuco sostenida por los ángeles para que podamos ver el altar. ¿Quiere saber algo, señora arquitectriz?, me interrumpió Ferrari, sonriendo. Me casé con una viuda.

Pero Elpidio no se había equivocado. Consiguió comprar la capilla a los sacerdotes titulares, pero no el permiso para cambiar la planta de la iglesia. Los problemas surgieron de inmediato y la obra no comenzó hasta nueve años después. El gasto se multiplicó hasta los doce mil escudos, agotando sus finanzas por completo. Después de todo, afirmaba, vivir pobre y morir rico es una tontería colosal. Yo siempre he estado de acuerdo.

Concebí un espacio grandioso y para ello reclamé la destrucción del muro exterior de la iglesia, lo que comportó nuevas peticiones, que se estancaban en el paso de una oficina a otra, y nuevos permisos. Elegí una a una las columnas, las cuadradas de mármol rojo y alabastro rosa, las cilíndricas corintias de color amarillo, deambulando por las canteras y por los almacenes del puerto de Ripetta en compañía de marmolistas rudos e intermediarios ladrones. Tuve que discutir con los carpinteros, con el herrero que debía adornar las vidrieras y forjar la enorme corona destinada a presidir el altar, perseguir al escultor, que se retrasó en el modelado de los estucos y luego se equivocó con el drapeado de la cortina. Los trabajos duraron demasiado tiempo, tanto que, cuando el domingo 25 de agosto 1680 se inauguró por fin la capilla, a Elpidio ya no le quedaba ni un diente en la boca y yo caminaba con un bastón.

Pero lo hicimos, el abad y yo. Incluso hoy en día, ninguna otra arquitectriz ha construido en Roma una capilla en una iglesia.

Sin embargo, Elpidio también quería hacer realidad su sueño. Lo que me había confiado solo a mí, hacía muchos años, para luego enterrarlo entre sus secretos. Convertirse en escritor. Era verano y, al abrigo de la sombrilla, paseábamos por lo que ya empezaba a parecerse a un jardín: con tiza, sobre la tierra desnuda, habíamos trazado la intersección de las sendas y estudiábamos la mejor posición de las espalderas de los cítricos, las fuentes con los juegos de agua y las pirámides –una estaría dedicada a la amistad; la otra, al genio–. En Roma, desde los días de Cayo Cestio, que dejó su maravilla de mármol blanco frente a la Porta San Paolo, construirse una pirámide era un signo de distinción, y en la edad imperial muchas familias lo habían imitado: cuando yo era pequeña, aún se veían los restos de otras dos pirámides, delante de la Porta del Popolo, más tarde los robos de los cazadores de mármol las saquearon y apenas sobresalían las ruinas entre la maleza, hasta que construyeron encima las iglesias gemelas y desaparecieron por completo. Al abad le importaban sus pirámides casi más que las estatuas.

La idea de ponerse dos en el jardín se le ocurrió cuando la nación francesa le encargó la construcción de una –efímera, como un decorado de teatro– frente a la Trinità dei Pellegrini, a la entrada del barrio francés: una especie de maldición permanente hacia el Estado eclesiástico. Una disputa que acabó con un derramamiento de sangre entre los soldados de la embajada y los guardias corsos del papa había ofrecido el pretexto para una crisis diplomática: Luis XIV llamó al embajador, expulsó al nuncio apostólico y amenazó con invadir Roma si el papa no ahorcaba a los corsos responsables, expulsaba al gobernador y presentaba sus disculpas oficiales, humillándose y reconociendo la superioridad de la nación francesa. El autor de la pirámide resultó ser él, pero, por supuesto, la construí yo. Se quedó en la plaza cuatro años, luego Luis XIV envió a Roma al duque de Chaulnes con la orden de derribarla. Al final, Alejandro VII capituló y el rey de Francia ya no sintió necesidad de ensañarse con los vencidos. Menos mal que esa horrible columna infame ya no existe, comentó Basilio. No deberías haberla concebido nunca. Tú eres romana. Se puede cambiar de nombre, de identidad, de residencia, de ciudadanía, pero no de tu propia patria.

De todas formas, aquella experiencia nos había servido: las pirámides de Villa Benedetta eran exactamente pirámides, no agujas de forma piramidal, y, según la opinión del padre Kircher, que había sido llamado a Roma para descifrar los jeroglíficos y a quien se consideraba el mayor experto en egiptología, tan hermosas como las pirámides de Guiza. Hay que decir que, a pesar de la sencillez del sólido, construir una pirámide no es nada fácil. Y a día de hoy, ser una arquitectriz de pirámides me llena de una alegría infantil.

El punto de fuga de la perspectiva de las sendas, interrumpidas por la villa, tenía que ser el Vaticano. Nuestro bajel apuntaba su proa hacia la basílica y el palacio del papa, sin miedo. El teatro, en cambio, estaba orientado al oeste y me preguntaba si no había sido un error. En Roma, el viento del oeste es fresco. Pero Elpidio no representaría comedias en ese teatro. Ni de Molière ni de mi padre. Me habría gustado que retomara las del Briccio. Hacía muchos años, por lo menos en Roma, que nadie las escenificaba. Su nombre se sumía en el olvido. Ese espacio, sin embargo, era solo una gradería, un

531

capricho de arquitectura, el escenario de un teatro mental que siempre permanecería vacío.

La estatua de Venus ya había sido colocada en la fuente de la terraza. Le estaba diciendo que también estaban listas Flora y Pomona, que iban en la escalinata, y que debíamos organizar el transporte desde el estudio del escultor, cuando me anunció que la nuestra sería la primera villa literaria de la historia. Villa Benedetta será una quinta de delicias, el lugar de mi descanso, una galería de arte, una casa de juego, un castillo de magia, pero también un libro.

Temí que se le hubiera metido en la cabeza algún capricho y que tuviéramos que demoler algo, justo ahora que todo estaba terminado, y los mármoles y los estucos blancos brillaban bajo el sol.

Vamos a escribir en las paredes, en los pilares, en todas partes, me sorprendió. Pintaremos las letras, será una partitura en blanco y negro, como un pentagrama. Mucha gente ha insertado epigramas e inscripciones en las fachadas y los muros de sus villas, pero Villa Benedetta contará otra historia. Cuando todo esté terminado y me retire del mundo en mi arca de Noé, viviré entre las palabras. De mis queridos escritores y de las mías. Para publicar un libro, hay que obtener una licencia de tus superiores, negociar con el impresor e incluso conseguir vender algunos ejemplares. Yo voy a publicar en yeso.

Pero ¿de qué trata este libro tuyo?, le pregunté, asombrada. De todo: de la vida, del tiempo que se escapa, de la amistad, del amor, de nosotros.

Eligió por su cuenta los lemas en latín, francés y español y ni siquiera sé' realmente qué significan todos ellos; las citas de Ariosto y Marino, Ovidio y Tasso las pescó hojeando los volúmenes de su biblioteca y recordando las lecturas de su juventud. Los medallones históricos de las mujeres ilustres se los escribió un profesor de la Università della Sapienza; los trofeos, un prelado experto en armas antiguas. La mayoría de los proverbios, en cambio, pertenece al repertorio con el que siempre me había divertido. Placeres fugitivos, preocupaciones continuas. El Mundo se gobierna por opiniones. Quien no se aventura no tiene fortuna. Cuídate de malicias femeninas, de lágrimas de putas, de las criadas que están de vuelta. Tres cosas ensucian la casa: las gallinas, los perros y las mujeres. Tres cosas para morir: esperar en la cama, y no venir; quedarse en la cama, y no dormir; servir, y no gustar. Mujer que quiere hacer de hombre pierde la fama de sabia y de honesta. El hombre y la mujer en un lugar estrecho parecen paja y fuego. En conjunto, son el balance de su vida. Rezuman la misoginia del siglo y una sabiduría amarga y desencantada. Buena parte están dedicadas a las insidias de la corte. Elpidio soñaba con el momento en que pudiera retirarse de los negocios y disfrutar del *otium* de los privilegiados: no hacer nada para los demás, y todo para sí.

Las frases se suceden en los pilares del pórtico, en las puertas, en los postigos de las ventanas, en los huecos de las paredes, pero solo uno de aquellos proverbios se lo regalé yo:

ES MÁS IMPORTANTE SABER VIVIR QUE HABLAR

Villa Benedetta acabó en todas las guías de Roma. Siempre se la describía como «caprichosa y rara». Los forasteros, después de visitar la villa Madama, la quinta de Giulio II, las villas Mattei, Peretti, Medici, Borghese, Sacchetti, Pamphilj, Farnese, Lodovisi, le pedían al abad poder visitar la suya. Basta con los apellidos de los demás –todos de familias cardenalicias y papales– y los nombres de sus arquitectos –Rafael, Pietro da Cortona, Domenichino, Carlo Fontana– para entender qué gran hazaña habían llevado a cabo el hijo de Andrea, bordador, y la hija del Briccio, dramaturgo.

Nunca acompañé a Elpidio en esas visitas guiadas, así que no sé lo que decía sobre el arquitecto que la había proyectado. Si se presentaba él como el autor. Es posible, nunca hablamos de ello y tampoco tuve tiempo de preocuparme. Tras la inauguración, solo volví una vez a Villa Benedetta. Los trabajadores acababan de terminar el montaje de los espejos en la sala que llevaba a la logia superior y Elpidio quería que comprobara que estaban bien colocados. Recuerdo ese paseo como si fuera un sueño. Estamos nosotros dos, solos, en la luz dorada del atardecer, rodeados de nuestras imágenes reflejadas. Nos hemos reproducido y multiplicado, somos una legión. A cada paso, docenas de Plautillas y Elpidios caminan a nuestro lado. A cada sonrisa, sonríen; a cada palabra, mueven los labios. Y, sin embargo, no son nosotros. Porque los espejos que nos reflejan nos fragmentan, nos encogen, nos agrandan, nos deforman. Siento un indefinible malestar.

De hecho, una vez terminados los trabajos, nos veíamos poco. Él siempre estaba en la villa y, en el palacete de Via Monserrato, me encontraba más a menudo con su hermano. La mujer rubia de Gaudenzio había desaparecido hacía unos meses: la indiscreción de la sirvienta reveló que, grávida, había ido al pueblo a liberarse. Había dado a luz a una niña en los mismos días en que el abad organizaba la fiesta de inauguración de Villa Benedetta. Estaba muy preocupado por los juegos de agua. El chorro de la fuente en la terraza principal tenía que subir muy alto y temía que la conexión con el acuífero subyacente del acueducto de San Pietro in Montorio no fuera lo suficientemente generoso. Mis palabras tranquilizadoras –yo había estudiado hidráulica durante un año– no lo calmaban y hasta la noche estuvo de muy mal humor. En lugar de alegrarse de que su sangre no se extinguiera, el nacimiento de Virginia parecía llenarlo de desprecio y rencor, pero pensé que sobre todo era envidia, quizá arrepentimiento, y evité hacerle saber que yo ya estaba al tanto de la noticia. En cambio, felicité por el feliz –y tardío– acontecimiento a Gaudencio, y él estalló en una risa cínica. Estas hijas nacieron en el mismo día, señora, dijo, bastardas, las dos.

Así que, a mis cincuenta años, me convertí en alguien, si es que esta expresión tiene algún sentido. Ya no era la autora anónima de un solo cuadro. En 1662 pusieron la primera piedra de la nueva iglesia de Santa Maria in Montesanto. Alejandro VII quería completar la Piazza del Popolo para que fuera una entrada digna a la ciudad de Roma y había hecho proyectar a Carlo Rainaldi dos iglesias gemelas, a la entrada del Tridente. Santa Maria se levantaría entre el Babuino y el Corso, justo donde había estado la pequeña iglesia de los sicilianos. Los trabajos se interrumpieron cuando murió el papa, pero, entre tanto, en 1663, habían trasladado mi *Virgen* al nuevo convento de los frailes carmelitas, con gran concurrencia de público, como suele decirse. El conde Sforza Pallavicino la había coronado, porque la enésima investigación había demostrado que la efigie había producido realmente prodigios (se prefería omitir la palabra milagro). Pero mi firma se ocultó en la parte posterior del lienzo y la *Virgen* era más célebre que yo. En cambio, la *Felicidad* de Villa Benedetta, que se codeaba en la galería con las figuras de Pietro da Cortona y de Grimaldi, hacía resonar mi nombre. Y mi vida dio un vuelco.

Me llamaron para pintar cofradías de laicos y canónigos, abadesas y mujeres de la nobleza para oratorios y conventos de monjas. Me permití contar con un sirviente, un muchacho de catorce años que me ayudaba en todo. Onofrio, huérfano de un cantero, timidísimo, con ojos asustados y orejas de soplillo, tan sumiso y cariñoso él como mordaz y rebelde mi sobrina Margherita. Sin embargo, a veces, necesitaba a los dos para realizar mis encargos. Margherita se mofaba de su devoción por mí de un muchacho casi de su misma edad. Onofrio sufría, pacientemente, bajando la vista. Apenas podía creer en la suerte que tenía al disponer de una habitación, una cama y comida todos los días.

Me llamaban también clientes particulares. Pinté el retrato de difunta de la marquesa Felice Rondinini, una mujer erudita, coleccionista y entendida de arte a la que me habría gustado conocer antes y mejor pero que casi me la pierdo, como a la reina Cristina. En el ataúd, con las manos entrelazadas sobre el pecho y la cofia en la cabeza, era un ser discreto, de apariencia inorgánica, como el hombre petrificado de Villa Lodovisi, una más entre las maravillas coleccionadas por el cardenal sobrino de Gregorio XV, la que mi padre más había admirado. Nadie había desentrañado nunca el misterio de esa mineralización. Poetisa notable, la marquesa tachaba sus versos de tonterías y restaba importancia a su cultura.

Cuando entré en la habitación donde me esperaba sobre el catafalco y dispuse junto al cadáver mi parafernalia de papeles, plumas y carboncillos, me enteré por una de sus criadas que había sido la marquesa quien había mencionado mi nombre. Había oído hablar de la Villa Benedetta. Qué lástima haber vivido en la misma ciudad, en los mismos años que esta artista, y no haber podido hacer nada juntas, dijo, pero, cuando esté muerta, llamad a la señora Briccia para que dibuje mi retrato. Cuando se una a mí en el purgatorio, le haré saber si me ha gustado.

En cuanto la criada me dejó sola, le toqué las manos. Ilustrísima marquesa, susurré, este es solo un boceto, pero os pintaré mejor que en el retrato del pintor que elegisteis y en el que no os reconozco. No supo ver vuestra alma. La inteligencia es más importante que la nariz torcida y que las arrugas. Mientras dibujaba, tenía la impresión de que la marquesa me estaba observando.

Durante años, trabajé día y noche. Los retratos de damas ilustres para la sala de las señoras, un lienzo grande para la iglesia de las monjas de Campo Marzio, de la que se había convertido en abadesa la hermana del cardenal Mazzarino, el luneto de San Giovanni, los diseños de la capilla de San Luigi. Y, sin embargo, cuanto más creaba, menos satisfecha estaba conmigo misma. Sin Margherita, no habría sabido decir lo que me faltaba.

Tenía ya veinte años. Había crecido mucho, ya era tan alta como yo, con los ojos divertidos y su lengua venenosa de siempre. Mi pintura no la conquistaba. Ni siquiera la tela de la que más orgullosa me sentí, el luneto del *Sagrado Corazón de Jesús*. Iba destinada a la sacristía de la basílica de San Giovanni in Laterano, una de las siete iglesias obligatorias para todo peregrino que llegaba a Roma. Iba a ser mi trabajo más visible. Habría un ángel ofreciendo a Dios Padre, en el cielo, el rojo corazón de Jesús. La forma del lienzo me había obligado a una composición piramidal. Era la primera vez que podía concebir el cuadro completo y no solo pintarlo a partir del dibujo de otro. Las cuatro letras que cambian el PINXIT de los simples pintores por el INVENIT de los maestros son en realidad todo un alfabeto. Las pinté en caracteres grandes y claramente visibles, con pigmento negro. En ellas estaba todo el camino que había recorrido.

Puse más figuras, pero tampoco demasiadas, para no saturar la escena. Cuatro pequeños querubines, un ángel niño y dos ángeles de quinto grado, adolescentes, uno con una espada, el otro con el globo terráqueo en la mano. Todo entre las nubes, con el sol que irradia su luz espiritual por detrás del Padre Eterno. El luneto lo creé en pocos meses, con una felicidad absoluta por mí hasta entonces desconocida. Me quedó milagrosamente fresca y armoniosa. Mis dos ángeles son lo mejor que he pintado en toda mi vida. Margherita me dio los rasgos del que está arrodillado a la izquierda, el pelo negro recogido en la nuca y la espada en mano.

Sin embargo, Margherita no se gustaba. Se inclinaba sobre la tela todavía húmeda y negaba con la cabeza. Yo no soy así, me has mejorado porque solo pintas ángeles y santos, pero son mucho más interesantes las personas reales. Los ángeles y los santos también son reales, objeté. Eso dicen, sonrió, pero yo nunca he visto ninguno. Y tú tampoco. Pero conozco a una mujer casi santa, le recordé. ¿Santa, tu amiga sor Eufrasia della Croce? Solo es una pobre monja carmelita.

Margherita se encogió de hombros. Le resultaba extraño que una mujer como yo, que se pensaba que era de cristal, pero era más dura que el cuarzo, pintara de un modo tan sentimental. La pintura tendría que parecerse al autor para que fuera realmente suya. Calificó mis obras de impersonales. Similares a otras pintadas por otros pintores. Grandes, eso sí. Los mejores del siglo. Una virtud, porque evidentemente eso era lo que se me pedía, pero le parecía una limitación. Por los comentarios de los literatos que frecuentaban a mi hermano, le parecía entender que mi trabajo como arquitectriz era mucho más original, pero ella no lo conocía. La capilla de San Luigi dei Francesi era todavía solo un dibujo, a Villa Benedetta nunca había podido ir y la había visto, como la mayoría de los romanos, desde la pérgola de la taberna de San Pancrazio, desde el otro lado del muro, como me predijo Pietro da Cortona.

Eso es porque la gente para la que trabajas no se parece a ti. Los marqueses, las abadesas, los canónigos titulados. Les gustas, pero tú no eres como ellos. Puedes ir en carruaje a las recepciones del abad y a las fiestas de los franceses, pero sigues siendo la Briccia. Deberías hacer algo para la gente corriente, como cuando eras una chiquilla, con tu Virgen. Entonces sí que serías tú misma.

Y, si así lo hiciera, vi la oportunidad de inmediato, ¿lo harías conmigo? No lo sé, dijo. Al menos no había sido, de inmediato, como siempre, un no.

539

540

La llevé a Ripa Grande. El barco atracó en el puerto. Nadie nos esperaba y, tras subir la escalinata del puerto, nos adentramos en el callejón donde ahora se encuentra la Aduana. Tras el cruce con Via dei Vascellari, las construcciones se iban haciendo cada vez más escasas, los muros y los cipreses del convento no daban sombra. Desde la iglesia de San Francesco –el complejo del monasterio era lo único que ya estaba terminado en esa zona verde del Trastevere– nos saludaba el festivo tañido de las campanas. A poca distancia se encontraba también el claustro de la Hermandad de los Genoveses, con el oratorio, y la única huella de su actividad como pintor que mi padre había dejado en Roma. Esa cercanía me parecía ahora cargada de significado. Sentía remordimientos por no haber sabido defender su memoria, pero si el destino me llevaba de vuelta allí, tal vez no fuera demasiado tarde.

¿Por qué hemos venido a este páramo? Está lleno de ratas y cénzalos que nos dejarán la cara más fea aún que la viruela, protestaba Margherita. Sobre la hierba reseca pastaba un rebaño de ovejas y una cabra sarnosa se protegía del sol aplastándose contra el poyete de un gallinero. En las cortezas de los pinos, las cigarras chirriaban irritadas y en el aire revoloteaba un hedor a pescado. Este terreno pertenece al abad Benedetti, le expliqué.

¿De dónde saca to' este dinero?, me soltó. Quien no se lo gana y se lo encuentra, es tramposo o es ladrón. Me molesta que dependamos de un tipo así. Siempre había evitado esa cuestión. Nunca me pregunté realmente de dónde procedía esa repentina riqueza de Elpidio. No coincidía con las rentas, si bien eran generosas, que había obtenido para entonces de la corona de Francia. Era excesiva y tan sospechosa como la del hombre cuya sombra había sido, Mazzarino. ¿Cuánto te apuestas a que va a especular con este terreno?, dijo Margherita. Salva su alma construyendo la capilla, y las casas las construirá para atiborrar su cartera.

Es probable. El barrio del Trastevere se había despoblado por la peste, pero los habitantes aumentaban con rapidez, porque el puerto de Ripa Grande proporcionaba trabajo durante todo el año y en las inmediaciones se asentaban quienes inmigraban a la ciudad. Las pocas construcciones dispersas al azar y sin orden en la llanura de atrás eran ruinosas. Elpidio, no obstante, nunca me había hablado del tema. No tenía ganas de embarcarse en otras obras. Consideraba ese terreno edificable su seguro para la vejez.

Hacia el río crecía un muro de cañas, con los penachos balanceándose al viento. Con un repentino crujido, de las hojas salían las garzas. Margherita se distrajo siguiendo sus evoluciones: volaban en bandadas, una cuña blanca contra el azul del cielo. Me gusta este sitio, dijo. El Trastevere es el refugio de las aves migratorias, de los rebeldes y de los bandidos. Preferiría vivir en esta orilla, en vez de a la sombra de los edificios de las personas que nos necesitan y no nos reconocen como sus iguales.

Pues entonces, nos vendremos, le dije. Construiremos un barrio nuevo. Aquí. Casas modernas, pero confortables. Y convenceremos al abad para que las dé a los pobres y las alquile a gente como nosotras. Serán bellas porque la belleza no puede ser un privilegio. ¿Me ayudarás? ¿Yo?, se sorprendió Margherita. ¿Cómo?

Tengo cincuenta y tres años, le dije. Necesito imaginar que estoy haciendo todo esto por alguien que vivirá después de mí.

Margherita permaneció en silencio. Aún no había aprendió a decir que sí. Pensé que esa joven era mi opuesto. Yo siempre he dicho que sí a todo. Tardé toda una vida en descubrir el placer del rechazo. Recorrimos el terreno a lo largo y a lo ancho, tropezando con los baches y los agujeros de los topos, entre la maleza. Fragmentos de ollas, aros de barriles y vidrios de botellas crujían bajo nuestros pasos. No había nadie más allí, solo un carretero que, a lo lejos, espoleaba a su burro, sin prestarnos atención. ¿Cómo te imaginas las casas?, preguntaba. Sencillas, dije. Pocos estucos, nada de adornos en la fachada, ni siquiera una concha en los frontones de las ventanas. Muchas ventanas, orientadas al sur, para captar la luz. Pero intenté explicarle que antes de empezar a planear nada teníamos que investigar para conocer la naturaleza del suelo. Averiguar a qué profundidad se encontraba el agua: nos encontrábamos cerca del Tíber.

Margherita recogió una rama de pino y, en la tierra, blanda tras un chaparrón estival, trazó una línea recta, desde el patio de la iglesia de San Francesco hasta una especie de corral donde deambulaban gallinas dispersas. Ambas teníamos los rostros sonrosados por el sol, las ropas pegajosas de sudor y los zapatos pesados de barro. Fue nuestro momento de gracia y me alegro de haberlo vivido.

De repente me aferró la mano. Me apretaba tan fuerte que sus uñas se clavaron en mi carne. Para, para. Mira, Plautilla, exclamó, con fervor, esto es bellísimo, desde la segunda planta se podría ver el río y las velas blancas de los barcos que llegan desde el mar.

Equipajes desperdigados en el patio de la guarnicionería de Monte Citorio. Pocas cosas, polvorientas y desgastadas, mochilas, bolsas de cuero. Fusiles amontonados en un rincón: tendrán que ser entregados al municipio. Cuando los franceses hayan ocupado la ciudad, todos los extranjeros también deberán estar desarmados: los franceses llevarán ante un consejo de guerra a cualquiera que se encuentre en posesión de armas. Leone ha depositado encima del montón la última que utilizó. Es demasiado amargo que un italiano sea llamado extranjero por un francés.

Por las calles circulan militares y oficiales de todos los cuerpos, aturdidos, sin saber adónde dirigirse. Deben de ser al menos once mil y estas son las últimas horas en las que todos ellos pueden seguir llamándose soldados. Encuentra a otros legionarios de la Medici en un callejón cercano, algunos todavía con las guerreras negras del uniforme, otros ya de paisano, con ropa prestada en los hospitales, una talla más grande o más pequeña, lo que les hace parecer actores de una deslucida compañía de cómicos de la legua. Están ahí, haciendo cola todos como ante el horno de pan, por la misma razón. Medici distribuye la última paga. En moneda romana.

Fuera de la ciudad, no tiene más valor que el de identificar a uno como defensor de la República romana y exponerlo a las represalias de los Gobiernos de Italia y de Europa. Pero espera su turno, pacientemente. Recibe el dinero con indiferencia y el certificado con vergüenza. Medici entrega a todos un documento en el que declara que han luchado con valor y honor. Leone descubre que lo han ascendido a sargento y que lo destacan entre los más valientes defensores del Bajel. Le parece haber vuelto a la época del internado el último día de clase, cuando los profesores repartían los boletines de notas.

Los saludos entre los compañeros de trincheras y batallas son apresurados, casi fríos: ya no les quedan lágrimas, los heridos ocultan vendas, cabestrillos, muletas. Parecen las despedidas entre compañeros de colegio que se separan, seguros de reunirse nuevamente en dos meses. En cambio, tal vez Leone no vuelva a ver a los legionarios. En el alboroto, a pesar de haberse por fin afeitado las mejillas y parecer otra persona, reconoce a Ottolini. ¿Cómo hay que despedirse?

Se alegra de saber que anoche tampoco se marchó, con Garibaldi. El discurso en la plaza de San Pedro –tan áspero, conciso y sin florituras– a Leone le pareció una bofetada. Quien quiera continuar la guerra contra el extranjero que se venga conmigo, dijo el General. No ofrezco ni paga, ni cuartel, ni provisiones. Ofrezco hambre, sed, marchas forzadas, batallas y muerte. Quien tenga el nombre de Italia no solo en los labios, sino en su corazón, que me siga. Cuatro mil aceptaron esa invitación. Tal vez porque no prometió la victoria, sino la lucha. Esas palabras todavía le escuecen.

El comandante Medici les ha dado libertad para unirse al General, pero esta vez casi ninguno de los legionarios lo ha seguido. Ahora que ya no hay un símbolo que defender todos juntos, se han vuelto a dividir. Y los nobles y los estudiantes a considerar forajidos a los guerrilleros con camisa roja. Fue precisamente Leone el primero en explicarse y en decirle a Medici que no tenía intención de tentar a la suerte embarcándose en una campaña desesperada ni de vivir de la extorsión, entre pueblos hostiles, como inevitablemente ocurriría si se marcharan. Mientras expuso sus argumentos, Leone no se atrevía a mirar a los ojos al comandante. Los otros legionarios asentían, también ellos con la cabeza gacha: su propuesta fue aprobada.

No era capaz de interesarse por el proyecto revolucionario de aquellos incondicionales, tampoco por el destino de la República. Se separó de Varesi en Via del Corso porque su amigo quería asomarse al Campidoglio. Le explicó que, a mediodía, allí, en la plaza, desde el balcón del edificio que incluso en los tiempos de los papas seguía siendo el corazón del gobierno de Roma, en las últimas horas antes de que las columnas del ejército francés se apoderen de la ciudad, los miembros de la Asamblea van a promulgar la Constitución de la República romana y a leerla en voz alta. Contiene principios capaces de subvertir a toda Europa, como no han podido hacerlo ni los estatutos ni las barricadas. La regla de la libertad, de la fraternidad y de la igualdad, el derecho a la mejora de las condiciones de los ciudadanos, el sufragio universal, la abolición de la pena de muerte, la libertad política, religiosa y de pensamiento, el derecho al trabajo. Y al menos un artículo, el IV, que incluso a Leone le gustaría haber escrito. La República considera a todos los pueblos como hermanos, respeta todas las nacionalidades, aboga por la italiana.

Pero, a esas alturas, no logró apasionarse por esa apoteosis solo conceptual y, cuando Varesi le señaló que ese era un final digno de su epopeya, le dio la espalda y entró en el callejón, para recoger esa paga inútil y ese certificado que al mismo tiempo que lo ensalza lo marca para siempre. Está mortalmente cansado y tiene sueño, porque anoche, en la habitación de la viuda, tumbado en un colchón blando por primera vez en meses, no fue capaz de pegar ojo. Le sorprendió no sentir compasión por los muertos ni por él mismo. Tampoco es capaz de llorar por la República, por la que hasta hace tres días estaba dispuesto a morir: es más demócrata de lo que pensaba, pero nunca ha sido republicano. Tiene veintisiete años y una vida por construir. Es el futuro el que le formula preguntas, el suyo, su futuro.

¿Qué vas a hacer, Ottolini?, le pregunta. ¿Adónde vas a ir? Vittore era el intelectual de la compañía. En sus momentos de descanso se retiraba para escribir notas en su diario. Llevo al día la crónica de los acontecimientos, explicaba, escribo los nombres de todos, la memoria no es de fiar. Una noche, en el Bajel, mientras estaban de guardia junto a la ventana, le dijo que, en caso de sobrevivir, le gustaría ser periodista, dramaturgo, escritor. Hablar de ellos. Venezian, el sargento poeta, lo habría hecho mejor, pero ya no está. Leone está seguro de que Ottolini va a escribir su libro y se pregunta qué dirá de él. Sería un personaje pintoresco, tal vez, pero me daba vergüenza decirle quién soy en realidad –hablarle de la anatomía de los caballos y los retratos del Café Americano–, no me conoce en absoluto y lo que sabe es ya una ficción para una historia edulcorada, adulterada, quizá. Nunca ha visto mis dibujos.

No lo sé, responde Ottolini. Me gustaría regresar a Milán. De momento, me voy a Génova. He oído que van a dejarnos subir al barco. ¿Sin pasaporte?, se sorprende Leone. Medici les recomendó que se hiciera con uno. Los voluntarios no son reconocidos como soldados legítimos por los franceses y, por tanto, no están sometidos a las leyes de la guerra. Los franceses los están dejando marcharse, pero, si se quedan en la ciudad, acabarán por arrestarlos y quizá entregarlos, como los romanos y los súbditos pontificios, a los esbirros del papa, que los enviarán a la cárcel y a la horca. Pero para quienes ya no tienen patria es difícil conseguir un pasaporte. ¿De qué Estado es ahora ciudadano Leone Paladini, nacido súbdito austriaco? Si vuelve a Milán, lo esperan los tribunales de Radetzky.

Los legionarios de las mejores familias ya tienen pasaporte. Han acudido a Roma madres, padres, sirvientes o conocidos. Los franceses los sacarán de la ciudad eterna sin tocarles ni un pelo. Leone, en cambio, irá al consulado americano. Medici les informó de que el cónsul, Nicholas Brown, demócrata libertario, ayuda a todos. Su pasaporte le dará la nacionalidad americana. No tiene ni idea de lo que eso pueda significar. Quizá acabe en los Estados Unidos de América, dice.

América está lejos, murmura Varesi, si vamos al otro lado del océano, no regresaremos. Leone no se ha dado cuenta de que su amigo ya ha vuelto. La ceremonia en el Campidoglio debe de haber durado poco. Los franceses ya están entrando en la ciudad. Las primeras patrullas avanzan con cautela, entre multitudes silenciosas y hostiles. Algunas compañías deambulan sin poder encontrar los cuarteles a los que están destinados. Ni un solo romano está dispuesto a guiarlos y al primero que intentó cooperar lo despanzurraron.

Ottolini escudriña a Varesi, asombrado. No tiene confianza con el guarnicionero. Siempre lo hacía callar cuando intentaba unirse a la conversación con los estudiantes. Si venís conmigo, os llevaré a un lugar donde nos darán dinero para pagar nuestro billete y subirnos a un vapor con destino a Malta, dice Varesi, ciñendo la correa de la bolsa de cuero. Ya no le servirá para llevar munición, pero le será útil para el viaje. La persona que lo distribuye no está autorizada a hacerlo, no puedo deciros su nombre, es muy rico y era uno de los nuestros, supervisaba las barricadas, confiad en mí. El barco pasará por Civitavecchia dentro de unos días. Malta es un lugar tranquilo, dicen que está cerca y que podemos adaptarnos bien, porque el Mediterráneo es nuestro mar. Si las cosas cambian, y lo harán, volveremos a Italia.

A Leone nunca se le ha pasado por la cabeza exiliarse en Malta. Él pensaba en Londres. Incluso Medici había vivido allí seis años. Y si acogió a un subversivo como Mazzini, también podrá acogerlo a él. Pero Estados Unidos podría ser también una buena solución. Es un país joven, acogedor, refugio para personas de todo el mundo. En lugar de eso, ¡Malta! Una isla, un escollo. Destino de la emigración de pescadores y campesinos sicilianos, no de patriotas... ¿Qué podría hacer él en Malta? ¿Ser contable? ¿Oficinista? ¿Veterinario? No sabe hacer muy bien ninguna de esas cosas. Se le da mejor matar, pero nunca más apuntará con el fusil a otro hombre. Ninguna guerra, ninguna causa, por muy noble que sea, lo llevará a luchar de nuevo. No se lo dijo al comandante Medici, ni a Varesi, tampoco se lo dirá a Ottolini. Lo sabe él y punto.

Varesi se pone la pipa entre los labios, da una profunda calada y le insta a darse prisa. En el consulado americano hay aglomeraciones y el último que llegue puede que se quede sin pasaporte. Leone cree que su amigo se las apañará bien en cualquier lugar. A diferencia de él, es una persona útil. Un guarnicionero, un carpintero, un trabajador es necesario en cualquier país. Tienen que permanecer juntos. Varesi se ocupará de él, como siempre ha hecho.

Leone no tiene fuerzas para imaginar ni proponer un itinerario diferente. Se siente desprovisto de voluntad, como vaciado. La fuerza tranquila del otro lo convence. Lo seguirá, porque Varesi es ahora su familia. Nos vamos a Malta, le comunica a Vittore. Si te pasas por ahí, nos encontrarás.

Ottolini nunca ha entendido la amistad de ese flacucho pequeñoburgués, al que juzgó un chiflado y fantasioso artistoide taciturno, con el trabajador manual de cuero. Siempre los veía juntos, durante la marcha por Italia y luego en el Bajel y ahora juntos se despiden de él. No volverá a verlos, ni a uno ni a otro.

Aunque la ocasión de volver a reunirse se presentará y, además, varias veces. Ottolini escribirá al legionario Leone Paladini, le pedirá que contribuya con sus recuerdos en el volumen sobre el asedio de 1849, pero para entonces serán ya demasiado distintos. Vittore se convertirá en escritor, político, profesor, el otro se convertirá solo en sí mismo, un vagabundo inquieto, un soñador, un inventor. Vivirá en Túnez, en Argelia y en los límites del Sahara; en Roma, en Constantina; en Francia, construirá carrozas para el bey, una cárcel en Cerdeña y villas en Biskra, hará de arquitecto sin haberlo sido nunca, de topógrafo, de recaudador de impuestos y de ingeniero, y de cualquier cosa; soñará con abolir la esclavitud en África y construir un ferrocarril en el desierto, llegará a ser fotógrafo, patentará la gráfica para el horario universal de los trenes de Italia, fabricará una linterna mágica para proyectar la historia de la humanidad, desde la célula y el mono, hasta el ciudadano del siglo XIX, aunque su grandioso espectáculo no tendrá ni siquiera un solo espectador; concebirá un monumento celeste a Vittorio Emanuelle II, y propondrá rebautizar con los nombres de los que murieron por Italia las constelaciones y las estrellas más brillantes del cielo. Será todo y nada, diletante de la vida, y nunca cambiará, aunque pasen veinte años, luego treinta, cincuenta, hasta que cumpla noventa. Leone sobrevivirá a todos sus compañeros, a sus amigos voluntarios, garibaldinos, también a mayores, coroneles, generales de brigada, diputados y senadores del Reino, y verá a Italia unida, a Roma como capital, la traición y la mistificación del Risorgimento, la emigración masiva, la aventura de Eritrea y Etiopía y la laboriosa irrupción de la modernidad en el país del sueño, verá el nuevo siglo, el nacionalismo y la guerra colonial de la Gran Proletaria,[1] pero él nunca envejecerá y seguirá siendo el joven curioso del Bajel para siempre.

1. *La grande proletaria si è mossa* es un discurso de Giovanni Pascoli, pronunciado en 1911, donde el poeta abogaba por la expansión de Italia en Libia, lugar al que los trabajadores italianos podrían emigrar y mejorar así sus condiciones de vida. *(N. del T.)*

Pero hay una última cosa que Leone ha de preguntarle a Ottolini. No puede irse sin hacerle esa pregunta. Es como un duelo. Cuando un ser querido desaparece, uno quiere saber todos los detalles, hasta el último instante. Aunque a veces lo que nos cuenten no sea cierto.

No oí el estruendo de la explosión, dice. Sin embargo, la última vez, cuando el Bajel se derrumbó, el estrépito alcanzó toda Roma. La tierra tembló. Solo Guastalla puede responderte, lo decepciona Ottolini. Ninguno de nosotros estaba ya allí.

El vapor de la marina francesa, asignado al servicio postal –en el que se embarcó el 8 de julio en Civitavecchia con Varesi, ciento ochenta soldados desconocidos de otras compañías y algún legionario de la Medici– permanece desde hace días en las aguas del Mediterráneo, en el puerto de Malta. El casco está rodeado de lanchas cargadas de hombres armados para impedir que los veteranos del asedio de Roma, acampados en la cubierta, apilados unos sobre otros como perros, abandonen el barco. Ya no son soldados, casi ni siquiera son hombres. Sus ropas harapientas y sucias hacen que parezcan pordioseros. El sol cae sobre sus cabezas, recalienta las tablas, les quema la piel. No pueden caminar, apenas pueden moverse. Como ya ha ocurrido en Nápoles y en Mesina, también aquí las autoridades inglesas que gobiernan la isla no les permiten que bajen a tierra: esos prófugos apátridas, forajidos y jacobinos furiosos no son bienvenidos por ningún poder.

El puerto –el más seguro de Europa, se dice– es una estrecha ensenada rodeada de muros verticales escarpados. La ciudad de La Valeta está muy cerca, ya se cierne sobre ellos. Desde las terrazas, los habitantes se agachan para observar esa nave que parece un lazareto y ellos también pueden casi tocar el acantilado a cuyo borde se yerguen las murallas, las fortificaciones y los edificios. Las copas de los árboles se reflejan en el agua azul e inmóvil. El mar es un espejo cruel; la nave, una prisión al aire libre; la costa de la isla, un pedregal amarillo, árido, sediento: todo es tan extraño que Roma le parece perdida para siempre, y lo ocurrido, solo un terrible sueño de destrucción y aniquilamiento.

Antes de partir hacia Civitavecchia –dejó Roma a pie, tal como había llegado–, Leone compró una caja de pinturas en una tienda situada detrás de Via del Corso. Es barata, pero los pigmentos son de buena calidad. Roma era todavía un paraíso para los pintores, fueron los extranjeros que pasaban el rato en el Caffè delle Arti quienes se la recomendaron. Es su único equipaje, solo posee el uniforme que viste. Empieza a dibujar sentado en la escalera que lleva a la segunda clase, donde se ha hecho con un catre. La escena de la batalla del 3 de junio, quiere poner los retratos de los muertos. Los héroes de los que no tuvo tiempo de hacerse amigo y a cuyo lado vivió los asaltos, los tiroteos, las noches insomnes. No quiere olvidar, ya lo está haciendo.

Semana de inercia y desánimo. La melancolía los paraliza. Hablan poco, se balancean en las escaleras y en las barandillas, dormitan, no comen casi nada. Se enteran de que las autoridades británicas solo permiten el desembarco a los enfermos. Y esos ciento ochenta soldados se amontonan en el cuartito del médico de a bordo, mostrando sus heridas, quejándose de sus dolores, en su mayoría reales, pero también imaginarios. Leone también se presenta. Varesi le ha sugerido que lo intente. Él se encuentra en perfecto estado de salud, nunca pasaría la consulta, pero no quiere privar a su amigo de una oportunidad. Es humillante mendigar un desembarco, pero también es humillante dormir al aire libre, contra cuerpos de hombres desconocidos, sin lavarse nunca, apestando a sudor y a pies, rascándose la barba sin afeitar donde pululan los piojos.

Tengo el corazón dilatado, dice Leone, desabrochándose la camisa sucia y mostrando su pecho grácil, huesudo, blancuzco. El doble de grande de lo normal. El médico acerca el estetoscopio. Escucha el latido. Leone se esfuerza por contener la respiración. Nunca ha sabido si tener un gran corazón es una desgracia o un orgullo. Es un defecto congénito, lo despacha el médico. Vivirá usted hasta los cien años, Paladini.

Al séptimo día, corre el rumor de que el capitán del barco mercante debe hacerse a la mar de nuevo y llevará de vuelta a Civitavecchia su carga humana. Uno de los soldados se tira al agua, se hunde, luego sale a flote e intenta llegar a la orilla nadando. Está tan cerca que lo logra en unas pocas brazadas: lo ven trepar por las rocas y correr arriba por unas escaleras. Los británicos lo detienen y se lo entregan al capitán, quien se niega a subirlo a bordo. Ahora ya no es pasajero de su barco. Leone no sabe cómo acabó.

Otros intentan con sus últimos ahorros sobornar a los vendedores de fruta, que acercan sus botes al barco de vapor, ofreciendo melones y bebidas. Los vendedores los aceptarían con gusto, pero no lo hacen. Poco beneficio para un riesgo tan grande. La vigilancia de las lanchas es demasiado estrecha.

A esas alturas ya casi se ha resignado a ser devuelto igual que un paquete a Civitavecchia –después de todo, el vapor ha ido a Malta solo para repartir y recoger el correo– cuando el capitán les anuncia que el Gobierno de Grecia y el de Túnez ofrecen asilo. Los Gobiernos de los Estados ricos de Europa no los quieren, los expulsan de sus fronteras. En Grecia. Y en África. Esperando que se queden ahí. Varesi ni siquiera sabe lo que es Túnez, del que nunca ha oído hablar. La verdad es que Leone tampoco sabe qué esperar. Se pregunta si hay cafés en Túnez... Podría empezar de nuevo con los retratos, como en Livorno. Pero dónde sentirse extranjero le resulta indiferente.

Los marineros dicen que Túnez está muy cerca. Así que, con Varesi y otros ocho legionarios –entre ellos un muchacho de dieciocho años que escapó de casa, otro de Perusa, un estudiante romano, un mantuano, un polaco y un judío de Galitzia— hacen transbordo a un bergantín: es un barco muy pequeño, con un único mástil y tan solo cinco marineros, que parece una maqueta de madera. Cuando levanta el ancla, la proa gira sobre sí misma, el mástil cruje, el viento hincha la vela y los empuja hacia el sur. Su adiós a Europa casi lo conmueve más que el adiós a Roma. No sabe lo que le espera. El horizonte es una niebla que se desvanece en la bruma. Ya es agosto.

Días y días en el mar, como si nunca fueran a alcanzar ninguna orilla, como si no hubiera lugar para ellos en la tierra. Cuando el perfil de la costa encrespa la línea del horizonte, Leone está sentado en la proa, con su cuaderno sobre las rodillas. Intenta dibujar la silueta del Bajel, como lo vio por última vez, desde la trinchera, porque la imagen de esas paredes destripadas por los cañonazos está adquiriendo en su memoria la fuerza obsesiva de un símbolo y al mismo tiempo es exacta y onírica. No está seguro de recordar la disposición de las ventanas ni la forma de las cornisas. Pero entonces vuelven a él las palabras de Guastalla: están sentados en un café de Civitavecchia, uno delante del otro, y guardan silencio, porque a su alrededor solo hay franceses y espías. Pero entonces se miran y él se lo pregunta. Enrico responde, y entonces entiende que algo permanece.

Volví con una antorcha. Los franceses ya estaban allí. Se incitaban a herirme. Era de día y, a pesar de los derrumbes, sabía dónde estaban los hornillos de las minas, encontré las mechas. Acerqué la llama. Dos veces intenté prender fuego. Había llovido por la noche, un diluvio universal, casi un huracán tropical, el agua se había filtrado en las cajas, el ingeniero Borchetta juraba que eran herméticas, pero se equivocó, las mechas estaban húmedas, le contó Enrico, y su sonrisa indescifrable que le fruncía los labios era al mismo tiempo de tristeza y de alivio. El Bajel no saltó por los aires, la mina no estalló.

PERSONA DE EDAD MUY AVANZADA
(1678-infinito)

Se imprimieron pocos ejemplares de la guía de Villa Benedetta, sin ánimo de lucro. El propietario la regalaba a los visitantes extranjeros, para que pudieran apreciar todas las curiosidades del edificio. Arquitectura, pintura, literatura y jardín explicados con todo lujo de detalles con estilo vivaz. Se la definía más como un castillo que como un palacio, equipado en su interior con todas las comodidades posibles. En el frontispicio, aparecía como autor un tal Matteo Mayer.

No supe nada al respecto, incluso habría ignorado su existencia si sor Eufrasia no me hubiera preguntado un día lo que pensaba al respecto. Nuestros encuentros en el locutorio de San Giuseppe habían ido menguando tanto por la lejanía que nos separaba por aquel entonces como por su precario estado de salud. Esa fue la última vez que me senté ante la celosía, delante de su sombra. Creo que ella era consciente de ello. Todavía se consideraba mi ángel de la guarda y quiso dejarme en la verdad. Entre su hermano y yo, al final, me eligió a mí. Yo había hecho lo contrario y ella lo sabía. No merecía el amor puro y definitivo que Eufrasia sentía por mí. Si lo hizo para protegerte, comentó, es un gesto noble. Si lo hizo para protegerse a sí mismo, es una cobardía.

Tuve que preguntarle a qué se refería y sor Eufrasia se

557

quedó en silencio unos instantes. Detrás de la trama de hierro de la celosía, en la penumbra, solo el borde blanco de la cofia me permitía distinguir el contorno de su figura, envuelta en una toca de color carbón. Mi amiga se había convertido en una voz incorpórea para mí. Y esa mañana, en la voz definitiva de una profetisa, casi nuestra conciencia. Te ha borrado.

Matteo Mayer era Elpidio. El hombre que nunca había sido él mismo. Todo lo que había escrito, no lo había firmado. Todo lo que había firmado, no lo había escrito, tampoco inventado ni creado. Mi padre se dispersó en una multitud de heterónimos, mi amigo en un anónimo nombre extranjero, para borrar sus huellas.

No podía creer que hubiera hecho algo semejante y me preguntaba cómo no me había dado cuenta yo. Quizá mientras la escribía yo siguiera viviendo en Via Monserrato. En 1670 quise dejar la casa de Piazza Sforza y la madre de Elpidio había muerto: no había ningún obstáculo que pudieran impedirle alojar en las numerosas habitaciones vacías de que disponía ese edificio a su pintora de casa. Había deseado vivir bajo su mismo techo, hacía años, ahora ya era demasiado tarde. Pero resultaba conmovedor escuchar sus pasos arrastrados por el suelo y la respiración entrecortada mientras subía las escaleras. Y por la noche ver la luz que entraba por la rendija de la puerta. Ni siquiera comíamos juntos, cada uno tenía su propia vida, pero me encontraba con él todos los días.

En los años setenta, Elpidio se había convertido más que otra cosa en el organizador de fiestas de la corona de Francia y disfrutaba planeando ceremonias y funerales. Pero seguía siendo mi agente. Siguió consiguiéndome trabajos y, para entonces, ya era capaz de hacer que cobrara sumas respetables. Por el estandarte de la procesión que pinté para el Año Santo del 75 me pagaron cien escudos, lo mismo que cobró del retablo para la iglesia de San Francesco a Ripa el sobrevalorado Gaulli.

Justa compensación para una virtuosa, comentó restándole importancia Elpidio, con una sonrisa satisfecha, cuando le agradecí su mediación. Tu estandarte es magnífico. Todo el mundo lo ha elogiado. Y ahora lamento que lo hayas pintado para la Hermandad del Santo y no para mí. Te tendría siempre cerca. Porque te he reconocido. Tú eres la comadrona de san Juan Bautista. Tuyas son esas canas. Y su sonrisa. Realmente eres un espíritu extraño, Plautilla. Nunca te hiciste un retrato de joven. Has esperado a tener casi setenta años. Ninguna otra mujer habría hecho lo mismo.

Pero para entonces yo había cruzado el Tíber y el río que discurría entre él y yo se había convertido en nuestro Leteo. El agua había arrastrado con ella la nostalgia y los recuerdos. Ya ni siquiera tenía el estudio en su casa, que quedaba demasiado lejos de la mía. Nuestra intimidad no tuvo tiempo de convertirse en costumbre, aburrimiento y luego molestia recíproca, y cambió, casi inadvertidamente, en un distanciamiento cortés.

El abad pasaba la mayor parte del año entre las delicias de Villa Benedetta: en primavera paseaba por el jardín, entre el aroma de naranjos, limoneros y cerezos; en verano se dedicaba a la escritura. Pero ya era demasiado tarde para liberar su sofocada imaginación. Escribía lo que podía esperarse de un abad que era agente del rey de Francia. Un compendio de los papas, la cronología del mundo desde la venida de Cristo, disertaciones sobre herejías, colecciones de versos laudatorios para el Rey Sol, panegíricos para la nación que representaba, tratados maquiavélicos sobre la educación del príncipe, pero, sobre todo, la biografía de Giulio Mazzarino. Se dedicaba al proyecto con el rigor del historiador que habría querido ser —para establecer la verdad sobre ese personaje que a esas alturas la mala reputación ofuscaba con un halo siniestro, casi demoniaco— y con la lealtad póstuma de un amante. Pero quizá también por otras razones. Escribiendo esas páginas podía revivir su juventud, el ascenso meteórico de su patrón... y el suyo propio.

Nunca intentó publicarla, pero consiguió que la leyeran otros autoproclamados historiadores que planeaban la biografía del cardenal, y se la robaron. Alguien la hizo imprimir, con su propio nombre. Si Elpidio hubiera creído en los castigos divinos, lo habría considerado una contrapartida al robo que me hizo a mí, pero el abad Benedetti no creía en nada. Le oí repetir, con fruición, la chanza de la reina Cristina, quien afirmaba que el saqueo de los santurrones había hecho más daño a Roma que el de los lansquenetes. La mojigatería de sus padres lo había vuelto insensible: lo vi respetar la exterioridad de la religión, rezar en público y practicar las obras de misericordia, pero Dios estuvo ausente de su vida y nunca le oí decir ni una sola palabra de fe. Ni siquiera en los días de la peste, ni siquiera en el lecho de muerte de doña Lucia, su madre, ni siquiera cuando él mismo enfermó. He sacrificado mi virilidad, me confesó una noche, por un hombre, Mazzarino, no por Dios.

El robo lo consumó en un párrafo. Nueve líneas que me rompieron el corazón. «La arquitectura es bastante diferente de las demás, y totalmente apropiada para el campo, que busca la vaguedad, y la variedad de panoramas. La llevó a cabo desde los cimientos el señor Basilio Bricci, arquitecto, y pintor de exquisita inteligencia, asistido por el bien fundado y sensato juicio de su hermana, la señora Plautilla, famosa pintora, que también contribuyó con su pincel en la decoración de esta casa, como se dirá en su lugar.»

Lo siento, me dijo Basilio. Había hojeado la guía en casa del abogado Cartari, pero no me lo había contado. No le des demasiada importancia, solo es la guía de la villa de un abad, nadie la leerá. La atención se centrará en las guías sobre los

561

562

atractivos de Roma para el uso de los viajeros. Después de las ruinas romanas, las basílicas y los palacios, todas dedican un tomo a las villas. Es un género que cada vez tiene más demanda, que se vende mucho, así que van a imprimir muchas más y la verdad saldrá a la luz. No permitas que la amargura de una omisión estropee vuestro pasado. Has creado muchas otras cosas para el abad Benedetti, obras que todo el mundo conoce. Debe de haber tenido sus razones. Tal vez lo haya hecho con la intención de valorarme a mí.

No pensé que esa fuera una explicación posible. Elpidio había ayudado mucho a mi hermano al nombrarlo perito y director de obras, permitiéndole visitar los trabajos de Villa Benedetta no como un lego, un aficionado o una molestia, sino atribuyéndole competencias que no tenía, otorgándole una profesión. Y prestigio. Cuando se supo, lo eligieron maestro de ceremonias de la Accademia di San Luca y, un tiempo después, fue confirmado, es decir, pintores, escultores y arquitectos de Roma no lo habían acogido de nuevo entre sus filas porque se hubieran visto obligados a ello por la sentencia del juicio, que le había sido favorable, sino que lo habían aceptado. Pero habían pasado trece años y, para entonces, Basilio había encontrado otros protectores.

El príncipe Angelo Massimo le había encargado pintar algunos frisos sobre las chimeneas del palacio familiar en Aracoeli y había logrado caerle bien a su hermano Francesco, con la esperanza de convencerle para que le confiara la decoración de la planta superior: se le había metido en la mollera estudiar la historia de Roma para proponer temas apropiados que celebraran las hazañas de sus antepasados. El obispo Capobianco lo había nombrado su pintor de casa e instaló su estudio en su palacio, en Parione. El obispo de Lacedonia, patricio de Benevento y datario de la Penitenciaría Secreta Apostólica, era un hombre de unos sesenta años, acatarrado, amante del teatro y reacio a los cuidados pastorales de su diócesis, a la que nunca se había dirigido, hasta el punto de que acabó entregándosela a otro, manteniendo solo el título de obispo emérito y la correspondiente pensión; y el joven sobrino, también sacerdote, volcado de manera enfermiza en el anticuariado y la historia antigua, era por lo menos tan erudito, caprichoso y puntilloso como Basilio: por tanto, la convivencia junto a esos espíritus afines había resultado cómoda para mi hermano.

Se había convertido en miembro de la Academia de los Infecundos, que reunía a literatos, dramaturgos y poetastros, y con el apoyo de sus nuevas relaciones pudo por fin empezar a reimprimir y publicar las obras inéditas de nuestro padre: autores de cierta reputación le habían dado sonetos encomiásticos, en los que comparaban al Briccio con Plauto, Sófocles y Apolo. Además, después de haber pintado conmigo algunas decoraciones para el oratorio de la Cofradía del Santísimo Sacramento, cerca de la Scala Santa, los canónigos de Laterano le habían encargado luego la construcción de una escalera en la basílica de San Giovanni, reconociéndole así, por fin públicamente, el papel de arquitecto que durante años se había atribuido a sí mismo sin merecerlo. En resumen, ya no era solo mi hermano, pero él no era el arquitecto de Villa Benedetta.

Una inmensa tristeza me mordía el corazón. Basilio, sentado frente a mí, mantenía su mirada en el plato. Estábamos solos, en la mesa de nogal de la sala del apartamento de la segunda planta del bloque de Nova di San Francesco a Ripa al que nos habíamos trasladado hacía unos meses. Margherita tenía razón. Desde las ventanas, las vistas, magníficas, llegaban hasta el río. Pero ella nunca las disfrutó.

Murió a los veinte años, unas semanas después de nuestro paseo. Mientras dormía. Nos habíamos acostado tarde, después de dibujar juntas en mi estudio, hasta que la luz demasiado débil cansó nuestros ojos. Buenas noches, Plautilla, dijo, cerrando la puerta. La encontré yo, por la mañana. Llamaba a la puerta y no respondía. Llamé más fuerte. Se está haciendo tarde, dormilona, la regañé cariñosamente. Me prometiste que hoy vendrías al estudio, yo ya estoy lista. He pedido que te trajeran dos roscas, todavía están calientes. No me contestaba, así que abrí la puerta y entré. En la habitación me asaltó un olor a maquillaje y a sueño. Su mejilla en la almohada, su mano en la sábana, el pelo suelto. Parecía que aún estaba dormida, pero nunca despertó.

Construí esa hilera de casas para ella, por aquella promesa de cercanía que nos hicimos una a la otra... demasiado tarde. Y me fui a vivir a ese apartamento, tan lejos del centro de Roma y tan incómodo, para nosotros que nunca tuvimos un carruaje, para llevar conmigo algo de esa joven mía a la que habría amado, que me habría amado. Que habría estado a mi lado cuando yo fuera demasiado vieja para seguir trabajando y que iba a dejar en el mundo cuando llegara el momento de emigrar de esta vida. Que se acordaría de mí, de nosotros.

Mientras permanecía sentada en la cama, junto a ella, inmóvil, nosotras dos solas un momento más, antes de avisar a Onofrio, de llamar a Basilio, de dejarla ir, me volvían a la cabeza la desesperación de Albina cuando perdió a Teodora y sus terribles palabras. Los traigo al mundo solo para hacer que mueran. La juzgué, no sabía nada. Ninguno de sus hijos sobrevivió.

No habrá ningún Briccio, ninguna Briccia, en el nuevo siglo. Basilio y yo nos iremos sin herederos. Nos hemos quedado juntos, enroscados uno al otro como la vid en el olmo. Cada mañana los frailes de San Francesco a Ripa nos veían detenernos en la capilla Albertoni. Nos gustaba empezar el día saludando a la beata Ludovica. Una de las últimas esculturas de Bernini, quien, después de tantos años, volvió a esculpir una figura de mujer. A pesar de haberla hecho a petición del papa Altieri en pocos meses, a cambio de una retribución vergonzosa (gratuita, salvo el coste del mármol, con tal de que a su hermano, sorprendido mientras violaba a un muchacho de dieciséis años al que había causado lesiones permanentes, se le permitiera el regreso desde su exilio), era una estatua digna de su Dafne y de santa Teresa. Los entendidos elogiaron el extraordinario trabajo que había realizado con la escofina, para plasmar la rugosidad del hábito, y con el taladro, para el encaje de la almohada, pero a nosotros nos gustaba por un detalle en que los demás ni siquiera se fijaban. El colchón en la que estaba acostada. Desbastado amorosamente con el puntero, el escoplo y el cincel dentado, el mármol parecía lana de verdad, una superficie acolchada y suave, tan real que habrías deseado descansar la cabeza. Bernini había ennoblecido un objeto de uso cotidiano, porque todo puede ser arte. Ese colchón nos reconciliaba con nuestra historia y con nosotros mismos. Y entonces Basilio me tomaba del brazo y lentamente regresábamos a casa.

Dos artistas ancianos, satisfechos. Vivíamos la vida que habíamos buscado. A pesar de nuestra edad, sanos, los dos trabajando en proyectos que nos apasionaban. Podíamos permitirnos, los dos, no hacerlo por dinero. En 1674 había vendido mi cuota de la casa en la isla Tiberina y con los cincuenta escudos que había obtenido nos compramos unos años de libertad. Solo debíamos procurar no vivir demasiado tiempo. Basilio aceptó más tarde un «trato bajo», es decir, una paga ínfima de unos cien de escudos, para decorar el Palazzo Massimo, con tal de darse la oportunidad de subir al andamio con su mozo, a pintar caballos, camellos y cocodrilos, durante quinientos diez días, y casi solo por el placer de hacerlo.

Nos tratábamos bien, nos vestíamos con refinada austeridad, podíamos darnos el gusto de comer carne de ternera una vez al mes, buen vino y, de vez en cuando, permitirnos el capricho de un asado de perdices rojas y pardas afaisanadas. En los años despreocupados del papa Clemente IX –el viejo y simpático Giulio Rospigliosi, antaño poeta dramático en la época de los Barberini–, quien quería que todo el mundo estuviera tan alegre como él y dejaba organizar fiestas, bailes y comedias, en Carnaval trabajábamos solo por las mañanas e íbamos al teatro todas las tardes. Y cuando inauguraron el teatro público en Tordinona nos compramos asientos en el palco y juntos disfrutamos de la novedad de ver mujeres en el escenario. Mientras aplaudía a las actrices y las cantantes, pensaba que, de niñas, cuando Albina y yo actuábamos en casa, nunca imaginamos que un día mujeres como nosotras podrían subirse al escenario y pronunciar o cantar palabras de amor, delante de todo el mundo, libres de fingir ser otras precisamente porque podían ser ellas mismas. Y daba las gracias a la vida que me había concedido ser testigo de este cambio. Luego Inocencio XI –el moralista apodado «papa Minga»– prohibió los espectáculos para salvar nuestras almas y nos obligó a escuchar solo música sagrada.

Pero a Basilio también le gustaba esa –de hecho, él mismo componía oratorios e himnos, pues, como nuestro padre, se consideraba artista, matemático, escritor y músico–, por lo que nunca nos aburrimos. Frecuentábamos a laudistas y organistas, escritores, abogados, médicos y profesores de La Sapienza; en la fiesta de San Luca, en las ceremonias y en las reuniones de la Accademia nos reservaban buenos asientos; me invitaban a presentar mis obras en las exposiciones anuales de pintura en las que los artistas se mostraban ante el público y tenían la posibilidad de vender sus trabajos directamente –también era esta una novedad impensable cincuenta años antes–, y mis cuadros siempre se colocaban entre los de los maestros más respetados. Nunca hablamos de las muchachas que habíamos perdido.

Tampoco Elpidio. Sin embargo, una Benedetta de carne y hueso, no de piedra, él aún la tenía. No sabía qué había sido de la hija de Gaudencio. Tampoco, de hecho, de su madre rubia, que desapareció antes de su nacimiento, dejando tras de sí solo un persistente olor a verbena en la habitación. Los Benedetti habían criado a la niña con una nodriza en el campo y luego la dejaron allí. Sabía de su existencia porque, de vez en cuando, me cruzaba con la lavandera mientras entregaba al granjero cestas de ropa de niña recién blanqueada o con la criada que recogía de los proveedores casaquitas, vestiditos de lino tornasolado o de moer de colores, corpiños de tafetán, zapatitos y un minúsculo par de botas bordadas. Solo la vi una vez.

Ese día tendría que haber estado fuera de la ciudad porque Elpidio me había organizado una visita a Tívoli. Tenía que ir para ver unas losas de pórfido rojo encontradas en unas excavaciones en la zona y que él sabía que estaban en venta. Para revestir los pilares de su capilla de San Luigi soñaba de hecho con ese mismo mármol rojo, digno de los faraones egipcios y de los emperadores romanos y, por tanto, del rey de Francia y de él mismo. Pero a diez millas de Roma, en una curva, la calesa volcó y cayó en una zanja. A pesar del susto, salí ilesa, pero las ruedas estaban destrozadas y la lanza, rota. Me llevaron de vuelta a Roma en un destartalado cacharro dos estudiantes alemanes de La Sapienza, apasionados de las antigüedades, que regresaban, entusiasmados, de la Villa de Adriano.

Los grititos de una niña me llegaron mientras atravesaba la puerta. Virginia estaba en el jardín, jugando con el loro al borde del pozo. Rojo fuego el pájaro, una rareza exótica que Elpidio había querido regalarse, toda de azul la niña, sus esqueléticas piernecitas que aparecían bajo su delantal, con trenzas negras y cara de ratoncito. Se movía hacia Elpidio, con el pájaro agarrado a su brazo y estrechando una muñeca con el otro, y llamándolo, tímidamente, señor abad. Él cogió la muñeca, la giró entre sus manos sin saber qué hacer con ella y se la devolvió. El pájaro musitó una frase ininteligible –nadie había conseguido enseñarle a hablar– y voló a la logia.

¿Dónde se ha metido la pequeña Benedetti?, le pregunté unos días después, carcomida por la curiosidad. No había vuelto a oír su voz. ¡Ah, por favor!, exclamó Elpidio, volvió donde estaba, este no es un hogar para niños, todavía encuentro broches por todas partes, acolchados rotos y bocados putrefactos debajo de la mesa. Es una niña, sonreí, los niños son esenciales, ¿sabes? Crean desorden y lo rompen todo, ese es su trabajo. Te hacen ver que, de hecho, podría cambiarse todo de sitio y que nada es realmente necesario.

Qué tonterías mujeriles estás diciendo, Aristóteles... Nunca he podido soportar a los niños y a ese pequeño monstruo menos que a todos los demás. Me repugna. No quiero verla por aquí. Me quedé sorprendida por su vehemencia. Hablar con tanta aversión de Virginia, que llevaba el nombre de su abuela, de su tía y de su sobrina, de todas las mujeres Benedetti desde hacía siglos. Virginia se habría llamado su hija.

Cuando Gaudencio murió, unos meses antes que Margherita, me tomé la libertad de preguntarle a Elpidio qué iba a ser de la niña. ¿Por qué no te la llevas a vivir contigo? Ya no tienes a tu madre, ya no tienes a tu hermano, Virginia es el último pariente que te queda. ¡Soy un abad, un clérigo de casi sesenta años!, se sorprendió, como si yo pretendiera algo absurdo, me he quedado solo con mis secretarios y la criada, no hay ninguna mujer en esta casa, no puedo ocuparme de una niña y, además, la hija ilegítima de ese animal de Gaudencio no puede heredar mi fortuna, que es de Francia. Mi honor me lo impide. Y vale más que la ley de la sangre. La del corazón me obliga solo a mantenerla, cristianamente. Eso es todo.

La entregó como un baúl al Conservatorio de Solteras dispersas de Sant'Eufemia, en el foro de Trajano. Abonó los cuarenta escudos de la dote para la entrada y pagó los alimentos para todo el año, dio instrucciones a su secretario para hacer los pagos cada seis meses y nunca más volvió a verla.

Solo hablamos de esto una vez más, después de la misa en sufragio por el alma de Margherita, que hice cantar en el primer aniversario de su muerte. La música la compuso Basilio, a petición mía. Las voces blancas del coro de *castratini* ascendían hasta alturas vertiginosas. A Margherita le habría gustado. Cantar había sido su único pasatiempo. Estábamos sentados en el banco de la primera fila en mi iglesia de San Biagio. Bajo nuestros pies, en algún punto bajo el pavimento, sin una placa que lo recordara, estaba mi muchacha sin esperanzas. Elpidio me había tomado la mano entre las suyas durante todo el concierto. Al final, sin importarle la presencia de los cantantes, me abrazó. Todo lo que te dije sobre Virginia no era cierto, susurró. La mantengo alejada de mis ojos porque no puedo soportar la evidencia más sencilla: no es tu hija, ni la nuestra.

En el jardín del estudio de Giovan Francesco De Rossi, mientras él evaluaba el progreso de los trabajos de estucado para nuestra capilla –bonitos querubines sosteniendo la corona, un tanto convencionales los angelitos que sujetaban el telón, pero bellísimas las dos figuras femeninas destinadas al arco, cándidas e inexpresivas como deidades–, le pregunté sin preámbulos por qué mintió sobre Villa Benedetta. Por qué había eliminado la maternidad de mi creación.

Villa Benedetta es tuya y siempre lo será, me respondió, haciendo una pausa para palpar el copete de convicto en el cráneo de la única figura masculina de la capilla. Una vez colocado encima del pilar, ese demonio derrotado por la Religión con la cruz en el pecho estaría para siempre a punto de hundirse en las tinieblas. La alegoría era casi innecesaria. El diablo, o quienquiera que fuera, estaba desesperado. El Vecchietta, un toscanuzo amargado que, sin ninguna originalidad, solía tallar en mármol santos y cardenales difuntos, se estaba superando a sí mismo, pero el mundo no está preparado para aceptar que una mujer construya una casa para un hombre. Una capilla, sí. Es el alma, como una ofrenda a Dios y una petición de perdón por los pecados que hemos cometido y por el daño que hemos dejado atrás. El hogar es el cuerpo. Vivo dentro de ti, cuando estoy ahí arriba. Es algo demasiado íntimo para compartirlo. Debe seguir siendo nuestro.

Lo entendí, pero nunca se lo he perdonado. Continué trabajando para él, completé todos los proyectos que teníamos todavía en marcha. Me presenté a su lado el día en que la capilla de San Luigi fue consagrada por fin, pero no fui a visitarlo cuando enfermó y nunca más estuvimos a solas.

No estaba presente el día en que, demasiado tarde, finalmente conocí al *cavalier* Bernini. Después de una interrupción que duró cuatro años, en 1671 las obras de la iglesia de Santa Maria in Montesanto se habían reiniciado y los trabajos se habían reanudado bajo la dirección de Carlo Fontana. Pero en 1674 se había hecho cargo Bernini, con Mattia de' Rossi, su discípulo predilecto y el colaborador en quien más confiaba. El caballero era anciano y, de hecho, esa fue su última obra de arquitectura, pero su mente, capaz de abrirse y aprehender los cambios del gusto, seguía lanzando nuevas invenciones. Siempre había teorizado sobre el *bel composto*, es decir, la compenetración de la arquitectura y la escultura que había hecho tan originales sus estatuas y sus capillas, y, ahora, en cambio, parecía querer volver a la pureza del lenguaje propio de la arquitectura. La pequeña linterna que construyó flotaba en el espacio. También cambió la forma de la cúpula del ábside en la que, con una solemne ceremonia, acababa de encontrar su colocación definitiva mi *Virgen*.

En el altar mayor, trabajaba desde noviembre de 1677 Mattia de' Rossi. Había planeado un templete con cuatro columnas de mármol verde imperial, los capiteles corintios en mármol blanco, coronadas por un tímpano también de mármol blanco. Me avisaron los carmelitas titulares de la iglesia que Filippo Carcani iba a colocar en ambas vertientes del tímpano dos ángeles arrodillados, en estuco. Me presenté para presenciar las maniobras y el caballero estaba allí, para su examen de los trabajos.

Elpidio me había contado que el 13 de agosto de 1665 –por una singular coincidencia, el mismo día de mi cumpleaños–, en París, en el suntuoso salón del Palazzo Mazzarino donde Bernini esculpía el busto en mármol de Luis XIV, el rey se presentó para verlo trabajar. Iba acompañado de un séquito de cuarenta personas, al que se añadió poco después el barón de Blumenthal, con una delegación igualmente numerosa de aristócratas, prelados y diplomáticos. Bernini tuvo que disimular la molestia de dejar que lo miraran mientras trabajaba y prosiguió con el retoque de la nariz. Todavía no estaba seguro de que la escultura consiguiera dar la impresión de vida y reflejara la energía y la imperiosa autoridad del modelo. Ninguna obra le había costado tanto esfuerzo.

Desde su llegada a París, Paul Fréart, señor de Chantelou –el mismo al que Elpidio había escoltado hacía veinticinco años por la Ciudad Eterna–, anotaba sus palabras, sobre todo máximas grandilocuentes de sabiduría acerca de la vida y el arte y, a veces, juicios mordaces sobre los otros pintores. En casa los transcribía religiosamente en su diario, para eternizar los pensamientos y opiniones del mayor creador del siglo. Se citaban y se repetían como si fueran las verdades de un oráculo.

Bernini se mostró complacido al descubrir que entre sus visitantes se encontraba el abad de Saint-Calais, un pariente del señor de Lionne. De hecho, conocía muy bien a Hugues de Lionne, el secretario de Mazzarino que el cardenal había ascendido a diplomático y enviado a Roma como embajador, ofreciéndole vivir en su palacio del Quirinal. Finalmente, cuando se despidieron, les rogó que hicieran el besamanos a la señora.

Paule Payen era una de las damas más brillantes de la corte de Francia. Una bella y licenciosa dama, amante del despilfarro y de las aventuras, pero con un espíritu de fuego: Bernini consideraba que en Italia no había ninguna mujer con una inteligencia similar. Le había mostrado los dibujos del Louvre y había escuchado con asombro sus oportunas observaciones. No conozco, le dijo al abad de Saint-Calais, pero para que todos pudieran oírlo, más que a dos mujeres sensibles para las artes que cultivo. Se refería a la escultura y la arquitectura. La reina Cristina de Suecia y la señora de Lionne.

Su omisión no me había sorprendido —¿acaso podría haber nombrado ante el rey, los príncipes, los barones y los aristócratas de tan alto rango a una simple ciudadana de Roma?—, pero, de todos modos, me había dolido. El caballero sabía de mi existencia. Elpidio le había presentado mis proyectos para Villa Benedetta e incluso lo había invitado a visitar las obras de construcción, casi terminadas cuando Bernini se marchó hacia París.

Y ahora estábamos en el atrio de «mi» iglesia, que también era la suya. Las gigantescas columnas que los trabajadores habían erigido en el pronaos las conocía bien. Había caminado sobre ellas. Eran las derribadas del campanario de San Pedro.

No recuerdo quién nos presentó. A mí me parecía conocerlo desde siempre. Y creo que él compartía esa impresión. Me tomó galantemente bajo su brazo para sujetarme e impedir que me cayera al suelo, atestado de chatarra, vigas y escombros de las obras: poco a poco, inseguros ya debido a nuestros achaques y desconfiados de la fortaleza de nuestras rodillas

573

respectivas, llegamos al altar mayor. La luz que penetraba por las ventanas de la cúpula inacabada irradiaba la *Virgen y el Niño.* En el centro del entablamento destacaba la inscripción dorada:

ALTARE PRIVILEGIATUM PERPETUUM

Cavalier Bernini, me honra que el papa haya concedido reutilizar vuestras columnas para completar la fachada de Santa Maria, le dije, mientras ambos mirábamos pensativos esa palabra, perpetuo, que en dos ancianos como nosotros suscitaba un extraño vértigo. Mi querida señora Briccia, respondió con la ironía que reprimía con los poderosos y desahogaba con amigos y compañeros, mi única derrota da paso ahora a vuestra primera gloria, que no es la única. Con eso, concluyó sonriendo, ya no os debo nada y perdonaréis mi descortesía.

A Luis XIV le gustaba montar a caballo. Tal vez esa fue la causa de su enfermedad. O tal vez la equitación se limitó a agravar un problema causado por demasiados enemas. El hecho es que, con solo cuarenta y ocho años, la fístula que tenía en el ano le impedía cabalgar y moverse ágilmente y lo obligaba a ser llevado en una litera. El cuerpo del rey es el cuerpo del Estado: la enfermedad disminuía a ambos.

Médicos y cirujanos se presentaron por centenares para curarlo. Proponían todo tipo de medicinas y remedios (cataplasmas, hierbas, parches), cirugías, incisiones, cortes, resecciones. Se arriesgaban a acabar en la Bastilla o a ser decapitados, pero la esperanza del éxito los volvía temerarios. Los médicos de la corte titubeaban y desaconsejaban correr riesgos, entre otras cosas, para conservar sus puestos, pero entonces un cirujano, un tal Félix, consiguió convencer al rey para que se sometiera a una operación inédita.

De hecho, durante meses había estado experimentando la nueva técnica con unos setenta desafortunados, súbditos pobres que proporcionaron, gratuitamente y sin pedirlo, sus esfínteres para la gloria del rey. Muchos de ellos no salieron vivos de la mesa de operaciones. Sin embargo, al final Félix desarrolló un nuevo bisturí curvo, que permitía incidir sobre la fístula sin desgarrar el ano. Ni siquiera los familiares más directos fueron informados y, por el contrario, hasta se los mantuvo alejados. El cirujano operó a Luis XIV con gran secreto, solo ante la presencia de su última amante, madame de Maintenon: maniobró durante tres horas en el orificio real especialmente abierto, sin anestesia. Luis XIV lo soportó. Desde niño, cuando su madre y él tuvieron que huir de París bajo la amenaza de los partidarios de la Fronda, había sido educado para ser valiente. Después de más cortes y unos meses de convalecencia, quedó claro que el problema estaba resuelto. Félix consiguió un empleo entre los médicos de la corte y la riqueza, y el Rey Sol, la salud. La noticia de la curación se difundió con pomposidad y se celebró con fiestas, bailes y conciertos por todo el reino. Elpidio no dejó escapar la oportunidad.

A diferencia de lo que siempre había hecho, no contrató escenógrafos, arquitectos ni directores de escena. Quiso ser él mismo el autor del espectáculo: el embajador francés, el cardenal d'Estrée, se lo permitió. Desafió la meteorología y las lluvias de primavera y eligió una fresca velada de abril: corría el año 1687.

Quería organizar la fiesta entre la iglesia de la Trinità y Piazza di Spagna, que quedaba abajo, justo donde había soñado con construir la escalinata. En realidad, nunca había renunciado a ese proyecto: hacía un tiempo Basilio me había hecho saber que, para poder financiarlo, ya que no lograba encontrar fondos, el abad había puesto a la venta Villa Benedetta. Pedía treinta mil escudos por nuestra criatura. Quizá de esa manera también quería liberarse de nuestra historia: la villa era el recuerdo en piedra de las delicias de una época pasada que ya no significaba nada para él. Me alegré al saber que no había encontrado ningún comprador.

De manera que la escalinata la construyó para un solo día. Decoró la fachada de la iglesia con un exuberante aparato de arabescos, festones y hojas: las rampas y las rocas que descendían por la pendiente, las estatuas alegóricas, los ángeles, los candelabros de la escena y los obeliscos que la rodeaban eran de cartón piedra, pero los cientos de antorchas, las lámparas y las velas –algunas de ellas colgadas dentro de las naranjas y de los limones de los árboles que había plantado al pie de la montaña– irradiaban una luz auténtica y el agua que fluía desde las urnas de las estatuas para simular los ríos de Francia formaba una cascada real. Y la música de las trompetas, los timbales, de las cornetas y de las cuerdas, que los músicos tocaban en el escenario montado en la plaza, se elevó al cielo durante tres cuartos de hora, obligando a la multitud presente a un solemne silencio.

Elpidio estaba allí, en el escenario, vestido de negro, dirigiendo el espectáculo: con la batuta en la mano y el sombrero en la cabeza, con borlas que se balanceaban a cada movimiento, parecía el mago de un teatro de cuento popular. Yo también estaba allí, detrás de la empalizada, en primera fila, manejando una especie de catalejo para disfrutar de las invenciones del aparato. Las había ideado Elpidio, esta vez... todas. Encontré particularmente logradas la Cornucopia –reformulación de nuestra Felicidad–, los Cupidos, la Fama, pero, sobre todo, la Eternidad: una mujer sentada en el carro triunfal, con tres caras que simbolizan el pasado, el presente y el futuro. Alrededor de su brazo izquierdo se retorcía la serpiente *ouroboros* –porque el principio es el fin de todas las cosas y la omega es el alfa de la vida.

En cuanto los instrumentos musicales callaron, dispararon los petardos y, mientras el viento dispersaba el estruendo, se puso en marcha la girándula de seiscientos rayos. Uno de mis vecinos comentó impresionado la novedad de las invenciones y la perfección técnica del espectáculo. Basilio observó que era algo muy hermoso de ver, hacía mucho tiempo que Roma no asistía a una fiesta como aquella. El difunto *cavalier* Bernini no habría podido hacerlo mejor. Y entonces encendieron los fuegos artificiales. Contemplé el Carro de la Eternidad surcando el cielo de Roma como un meteoro.

Cuando acabó la fiesta en la plaza, cientos de personas se dirigieron hacia el Janículo. Elpidio había abierto las puertas de Villa Benedetta. Para dejar una señal también en la historia de las fiestas. Las fiestas de Roma eran espectáculos que exigían atención y causaban asombro, pero no participación. El pueblo tenía que admirar y, hasta cierto punto, adorar, a quienes se las proponían. Todo estaba escrito, todos los significados, explicados: el frenesí creativo era también el límite extremo de la libertad. Quienquiera que los produjese y cualquiera que fuese el pretexto –la muerte de un santo o de un general que había luchado por la cristiandad –, siempre eran espectáculos de sumisión.

Aquella noche de abril, Villa Benedetta se decoró con cortinas de seda y se iluminó con cientos de antorchas: los sirvientes en librea daban la bienvenida a los visitantes con una reverencia, como si fueran nobles invitados a una fiesta de la corte. Los plebeyos romanos que hasta entonces habían tenido que mirarla desde la calle se precipitaron con curiosidad a la casa del autor de la fiesta. Me dijeron que estuvieron paseando por el parque hasta el amanecer. Arrancaron las peras y los membrillos de las ramas y se los comieron. Alguien robó una de las sirenas de terracota del murete de la logia. También hubo uno que saltó a la pila de la fuente.

Yo me había quedado al pie de la Trinità, con los ojos todavía deslumbrados por los juegos de agua y de luces. Yo he utilizado los colores y la piedra, Elpidio lo que no se puede sujetar ni tocar. Toda nuestra historia está ahí, en el contraste entre la materia y la ausencia. Me di cuenta de que ese espectáculo era su gran final, su apoteosis.

El maestro de la fiesta estaba rodeado por docenas de personas y tuve que esperar mi turno para llegar hasta él y felicitarlo. Querida, me dijo, con sincero pesar, os había reservado un sitio en el palco, ¿por qué no lo ocupasteis? Ha sido más bonito entre la gente, le respondí, nunca me he sentido cómoda entre vuestros príncipes. ¡Yo tampoco!, se echó a reír, divertido como un niño después de una travesura. ¡Qué dientes más hermosos!, pensé con dolor, apartando la mirada. Los que ahora lucía eran igual de hermosos: grandes y de un marfil muy blanco, pero no eran suyos.

El embajador d'Estrée ofrecía un refrigerio en el Palazzo di Francia y había invitado a los cardenales del Sacro Collegio, a nobles romanos y extranjeros, la habitual plétora de caballeros y damas. Elpidio también había hecho que me enviaran a mí una invitación. Tengo que marcharme, dijo. Te espero allí. Le dije que me reuniría con él. Solo necesitaba encontrar a Basilio, a quien había perdido de vista, pero, en el mismo momento que hablaba, supe que yo no iría. Y de que esa era la última vez que lo veía.

Pero preferí despedirme de Elpidio de esa manera, con la alegría efímera de una ficción, la Felicidad terrenal, al fin y al cabo, no es más que eso. Y mientras él subía al carruaje de D'Estrée y yo me alejaba de la plaza casi vacía para entonces, sembrada de migajas, confetis y flores de mimosa, pensaba de nuevo en la imagen que quedaría indeleble en mi memoria para sellar esa fiesta... y la nuestra. Ese sol de fuego. Primero, por detrás de la iglesia, brotaron los rayos; luego surgió, subiendo cada vez más alto: tan luminoso que no podía mirarse fijamente. Inmóvil, allá arriba, sobre la montaña, visible desde cualquier punto de la ciudad, más alto que cualquier otra cosa, brilló unos instantes en el cielo de Roma y, después, se desvaneció.

Los últimos años del abad fueron amargos, pues gastó las energías que le quedaban intentando recuperar sus ahorros: se los había confiado a un banquero y, cuando este quebró, los perdió. Tuvo que despedir a parte de sus empleados. Al final, estaba demasiado achacoso para ir a vivir a la villa del Janículo y ya no volvió a dejar el palacete de Monserrato. Hacia finales de noviembre de 1690, su secretario me entregó una nota escrita de su puño y letra, con caligrafía temblorosa, casi ilegible. Exhortaba a la querida Aristóteles a no dar crédito a los rumores sobre su progresivo deterioro, porque él siempre había librado sus batallas y esa también iba a ganarla. No tenía que preocuparme. El final es el principio. Cuidaría de mí, siempre.

Me enteré de su desaparición por el notario. Ni su sirviente ni su secretario se tomaron la molestia de informarme. Ni siquiera pude participar en las exequias. El notario Octavio, que me convocó para la apertura del testamento, me dijo que había muerto en su cama, en paz, tras haber recibido los santos óleos. Lo enterraron en nuestra capilla, en San Luigi: durante años, organizando las fastuosas honras fúnebres para sus patronos, se había empeñado en mostrar al mundo lo magníficamente que se celebra la muerte en Roma, que ese, de hecho, es el único espectáculo digno de esta ciudad inmortal y, sin embargo, cortejada por los momentos finales; pero quiso irse sin exhibición de cadáver, sin alboroto y sin pompa, a la luz de solo seis antorchas, como un romano corriente.

Dejó limosnas a los pobres de su parroquia y a los de la mía, las rentas como abad y la pensión, a los de su abadía de Bayonne; sus bienes, a las monjas del convento de San Giuseppe Capo Le Case, en memoria de Eufrasia, y Villa Benedetta, al duque Filippo Mancini de Nevers, heredero del glorioso Mazzarino, a quien recordaba haber tenido el honor de servir durante veinticinco años, devolviendo así al patrón todo lo que nunca fue realmente suyo.

El cardenal desconfiaba de ese sobrino guapo, frívolo e indolente que le había causado bastantes problemas cuando, jovencísimo, se vio envuelto en una orgía algo blasfema con otros aristócratas de su edad, forzando a Luis XIV a encerrarlos a todos en la fortaleza de Brissac. Pero, como único varón vivo entre sus sobrinos, le había dejado a él sus palacios en Roma y París y la parte más sustancial de la herencia, que le permitió vivir como él quería. Se dedicó a viajar –no habría renunciado al Carnaval de Venecia ni de Roma por nada en el mundo–, a los placeres, a la poesía, al amor. En resumen, el duque de Nevers era un epicúreo y un libertino.

Elpidio lo había conocido bien durante el transcurso de sus agitadas estancias romanas. No ignoraba los rumores que lo acusaban de incesto con sus bellísimas hermanas Maria y Ortensia, a las que luego ayudó a abandonar a sus pésimos maridos, y, peor aún, de haber contagiado con el vicio italiano al hermano del Rey Sol, monsieur d'Orléans; de haber contribuido a envenenar a la mujer de este; de frecuentar con la misma desenvoltura a duques, bellacos y delincuentes. Pero habían llegado ante sus ojos los versos que circulaban manuscritos por París, valorados por escritores y por los aristócratas más refinados de la corte. Debió de pensar que el hombre que afrontaba la vida con tan despreocupada ligereza era la persona adecuada para disfrutar de aquella villa literaria.

Filippo Mancini de Nevers pasó un tiempo allí, el año después de la muerte de Elpidio, con su esposa, su cuñada y una alegre corte de parisinos, pero luego regresó a Francia.

La lectura del testamento duró casi una hora. Elpidio pagaba las deudas a todas las personas a las que creía deberles algo o a quienes quería dejar algún recuerdo suyo. Embajadores, cardenales, abadesas, monjas, reverendos, una lista de apellidos ilustres, pero también de jóvenes abades, benefactores de San Pedro y simples sacerdotes, incluso su contable y su jardinero. Todos recibieron algo, proporcional a su rango: la estatuilla de *Andrómeda* de Bernini, los cuadros de Procaccini y Spagnoletto, las copias de Guido Reni y Rafael, las maquetas de terracota de Algardi, Domenico Guidi y Bernini, la onírica maqueta de cartón de la escalinata de Piazza Spagna, que había colocado en el jardín de Villa Benedetta, la *Judith* pintada en cristal, las miniaturas, los espejos, los relojes, los libros de música, los utensilios para refrescar el vino, las jarras, las mayólicas, el carruaje, la viña, el papel pintado con cítricos y el de tafetán, el escritorio de nopal, el breviario, la guantera de plata, los barriles de la bodega. Algunos de esos nombres los conocía, otros eran desconocidos para mí. Serían más de cuarenta personas. Geografía, arqueología y jerarquía de una vida.

A mí, la señora Plautilla Bricci, se refería en el primer párrafo en el que, tras enumerar las limosnas y la forma de distribuirlas, empezaba a disponer de sus bienes. Rogaba a la iglesia de San Luigi, a la que dejaba la propiedad de los inmuebles del Trastevere, que «actuara con cortesía» al reclamar el alquiler de la casa que me había donado mientras viviera.

Nada más.

De todas formas, al salir de la notaría, no me sentí ofendida por el utilitarismo tosco y casi mezquino con el que solicitaba a los nuevos propietarios que se apiadasen de mí, decrépita moribunda: no debían ser impacientes, «pudiendo contraponer un capital perpetuo con uno temporal en una persona de edad muy avanzada». De hecho, me alegré de que no me hubiera dejado nada. Por extraño que parezca, precisamente mi ausencia en esa lista de destinatarios, acreedores, de alguna manera, de su buena voluntad y su amistad, me confirmó que Elpidio me había amado de verdad. Nunca he despreciado el dinero, porque sé demasiado bien el precio de su ausencia, y acepté el suyo cuando era fruto de mis esfuerzos, pero no lo habría querido como regalo. Tampoco habría querido, como recuerdo, un objeto perteneciente a esa existencia que no pudimos compartir. Si me hubiera tratado como a su contable, su secretario o su jardinero, sus empleados, me habría humillado. Me llevó con él en su silencio, que es solo nuestro.

Pedí un carruaje alquilado para que me llevara a la puerta de Villa Benedetta: el jardinero, Baldani, me reconoció y me abrió. Solo en ese lugar podía decirle adiós. Era una lechosa mañana de diciembre, con madejas de nubes blancas que se demoraban sobre la parte superior del edificio, tragándose las estatuas de la terraza. Los cipreses habían crecido y sobresalían de los muros como centinelas. En las sendas del parque, las hojas verdes que habían caído de los árboles de cítricos destacaban sobre la nieve fresca. Mis pasos dejaban huellas profundas, pero sin sonido. Caminaba como un fantasma por entre los hermas y las pirámides que nunca volvería a ver. Sabía que esa era la última vez y lo tocaba todo: los troncos rugosos de los limoneros, los tersos de las higueras, las ramas desnudas de los almendros y de los granados, los frutos de los naranjos espolvoreados de nieve, y, luego, mientras subía la escalinata, los mármoles, el alféizar, las columnitas de la balaustrada. El teatro nunca me pareció tan grande. La proa del barco, nunca tan atrevida. Excepto el agua de la fuente, que seguía soltando su altísimo chorro, todo estaba inmóvil, carente de vida, como bajo el efecto de un hechizo. Cristalizado en una belleza irregular, extravagante, tan original que nunca tendría comparación. Finos copos de aguanieve se arremolinaban en el aire. Las estatuas de la fachada ya estaban cubiertas con extraños tocados; sus manos, con brillantes guantes de hielo. Todo era como debía ser. He vivido, he creado. No me arrepiento de nada.

En el verano de 1692, en cuanto me dejó también mi hermano, fui a ver a Virginia Benedetti. Debía de tener veintisiete años. Elpidio tampoco le había dejado nada a ella en el testamento: mencionaba su nombre solo incidentalmente, casi con pudor –«Virginia, que hace muchos años tengo en el Conservatorio de Sant'Eufemia»–, pero se aseguró de que le pagaran las cuotas de cuatro escudos al mes por los alimentos y los gastos de «algunas cositas» que necesitara, para siempre.

El Conservatorio de Sant'Eufemia hospeda a hijas de criadas o de lavanderas al servicio de princesas y marquesas, pero también a bastardas de clérigos, sacerdotes y monjes y a huérfanas de artesanos, sirvientes y caballerizos. Solo son aceptadas las que pueden valerse de la recomendación de gente importante y que pague por ello. Suelen entrar a los nueve o diez años, cuando su virginidad –en el exterior– empieza a representar una tentación. Virginia aún no había cumplido cinco años.

Esperé largo tiempo en la oficina del guarda. Estaba buscando su nombre en el registro de entradas, pero no daba con él. Se llama Virginia Benedetti, insistí. Entró en 1669. Estoy segura de ello. Tiene que estar aquí. La puerta quedó entreabierta y por la rendija pude ver desfilar a las solteras, todas iguales, con el mismo vestido gris, y los escarpines con suela de madera.

El edificio, cercano a la columna de Trajano, era austero como un convento –al fin y al cabo, antaño había albergado a monjas–, las paredes de los pasillos se veían grises por el polvo y ennegrecidas por el humo de las velas. El yeso debería haber sido refrescado y parecía necesaria una reforma, pero, después de la muerte del cardenal Barberini, que había sido protector de la institución, los fondos escaseaban y ninguno de los benefactores estaba dispuesto a costearla. Las supervisoras, internas ya maduras que se convirtieron en maestras de las más pequeñas, tenían formas inflexibles y voces severas, pero todas las niñas parecían estar bien alimentadas y gozar de buena salud. Los estatutos prohibían, por otro lado, la aceptación de cojas, jorobadas, ciegas o lisiadas. Y también una belleza llamativa podía ser perjudicial para la admisión, de manera que se prefería la fealdad, considerada un elemento disuasorio que protegía contra la corrupción. En cualquier caso, guapitas o feúchas, nunca las dejaban ociosas. Si no estaban ocupadas con trabajos manuales, tenían que realizar ejercicios espirituales.

Entre los muchos lugares piadosos, el Conservatorio disfrutaba de una excelente reputación. Los artesanos solteros iban hasta allí para elegir esposa, porque la virtud de esas solteras estaba garantizada. Incluso nuestro Onofrio había anhelado tomar una, pero luego decidió no casarse para permanecer junto al señor Basilio y conmigo. Si hubiera podido seguir pagando un asistente, lo seguiría teniendo conmigo, pero tuve que echarlo. Le di toda la ropa del patrón, para que pudiera venderla y obtener lo suficiente para pagarse el alquiler de una casa y el inicio de una nueva vida.

A las solteras que se casan con el permiso de los conservadores o que encuentran un empleo en casa de damas que están dispuestas a contratarlas, se les permite marcharse. Las demás se quedan allí, para siempre. Había ido al Conservatorio a proponerle a Virginia que se viniera conmigo.

El responsable cerró el volumen y en voz baja me dijo que a esa soltera no se la había registrado en el momento de su ingreso. No existe ninguna ficha con su nombre. Y en los libros de visitas, anuales, nunca aparece. ¿Así que no está aquí?, pregunté, asombrada. Claro que está aquí, se burló, guiñándome un ojo con desagradable malicia, pero nadie debe saberlo.

Me llevaron a la habitación de la superiora, la madre Benetti. Ella también era una antigua solterona, educada en música y en letras, según la reverente descripción del guarda. Esperé un buen rato, nerviosa, al borde de una silla revestida con cuero raído, apretando los nudillos en el bastón y mirando obtusamente la mancha de humedad en la pared frente a mí. Tenía forma de barco. ¿Por qué?, me preguntaba constantemente. ¿Por qué no quiso registrarla, si pagaba por ella?

Apareció por una pequeña puerta detrás de la cátedra, sin hacer ruido, muy alta, seca como un hueso. Me sonrió tímidamente, haciendo una reverencia. Tenía una hermosa dentadura.

Mi nombre no le dijo nada. No se acordaba de mí. No recordaba prácticamente nada de su vida en el exterior. Me miraba con curiosidad y alarmada, preguntándose por qué esa anciana señora había ido a visitarla a ella. En veintitrés años, nadie la había llamado para una entrevista.

Yo estaba allí, petrificada en mi silla, y las palabras que había ido a decirle se me quedaron en la garganta. Lo veía a él en cada uno de sus gestos, en sus claros ojos de halcón, en la curva de la mejilla, en los labios carnosos, en la sonrisa desarmada. ¿En qué puedo ayudarla, señora?, farfulló. Cuando las benefactoras del Conservatorio iban a elegir una camarera, sus miradas pasaban por encima de ella sin detenerse. No tenía la gracia necesaria para convertirse en dama de compañía. Se miraba a sí misma con los ojos de ellas y se veía como ellas la veían, de una extrema e irremediable fealdad. Incluso delante de mí se retorcía las manos, intentando frenar el temblor.

No sé si estaba más furiosa, desesperada o conmovida. Delicada y extraña lo he sido yo, pero tú, tú, ¿qué hiciste tú con mi vida?

La señora Briccia, famosa pintora, le explicó la madre superiora, está buscando una dama de compañía y ha pensado en vos. Nos ha dicho que conocía a vuestro tío y a vuestro padre. ¿Queréis decirle vos misma que vuestro estado de salud no os permite salir del Conservatorio? Nuestra pobre Virginia, me reveló en un tono empalagoso de compasión, sufre una grave enfermedad. Cae repentinamente. Se retuerce, tiene espasmos, babea, es decir, tiene el mal sagrado. Nunca le permitirán salir del Conservatorio. El procurador tendría que habéroslo dicho y evitarle a una dama de tan avanzada edad un viaje tan penoso.

Virginia mantenía la mirada en el suelo, roja de vergüenza, y ya no se atrevía a mirarme. Sé cómo se sentía, pero no podía decírselo. ¿Podría dejarnos solas?, le pregunté a la superiora, esforzándome por reprimir mi emoción. Lo siento, pero no. A nuestras solteras no se les permite tener relaciones con extraños, puntualizó la madre Benetti. ¡Tengo setenta y seis años!, exclamé, ¿cómo podría yo desgraciarla? La madre Benetti asintió. Pero solo por un momento. A Virginia la esperan para el rosario de la Virgen bendita, y hoy está de guardia para su media hora de oración mental.

La superiora se quedó con los brazos cruzados en el umbral y dejó la puerta abierta. En el pasillo, las solteras se apresuraban a pasar hacia el refectorio, el ruido de sus pasos se perdía en un tétrico silencio. Todas vestidas igual, para hacer cada día las mismas cosas, cada año, hasta el final, para siempre. Vidas custodiadas, vidas intactas, vidas borradas. Virginia estaba frente a mí, de pie, con las manos en el regazo, como una condenada. Debería haberla odiado... y la odiaba, de hecho, desesperadamente. Ella era la mentira de toda una vida, pero, al mismo tiempo, era la única persona en este mundo a la que quería. No me sucede muy a menudo, susurró, el médico dice que soy peligrosa solo para mí misma.

¿Sabes quién soy?, le pregunté, tomándole la mano. Ella se estremeció. No estaba acostumbrada al contacto, las solteras se tocan solo entre ellas. No, señora, lo siento, pero habría salido con vos de todos modos. Habíais venido a darme una vida, vuestra generosidad os convierte a mis ojos en la más noble de las criaturas. Habría salido de inmediato, tal y como estoy. No tengo nada que recoger en el dormitorio. Ni siquiera tengo un vestido mío. Las que salen tienen que dejárselo todo a las demás y salir como entraron. Pero soy defectuosa, me ha tocado este destino, el padre confesor dice que se me castiga por una culpa que no es mía y que debo aceptarlo con gusto porque nunca debería haber nacido.

De repente me atrajo hacia ella, mirándome fijamente a los ojos con una avidez desesperada, que casi me dio miedo. Me tocó las mejillas, alisó el mechón blanco que asomaba bajo el velo. ¿Por qué habéis preguntado precisamente por mí? Todos estos años he estado esperando. A una mujer. No me dejó una señal, nada para encontrarme ni conseguir que la encontrara. La perdono. Sé que no podía hacerlo. ¿Sois vos esa mujer? ¿Mi madre?

¿Habéis terminado?, se asomó la superiora. Golpeaba el suelo con el pie, impaciente. No me quedaba mucho tiempo. Soy Plautilla, le dije, y nada más, pues ya no fui capaz de seguir conteniendo las lágrimas.

La hija de Elpidio murió en agosto de 1693, debido a las secuelas de la herida en la cabeza que sufrió al caer durante uno de sus ataques. Lo supe porque los regalos que le envié por su cumpleaños me los devolvieron en un envoltorio que llevaba una nota: «Pasó a mejor vida.» Virginia murió sola, pero convencida de que había visto, al menos una vez, a su madre.

Y luego ya no hay mucho más que añadir. En los últimos años del siglo los sacerdotes de San Luigi dei Francesi olvidaron, o ignoraron, el ruego del abad y me doblaron el alquiler. Ya no trabajaba y, si quería conservar mis ahorros para cuidarme o hacer que me cuidaran, no podía permitírmelo. Regalé los muebles a mis pocos amigos que aún seguían con vida, la ropa a las jóvenes del Conservatorio, los libros y los manuscritos de mi padre al abogado Cartari, quien se los cedió a su biógrafo, el *cavalier* Mandosio, mis dibujos y las herramientas de trabajo a la Accademia di San Luca; conseguí una habitación individual en un convento, en otra zona del Trastevere, pero siempre de este lado del río, y me marché de la calle Nova. Al atardecer, sola, con un carro tirado por una mula y pocos enseres domésticos, porque los Bricci siempre lo hicieron así.

Mi tiempo ya no tiene una dirección, ni una medida. A veces me engaño a mí misma pensando que soy eterna. Me encojo, me encorvo, pierdo peso. Pero he sobrevivido a todos mis amigos, mis familiares, mis clientes. Vivo en un siglo que no entiendo, y cuyos cambios nadie me ayuda a descifrar. Las otras mujeres que viven aquí –veinticuatro monjas y una malmaridada que logró separarse de su cónyuge– no tienen cultura ni experiencia del mundo, no tenemos nada que decirnos y yo hablo muy poco con ellas. Me llaman la Viuda. Y no me molesta: es una definición más acertada de lo que se imaginan.

Veo a poquísimas personas, a esos raros aficionados a la pintura o la arquitectura que sienten curiosidad al saberme aún con vida y quieren conocerme. Con el paso del tiempo, cada vez son menos. Dentro de unos años caeré en el olvido. Es un pensamiento que ya no me atormenta. El tiempo borra toda gloria y cura toda herida. Las estrellas se apagan, el sol se pone todos los días, todo lo que perece fertiliza la tierra, la serpiente *ouroboros* no tiene ni principio ni fin, me he reconciliado con la naturaleza de todo ser vivo y con la mía. Tal vez por eso finalmente creo.

Estaba segura de que no volvería a salir nunca más de esta habitación, pero me regalaron una última noche bajo las estrellas de Roma. La tierra había empezado a temblar en octubre. El temblor había hecho que las paredes vibraran y la lámpara se cayera. En enero, una noche oscura y lluviosa, estando ya en la cama, las sacudidas fueron tan fuertes que creí que el techo, maltrecho y con siglos de antigüedad, iba a derrumbarse sobre mí. Una muerte paradójica para una arquitectriz. Los campanarios se tambalearon, las cuerdas se soltaron y las campanas de todas las iglesias de Roma comenzaron a repicar. Juntas, pero cada una por su cuenta. Los tañidos eran tan fuertes y sombríos que parecía el día del Juicio Final. El susto fue tal que los sacerdotes sacaron fuera del Aracoeli a la Virgen pintada por san Lucas y la multitud se arrodilló, rogándole que no destruyera Roma. Yo me quedé en la cama. Villa Benedetta, pensaba. ¿Habrán resistido los muros? Los edificios altos son los que más sufren. Y la Benedetta es tan alta... Pero ya no conocía a nadie a quien poder preguntar. Solo me tranquilicé cuando, unos días después, las conversas me informaron de que Norcia Cascia y Visso habían caído destruidas, debía de haber cinco mil muertos, tal vez más, las carreteras estaban cortadas y las operaciones de socorro aún no habían llegado a muchas pedanías, pero en Roma los daños habían sido leves.

Pero aquello todavía no había terminado. Dos semanas después –fue un viernes, a última hora de la mañana–, el suelo comenzó a temblar, las paredes a crujir, de las piedras parecía surgir una especie de lamento: todos los objetos que tenía encima de mi escritorio se cayeron. Yo misma era incapaz de mantenerme en pie. Intenté llegar a la puerta, pero era como caminar sobre una superficie fluida, huidiza. Esta vez incluso las monjas querían salir a la calle, lloraban, gritaban, golpeaban la puerta, suplicando al guarda que la abriera. Unas horas más tarde lo hizo. La noticia se había extendido como un reguero de pólvora de casa en casa. Nunca supe quién la difundió. Se anunciaba con absoluta certeza el temblor final para el sábado por la noche. Se invitaba a la gente a que abandonara sus hogares. Nadie debía quedar atrapado entre cuatro paredes. Todos los romanos se precipitaron a las plazas, incluso los enfermos de los hospitales, las parturientas, los bebés. Yo también.

Fue una noche larga y muy fría. Yo estaba allí, en la explanada delante del Ponte Sisto, apretujada entre la gente que esperaba el final, rezando, entonando salmos y cantando, pero también tocando la guitarra, riendo y haciendo el amor. Una señora muy mayor que había tenido la sabiduría de llevar una manta con ella, sentada en un tocón, desorientada por las voces, por el ruido, por el olor del invierno y del miedo. Pero el temblor que debía destruir Roma no llegó. Al amanecer, los policías enviados por el papa nos dispersaron. Volví a mi habitación con el corazón más ligero. Roma todavía existía. Y allá arriba, en la colina, también Villa Benedetta.

Todavía estoy viva. Sigo lúcida, estoy sana, mi cerebro sigue dándole vueltas a los pensamientos, aunque mi respiración se ha vuelto lenta y hasta levantar un vaso me supone un esfuerzo. Mi frágil cuerpo ya no me pertenece, no siente el calor del sol, como si el invierno no terminara nunca, no recuerda el placer ni el dolor, y, sin embargo, no me he vuelto a caer; veo muy poco para poder leer, pero lo suficiente para escribir. Todos los días, en mi ventana, se pinta un paisaje de paz: la esquina de la fachada de una iglesia y un pedazo de cielo. Los colores cambian incesantemente, a cada hora, en cada estación, siempre diferentes y siempre iguales. Rosa, morado, amaranto, azul, ceniza, perla, pero la mejor tonalidad es la naranja, justo antes del amanecer.

Roma queda lejos, pero tampoco deja que se la olvide por un instante. Es una aglomeración de barqueros que se llaman en la orilla del río, olor a agua y a barro, pasos rítmicos de soldados, letanías de mendigos, cantilenas de vendedores ambulantes. Ofrecen lo que siempre me ha gustado y, cada día, cuando detienen su carro bajo la ventana, esas voces invierten el paso del tiempo y es como si pudiera volver a bajar, descalza, a comprar un cucurucho de castañas pilongas, de altramuces o de fresas y me sentara a picotear a escondidas en las escaleras del edificio de casa, con el vestidito corto y la boca manchada. Aunque ya apenas puedo masticar, siento el sabor de esos manjares en mi paladar.

No tengo nada más que dejar. Mis cosas valiosas se las he dado a Roma. El diente de ballena, a ti, que me leerás, quienquiera que seas.

En algún lugar, en la tierra virgen, entre los cimientos de Villa Benedetta, se encuentra todavía la plancha de plomo que lleva escrito el nombre de la persona que la dibujó, la planeó y la edificó. Lo sabemos porque el abogado del consistorio, Carlo Cartari, que compuso los versos de la inscripción, los anotó en su diario –miles de páginas que quedaron manuscritas y que luego acabaron en un archivo– entre notas de agradecimiento y cuentas del librero, innumerables noticias y memorias de hechos entregados a la historia o bien olvidados. Era una mujer, «*architectura et pictura celebris*», Plautilla Briccia.

La celebridad se desvanece como el humo, los nombres se olvidan y se convierten en meros sonidos. Y, a pesar de todo, persisten en papeles descoloridos y corroídos que alguien, tarde o temprano, acabará leyendo. A lo mejor por azar, mientras persigue la verdad de otra historia, de otra artista, de otra hija. Y ese nombre femenino, ahora raro y obsoleto, pero profundamente romano, referido a la arquitectura, se le quedará grabado en la mente, indeleble.

Querrá escribir sobre otra cosa, y lo hará, pero no podrá olvidarla y empezará a buscarla, llamando una mañana de primavera por el interfono de la puerta que conduce a la Villa

Medici, surgida en el lugar del Bajel por voluntad de su defensor, convertido, después de otras guerras y tras la unificación de Italia, en marqués del Vascello y en su propietario, llamando dos veces, sin dejarse disuadir por la placa dorada que la identifica como sede de la logia del Gran Oriente de Italia; la verdad, no espera que le abran, pero una voz masculina responde y, cuando farfulle el motivo, todavía confuso, que la ha llevado hasta allí, la puerta se abrirá con un chasquido seco y no podrá volver atrás, subirá vacilante la escalera y se encontrará en una biblioteca ordenada y desierta y el amable bibliotecario entenderá antes que ella misma que esa visita es importante como cualquier inicio de una historia y será discreto y considerado y le permitirá caminar por la galería y asomarse por las ventanas e imaginar cómo serían las vistas desde el andamio, en ese mismo lugar, mientras los albañiles ponían la cal y colocaban los ladrillos de toba y se preguntará si ella, la arquitectriz, se paseó alguna vez entre ellos, para comprobar las medidas de las paredes, realmente más gruesas en el lado expuesto al cañón, como descubrieron los voluntarios de la Legión y como aún puede leerse en el pliego de condiciones de la obra, y, desde entonces intentará desentrañar el hilo enmarañado de su vida y la encontrará en la iglesia dei Francesi, donde hasta hace poco su nombre era mencionado de pasada, casi entre paréntesis, en una placa descuidada que los turistas ni siquiera leían, en la capilla ante la que pasaban como un estorbo, buscando los cuadros de Caravaggio, una placa más pequeña que una postal, como si fuera normal que en el siglo XVII una mujer hubiera construido un capilla en una iglesia en el corazón de Roma, y la perseguirá más atrás en el tiempo, en las palabras de Giovanni, su padre, en cientos y cientos de páginas de libros, folletos, opúsculos y manuscritos repletos de erratas, iluminados con viñetas y garabatos por lectores que fueron sus contemporáneos y tal vez sus amigos, textos místicos, obscenos, sagrados, antisemitas, cómicos, naturalistas, católicos, heréticos, filosóficos, devotos, científicos, truculentos, a veces desgarrados por la aparición bromista y vívida de él, el escritor, que habla de sí mismo con ironía y casi por accidente, y que nunca nombra a esa hija que se convertirá en famosa cuando él solo sea un nombre en la historia triste del teatro italiano, bajo la voz «Comedia ridícula», y la buscará en las carpetas de los Archivos del Estado en Roma y en los registros del Vicariato y en las notas a pie de página de libros ajenos y pronto se dará cuenta de que Plautilla Briccia practicó con gran habilidad el arte de su siglo, el disimulo, y no se dejará encontrar fácilmente, y tendrá que dedicarle mucho tiempo, bastante más de lo que había imaginado o querido, hasta que la energía arrogante de sus treinta años dará paso al desencanto de los cincuenta, pero con paciencia, terquedad, a veces desaliento, perseguirá su figura escurridiza en las fútiles crónicas de tiempos distintos, en los minuciosos inventarios de los muertos, en la contabilidad de los coleccionistas, en las listas de cuadros sin título colgados en las exposiciones de Roma, en los contratos, en los catálogos de obras «ordinarias» sin autor, en las actas de las Congregaciones de los Virtuosos y de los Académicos, en testamentos mojigatos o materialistas de quienes la conocieron o de sus familiares, en los contratos matrimoniales, en los censos imprecisos de las almas de las parroquias en las que vivió, en las que los sacerdotes (¿por qué la conocían tan poco?, ¿nunca se dejaba ver?, ¿nunca iba a la iglesia?) siguieron atribuyéndole veintinueve años, incluso cuando tenía cuarenta y tres, y treinta incluso cuando tenía cincuenta (¿qué aspecto tenía esta joven infinita?, ¿cómo es habitar una juventud perpetua?), en los depósitos de los museos donde duermen sus cuadros que ya no se consideran lo suficientemente bellos o nunca lo han sido o lo fueron sin que nadie se diera cuenta, en las iglesias de un pueblo encaramado en la cima de una colina en Sabina o en una de las iglesias gemelas de Piazza del Popolo, que tal vez ella llegó a tiempo de ver terminada y abierta a los fieles, porque las obras de reconstrucción se terminaron cuando ella era ya una mujer de edad muy avanzada –aunque quién sabe si todavía podía permitirse el lujo de ser llevada hasta allí por un carruaje–, y en la que, por una misteriosa afinidad, se celebran hoy en día bajo su amable *Virgen* los funerales de los artistas, en iglesias donde de todos modos fueron olvidados durante siglos y luego hallados por otros cazadores del pasado, estudiosos, profesores y restauradores, y, poco a poco, año tras año, reunirá todos esos fragmentos que nunca se llegaban a unir para formar una imagen coherente, iluminada por instantes felices o dolorosos, decisivos o insignificantes de su existencia, larga, secreta, heroica y tan extraña casi como la villa en la que creía depositar su fama, y dejará que su rostro inacabado se pinte por sí mismo y, cuando parezca que la conoce tan bien como para poder inventarla, intentará restituirle a ese nombre de mujer una vida, una voz y una historia.

NOTA

La arquitectriz es una novela. Sin embargo, los nombres, los hechos, las fechas y los lugares son históricos. Los personajes que aparecen en estas páginas existieron realmente, desde los protagonistas hasta los papas, desde los cardenales y gobernadores hasta Onofrio, el ayudante de Plautilla, Mario, el camarero de Elpidio, Vittore, el joven pintor flamenco voluntario en la Legión Italiana, y el perro Goito, mascota de la Legión Medici.

Actualmente, en Roma hay dos obras de Plautilla Briccia expuestas al público: la *Virgen con Niño* en el altar mayor de la iglesia de los Artisti (Santa Maria di Montesanto) y la capilla de San Luigi en la iglesia de San Luigi dei Francesi.

El luneto del *Sagrado Corazón de Jesús* se encuentra en los depósitos de los Museos Vaticanos.

El estandarte de la procesión con el *Nacimiento de san Juan Bautista* por un lado y la *Decapitación* en el otro, pintado para el año santo de 1675, se encuentran en la basílica de Poggio Mirteto.

Los dibujos autógrafos de Villa Benedetta, en el Archivo Estatal de Roma.

Para las fuentes archivísticas y bibliográficas, puede consultarse el sitio web www.einaudi.it/architettrice.

Doy sinceramente las gracias a todos los autores, vivos y fallecidos, aquí mencionados. También me gustaría dar las gracias a los archiveros del ASR Michele Di Sivo, Raffaele Pittella y Angelo Restaino (quien descifró para mí los documentos inéditos sobre las modestas operaciones financieras de Plautilla), a Luca Nicastri de la sección de Galla Placidia, a Elisabetta Mori del AC y a Tagliaferri del AVR. Doy las gracias igualmente por su competencia a las valiosas historiadoras e historiadoras de arte Raffaella Morselli, Francesca Cappelletti, Irene Fosi, Simona Feci y Angela Groppi; al fotógrafo, restaurador e historiador de la fotografía Dino Chinellato, al arquitecto Andrea Guerra y a los profesores Adriano Prosperi, Marco De Nicolò y Michel Hochmann quienes, en todos estos años, antes o después, atendieron mis muchas dudas (pero que no son responsables de mis descuidos). Un recuerdo afectuoso para Gisella Bochicchio, pilar de la Biblioteca de Historia Moderna y Contemporánea de Roma durante tantos años, que no ha visto el resultado de mis investigaciones. Mi gratitud a Salvatore Settis, Barbara Jatta, Alessandra Rodolfo y Alessandra Uncini, sin los que mi conocimiento de la pintora Plautilla Bricci habría quedado incompleto. Espero que tarde o temprano las lectoras y los lectores de este libro puedan ver con sus propios ojos el espléndido luneto del *Sagrado Corazón de Jesús,* que antes estuvo en la sacristía de San Giovanni in Laterano y hoy se encuentra en los depósitos de los Museos Vaticanos.

Este libro lo concebí para Andreina Ciapparoni, mi madre, pero lo he escrito para Neha Guarnieri, mi hija. El diente de ballena que recibí de Roberto Mazzucco se lo confío a ella.

LISTA DE ILUSTRACIONES

p. 136 Giovanni Briccio, *Escena de ciudad,* xilografía.
De *La gitana desdeñosa, compuesta en forma de Comedia por Giovanni Briccio Romano,* en Venecia, en casa de Zatta, s. a. Roma, Biblioteca Casanatense. Con autorización de la Biblioteca Casanatense, Roma, MIBAC (Foto de Mario Setter).

p. 219 Plautilla Bricci, *Virgen con Niño,* óleo sobre lienzo, ca. 1633-1640.
Roma, Santa Maria in Montesanto. Con autorización del Vicariato de Roma.

p. 317 Leone Paladini, *La defensa de Roma y los contraataques realizados en la Quinta dei Quattro Venti en la jornada del 3 de junio de 1849, durante el asedio de Roma,* copia fotográfica del cuadro al óleo original.
Roma, Museo del Risorgimento (© 2019, Foto Scala, Florencia).

p. 330 Stefano Lecchi, *Las ruinas del Bajel,* calitipia, julio de 1849.
París, Musée des Plans-Reliefs (Foto © Fanny Reynaud / París, Musée de l'Armée / RMN / distr. Alinari).

p. 443 Edoardo Matania, *Defensa del Bajel durante el asedio de Roma,* calitipia.
De *Escenas del Risorgimento italiano,* Fratelli Treves, Milán, 1890. Roma, Biblioteca de Historia Moderna y Contemporánea (Foto de la Biblioteca).

p. 539-540 Plautilla Bricci, *Presentación del Sagrado Corazón de Jesús al Padre Eterno,* temple sobre tela, detalles.
Ciudad del Vaticano, Museos Vaticanos. (Foto © Museos Vaticanos).

p. 561-562 Plautilla Bricci, *Nacimiento de san Juan Bautista,* óleo sobre tela, 1675.
Poggio Mirteto, Iglesia de San Juan Bautista. Por amable autorización de la Confraternità dell'Orazione e Morte, antes Confraternità della Misericordia Morte e Orazione.

ÍNDICE

Plautilla Bricci, *Perspectiva occidental de Villa Benedetta,* 1663. (Roma, Archivo del Estado. Con autorización del Ministerio de Bienes y Actividades Culturales, «ASRM/5/2019» Foto del Archivo.)